Bella Osborne

Neues Glück in Willow Cottage

Roman

Aus dem Englischen von
Christian Trautmann

MIRA® TASCHENBUCH

1. Auflage: Januar 2019
Deutsche Erstausgabe
Copyright © 2019 für die deutsche Ausgabe by MIRA Taschenbuch
in der HarperCollins Germany GmbH, Hamburg

Copyright © 2017 by Bella Osborne
Originaltitel: »Escape to Willow Cottage«
erschienen bei: AVON,
an imprint of HarperCollins *Publishers*, UK

Published by arrangement with
HarperCollins *Publishers* Ltd., London

Umschlaggestaltung: bürosüd, München
Umschlagabbildung: www.buerosued.de
Lektorat: Sophie Hofmann
Satz: GGP Media GmbH, Pößneck
Printed in Germany
Dieses Buch wurde auf FSC®-zertifiziertem Papier gedruckt.
ISBN 978-3-95649-843-5

www.mira-taschenbuch.de

Werden Sie Fan von MIRA Taschenbuch auf Facebook!

Danksagung

Ein Riesendank geht an Charlotte Ledger und Caroline Kirkpatrick, von denen die Idee zum Gerüst dieser Story kam, und die hervorragende Arbeit als Lektorinnen geleistet haben. Dank gilt auch meiner Agentin Kate Nash, die mich stets in die richtige Richtung lenkt. Mein besonderer Dank geht an Kim Leo und Alex Allden für das wundervolle Cover.

Außerdem bedanke ich mich ganz besonders bei meinen technischen Experten: Sarah Butt und Helen Cottingham, und bei allen vom Rugby Deaf Club für ihre Freundlichkeit und dafür, dass sie ihre Erfahrung mit mir geteilt haben. Dank auch an Charlotte Hancock für ihren Rat hinsichtlich der Grundschulrichtlinien sowie Eamonn Finnerty vom Belgrad Theatre, Coventry, für Informationen über in Gebärdensprache übersetzte Theaterstücke. Vielen Dank an Helen Phifer, die mich mit den Polizeiprozeduren vertraut gemacht hat, an Leo Fielding für Informationen über Notrufe sowie an Dr. David Boulton für die Beantwortung meiner medizinischen Fragen. Danke ebenfalls an Ruth Hooton, die meine irische Ausdrucksweise überprüft hat. Und besonderer Dank geht an meinen Minecraft-Guru Grace.

Mein von Herzen kommender Dank gilt all jenen, die mir ihre Erfahrungen mit häuslicher Gewalt geschildert haben – ich bewundere euren Mut.

Dank schulde ich auch meinem erstaunlichen Grammatik-Guru Chris Goodwin.

Ohne die Unterstützung meiner schreibenden Freunde von der Romantic Novelists' Association (RNA), vor allem der Ortsgruppe Birmingham, wäre ich längst verrückt geworden – euch also auch vielen Dank dafür, dass erhalten bleibt, was noch von meinem Verstand übrig ist. Danke auch an meine andere Gruppe mich unterstützender Schriftstellerinnen von Gill Vickery's Writing Fiction-Kurs. Noch mehr Dank an alle vom Boozy Book Club für eure Unterstützung und, natürlich, für Wein und Knabbereien.

Ein dickes Dankeschön geht an meine schreibende Patentante Katie Fforde, die stets zur Stelle war, wenn ich sie brauchte.

Dank und Umarmungen an die wundervolle Unterstützung der Blogger-Gemeinde, den unbesungenen Helden der Bücherwelt – ihr seid alle toll!

Ganz dolle Umarmung und Dank an meine wunderbare Familie, die immer für mich da ist und mir hilft, mich an der wirklichen Welt ebenso zu erfreuen wie an meiner erfundenen. Dank an meinen Mann und an meine Tochter, die sich nie beklagen und sich selbst versorgen, wenn ich »in der Zone« bin.

Zu guter Letzt danke ich all meinen lieben LeserInnen, die sich die Zeit nehmen, mein Buch zu lesen.

Erinnerung an eine wirklich erstaunliche Frau,
meine Grandma 1903–1993

1. Kapitel

Beth hatte den Tag umgeben von Leuten verbracht, die ihrer Meinung nach alle ganz genau wie ihre Passbilder aussahen – niemand hatte auch nur ansatzweise ein Lächeln auf den Lippen. Beth gähnte und streckte ihre Arme über den Kopf; sie hatte einen langen Tag gehabt.

»Geboten von der Dame rechts«, sagte der Auktionator und fuhr mit seinem Hochgeschwindigkeits-Zahlensingsang fort.

Beth schaute sich erschrocken um. Sie saß rechts, aber das konnte doch nicht sie gewesen sein, oder? Niemand um sie herum bewegte sich oder zeigte auch nur die leiseste Regung. Ihr Herz raste, und sie fühlte Panik in sich aufsteigen.

»Zwo-neunzig dort hinten«, sagte der Auktionator, und Beth seufzte erleichtert. Noch mal Glück gehabt.

»Bietet irgendwer mehr als zwo-neunzig?« Der Auktionator sah Beth an.

Auf was hatte sie eigentlich geboten? Sie nahm den Katalog und blätterte darin, vorbei an ihrer ersten Wahl an Apartments, die sie hatte kaufen wollen, was ihr Budget jedoch bei Weitem überstiegen hätte.

»Verkauft für zwo-neunzig«, verkündete der Auktionator und sah zu jemandem in den hinteren Reihen. »Grundstück 37, Willow Cottage, verkauft für zweihundertneunzigtausend Pfund.«

Beth fand Willow Cottage im Katalog und überflog den Text. Es klang nach einem Stückchen vom Paradies – ein Cottage mit Blick über eine Dorfwiese im Herzen Cotswolds. Sie biss sich auf die Lippe. Es war wie dieser Augenblick bei eBay, wenn einem etwas gefällt: Es ist nicht exakt das, was man gesucht hat, doch der Wunsch, dieses Schnäppchen zu bekommen und als Gewinner dazustehen, ist plötzlich stärker als alles andere.

»Verkauft für den Preis von zweihundertneunzigtausend Pfund, zum Ersten, zum Zweiten ...«

Beth wedelte mit ihrer Bieterkarte. »Dreihunderttausend«, krächzte sie und fragte sich, was um alles in der Welt sie da tat. Sie sollte auf die Versteigerung der Apartments ihrer zweiten Wahl warten.

»Dreihunderttausend zu meiner Rechten, danke«, sagte der Auktionator. Er hielt einen Moment inne, um weiteren Bietern eine Chance zu lassen, und verkündete dann: »Verkauft an die Lady zu meiner Rechten mit der verkehrt herum hochgehaltenen Bieterkarte.« Der Hammer erzeugte einen dumpfen Laut, als er aufs Holz niedersauste.

»Sie haben Ihr Ziel erreicht«, verkündete das Navigationsgerät mit einer unumstößlichen Zuversicht. Beth hielt mit dem Mietwagen am Bordstein, stellte den Motor ab und sah sich um. Sie parkte neben einer großen Rasenfläche, auf der vereinzelt Bäume standen, und die eingefasst war von beeindruckenden alten Gebäuden unterschiedlicher Größe.

Beth nahm den Auktionskatalog, betrachtete das körnige kleine Foto und las die Beschreibung darunter noch einmal – Willow Cottage befindet sich in einer abgeschiedenen Lage, mit Blick auf die Dorfwiese des malerischen Dorfs Dumbleford in den Cotswolds. Günstige Gelegenheit, dieses frei stehende Haus zu erwerben. Grundstück circa 0,6 Hektar groß, mit einem Bach, der durch das Areal fließt. Renovierungsbedürftig.

Irgendwo in ihrem Hinterkopf erinnerte Beth sich daran, wie ein bestimmter Jemand gesagt hatte, er würde ums Verrecken nicht auf dem Land leben wollen. Jetzt kam ihr das wie eine zusätzliche Belohnung vor. Sie drehte sich zum Rücksitz um. Leo erwachte gerade, nachdem er die Fahrt über geschlafen hatte, und lächelte sofort, als er seine Mutter erblickte. Der Sechsjährige war eigentlich schon zu groß für seinen Kindersitz, sie würde ihn bald durch eine einfache Sitzerhöhung austauschen müssen. Doch vorerst wollte Beth ihren Sohn im sicheren Kindersitz lassen.

»Ich wünschte, du hättest mein iPad mitgebringt«, sagte Leo und streckte sich.

»Tut mir leid, ich konnte es nicht finden. Und ›mitgebracht‹ ist die richtige Vergangenheitsform von ›mitbringen‹. Okay?« Was lernten die Kinder auf diesen Privatschulen eigentlich? »Wollen wir uns mal unser neues Zuhause anschauen?« Sie wedelte aufgeregt mit dem Zettel, auf dem die Auktionsdetails standen.

Leo gähnte und streckte sich erneut. »Ich hab Hunger, Mum.«

Beth hatte damit gerechnet, kramte im Kofferraum nach einer kleinen Tüte getrockneter Mangostücke und gab sie Leo, als er aus dem Wagen stieg. Sie ging vor ihm in die Hocke und zeigte ihm das Foto von Willow Cottage auf dem Auktionsbogen.

»Jetzt müssen wir unser Cottage nur noch finden. Was meinst du, welches ist es?«

Sie betrachteten das kleine Foto. Zu sehen waren zwei der Außenwände, die in einem spitzen Winkel aufeinandertrafen. An der einen Seite des Cottage schien sich elegant eine Kletterpflanze hochzuranken. Im Vordergrund war ein großer Garten mit einem mächtigen Weidenbaum zu sehen. Das Foto war schlecht belichtet und deshalb nicht viel mehr darauf zu erkennen.

»Es kann doch nicht allzu schwer sein, ein Cottage mit einem solchen Baum im Vorgarten zu finden, oder?«

Leo schüttelte den Kopf, während er sich ein weiteres Mangostückchen in den bereits vollen Mund schob. Dann drückte er seiner Mutter die leere Packung in die Hand. Gemeinsam gingen sie über die Wiese, um sich jedes Haus anzusehen.

»Es gibt keine Schaukeln im Park«, bemerkte Leo.

Beth lachte. »Das ist kein Park, sondern die Dorfwiese. Die ist eher wie ein großer Garten.«

»Wem gehört der Garten?«, wollte Leo wissen.

»Er gehört niemandem und allen. Jeder darf ihn benutzen.«

»Ah«, sagte Leo und wirkte ein wenig perplex von dieser Idee und der vermutlichen Nutzlosigkeit einer solchen Fläche ohne Schaukeln.

Tatsächlich handelte es sich um ein wunderhübsches Dorf, fand Beth, während sie sich umschaute. Die Dorfwiese selbst war die größte, die sie je gesehen hatte. Sie war von ausgetretenen Pfaden durchkreuzt und mit verschiedenen uralten Bäumen bestückt, für deren Identifizierung sie Leos Naturbuch würde zurate ziehen müssen. Gepflegte Bänke, die keine einzige Spur von Graffiti aufwiesen, waren an exakt den Stellen platziert, die zum Verweilen einluden. Das ganze Gelände war von einem hübschen weißen Maschendrahtzaun eingefasst, der sich von einem Pfosten zum anderen zog. Ein gigantisches Gebäude im Pseudo-Tudorstil hatte eine herausragende Lage inne, mit Blick auf das Zentrum der Grünfläche; zu beiden Seiten dahinter, leicht zurückgesetzt, standen zwei sehr symmetrische Backsteingebäude, die so wirkten, als wüssten sie genau, wer wo seinen Platz hatte.

»Taube!«, rief Leo aufgeregt, als er eine Strohfigur auf einem der reetgedeckten kleineren Häuser sah.

Ein weiteres Zeichen dafür, dass ihr Sohn in London geboren und aufgewachsen war. »Nein, ich glaube, das soll ein Pfau sein«, erklärte Beth und betrachtete die seltsam geformte Figur mit dem langen Schwanz. Ein kleiner Teich war das Zuhause einer Handvoll fetter Enten und auch einiger Entenküken. Es gab eine Teestube, die eher aussah wie ein umgebautes Cottage. Der einzige Hinweis, der auf eine Gastwirtschaft in dem Gebäude vermuten ließ, war ein hin- und herschwingendes Schild in Form einer großen Teekanne. Vor jedem Fenster waren strahlend weiße Läden angebracht, wodurch es sich von den anderen, weniger schmucken Häusern abhob. Am anderen Ende der Grünfläche befand sich der Dorfladen mit Postfiliale, der die zweite Hälfte eines sehr hübschen Doppelhauses mit einem durch einen weißen Zaun begrenzten Vorgarten bildete. Beth betrachtete das kleine Foto noch einmal. Nein, Willow Cottage sollte ein frei stehendes Haus sein, und von einem Baum war dort auch nichts zu sehen. Neben dem Laden lag der Pub – Zum Blutenden Bären. Vor dessen Eingang war ein Schild zu sehen, das einem Sechsjährigen leicht Albträume verursachen konnte, weshalb sie schnell daran vorbeigingen. Als sie sich dem Mietwagen wieder näherten, wurde ihr klar, dass sie im Kreis gegangen waren. Sie schaute sich um und entdeckte ein verziertes Schild, auf dem klar und deutlich »DUMBLEFORD« stand, also befanden sie sich am richtigen Ort. Aber wo war Willow Cottage?

Eine Glocke klingelte und kündigte an, dass die Tür des Dorfladens geöffnet wurde. Beth und Leo sahen eine von Kopf bis Fuß in Beige gekleidete Gestalt herauskommen, die einen karierten Trolley hinter sich herzog.

»Lass uns jemanden fragen«, sagte Beth und ging mit Leo auf die über den Trolley gebeugte Gestalt zu. »Entschuldigung, können Sie mir sagen, wo ich Willow Cottage finde?«

Die in Beige gekleidete alte Dame richtete sich unvermittelt auf und legte die Hand auf ihr Herz. Sie war kaum größer als ihr Trolley. »Ach du meine Güte, Sie haben mich vielleicht erschreckt!«, rief sie und fing an, in ihrem Trolley zu kramen. Sie brachte eine Flasche Sherry zum Vorschein, schraubte den Verschluss ab und trank einen großen Schluck. Beth wusste, dass sie sie vor Erstaunen gerade anstarrte, und sie hatte keine Ahnung, wie sie sich verhalten sollte. Leo hingegen war fasziniert. Die Lady schien die Flasche wieder verstauen zu wollen, besann sich dann aber und hielt sie Beth entgegen.

»Verzeihen Sie meine Manieren, Schätzchen. Möchten Sie einen Schluck?«

»Äh, nein, danke.«

Die Lady zuckte mit den Schultern und ließ die Flasche wieder im Inneren ihres Trolleys verschwinden, wobei sie dessen Klappdeckel liebevoll tätschelte. Dann richtete sie sich so gerade auf, wie ihre Größe es zuließ, und zeigte Beth ein mit falschen Zähnen geschmücktes Grinsen. Keiner von beiden sagte etwas. Beth lächelte unsicher zurück. Die Lady hob eine Braue und neigte sich auf den Zehen etwas nach vorn, als wollte sie etwas sagen. Beth und Leo sahen sie erwartungsvoll an.

»Willow Cottage?«, wiederholte Beth, als sie die Spannung nicht länger aushielt.

Die alte Dame fing an zu lachen; es war ein keckes Lachen, eher ein Kichern, das perfekt zu ihrer Größe passte. Sie trat einen Schritt nach vorn und gab Beth einen sanften Stups in den Bauch. »Ach, ich Dummerchen. Natürlich.« Sie hörte auf zu lachen und runzelte die Stirn. »Wer will das wissen?«

Beth schüttelte leicht den Kopf. Sie wusste nicht, was hier vor sich ging, und ein Unbehagen machte sich in ihr breit, das ihr gar nicht gefiel. Eigentlich hatte sie geglaubt, eine ganz einfache Frage gestellt zu haben, auf die eine ganz simple Antwort genügt hätte.

»Ich bin Beth ...« Sie hielt einen Moment inne und entschied dann spontan, ihren Namen ein klein wenig zu ändern. »Beth Browne. Ich habe Willow Cottage gekauft.« Es laut auszusprechen entlockte ihr ein Lächeln. Es klang so perfekt. Es war das letzte Haus, das sie hatte kaufen wollen, als sie die Auktion besuchte, doch nachdem die vernünftig aussehenden Wohnungen ihr schon weggeschnappt worden waren, für mehr Geld, als sie hatte zahlen wollen, traf sie die spontane Entscheidung, auf ihr Herz zu hören. Das Ergebnis war Willow Cottage.

»Wie bitte?«, sagte die alte Lady und verzog das faltige Gesicht, sodass es aussah wie ein zerknülltes Pergament.

Beth gab ihr das Maklerblatt, zeigte mit einem makellos manikürten Fingernagel auf das Foto und wiederholte langsam: »Wil-low Cot-tage.«

Die kleine alte Lady betrachtete die Seite und fing erneut an zu lachen. Diesmal war es eher ein hysterisches Gekicher, das in Wellen aus ihr hervorbrach. Beim Lachen wippte ihr Kopf, sodass ihr Mopp aus unordentlichen weißen Haaren wie Rauch aufwirbelte.

»Mum, können wir gehen?«, flüsterte Leo und klammerte sich an die Hand seiner Mutter.

Doch die Lady war schon losgelaufen, kichernd und kopfschüttelnd, quer über die Rasenfläche. Toller Anfang, dachte Beth. Runde eins ging an die örtliche Obdachlose.

»Schon gut, Leo. Fragen wir mal im Laden nach.«

Die klingende Türglocke begleitete ihr Eintreten in den kleinen düsteren Laden, der bis oben hin mit Waren vollgestopft war. Beth glaubte, eine Bewegung im hinteren Teil gesehen zu haben, und ging mit Leo einen engen Gang entlang in Richtung des Lebenszeichens. Eine fröhlich aussehende, rundgesichtige Frau kam in Sicht. »Hallo, was kann ich für Sie tun? Wir haben sehr viele aktuelle Angebote.«

»Danke, aber ich hoffe, Sie können mir helfen.« Der fröhliche Gesichtsausdruck der Frau ließ deutlich nach. »Ich bin auf der Suche nach Willow Cottage.«

Die Augenbrauen der Frau schossen in die Höhe, und sie legte den Kopf schief wie ein wachsamer Cockerspaniel. Ihre gewellten braunen Haare unterstrichen diesen Vergleich. »Willow Cottage?«

Beth nickte. Schon wieder stieg dieses Unbehagen in ihr auf.

»Willow Cottage«, wiederholte die Frau. »Oh, Sie meinen Wilfs Haus?«

Leo sah seine Mutter an, die wiederum die Frau hinter dem Tresen anblickte. »Ich weiß nicht, wer vorher darin gewohnt hat, aber jetzt gehört es uns.«

Die Brauen der Frau hoben sich noch ein Stückchen, und ihre Miene spiegelte so etwas wie Mitgefühl wider. »Seitlich am Pub nebenan vorbei.«

»Aha. Danke.« Beth war froh, dass sie definitiv im richtigen Ort waren, aber wie sie das Cottage hatten verfehlen können, war ihr ein Rätsel. Sie erinnerte sich nicht daran, neben dem Pub etwas anderes als eine Einfahrt gesehen zu haben, von der sie angenommen hatte, sie führe zum Parkplatz des Pubs.

»Sind Sie sicher, dass ich Sie nicht für den Kauf von ...« Die Frau suchte hektisch die Regale mit Blicken ab. »... heruntergesetzten Nudeln begeistern kann? Das Haltbarkeitsdatum ist erst kürzlich abgelaufen.«

»Nein, wir haben alles, danke. Aber ich bin mir sicher, dass wir schon bald hier Stammkunden sein werden.«

»Reizend«, sagte die Frau sofort wieder fröhlicher. »Oh, und viel Glück.« Da war der mitfühlende Cockerspaniel-Gesichtsausdruck wieder.

Beth und Leo verließen den Laden, erneut begleitet vom Klingen der Türglocke, und gingen nun gezielt seitlich am Pub vorbei. Leo starrte das Kneipenschild mit offenem Mund an – es zeigte einen Furcht einflößenden Bären in Ketten, der aus zahlreichen Wunden blutete. An der anderen Seite des Pubs führte ein Kiesweg vorbei. Am Ende der Zufahrt erkannte Beth einen wacklig aussehenden Gartenzaun, hinter dem hohes strohartiges Gras wuchs und eine Weide stand.

»Wir haben es gefunden«, sagte Beth und zerrte Leo beinahe hinter sich her. Je näher sie kamen, desto mehr konnten sie von der Weide sehen. Das war aber auch alles, was sie sehen konnten. Der Baum war riesig. Beth und Leo standen davor und betrachteten das sich sanft im Sommerwind wiegende Blätterwerk.

»Wow, das ist der größte Baum, den ich je gesehen habe!«, rief Leo und sah die Weide an, als wollte er sich jedes einzelne hellgrüne Blatt einprägen. Der Baum war beeindruckend, aber Beth brannte eher darauf, das Cottage zu sehen. Sie öffnete die Gartenpforte, die nur durch ein Band gehalten wurde, und unmittelbar ins Gras fiel, als Beth sie losließ.

Sie betrachteten die Überbleibsel. »Na ja, was soll's«, sagte Beth, nach wie vor voller Hoffnung, während sie und ihr Sohn über die kaputte Pforte stiegen und um die Weide herumgingen.

Der Anblick, der sich ihnen bot, ließ sie unvermittelt stehen bleiben. Beth schluckte; das war nicht das, was sie erwartet hatte.

Carly stand in der Küche ihrer kleinen Wohnung und las den Text erneut. Er war in drei Nachrichten unterteilt, weil ihr uraltes Handy keine langen Textnachrichten anzeigen konnte. Sie hatte eine unnatürliche Abneigung gegen Technik, weshalb sie ihr Handy auch nur jetzt erst eingeschaltet hatte.

> Hi Carly, ich habe bei der Auktion ein Cottage gekauft – yeah! Es liegt ein bisschen weiter entfernt, als ich dachte – nämlich in den Cotswolds. Bitte sag noch niemandem etwas, damit es sich nicht bis zu Nick herumspricht. Die Übergabe müsste bereits in einigen Tagen erfolgen, weil ich bar bezahle und den gleichen Notar in Anspruch nehme wie der Verkäufer. Da ich es nicht abwarten kann, werden wir es uns morgen früh ansehen. Ich melde mich, sobald wir eine Unterkunft gefunden haben. Ich vermisse dich schon. Beth & Leo xx

Ein bisschen weiter weg? Die Cotswolds lagen irgendwo im Norden, oder? Carly war sich nicht sicher, sie wusste nur, dass es von Kentish Town, London ziemlich weit entfernt war. Sie stieß einen Seufzer aus, der ihren Lippen, wie bei einem prustenden Kind, ein laut flatterndes Geräusch entlockte. Sie vermisste Leo bereits, dabei hatte sie ihn vor drei Tagen erst gesehen. Carly liebte ihr Patenkind, und da sie in nächster Zeit wenig Hoffnung auf ein eigenes Kind hatte, war er ihr eine Art Ersatz. Sosehr Leo ihr fehlte, für Beth galt das erst recht. Sie verstand, weshalb Beth hatte abreisen müssen, leichter wurde es dadurch aber nicht.

»Die Cotswolds?«, murmelte sie. Das war ja nicht einmal eine Stadt, oder? Bloß ein riesiges Stück Landschaft irgendwo am Ende der Welt. Sie würde sich das später auf der Landkarte ansehen.

Carly schenkte sich ein großes Glas Chablis ein und ein weiteres für Fergus. Dann warf sie rasch einen Blick auf die Veggie-Pasta, die im Ofen goldbraun gebacken wurde und fröhlich blubberte.

Sie öffnete die Tür zum Gästezimmer. »Abendessen.«

Ein drangsalierter Fergus steckte den Kopf zur Tür heraus. »Gib mir zehn Minuten, ja?« Er warf ihr eine Kusshand zu und verschwand wieder.

»Der Nudelauflauf wird dir keine zehn Minuten geben, Idiot«, murmelte sie und trank einen großen Schluck Wein. Sie hatte die Nase voll. Sie liebte Fergus, aber sie hockten jetzt seit drei Jahren aufeinander, und es sah immer noch nicht danach aus, als würde er ihr einen Antrag machen. Sie hatte natürlich Anspielungen gemacht und sehnsüchtig in Juwelierschaufenster hineingesehen, doch er reagierte vollkommen unsensibel und bekam nichts mit. Carly wünschte, sie könnte den Gedanken an Hochzeiten und Eheschließungen fallen lassen und sich damit zufriedengeben, dass sie ein Paar waren, denn schließlich waren sie glücklich zusammen. Doch da sie bei ihrer Großmutter aufgewachsen war, hatte sie eine zutiefst traditionsbewusste Haltung zu diesen Dingen. Sie wünschte sich Kinder und wusste, dass es Fergus genauso ging. Aber sie wollte verheiratet sein, bevor sie über Nachwuchs nachdachte. Und mehr als alles andere wollte sie eine Braut sein. Nun, wer träumte nicht von der perfekten Hochzeit?

Ein unangenehmer Duft wehte in Carlys Richtung, und sie rätselte einen Moment lang, was das war. Dann fiel ihr der Nudelauflauf wieder ein, und sie schnappte sich die Topflappen und stürzte zum Ofen. »Verdammter Mist!«

2. Kapitel

Willow Cottage stand in einer von der Sonne verdorrten Wildnis, die einst ein Vorgarten gewesen sein mochte, aber schon lange der Natur überlassen worden war. Beth arbeitete sich blinzelnd vorwärts; sie wünschte, es handelte sich um ein Hirngespinst oder wenigstens, dass es aus der Nähe ein bisschen besser aussäh. Tat es nicht. Efeu und Waldrebe überwucherten die zugenagelte Haustür und zogen sich über die eine Seite des Cottage weiter über das Dach. Die Vorderseite des Hauses war ebenmäßig, was Beths Ordnungssinn ansprach. Doch wo vier Fenster hätten sein sollen, befanden sich große angenagelte Holzbretter. Auf einem Brett prangte der Schriftzug des Auktionators, zusammen mit dem Datum der Versteigerung. Ein anderes Brett schmückte ein sehr gelungenes Graffiti in Form eines pinkfarbenen Huhns.

Beth riss sich vom Anblick der vernagelten Hütte los, schaute sich das Foto auf dem Infoblatt des Auktionshauses noch einmal an, um den Blick sofort wieder auf die Hütte zu richten. Es war entweder ein gelungener Trick oder schlicht Betrug. Wie dem auch sei, sie war darauf hereingefallen.

Eine kleine Hand ergriff ihre, und sie sah auf Leo hinunter. Sein Blick ruhte auf dem, was vor ihnen lag, und wieder einmal hatte Beth das Gefühl, ihn enttäuscht zu haben.

Er grinste. »Das ist scheiße«, sagte er, und obwohl er vollkommen recht hatte, war sie geschockt von seiner Ausdrucksweise.

»Leo! Wo hast du denn dieses Wort gehört?«

»In der Schule. Und du hast es benutzt, als du mit Nick gestritten hast ...«

»Tut mir leid, mein Schatz.«

»Können wir jetzt gehen, Mum?«, fragte Leo und zerrte schon an ihrem Arm.

»Noch nicht.«

»Können wir dann hineingehen?«

»Nein, im Augenblick nicht«, sagte Beth. Nicht jetzt und vermutlich nie, da es wahrscheinlich nicht sicher genug war.

Das hinderte Leo jedoch nicht daran, alles zu erkunden. Er ließ die Hand seiner Mutter los und stapfte mit großen Schritten durch das lange Gras, bis er die vernagelte Haustür erreicht hatte, die so zugewachsen war, dass man sie kaum sehen konnte. Beth folgte ihm, doch als sie näher kam, verschwand Leo in dem Dschungel neben dem Haus.

»Warte, Leo. Vorsicht!«, rief sie und wünschte, sie hätte etwas anderes als einen Rock und Schuhe mit hohen Absätzen angezogen. Leo quetschte sich zwischen der alten Mauer und der Kletterpflanze hindurch und war weg. »Leo! Autsch!«, rief sie, als sie mit ihrem nackten Bein unerwartet Brennnesseln streifte. Als sie es endlich geschafft hatte, sich ebenfalls durch die Lücke zu zwängen und sich ihre Ted-Baker-Bluse zu ruinieren, hielt sie sofort Ausschau nach Leo. Er beugte sich über einen niedrigen Drahtzaun, der eine Weide mit drei Pferden umgab, die ihn misstrauisch beäugten.

»Sieh mal, Mum, Pferde!«, sagte er und sprang vor Begeisterung auf und ab. Als er aufhörte zu hüpfen, stand Beth hinter ihm und umarmte ihn. Es war ein Ausblick zum Innehalten. Die Weide, auf der die Pferde standen, gehörte zu einem herrlichen, sanft hügeligen Stück Land, das sich hinter dem Cottage erstreckte. Man konnte meilenweit sehen. Ein kleiner Fluss plätscherte neben dem Haus; das natürliche Geräusch des Wassers beruhigte Beths Nerven sofort. Sie atmete die milde Luft ein, die einen Hauch von Lavendel mit sich brachte. Irgendwo in diesem zugewachsenen Garten musste es Lavendel geben. Der hintere Garten war deutlich kleiner als der Vorgarten, als sei das Cottage so weit wie möglich von der uralten Weide entfernt gebaut worden, ohne Rücksicht auf die beste Lage für die Bewohner. Vielleicht war dieser Ausblick aus den hinteren Fenstern in die Landschaft aber auch beabsichtigt.

Beth nahm Leo in den Arm, während er aufgeregt auf die Umgebung zeigte. Sie fühlte sich plötzlich überfordert mit allem. Was hatte sie sich eigentlich dabei gedacht, so weit von London wegzuziehen? Sie hatte nie auf dem Land gelebt, immer nur in der Stadt. Es sah ja alles sehr malerisch aus, aber Beth spürte bereits ein Kribbeln in der Nase, was womöglich auf Heuschnupfen schließen ließ. Sie wusste fast nichts vom Leben auf dem Land, und, falls das überhaupt möglich war, noch weniger von der Renovierung eines baufälligen Hauses.

Willow Cottage war von der Rückseite aus betrachtet nicht hübscher als von vorn. Hier gab es noch mehr zugenagelte Fenster und wild wucherndes Grünzeug. Beth setzte Leo wieder auf den Boden, der wie wild mit Grasbüscheln wedelte, um die Pferde anzulocken, die ihn sanftmütig betrachteten und ihr eigenes Gras kauten. Beth stand vor der Hintertür; es handelte sich um eine Stalltür, robust und aus zwei Teilen bestehend. Das war ungewöhnlich, aber es gefiel ihr. Sie trat zurück und betrachtete das alte marode Gebäude. Es war in keinem guten Zustand, aber möglicherweise sah es drinnen besser aus. Sie beschloss, noch nicht aufzugeben, und verspürte so etwas wie sanfte Zuversicht in sich aufsteigen.

»Komm mit, Leo, wir gehen irgendwo etwas trinken. Diese Teestube sah doch gut aus, und ich wette, da gibt's leckere Scones.«

»Ja, Kuchen«, rief Leo, warf das Gras über den Zaun und zwängte sich wieder durch die Lücke neben dem Haus. Beth folgte ihm und nahm seine Hand. Als sie die Weide erreichten, teilten sich die buschartigen Zweige, und ein alter Mann kam auf sie zugestolpert. Sein Gesicht war gerötet, und er gestikulierte wild mit den Armen. Er sah mürrisch aus, wie ein kleines Baby, das man gerade aus seinem Nickerchen geweckt hatte.

»Ah!«, rief Beth, als Leo aufschrie und zu der Lücke im Gartenzaun rannte, an der sich die Pforte befunden hatte. Beth folgte ihm und drehte sich erst wieder um, als sie seine Hand in ihrer spürte und sie sich auf der sicheren Dorfwiese befanden. Leo fing an zu lachen. Angst und Adrenalin vermischten sich in Beths Innerem, und während sie gehetzt zur Weide zurückschaute, begann auch sie zu lachen.

»Wohnt der in unserem Garten?«, fragte Leo kichernd.

»Das hoffe ich nicht«, erwiderte Beth mitfühlend.

Sie lachten immer noch vor sich hin, als sie die Teestube betraten. Hier fanden sie auch den Grund dafür, dass sie bisher kaum Leute getroffen hatten – es war proppenvoll. Ein winziger Tisch links neben der Tür, auf dem die Gäste ihr benutztes Geschirr abgestellt hatten, war noch frei. Leo setzte sich, und Beth gab ihm automatisch ihr Handy, damit er darauf Spiele spielen konnte. Sie stapelte das Geschirr, so gut sie konnte, und kreierte dabei eine Art Teetassenturm, den sie, zusammen mit dem anderen Geschirr, auf dem nun beladenen Tablett zum Tresen brachte.

Gerade als sie sich umdrehte, ging die Tür auf und traf sie am Ellbogen. Das schwere Tablett neigte sich in Richtung ihres Sohnes, doch es gelang ihr, den Schwung umzulenken und die ganze Ladung auf der eintretenden Person landen zu lassen. Alles fiel spektakulär krachend auf den Boden.

»Oh, verdammt!«, rief der Mann, dem es nicht mehr gelungen war, rechtzeitig auszuweichen.

»Es tut mir schrecklich leid«, sagte Beth erschrocken und verlegen zugleich. Leo kicherte hinter ihr.

»Nun sehen Sie sich das an!«, meinte das Teetassenturm-Opfer, von dessen gebügeltem weißen Hemd nun Kaffee und Tee tropften. Beth betrachtete den Mann, der jetzt damit beschäftigt war, Kuchenkrümel von seinen Schuhen abzuschütteln. Er musste Mitte, Ende zwanzig sein, war glatt rasiert, und seine dunklen Haare schimmerten in einem eleganten kastanienbraun. Unter anmutigen dunklen Brauen leuchteten Augen vom blassesten Graublau, das Beth je gesehen hatte. Momentan funkelten sie jedoch wie Eiskristalle, während der Mann das Publikum anknurrte, das schweigend und aufmerksam die Darbietung verfolgte.

Eine Frau mit Hochsteckfrisur und geblümter Küchenschürze kam hinter dem Tresen hervor. »Ach, Jack, was ist denn passiert?«, wollte sie wissen und versuchte, seine Anzughose mit einem Schwamm abzutupfen.

»Deine neue Kellnerin hat ein Tablett nach mir geworfen.«

»Entschuldigung, aber ich arbeite hier nicht«, erklärte Beth und spürte, wie ihr vor Empörung noch ein wenig heißer wurde.

»Warum tragen Sie dann ein Tablett mit Geschirr?«, wollte Jack wissen.

»Ja, warum eigentlich?«, pflichtete ihm die Frau mit der Schürze bei.

»Ich wollte nur helfen ...«, begann Beth mit leiserer Stimme als zuvor.

Jack gab einen verächtlichen Laut von sich. »Ja, großartige Hilfe.« Er schüttelte den Kopf und schaute auf die Frau mit der Schürze, die fortfuhr, seine Hose abzutupfen.

»Äh, Rhonda, das bringt nichts.«

Rhonda schien für einen Moment in ihrer eigenen kleinen Welt gefangen zu sein. »Oh, ähm, Verzeihung. Hier.« Sie hielt ihm den Schwamm hin.

»Könntest du mir bitte einen doppelten Espresso zum Mitnehmen machen? Ich bin in fünf Minuten wieder da, ich muss mich nur kurz umziehen.« Die letzten Worte sagte er in Beths Richtung, dann drehte er sich um und verließ das Teehaus.

»Ich werde dafür bezahlen, auch für das zerbrochene Geschirr«, bot Beth an.

»Ist schon in Ordnung, Unfälle passieren eben«, entgegnete Rhonda. Beth ging in die Hocke, soweit das in dem engen Rock möglich war, und fing an, das zerbrochene Porzellan aufzusammeln.

Sie war dankbar für Rhondas mitfühlendes Lächeln. »Keine Sorge, Maureen wird das aufheben.« Eine große Lady, die definitiv Anwärterin auf einen Käfigkampf 60 plus sein könnte, falls es etwas Derartiges gab, kam hinter dem Tresen mit Handfeger und Kehrblech hervor.

Beth ging zu dem kleinen Tisch zurück und ließ sich auf einen der Stühle sinken. Während Maureen sauber machte, widmeten sich die Gäste des Teehauses wieder ihren Getränken. Beth wartete geduldig, Leo ließ die Beine baumeln und gab genervte Laute von sich. Das Teehaus hatte auch im Innenraum diesen altertümlichen Charme, den Beth bereits von außen bewundert hatte. Das Geschirr passte nicht zusammen, und die schlichten Holztische und Stühle bekamen durch Bauwollkissen in verschiedenen Farben einen besonderen Reiz.

Aus dem Fenster hatte man einen guten Ausblick auf das Dorf; ein Wagen rollte vorbei und hielt, um die Enten die Straße überqueren zu lassen, ehe er über die Furt und aus dem Dorf hinausfuhr. Beth schaute auf die Uhr. Sie musste für sich und Leo irgendwo ein Zimmer für die Nacht finden, aber seit sie von der Autobahn abgefahren waren, hatte sie keine Hotels mehr gesehen.

»Was wollen Sie?«, erkundigte Maureen sich in mürrischem Ton und hielt Bestellblock und Stift bereit.

»Einen Cranberrysaft und eine koffeinfreie Cola, bitte«, antwortete Beth mit ihrem besten Es-tut-mir-leid-Lächeln.

Maureen starrte sie an, und ein Muskel neben ihrem Auge zuckte. Sie klopfte auf die laminierte Karte auf dem Tisch. »Tee, Kaffee, heiße Schokolade, Limonade oder Sirup mit Wasser.«

»Oh«, sagte Beth eilig und machte sich mit der Karte vertraut. »Ist es zuckerfreie Limonade?«

»Nein.«

»Welche Geschmacksrichtungen gibt es vom Sirup?«

»Orange«, sagte Maureen. Am Auge zuckte es erneut.

»Heiße Schokolade, heiße Schokolade«, forderte Leo in einem Singsang.

»Hm.« Hastig las Beth die Karte noch einmal. »Dann nur zwei Eiswasser, bitte.«

Maureen machte sich nicht die Mühe, das aufzuschreiben. Sie schob ihren Block in die Schürzentasche und marschierte hinter den Tresen. Beth stieß einen Seufzer aus. Das lief nicht gut. Ein Paar ging nach vorn, um zu zahlen, und obwohl Beth die Unterhaltung nicht hören konnte, war sie sich ziemlich sicher, dass über sie geredet wurde. Mehrere verstohlene Blicke über die Schulter, begleitet von verstimmten Lauten, die Maureen von sich gab, bestätigten ihren Verdacht.

Die Tür ging auf, und Jack kam herein. Er trug einen ähnlichen, gut sitzenden dunklen Anzug und sah trotz der finsteren Miene sehr attraktiv aus. Entschlossen ging er an den Tresen, um seinen Espresso abzuholen. Als Beth ihn seine Brieftasche zücken sah, stürzte sie zu ihm.

»Das bezahle ich«, erklärte sie und öffnete ihre Handtasche. Als sie aufschaute, merkte sie, dass sie um ein Haar erneut mit Jack zusammengestoßen wäre. »Oh, Verzeihung.«

Jack schüttelte den Kopf. »Blöde Touristen«, murmelte er, ging an ihr vorbei und verließ die Teestube wieder. Verlegen bezahlte Beth mit einer Zehn-Pfund-Note, und Rhonda gab ihr schweigend das Wechselgeld sowie zwei Gläser Leitungswasser.

»Könnten Sie mir bitte sagen, wo ich das nächstgelegene Hotel finde?«

»Es gibt ein Bed & Breakfast an der Südseite der Dorfwiese, und dann wäre da noch der Pub Zum Blutenden Bären«, sagte Rhonda. »Im Bear gibt es ein großartiges Frühstück.«

»Aha. Danke. Und wo wäre wohl das nächste Hilton oder Marriott?«

Rhonda überlegte einen Moment. »In Tewkesbury, glaube ich, aber Cheltenham liegt näher, und da gibt's Hotels.«

»Danke«, sagte Beth und kehrte mit den Gläsern zu Leo zurück.

»Was ist mit einem Scone, Mum?«, fragte er und sah völlig unbeeindruckt aus von dem Glas Wasser mit dem einsamen Eiswürfel darin.

»Nicht jetzt, Leo. Lass uns austrinken und gehen.«

Einige kurze Anrufe später wusste sie, dass dank eines Mittelalter-Festivals weder in Tewkesbury noch Cheltenham oder sonst wo in der näheren Umgebung ein Hotelzimmer frei war. In einem Bed & Breakfast zu übernachten würde nie die erste Wahl sein für Elizabeth Thurlow-Browne. In dem Dörfchen Dumbleford schien es jedoch nur äußerst begrenzte Möglichkeiten zu geben, und im Vergleich zu dem Bed & Breakfast klang der Pub Zum Blutenden Bären noch weniger verlockend, trotz des empfohlenen Frühstücks.

Glücklicherweise war die Vermieterin des B&B sehr freundlich und scharf darauf, Gäste für die Nacht zu gewinnen. Sie wuselte geschäftig umher und drückte Leo Faltblätter über die lokalen Sehenswürdigkeiten in die Hand.

»Morgen läuft der Morris-Wettbewerb auf der Dorfwiese. Das wird Ihnen gefallen!«, versicherte sie. Leo gähnte herzhaft.

»Morris? Sind das nicht diese lustigen kleinen Autos?«, fragte Beth.

Die Vermieterin lachte. »Nein, es geht ums Tanzen. Den Morris Dance. Der ist sehr beliebt hier in der Gegend. Vielleicht können Sie mitmachen, wenn Sie Glück haben!«

Etwas Schlimmeres konnte Beth sich kaum vorstellen.

Sie setzte Leo vor den kleinen Fernseher und lief hinaus zum Mietwagen, um ihren Koffer und Leos Rucksack voller Spielzeuge zu holen. Da es schon dunkel war, nahm sie außerdem ihren pinkfarbenen Einhorn-Onesie aus dem vollgestopften Auto und schob ihn sich unter den Arm. Der Wagen war weiter weg geparkt, als sie gedacht hatte, deshalb musste sie auf ihre Schritte achten, während sie sich gleichzeitig mit dem Gepäck in der Dunkelheit abmühte.

Den Hund sah sie zuerst. Ein riesiges muskelbepacktes Biest mit flatternden Lefzen, die lange weiße Zähne freigaben, als das Tier auf sie zustürmte. Beth versuchte, aus dem Weg zu springen, und entdeckte eine Gestalt im Kapuzenpullover, die dem Hund folgte. Beide stießen mit ihr zusammen und warfen sie um. Wäre Beth nicht so benommen gewesen, hätte sie einiges zu sagen gehabt.

»Wo kommen Sie denn auf einmal her, verdammt noch mal?«, hörte sie eine schroffe, vorwurfsvolle Männerstimme sagen, die ihr besorgniserregend bekannt vorkam.

»Könnten Sie bitte von mir heruntergehen«, war alles, was Beth herausbrachte, während ihre Worte durch den Schlafanzug auf ihrem Gesicht gedämpft wurden. Die große Gestalt im Kapuzenpullover war schwer, und Beth wurde auf ihren Koffer gedrückt. Der Mann ging in die Hocke, sprang auf und klopfte sich ab. Beth nahm den Onesie vom Gesicht und versuchte, den pinkfarbenen Stoff irgendwie zu verbergen. Sie schaute auf und erkannte ihren Angreifer trotz der Kapuze sofort – es war Jack.

»Ich würde sagen, wir sind quitt«, schlug sie vor, setzte sich auf und versuchte, zu sich zu kommen.

Der Hund musste zunächst weitergerannt sein und dann gemerkt haben, dass er allein unterwegs war, denn jetzt kam er in einem Affenzahn zurückgelaufen. Jack hechtete der Bestie hinterher und versuchte, sie am Halsband zu erwischen, verfehlte jedoch sein Ziel. Und wieder fand Beth sich auf dem Boden liegend, diesmal mit einem riesigen Hund über sich, der sie vollsabberte.

»Hilfe! Er will mich beißen!«, schrie sie.

»Seien Sie nicht albern. Doris würde niemandem etwas tun.« Jack bekam das Halsband zu fassen und zerrte den Hund weg. Die andere Hand hielt er Beth hin, um ihr aufzuhelfen.

»Ich schaffe das schon allein, danke«, erwiderte sie spöttisch. »Den sollten Sie an der Leine führen.«

»Sie sollten besser aufpassen, wo Sie gehen. Komm, Doris.« Jack wandte sich ab und joggte davon.

3. Kapitel

Carly hatte ihre Arbeit für heute erledigt und hielt auf dem Heimweg an einem kleinen Café. Sie trank einen schwarzen Chai-Tee und trug ihren neuesten Auftrag in den Terminkalender ein. Als Dolmetscherin für britische Zeichensprache war sie begehrt und erhielt viele Anfragen unterschiedlichster Art. Mit der Arbeit im Krankenhaus bestritt sie ihren Lebensunterhalt, aber sie nahm auch andere Projekte an, wenn sie interessant genug waren. Sie legte den Deckel zurück auf ihren halb ausgetrunkenen Becher mit Chai-Tee, schob die Unterlagen in ihre übergroße Handtasche und verließ das Café. Sie liebte ihren Job, doch manchmal kam es ihr vor, als sei sie die Erwachsene mit dem anständigen Beruf, während Fergus ... nun, ein Erwachsener mit einem anständigen Job war er jedenfalls nicht.

Carly liebte Fergus, keine Frage, aber einige der Dinge, die sie an ihm liebte, waren genau die Dinge, die sie in den Wahnsinn trieben. Als sie die Wohnungstür öffnete, hörte sie ihn aufgeregt in seinem Spielzimmer plappern; er bezeichnete das umfunktionierte Gästezimmer etwas großspurig als sein Arbeitszimmer, aber da er den ganzen Tag darin nur Computerspiele spielte, fand sie ihre eigene Bezeichnung passender. Sie stieß die Tür ein Stückchen auf. Drinnen wurde es still, er schaute kurz in Richtung Tür und nickte dann zur Begrüßung.

»Hey C. Guter Tag?«, erkundigte er sich, den Gamecontroller zwischen die Schenkel geklemmt. Das ungekämmte dunkle Haar fiel ihm ins Gesicht.

»Du hast dich nicht angezogen.« Carly blies die Wangen auf.

Fergus schaute herunter auf seine Minecraft-Jogginghose und grinste. »Doch. Heute Morgen hatte ich die Batman-Hose an.« Die Tür schloss sich wieder. Für Fergus war jeder Tag ein

Pyjamatag – wie er es schaffte, jeden Monat seinen Anteil der Rechnungen zu zahlen, war Carly ein Rätsel. Er hatte ein paarmal zu erklären versucht, wie das funktionierte, doch sie verstand es nicht, obwohl sie selbst auch gelegentlich das Internet nutzte. Es erstaunte sie immer noch, dass er Geld dafür bekam, Computerspiele für Kinder zu spielen.

Sie sah schmollend die geschlossene Tür an und hörte ihn wieder wie einen kompletten Spinner vor sich hin plappern. Die Redewendung seiner Großmutter kam ihr in den Sinn, die er gern mit seinem breiten irischen Akzent zitierte: »Dumm wie Dung, aber nur halb so nützlich.«

Carly schnitt Gemüse für ein Pfannengericht, was eigentlich immer eine angenehm entspannende Wirkung auf sie hatte. Heute jedoch wurde ihre Laune immer schlechter, je länger sie hackte und schnitt. Es war Mittwochabend, und da traf sie sich eigentlich immer mit Beth. Sie nahmen sich von irgendwo etwas zu essen mit, um in Ruhe miteinander zu schwatzen. Ein freier Abend, an dem sie ihre vom Dolmetschen in Zeichensprache schmerzenden Handgelenke ausruhen konnte. Das alles hatte sich geändert, seit Beth fort war.

Der Türsummer holte sie aus ihren Gedanken. Sie legte das Messer hin und ging nachschauen, wer das wohl war. Auf dem Bildschirm war eine gebeugte Gestalt zu sehen.

Carly drückte den Knopf, um zu sprechen. »Ja?«

»Carly, ich bin's, Nick. Kann ich raufkommen?«

Carlys Herz schlug schneller. »Nein, kannst du verdammt noch mal nicht. Verzieh dich.« Sie lehnte sich hinüber und öffnete die Tür zum Spielzimmer. Fergus machte ein irritiertes Gesicht, bis sie auf den Bildschirm zeigte, auf dem Nicks Gesicht in Schwarz-Weiß zu ihnen hinaufspähte.

»Komm schon, Carly. Elizabeth hat völlig übertrieben reagiert. Ich möchte alles wieder in Ordnung bringen, aber das kann ich nicht, wenn sie meine Anrufe nicht entgegennimmt.«

Carly verspürte das Bedürfnis, laut zu werden. »Übertrieben reagiert?! Du Arsch hast sie geschlagen!«

»Carly, das ist eine Sache zwischen mir und Elizabeth. Verrate mir, wo sie ist. Ich will nur wissen, ob es ihr gut geht.«

»Ich weiß nicht, wo sie ist«, log Carly. »Aber es geht ihr gut, jetzt, wo sie von dir weg ist.«

»Was will er?«, erkundigte Fergus sich, und Carly übersetze in Gebärdensprache. »Richte ihm aus, er soll sich verpissen«, sagte Fergus.

»Habe ich schon versucht. Geh runter zu ihm.«

»In diesem Aufzug?«

Carly zuckte die Schultern; vielleicht bemerkte er jetzt die Vorteile, sich nicht immer nur in Jogginghose zu kleiden. Sie richtete ihre Aufmerksamkeit wieder auf Nick.

»Du kannst meinetwegen bis Weihnachten da stehen. Du kommst jedenfalls nicht rein, und ich würde dir auch niemals verraten, wo sie ist ... selbst wenn ich es wüsste.« Sie hängte den Hörer der Gegensprechanlage ein. Über den Bildschirm sah sie, dass Nick noch eine Weile hoch zur Kamera hinaufstarrte, dann probierte er mehrmals, die Tür zu öffnen, und drückte schließlich erneut den Klingelknopf. Carly ignorierte das Summen. Nick ließ den Knopf nicht los.

Carly fluchte und meldete sich. »Ich rufe die Polizei.«

»Ich muss mit ihr reden.« Nicks Stimme klang jetzt scharf.

»Das wird nicht passieren.«

»Ich werde sie finden, das garantiere ich«, warnte er sie und starrte wütend in die Kamera. Carly beobachtete ihn mit pochendem Herzen. Er probierte ein letztes Mal, die Tür zu aufzubekommen, bevor er sich umdrehte und wegging.

Fergus nahm Carly in den Arm. »Alles in Ordnung?«

»Nein, eigentlich nicht. Beth meinte, er würde auftauchen und nach ihr suchen. Allmählich beginne ich zu verstehen, warum sie so weit weggelaufen ist.«

Es war noch früh, als Beth in dem kleinen Doppelzimmer im B&B aufwachte und sich die pinkfarbene Tagesdecke bis zum Kinn hochzog. Seit vielen Jahre hatte sie nicht mehr nur in Bettlaken geschlafen, und auch wenn sie von solchen Tagesdecken viel gehört hatte, war dies ihre erste.

Sie zupfte gedankenverloren daran und lauschte Leos leisem Schnarchen. Sie hatte nicht viel geschlafen, weil die Reue über den Kauf des Cottage sie sehr beschäftigte. Was ihr während der Auktion wie eine romantische und spontane Entscheidung vorgekommen war, erschien ihr jetzt wie die größte Dummheit, die sie je begangen hatte. Trotz des schlechten Zustandes des Cottage hatte sie ein gutes Gefühl gehabt, als sie mit Leo den hinteren Garten erkundete. Doch ihr Plan, etwas zu kaufen, oberflächlich zu renovieren und zu dekorieren, es dann zügig einzurichten, um sich der nächsten Immobilie zu widmen, würde bei Willow Cottage nicht funktionieren. Hier waren größere Renovierungsarbeiten vonnöten, wahrscheinlich musste abgestützt oder auch eingerissen werden. Und sie hatte keine Ahnung, wo sie anfangen sollte.

Was machte sie hier nur? Sie war Geschäftsleiterin und kannte sich mit der Planung und Durchführung von Effizienzstrategien aus, mit der Einhaltung von Richtlinien und wie eine Frau sich in einer männerdominierten Welt behaupten konnte. Von Renovierungen verstand sie nichts und befürchtete, dieses Projekt könnte ihr ganzes Geld verschlingen. Der Großteil ihres Vermögens steckte in der Wohnung in London, deren Verkauf sie mit Nick in nächster Zeit nicht besprechen konnte. Es war ihm gelungen, ihren Zugang zum gemeinsamen Konto zu sperren, daher blieben ihr nicht mehr viele Möglichkeiten. Allein schon der Gedanke an ihn machte ihr Angst.

Leo regte sich, und Beth drehte sich auf die Seite, um ihn anzusehen – ihren wundervollen Jungen. Er hatte tief geschlafen. Es schien ihm gut zu gehen, obwohl er meilenweit fort war von London, aber zumindest war er in Sicherheit. Vielleicht war die Lage doch nicht so schlimm.

Beth relativierte ihre Aussage später am Tag, als ein weiterer Morris-Tänzer mit einem Taschentuch und einem übertriebenen Zwinkern auf sie zusprang. Leo tanzte und lachte, als hätte er einen Zuckerschock, was definitiv nicht der Fall war, da Beth sehr streng auf seine Zucker- und Fettaufnahme achtete. Es gab jede Menge Gehüpfe, Stöckerwirbeln und sich wiederholende Musik. Die Veranstaltung hatte einen fröhlichen Charakter, und Leo war begeistert. Es war alles ein bisschen verrückt, typisch Englisch eben, besonders, wenn alles auf einer Dorfwiese stattfand.

Nach einer Folienkartoffel zum Mittagessen in der hektisch betriebsamen Teestube, sie wurden von der nicht lächelnden Maureen bedient, beschloss Beth, sie sollten sich Willow Cottage noch einmal ansehen. Sie hoffte inständig, ihr Gehirn habe das, was sie gestern gesehen hatte, übertrieben dargestellt, und jetzt, im hellen Sonnenlicht, sähe alles nicht mehr so übel aus. Beth wollte außerdem dringend einen Blick hineinwerfen, denn wenn das Innere des Cottage besser aussah als das Äußere, würde ihr das wieder mehr Zuversicht geben. Also versprach sie Leo einen Apfel, wenn er sich mit ihr erneut das Cottage ansah. Ihr gefiel, dass sie Nick keine Rechenschaft schuldig war. Hier konnte sie tun, was sie wollte, und auch wenn der Kauf von Willow Cottage eine dumme spontane Entscheidung gewesen war, handelte es sich doch wenigstens um ihre ganz eigene Entscheidung. In dem Dorf tobte heute das Leben, und überall parkten Autos, während sich eine fröhliche Menschenmenge durch den Ort schob. Beth und Leo bahnten sich ihren Weg durch die Masse, doch als sie den Pub erreichten, hörten sie, wie jemand nach ihnen rief.

»Juhu! Hallo!« Es war die kleine ältere Lady mit dem Trolley. Beth schaute sich um, aber niemand sonst achtete auf die Frau, also musste sie wohl gemeint sein.

»Hallo«, erwiderte Beth, blieb stehen und wartete, bis die Frau bei ihr war.

»Nun, Schätzchen, wiederholen Sie das noch mal«, bat die Dame, ein wenig außer Atem von der Anstrengung der letzten paar Schritte.

»Verzeihung?«, erwiderte Beth verwirrt.

»Ich möchte nur sichergehen, dass ich richtig gehört habe. Was war das, was Sie mir gestern erzählt haben?«

Beth hob eine Braue. Die Obdachlose war tatsächlich etwas verrückt. Die arme alte Seele. »Ich habe Sie gefragt, wo Willow Cottage ist, weil ich es gerade gekauft habe.«

Die alte Lady brach in hysterisches Gelächter aus, sodass Beth und Leo nichts weiter tun konnten, als sie verstört anzusehen.

Irgendwann, nach mehrmaligem Handwedeln, kam sie wieder zu Atem und kicherte nur noch vor sich hin. »Du meine Güte. So habe ich nicht mehr gelacht, seit Maureen sich auf dem Erntedankfest in die Hose geschissen hat.« Die Erinnerung an dieses Ereignis schien sie erneut in Gelächter ausbrechen lassen zu wollen. »Mittens«, sagte sie, als fiele ihr etwas ein.

»Klar. Tja, hat mich gefreut, Sie wiederzusehen«, sagte Beth und setzte ihren Weg zögernd mit Leo fort.

»Sie ist witzig, Mum«, bemerkte ihr Sohn. »Sie hat ›geschissen‹ gesagt. Ist das die Vergangenheitsform von ...«

»Leo!«, warnte ihn seine Mutter.

Heute wehte kein Wind, und die Weide sah prächtig aus, eine herrliche Kaskade in den verschiedensten Grüntönen. Lächelnd stieg Beth über die zerbrochene Gartenpforte; eine neue konnte so teuer nicht sein. Während sie in die Weide spähte, um herauszufinden, ob der Untermieter da war, wartete Leo geduldig bei den Überresten des Eingangs. Glücklicherweise waren sie alleine.

»Komm«, forderte Beth ihren Sohn auf, und ihre Laune besserte sich sofort, als sie Leos Hand nahm. Da er seine Hände zum Essen des versprochenen Apfels brauchte, entzog er sich ihrer Geste, während sie erneut gemeinsam das Cottage betrachteten. Sie hatte keine Ahnung, wonach sie suchte. Sie machte einige Schritte nach vorn, um sich das Mauerwerk genauer anzusehen. Bei näherer Betrachtung sah es zwar sehr alt aus, aber sie entdeckte keine größeren Risse. Wer weiß, wie es unter diesen Kletterpflanzen aussieht, dachte sie. Aber fürs

Erste konnte sie sich über das, was sie nicht sah, auch keine Sorgen machen. Sie zwängten sich wieder seitlich am Haus vorbei, um in den hinteren Garten zu gelangen. Leo lief sofort zu den Pferden, die augenblicklich von seinem Apfel angelockt wurden.

Beth untersuchte die stalltorartige Hintertür, die tatsächlich sehr hübsch aussah. Sie rüttelte leicht daran und begann, sie zur Seite zu schieben, als sie feststellte, dass die Tür nicht allzu fest im Rahmen zu sitzen schien. Schließlich war das kein Einbruch, wenn es sich um das eigene Haus handelte, oder?

Hinter ihr schrie jemand, und Beth sprang erschrocken zurück, als gäbe es eine Alarmanlage. Furcht breitete sich in ihr aus. Der alte Mann, der sie gestern halb zu Tode erschreckt hatte, war anscheinend zurückgekehrt, um sein Werk zu vollenden. Nur dass Beth und Leo diesmal nirgendwohin fliehen konnten. Er versperrte ihnen den Weg seitlich am Haus vorbei. Beth wich zurück und drückte Leo an sich. Das Pferd, das sich dem Apfel genähert hatte, floh über die Wiese.

»Arghhhhh!«, schrie der Mann. Beth wusste nicht, was sie tun sollte. Gab es lauter Irre in diesem Dorf? Ihr Herz klopfte, und am liebsten wäre sie weggerannt.

Sie beschloss, es mit Vernunft zu versuchen. »Hören Sie, es ist alles in Ordnung. Wir sind keine Einbrecher. Dies ist unser Haus.« In seinen Augen flackerte kurz etwas auf; vielleicht erkannte er sie wieder. Das hielt ihn jedoch nicht davon ab, weiter zu brüllen. Leo hielt sich die Ohren zu und sah verängstigt aus. »Wir haben das Cottage gekauft«, erklärte Beth mit lauter und bestimmter Stimme. »Es ist unseres.« Sie zeigte auf das Cottage. Der Mann hörte auf zu brüllen.

»Nein. Es gehört Wilf«, widersprach er. Seine Worte klangen gedämpft, als habe er einen Sprachfehler. Beth erinnerte sich daran, dass die Frau in dem Laden gestern ebenfalls irgendetwas über Wilf gesagt hatte.

»Ja, es gehörte Wilf, aber es wurde an mich verkauft«, erklärte sie in einem, so hoffte sie, ruhigen und besänftigenden

Ton. Leider hatte das den gegenteiligen Effekt, denn der Mann begann erneut zu brüllen.

»Arghhhh!«

Plötzlich begann es in der Kletterpflanze zu rascheln, und Jack erschien mit einer besorgten Miene. Beth spürte, wie die Anspannung in ihren Schultern nachließ. Sie war dankbar darüber, jemanden zu sehen, der kam, um sie zu retten.

»Ernie, was ist los?«, fragte er den schreienden Mann mit sanfter Stimme, aus der die Schroffheit verschwunden war, mit der er Beth bei ihrem Zusammenstoß bedacht hatte.

Ernie zeigte auf Beth. »Brechen ein!«

»Was glauben Sie eigentlich, was Sie hier machen?« Und schon klang er wieder schroff, als er sich an Beth wandte.

»Ich bin nicht eingebrochen.« Nun ja, ein bisschen hatte sie das vielleicht versucht, aber dies war nicht der Zeitpunkt, das zu gestehen. »Ich habe mir nur das Cottage angesehen, um in Erfahrung zu bringen, welche Arbeiten daran nötig sein werden.«

»Dies ist ein Privatgrundstück. Ich schlage vor, Sie gehen.«

Beth spürte, wie ihre Brauen sich unfreiwillig hoben angesichts der Entschlossenheit in Jacks Stimme.

»Ist Ihnen aufgefallen, was auf dem Holzbrett vorn am Haus steht?«, fragte sie und hatte das Gefühl, die Situation schon wieder etwas mehr unter Kontrolle zu haben, da sie dabei war, ihn mit seinem Irrtum zu konfrontieren.

Jack kniff die Augen zusammen, was ihn lächerlich aussehen ließ. »Da vorn auf dem Brett prangt das Bild eines Huhns.«

Beth wurde genervt. »Nicht das. Das, auf dem steht, wann die Auktion stattgefunden hat. Die war nämlich letzte Woche, und ich habe das Haus gekauft. Technisch gesehen befinden Sie sich also auf meinem Privatgrundstück, und Sie sollten gehen.«

Jack rieb sich das Kinn. »Der Verkauf kann noch nicht abgewickelt sein«, sagte er, während Ernie besorgt dreinschaute.

»Nein, noch nicht ganz, aber er wird bearbeitet, und in der nächsten Woche kommt es zum Abschluss.«

»Technisch gesehen dürfte also keiner von uns hier sein.« Jetzt wurde er pedantisch, und das machte sie wütend.

»Dann sollten wir wohl alle gehen. Komm, Leo.« Sie schob den Jungen durch die Lücke zwischen den Pflanzen und drängte sich so würdevoll, wie es mit Blättern in den Haaren eben möglich war, ebenfalls an der Hauswand entlang.

Während sie alle in den zugewachsenen Vorgarten stolperten, zupfte Beth sich Blätter und kleine weiße Blüten aus dem Haar und ging mit Leo davon. Ein Blick über die Schulter verriet ihr, dass Ernie unter dem Baldachin der Weide verschwand. Beth blieb so unvermittelt stehen, dass Leo beinah gestolpert wäre.

»Komm schon, Mum«, quengelte er.

»Warte.« Beth stemmte die Hände in die Hüften, als Jack erschien. »Wer ist dieser gefährliche Mann eigentlich?«, sagte sie und zeigte dabei auf den Baum.

»Das ist Ernie. Der ist nicht im Geringsten gefährlich. Er gehört zum Dorf, hat sein ganzes Leben hier gewohnt.«

Beth verstand den Wink mit dem Zaunpfahl; Jack akzeptierte Außenstehende also nicht so leicht.

»Er sollte nicht unter einem Baum wohnen.«

»Tut er auch nicht«, erwiderte Jack mit der Andeutung eines Lächelns auf den Lippen. »Er besitzt einen Bungalow in der Nähe der Schule.« Jack deutete am Bed & Breakfast vorbei.

»Warum hockt er dann in meinem Garten wie ein feindseliger Gartengnom?«

Jack schüttelte langsam den Kopf, als hätte er keine Lust mehr zu reden, und ging in Richtung des Pubs davon. Beth und Leo blieben zurück – nun verstanden sie gar nichts mehr.

»Verrückt. Die sind doch alle nicht ganz bei Trost in diesem Dorf.«

Beths Telefon klingelte. »Die Stimme der Vernunft! Hallo, Carls.«

»Wenigstens erwische ich nicht deine blöde Mailbox. Wie geht es dir, und wo zur Hölle steckst du?«

»Ich fühle mich erstaunlich normal in einem Dorf voller Bekloppter. Wie geht es dir und Fergus?«

»Nick kam gestern Abend vorbei. Wir haben ihm nichts verraten, aber er kündigte an, er würde dich finden.«

Unwillkürlich spürte Beth, wie sich eine eisige Angst in ihr ausbreitete, und sie musste an den Abend denken, an dem sie Hals über Kopf abgehauen war. Sie schaute sich um: Eine weitere Truppe Morris-Tänzer hüpfte mitten auf der Dorfwiese auf und ab, während eine andere Gruppe daneben fleißig übte. Geplauder und Lachen der Menschen erfüllte die Luft. Dies war eine ganz andere Welt als ihr Leben in London; hier gab es absolut nichts, was sie mit dem in Verbindung brachte, was sie zurückgelassen hatte. Und trotz des Zustandes von Willow Cottage erschien es ihr sinnvoll, vorläufig hierzubleiben.

»Hier wird er mich niemals finden.«

»Wo genau ist ›hier‹?«

»Dumbleford. Liegt westlich von Stow-on-the-Wold.«

»Klingt wie ein Ortsname aus Narnia. Wie ist es da?«

»Das Cottage, das ich gekauft habe, ist praktisch eine Ruine. Unter meiner Weide wohnt ein Mann, und der einzige Mensch unter fünfzig hier hält mich für eine Idiotin. Alle anderen sind irre, und heute veranstalten sie einen Morris-Tanzwettbewerb auf der Dorfwiese.«

»Ehrlich gesagt klingt das ganz nett, finde ich. Der Morris-Dance, alles andere nicht.«

Beth senkte die Stimme und entfernte sich einen Schritt von Leo, damit er nicht hörte, was sie sagte. »Unter uns: Ich glaube, ich habe einen Riesenfehler gemacht mit dem Cottage. Morgen werde ich mit dem Notar sprechen und mal schauen, welche Optionen ich habe. Ich halte dich auf dem Laufenden.«

Den Rest des Tages verbrachten sie damit, dem Morris-Dance zuzusehen und im Bed & Breakfast Bücher zu lesen. Beth räumte das kleine Zimmer zum zweiten Mal an diesem Tag auf. Na toll, unwichtige Sachen habe ich aus London mitgebracht und die wichtigen natürlich vergessen, dachte sie. Sie hielt eine Heißklebepistole in der Hand und wünschte sich, sie hätte stattdessen einen Föhn eingepackt.

Es gefiel ihr ganz und gar nicht, dass Carlys Information über Nick ihren ganzen Tag überschattet hatte. Es war alles seine Schuld. Hätte er sich nicht so vehement geweigert, die Wohnung zu verlassen, wären sie jetzt noch in London. Ihr fehlte London. Dort hatte sie viel mehr Möglichkeiten; sie bekam jede Art von Essen, das sie wollte, hatte eine riesige Auswahl an Hotels und konnte sich buchstäblich alles kaufen, wonach ihr Herz begehrte. Hier war das Essensangebot auf die Teestube und den Pub reduziert, Hotels gab es gar keine, und die Handvoll Läden verkauften Nippes, Souvenirs und Nudeln mit abgelaufenem Haltbarkeitsdatum. Wenn Nicks Äußerung, er werde sie finden, wohin auch immer sie fliehe, nicht so bedrohlich geklungen hätte, wäre sie vielleicht gar nicht hier gelandet.

4. Kapitel

Der Notar bestätigte, was Beth schon befürchtet hatte – sie war zum Kauf von Willow Cottage verpflichtet, und es gab keine Ausstiegsklauseln. Nicht einmal wegen des verfallenen Zustandes des Gebäudes. Es lag allein beim Käufer, sich vorab Informationen über das Objekt zu beschaffen, und das hatte sie einfach nicht getan. Also war sie selbst schuld. Weiterhin teilte der Notar ihr freudig mit, dass der Kaufvertrag früher als erhofft fertig sei und Beth den Haustürschlüssel in der Kanzlei in der Nähe von Stow am nächsten Morgen abholen konnte.

»Was müsste ich tun, um es wieder versteigern zu lassen?«, erkundigte sie sich seufzend.

»Oh, das könnte ich für Sie erledigen.«

»Sehen Sie, ich habe da möglicherweise einen Fehler gemacht, und ich muss es schnell verkaufen und das Geld zurückbekommen.«

Am anderen Ende der Leitung trat eine lange Pause ein. »Ich sollte Sie wohl darüber informieren, dass dieses Objekt zum dritten Mal bei einer Auktion zur Versteigerung stand. Es sucht seit sieben Monaten nach einem Käufer.«

»Sieben Monate?« Beth ließ sich auf dem Bett im B&B nach hinten fallen. Es federte stärker, als ihr bisher aufgefallen war.

»Ich fürchte ja.«

Beth schloss die Augen und verarbeitete diese Information. Sie fühlte, dass ihre Pläne gerade durchkreuzt wurden und sie hier in diesem Ort vorerst festsaß. Resignation machte sich breit. »Kennen Sie hier gute Handwerker?«

Die B&B-Vermieterin hielt Leo ganz gut bei Laune; ihre Enkelkinder lebten in Kanada, deshalb war es für sie etwas Neues, Kinder im Haus zu haben. Es war eine Schande, dass Leo seine eigenen Großeltern nicht sehen konnte, doch da Nick nach Beths Flucht dort als Erstes aufgekreuzt war, würden sie sie für eine Weile nicht besuchen können.

Beth nutzte die Gelegenheit, eine Baufirma aus der Gegend anzurufen und einen Termin für einen Kostenvoranschlag zu vereinbaren. Sie hatte die Idee, das Cottage wieder bewohnbar zu machen, was die Chancen auf einen Verkauf erhöhen und sie schnellstmöglich hier fortbringen würde. Ihr Plan war sowieso gewesen, sich irgendwo etwas zu kaufen, das Objekt zu renovieren und danach weiterzuziehen. So lange, bis Nick die Suche nach ihr aufgegeben hatte. Das war vielleicht nicht der beste Plan, aber als sie sich dabei erwischte, wie sie zum x-ten Mal in irgendeinem Hotel in London die Minibar anstarrte, wusste sie, dass sie irgendetwas verändern musste.

Beth holte wie geplant die Schlüssel zu Willow Cottage beim Notar ab und machte sich auf den Weg, den ersten Handwerker dort zu treffen, während Jean Leo zeigte, wie man Törtchen backte. Als sie am Pub vorbeiging, sah sie das Heck eines weißen Lieferwagens, der vor dem Cottage parkte. Das war schon mal ein guter Anfang. Dass Ernie durch die Seitenfenster auf der Fahrerseite in den Wagen hineinspähte, eher nicht. Beths Handy klingelte; da sie die Nummer nicht kannte, nahm sie den Anruf zwar entgegen, sagte aber nichts.

»Hallo? Hallo, Miss Browne? Hier spricht Kyle von Glancy Construction. Ich bin jetzt beim Haus, aber …«

Beth ging zur Beifahrerseite. Der junge Mann versuchte, sich von seinem Fenster wegzudrehen, da Ernies runzliges Gesicht ihm übergroß die Sicht versperrte. Sie klopfte gegen die Scheibe, was den jungen Mann erschreckte. »Hallo«, rief sie winkend.

Kyle reagierte nicht, sondern zeigte nur auf Ernie.

»Ach, das ist Ernie. Schon gut, der tut Ihnen nichts. Er ist nicht gefährlich«, sagte sie in ihr Mobiltelefon. Ganz überzeugt war sie nicht, ob das auch tatsächlich stimmte, aber sie musste Kyle irgendwie dazu bewegen, aus dem Van zu steigen. Kyle schaltete sein Handy aus und rutschte auf den Beifahrersitz, um dort auszusteigen.

»Hier entlang«, sagte Beth, entschlossen, die Ernie-Situation zu ignorieren.

»Ist er ein bisschen ...« Statt den Satz zu beenden, tippte Kyle sich an den Kopf.

»Da bin ich mir nicht ganz sicher, aber er scheint gut hierher zu passen.«

Beth führte Kyle um das Cottage herum, und er sog bereits jetzt schon scharf die Luft durch die Zähne, ohne es überhaupt von innen gesehen zu haben. Beth probierte jeden der Schlüssel, die sie von dem Notar bekommen hatte. Alle waren entweder alt oder rostig oder beides, und keiner passte in das Schloss. Kyle war damit beschäftigt, am Mauerwerk herumzustochern und über das Dach den Kopf zu schütteln, daher probierte sie systematisch jeden Schlüssel noch einmal aus – wieder ohne Glück. Als sie zurücktrat, entdeckte sie ein weiteres Schloss an der unteren Hälfte der Stalltür.

»Ich frage mich ...«, murmelte sie und ging in die Hocke. Der dritte Schlüssel, den sie probierte, ließ sich knirschend im Schloss drehen, woraufhin sich die untere Hälfte der widerspenstigen Tür knarrend öffnen ließ. »Ich bin drin!«, rief sie Kyle zu und ging in unangenehm gebückter Haltung hinein.

Es war dunkel und staubig. Beth kniff die Augen zusammen, konnte jedoch immer noch nichts erkennen. Plötzlich blendete sie ein Lichtstrahl, und Kyle kam mit einer Taschenlampe in der gleichen gebückten Haltung durch die Tür. Sie richtete sich auf und klopfte ihre Sachen ab, während Kyle umherleuchtete. Offenbar befanden sie sich in der Küche. Falls man ein Keramikspülbecken und einen alten Ofen als Küche bezeichnen konnte. Ein kurzer Blick auf den Boden verriet, dass er aus grob aussehenden Dielenbrettern bestand, die vom Schmutz dunkel gefärbt waren. Trotz der zugenagelten Fenster fiel Beth etwas auf, und sie zeigte in die entsprechende Richtung, damit Kyle dorthin leuchtete.

Offenbar hatte die Pflanze, die die Außenseite des Hauses dominierte, ihr Werk im Innern fortgesetzt. »Ach du Schande!«, rief Beth aus, als sie das Ausmaß der wuchernden Vegetation sowie das daran hängende Labyrinth aus Spinnennetzen erahnen konnte.

Kyle lief aus der Küche, sodass Beth nur zwei Möglichkeiten blieben: in der Dunkelheit bei den Spinnen zu bleiben oder ihm zu folgen. Beim Verlassen der Küche stolperte sie über eine kleine Stufe, doch zum Glück konnte im Dunkeln niemand ihr Erröten sehen, als sie versuchte, zu Kyle aufzuschließen. Unten gab es noch zwei weitere Räume; einer war vollständig leer, der andere hatte einen offenen Kamin mit einem großen Balken darüber. Soweit sie erkennen konnte, hatte das etwas Charakteristisches und versprühte einen gewissen Charme – vielleicht ließ es sich als Blickfang hervorheben. Als Kyle nach oben ging, glitt der Lichtstrahl über einen Gegenstand an der rußgeschwärzten Wand. Beth streckte die Hand aus, um es zu berühren, bevor das Licht wieder verschwand, doch durch die Berührung ihrer Finger fiel es krachend zu Boden.

»Warten Sie mal, Kyle. Leuchten Sie hierher, bitte.«

Kyle kam zurück und leuchtete ihr ins Gesicht. Mit fest zugekniffenen Augen zeigte sie auf den Boden, und der Lichtstrahl folgte ihrem Finger. Als sie die Augen wieder aufmachte, sah sie einen staubigen zerbrochenen Bilderrahmen am Boden. Beth bückte sich und zog vorsichtig ein Foto unter den Glasscherben heraus.

Sie hielt es hoch und konnte im Licht erkennen, dass es sich um eine Schwarz-Weiß-Fotografie handelte. An den Ecken des Fotos hatte die Zeit ihre Spuren hinterlassen, was darauf hindeutete, dass es sich nicht immer in einem Rahmen befunden hatte. Zu sehen war eine Frau mittleren Alters, trug eine Hochsteckfrisur, wie es in den Kriegsjahren üblich war. Sie lachte und hielt einen kleinen Jungen hoch, der in die Kamera strahlte. Beth musste lächeln und drehte das Foto um. Dort stand in geschwungener Handschrift geschrieben: Liebster Frank/Daddy,

Alles Liebe zur Weihnachtszeit, Elsie & Wilf (Weihnachten 1944).

Kyle hustete, sodass der Lichtstrahl wackelte. »Wollen Sie hier unten bleiben, während ich mich oben kurz umsehe?«

»Nein, ich komme mit, danke.« Beth verstaute das Foto sicher in ihrem T-Shirt, damit es nicht beschädigt wurde. Die lächelnden Gesichter darauf beruhigten sie und schenkten ihr ein wenig Hoffnung, dass einst eine Familie hier glücklich gelebt hatte. Vielleicht konnte sie es ja tatsächlich für eine andere Familie renovieren, die in Zukunft hier wohnen würde.

»Seien Sie lieber vorsichtig, die könnte morsch sein«, sagte Kyle und deutete auf die Treppe. Er demonstrierte seine Vorsicht, indem er eine Stufe nach der anderen zuerst durch festes Auftreten testete, bevor er sie mit seinem ganzen Gewicht belastete. Auf halbem Weg verlieh Beth ihrem Unmut über das langsame Tempo durch ein genervtes Stöhnen Ausdruck.

Als sie endlich das obere Stockwerk erreichten, erkannte Beth, dass sie sich auf einem kleinen Treppenabsatz befanden, zu dem eine wunderschön geschnitzte Balustrade gehörte. Eine der Streben fehlte jedoch. Kyle öffnete eine Tür zu einem der grauenvollsten Badezimmer, die sie je gesehen hatte – hier hatten sich nicht einmal die Spinnen ausgebreitet. Die avocadofarbene Badewanne und Toilette sahen schrecklich aus in Kombination mit dem pinkfarbenen Waschbecken. Der sich an den Rändern wellende und dreckige Linoleumfußboden vervollständigte den grässlichen Eindruck. Bei den anderen beiden Zimmern handelte es sich um Schlafzimmer; beide hatten eine gute Größe, doch das eine war durch eine Dachschräge an der einen Seite besonders schön, auch wenn die einen großen braunen Fleck in der Mitte aufwies. Außerdem war das Zimmer durch eine Art Stufe auf zwei Ebenen aufgeteilt. Beth freute sich über diese Besonderheit und konnte sich gut vorstellen, was für ein schönes Kinderzimmer das werden würde. Der Gedanke an die dafür nötige Arbeit nahm ihr jedoch gleich wieder den Mut. Sie nahm sich zusammen und sagte sich immer wieder, dass sie das hier als ein rein geschäftliches Projekt betrachten musste. Dies würde schließlich nicht ihr dauerhafter Wohnsitz werden, und sie konnte momentan sowieso nicht allzu viel investieren. Sich diesem Haus mit Liebe und Aufmerksamkeit zu widmen, wie sie es bei ihrem eigenen Zuhause getan hätte, durfte sie nicht zulassen. Es musste lediglich renoviert und anschließend verkauft werden.

Beth war in Gedanken versunken, als ein Hämmern sie aufschrecken ließ. Kyle wirbelte herum und leuchtete zur Treppe, wo Ernie stand. Er hielt das Geländer mit finsterem Gesicht fest umklammert und befand sich nur eine Armlänge von Beth entfernt.

»Raus!«, schrie er mit tiefer rauer Stimme.

Beth ließ sich nicht einschüchtern, obwohl ihr Puls auf hundertachtzig war. »Ernie, bitte schreien Sie nicht. Lassen Sie uns hinausgehen, dann werde ich es Ihnen erklären.«

»Raus«, wiederholte er, allerdings weniger bösartig, während Beth ihn sanft hinunterführte. Unterdessen leuchtete Kyle ziellos mit der Taschenlampe über ihren Köpfen hin und her. Als sie die Hintertür erreichten, ließ Ernie Beth den Vortritt. Sie nahm wieder die gebückte Haltung ein und ging unter der oberen Hälfte der Stalltür hindurch.

Sie hörte Ernie gekonnt einen Riegel an der oberen Tür zurückschieben, und dann traten auch er und Kyle hinaus. Na, vielen Dank auch, dachte Beth und klopfte sich den Staub ab.

»Ernie. Dies ist jetzt mein Haus.«

Ernie schien nicht zu verstehen, denn er schüttelte den Kopf. »Nein. Wilfs Haus.«

Beth erinnerte sich an das Foto. Sie zog es unter ihrem T-Shirt hervor, was Ernie alarmiert beobachtete.

»Hier«, sagte sie und hielt ihm das Foto hin. »Wilf.«

Ernie beugte sich vor, um das Foto besser betrachten zu können, und ein breites Grinsen erschien auf seinem verhärmten Gesicht.

»Wilf«, wiederholte er.

Beth versuchte, ihm das Foto zu geben, doch er winkte ab.

»Ich werde hier mit meinem Sohn leben«, erklärte Beth, worauf Ernie wieder ein verwirrtes Gesicht machte. »So wie Elsie und Wilf früher.«

»Elsie?« Ernies Stimme klang sanft, und prompt traten ihm Tränen in die Augen. Beth fühlte mit ihm, und sie gab sich Mühe, es ihm verständlich zu machen.

»Ja. Leo und ich. Wir werden hier leben, genau wie Wilf und Elsie. Oh, und ...« Sie schaute auf die Rückseite des Fotos. »Frank.«

Ernie wischte sich eine Träne mit dem Ärmel seines Pullovers ab. »Nicht Frank.«

»Oh, äh.« Beth wusste nicht, was sie sagen sollte, und sie konnte sehen, dass Kyle aufgehört hatte, sich mit einem sehr winzigen Bleistift Notizen zu machen, und nun versuchte, ihre Aufmerksamkeit zu gewinnen.

»Frank ist gestorben«, sagte Ernie mit bebender Stimme.

»Das tut mir leid. Sollen wir ...« Doch sie kam nicht dazu, den Satz zu beenden, da Ernie sich bereits wieder an der Seite des Hauses durch den Wildwuchs zwängte und im nächsten Moment verschwunden war.

»Welches Budget steht uns denn dafür zur Verfügung?«, erkundigte Kyle sich und sog erneut mit einem scharfen Laut die Luft durch seine Zähne.

»So billig wie möglich. Können Sie mir einen Kostenvoranschlag schicken? Tut mir leid, aber ich muss ihm hinterher und schauen, ob er in Ordnung ist.«

Ernie war nicht weit gegangen; Beth spähte zwischen den Zweigen der Weide hindurch und entdeckte ihn kauernd am Boden.

»Ach, kommen Sie, Ernie. Trinken wir eine Tasse Tee zusammen, dann können Sie mir alles über Elsie und Wilf erzählen, ja?«

Erneut wischte Ernie sich die Augen wie ein Kind mit dem Ärmel ab und schaute sie an. »Tee und Kuchen?«

Beth lachte. »Ja, wenn Sie möchten.« Sie bot ihm die Hand, um ihm aufzuhelfen, und er hielt sich mit seinen knochigen Fingern daran fest.

In der Teestube war es ruhig, deshalb setzte Rhonda sich zu ihnen, als sie die Bestellung brachte. Ernie lächelte, und Beth war sich nicht sicher, ob es dem Kuchen galt oder Rhonda.

»Hallo, mal wieder. Ich bin Rhonda.«

»Ich bin Beth.«

»Ich weiß. Sie haben also Wilfs altes Haus gekauft?«, fragte sie, verschränkte die Arme vor der Brust und beugte sich vor. Beth fühlte sich angesichts Rhondas überfreundlicher Art gleich unbehaglich.

»Wie Elsie und Wilf«, sagte Ernie, den Mund voll mit Kaffee und Walnusskuchen.

»Willow Cottage«, sagte Beth und hatte das Gefühl, auf der Hut sein zu müssen, um sich nicht zu viele Informationen entlocken zu lassen.

»Hab noch nie gehört, dass es so genannt wird. Muss sich wohl der Makler ausgedacht haben als Verkaufsanreiz«, meinte Rhonda und verzog entsprechend das Gesicht.

Man hat mich wieder hereingelegt, dachte Beth.

»Kein Partner bei ihnen?«, fuhr Rhonda fort und musterte Beths ringlose Finger.

»Äh, nein. Ich bin Single.«

»Feriendomizil oder auf Dauer?«

Beth überlegte. »Renovierungsprojekt.«

»Um drin zu wohnen oder zu verkaufen?«

Die rasch hintereinander abgefeuerten Fragen wurden Beth zunehmend unangenehm. »Verkaufen.«

Rhonda sah enttäuscht aus. »Wir brauchen neues Blut im Dorf. Junges Blut.«

Beth versuchte, nicht an Vampirfilme zu denken, während sie Rhondas blasses Gesicht betrachtete. Maureen stand hinter dem Tresen und gab einen spöttischen Laut von sich, sie verfolgte offenbar das Gespräch.

»Die Dorfschule kämpft ums Überleben. Ich glaube, es gibt nur noch zwanzig Kinder dort.«

»Pro Klasse?«, erkundigte Beth sich. Das war deutlich unter dem landesweiten Durchschnitt, was Leo die Eingewöhnung in eine neue Schule erheblich erleichtern dürfte, auch wenn er nur für ein Halbjahr dort wäre.

»Nein«, erwiderte Rhonda lachend. »Insgesamt! Sie mussten alle zusammennehmen, um eine Klasse voll zu bekommen. Und das, nachdem man auch aus den umliegenden Dörfern noch Schüler dazugenommen hatte.«

Ernie wischte sich den Mund mit einer Serviette ab und stand auf.

»Oh, Ernie, Sie wollen schon gehen? Sie wollten mir doch von Elsie und Wilf erzählen«, erinnerte Beth ihn.

Ernie blickte wieder traurig drein und schüttelte den Kopf. Er zeigte auf den leer gegessenen Teller, auf dem sein Kuchen gebracht worden war. »Danke«, sagte er und ging.

»Armer alter Ernie«, bemerkte Rhonda. »Hat sein ganzes Leben hier verbracht und das Dorf nie verlassen.«

»Er scheint sehr an Willow Cottage zu hängen.«

»Na ja, es gehörte früher Wilf, und er und Wilf waren wie Brüder. Ernies Mutter war schwanger, als sie aus London fortmusste, das während des Bombardements evakuiert wurde. Elsie nahm sie bei sich auf. Auch sie war auf sich allein gestellt. Beide Frauen warteten auf die Rückkehr ihrer Männer aus dem Krieg.« Beth nickte verständnisvoll, während sie, fasziniert von der nostalgischen Geschichte, auf ein Happy End wartete. »Die Sache war nur … es wurde eine schwierige Geburt. Das Baby steckte fest, weshalb Ernie so wurde, wie er jetzt ist. Seine Mutter starb bei der Geburt, und er wuchs bei Elsie auf.«

Beth schluckte und wartete immer noch auf das Happy End. »War ihr Mann damit einverstanden, als er aus dem Krieg zurückkam?«

»Oh, Frank kehrte nie zurück; er wurde erschossen. Es blieben nur Elsie und die Jungs. Ernie zog vor ein paar Jahren aus und wohnt in einem der neuen Bungalows, den Weg da hinauf.« Sie zeigte in irgendeine Richtung. »Aber das Cottage war immer sein Zuhause. Er und Wilf waren unzertrennlich. Wilf kümmerte sich um Ernie. Und seit Wilfs Tod ist Ernie mehr oder weniger ganz allein auf der Welt. So, aber jetzt muss ich dann mal wieder an die Arbeit.« Rhonda lächelte kurz, sammelte die leeren Teetassen ein und ging hinter den Tresen.

Beth war den Tränen nahe. Es gab kein Happy End zu dieser Geschichte. Sie legte das Foto auf den Tisch und betrachtete erneut die Gesichter. Sie sahen so fröhlich aus.

5. Kapitel

Carly plapperte ununterbrochen am Telefon, und es war schwierig für Beth, sie zu beruhigen.

»Mach mal langsamer, Carls. Ich kriege nur jedes dritte Wort mit, und das ist, als würde ich versuchen, eine codierte Nachricht zu entschlüsseln«, beschwerte Beth sich.

Carly holte tief Luft und versuchte, ihre Aufregung im Zaum zu halten. »Also, zusammengefasst glaube ich, dass Fergus mir einen Heiratsantrag machen wird! Hilfe!«

Beth hielt das Telefon vom Ohr weg. »Ach komm, entspann dich, das Thema hatten wir doch schon. Erinnerst du dich an das große Weihnachtsgeschenk, das wochenlang unter dem Baum lag? Du hast dir eingeredet, es sei wie eine Matroschka, diese russische Steckpuppe, und bestünde aus immer kleiner werdenden Schachteln, bis zu einem Juwelierkästchen mit einem Ring drin.«

Carly seufzte und biss sich bei der Erinnerung daran auf die Lippe. »Es hätte ja sein können …«

»Und was war in der großen Schachtel?«, fragte Beth in erzieherischem Ton.

»Ein neuer Schlafsack.«

»Ganz genau. Ich sage nur, sei auf der Hut. Mach dir nicht zu viele Hoffnungen.«

Carly hielt einen Moment inne, dann erfasste die Aufregung sie von Neuem. »Diesmal ist es anders. Er bat mich, ihn vor der Eros-Statue am Picadilly Circus zu treffen! Wie romantisch ist das denn?«

»Das befindet sich auf einer viel befahrenen Kreuzung.«

»Sei doch nicht eine solche Spielverderberin. Überleg doch mal. Picadilly Circus liegt sehr nah am Ritz. Vielleicht führt er mich dorthin aus, zum Nachmittagstee, um mir einen Antrag zu machen.« Sie stieß einen weiteren, diesmal gedämpfteren Seufzer aus. »Du meine Güte, ich muss mich noch umziehen!«

»Nein, musst du nicht. Du ziehst dich immer ziemlich gut an zur Arbeit.«

Carly schaute an sich herunter. Jetzt war es etwas völlig anderes, als wenn sie sich morgens vor der Arbeit im Spiegel begutachtete. »Ich trage ein Kleid, aber mit flachen Schuhen!« Sie gab Beth nicht die Chance, etwas darauf zu erwidern. »Und Tiffany's ist nicht weit vom Ritz entfernt. Ach du Schande, Beth, ich muss Schluss machen ...« Und dann war die Leitung tot.

Beth stöhnte. Sie hoffte wirklich sehr, dass Carly diesmal richtiglag und am Ende nicht wieder bitter enttäuscht wurde.

Beth saß am Tisch im B&B und studierte die verschiedenen Angebote, die sie erhalten hatte. Es sah nicht gut aus. Vorrang vor allem anderen hatte die Stromversorgung, daher blieb ihr nichts anderes übrig, als diese zuallererst in Auftrag zu geben – was schon eine beachtliche Summe verschlingen würde. Im Grunde musste alles gemacht werden, und es würde mehr Geld kosten, als sie besaß. Da sie ihren gut bezahlten Job in der Stadt gekündigt hatte, standen ihr nur noch ihre geringen Ersparnisse zur Verfügung, bis sie Willow Cottage hoffentlich mit Gewinn verkauft hatte. Beth fühlte sich verloren, während Leo sich einen Zeichentrickfilm auf dem kleinen Fernseher anschaute und Jean um sie beide herum Staub wischte.

»Warum gehen Sie heute Abend nicht in den Pub? Es ist Quiz-Abend«, schlug sie vor. Beth konnte sich kaum etwas Schlimmeres vorstellen. Doch, Bingo. Bingo wäre noch schrecklicher.

»Zuerst spielen sie Bingo, da könnten Sie auch noch mitmachen, wenn Sie rechtzeitig da sind.«

Beth seufzte. »Ich glaube, das lasse ich ausfallen, danke.«

»Die Leute hier sind freundlich, wissen Sie. Wenn Sie eine Weile hier sein werden, wäre es gut für Sie, sich ein paar Freunde zu machen. Ist nur ein gut gemeinter mütterlicher Rat.« Jean kicherte in sich hinein und brachte die Teller in die Küche. Beth wollte sich hier keine Freunde machen. Dies war doch nur ein vorübergehender Aufenthalt, also brauchte sie keine neuen Freunde. Sie hatte Carly und … ihr wurde klar, dass sie mit niemandem aus ihrem alten Leben mehr in Kontakt stand. Das lag daran, dass niemand ihre neue Handynummer hatte. Sie hatte zu viel Angst gehabt, Nick könnte sie irgendwie herausfinden.

Noch etwas, für das sie ihn verantwortlich machen konnte. Sie hatte nicht nur ihr Leben zurückgelassen, das sie sich in London aufgebaut hatte, ihren Job, ihre Eltern und alles, was sie umgab, sondern auch ihren gesamten Freundeskreis verloren. Bei genauerer Betrachtung musste sie einräumen, dass das nicht von heute auf morgen passiert war. Rückblickend erkannte sie, dass sich die Situation mit Nick schon lange vor jenem einschneidenden Tag verändert hatte. Nicks lockere Art verschwand und wurde ersetzt durch eine dominierende und manipulierende Art, die Beth dazu brachte, das zu tun, was Nick wollte. Die ständigen scheinbar beiläufigen Bemerkungen über Beths Freundeskreis trugen dazu bei, dass er nach und nach mehr Kontrolle über Beth hatte. Ihr soziales Umfeld reduzierte sich so lange, bis nur noch Carly am Mittwochabend übrig blieb. Mittlerweile waren Carly und Fergus ihre einzigen Freunde.

Es war jetzt mitten am Nachmittag, und Carly war, obwohl sie noch einmal nach Hause gefahren war, um ihre Schuhe zu tauschen, ihr Make-up aufzufrischen und sich die Haare zu machen, fünfzehn Minuten zu früh an der Eros-Statue. Für eine aufwendige Frisur hatte die Zeit nicht gereicht, doch ein kurzer Durchgang mit dem Glätteisen wirkte manchmal Wunder. Sie nahm ihren transparenten Lipgloss und trug ihn – nur für alle

Fälle – ein zweites Mal sorgfältig auf. Sie wollte sich unwiderstehlich fühlen und auch so aussehen, wenn er ihr einen Heiratsantrag machte. Erneut schaute Carly auf ihre Uhr – noch fünf Minuten. Ihr Magen rumorte und fühlte sich an, als wäre er voller hungriger Raupen anstatt fliegender Schmetterlinge.

Während sie in den belebten Straßen stand, hielt sie Ausschau nach Fergus. Er war groß und ziemlich schlaksig und daher in einer Menschenmenge meistens leicht auszumachen. Aber bisher war von ihm noch nichts zu sehen. Die Minuten vergingen, während sie das geschäftige Londoner Treiben um sie herum beobachtete: der Verkäufer von Big Issue, einer Obdachlosenzeitschrift, auf der einen Seite, und ein junge Mann mit einem riesigen Schild auf der anderen Seite, der versuchte, Kunden in einen Schuhladen zu locken; ihr fiel auf, dass der Big-Issue-Verkäufer weitaus enthusiastischer wirkte als der Schild-Halter.

Und wieder sah Carly auf ihre Uhr. Jetzt kam Fergus zu spät. Ständig musste sie Touristen ausweichen, die Fotos von Eros schießen wollten und Selfies von sich machten, auf denen sie das Gesicht verzogen oder sich vor der Statue küssten. Allmählich wurde das nervig. Sie beobachtete verliebt und glücklich aussehende Paare, die Hand in Hand in das Restaurant Criterion gingen. Leute, die sich zum Abschied küssten, während sie aus Taxis stiegen. Andere saßen auf den Stufen vor der Statue und sahen sich das bunte Treiben um sie herum an.

Fergus war fünfzehn Minuten zu spät. Carlys Füße fingen an zu schmerzen. Diese High Heels sahen toll aus, aber sie waren nicht dafür gemacht, herumzustehen oder größere Strecken zu gehen. Sie dachte daran, ihm eine Nachricht zu schreiben, aber er spürte selten sein Handy vibrieren, deshalb war es vermutlich ohnehin sinnlos. Im Augenblick bestand auch die Gefahr, dass sie einen Text schrieb, der die Stimmung für einen romantischen Heiratsantrag, mit dem sie nach wie vor fest rechnete, ruinieren könnte.

Carly entdeckte einen Mopp wuscheliger dunkler Haare,

der auf sie zu hüpfte, und entspannte sich. Es war Fergus. Er kam zu spät, aber er war da. Als er aus der Menge auftauchte, sah sie sein grinsendes Gesicht. Er wirkte sehr selbstzufrieden, was schon mal ein gutes Zeichen war. Außerdem war er richtig angezogen, was sie als weiteres Plus deutete. Zwar trug er Jeans und ein Star-Wars-T-Shirt – nicht ihre erste Wahl für einen erinnerungswürdigen Heiratsantrag –, aber dies war nicht der richtige Zeitpunkt, allzu pingelig zu sein.

Fergus küsste sie. »Tut mir leid, dass ich zu spät bin.«
»Ist schon okay.«
»Der Blog-Chat nahm überhand«, erklärte er, doch Carly achtete gar nicht darauf – das war jetzt nicht wichtig.
»Wohin gehen wir?«, wollte sie wissen, und ihre Augen leuchteten vor freudiger Erwartung.
»Wart's ab.« Er nahm ihre Hand und führte Carly in die U-Bahnstation. Ihre Begeisterung ließ schlagartig nach. Sie hatte sich mit dem Ritz oder Tiffany's anscheinend geirrt und versuchte, die Bilder der wunderschönen Ringe, die sie in Zeitschriften gesehen hatte, wieder aus dem Kopf zu bekommen. Ihre Füße fanden es gar nicht gut, in diesen Pumps die Treppe zur U-Bahn hinuntergehen zu müssen, trotzdem bemühte sie sich, eine positive Einstellung zu bewahren.

Einige schweißtreibende Minuten später stiegen sie an der Station St. Paul's aus, und Carly überlegte, welche Restaurants es in der Nähe gab, die für einen Heiratsantrag geeignet waren. Nur fiel ihr keines ein. Es gab nur die Londoner Börse und St. Paul's Cathedral, deren hoher weißer Dom inmitten der grauen Bürohäuser stets zu sehen war. Fergus schenkte ihr ein beruhigendes Lächeln. Vielleicht spürte er ihre Aufregung. Aber wusste er auch, wie wichtig ihr dieser Moment war? Carly träumte vom perfekten Heiratsantrag und einer Märchenhochzeit, seit sie als Mädchen Monica und Chandler in Friends gesehen hatte.

Fergus führte sie durch die Straßen, vorbei an St. Paul's Vorderseite und hinein in die prachtvolle Kathedrale durch den

Touristeneingang. Carly war als Kind hier gewesen, erinnerte sich jedoch kaum noch an das riesige, Ehrfurcht einflößende Innere, das einem tatsächlich den Atem raubte.

Fergus zog sie an sich und drückte sie. Sie hielt den Atem an. »Hier entlang.«

Die Treppenstufen in der U-Bahn waren nichts im Vergleich zu denen, die Carly jetzt vor sich hatte. Das Schild informierte sie darüber, dass es genau 528 Stufen bis zur Golden Gallery waren. Sie schluckte, zeigte auf das Schild und dann auf ihre Schuhe.

»Kein Problem, wir gehen nicht bis ganz nach oben«, erklärte Fergus mit einem Grinsen, das seine Grübchen zum Vorschein kommen ließ.

Ab der 150-Stufen-Marke wurde es besser, da das Brennen ihrer Zehen ersetzt wurde durch ein taubes Gefühl, was zwar immer noch mit Schmerz einherging, sie aber nicht mehr bei jedem Schritt zusammenzucken ließ. Fergus warf ihr ständig beruhigende Blicke zu, während er die Stufen in seinen abgetragenen Sportschuhen beinahe hinaufjoggte. Carly zwang sich, das Gesicht nicht zu verziehen, und hoffte inständig, dass es das alles wert war.

Sie war schon drauf und dran, zu kapitulieren und sich mit einem Leben als Jungfer abzufinden, als Fergus sie die letzten Stufen hinauf- und auf die erste Galerie winkte. Sie standen am Geländer. Die Aussicht in alle Richtungen war fantastisch, und der verzierte Dom wölbte sich prachtvoll in seiner perfekten Symmetrie über ihnen. Carly tat ihr Bestes, die überlegenen Mienen all derer über ihnen zu ignorieren, die den ganzen Weg bis hinauf zur oberen Galerie geschafft hatten. Sie war überzeugt davon, dass sie die in ihren High Heels ganz bestimmt nicht erreicht hätte. Sie versuchte, die schmerzenden Füße nicht zu beachten, und verdrängte den Gedanken an den bevorstehenden Abstieg.

Fergus führte sie zu einer Holzbank, die sich an den Wänden der Galerie entlangzog.

»Dies ist die ›Whispering Gallery‹«, erklärte er, und Carly nickte. Sie hatte in dem ganzen Trubel gar nicht darauf geachtet, wo sie hingegangen waren, bis er es gesagt hatte. In dem Moment wurde ihr erst richtig bewusst, wo sie sich befanden, und sie hörte prompt die Echos einer fremden Sprache, die ein Pärchen in das architektonische Phänomen entsendet hatte. Fergus küsste sie zärtlich, und dann gingen sie weiter auf die andere Seite der Galerie.

Einige Kinder tauchten auf und riefen sich um die Ecken Obszönitäten zu, bis die Eltern auftauchten und einschritten. Die Wände hallten wider von ihrem unterdrückten Gekicher. Carly war froh über die Sitzmöglichkeit, und das galt erst recht für ihre Füße. Zu gern hätte sie die Schuhe ausgezogen, doch sie wagte es nicht, da sie befürchtete, hinterher nicht wieder hineinzukommen.

Schließlich wurde es still auf der Galerie. Fergus saß am anderen Ende des Doms. Carlys Herz schlug schneller, und sie holte tief Luft. Fergus winkte ihr zu, und dann sah sie, wie er sein Gesicht der Wand näherte. Dies war der Moment. Sie schloss die Augen und lauschte seinem melodischen irischen Akzent, der leise von der Wand hinter ihr hallte.

»Ich liebe dich, Carly Wilson«, sagte er, und sie spürte, wie sich eine Träne formte. »Und um es dir zu beweisen ... entführe ich dich zu einem magischen Wochenende in einem Baumhaus.«

Es folgte eine sehr lange Pause. Carly wollte die Augen nicht aufmachen. Sie wiederholte die Worte im Kopf, aber das half auch nichts – was sie auch tat, das war definitiv kein Heiratsantrag. Sie machte die Augen auf und sah, wie Fergus auf der anderen Seite den Daumen hob.

»Du verdammter Idiot«, sagte sie gefühlvoll gegen die Wand, und zum ersten Mal war sie froh, dass Fergus taub war.

Es war früher Abend, und Leo schlief gerade ein. Beth schaute sich in dem kleinen Zimmer mit dem alten Garderobenständer,

der bestickten Tagesdecke und den Landschaftsbildern in Plastikrahmen an den Wänden um. Jean war reizend, aber hier zu wohnen raubte Beth allmählich die Lebensgeister. Sie brauchte einen Plan und musste endlich handeln. Vielleicht war ein kleiner Ausflug in den Pub jetzt genau das Richtige für sie.

Jean war gern bereit, auf Leo aufzupassen, und schien begeistert, dass Beth ihren Rat beherzigte. Also hängte Beth sich ihre Handtasche um und machte sich auf den Weg. Es wehte eine Brise, die jedoch ganz angenehm war. Die Sonne ging unter, und Beth blieb einen Moment stehen, um den Anblick in sich aufzunehmen. Die Farben waren majestätisch; die sanften Orangetöne mischten sich mit einem satten Glanz in einem tiefen Gelb, während die Sonne langsam mit der Silhouette der Landschaft verschmolz. Die einzigen Geräusche waren das leise Rascheln der Blätter an den Bäumen und ein paar Vögel, die sich um die Schlafplätze für die Nacht stritten.

Das schaurige Schild des Pubs schwang quietschend hin und her. Beth musste sich richtig von dem Anblick losreißen. Von drinnen drang ein einladendes Stimmengewirr nach draußen. Sie hoffte inständig, dass es nicht abrupt enden würde, sobald sie eintrat, wie es in vielen Horrorfilmen der Fall war. Um die schwere alte Tür aufzubekommen, musste sie sich ein wenig dagegenstemmen. Von ihr unbemerkt hatte sich drinnen im Pub währenddessen ein großer Mann erhoben, um ihr zu helfen und die Tür nach innen aufzuziehen. Schwungvoll flog die Tür plötzlich auf, sodass Beth mit klappernden Absätzen auf dem Holzfußboden hereinstolperte. Zum Glück schaffte sie es, das Gleichgewicht zu behalten und nicht auf den Knien zu landen. Der große Mann entschuldigte sich mehrfach, und auch Beth beteuerte, dass es ihr leidtäte, da sie fast auf seinem Schoß gelandet war. Sie erholte sich rasch und merkte, dass zum Glück kaum jemand auf sie beide achtete und die Gespräche weitergingen.

»Ist alles in Ordnung mit Ihnen?«, erkundigte sich die lächelnde Bardame und deutete zur Tür.

»Ich komme mir ein bisschen blöd vor, aber ansonsten geht es mir gut, danke.«

»Ich bin Petra, die Wirtin«, stellte sich die andere mit einem sanften osteuropäischen Akzent vor und streckte die Hand über den Tresen aus. »Was kann ich Ihnen bringen?«

»Ich bin Beth. Gin Tonic, bitte. Welchen Gin haben Sie?«

»Ah, nur den üblichen, fürchte ich. Wir sind nicht so vornehm.« Sie deutete auf die Flaschenhalterung über dem Tresen.

»Das macht nichts«, sagte Beth und versuchte, dabei aufrichtig zu wirken.

»Sie kommen gerade noch rechtzeitig, um in einem Team mitzuspielen. Das Quiz geht gleich los.« Sie deutete auf einen kahlköpfigen Mann mit einem ziemlich dicken Bauch, der in ein Mikrofon pustete.

»Nein, ehrlich, vielen Dank. Ich werde nur zuschauen.«

Petra schüttelte den Kopf. »Jack, hier ist euer fünftes Teammitglied«, rief sie, woraufhin Jack sich auf seinem Hocker umdrehte. Beth war überzeugt davon, dass noch in der Sekunde, bevor ihm klar wurde, wer das fünfte Teammitglied sein würde, ein Lächeln auf seinem Gesicht gewesen war. Er stand auf und winkte sie mit resignierter Miene zu sich.

Drei deutlich freundlichere Gesichter begrüßten sie, und man rutschte zusammen, um ihr auf der Bank Platz zu machen, während alle ihre Namen herunterratterten – Melvyn und Audrey, die offensichtlich ein Paar waren, und Simon, der strahlte und dessen fuchsrotes Haar bis zu den Ohren zurückgewichen war. Beth stellte fest, dass dies die bei Weitem jüngste Gruppe im Pub war, und abgesehen von ihr und Jack war niemand unter vierzig.

»Ich bin Beth«, sagte sie mit einem bescheidenen Lächeln.

»Augen runter, schaut rein«, brüllte der rundliche Mann, der eigentlich gar kein Mikrofon brauchte. Beth lief ein Schauer über den Rücken. Bloß nicht Bingo, dachte sie. »Neeee, war nur ein Scherz!« Es folgte ein Lachen wie aus einer Lachkonserve, bevor es in dem Raum still wurde und der Mann fortfuhr:

»Willkommen zum Pub Quiz des Blutenden Bären. Runde eins: die Neunzehnhundertsechziger. Seid ihr bereit? Frage eins ...«

Na klasse, dachte Beth. In den Sechzigern oder Siebzigern war ich noch nicht einmal geboren, und von den Achtzigern habe ich auch nicht viel mitbekommen!

Genau wie sie es erwartet hatte, war sie keine große Hilfe bei den Antworten und kam sich deshalb vor wie ein Dummkopf. Zum Glück war das Melvyns und Audreys Ära, sodass sie als Team tatsächlich zu jeder Frage Antworten hingeschrieben hatten. Nicht zum ersten Mal vermisste Beth ihren Job. Auch wenn er fordernd und anstrengend gewesen war, sie war gut darin, und ihr Chef wusste sie zu schätzen. Hier war sie der Einfaltspinsel, der auf die Frage »Auf welche berühmte Persönlichkeit wurde in Dallas ein Attentat verübt?« mit J.R. Ewing antwortete. Immerhin brachte das Jack zum Lachen. Am Ende der ersten Runde gab es eine kurze Pause, und alle fingen wieder an zu reden.

»Ich habe gehört, Sie bestechen die Einwohner mit Kuchen?«, fragte Jack, vermied dabei jeglichen Blickkontakt und trank einen Schluck von seinem fast noch vollen Guinness, was ihm einen Schaumschnurrbart bescherte.

Beth stutzte. »Oh, Sie meinen Ernie. Ich dachte, ich sollte wenigstens versuchen, herauszufinden, warum dieser Mann praktisch in meiner Weide wohnt.«

»Wie läuft es denn mit dem Cottage?«

»Gar nicht. Der Kostenvoranschlag, den ich bekommen habe, ist viel zu hoch. Ich meine, der war sicher korrekt, nur muss eben so viel am Haus gemacht werden.«

»So schlimm kann es doch gar nicht sein«, erwiderte Jack.

»Ist es aber.« Sie widerstand dem Drang zu schmollen.

»Aber Wilf wohnte dort bis zu seinem Herzinfarkt, also warum sollten Sie nicht darin wohnen, während Sie es nach und nach renovieren.« Jack war direkt.

»Vielleicht haben Wilf und ich unterschiedliche Ansichten

über das, was man bewohnbar nennen kann.« Beth merkte, wie sie mürrisch wurde. Sie leerte ihren Drink und entschied, dies sei ein guter Zeitpunkt zu gehen. Doch als wollte Petra ihre Pläne durchkreuzen, tauchte sie an ihrem Tisch auf und ersetzte ihr leeres Glas durch ein volles.

»Geht aufs Haus. Sie haben es verdient, wenn Sie sich mit dieser Baustelle abgeben«, sagte Petra. »Willkommen in Dumbleford.« Jetzt konnte sie natürlich nicht mehr gehen.

Runde zwei verlief nicht besser, da es um Nationalhymnen verschiedener Länder ging, und Runde drei drehte sich leider um Sport. Glücklicherweise wusste Simon alles über Football und Kricket. Bei Runde vier hatte Beth die Lust am Leben verloren.

»In Runde vier geht's um die Namenserweiterung der Länder im Internet.« Von den Teams kam Gemurre. »Ihr wisst schon, wie ›dot co dot uk‹ für United Kingdom oder ›de‹ für Deutschland. Also, für welche Länder stehen folgende Kürzel ...?«

Beth richtete sich auf, denn das war etwas, was sie wusste. Bei ihrer Arbeit in London hatte sie mit Leuten aus aller Welt zu tun gehabt, daher bot sich jetzt die Chance, etwas zu diesem Abend beizutragen. Jack bemerkte ihre schlagartige Aufmerksamkeit und zog den Zettel für die Antworten zu sich heran. Beth nahm das sofort wahr, und damit waren die Fronten abgesteckt. Bei jeder laut vorgelesenen Frage flüsterten sie die Antwort gleichzeitig. Als sie bei Frage Nummer sieben ankamen, bemerkte sie Jacks Verärgerung.

»C-h«, sagte der rundliche Ansager.

»China«, flüsterte Jack, während Beth zur gleichen Zeit »Schweiz« flüsterte. Jack schaute zu ihr und wirkte sehr selbstzufrieden. »Sie werden sehen, es ist China«, sagte er und schrieb es auf den Zettel.

»Sie irren sich. Ich weiß, dass es die Schweiz ist«, erwiderte Beth und verspürte Mitgefühl.

Jack bat die anderen im Team um eine Meinung, doch alle sahen ratlos aus und zuckten die Schultern.

»Was soll China denn sein, wenn nicht c-h?«, fragte Jack.

Beth überlegte. Sie kannte tatsächlich jemanden in China, doch die E-Mail-Adresse endete auf ›dot com‹ wie die meisten. Sie biss sich auf die Unterlippe und dachte weiter nach. Sie sah Jack zufrieden grinsen. »Hören Sie, ich weiß nicht, wie das Kürzel lautet, aber es ist nicht c-h.«

»Könnte es Chile sein?«, schlug Simon vor und wurde sofort von Jack belehrt.

»Nein, es ist China!«

Die Fragen acht und neun waren unstrittig, da sie beide die Ländernamen gleichzeitig nannten, doch bei Nummer zehn waren sie erneut uneins.

»M-c ist Monaco«, erklärte Jack zum zweiten Mal.

»Ich denke, es ist Marokko«, wiederholte Beth, und Jack seufzte frustriert. »Na schön, dann frage ich mal wie Sie vorhin – wenn es nicht die Internet-Initialen für Marokko sind, welche sind es dann?« Sie verschränkte die Arme.

Jetzt musste Jack nachdenken. »Ich glaube, es ist m-a«, sagte er schließlich.

»M-o?« Beth prustete los. »Wie passt das denn zu Marokko?«

Jack ignorierte sie und überprüfte, ob das Antworten-Blatt vollständig ausgefüllt war.

Beth brachte dem Team eine Runde Drinks, die dankbar angenommen wurden, besonders von Melvyn und Audrey, die anscheinend vorgehabt hatten, mit einem einzigen Drink den ganzen Abend auszukommen. Beths Wettkampfeifer war wiedererwacht. Auf keinen Fall würde sie ins B&B zurückkehren, ehe sich nicht herausgestellt hatte, dass sie richtig lag. Sie stritt mit Jack immer noch darüber, als die Antworten laut vorgelesen wurden.

»Nummer sieben ist Schweiz …«

»Ha!«, sagte Beth genüsslich in Jacks rechtes Ohr und lenkte damit die Aufmerksamkeit des Ansagers auf Jacks Tisch.

»Hast du das richtig, Jack?«, erkundigte sich der Ansager mit seinem runden strahlenden Gesicht. »Da du doch der IT-Spezialist der Schule bist.«

Beth saß mit verschränkten Armen und hochgezogenen Brauen zufrieden da – sie genoss das. Jack sah von Beth zum Ansager.

»Äh, nein. Die Antwort haben wir falsch, fürchte ich.«

»Ich nicht«, murmelte Beth und trank einen ordentlichen Schluck von ihrem Drink.

»Tut mir leid«, meinte Jack leise, doch ehe Beth ihn bitten konnte, das zu wiederholen, wurden die Antworten für Nummer neun und zehn vorgelesen.

»Neun ist Südafrika, und zehn ist Monaco.«

Ein breites Grinsen erschien auf Jacks Gesicht. »Monaco, nicht Marokko. Möchten Sie dazu vielleicht etwas sagen?«

»Tut mir leid«, murmelte Beth. Jack machte ebenfalls ein selbstzufriedenes Gesicht.

»Noch etwas zu trinken? Zum Zeichen dafür, dass wir nicht nachtragend sind?« Jack war bereits aufgestanden. »Sie müssen noch bleiben, bis die Ergebnisse bekannt gegeben werden – wir könnten Würste gewonnen haben!«

Beth schüttelte den Kopf. Hatte sie ihn bei all dem Stimmengewirr im Pub gerade richtig verstanden?

Er kehrte mit den Drinks zurück. »Petra meint, ich soll nett sein«, sagte er und deutete zur Bar, wo Petra ihm mit dem Finger drohte und gleichzeitig flirtend zuzwinkerte.

»Sie hat recht«, erwiderte Beth und nahm ihr Getränk entgegen.

»Es sind Schulferien, deshalb habe ich ein paar Tage für mich. Hätten Sie gern Hilfe beim Cottage?«

»Ich glaube nicht, dass meine Computeranlage schon installiert werden kann, aber trotzdem danke.«

»Ich meinte beim Herausreißen der Dielenbretter und solchen Dingen. Ich habe mein Haus selbst renoviert, aber es war auch nicht dermaßen heruntergekommen wie Wilfs Haus.«

»Wie kommen Sie darauf, dass ich Ihre Hilfe benötige?« Beths Ton war gereizt.

Jack wirkte ein wenig fassungslos. »Na ja, ich habe Wilfs

Haus gesehen, und dem Wagen nach zu urteilen, mit dem Sie hergekommen sind, haben Sie sicher keine Leiter dabei, oder?«

Klugscheißer, dachte Beth. Sie rang mit sich. Einerseits war sie wegen Nick sehr auf der Hut, andererseits sagte ihr gesunder Menschenverstand ihr, dass dies ein aufrichtiges Angebot und nicht herablassend gemeint war.

»Könnten bitte endlich alle mal aufhören, es ständig ›Wilfs Haus‹ zu nennen?« Sie wusste, dass sie genervt klang. »Entschuldigen Sie, aber das ist wirklich ärgerlich.«

Jack trank von seinem Guinness. »Sie werden feststellen, dass es noch eine ganze Weile ›Wilfs Haus‹ sein wird. Die Leute hier brauchen Zeit, um sich an Veränderungen zu gewöhnen. Die Bungalows, wo Ernie wohnt, werden immer noch ›die neuen‹ Bungalows genannt, obwohl sie schon 1975 gebaut wurden!«

»Nicht zu fassen«, sagte Beth und kam sich ein bisschen albern dabei vor.

»Mein Angebot, Ihnen zu helfen, steht. Beteiligen Sie für gewöhnlich Leute?«

Beth trank einen weiteren Schluck und schüttelte den Kopf. Wovon redete Jack? Sie hatte so etwas ja noch nie gemacht.

»Ich hatte angenommen, Sie verdienen mit der Renovierung von Häusern Ihren Lebensunterhalt«, erklärte er.

Ach nee! dachte Beth. Der Alkohol machte sie leichtsinnig. Aber auf keinen Fall wollte sie Informationen über ihr vorheriges Leben preisgeben, deshalb winkte sie theatralisch ab. »Ich beziehe natürlich Leute mit ein für bauliche Sachen, aber dies ist mein erstes Projekt. Normalerweise handelt es sich eher um eine Verschönerung – Malerarbeiten, Dekorationen, Inneneinrichtung. So was in der Art.« Sie holte tief Luft, da ihr das Lügen unangenehm war.

»Aha«, meinte Jack und wirkte zufrieden mit dieser Erklärung. »Wollen Sie nun einen Helfer? Morgen könnte ich.«

Beth war perplex von diesem Angebot. Sie konnte Nein sagen, aber das machte sie nicht gleich zu einer herausragend unabhängigen Frau; im Grunde wäre es ziemlich blöd.

»Wahrscheinlich ist das Angebot auf das Guinness zurückzuführen, aber ich sage Ja, bitte.«

Simon, Melvyn und Audrey hatten schon ihre Strickjacken angezogen und waren bereit zu gehen, als der Ansager sich wieder zu Wort meldete. »Den dritten Platz belegen die Dorfdeppen.« Beth hielt Ausschau nach dem Team, für das allerdings das halbe Dorf infrage kam. »Den zweiten Platz heute Abend, und nur drei Punkte hinter den Gewinnern, belegen die Quizzly Bears. Tut mir leid, Maureen.« Alle sahen zu Maureen, die mit düsterer Miene ihr Pint in sich hineinkippte.

»Und die Sieger sind ... The Spanish Inquisition.«

Jack sprang auf und stieß dabei fast die Gläser um, während die anderen Teammitglieder einander die Hände schüttelten. Melvyn und Audrey standen auf, um zu gehen.

»Tja, dann bleiben nur noch wir beide«, sagte Beth, als Jack sie zuerst freundschaftlich umarmte, um gleich danach verlegen dreinzublicken und zurückzuweichen.

»Das erste Mal seit Ostern, dass wir gewonnen haben.« Er sah wirklich begeistert aus, und Beth musste zugeben, dass auch sie ganz zufrieden mit sich war. Der Ansager kam herüber, um die Preise auszuhändigen.

»Äh, danke«, sagte Beth, denn was soll man sagen, wenn einem jemand ein Dutzend Schweinewürstchen überreicht?

6. Kapitel

Fergus hatte sein Gehör verloren, weil er als Erwachsener an einem schlimmen Fall von Mumps erkrankt war. Das erste Jahr, nachdem es passiert war, verbrachte er in seiner alten Wohnung. In erster Linie hing das mit dem Schock über den Verlust eines Sinnes zusammen, aber auch mit Angst und bröckelndem Selbstbewusstsein. Durch den Verlust der Fähigkeit zu kommunizieren, fühlte er sich von der Außenwelt abgeschnitten und war frustriert. Selbst die einfachsten Tätigkeiten bedeuteten plötzlich Schwierigkeiten für ihn. Es ließ sich jetzt zum Beispiel nicht mehr nur durch einen Anruf irgendetwas in Erfahrung bringen. Fergus war geschockt von der Anzahl der Leute, die ihn wie einen Begriffsstutzigen behandelten, nur weil er nicht hören konnte.

Ein richtiger Schritt war der Kurs für englische Zeichensprache gewesen, in dem er sich obendrein in eine der Tutorinnen verliebt hatte – Carly. Sie hatte ihn mit der Gemeinde der Tauben bekannt gemacht. Ihr hatte er all die Unterstützung von Leuten zu verdanken, die in der gleichen Situation gewesen waren wie er. Und obwohl seine Erfahrungen sich von denen der anderen in seinem Kurs, die ihr ganzes Leben lang diskriminiert worden waren, unterschieden, wurde sein Bekanntenkreis durch das Erlernen der Gebärdensprache sofort größer und half ihm über den Schock hinweg. Leider gab es nach wie vor Menschen, die mit einem solchen Handicap nicht umgehen konnten. Doch durch viel Unterstützung und modernste Technik hatte Fergus langsam Fortschritte gemacht und führte jetzt wieder ein normales Leben.

Und dazu gehörten auch Streitereien mit seiner Freundin. Carly fand es allerdings schwierig, mit einer gehörlosen Person zu streiten. Ganz gleich, wie gut man die Gebärdensprache beherrschte, man bekam die Worte nicht schnell genug heraus. Und wenn der andere wegschaute, war der Streit automatisch vorbei.

Fergus sah perplex aus und machte immer wieder das Zeichen für »Entschuldige«, wahrscheinlich weil er fand, sie reagiere übertrieben darauf, dass er den letzten Teebeutel genommen hatte. Aber nach einer schlaflosen Nacht brauchte Carly dringend einen Becher Tee. Ihre ganze Frustration über den ausgebliebenen Heiratsantrag entlud sich nun in einer Tee-Debatte. Sie teilte ein paar Seitenhiebe aus, weil er den ganzen Tag mit Computerspielen verbrachte und sich nicht anzog, dann schnappte sie sich ihre Handtasche und stürmte hinaus. Nicht ohne die Tür hinter sich zuzuknallen. Das würde er zwar nicht hören, aber wahrscheinlich vermittelten die Vibrationen das Ausmaß ihrer Verärgerung.

Sie stand vor der Wohnungstür und schrie. Es klang wie ein Urschrei, der so lange andauerte, dass jemand seine Wohnungstür öffnete, um zu sehen, was da los war. Für London, wo jeder sich nur um seine eigenen Angelegenheiten kümmerte, es sei denn, etwas Katastrophales war geschehen, war das schon außergewöhnlich.

»Tut mir leid, aber das musste raus«, erklärte Carly, während die Tür schnell wieder zugemacht wurde. Jedenfalls hatte es funktioniert, denn sie fühlte sich einen kleinen Tick besser, auch wenn ihr Verlangen nach einer Tasse Tee nach wie vor ziemlich groß war. Fergus war so entspannt in allen Dingen, und meistens nahm sie das als gute Eigenschaft wahr. Es gab jedoch Momente, in denen es sie wahnsinnig machte. Für sie war es zum Beispiel ganz logisch, dass sie nach drei Jahren Beziehung ans Heiraten dachte. Inzwischen fragte sie sich aber, ob Fergus ihr überhaupt jemals einen Antrag machen würde. Sie schickte Beth eine Nachricht, und als die nicht sofort beantwortete, rief Carly sie an.

»Ich nehme an, es lief nicht gut, denn ich habe gestern Abend keinen aufgeregten Anruf mehr erhalten«, sagte Beth.

»Es lief nicht gut – was für eine Untertreibung! Er hat mich 257 Treppenstufen in High Heels hinaufsteigen lassen, um mich zu fragen, ob ich mit ihm ein Wochenende in einem verdammten Baumhaus verbringen möchte.« Carly war immer noch empört.

»Oh, aber ein Baumhaus, das klingt doch gut. Wann denn?«

»Hast du gehört, was ich gesagt habe? 257 Stufen hinauf zur Scheiß-Whispering-Scheiß-Gallery in der Scheiß-St. Paul's.«

»Was für eine reizende Idee. Ich finde, du bist ein bisschen gemein. Er hat einen netten Kurzurlaub für euch gebucht und dich an einen netten Ort geführt, um dir davon zu erzählen.«

Carly zog einen Schmollmund, während sie draußen auf dem Gehsteig vor der Wohnung stand. »Es wäre der ideale Ort für einen Heiratsantrag gewesen.«

»Mag sein, aber es gibt noch andere tolle Orte für einen Heiratsantrag.«

»Ich hätte gern das Gefühl, dass die Welt für einen Moment stillsteht, nur für mich. Das ist alles«, sagte Carly mutlos und ging an die Seite, um nicht von genervt ausschauenden Fußgängern angerempelt zu werden.

»Ich wage zu behaupten, dass das noch passieren wird. Aber bis dahin solltest du froh sein über den einfühlsamen Mann, den du hast, und dich auf euer Wochenende in einem Baumhaus freuen.«

»Einfühlsam? 257 Treppenstufen. In Pumps!«, war alles, was Carly dazu zu sagen hatte. Sie schob das Telefon in ihre Handtasche und überquerte die Straße. Sie bemerkte Fergus nicht, der sie vom Fenster aus beobachtet hatte.

Leo aß gerade seine Würstchen mit Bohnen auf, als die theatralische Klingel des B&B die Melodie von »Twinkle, Twinkle, Little Star« summte. Jean öffnete die Tür und warf sich gleich in Pose, als sie Jack begrüßte. Was war das nur mit den Frauen in diesem Dorf und Jack? Er schien sie alle ganz kirre zu machen.

»Sind Sie fertig?«, rief er brüsk, nachdem er Höflichkeiten mit Jean ausgetauscht hatte.

»Jap«, antwortete Beth, nahm ihre rostigen Schlüssel und bugsierte Leo sanft vom Tisch weg.

»Sie tragen das da?«, meinte Jack, unverblümt wie immer, während er ihr Outfit musterte.

Sie schaute auf ihr eng anliegendes weißes T-Shirt, die knallenge Designerjeans und die eleganten Lederstiefel mit den flachen Absätzen. »Ja, was stimmt denn nicht damit?« Schließlich trug sie keinen Rock und Pumps, wie bei der ersten Besichtigung des Grundstücks.

»Mit den Sachen ist alles in Ordnung, aber die Arbeit am Haus wird viel Dreck machen, und dann sind die Sachen hin.«

»Das sind die billigsten Klamotten, die ich besitze, die können ruhig dreckig werden. Ich werde schon aufpassen, dass ich sie nicht ruiniere.«

»Was ziehen Sie denn für gewöhnlich bei solchen Arbeiten an?«, wollte Jack wissen und machte ein neugieriges Gesicht.

Es war zu früh, um sich etwas auszudenken, außerdem hörte Leo zu. »Na das hier«, antwortete sie und ging erhobenen Hauptes zur Tür hinaus. Hinter ihr schüttelte Jack den Kopf.

Jean verfolgte den Dialog mit ihrem ewigen Lächeln. »Tja, dann wünsche ich euch einen schönen Tag«, sagte sie und winkte zum Abschied.

»Hier«, meinte Jack und gab Beth und Leo je einen kleinen weißen Mundschutz. »Gegen den Staub.«

»Danke, aber ich spiele lieber im Garten«, erklärte Leo und schwang einen Tennisball.

»Er hatte noch nie einen Garten«, sagte Beth, worauf Jack dem Jungen mitfühlend auf den Rücken klopfte.

»Du könntest mir einen Gefallen tun und ein Auge auf Doris haben«, meinte Jack, als der riesige Hund angerannt kam, um sie zu begrüßen. Doris hatte ein dunkles Gesicht, doch der Rest ihres kurzen Fells war goldblond, und sie war fast so groß wie Leo. Beth stellte sich schützend vor ihren Sohn, und Doris nutzte die Chance, um an ihrem Schritt zu schnuppern. Jack zog den Hund gekonnt weg, und Beth verdrehte die Augen; die Schritt-Schnupperei und das Lecken der eigenen Genitalien waren wahrscheinlich die beiden Hauptgründe, weswegen sie absolut keine Hundeliebhaberin war. Die dritte Sache, die ihr an Hunden missfiel, war, wenn sie auf dem Hintern über einen Teppich rutschten. Obwohl sie zugeben musste, dass das ganz lustig war, solange es sich nicht um den eigenen Teppich handelte.

»Ich halte das für keine gute Idee«, sagte Beth.

»Och, Muuuuum«, jammerte Leo hinter ihr.

Jack sah sie an, als erwarte er eine Erklärung für ihr Handeln.

»Es ist ein sehr großer Hund, und Hunde ...« Ihr war klar, dass die beiden jetzt darauf warteten, dass sie »beißen« sagte. »... Hunde können unberechenbar sein. Also, tut mir leid, aber ich glaube nicht.«

»Schade. Das bedeutet, sie wird zwei Tage in ihrem Käfig verbringen müssen«, erklärte Jack und sah ratlos auf Doris, die glücklich ihren Schwanz gegen sein Bein schlug.

»Ein Käfig?« Leo sah wütend aus. Beth wirkte auch ein bisschen geschockt.

»Das ist okay. Es hält sie davon ab, das Haus zu verwüsten.« Leo und Beth schien das nicht zu beruhigen. »Im Ernst, sie ist ein Mastiff. Die frisst sich durch eine Wand, wenn ich sie allein lasse!«

»Trotzdem. Sie in einen Käfig sperren?«, sagte Beth und schaute sich den Hund nun doch genauer an.

»Es ist eine anständige, extra große Hundebox. Aber sie möchte natürlich lieber bei mir sein.« Jack zog ein trauriges Clownsgesicht.

»Na schön, nehmen Sie sie mit«, gab Beth nach, und Leo jubelte vor Begeisterung.

»Sie werden sie noch ins Herz schließen«, prophezeite Jack und tätschelte die Flanke des Hundes, der daraufhin prompt seine sabberigen Lefzen an Beths Jeans abwischte, als sie an ihm vorbeiging. Beth wich angewidert zurück.

»Das bezweifle ich«, murmelte sie.

Vor dem Haus parkte ein großer Kombi mit einer auf dem Dach befestigten Leiter. Doris sprang hinten in den Kofferraum, und Jack stieg vorne ein.

»Wir sehen uns am Cottage«, rief er und fuhr los.

»Fein«, sagte Beth. Sie brauchte keine Mitfahrgelegenheit, da sie die Weide vom B&B fast schon sehen konnte. Trotzdem wäre es nett gewesen, wenn er es ihr angeboten hätte. Sie setzte ihre Sonnenbrille auf und nahm Leos widerstrebende Hand.

Als sie zum Cottage kamen, schaute Leo nach, ob Ernie sich unter der Weide aufhielt, aber dort war niemand. Jack hatte schon seine Werkzeugkiste ausgeladen und betrachtete die Bretter, mit denen die Fenster und die Tür zugenagelt waren.

»Verzinkte Schrauben«, meinte er und deutete auf das Metall in den Brettern. »Das ist gut, denn es bedeutet, dass sie nicht rosten. Dafür habe ich genau das Richtige.« Er nahm einen großen Schraubenzieher und machte sich an die Arbeit.

»Nehmen wir die Bretter mal ab und schauen uns an, womit wir es zu tun haben«, schlug er vor. Beth passte es nicht, dass er hier die Anweisungen gab, erklärte sich aber einverstanden, da sie keine bessere Idee hatte.

Als er die letzte Schraube gelöst hatte, nahm Beth die große Holzplatte entgegen. Im letzten Moment rutschte sie ihr aus der Hand, doch Jack griff blitzschnell danach und verhinderte, dass sie fiel.

»Autsch!«, rief Beth und begutachtete ihre Hände – Splitter und ein abgebrochener Nagel. Sie atmete schwer aus; das Ganze sah immer weniger nach einer Sache für sie aus.

Unter der Holzplatte kam das Fenster zum Vorschein. Die Holzrahmen waren ursprünglich weiß gestrichen, doch die Farbe war fast überall abgeblättert. Trotzdem entlockte der Anblick der quadratischen kleinen Scheiben des Fensters beiden ein Lächeln.

»Georgianische Fenster«, stellte Jack fest und half Beth, die Holzplatte gegen die Wand zu lehnen.

»Die sehen reizend aus«, sagte Beth und schaute sie sich genauer an. »Aber nicht allzu gut geeignet gegen Kälte. Ich denke, die müssen gegen doppelt verglaste ausgetauscht werden.«

»Nein!«, rief Jack entsetzt. »Die sind wunderschön. Ich werde sie mit Leinöl vor der Witterung schützen, bis Sie dazu kommen, sie zu streichen. Und glauben Sie mir, die schützen auch vor kalten Temperaturen. Es sind eher die Mauerfugen, um die Sie sich kümmern müssen.« Er zeigte auf einen Punkt an der Mauer, wo jemand versucht hatte, eine Fuge zu füllen, und das Ergebnis bereits bröckelig geworden war.

»Aha«, sagte Beth und hatte noch stärker das Gefühl, sich auf völlig unbekanntem Terrain zu bewegen.

»Flämischer Bond«, bemerkte er und deutete auf das Mauerwerk.

»Ist er? Ich kenne mich mit Filmen nicht so gut aus«, sagte Beth beiläufig, sie war nicht ganz bei der Sache.

Leo und Doris spielten Fangen mit dem Ball, bis Doris den Ball kaputt machte, indem sie ein großes Loch hineinbiss. Beth und Jack entfernten die anderen drei Holzplatten, und glücklicherweise waren bis auf zwei Glasscheiben alle anderen heil geblieben. Jack klebte gekonnt Plastikfolie über die zwei zerbrochenen Scheiben, damit es nicht hineinregnete. Dann schauten Beth und er sich die größte Holzplatte an, die vor die Eingangstür geschraubt worden und inzwischen von Efeu und einer weiß blühenden Pflanze überwuchert war.

Jack tauchte in den Kofferraum seines Wagens ab und begann, nach etwas zu suchen. »Wollen wir?«, fragte er, als er mit zwei großen Astscheren zurückkam.

»Darf ich mithelfen?«, fragte Leo.

»Sorry, Kumpel, die sind zu gefährlich. Aber du kannst von dieser Waldrebe so viel herunterreißen, wie du schaffst.« Er zeigte auf die Pflanze mit den schönen weißen Blüten und warf dem Jungen ein Paar Handschuhe hin.

Leo probierte sie an. »Sie passen!«

Beth sah überrascht aus. »Das sind diese extrem dehnbaren

Teile; ich dachte mir, die sind vielleicht ganz praktisch«, erklärte Jack und machte sich mit der Astschere an die Arbeit. Beth stand daneben und schaute zu. Sie fragte sich, was sie hier tat. Helfen konnte sie nicht – sie hatte noch nie mit einer Astschere gearbeitet und auch keine Ahnung, wo und wie sie hätte anfangen sollen. Die Schere war schwer und unhandlich, und sobald sie sie anhob, schien sie wie von einem gigantischen Magneten nach rechts gezogen zu werden. Sie legte sie wieder auf den Boden zurück. Das ganze Projekt kam ihr immer alberner vor. Doris tauchte hinter ihr auf und lehnte ihren schweren Kopf gegen Beths Hand. Mit ihren hängenden Augen sah sie so verloren aus, wie Beth sich fühlte. Beth wich der sabbernden Kreatur aus und hoffte, dass Jack es nicht bemerkt hatte. Sie hob die Gartenschere wieder auf und versuchte vergeblich, sie unter Kontrolle zu bekommen, während sie wild die Luft um die rankende Pflanze herum zerschnitt.

Dank Jacks und Leos Bemühen war die Holzplatte vor der Haustür bald freigelegt und entfernt. Beth fiel als Erstes noch mehr abblätternde Farbe auf, diesmal war es ein helles Pink.

»Wow!«, rief Leo aus.

»Da bin ich aber froh, dass ich meine Sonnenbrille aufhabe«, bemerkte Beth.

»So schlimm ist es auch wieder nicht. Hübscher Stil, und das Glas verleiht der Tür einen netten Akzent.« Jack zeigte auf die vier kleinen im Quadrat angeordneten Glasscheiben auf Kopfhöhe. Beth war nicht überzeugt.

Im Nu hatte Jack die Holzplatten von den Fenstern auf der Rückseite des Hauses entfernt und lud sie in den Kofferraum seines Wagens.

Danach holten sie sich zwei Kaffee und einen Orangensaft von Rhonda und widmeten sich anschließend dem Inneren des Hauses. Beth war sich nicht sicher, ob es besser oder schlechter aussah, jetzt, wo Licht durch die Fenster hineinfiel. Sie und Jack standen da und tranken ihren Kaffee, während Leo auf der untersten Treppenstufe saß und auf Beths iPhone Spiele spielte.

»Okay, Boss. Was denken Sie?«, wollte Jack wissen. Beth glaubte, einen spöttischen Unterton herauszuhören. Sie dachte bei sich: ›Oh Mann, hier habe ich wirklich Mist gebaut‹, traute sich jedoch nicht, das laut auszusprechen, und sagte stattdessen: »Oberste Priorität ist es, dafür zu sorgen, dass es wasserdicht ist.« Sie war ganz zufrieden mit dem überzeugten Klang ihrer Worte; fast hörte sie sich an, als wisse sie, was sie hier tat.

»Wir haben einen tollen Sommer. Seit Wochen gab es keinen Regen mehr. Wollen Sie oben mal nach sichtbaren undichten oder feuchten Stellen suchen? Ich bin gleich wieder da.«

Beth bekam nicht die Gelegenheit, ihn zu fragen, was er denn vorhabe, da er im nächsten Moment auch schon verschwunden war. Also stieg sie vorsichtig die Treppe hinauf und sah sich oben um. Es war schwierig, unter dem Schmutz feuchte Stellen auszumachen. Sie atmete geräuschvoll aus; wie sollte man ein Haus, das dermaßen verdreckt war, wieder sauber bekommen? Würde es überhaupt jemals wieder sauber werden? Und war es denn je ganz sauber gewesen? Dann dachte sie an das Foto der reizend lächelnden Elsie, die ganz selbstlos Ernie aufgenommen und großgezogen hatte. Beth war überzeugt davon, dass Elsie das Haus sauber gehalten hatte; in Wilfs letzten Lebensjahren alleine hier müssen die Dinge außer Kontrolle geraten sein.

Jedes Zimmer oben war tapeziert, und Beth erinnerte sich vage daran, wie sie als Kind ihrem Vater mit einem warmen nassen Schwamm und einem Kratzer beim Entfernen von Tapeten geholfen hatte. Sie hatten den Großteil der Schulferien für ein einziges Zimmer gebraucht. Alleine würde sie für dieses Cottage eine Ewigkeit brauchen.

Draußen hörte sie Stimmen und dann ein seltsames Rauschen. Plötzlich spürte sie, wie eiskaltes Wasser auf sie heruntertropfte. Sie schaute hoch, und ihr Gesicht wurde nass, weil Wasser durch die Decke lief.

»Mist!« Sie lief zum nächsten Fenster und versuchte, den Anblick des winzigen Badezimmers zu ignorieren, in dem sie sich befand. Sie wollte das Fenster öffnen, um Jack, der gut gelaunt das Dach mit einem Wasserschlauch bespritzte, etwas zuzurufen, doch das Fenster gab nicht nach. Als sie unten angekommen war und Leo, der ins Spielen versunken war, auf das Tropfen aufmerksam machte, wurde das Wasser abgestellt, und das Geräusch erstarb.

Jack kam zurück ins Cottage. »Haben Sie Lecks gefunden?«, erkundigte er sich grinsend.

»Sie verdammter Idiot! Was, wenn das Wasser in die Elektrik gerät?« Beth schüttelte Wasser von ihren Händen.

»Die Elektrik ist ausgeschaltet. Ich nahm an, Sie würden die lieber von einem Fachmann überprüfen lassen, bevor Sie den Strom einschalten.«

Am liebsten hätte Beth geschrien. Sie hasste es, so zu tun, als wüsste sie, was sie tat. Und Jacks Selbstgefälligkeit ging ihr auf die Nerven. Es war offensichtlich, dass er Spielchen trieb.

»Ja, der Elektriker ist schon beauftragt. Aber alles unter Wasser zu setzen, mich eingeschlossen, ist nicht der richtige Weg, um hier undichte Stellen zu finden!« Sie fasste ihre Haare zu einem Pferdeschwanz zusammen und wrang sie demonstrativ aus.

»Na schön, und wie hätte ich das anstellen sollen?« Jack sah sie interessiert an.

»Ja, also ... ich hätte nach feuchten Stellen gesucht, wie Sie vorhin vorgeschlagen haben, und dann ... wäre ich aufs Dach gestiegen, um an den Ausfugungen nachzusehen.« Sie war sich nicht sicher, ob sie den richtigen Begriff benutzte, aber sie hatte ihren Vater einmal von Ausfugungen reden hören, deshalb war es einen Versuch wert.

Jack hob eine Braue, also lag sie womöglich richtig.

»Lassen Sie sich von mir nicht aufhalten«, sagte er. »Die Leiter ist draußen.«

Beth schluckte. Sie hatte kein Problem mit Höhen, wenn sie drinnen war, zum Beispiel in einem Lift oder auf einer Aussichtsplattform. Leitern hinaufklettern konnte sie hingegen nicht so gut. Das hieß aber noch lange nicht, dass sie sich dieser Herausforderung nicht stellen würde. »Na schön. Könnten Sie dann unten festhalten?«

Jack konnte sich ein Schuljungengrinsen nicht verkneifen. »Klar doch.«

Die ersten Sprossen waren okay. Sie sagte sich die ganze Zeit, es sei wie Treppensteigen. Nur dass es eben nicht stimmte. Ihr Fuß rutschte ein Stückchen ab. Prompt stieß sie einen kleinen Schrei aus, den sie mit einem Husten zu kaschieren versuchte. Sie hatte Angst herunterzufallen. Beth gab sich die allergrößte Mühe, ihre Atmung zu kontrollieren, doch die Angst beschleunigte diese von Minute zu Minute mehr. Sie klammerte sich an dem kalten Metall fest und schob die Hände langsam höher, während sie die nächste Sprosse nahm.

»Alles in Ordnung?«, fragte Jack.

»Bestens«, log sie und stieß unhörbare Obszönitäten gegen sich selbst aus.

Jeder weitere Schritt auf einer Sprosse stellte eine noch größere Angst dar. Plötzlich war sie sehr froh darüber, dass sie nichts Höheres als ein Cottage gekauft hatte. Während sie sich dem Dach näherte, kam ihr ein Gedanke: Was um alles in der Welt würde sie tun, sobald sie oben angekommen war? Sie hatte keine Ahnung, wie man die Fugen überprüfte. Sie wusste ja nicht einmal genau, wie »Fugen« überhaupt aussahen. Als ihre Füße sich auf dem untersten Level der uralten Dachrinne befanden, spähte sie vorsichtig auf das Dach.

»Steigen Sie aufs Dach?«, rief Jack, gefolgt von einem Husten oder einem Lachen, oder von beidem ein bisschen.

»Äh, nein. Ich kann alles ganz gut von hier sehen«, erwiderte sie mit zitternder Stimme.

»Wie sehen die Fugen aus?«

Beth betrachtete die Ziegel, Reihe um Reihe. Die sahen alle gleich aus, nass und in der Sommersonne glänzend. »Ich glaube, die sind okay.«

»Wirklich?«

»Na ja ... die zeigen jedenfalls alle in die gleiche Richtung.«

7. Kapitel

Carly liebte es, zum Friseur zu gehen. Danny hatte ihre Frisur in den vergangenen Jahren modisch auf dem Laufenden gehalten, und er wusste jede Menge Klatsch zu berichten. Daher waren es zwei genüssliche Stunden, auf die sie sich jedes Mal freute. Wie erwartet war Danny in Form und absolut begeistert, als sie ihm von der Baumhaus-Idee und von dem bevorstehenden Heiratsantrag erzählte.

»Ach du meine Güte! Wie romantisch ist das denn bitte? Dieser Junge meint es wirklich ernst«, verkündete Danny, während er sicher drauflosschnippelte. »Weißt du, neulich habe ich in einer Zeitschrift einen Artikel über Baumhäuser gelesen, und eins davon war der reinste Luxus-Mikrokosmos. Ich wette, genau dahin bringt er dich. Glückliches Luder.«

Carly kicherte.

»Du solltest es dir mal im Internet anschauen«, schlug er vor und wedelte hektisch mit der Schere hin und her. Carly rümpfte die Nase. »Ach du liebes bisschen, bist du noch immer nicht im einundzwanzigsten Jahrhundert angekommen? Carly Darling, du musst mit der menschlichen Rasse mithalten. Hier.« Er gab ihr sein Smartphone – das neueste Apple-Modell.

»Lass mal gut sein. Das ist einfach nicht mein Ding.« Sie gab ihm das Handy zurück.

»Du hörst dich an wie diese Leute, die vor hundert Jahren gesagt haben, dass Flugzeuge niemals fliegen können.«

Carly musste lachen. Sie fühlte sich inzwischen wieder besser. Sie hatte ihre Wut über den ausgebliebenen Antrag überwunden, und das gemeinsame Wochenende lag nicht mehr in allzu weiter Ferne. Inzwischen war sie überzeugt davon, dass ein Heiratsantrag in einem Baumhaus so viel romantischer war als auf der Whispering Gallery.

Als Carly am Tresen bezahlte, suchte Danny nach der Zeitschrift. »Ich kann sie nicht finden, Darling, aber das werde ich, und wenn ich den Laden auf den Kopf stellen muss. Wenn ich sie gefunden habe, bringe ich sie dir vorbei.«

»Im Ernst? Das ist ja süß von dir, danke.«

»Oh, es sieht ganz danach aus, als bekäme jemand noch eine Überraschung.« Danny zeigte zur Tür, durch die gerade ein riesiger Strauß gelber und weißer Rosen hereinkam, hinter dem ein dunkler Haarschopf nur knapp zu sehen war. Carlys Magen machte einen Hüpfer, obwohl ihr Verstand ihr gleichzeitig signalisierte, dass der Rosenüberbringer nicht groß genug war, um Fergus zu sein. Die Rosen näherten sich ihr und verdeckten nach wie vor den Überbringer. Danny nickte begeistert neben ihr. Erst als sie die Blumen entgegennahm, erkannte sie, wer sie gebracht hatte.

»Nick?«

Sofort schob sie die Blumen von sich. »Ich weiß nicht, wo sie ist.«

»Die sind nicht für Elizabeth. Die sind für dich, als Entschuldigung, weil ich mich neulich abends wie ein Idiot aufgeführt habe. Es wächst mir alles über den Kopf. Ich liebe sie, Carly. Ich muss sie zurückhaben.« Er gab ihr die Blumen.

Carly scheuchte Nick aus dem Frisiersalon und fort von den neugierigen Kunden und Angestellten. »Hier.« Sie drückte ihm den Strauß an die Brust. »Ich will deine Blumen nicht.« Sie wandte sich ab und wollte entschlossenen Schrittes davonmarschieren. Dummerweise hatte sie die falsche Richtung eingeschlagen und würde irgendwann umkehren müssen und dabei so idiotisch aussehen, wie sie sich fühlte. Oder sie musste einen elend langen Umweg machen.

Nick holte sie ein. »Kann ich dich begleiten?«

Carly blieb stehen. »Woher wusstest du, dass ich hier sein würde? Verfolgst du mich? Es gibt Gesetze gegen Stalking.«

Nick schaute zerknirscht drein. »Ich war Anfang der Woche hier, um herauszufinden, ob Elizabeth einen Termin hat.« Er schlug den Blick nieder, während Carly ihn scharf ansah. Hier handelte es sich eindeutig um kreatives Stalking. »Und da las ich deinen Namen auf dem Bildschirm. Ich dachte mir, dass es keine zwei Carlys in der Gegend geben kann. Tut mir leid, wenn ich da eine Grenze überschritten habe.« Er sah tatsächlich aus, als täte es ihm leid. Und er sah gut aus; Carly hatte Nick immer gemocht. Er war witzig und attraktiv – alle mochten Nick. In gewisser Hinsicht fühlte sie sich durch das, was er Beth angetan hatte, ebenfalls gekränkt.

»Du hast eine Grenze übertreten, als du meine Freundin geschlagen hast.« Carlys Miene verhärtete sich.

»Können wir uns irgendwo unterhalten? Darf ich dich zum Kaffee einladen? Kann ich wenigstens alles erklären? Bitte.« In seinen Augen las sie Reue, deshalb gab sie wider besseres Wissen nach.

Carly nippte an ihrem schwarzen Chai-Tee und sah Nick misstrauisch an. Was sie von Beth gehört hatte, war schwer in Einklang zu bringen mit dem ruhigen und besorgt wirkenden Mann, der ihr gegenübersaß. Nick sah tadellos aus wie eh und je. Schwarze Haare, modisch kurz geschnitten. Er trug ein figurbetonendes weißes Hemd und hatte das Jackett ordentlich über die Stuhllehne gehängt. Er sah nicht aus wie jemand, der eine Frau schlägt, aber es gab kein typisches Aussehen für Leute, die häusliche Gewalt ausübten. Das war das Problem, man wusste es einfach nicht. Carly beobachtete das bunte Treiben draußen und genoss die paar Minuten Ruhe. Die Leute sahen alle ziemlich normal aus, doch wer wusste schon, zu was sie in der Lage waren, wenn sie unter Druck gerieten.

»Wie geht es dir und Fergus?«

»Bestens, Nick.« Carly fühlte sich verpflichtet, die Gegenfrage zu stellen. »Und dir?«

»Schrecklich. Völlig fertig. Ich glaube, als sie mich verlassen hat, befand ich mich in einem Schockzustand. Jetzt bin ich krank vor Sorge.« Carly erwiderte darauf nichts, hoffte aber, dass er ihr das fehlende Mitgefühl nicht ansah. »Ich liebe sie, Carly. Ich kann nicht glauben, was passiert ist, und ich muss sie unbedingt zurückgewinnen.«

»Ich bezweifle, dass das passieren wird, Nick.«

Er stützte kurz den Kopf in die Hände. »Ich gehe es immer und immer wieder durch.« Langsam schaute er wieder auf und sah Carly direkt an. »Leo war so anstrengend ...«

»Er ist sechs, das ist in gewisser Weise sein Job«, sagte Carly.

»Ja, ich weiß. Aber er hat mich wirklich auf die Probe gestellt. Als Elizabeth nicht da war, hat er anscheinend geglaubt, dass er machen kann, was er will. Ich habe ihm gesagt, dass er aufhören soll ... und dann bin ich durchgedreht.« Nick gestikulierte wild mit seinen Händen und versuchte, seinen Worten so mehr Gewicht zu verleihen. »Ich musste ihn bremsen, sonst hätte er sich noch selbst wehgetan. Mehr habe ich nicht gemacht, das schwöre ich.«

Carly trank von ihrem Tee, während Nick ihre Antwort erwartete. »Beth hat gesehen, wie du Leo wehgetan hast.«

»Nein, nein, das stimmt nicht. Sie glaubt, es gesehen zu haben, aber ich habe mit ihm gekämpft und nur versucht, seine Hände festzuhalten, damit er nicht mehr um sich schlägt.«

Carly dachte über Nicks neue Version der Ereignisse nach. »Selbst wenn sie falsch interpretiert hat, was da passiert ist – ich sage nicht, dass es so war, nur falls –, wie erklärst du dann, dass du Beth geschlagen hast?« Sie sah ihm ins Gesicht und versuchte, wie all die TV-Detektive, die sie je gesehen hatte, anhand irgendeiner Regung erkennen zu können, ob er log oder nicht.

Nick blies sich die Haare aus dem Gesicht und schüttelte den Kopf. Dann starrte er eine Weile auf seine Hände, als stünde dort die Antwort. Schließlich sah er wieder auf. »Das weiß ich nicht.«

Carlys Augen weiteten sich. »Du weißt nicht, wie du sie geschlagen hast?«

»Doch. Ich habe keine Ahnung, wie es passiert ist. Entscheidend ist doch, dass ich es nicht absichtlich getan habe.«

Carly stieß einen verächtlichen Laut aus und bereute es sofort wieder, da es ihre Kehle reizte und sie davon einen regelrechten Hustenanfall bekam.

»Alles in Ordnung?« Er sah besorgt aus.

»Ja, erzähl weiter«, krächzte sie.

»Erst waren es Leo und ich, und er schrie ... Mann, kann dieses Kind schreien.« Er lachte kurz auf. Carly nippte vorsichtig an ihrem Tee, der ihren Hals beruhigte, und wartete auf weitere Erklärungen. »Ich glaube, Elizabeth tauchte hinter mir auf, als ich aufstand, und irgendwie wurde sie gegen die Wand gestoßen. Aber ehrlich, ich weiß nicht genau, wie es passiert ist.« Erneut schüttelte er den Kopf. »Carly, was mache ich nur?«

Ihr gefiel das nicht. Nicks Version klang plausibel, aber das galt auch für Beths, und die hatte Prellungen gehabt, die ihre Darstellung untermauerten. Sosehr Carly sich dafür auch verachtete, sie kam nicht umhin, ein wenig Mitgefühl für Nick zu empfinden. Es schien überhaupt nicht zu seinem Charakter zu passen. Sie musterte sein Gesicht – war da eine Träne in seinem Auge?

Carly wusste nicht, was sie sagen sollte. Sie würde immer loyal gegenüber Beth sein. Doch konnte es möglich sein, dass Beth die Situation falsch interpretiert hatte?

»Ich weiß nicht, was du tun solltest, Nick. Aber wenn du sie wirklich liebst, versuche, es wieder hinzubekommen.«

»Genau das ist meine Absicht. Was immer dazu nötig ist. Zuerst muss ich allerdings wissen, wo sie ist.«

Als Beth wieder sicher am Fuß der Leiter stand, hatte Jack aufgehört zu lachen. Sie atmete schwer durch die Nase und war sich der Tatsache bewusst, dass sie sich wie ein launisches Pferd anhörte.

»Was ist denn so komisch?« Ihre ernste Miene brachte ihn erneut zum Lachen.

Er holte tief Luft, um sich zu beruhigen. »Kommen Sie, ich lade Sie zu einem von Rhondas berühmten Schinkensandwiches ein.«

Es gefiel Beth nicht, wenn man über sie lachte. In der Schule hatte sie nie so ganz dazugehört. Man hatte Witze über sie gemacht, die sie nicht richtig verstand, und jetzt, in diesem Moment, fühlte sie sich exakt wie damals – verunsichert und verlegen. Trotz der erfolgreichen Karriere nach Leos Geburt, für die sie hart gearbeitet hatte, fürchtete sie manchmal, wieder zu der unsicheren Person zu werden, die sie einmal gewesen war. Die alten Zweifel schienen nie so ganz verschwunden zu sein; sie lauerten nur unter der Oberfläche auf eine Situation wie diese, um mit ganzer Kraft von Neuem zu erwachen.

»Danke, aber lieber nicht«, erwiderte sie und schaute sich nach etwas um, womit sie sich beschäftigen konnte. Jack hatte aufgehört zu lachen und beobachtete sie. Beth merkte, wie sie mit den Zähnen knirschte, und ließ es sofort wieder bleiben.

»Ich wollte Sie nicht verärgern.«

»Haben Sie nicht.« Beth legte die Hände an die Leiter, fand die Haken für die Befestigung des ausziehbaren Teils und schob sie mit den Daumen zurück. Die Leiter sauste nach unten.

»Neeein!« Jack stürzte zur Leiter, erwischte die erste Sprosse und verhinderte so, dass die Leiter Beth ins Gesicht knallte.

Erschrocken taumelte sie rückwärts.

»Verdammt, Beth, warum haben Sie das getan?« Er hielt nach wie vor die Leitersprosse fest und sah aufgebracht aus.

»Na, jedenfalls nicht aus Spaß! Es war ein Versehen!« Sie kam sich schon blöd genug vor, auch ohne dass er darauf herumritt.

»Alles okay mit Ihnen?«, erkundigte er sich, während er die Leiter ins Gras legte. Beth nickte. Sie wagte nicht zu sprechen, weil ihr eigentlich zum Weinen zumute war. Sie fürchtete, dass ein Schluchzen herauskäme, sobald sie den Mund aufmachte. »Kommen Sie, ich brauche ein Schinkensandwich. Einverstanden?«

Wieder nickte Beth.

»Ich werde Doris nach Hause bringen, und wir treffen uns dann zusammen mit Leo in der Teestube.« Er klang immer noch schroff. Sie wusste, dass er nach wie vor verärgert war über sie, aber zugleich las sie Besorgnis in seinen Augen.

In der Teestube herrschte zur Dumbleford-Mittagszeit geschäftiger Betrieb, und trotzdem räumte Rhonda ihnen rasch einen Tisch am Fenster frei. Kurz darauf saß Beth vor dem dicksten Stapel Schinken zwischen zwei Weißbrotscheiben, den sie je gesehen hatte. Sie konnte sich gar nicht daran erinnern, wann sie das letzte Mal Weißbrot gegessen hatte; in London gab es so viele Möglichkeiten, und Nick litt an einer Weizenunverträglichkeit, weshalb sie hauptsächlich Roggen gegessen hatten. Beth und Jack griffen gleichzeitig nach dem Ketchup, und als ihre Finger sich berührten, kam es sofort zu einer Flut von Entschuldigungen. Beth gefiel es nicht, wie ihr Körper auf diese Berührung reagiert hatte.

Jack widmete sich schnell wieder seinem Sandwich. »Dann haut mal rein«, ermunterte er die beiden und wackelte mit den Brauen, um seiner Begeisterung Ausdruck zu verleihen.

Leo ließ sich das nicht zweimal sagen. Er schnappte sich sein Sandwich und stopfte sich den Mund voll, was seine Mutter wegen seiner fehlenden Tischmanieren innerlich zusammenzucken ließ.

Beth betrachtete ihren Teller von der Seite. »In dem Sandwich ist ja fast ein halbes Schwein.«

»Ich weiß, es ist fantastisch!« Jack nahm einen herzhaften Bissen.

Beth wollte nach Messer und Gabel fragen, aber selbst damit hätte sie nicht genau gewusst, wie sie diesen Turm in Angriff nehmen sollte. Das Sandwich duftete köstlich. Was soll's, dachte sie, nahm es in die Hand und biss hinein. Leo grinste.

Beth schloss die Augen, während sie kaute. Der knusprige Speck schmeckte himmlisch. Wortlos tauschten Beth und Leo ihr Entzücken mit einer Reihe von übertriebenen Gesichtsausdrücken und Augenverdrehen aus. Beim letzten Bissen war Beth traurig – sie wollte noch nicht, dass das Specksandwich schon aufgegessen war.

»Ich habe Ihnen ja gesagt, es sind die besten.« Jacks Miene verriet, dass er zufrieden mit sich war.

»Klasse«, sagte Leo. »Jetzt ist mir langweilig. Kann ich draußen spielen?« Er sah Beth an.

»Na schön«, sagte sie widerstrebend. »Aber bleib auf dieser Seite der Dorfwiese, wo ich dich sehen kann.« Leo reagierte nicht darauf, denn er rannte schon zur Tür, wobei er Maureen mit ihrem beladenen Tablett geschickt auswich.

»Tut mir leid, dass ich vorhin gelacht habe«, sagte Jack.

»Ist okay. Ich bin solche Renovierungen nicht gewohnt, deshalb ...«

»Ich glaube, Sie sind Renovierungen generell nicht gewohnt«, unterbrach er sie. Sie wollte schon protestieren, doch er fuhr fort: »Die Fugen sind die mit Zement gefüllten Zwischenräume zwischen Dachziegeln oder Mauerziegeln. Mit der Zeit wird er brüchig und bröckelig und somit wasserdurchlässig.«

»Aha«, sagte Beth und spürte, wie sie vor Verlegenheit errötete.

»Und als ich erklärte, mir gefiele der Flämische Bond, sprach ich von der Art, in der gemauert wurde.«

»Ja klar. Nicht James Bond, oder?«

»Nein.«

Beth schaute in Jacks blassgraue Augen. Er sah eher mitfühlend aus anstatt spöttisch. Trotzdem kam sie sich blöd vor. Sie seufzte. »Sehen Sie, vielleicht war ich nicht ganz ehrlich. Aber die Sache ist die ...«

Plötzlich tauchte ein Rolltrolley vor ihrem Tisch auf, was Beths Redefluss stoppte.

»Hallo, Jack. Hallo, verrückte Lady«, sagte die alte Frau kichernd.

»Shirley, das ist Beth. Beth, das ist Shirley, eine der ältesten Einwohnerinnen von Dumbleford.«

»Oh ja, du Schlawiner!« Shirley tat, als gäbe sie ihm eine Kopfnuss.

»Ich meine, du lebst schon so lange hier.«

»Oh, ach so, ja, stimmt.« Sie schaute auf die Teebecher und zwinkerte theatralisch, ehe sie sich herunterbeugte und einen Flachmann hervorholte. »Genau das Richtige, um den Tee ein wenig aufzupeppen«, verkündete sie und schraubte den Deckel ab.

»Wir trinken ihn, wie er ist, danke, Shirley«, sagte Jack, und Beth war froh, nicht ablehnen zu müssen, was immer sich in dem Flachmann befand. Die Frau war eine mobile Spirituosenhandlung, obwohl sich ebenso gut Gift in dem Flachmann hätte befinden können, denn Shirley war ganz offensichtlich ein bisschen verrückt. Sie sah enttäuscht aus, verstaute den Flachmann wieder im Trolley und tätschelte liebevoll den Deckel. Dann schlurfte sie an Beths Seite. »Rutschen Sie mal«, forderte sie Beth auf und setzte sich auf ihren Stuhl. Beth konnte gerade noch auf Leos frei gewordenen Platz ausweichen. Sie versuchte, nicht durch die Nase einzuatmen, tat es dann aber doch und roch zu ihrer Überraschung einen zarten Maiglöckchenduft. Das war besser als das, womit sie bei der alten Frau gerechnet hatte.

»Du hast von Wilfs Haus also schon gehört?«, wandte Shirley sich an Jack.

»Ja, ich helfe Beth«, erklärte Jack, in dem Versuch, sie in die Unterhaltung einzubeziehen.

»Pah, ob das reicht? Die braucht eher ein Wunder!« Shirley fing an zu kichern.

»Ich finde das Cottage ganz in Ordnung. Gab es im Gutachten etwas zu beanstanden?«, wandte er sich an Beth.

Sie stutzte und konnte ihre Verärgerung nicht verbergen, die einerseits auf ihr übereiltes Gebot bei der Auktion zurückzuführen war, das sie hierher verschlagen hatte. Anderseits aber auch auf diese Ausfragerei.

»Ich habe noch gar kein Gutachten erstellen lassen. Ich habe eines zusammen mit dem Schlüssel erhalten, und ...« Beth verstummte, da Shirley sie aus viel zu großer Nähe anstarrte.

»Und?«, hakte Jack nach.

»Und ich fing an es zu lesen, nur war alles ein bisschen zu viel.« Beth erschauerte bei der Erinnerung daran, wie oft in dem Bericht die Worte »signifikante Schäden«, »Instandsetzung«, »Ausbesserung« sowie »mangelhaft« vorkamen.

»Ich könnte mir das für Sie mal durchlesen«, bot Jack an.

Beth fühlte sich ein wenig gedemütigt angesichts des mitleidigen Blicks von Jack. Wie hatte sie sich von einem in der Geschäftswelt gefragten Individuum, das alles unter Kontrolle hatte, in das hier verwandeln können? Dafür war Nick verantwortlich, und dafür hasste sie ihn umso mehr.

8. Kapitel

Beth hielt das Gutachten in der Hand und legte es auf den Tisch im B&B, ehe sie an ihr Handy ging.

»Bevor ich es vergesse, Danny meinte, du seist mit einem Schnitt und einer Tönung dran«, informierte Carly sie ohne Einleitung.

»Dir auch hallo. Ich weiß nicht, wo ich das machen lassen werde.« Im Dorf gab es keinen Friseur, und niemand, dem sie hier bisher begegnet war, hatte eine Frisur, die sie veranlasst hätte, sich nach dem zugehörigen Frisör zu erkundigen.

»Wie dem auch sei, Danny hat in einer Zeitschrift im Frisiersalon diesen Artikel über Baumhäuser gelesen und war so lieb, sie mir vorbeizubringen. Die sind wirklich toll. Beth, die musst du dir ansehen, einfach fantastisch. Die sind wie die besten Hotelzimmer, nur oben in einem Baum. Manche sind mit Vollverpflegung, die bringen einem also Gourmet-Essen, das man bei Kerzenschein genießen kann. Eines der Baumhäuser war voller Blumen; Blumengirlanden, Arrangements, und sogar um das Kopfteil des Bettes waren Blumen geflochten.«

»Das hört sich wundervoll an.«

»Ich kann's kaum erwarten«, gestand Carly aufgeregt. »Die sind der perfekte Ort für einen Heiratsantrag. Er ist so süß. Wir lieben beide die freie Natur, aber auch einen Hauch Luxus, das ist also eine gelungene Kombination.«

Beth liebte ihre Freundin und wollte ihr die Illusion nicht rauben. Aber sie fürchtete, auch wenn alles ganz plausibel klang, dass Carly eine weitere Enttäuschung bevorstand.

»Das klingt ja alles total toll. Sind solche Baumhausübernachtungen teuer?«

»Ja, und wie, aber für so etwas Einzigartiges muss man eben entsprechend zahlen.«

Beth zögerte, ehe sie sprach. »Und du glaubst, das kann Fergus sich bei seinem Einkommen leisten?«

Am anderen Ende herrschte Schweigen, und Beth fühlte sich sofort schrecklich, weil sie Carly so hart in die Realität zurückgeholt hatte. Schließlich sagte Carly, allerdings mit deutlich weniger Begeisterung: »Na ja, vielleicht hat er etwas gespart.«

»Ja«, pflichtete Beth ihr bei und versuchte, begeistert zu klingen. »Du hast recht, er könnte ewig darauf gespart haben. Ich bin sicher, das wird absolut wunderbar.« Erneut folgte eine Stille, die einen Tick zu lange dauerte.

»Nick hat wieder Kontakt zu mir aufgenommen.«

Beth hörte aus Carlys Stimme, dass da noch mehr war. »Und?«

»Es scheint ihm wirklich leidzutun, was passiert ist. Er meint, er möchte die Dinge zwischen euch wieder ins Reine bringen. Er macht sich ehrlich Sorgen um dich, Beth. Er will eine zweite Chance.«

»Auf keinen Fall! Warum sollte ich es riskieren, mich wieder in die Feuerlinie zu bringen, wenn er das nächste Mal ausrastet?«

»Oh, ich weiß«, sagte Carly. »Ich hab nur die Botschaft überbracht.« Es folgte eine weitere unbehagliche Pause in der Unterhaltung. »Er hat fast geweint«, fügte Carly hinzu.

»Meinetwegen kann der sich die Augen aus dem Kopf heulen. Ich werde nie zu ihm zurückgehen. Carly, bitte lass dich von ihm nicht einwickeln. Das ist ein durchtriebener Mistkerl.«

»Nein, mach ich natürlich nicht. Du hast vollkommen recht. Er ist ein Mistkerl. Ein sehr charmanter und gut aussehender, aber immer noch elender Mistkerl.«

Beth hatte Carly nicht alles erzählt, weshalb es für ihre Freundin ein Schock war, als die Beziehung abrupt endete. Sobald sie die Ereignisse für sich geklärt und verarbeitet hatte, würde sie mit Carly darüber reden. Bis dahin musste Beth selbst erst einmal versuchen, damit zurechtzukommen.

Nachdem das Telefonat beendet war, fing Beth an, über das Baumhaus nachzudenken. Es hörte sich wirklich nach einem reizenden Ort an, aber das galt auch für Willow Cottage, das sich nun als Desaster entpuppte und sich nicht mehr abschütteln ließ. Vielleicht könnte sie das verdammte Cottage einfach abreißen und ein Baumhaus in die Weide bauen. Sie war sich ziemlich sicher, dass das weniger kosten würde und ganz bestimmt einfacher wäre, als sich mit dem jetzigen Zustand des Hauses auseinanderzusetzen.

Beth ertränkte ihre Sorgen mit einem extragroßen Glas Chardonnay in der Küche des B&B, wo sie über dem Baugutachten brütete. Das war keine unterhaltsame Lektüre, und sie kam nicht umhin, sich selbst zu bemitleiden. Das war natürlich dumm, aber sie konnte nichts dagegen tun. Es kam ihr vor, als sei sie plötzlich im Leben eines anderen gelandet, und das war befremdlich. Fast alles hier war das Gegenteil von dem, was sie in ihrem bisherigen Leben gewohnt war: Vorher hatte sie ein sauberes, elegantes Zuhause gehabt. Jetzt besaß sie eine verdreckte Ruine. Sie hatte einen tollen Job gehabt, der ihr gefiel und in dem sie gut war. Nun tat sie so, als wäre sie eine Handwerkerin – eine schlechte obendrein, dachte sie und fuhr mit dem Daumen über ihre geröteten Handflächen, die von all den Splittern wund gescheuert waren. Außerdem war sie an den Lärm und die Geschäftigkeit Londons gewöhnt, und jetzt saß sie in einem kleinen verschlafenen Dorf, in dem das Leben pulsierte wie bei einem Toten im Leichenschauhaus. Sie war der sprichwörtliche Fisch auf dem Trockenen oder in ihrem Fall: die Mittelklasse-Mum ohne ihren Bio-Supermarkt.

Überdies versuchte sie, nicht mehr an Nick zu denken. Es wurmte sie, dass er Kontakt zu Carly aufgenommen hatte. Aber noch mehr ärgerte sie sich darüber, dass Carly ihm offenbar zugehört hatte. Nick war charmant – eine sehr wirkungsvolle Maske, hinter der er sich verbergen konnte.

Es war alles Nicks Schuld. Wenn er nur all das gewesen wäre, was er ihr versprochen hatte, und nicht der hasserfüllte Manipulator mit der schnellen Rückhand, dann könnten Beth und ihr kleiner Sohn in dem Apartment sein, das sie liebte und für das sie hart gearbeitet hatte, zusammen mit dem Mann ihrer Träume. Denn bevor Nick sein wahres Gesicht gezeigt hatte, war er genau das gewesen. Anfangs hatte seine Zuneigung ihr geschmeichelt und ihr das Gefühl gegeben, etwas Besonderes zu sein. Die kleinen rücksichtsvollen Gesten wurden mehr und mehr, bis er sich um alles außerhalb ihrer Arbeit kümmerte und sie sich regelrecht verhätschelt fühlte. Es dauerte eine Weile, ehe sie erkannte, dass ihre Unabhängigkeit verschwunden war – beinahe unbemerkt, wie eine Pfütze in der Sonne. Vielleicht vermisste sie Nick in gewisser Hinsicht auch. Die aufsteigenden Erinnerungen lösten Ängste in ihr aus, die sie mit einem großen Schluck Wein wegspülte. Es hatte keinen Sinn, über die Vergangenheit nachzudenken. Beth merkte, dass sie mit den Zähnen knirschte, und ließ es sofort wieder sein, als sie sich dessen bewusst wurde; es schien eine Art nervöser Tick zu sein, den sie dank Nick entwickelt hatte. Das musste sie sich dringend wieder abgewöhnen.

Sie schaute sich in der Küche des Bed & Breakfast um, die wirklich sehr niedlich gestaltet war. Die geblümten Vorhänge mit Rüschen an dem kleinen Fenster waren mit Bändern zusammengebunden. Es gab eine Einbauküche aus Kiefernholz, und oben auf den Wandschränken stand eine Sammlung bunter Steingutkrüge, von denen sich die meisten spektakulär mit den Migräne auslösenden violetten Wänden bissen. Beth wusste, dass sie ein wenig herzlos war, doch sie war klare Linien, Minimalismus und gutes Design gewohnt. Und nichts davon war hier zu sehen.

Sie schaute sich weiter um. Es war alles oberflächlich. Die Küche hatte keine schlechte Größe, sie war nur zu voll mit Regalen und Küchenschränken und überladen mit Farben und Chintz. Wenn man ihr die Gelegenheit dazu gäbe, könnte Beth das leicht verändern, schließlich handelte es sich nur um einen Raum. Das war es doch. Einen Raum konnte sie leicht verändern. Das Gleiche galt für Willow Cottage; sie musste es nur als eine Reihe einzelner Räume betrachten statt als unüberwindbares Desaster. Es musste vielleicht viel an dem Cottage gemacht werden, doch grundsätzlich war baulich nichts zu verändern, wenn man vom Dach einmal absah. Die Fugen mussten erneuert werden – dank Jack wusste sie jetzt, was damit gemeint war –, es benötigte neue elektrische Leitungen und eine Dämmung, aber das war alles machbar. Sie trank noch einen Schluck Wein. Jetzt war Schluss mit dem Selbstmitleid; von nun an würde sie beginnen, alles Stück für Stück zu verändern, und den Anfang würde sie machen, indem sie aus dem B&B auszog.

Jean konnte ihre Enttäuschung darüber nicht ganz verbergen, ihre Gäste zu verlieren, und sie schien sich Sorgen zu machen wegen Beths Plänen.

»Ehrlich, Jean, wir werden zurechtkommen. Wir fanden es toll hier, aber es ist sinnvoller, jetzt auszuziehen.« Beth musste strenger auf ihr Geld achten als bisher. Das B&B war ideal gewesen, doch es lag in einer erstklassigen Gegend Cotswolds und war nicht billig. Beth verfügte über kein regelmäßiges Einkommen, weshalb sie sich zum ersten Mal seit langer Zeit einschränken musste.

Leo folgte seiner Mutter kopfschüttelnd zum Wagen, und im nächsten Moment hatten sie das B&B auch schon hinter sich gelassen. Beth lenkte den Wagen vorbei am Pub-Parkplatz, hielt vor dem Cottage, sprang heraus und öffnete den Kofferraum. Bei einer früheren Fahrt ins Dorf hatte sie sich mit Reinigungsprodukten für jede bekannte Oberfläche eingedeckt, außerdem mit zwei langstieligen Kehrbesen mit unterschiedlich harten Borsten, einem Schrubber sowie einem Eimer und Ersatzschrubberbürsten. Sie hatte dazu noch Unmengen an Bleichmitteln gekauft, die hauptsächlich für die Toilette und das Badezimmer bestimmt waren.

»Also, wir reinigen nur einen Raum. Das ist alles. Wir haben den ganzen Tag Zeit. Bereit?« Beth sprudelte vor Begeisterung. Leo nicht.

»Aber wir sind nur zu zweit, und das wird sooooo langweilig!« Leo ließ dramatisch die Schultern hängen.

Da das Wohnzimmer wasserdicht zu sein schien, auch wenn das für den oberen Treppenabsatz nicht zutraf, war es Beths Plan, diesen einen Raum bewohnbar zu machen und sich dann von dort aus nach und nach vorzuarbeiten. Die Elektrik sollte in ein paar Tagen instandgesetzt werden, und auch den Handwerker Kyle hatte sie bereits wegen der Dachfugen angerufen. Sie war sehr stolz auf sich, als sie ihm erklärte, was genau Fugen denn waren. Kyle war jedoch nicht beeindruckt gewesen.

Beth nahm einen Armvoll Reinigungsprodukte und ging damit schwungvollen Schrittes zum Cottage. Leo schnaubte hinter ihr und gab unzufriedene Laute von sich. Um ein Haar hätte sie die ganze Ladung fallen gelassen, als Ernie aus der Weide sprang.

»Hallo«, begrüßte er sie mit brüchiger Stimme. Sie hoffte nur, dass er nicht die ganze Nacht dort verbracht hatte.

»Guten Morgen, Ernie. Wir werden das Cottage auf Vordermann bringen. Na ja, zumindest erst mal das Wohnzimmer.«

Ernie grinste und folgte Beth und Leo ohne zu fragen hinein. Beth dämpfte ihre Erwartungen, als sie sich unter einem großen Spinnweben im Flur duckte und durch das modrig riechende Wohnzimmer ging. Es gab eine breite Fensterbank, auf der, wie überall im Zimmer, eine dicke Staubschicht lag. Nach mehrmaligem Drücken mit angestrengtem Schnauben gelang es Beth schließlich, das Fenster zu öffnen. Sie band sich den Mundschutz um, den Jack ihr gegeben hatte, und reichte den anderen Leo, der ihn sich ebenfalls umlegte. Für einen kurzen Moment fand er das Ding ganz unterhaltsam, viel zu schnell kehrte er jedoch zu seiner gelangweilten Stimmung zurück.

Beth wischte die Fensterbank ab und stellte die Reinigungsprodukte darauf.

»Fangen wir oben an und arbeiten uns von dort nach unten durch«, erklärte sie gut gelaunt.

Leo zeigte auf die nackte Glühbirne an der Decke. »Da komm ich nicht ran. Kann ich nicht rumlaufen und mich umsehen?«

»Nein, Leo. Ich brauche deine Hilfe. Du kannst den Boden wischen.«

»Was?« Leo sah alarmiert aus, nahm dann doch widerstrebend den Schrubber von seiner Mutter entgegen, und obwohl der größer war als er selbst, fing er an, langsam den Boden zu wischen.

Die nächsten Stunden waren eine langsame Tortur, während Beth Staub wischte, fegte und schrubbte, und Leo im Hintergrund jammerte. Ernie hatte sich unter die Weide zurückgezogen. Beth kippte nun schon den x-ten Eimer schwarzes Dreckwasser in den Garten und füllte ihn mit frischem Wasser aus dem Hahn, der sich draußen am Haus befand. Sie machte den Rücken gerade und beobachtete ein Paar Kohlweißlinge, das um den außer Kontrolle geratenen Flieder flatterte, ehe es wieder verschwand. Es war ein herrlich sonniger Tag, und das Leben auf dem Land schien zu erwachen. Selbst die Pferde auf der Weide sahen heute ein bisschen munterer aus. Beth hätte gern einfach draußen im Garten gesessen – selbst in diesem zugewachsenen Zustand war er einladender als das Wohnzimmer –, aber sie hatte Arbeit zu erledigen. Also musste das Faulenzen im Garten warten.

Sie nahm den halb vollen Eimer und ging zurück ins Haus. Im Türrahmen des Wohnzimmers blieb sie stehen und betrachtete den Raum. Er sah schon ein wenig besser aus. Auf jeden Fall roch es besser. Der Fußboden bestand aus massiv aussehenden Bohlen, deren dunkle Eichenfarbe jetzt zum Vorschein kam. Beth konnte sich bereits vorstellen, wie gut der Holzfußboden bei weiß gestrichenen Wänden und mit einem Läufer darauf zur Geltung kommen würde.

Leo saß auf der Fensterbank und sah immer noch gelangweilt aus.

»Einmal noch wischen, dann besorgen wir uns Mittagessen, okay?«

Sie beschlossen, zur Abwechslung den Pub auszuprobieren, um herauszufinden, ob es dort ein weniger Sodbrennen auslösendes Essen gab als in der Teestube. Sie hatten Glück: Es war zwar kein richtiges Restaurant-Essen, aber gute Hausmannskost. Außerdem gab es zwei Salate auf der Karte. Es war genau das richtige Wetter für einen Salat. Mit diesem leichten Wind und dem Sonnenschein ließ er sich perfekt im Garten des Pubs genießen. Als sie bestellt hatten und hinaustraten, rannte Leo sofort zu der Schaukel, die im hinteren Teil stand, und kehrte erst wieder zu Beth zurück, als das Essen kam.

Petra, die Wirtin, kam mit einem dritten Teller sowie Besteck heraus und stellte beides neben Beth.

»Sie haben doch nichts dagegen, oder?«, fragte Petra. Beth wollte protestieren, da setzte Ernie sich schon neben sie auf die Bank und machte sich über seine Pastete her.

»Nein, das ist in Ordnung«, versicherte Beth ihr lächelnd.

Während des Essens kam ein kleiner Junge mit schwarzen Wuschelhaaren nach draußen und stand mit einem Fußball unter dem Arm mitten im Garten. Als Petra mit weiterem Essen an ihm vorbeikam, fragte er sie etwas.

»Nein, Denis, du kannst ihn selbst fragen.«

Der Junge näherte sich dem Tisch, an dem Beth, Leo und Ernie aßen und blieb ein paar Schritte entfernt stehen, den Fußball fest in der Hand. Leo schaute zu ihm hin, und der Junge grinste.

»Ich bin Denis. Willst du Fußball auf der Wiese spielen?«

»Ja«, sagte Leo, schob sich das letzte Hähnchenstück in den Mund und ließ klappernd das Besteck auf den Teller mit dem übrig gebliebenen Salat fallen. »Darf ich, Mum? Biiiiitte«, fragte Leo und war schon aufgestanden, bereit, um loszurennen.

»Ich weiß nicht recht«, sagte Beth und reckte den Hals, um herauszufinden, ob sie von ihrem Platz aus genug von der Dorfwiese sehen konnte.

»Das wird schon gut gehen«, hörte sie Petras sanfte Stimme hinter sich. »Denis ist mein Sohn. Jeder kennt ihn, und er spielt dauernd dort. Hier passen die Leute aufeinander auf, wissen Sie.« Beth verkniff sich die Bemerkung, dass gerade die Leute hier ihr Sorgen bereiteten.

Während Beth noch überlegte, schob Leo schon den Stuhl zurück und machte ein flehendes Gesicht.

»Na schön, aber nur für ein paar Minuten.« Leo war weg, noch ehe sie den Satz ganz ausgesprochen hatte. Ernie beendete seine Mahlzeit, legte Messer und Gabel mittig auf seinen Teller und ging ohne ein Wort.

Beth saß allein am Tisch und schaute sich um. Die anderen Gäste unterhielten sich. Sie hatte keine Ahnung, wer aus dem Ort stammte und wer Tourist war. Und in welche Kategorie sie gehörte, wusste sie auch nicht genau. Natürlich hatte sie noch nicht das Gefühl, hierher zu gehören, aber woandershin konnte sie auch nicht.

Petras Stimme drang in ihre Gedanken. »Ich werde auf die Jungs aufpassen, wenn Sie weitermachen möchten. Ich habe gesehen, wie Sie am Cottage gearbeitet haben.«

»Hauptsächlich geputzt, aber das ist okay. Leo hilft mir.«

Petra hob die Brauen. »Ein Junge, der putzt?«

Beth lachte. »Na ja, nicht direkt.«

»Dann lassen Sie ihn doch spielen. Sehen Sie nur, er hat Spaß mit Denis.« Beth sah zu den Jungen, die hinter dem Ball her rannten. Wo immer sie ihn hintraten, schienen sie ein Tor zu bejubeln. Es war schön, Leo lachen zu sehen, und Beth wurde klar, dass sie ihn das nicht allzu häufig hatte tun sehen, seit sie in Dumbleford angekommen waren.

»Na schön, wenn Sie meinen.« Beth machte sich auf den Weg, um die zweite Runde des Wohnzimmerputzens einzuläuten. Es war für sie der erste Schritt zur Eroberung des Cottage. Und wenn sie sich sehr mutig fühlte, würde sie vielleicht auch noch das Badezimmer putzen.

Beth schaltete Musik auf ihrem Smartphone an und machte

sich zu den Lieblingssongs aus ihrer Teenagerzeit wieder an die Arbeit. Sie stellte fest, dass ihr das Putzen leichter fiel, wenn sie dazu singen und mit dem Staubbesen tanzen konnte. Sie legte gerade eine besonders energiegeladene Version von »Is This The Way To Amarillo« hin, einschließlich begeisterter Daumenschwünge über die Schulter, als sie eine Bewegung vor dem Fenster wahrzunehmen glaubte. Wegen ihres Gesangs konnte sie jedoch nicht hören, ob sie mit ihrer Annahme richtiglag.

Beth stellte die Musik leiser und schlich zum Fenster: Es war niemand zu sehen, aber sie war plötzlich verlegen und strich sich über die Haare. Dann ging sie zur Haustür, um sich noch einmal abzusichern. Auf den Stufen stand ein schwarzer Kugelgrill, ansonsten war niemand zu sehen, nicht einmal Ernie. Der Grill war ein bisschen verbeult, und während sie überlegte, was der hier zu suchen hatte, hob sie gedankenverloren den großen kuppelartigen Deckel. Auf dem sehr sauberen Grillrost klebte ein Notizzettel, auf dem stand:

Ich hab ausgemistet und an Sie gedacht – Jack

Direkt wie immer, dachte sie. Sie nahm den Zettel und sah, dass sich unter dem Grill ein Sack Holzkohle befand. Sie lächelte. Der Grill sah ziemlich alt aus, aber er würde vollkommen ausreichen. Außerdem gab es nichts Schöneres, als draußen zu essen. Es war eine nette Geste. Vielleicht war das Dorf doch nicht so schlecht, wie sie dachte. Und vielleicht war auch Jack nicht so übel, wie sie angenommen hatte.

9. Kapitel

Nachdem sie so viele Grillwürstchen gegessen hatten, wie sie nur konnten, richteten Beth und Leo sich für ihre erste Nacht in Willow Cottage ein. Auf Campingausrüstung zu schlafen war nicht ideal, aber immer noch besser, als sich auf dem nackten Fußboden zur Ruhe zu legen. Trotz Leos anfänglicher Proteste machte ihm die Indoor-Camping-Erfahrung Spaß. An dem Tag, als sie London verließen, hatte Beth den Wagen hastig beladen und heute erneut feststellen müssen, welche seltsame Auswahl sie dabei getroffen hatte. Dazu gehörte auch die Campingausrüstung, die eigentlich auf den Dachboden gehörte, die Kuckucksuhr ihrer Mutter, ihre Heißklebepistole sowie eine große Fotoleinwand, auf der Leo als Baby zu sehen war. Außerdem noch ein paar andere Dinge, die ihnen bestimmt irgendwann nützlich sein würden. Die dünnen Campingmatten waren nicht der Inbegriff der Behaglichkeit, aber sie würden genügen, bis sie dazu kommen würde, Betten zu bestellen.

Der Raum war kühl, aber nicht kalt, deshalb kuschelten sie sich in ihre Schlafsäcke und unterhielten sich noch eine Weile beim Licht der umgedrehten Taschenlampe, die dem Zimmer eine geheimnisvolle Stimmung verlieh.

»War das ein guter Tag?«, fragte Beth.

»Ganz okay.«

»Seid ihr jetzt Freunde, du und Denis?«

»Glaub schon. Es ist cool, dass er in einem Pub wohnt – da kriegt er Limonade und Chips, wann immer er will!«

»Hm, besucht er die Schule im Ort?«

»Ja, er ist ein Jahr älter als ich, aber er meint, wir werden in der gleichen Klasse sein … und ich kann neben ihm sitzen, wenn ich will.«

»Das ist nett. Dir gefällt es also inzwischen hier?«, wollte Beth wissen und drehte sich in ihrem Schlafsack umständlich auf die andere Seite, damit sie Leos Gesicht besser sehen konnte.

Er schob die Unterlippe vor, während er überlegte. »Ich mag Denis und Doris, und ich mag das Essen in der Teestube. Aber ...« Er machte eine Pause und holte tief Luft. »Ich vermisse meine Freunde zu Hause und den Computer und meine Lego-Sachen und meine anderen Spielzeuge und den Kletterklub und ...«

Beths Herz zog sich bei jedem Punkt der Aufzählung zusammen. »Sobald wir uns etwas besser eingerichtet haben, können wir neue Sachen kaufen. Und ein paar interessante Vereine gibt es hier bestimmt auch.«

Leo sagte nichts. Er kaute auf seinem Daumennagel und sah aus, als denke er über die Worte seiner Mutter nach. Draußen fing es an zu regnen, die Tropfen erzeugten ein beruhigendes gleichmäßiges Geräusch an den alten Glasscheiben, die nun blitzblank geputzt waren.

»Können wir uns einen großen Computer kaufen? So einen, wie Nick hatte, den ich benutzen durfte? Und einen riesigen Fernseher, der alles kann?« Leo sah seine Mutter mit großen Augen an.

»Noch nicht, aber wir schauen mal«, antwortete Beth und wuschelte ihm durch die Haare. »Es wird Zeit für die Indoor-Camper, ein bisschen zu schlafen, findest du nicht?«

Leo fing an, es sich zum Schlafen bequem zu machen, doch plötzlich setzte er sich auf. »Hast du überhaupt einen Fernseher mitgenommen?«

Beth schüttelte den Kopf. »Nein, tut mir leid. Die waren alle an die Wand geschraubt, weißt du noch?«

»Wir haben also keinen Fernseher?« Leo machte ein entsetztes Gesicht.

»Bis wir uns eingerichtet haben. Einverstanden?«

Langsam schüttelte er den Kopf und murmelte vor sich hin.

»Kein Fernseher ...« Er betrachtete die Schatten, die seine Bewegungen an die Wand warfen. »Hier drinnen gibt's doch keine Geister, oder?« Er wirkte nervös. »Du weißt schon, zum Beispiel Wilf oder Elsie?«

»Ach, sei nicht albern. Die zwei waren reizende Leute, warum sollten die hier spuken?«

»Keine Ahnung. Das Cottage ist sehr alt, und in alten Häusern gibt's doch immer Geister.«

»Nur wenn man echt Glück hat«, sagte Beth und zog den Reißverschluss seines Schlafsacks hoch.

»O-kay«, intonierte Leo skeptisch und vergrub sich tiefer in seinem Schlafsack, bis nur noch die Oberseite seines Kopfes sichtbar war. Beth beugte sich zu ihm herüber, gab ihm einen Kuss und machte es sich ebenfalls zur Nacht bequem. Das Wohnzimmer auf Vordermann zu bringen war der erste große Schritt gewesen, und sie fühlte sich deshalb schon besser. Der Handwerker und der Elektriker würden sich in ein paar Tagen an die Reparaturen der wichtigsten Dinge machen. Allmählich lief es in die richtige Richtung. Beth schloss die Augen und schlief zum sanften Trommeln des Regens ein.

Sie wusste nicht, wie viel später es war, als sie sich etwas aus dem Gesicht wischte, um gleich darauf erneut einen Tropfen auf ihrem Gesicht zu spüren. Sie schlug die Augen auf und sah Wasser tropfenweise durch die Decke über ihr kommen. Rasch rutschte sie zur Seite und stand aus ihrem Schlafsack auf. Sie drehte sich um und schaute zu Leo. Er schien trocken zu sein und schlief tief und fest. Beth biss die Zähne zusammen; das war ärgerlich, aber nicht das Ende der Welt. Sie nahm den Eimer und stellte ihn unter die Stelle, an der es tropfte. Dann kramte sie nach einer Mülltüte, machte drei Löcher hinein und zog sie an; das Letzte, was sie gebrauchen konnte, war ein nasser Pyjama. Sie band eine weitere Mülltüte wie einen Turban um ihren Kopf, schlüpfte barfuß in ihre Stiefel, nahm Schlüssel und Taschenlampe und schlich aus dem Cottage.

Ihre Expedition zum Wagen war erfolgreich. Als sie mit dem Wurfzelt zurückkehrte, schlurfte Shirley mit einer Kapuze auf dem Kopf an ihr vorbei. Shirley blieb stehen, Beth ebenfalls, beide musterten sich misstrauisch.

Langsam schüttelte Shirley den Kopf. »Ahh. Mittens ...«, sagte sie.

»Verrückt!«, sagten sie beide gleichzeitig und gingen in entgegengesetzte Richtungen davon.

Erleichtert stellte sie fest, dass Leo noch genau dort war, wo sie ihn zurückgelassen hatte und nach wie vor schlief. Sie ging auf Zehenspitzen durch das Wohnzimmer, auf der Suche nach einer trockenen Stelle. Sie war sich nicht ganz sicher, warum sie auf Zehenspitzen schlich, denn vermutlich hätte jetzt nicht einmal ein Vulkanausbruch Leo aufwecken können. Gleich hinter der Tür schien ein guter Platz zu sein, da die Bodenbretter dort trocken waren und die Decke keine Risse aufwies.

Beth zog das Wurfzelt aus der Hülle, und sofort begann sich das hell orangefarbene Drei-Mann-Zelt zu entfalten. Im Nu hatte sie ihren Schlafsack und ihre Matte hineingelegt, und kurz darauf zog sie auch Leos Matte mit ihm darauf ins Zelt hinein.

Sehr zufrieden mit sich, dass sie sich nicht von Willow Cottage hatte unterkriegen lassen, machte sie es sich zum zweiten Mal für die Nacht bequem.

Carly war müde und griesgrämig, als das Taxi sie schließlich an einer Farm absetzte, ein paar Meilen von Newport, Gwent, entfernt. Ein Mann mittleren Alters stellte sich vor, nahm Fergus eine der Taschen ab und holte eine ziemlich große Taschenlampe hervor, die einen beeindruckenden Lichtstrahl entsandte. Er trug Gummistiefel. Carly hatte ihre glitzernden Sandaletten an, die im Zug sehr bequem gewesen waren, für den Marsch über eine unebene, buchstäblich von Schafköteln übersäte Weide jedoch absolut unpassend. Im Licht der Taschenlampe waren nicht viele Schafe zu sehen – nur hier und da mal eine kleine Gruppe. Nie und nimmer hatten diese paar

Schafe derartig viele Kötel hinterlassen, oder doch? Tatsächlich lagen die überall herum. Carly bewegte sich, als würde sie irgendeinen komplizierten Tanz aufführen, während sie Schritt zu halten versuchte, ohne dabei in Schafkacke zu treten.

In Gedanken klammerte sie sich an die Bilder vom Baumhaus, die sie in der Zeitschrift gesehen hatte. Im Lichtschein der Taschenlampe war bloß noch mehr Weide mit Schafdung zu erkennen. Sie gingen eine Baumreihe entlang, bis sie auf einen unbefestigten Pfad gelangten und schließlich zu einer Holzkonstruktion, die durch die Bäume hindurch kaum sichtbar war. Carly grinste, während sie mit ihrer rechten Sandale durch etwas Feuchtes glitschte. Es spielte keine Rolle, sie würde sich von etwas Lächerlichem wie Schafkot nicht ihr Luxuswochenende verderben lassen. Der Mann gab ihnen eine kleinere Taschenlampe mit vergleichsweise mickrigem Lichtstrahl und wünschte ihnen eine gute Nacht.

Fergus küsste Carly verführerisch, und alle Gedanken an Schafdung waren vergessen. Kichernd stiegen sie die rustikale Wendeltreppe hinauf bis zu einer Plattform, auf der sie das Baumhaus sehen konnten. Es glich eher einer Hütte, mit Moos auf dem Dach und Balkontüren. Carly kickte ihre dreckigen Schuhe fort, Fergus schloss die Tür auf, und sie traten ein. Drinnen schaute Carly sich um, während Fergus die Tür hinter sich schloss.

Es war klein, aber damit hatte sie gerechnet; schließlich befand es sich auf einem Baum. Es roch nach Holz, aber da alles darin aus Holz gemacht war, war auch das wenig überraschend. Was sie allerdings nicht erwartet hatte, war etwas, das wie eine Sitzbank aus einem Wohnwagen aus dem Jahr 1985 und Etagenbetten aussah. Sie hatte sich darauf gefreut, das Wochenende mit Fergus über ihr zu verbringen, aber an Etagenbetten hatte sie dabei nicht gedacht. Sie drehte sich um, weil sie seine Miene zu all dem sehen wollte, aber er war schon dabei, gut gelaunt eine ganze Reihe benutzter Kerzen auf den schmalen Regalen sowie die Laternen, die von der Decke hingen, anzuzünden. Sie wartete, bis er auch der letzten Laterne Leben eingehaucht und das Streichholz ausgepustet hatte.

»Was meinst du?«, signalisierte sie ihm und gab sich große Mühe zu lächeln.

»Fantastisch«, erwiderte er und strahlte dabei fast so hell wie die Taschenlampe des Farmers. Na klasse, dachte Carly und versuchte, ihre Enttäuschung zu verbergen.

Fergus zog eine Flasche Champagner aus seiner Tasche, und Carlys Stimmung besserte sich ein wenig. Einige Gläser später fing sie an, sich zu entspannen. Es hatte auch etwas sehr Romantisches, sich bei Kerzenschein in Gebärdensprache zu unterhalten. Fergus' klassische Gesichtszüge wurden durch das weiche Kerzenlicht noch betont. »Großer Tag morgen«, erklärte er ihr. »Lass uns schlafen.«

Carly nahm ihren Kulturbeutel und fing an, nach dem Badezimmer zu suchen. Fergus führte sie zu einer improvisierten Spüle in der Ecke, wo es ebenfalls eine Waschschüssel aus Plastik gab. Sie wuschen sich und putzten zusammen Zähne. Carly versuchte, etwas Besonderes darin zu sehen, aber es gelang ihr nicht. Außerdem konnte sie inzwischen nur noch daran denken, wo sich wohl die Toilette befand. Musste man etwa ganz bis zum Farmhaus zurück? Falls ja, wünschte sie, der Farmer hätte es vorhin erwähnt.

Als erwarte er ihre nächste Frage bereits, zeigte Fergus nach draußen. »Ich schaue mal nach dem Klo. Kommst du mit?« Von allen Fragen, die sie an diesem Wochenende zu hören gehofft hatte, stand diese nicht einmal annähernd oben auf ihrer Liste.

»Ja, gern.«

Auf der anderen Seite der Plattform gab es drei kleine Stufen, die hinunter zu etwas führten, das aussah wie ein Holzschrank. Fergus öffnete die Tür und leuchtete mit der Taschenlampe hinein. Carlys erster Eindruck war schon ganz treffend gewesen, denn viel größer als ein Schrank war es nicht. An der Wand hingen Zettel, auf denen die Funktion des Toilettensystems erläutert wurde sowie das, was man durfte und was nicht. Carlys Aufmerksamkeit galt jedoch hauptsächlich dem Toilettensitz, den Fergus gerade anhob. Aus dem ovalen Loch strömte ihr ein unangenehmer Geruch entgegen. Verzweifelt suchte Carly nach einem Spülknopf oder einem Hebel, der auf irgendeine Art von Spülung hinwies.

»Wo ist die Toilettenspülung?«, fragte sie. Es gab einen Eimer neben dem Loch. Immerhin handelte es sich um einen liebevoll handgemachten Eimer mit Haltegriffen aus geflochtenem Tau. Darin befanden sich Sägespäne und eine Holzschaufel. Fergus grinste und hielt die Schaufel hoch.

Ach du Scheiße, dachte Carly.

Die Sonne ging früh auf und erhellte das Baumhaus wie eine Weihnachtslaterne, was ganz hübsch gewesen wäre, wenn Carly wegen des Lärms der Schafe nicht die halbe Nacht wach gelegen hätte. Wer hätte gedacht, dass Schafe so laut sein können? Ständig blökten sie, und Carly warf sich in ihrem Etagenbett von einer Seite auf die andere, soweit das überhaupt möglich war. Fergus hatte geschlafen wie ein Baby. Einer der Vorteile von Taubheit ist friedlicher Schlaf, dachte Carly. Sie atmete mehrmals tief ein und wieder aus. Sie sehnte sich nach einer Tasse Tee, aber jede Flüssigkeit bedeutete irgendwann, dass sie die Toilette benutzen musste. Und das plante sie aufzuschieben, bis es wirklich nicht mehr ging. Im Augenblick hielt sie sogar einen Katheter für eine gute Idee.

Carly musste positiv bleiben. Dies war vielleicht nicht das Luxuswochenende, das sie sich erhofft hatte, aber sie verstand, weshalb Fergus es gebucht hatte. Das Baumhaus lag weit weg von der Hektik der Großstadt London, und sie waren beide Outdoor-Typen, deshalb konnte sie nachvollziehen, wieso er das hier verlockend gefunden hatte. Obwohl, genau genommen, eher Fergus der Outdoor-Typ war. Außerdem, dachte sie, wenn wir für eine große Hochzeit sparen müssen, war die Entscheidung auch in finanzieller Hinsicht sinnvoll. Sie war nach wie vor davon überzeugt, dass er sie fragen würde, ob sie seine Frau werden wollte. Die Frage war nur, wann und wo würde das passieren?

Beth wachte durch ein sehr lautes und eigenartiges Geräusch auf.

»Was zum Geier …« Sie hielt inne, erschrocken über das seltsame orangefarbene Leuchten um sie herum, bis ihr einfiel, dass sie in einem Zelt lag. Dann konzentrierte sie sich auf den höllischen Lärm und steckte den Kopf aus dem Zelt. Ein Sturzbach aus Wasser kam auf sie zu, und sie erkannte ein großes Loch in der Decke, aus dem immer noch staubige Bröckchen herabfielen.

»Scheiße!«

»Mum!«, ermahnte Leo sie mit einem verschlafenen Kichern.

Es gab keinen Weg für sie beide, sich vor dem Wasser zu retten, da es überall unkontrolliert hineinlaufen konnte. Zusammen stiegen sie aus dem Zelt und wateten durch die riesige Pfütze. Beth machte das Fenster auf, damit der Staub abzog, und schickte Leo in den Flur, wo es sicherer zu sein schien. Von dort konnte er die Zerstörung betrachten, während sie das große Loch in der Decke begutachtete. Sie umrundete den Haufen durchnässter Bruchstücke und Bretter aus der Decke. Dann spähte sie hinauf zu dem gezackten Loch und entdeckte zu ihrem Erstaunen einen Strahl Sonnenlicht. Sie blinzelte. Man konnte bis zum Dach hinaufsehen. Erneut betrachte sie den nassen Haufen Schutt zu ihren Füßen: Er stammte von zwei Decken und einem Fußboden. So viel zu ihren gestrigen Bemühungen, hier sauber zu machen.

»Da ist ein Loch, das durchs ganze Cottage geht«, sagte sie langsam und zeigte ungläubig hinauf.

»Cool«, bemerkte Leo. »Wie ein gigantischer Donut!«

Durch das undichte Dach war Regenwasser eingedrungen, das sich an einer Schwachstelle auf dem Dachboden gesammelt haben musste und schließlich die Schlafzimmerdecke zum Einsturz brachte, die wiederum die Wohnzimmerdecke einstürzen ließ. Wie auch immer man es betrachtete, es sah nicht gut aus.

Beth und Leo verließen völlig durchnässt das Cottage, jeder in einen schwarzen Müllsack gehüllt. Sie sahen aus, als wären sie von einem Wohltätigkeitsmarathon übrig geblieben. Draußen hörten sie fröhliche Stimmen; die Sonne war aufgegangen und trocknete bereits das vom Regen durchnässte Dorf, mit Ausnahme ihres Wohnzimmers. Es fühlte sich noch früh an, besonders für einen Samstag. Beth sah auf ihre Uhr: Es war erst 6:40 Uhr. Wortlos folgten sie den Stimmen, die von der Dorfwiese kamen. In der Morgensonne schimmerte der Rasen in einem satten Grün, das vom Regen der vergangenen Nacht noch nasse Gras glitzerte im Licht. In der Mitte der Wiese stand ein großes weißes Festzelt, um das herum Buden aufgebaut waren.

Obwohl es nicht kalt war, fing Leo an zu bibbern. Sie näherten sich langsam der Dorfwiese, auf der mit Lichtgeschwindigkeit eine weitere Bude aufgebaut wurde. Jack steckte den Rahmen zusammen, und zwei ältere Männer zogen die Plane darüber. Offenbar spürte Jack, dass er beobachtet wurde, denn er drehte sich um und sah zu Beth. Sie fühlte sich wie aus einer Betäubung erwacht, als ihr klar wurde, wie sie aussehen musste. Prompt scheuchte sie Leo weiter in Richtung Pub-Parkplatz und der Sicherheit ihres Wagens.

»Beth! Warten Sie!«, rief Jack und kam angelaufen. Das war das Letzte, was sie jetzt brauchte. Unwillkürlich betrachtete sie seinen Bizeps, während er rannte, sammelte sich jedoch sofort wieder. Was dachte sie sich?

Jack erreichte sie und schaute interessiert ihre Schutzkleidung an, bestehend aus Müllsack über nassem Pyjama. »Was ist denn mit euch passiert?«

»Die Decke ist runtergekracht!«, berichtete Leo aufgeregt; das Frösteln war anscheinend vergessen.

»Um Himmels willen, wart ihr da drin? Seid ihr verletzt?«, erkundigte Jack sich besorgt.

»Wir schliefen unter der Stelle«, erklärte Beth, und Jack sah sofort alarmiert aus. »Aber dann haben wir den Platz gewechselt, weil es tropfte.«

»Da habt ihr aber Glück gehabt. Ihr hättet getötet werden können, wenn ein Balken heruntergekommen wäre. Warum habt ihr überhaupt da drin geschlafen?« Jacks Stimme klang rau.

»Werden Sie nicht gleich sauer«, sagte Beth. »Es ist mein Cottage, und ich kann darin schlafen, wenn ich will.« Wer um alles in der Welt war Jack Selby, dass er glaubte, ihr irgendetwas vorschreiben zu können? Das hatte sie zur Genüge bei Nick erlebt, da konnte sie bei einem Fremden erst recht darauf verzichten. Doris kam angerannt, doch nachdem sie kurz an Leos Pyjamahosenbein geschnuppert hatte, rannte der Hund zurück zum Festzelt.

Jack fuhr sich durch die Haare. »Was haben Sie jetzt vor?«

Beth zuckte die Schultern. »Zurück ins B&B, nehme ich an.« Und erneut machte sie sich mit Leo im Schlepptau auf den Weg.

»Das B&B ist voll. Das gilt auch für den Pub und die meisten anderen Zimmer. Es ist ein langes Wochenende, noch dazu im August«, entgegnete Jack frustriert.

Verdammt, dachte Beth.

»Hier«, sagte er, und warf ihr einen Schlüsselbund zu, den sie instinktiv fing. »Geht zu mir, da könnt ihr duschen, euch umziehen und etwas essen. Ich habe hier mindestens noch eine Stunde zu tun mit dem Aufbau für das Sommerfest.« Er deutete mit dem Daumen hinter sich und auf die kleine Gruppe Männer unterschiedlichen Alters, die sich inzwischen auf der Wiese versammelt hatte und in ihre Richtung schaute.

Erneut bemerkte Beth, wie sie es hasste, gesagt zu bekommen, was sie tun sollte. Davon hatte sie wahrhaftig genug gehabt, und deshalb brachte es sie prompt auf die Palme. »Wir kommen schon klar, vielen Dank.« Sie warf die Schlüssel zurück.

»Seien Sie nicht albern. Seht euch zwei doch nur an. Was wollt ihr denn sonst machen?«

Darauf hatte Beth keine Antwort. Sie überlegte fieberhaft, doch ihr fiel nichts Plausibles ein. »Wir könnten uns mit der Heizung im Wagen trocknen.«

»Und dann?« Jack stemmte seine Hand an die Hüfte und runzelte die Stirn.

Beth schüttelte den Kopf. »Ach, dann geben Sie mir eben die verdammten Schlüssel«, erwiderte sie mürrisch und schnappte sich das Bund wieder.

»Haben Sie einen Fernseher?«, wollte Leo wissen und hob hoffnungsvoll den Kopf.

»Ja«, antwortete Jack und sah ein wenig verwirrt aus von der Frage. »Es ist das cremefarbene Häuschen gleich da drüben.« Er zeigte die Straße entlang, die aus dem Dorf hinausführte. »Neben dem Old Police House. Sie können es nicht verfehlen.«

»Danke«, sagte Beth aufrichtig, doch Jack war schon losgelaufen, zurück zu der gaffenden Gruppe auf der Dorfwiese.

»Morgen«, rief Beth und winkte tapfer. Es gab Gemurmel in der Gruppe, die sich daraufhin zerstreute.

Jack lächelte ihr flüchtig zu, als Beth mit Leo vorbeiging.

»Können wir auf das Fest gehen, Mum? Bitte?«

»Ja, ich denke, das wird genau das Richtige sein, um uns aufzuheitern.« Vorerst hatte sie die Nase voll von Willow Cottage, so viel war sicher.

10. Kapitel

Carly atmete die feuchte Luft ein, als sie draußen vor dem Baumhaus stand, und versuchte, ruhig zu bleiben. »Was meinst du damit, wir gehen wandern?«, fragte sie. »Nach dem kolossalen Regen letzte Nacht ist doch alles aufgeweicht.«

»Ja, aber es wird Spaß machen.«

»Nein, wird es nicht.« Carly musste zur Toilette, wollte aber auf keinen Fall diesen Lokus benutzen, wie es jetzt, sehr zu Fergus Belustigung, genannt wurde.

»Komm schon, Carls. Es ist sonnig, und wenn du erst mal an der frischen Luft bist …«

»Frische Luft? Es riecht nach Schafdung! Wohin willst du überhaupt?« Möglicherweise verbarg sich hinter dieser Wanderung eine bestimmte Absicht; Carlys Interesse nahm prompt zu.

»Keine Ahnung.« Fergus zuckte die Schultern. »Ich dachte nur, wir könnten eine Wanderung …«

»Und was ist mit heute Abend?«

»Heute Abend?«

»Ja, was passiert heute Abend?«, wollte Carly wissen und legte den Kopf erwartungsvoll schief.

»Weiß nicht. Wir suchen uns einen Pub? Was möchtest du denn unternehmen?«

»Du hast also nichts geplant?« Carly lehnte sich ein wenig nach vorn, während sie sprach, darauf bedacht, jede Nuance in Fergus' Antwort wahrzunehmen.

»Nö. Es ist ein ganz zwangloses Wochenende.« Ein jungenhaftes Grinsen erschien auf seinem Gesicht.

»Grrr!«, erwiderte Carly; dafür gab es keine Gebärde, aber von ihrer Miene war es definitiv abzulesen. »Tja, ich bleibe jedenfalls nicht hier. Es gibt keinen Luxus, kein Gourmet-Essen, und du ... du tust nichts!«

Fergus signalisierte seine Antwort sehr langsam. »Es ist ein Baumhaus.«

»Ich weiß, dass es ein verdammtes Baumhaus ist, und ich habe genug davon und von dem stinkenden Lokus!«

Carly stürmte wieder hinein, warf die paar Sachen, die sie bisher ausgepackt hatte, in ihre Reisetasche und marschierte wieder hinaus. Fergus blieb ihr auf den Fersen. Sie stieg, vor sich hin murmelnd, die Treppe hinunter und marschierte über die Weide, wobei sie den Schafköteln auszuweichen versuchte.

»Bitte, geh nicht, Carls. Ich hasse es, wenn ich nicht sehen kann, was du sagst.«

Sie drehte sich kurz um. »Ich fahre nach Hause!«, rief sie und fühlte, wie ihr Schuh in frischen Schafdung glitschte. Sie hörte Fergus hinter sich lachen, was ihre Wut nur zusätzlich befeuerte und ihr Tempo beschleunigte. Er war ein solcher Kindskopf, und mittlerweile hatte sie alle Hoffnung verloren, dass er jemals erwachsen werden würde.

Zu Carlys Freude erwies sich der Farmer als sehr entgegenkommend und rief ihr ein Taxi, das sie zum Bahnhof bringen sollte. Die zwanzig Minuten Wartezeit verbrachte sie damit, obsessiv ihre Sandaletten im Gras abzuwischen, um den Schafmist abzubekommen. Vergeblich. Von Fergus war nirgends etwas zu sehen. Er hatte die Verfolgung nach der ersten Weide aufgegeben.

Zum Glück gehörte der Taxifahrer zur seltenen Sorte derer, die schwiegen, und fuhr sie tatsächlich ohne zu plappern zum Bahnhof, wo Carly sich fassungslos vor einem riesigen Chaos wiederfand. Offenbar hatten Überschwemmungen alle möglichen Probleme verursacht, sodass reihenweise Züge ausfielen. Sie stellte sich in eine lange Schlange, bis sie endlich bei einer sehr gestresst aussehenden Frau an die Reihe kam.

»Ich möchte nach London.«

»Nicht von hier, und zwar noch eine ganze Weile nicht. Tut mir leid. Der Regen und die Überschwemmungen haben Bäume entwurzelt, und auf der London-Linie gab es einen Zwischenfall mit einem Passagier.« Die Frau machte ein mitfühlendes Gesicht, wahrscheinlich in der Hoffnung, dass diese Information Carly davon abhalten würde zu toben. »Langes Wochenende«, fügte sie hinzu, als könne das den Zusammenbruch erklären. Zumindest ist mein Wochenende nicht so schlimm wie das dieser armen Seele, dachte Carly.

»Wohin kann ich denn fahren?«, erkundigte sie sich und merkte gleich, was für eine blöde Frage das war.

»Äh, die Züge nach Gloucester fahren ...«

»Gloucester? Dort in der Nähe habe ich eine Freundin. Danke!« Carly eilte zurück zur Anzeigentafel.

Beth und Leo waren frisch geduscht und saßen an Jacks Küchentisch. Sie aßen Müsli, als er nach Hause kam. Leo war in ein Handtuch gewickelt, und Beth trug einen Jedi-Bademantel, der viel zu groß für sie war, aber praktischerweise innen an der Badezimmertür gehangen hatte.

»Sorry, ich habe nicht an trockene Sachen gedacht«, erklärte sie.

Jack stutzte, und als Beth an sich heruntershaute, stellte sie fest, dass der Bademantel aufklaffte. Hastig schloss sie ihn und zog den Gürtel fest. »Hoppla«, sagte sie, wurde rot und wandte den Blick ab. Einige Momente herrschte verlegenes Schweigen, während beide überlegten, was sie sagen sollten.

»Die Buden sind nun alle aufgebaut, also konnte ich mich davonschleichen. Wie fühlt ihr zwei euch?« Jack plapperte, während er sich ein Glas gefiltertes Wasser aus einem Krug im Kühlschrank einschenkte.

»Besser, danke«, antwortete Beth. »Oh, und danke für den Grill. Das war sehr nett von Ihnen.«

»Gern geschehen.« Sie registrierte, dass er fast gelächelt hätte, ehe er wegschaute.

»Sie haben einen riesigen Fernseher!«, sagte Leo und schob sich einen weiteren Löffel Müsli in den Mund.

»Nicht, dass wir herumgeschnüffelt hätten«, versicherte Beth ihm schnell; allerdings mussten sie sich gründlich umgesehen haben. »Es ist ein reizendes Häuschen. Drinnen ist es größer, als es von außen wirkt.«

»Es war in keinem viel besseren Zustand als Wil...« Er verstummte. »Als Ihr Cottage. Na ja, bis die Decke einstürzte.« Sie verdrehte die Augen. »Ich musste alles herausreißen, die Küche und das Badezimmer komplett erneuern und alles neu verputzen.«

»Dafür war bestimmt ganz schön viel Kraft nötig«, bemerkte sie unschuldig.

»Hm, ja.« Jack räusperte sich und fuhr fort: »Nur für die Elektrik habe ich mir jemanden geholt.«

Beth schaute sich in der eleganten Einbauküche um. »Sie haben das gemacht?«

»Ja, Simon hat mir geholfen. Er ist Tischler von Beruf, verdient aber im Supermarkt mehr, stellen Sie sich das mal vor!«

»Nick war handwerklich eine Niete«, verkündete Leo und schaute von seiner Schüssel auf.

»Nick ist mein Ex«, erklärte Beth. »Er war in vielen Dingen eine Niete.«

»Aha.« Jack schien sich unbehaglich zu fühlen. »Am schwersten war es, den Fußboden hier herauszureißen.« Er kramte in einer Schublade und holte einige Fotos hervor. »Man hatte superhartes Klebemittel verwendet, sodass jede Fliese zerbrach und jeder Fitzel Klebstoff mühsam vom Boden abgekratzt werden musste. Das hat mich Tage gekostet.«

Beth hörte gar nicht zu, sondern dachte nach. Sie bat nur ungern um Hilfe, aber diese Gelegenheit musste sie einfach nutzen. »Hätten Sie Lust ... auch bei mir etwas Hand anzulegen?«

Jack wirkte erschrocken über diesen Vorschlag. Beth sah ihn unverwandt an. Er rieb sich das Kinn und schaute lächelnd von

Beth zu Leo, der sich gerade eine weitere Schale Müsli machte. Nervös spielte er mit den Fotos in seinen Händen.

»Tja, ähm danke ... aber ich bin nicht ...«

»Oh, ich würde Sie bezahlen«, versprach Beth. »Ich erwarte nicht, dass Sie es umsonst machen. Ich bitte Sie nicht um einen kostenlosen Gefallen; es wäre eine geschäftliche Vereinbarung.«

Jacks Miene verdüsterte sich. »Sie sind eine tolle Frau, aber ich, äh, bin nicht bereit für eine Beziehung ... oder ein geschäftliches Arrangement ... ganz gleich welcher Art ... im Augenblick oder in nächster Zukunft.«

Beth sah ihn verwirrt an, bis ihr klar wurde, wie ihr Vorschlag ebenfalls interpretiert werden konnte. »Oh, um Himmels willen, nein!« Sie bekam einen nervösen Kicheranfall. »Ich meinte damit, ob Sie Lust hätten, mir bei der Renovierung des Häuschens zur Hand zu gehen. Nicht ob sie mit mir ...«

»Oh, ich verstehe.« Jack sah erleichtert aus.

»Tut mir leid. Die Formulierung klang ganz unverfänglich in meinem Kopf.« Sie konnte ihre Nervosität immer noch nicht abschütteln. Leo verdrehte nur die Augen und aß weiter.

»Nein, mein Fehler«, erwiderte Jack und versuchte, Beth nicht anzusehen.

»Um es klarzustellen: Ich würde Sie für Ihre Hilfe bei der Renovierung von Willow Cottage bezahlen. Für nichts anderes.« Ihre Wangen glühten, und sie wollte lieber nicht daran denken, welche Farbe sie angenommen haben mochten. Vielleicht würde diese Hitze ja wenigstens dazu beitragen, ihre Haare schneller zu trocknen, die auf ihren Schultern lagen.

»Klar, selbstverständlich. Ja, ich helfe gern.« Jack trank den Rest seines Wassers aus.

Beth war sich nicht sicher, ob er das wirklich ernst meinte, doch wenn er aus Verlegenheit über das Missverständnis zugesagt hatte, war das auch okay für sie. Denn Jack verstand sich auf Renovierungen.

»Was sind das für Bilder?« Sie zeigte auf eine Reihe von Fotos, verzweifelt bemüht, das Thema zu wechseln. Jack betrachtete die Bilder, als sähe er sie zum ersten Mal.

»Ach, das sind Vorher-Nachher-Fotos von diesem Haus.« Er trat näher, beugte sich über Beths Schulter und legte die Bilder paarweise auf den Tisch. Sie roch sein Aftershave, und seine Nähe beschleunigte ihren Puls. Was, in aller Welt, ging hier vor? Möglicherweise sandte ihre Nacktheit unter dem Bademantel eine Art primitives Signal aus. Sie versuchte sich auf die Bilder vor ihr zu konzentrieren. Als sie die Hand nach einem Nachher-Foto vom Wohnzimmer ausstreckte, griff auch Jack im selben Moment danach, sodass sie seinen Unterarm berührte. Ein elektrisierendes Gefühl ließ sie beide zurückzucken. Beth sah auf und merkte, wie nah Jacks Gesicht an ihrem war. Einen kurzen Moment lang war es, als wäre die Zeit eingefroren.

»Ich mag Ihr Holz…«, begann Beth, doch ihr Mund war zu trocken. Sie zeigte auf das Regal aus Treibholz auf dem Foto. »Das ist wirklich schön.«

»Ich kann Ihnen eines bauen, wenn Sie wollen.«

Erschrocken schauten sie sich an, als sie gleichzeitig den Unterton dieser oberflächlichen, ganz unschuldigen Unterhaltung registrierten.

»Tja, wie dem auch sei, ich mache mich lieber wieder auf den Weg…« Jack wirkte verlegen, während er sich rasch der Haustür näherte.

»Oh, und wir auch.« Beth stand auf, zog den Gürtel des Bademantels fester und bedeutete Leo, ebenfalls aufzustehen. Er gehorchte, wobei er das Handtuch mit einer Hand festhielt und mit der anderen weiter Müsli löffelte, während er sich Zentimeter für Zentimeter um den runden Tisch herumschob. »Wir müssen das Zelt trocknen.«

Jack schien etwas sagen zu wollen, aber es kam nichts.

»Das ist eine lange Geschichte«, sagte Beth und zwängte sich an ihm vorbei. »Danke für die Benutzung der Dusche und das Frühstück. Dafür sind wir Ihnen sehr dankbar.« Sie nahm Leo den Löffel aus der Hand und warf ihn im Vorbeigehen in die Spüle. »Wir waschen die Sachen und geben sie bei Gelegenheit zurück«, sagte sie und deutete auf den Bademantel und das Handtuch, während sie zur Tür hinausgingen. Draußen seufzte sie erleichtert. Es war immer noch früh, weshalb vermutlich nicht allzu viele Leute sie auf dem Rückweg zum Cottage sehen würden. Aber alles war besser, als in einem Albtraum der Doppeldeutigkeiten mit Jack gefangen zu sein.

Einige Stunden später kam Denis vorbei, und Leo und er verschwanden dieses Mal im Garten des Pubs, da die Dorfwiese voller Leute war, die mit Kartons, Kuchen, Pflanzen und Gemüse herumliefen. Zum Glück hatte Kyle, der Handwerker, ihr Flehen erhört und war früh eingetroffen. Sie hatte ihm bereits alles erzählt, und er glaubte, die Zimmerdecken seien versichert. Ein paar sich in die Länge ziehende Telefonate später stand fest, dass sie Kostenvoranschläge für den Wasserschaden erhalten und ein Gutachter in der nächsten Woche vorbeikommen würde.

Beth fühlte sich erstaunlich gut, während sie mit Kyle ihre Liste durchsprach. Aufgrund seines ersten Besuchs konnte er nun gut einschätzen, was er für ihr Budget am Haus machen konnte und was nicht. Kyle reparierte notdürftig das Dach, damit es wenigstens vorübergehend wasserdicht war. Er versprach, den Kostenvoranschlag für die Versicherung in den nächsten Tagen vorbeizubringen.

Beth ging in den Garten hinterm Haus, um nach dem Zelt sowie den Schlafsäcken und Unterlagen zu schauen, die auf dem improvisierten Wäscheständer – nämlich einem Busch – trockneten. Sie glaubte, jemanden an die Tür klopfen gehört zu haben, ging ins Haus, um die Tür zu öffnen, und nahm an, Leo sei zurückgekommen.

»Überraschung!«, rief eine übertrieben begeisterte Carly, die die Arme um Beth schlang und sie fest drückte.

Beth stand wie angewurzelt da, für einen Moment völlig

perplex. Vielleicht stand sie unter Schock. Sie schüttelte die Verwirrung ab und erwiderte die Umarmung. »Wow, das ist mal eine Überraschung. Wo ist Fergus?« Sie schaute an Carly vorbei.

»Großes Desaster. Baumhaus war bloß Baumhaus. Eine Hütte auf einem Baum auf einer Schafweide, und einen Heiratsantrag gab es auch nicht, also ... verdammte Axt, das ist ja ein Drecksloch hier!«, bemerkte sie und sah sich in dem Flur um, den sie gerade betreten hatte. Sie warf einen Blick ins Wohnzimmer. »Was ist denn hier passiert?« Carly drehte sich schwungvoll um. Beth nahm alles wie in Zeitlupe wahr und hatte so die Gelegenheit, jedes Detail an ihr zu registrieren: von den elegant frisierten, glänzenden schwarzen Haaren bis zu den perfekt pediküren Zehen. Carly trug ein knappes Sommerkleid und eine lässige Jacke. In ihrem Outfit sah sie aus wie eine Werbeanzeige für den Sommer. Beths Haare dagegen waren an der Luft getrocknet und über den Punkt, an dem sie mal eine Frisur gebraucht hätten, längst hinaus. Inzwischen trug sie eine Ted-Baker-Bluse, die dank des Kontakts mit dem Wildwuchs im Garten auch schon hinüber war, dazu billige Flipflops. Nervös wackelte sie mit den unlackierten Zehen.

Beth mochte das Gefühl nicht, das sie überkam. Es war eine Mischung aus Verlegenheit und Eifersucht, und es war nicht angenehm, es sich einzugestehen. Der Kontrast zwischen ihr und Carly war deutlich größer als noch vor wenigen Wochen, als sie beide aussahen wie zwei modische Erbsen in einem Bio-Designer-Topf. Beth merkte, dass sie wieder mit den Zähnen knirschte, und ließ es sofort wieder bleiben.

»Gehen wir in den Pub, dann erzähle ich dir alles«, sagte Beth, legte den Arm um Carly und führte sie zur Haustür hinaus. Carly setzte ihre Sonnenbrille auf und ließ sich von ihrer Freundin leiten, ohne zu protestieren. Auf dem Weg zum Pub bemerkte Beth einen unangenehmen Geruch und fragte Carly: »Riechst du auch Schafkacke?«

Zwei große Gläser Wein später fühlten beide Frauen sich schon viel besser, nachdem sie sich gegenseitig ihr Leid geklagt hatten. Beth tat Carlys Gesellschaft gut, und sie schämte sich ein bisschen für ihre aufwallende Eifersucht vorhin. Es war schön, ihre Freundin zu sehen, wenn auch sehr unerwartet. Jetzt hatte Carly Willow Cottage wenigstens in seiner ganzen Schrecklichkeit erlebt und würde die Verwandlung umso mehr zu schätzen wissen, wenn es denn irgendwann mal renoviert war.

»Das hat mir so gefallen, Beth. Du hast mir gefehlt.« Carly sah aus, als sei sie den Tränen nahe und streckte die Hand aus.

»Du hast mir auch gefehlt.« Beth umarmte Carly noch einmal. Sie hatte es vermisst, jemanden zum Reden zu haben, der sie in- und auswendig kannte. »Okay, du holst dir noch ein Glas Wein, und ich gehe mit Leo und Denis mal über das Sommerfest. Das sollte uns weitere Zeit zum Plaudern verschaffen.«

Die Jungen tobten wie Flipperkugeln auf der Dorfwiese von Bude zu Bude. Es waren jetzt noch mehr Kinder da, von denen Denis einige kannte, und binnen kurzer Zeit formierten sie sich zu einer kleinen Clique, die jeweils eine Bude beherrschte. Alle altbekannten Lieblingsbuden waren vertreten: Magnetangeln, Wurfspiele, Hau den Lukas ebenso wie neuere Amüsements wie Kinderschminken, Kindertattoos und Elfmeterschießen. Letzteres war der große Hit bei den Jungen, und während sie sich immer wieder in die lange Schlange anstellten, machte Beth sich auf den Weg zum Festzelt. Sie ging über das schwammige Gras und nahm den blauen Himmel sowie die Geräusche der sich prächtig amüsierenden Besucher in sich auf. Ihr gefiel es auf dem Sommerfest, denn etwas Derartiges gab es in London nicht. Das Festzelt war riesig und in verschiedene Bereiche unterteilt. In der Nähe des Eingangs wurde der beste Kuchen angepriesen. Beth versuchte, die unangenehme Wärme zu ignorieren.

Eine Frau in einem weit geschnittenen Top und Lederhose klopfte auf ein Mikrofon. »Den dritten Platz belegt …

Mr. Pleasance mit seinem gigantischen Ananaskuchen! Der macht glatt Mr. Plumleys Kürbis Konkurrenz.« Die Ansagerin lachte schnaubend über ihren eigenen Witz. Mr. Pleasance nahm glücklich seine Rosette für den dritten Platz entgegen und drehte sich unter zahlreichem Schulterklopfen zum Publikum um. »Der zweite Platz geht an den herrlich klebrigen Schokoladenkuchen von Mrs. Oldham.« Anhaltender Applaus folgte, nachdem Mrs. Oldham mit bester Gute-Verliererin-Miene ihre Rosette und ihren Preis entgegengenommen hatte. »Und der verdiente Gewinner unseres Dumbleford-Sommerfest-Backwettbewerbes ist ...« Die Ansagerin dehnte die Pause zu lange, weshalb es schon Zwischenrufe aus dem Publikum gab. »Mrs. Pritchard und ihr 1960er-Kirsch-Mandelkuchen!« Während Beth sich noch fragte, warum das Gewinnerstück gerade die 1960er in seinem Namen trug, wurde unter dem Jubel des Publikums ein grellbunter Kuchen mit psychedelischem Muster hochgehalten.

Zu ihrer Überraschung handelte es sich bei der Frau, die eine rote Rosette sowie eine funkelnde Glastrophäe entgegennahm, um niemand anderen als die obdachlose Shirley. Beth stimmte in den begeisterten Applaus ein, während Shirley das Mikrofon nahm. »Er ist auch innen drin voll Sechzigerjahre, wenn ihr versteht, was ich meine! Haut euch ein Stück rein, na kommt!« Noch ehe sie das Mikrofon zurückgeben konnte, wurde sie bestürmt.

Lachend verließ Beth das Festzelt und schaute auf ihre Uhr. Die Zeit war wie im Flug vergangen, und sie hatte Carly viel länger als beabsichtigt allein gelassen. Als sie sich auf den Rückweg machte, fand sie die inzwischen völlig abgebrannten Jungen, die unter einer ausladend knorrigen Eiche saßen und gewonnene Süßigkeiten futterten. Zu dritt gingen sie zurück in den Pub.

Leo und Denis verschwanden wieder im Garten, und Beth ging dorthin, wo sie Carly zurückgelassen hatte. Sie konnte das raue Lachen ihrer Freundin hören, bevor sie sie sehen konnte, und musste lächeln. Auf dem kleinen Tisch standen jetzt zwei leere Weinflaschen, und jemand anderes saß sehr nah bei Carly. Zuerst dachte Beth, Fergus sei aufgetaucht, bis sie genauer hinsah. Es war Jack, der den Arm um Carly gelegt hatte, während sie gerade dabei war, ihn zu küssen.

11. Kapitel

»Carly!«, rief Beth mit scharfer Stimme.

Carly drehte sich erschrocken um und blinzelte benommen.

»Beth! Das ist ... äh ... wie heißen Sie noch mal?« Sie drehte sich wieder schwungvoll zu Jack um, der sie mit der einen Hand stützen musste, damit sie nicht auf ihn fiel, während er mit der anderen den Kneipentisch festhielt.

»Ich weiß, wer das ist.« Beth versuchte, ihren Ärger, der sich rasch in ihr ausbreitete, im Zaum zu halten.

»Er ist sü-hüß«, gurrte Carly, während sie anzüglich seinen Arm streichelte.

»Ich frage mich, was er mit meiner betrunkenen Freundin vorhat«, erwiderte Beth. Jack ließ Carly los, als habe er sich die Finger verbrannt.

Carly begriff nur langsam, aber dann sah sie gekränkt aus. »Ich bin nicht betrunken!«, protestierte sie und glitt dem Boden entgegen.

Jack sah benommen von einer Frau zur anderen, als sei er gerade hergebeamt worden. »Ich wollte nur ...«

»Für jemanden, der vor wenigen Stunden noch keine Beziehung wollte, haben Sie aber ziemlich schnell ihre Meinung geändert!« Beth trat vor und umfasste Carlys Arm, damit sie aufstand. »Komm, wir gehen jetzt.«

Carly schwankte und grinste Jack betrunken an, bevor sie weggeführt wurde.

Die beiden Frauen wankten gen Sonne und in das bunte Treiben des Sommerfestes um sie herum.

»Oooh, Kokosnüsse!«, kreischte Carly und lief los.

Nachdem Beths Wut verraucht war, wusste sie nicht so recht weiter. Sie hatte keine Ahnung, warum sie sich eingemischt und

Carly und Jack eigentlich getrennt hatte. In dem Moment war es ihr als das einzig Richtige erschienen.

»Beth, warten Sie doch!«, rief Jack, der angelaufen kam und die schwankende Carly auffing.

Beth hob die Brauen. »Soll ich Ihnen das überlassen?« Die Frage war in spitzem Ton an Jack gerichtet.

»Mir geht's gut, ehrlich. Oh, hallo, Sie sind es wieder!« Er hielt sie immer noch aufrecht, während Carly breit grinste und offensichtlich davon überrascht war, ihn so schnell wiederzusehen.

»Sie muss ausnüchtern. Helfen Sie mir, sie zu mir nach Hause zu bringen, ja?«, bat Jack.

»Und wie sicher wird sie dort sein?«

»Verdammt, Beth. Ich versuche zu helfen.«

Ihr blieb kaum etwas anderes übrig. Carly würde nicht in der Lage sein, im Zelt zu schlafen, auch wenn es für drei Personen gedacht war; Beth und Leo hatten ja selbst nur knapp Platz darin.

»Sie haben stets die richtige Antwort parat, was, Jack Selby?« Beth war ungehalten.

»Haben Sie eine bessere?«, konterte er.

»Darum geht es nicht.« Leute gingen langsamer und blieben stehen, um zuzuhören. »Na schön. Dann gehen wir.« Sie legte von der anderen Seite den Arm um Carly und führte sie in die Richtung, in der sich Jacks Haus befand.

»Carly, geh mal gerade!«, befahl Beth.

»Das kann sie nicht, sie ist betrunken!«, erinnerte Jack sie und beugte sich vor, um Blickkontakt zu Beth herzustellen. »Hat sie ein Problem?«, erkundigte er sich in sanfterem Ton.

Beth blieb stehen, sodass Carly gefährlich vorwärtstaumelte. »Nennen Sie meine Freundin eine Alkoholikerin?«

»Nein, ich frage nur, ob sie …«

»Ooh, Shops«, verkündete Carly, während sie darauf warteten, am anderen Ende des Dorfes die Straße zu überqueren.

»Ein Schlachter, ein Souvenirladen und ein Bekleidungsgeschäft für alle, die aussehen wollen wie in einer Travestie-Show. Komm weiter«, drängte Beth und ging los.

»Das ist ein bisschen hart«, meinte Jack, der anscheinend versuchte, die frostige Stimmung aufzulockern.

»Oooh, ich mag Travestie-Shows«, lallte Carly torkelnd.

»Nein, tun Sie nicht«, versicherte Jack ihr, was Carly zum Kichern brachte. Flirtete er etwa immer noch mit ihr?

Beth blieb mitten auf der Straße stehen und wandte sich an der taumelnden Carly vorbei an Jack. »Falls es Ihnen entgangen sein sollte, dies ist meine beste Freundin Carly Wilson. Sie ist so gut wie verlobt, mit einem wundervollen Mann namens Fergus. Ich will nicht, dass Sie sich dazwischendrängen oder sonst was anstellen!« Beth hielt Jacks funkelndem Blick stand.

»Auto!«, rief er, sodass Carly und Beth sich auf den Gehsteig begeben mussten, weil eine Autoschlange auf sie zukam. Es war schwierig, eine Unterhaltung mit jemandem zu führen, wenn sich zwischen diesem Jemand und einem selbst eine torkelnde Person befand. Beth konzentrierte sich daher darauf, Carly schnellstmöglich zu ihrem Ziel zu bringen.

»Das ist wie ein dreibeiniger Wettlauf«, bemerkte Carly, »nur mit eins, zwei, vier ... ganz vielen Beinen!«

In Jacks Cottage begrüßte sie eine aufgeregte und vor allem sabbernde Doris, weshalb Jack es Beth überließ, sich um Carly zu kümmern, während er mit Doris in den Garten ging.

»Leg dich hin und versuch, deinen Rausch auszuschlafen«, sagte Beth und führte ihre Freundin zum Sofa.

»Oooh, sieh nur, hübsches Regal«, bemerkte Carly und streckte die Hand nach der Treibholzkonstruktion aus, wobei sie eine kleine Holzschachtel herunterstieß, die polternd zu Boden fiel. »Hoppla«, sagte sie kichernd, als Beth sich bückte, um die Schachtel samt Inhalt schnell wieder aufzuheben.

Sie ging in die Hocke und betrachtete die komplizierte Einlegearbeit auf dem Deckel. Als sie die Kiste hochhob, fiel eine Metallscheibe heraus. »Mist«, murmelte Beth und versuchte, die Scheibe wieder an ihren Platz im Deckel hineinzubekommen.

»Wieso geht diese Stereoanlage denn nicht?«, maulte Carly auf der anderen Seite des Raumes, wo sie sämtliche Knöpfe an einer schwarzen Box drückte.

»Weil es ein Drucker ist«, erklärte Jack, der aus dem Garten zurückkam und eine missmutig bellende Doris hinter sich ließ.

»Aber wir brauchen doch Muuusik!«, jammerte Carly, und schwankte gefährlich, während Jack sie geschickt zum Sofa führte.

»Großartige Idee. Sie legen sich hier hin, und ich suche Musik heraus.«

Beth sah zu Jack und schüttelte vehement den Kopf. Das Letzte, was sie gebrauchen konnten, war eine unkoordiniert durchs Wohnzimmer tanzende Carly; da würde nichts mehr sicher sein.

»Ich glaube, ich habe ›Is This The Way To Amarillo‹ irgendwo«, sagte Jack und warf Beth mit erhobener Braue einen Blick zu. Sofort spürte Beth, wie ihre Wangen anfingen zu glühen – dann hatte er sie also doch gesehen an dem Tag, an dem er den Grill vor ihre Tür gestellt hatte. Er trat zu ihr und nahm ihr das kleine Kästchen aus der Hand.

»Es tut mir leid. Ist es kaputt?«, fragte sie und hoffte inständig, dass das Kästchen nicht so kostbar war, wie es aussah.

Jack schüttelte den Kopf. »Komplett im Eimer.«

»Oh nein, ehrlich?« Beth biss sich auf die Lippe und schaute genauer hin.

»Nein, der Luftbefeuchter ist herausgesprungen«, erklärte er, setzte die Scheibe geschickt wieder ein und stellte das Kästchen zurück ins Regal. »Es ist eine Zigarrenkiste.« Beth machte ein entsprechend verblüfftes Gesicht. »Sie gehörte meinem Großvater.« Gemeinsam betrachteten sie die Kiste einen Moment, bis sie von Carlys lautem Schnarchen unterbrochen wurden.

»Kommen Sie, lassen wir Dornröschen schlafen und machen uns Kaffee«, bot er an und verließ das Wohnzimmer.

Beth schickte Fergus eine kurze Nachricht, in der sie ihn darüber informierte, wo Carly sich aufhielt und dass es ihr gut ging, obwohl das nichts ganz der Wahrheit entsprach. Er schrieb gleich zurück.

Danke, B. Du bist ein Schatz. War in Sorge.

Jack war in der Küche mit der Kaffeemaschine beschäftigt, als Beth hereinkam. »Ich habe nur entkoffeinierten. Ist das okay für Sie?« Er hielt ein Kaffee-Pad hoch.

»Ja, klar. Tut mir leid, wenn ich vorhin ein bisschen überfürsorglich war, aber was ich über Carly und ihren Freund gesagt habe, meinte ich ernst«, erklärte Beth.

»Dass die zwei so gut wie verlobt sind? Was heißt das eigentlich genau?«, wollte Jack wissen.

Heute fand Beth ihn besonders ärgerlich. »Dass ihr langjähriger Freund ihr einen Heiratsantrag machen wird.«

»Aha. Ist das derselbe Typ, auf dessen Antrag sie seit drei Jahren wartet?«

»Sie hat es Ihnen erzählt?«

Jack drehte sich um und lehnte sich gegen die Küchenarbeitsfläche, die Andeutung eines Lächelns auf den Lippen. »Sie hat mir viele Dinge erzählt.«

Beth neigte interessiert den Kopf, aber sie würde nicht fragen, und wenn die Neugier noch so groß war. Sie hoffte nur, dass Carly nichts über sie ausgeplaudert hatte. Aus irgendeinem Grund war es ihr nicht egal, was Jack von ihr dachte.

»Dann werden Sie ja wohl auch wissen, dass sie ihn liebt und nicht auf einen One-Night-Stand aus ist mit ... mit jemandem wie Ihnen.«

Jack lachte in sich hinein. »Wow, seit wann sind Sie ihre Mutter?«

»Also hatten Sie das vor. Sie betrunken machen und dann ...«

»Hey, nicht so schnell. Sie hatte Weinflasche Nummer zwei schon beinah geleert, als ich zu ihr stieß. Sie erkundigte sich, ob ich Sie kenne, und wir begannen eine Unterhaltung. Ich war nur nett zu ihr.«

Sie tauschten geringschätzige Blicke.

»Wo ist Leo?«, fragte Jack.

Beth war sofort genervt von seinem streitlustigen Ton und schaute auf ihre Uhr. »Er ist mit Denis zusammen. Ich mache mich mal lieber auf den Weg, um nach ihnen zu schauen. Rühren Sie Carly nicht an, solange ich fort bin!« Beth verließ das Haus und lief über die Straße und die Dorfwiese zum Pub. Weges des Durcheinanders mit Carly hatte sie die Zeit ganz vergessen. Natürlich war Leo sicher bei Denis aufgehoben, trotzdem fühlte sie sich schrecklich, weil sie nicht mehr an ihn gedacht hatte.

Kurze Zeit später führte Beth einen stöhnenden Leo aus dem Pub. Auf der Dorfwiese waren immer noch die gleichen Leute an den Buden zu sehen, während die letzten Feiernden umherschlenderten. Shirley saß auf einer Bank und dirigierte ein imaginäres Orchester, während zwei Pärchen im Kreis tanzten. Beth hatte keine Ahnung, ob es sich um die übliche Anzahl Beschränkter in Dumbleford handelte oder ob Shirleys 1960er-Kuchen etwas damit zu tun hatte.

Beth schaute sich das Treiben an und entdeckte plötzlich Jack. Als sie zu ihm ging, hob er abwehrend die Hand. Leo rannte einem Schmetterling von Butterblume zu Butterblume hinterher.

»Ich bin Ihre Vorwürfe leid, Beth. Ihre Freundin befindet sich in meinem Haus. Die Tür ist nicht abgeschlossen, Sie können sie also jederzeit abholen. Ich bin für ein paar Stunden unterwegs, und es wäre mir ganz lieb, wenn sie verschwunden ist, bis ich zurückkomme.«

»Die Tür ist unverschlossen?«

»Ja, Dumbleford ist ein ruhiges kleines Dorf. Nicht wie London. Gewöhnen Sie sich dran!«

Beth war perplex von Jacks heftiger Reaktion. Allerdings fragte sie sich jetzt, da sie nun ruhiger war als vorhin, warum sie sich über ihn und Carly derartig aufgeregt hatte. Sie nahm an, weil sie Beschützerinstinkte für ihre Freundin hegte. Ja, das musste der Grund für ihre heftige Reaktion gewesen sein.

»Aha, klar. Bestens. Tut mir leid, wenn ich ein bisschen ...«

Jack blieb stehen und wartete darauf, dass sie ihren Satz beendete.

Sie zuckte mit den Schultern. »Tut mir leid«, wiederholte sie, sammelte Leo ein und ging davon.

Drei Kaffees mit Koffein zum Mitnehmen später war Carly mit einer Spucktüte auf dem Weg zum Bahnhof. Leo war mit Computerspielen auf Beths Handy beschäftigt, sodass Beth und Carly vorn im Mietwagen eine gedämpfte Unterhaltung führen konnten.

»Ich kann es nicht fassen, dass du Jack küssen wolltest«, beklagte sich Beth.

»Wollte ich doch gar nicht!«, protestierte Carly mit finsterer Miene. »Na ja, es sollte nur ein kleiner Kuss auf die Wange sein, keine Knutscherei!«

»Du hast nicht auf seine Wange gezielt!«

»Das lag vermutlich nur am Wein«, sagte Carly und musste ihre Spucktüte erneut ungeschickt positionieren.

»Warum wolltest du ihn denn überhaupt küssen? Du kennst ihn doch gar nicht. Er ist ein Fremder, und du hast Fergus.«

»Er hat was Nettes zu mir gesagt ... ich weiß gar nicht mehr, was.« Carly zog ein Gesicht, wie sie es jedes Mal tat, wenn sie aus Versehen auf die University Challenge im Fernsehen schaltete und mitzuraten versuchte. Sie seufzte. »Tut mir leid, dass ich betrunken war.«

»Worüber habt ihr euch überhaupt unterhalten?«

»Daran kann ich mich gar nicht mehr erinnern«, antwortete Carly und hielt ihre Spucktüte noch fester, als Beth ein wenig zu schnell über eine weitere Bremsschwelle fuhr.

»An überhaupt nichts mehr?«

»Nee.« Carly schüttelte den Kopf. »Autsch. Ich wünschte,

ich hätte das nicht getan«, sagte sie und legte die Hand an ihre Stirn.

»Ich auch«, murmelte Beth.

»Seid ihr zwei ... du und er ... du weißt schon?«, fragte Carly.

»Nein! Im Ernst, glaubst du vielleicht, ich lasse mich so schnell nach Nick wieder mit jemandem ein?« Beths Stimme wurde schrill.

»Weiß nicht.« Carly machte ein gequältes Gesicht. »Nein. Natürlich nicht. Noch mal sorry.«

»Gut«, sagte Beth und lockerte ihren etwas zu festen Griff ums Lenkrad.

Eine Weile fuhren sie schweigend über die von Hecken gesäumte Straße, bevor Carly wieder etwas sagte. »Du kannst aber doch wegen Nick nicht allen Beziehungen abschwören.«

»Doch, das kann ich«, erwiderte Beth und gab einen verächtlichen Laut von sich.

»Solltest du aber nicht«, meinte Carly bestimmt, als Beth den Mund aufmachte und darüber diskutieren wollte. »Ich will mich nicht mit dir darüber streiten. Ich bin deine Freundin, und ich sage nur, man kann nie wissen. Und wo ich schon mal dabei bin – soweit ich mich erinnern kann, war Jack echt nett. Du solltest ihn nicht mit Nick über einen Kamm scheren. Wenn er dir helfen will, gib ihm eine Chance.«

»Ich glaube, nach heute wird er das nicht mehr wollen«, sagte Beth und fing prompt wieder an, mit den Zähnen zu knirschen.

Beth war froh, Carly in den Zug zurück nach London gesetzt zu haben. Andererseits fehlte ihre beste Freundin ihr jetzt schon, und trotz des Durcheinanders, das sie angerichtet hatte, war es schön gewesen, Zeit mit ihr zu verbringen. Manchmal brauchte man nichts weiter als einen Freund, bei dem man ganz man selbst sein konnte. Gott sei Dank gab es direkte Zugverbindungen zwischen Moreton-in-Marsh und Paddington, sodass sie im Grunde nur eine Stunde und vierzig Minuten voneinander entfernt waren, vorausgesetzt, es gab keine Verspätung.

Nachdem Beth ihr Handy wieder an sich genommen hatte, wurde Leo im Wagen auf der Rückfahrt nach Dumbleford gesprächig und berichtete von dem lustigen Nachmittag, den er mit Denis auf dem Sommerfest gehabt hatte.

»Werde ich wirklich auf Denis' Schule gehen?«, fragte er. Wegen seines sachlichen Tons konnte Beth schwer einschätzen, wie er tatsächlich zu diesem Thema stand.

»Ich glaube schon«, sagte Beth. »Ich muss mit dem Rektor sprechen, sobald das neue Schuljahr beginnt.«

Er musste auf jeden Fall eine Schule besuchen, und die Dorfschule wäre die logischste Wahl. Sie verfügte nicht mehr über das Einkommen, um eine Privatschule zu finanzieren, und Hausunterricht konnte sie sich nicht vorstellen. Es entstand eine Pause, ehe er dazu etwas sagte, und Beth beobachtete ihn gespannt im Rückspiegel. Seine Reaktion konnte so oder so ausfallen.

»Okay«, sagte er schließlich grinsend, und Beth atmete auf.

Erst am Montag fühlte Carly sich wieder wie ein menschliches Wesen, statt wie eine pelzzungige kleine Kreatur, auf der eine Horde Wikinger herumgetrampelt hatte. Ihr Wochenende war eine totale Katastrophe gewesen, und daran war sie ganz allein schuld. Fergus konnte eigentlich gar nichts dafür, dass sie sich ein eigenes Bild vom Baumhaus zurechtfantasiert hatte. Allerdings hätte er sie vor Toiletten ohne Spülung warnen können. Und dass jede Menge Schafkacke herumliegen würde, konnte er natürlich auch nicht vorher gewusst haben. Jedoch befand sich das Baumhaus auf einer Schaffarm, was ein Hinweis hätte sein können. Der ausgebliebene Heiratsantrag allerdings ging eindeutig auf Fergus' Konto. Sie hatte keine Ahnung wie sie sich dazu verhalten sollte.

Die Fahrt nach Dumbleford hatte das Wochenende nicht gerettet – das hatte sie insgeheim gehofft. Beth hatte sie allein in einem Pub sitzen lassen, noch dazu in verdrießlicher Stimmung. Also war dieser Teil Beths Schuld. Wahrscheinlich hätte sie die zweite Flasche Wein nicht trinken sollen, aber es war lange her, dass sie dermaßen betrunken gewesen war, und sie war sich ziemlich sicher, niemanden beleidigt zu haben, also war auch kein echter Schaden entstanden.

Sie schüttelte die restlichen Schuldgefühle von sich ab, trank ihren schwarzen Chai-Tee und schaute die Unterlagen, die sich gerade vor ihr auf dem Tisch befanden, interessiert durch. Man hatte sie schon häufiger gebeten, bei Märchenaufführungen in Gebärdensprache zu übersetzen, doch normalerweise lehnte sie so etwas ab. Erfahrung mit Märchenaufführungen hatte sie zwar, leider war jedoch jedes Mal viel zu viel Vorbereitung für letztlich nur eine Handvoll Vorstellungen nötig. Aber diese hier war anders. Diese sollte in einem neuen Theater in Gloucester stattfinden, und Carly wusste, dass es nicht weit von Beth entfernt lag und ebenfalls nur eine kurze Zugfahrt von London entfernt war. Es bedeutete, ein paar Abende von Fergus getrennt zu sein, aber vielleicht würde ihnen beiden das ganz guttun. Es hatte nur sehr knappe SMS-Nachrichten zwischen ihnen gegeben, und Carly erwartete besorgt seine Rückkehr.

Hoffentlich würde Beth ihr Cottage bis zum Beginn der Märchenspielzeit wohnlich hergerichtet haben, damit sie dort unterkommen und Zeit mit ihrer Freundin verbringen konnte. Sie vermisste Beth und freute sich auf die Gelegenheit, bei ihr übernachten zu können. Hauptsache, sie konnte Fergus von der Idee überzeugen. Oh ja, klar, das kann ich, dachte sie und lachte laut, während sie die Anfrage zuklappte. Sie würde heute Abend mit ihm darüber sprechen, sobald er vom Baumhaus zurück war. Ein tiefer Seufzer entfuhr ihr. Sie hoffte wirklich, dass die Dinge zwischen ihnen wieder in Ordnung kommen würden.

12. Kapitel

Das nächste Wochenende war arbeitsreich für Beth. Sie musste sich mit Handwerkern auseinandersetzen und um eine neue Schule für Leo kümmern. Der Rektor freute sich über einen neuen Schüler und bestätigte, dass Leo in die gleiche Klasse wie Denis kommen würde. Die Schuluniform konnte sie direkt an der Schule kaufen, und so machten sie sich gemeinsam, einen Tag nach Beginn des neuen Halbjahres, auf den Weg in die Grundschule des Ortes. Leo plapperte dabei aufgeregt mit Denis. Petra und Beth folgten ihnen. Beth knirschte mit den Zähnen – was sie ständig zu tun schien, sobald sie unter Stress geriet.

»Sehen Sie ihn sich nur an, der kommt schon zurecht«, meinte Petra und warf Beth einen beruhigenden Blick zu. »Außerdem ist es eine gute Schule. Mir gefällt es, dass es nicht so viele Kinder gibt. Das bedeutet, jedes Kind bekommt mehr Aufmerksamkeit. Und Jungen brauchen jemanden, der ein Auge auf sie hat.«

»Ja, vermutlich«, räumte Beth ein. Leo in der neuen Schuluniform zu sehen, führte ihr jedoch noch einmal deutlich vor Augen, dass sie ihn aus allem herausgezerrt hatte, was er bis dahin kannte. Aber sie musste zugeben, dass er tatsächlich gut damit zurechtzukommen schien. Allerdings war ihr auch klar, dass sie sich beide erneut auf einen Umzug einstellen müssen, sobald das Cottage fertig war. Diese neue Schulsituation und die damit einhergehenden Emotionen würden wiederkehren, was ihr erneut Schuldgefühle verursachte.

Kyle, der Handwerker, kam zusammen mit zwei Kollegen auf die Baustelle, der Elektriker, ein kleiner wieselartiger Mann, war bereits dort und machte sich ein Bild. Beth war beeindruckt, wie viel die vier schafften, während sie einen Kampf mit der Kletterpflanze führte, die entschlossen zu sein schien, die Küche zu erobern.

Kyle hatte erklärt, dass sie ihr Bestes tun würden, um die Original-Dach- und Deckenkonstruktion mit modernen Materialien wiederherzustellen. Auf das Rosshaar würden sie jedoch verzichten; Beth war mehr als einverstanden damit gewesen, denn es schien ihr eine grauenvolle Idee zu sein, Teile eines Pferdes in die Renovierung ihres Hauses mit einzubeziehen. Sie wollte saubere Oberflächen und hasste es, wenn auch nur ein Haar auf einer gestrichenen Fläche zu sehen war, ganz zu schweigen von mehreren.

Eine ganze Menge Bretter wurden ins Wohnzimmer und in den ersten Stock getragen, und lautes Hämmern war zu hören, ehe es während des Verputzens unheimlich ruhig wurde. Beth hatte ein paarmal ins Wohnzimmer hineingespäht und jedes Mal einen gewaltigen Fortschritt feststellen können. Zufrieden hatte sie außerdem registriert, dass die Handwerker den großen Balken über dem Kamin mit Abdeckfolie versehen hatten. Sie mochte den Anblick dieses Kaminsimses – er war ein echter Blickfang im Wohnzimmer. Für einen Moment konnte sie sich ihren eigenen Nippes und ihre Fotos darauf vorstellen, romantisch über einem knisternden Feuer. Doch sie verdrängte dieses Bild schnell wieder, da Willow Cottage lediglich ein Projekt war. Es war nicht gut, sentimental zu werden.

Als sie das nächste Mal auf ihre Uhr schaute, war es an der Zeit, Leo von der Schule abzuholen, und sie fragte sich, wie die Stunden so schnell hatten vergehen können. Sie wusch sich die Hände und betrachtete den störrischen Pflanzenstrunk, der sich immer noch durch den Fensterrahmen bohrte. Sie würde jedoch nicht klein beigeben und ihn von der anderen Seite abhacken, sobald sie wieder da war.

Beth empfing Leo mit einer gewissen Nervosität, doch es dauerte nicht lange, da merkte sie, dass die Sorgen unbegründet gewesen waren. Abgesehen davon, dass er ihr seinen Rucksack mit einem flüchtigen »Hallo« in die Hand drückte, nahm er seine Mutter kaum wahr, weil er zu beschäftigt damit war, mit Denis und zwei anderen Jungen über Fußball zu diskutieren.

Petra nickte ihr wissend zu. »Wie heißt es in diesem Land doch so schön? Ich habe es ihnen ja gesagt.«

Der September erwies sich als wunderbarer Monat, in dem die Tage spürbar kürzer wurden und sich die Farben rings um das Dorf veränderten. Die Bäume um die Dorfwiese zeigten sich in herbstlichen Farben, von denen Beth das tiefe Bronze an den hohen Buchen und die dunklen Rottöne der Eschen und Eberschen am liebsten waren. Die letzten Entenküken waren kaum noch von ihren Eltern zu unterscheiden und freuten sich, unter der Woche gefüttert zu werden, da die Touristen nur noch an den Wochenenden kamen. Der Morgenhimmel war lavendelfarben, und obwohl sich mehr und mehr Wolken an ihm zeigten, war es weiterhin angenehm warm.

Die Schule richtete das Erntedankfest großartig aus, das von den Dorfbewohnern zahlreich besucht wurde. Leo war von all dem begeistert. Er durfte sogar bei der Aufführung eine Zeile aufsagen und machte seine Sache ausgezeichnet, was Beth sehr freute. Ihr entging nicht, dass Jack ihm den erhobenen Daumen zeigte, als der Junge von der Bühne stieg.

Jeden Tag arbeitete Beth am Cottage. Sie stand vor Leo auf und hatte locker eine Stunde für sich, bevor er sich rührte. Dank des Elektrikers waren sämtliche Leitungen im Haus neu verlegt worden und Gott sei Dank auch absolut sicher. Zwar mussten sie weiter im Zelt schlafen, aber durch den neuen Kühlschrank mit Tiefkühler, der Mikrowelle, dem Wasserkocher und Toaster hatte sich ihre Lage deutlich verbessert. Momentan waren alle Geräte noch im Flur angeschlossen, während Beth sich die Küche vornahm und jeden Tag einen kleinen Fortschritt erzielte.

Gegen Ende des Monats hatte Kyle die notwendigsten Arbeiten abgeschlossen. Beth hatte jetzt zwei neue Zimmerdecken, einen neuen Schlafzimmerfußboden, ein leckfreies Dach und eine neue Dämmschicht. Sie selbst hatte ebenfalls Fortschritte gemacht – das gesamte Haus war geschrubbt und gereinigt bis aufs letzte Staubkörnchen. Jetzt befasste sie sich mit der Küche und hatte zunächst die sich rankende Pflanze beseitigt. Mittlerweile befand sie sich in der Phase, auf die sie sich am meisten gefreut hatte: den Entwurf einer Einbauküche.

Dass sie einen Großteil ihrer Ersparnisse hatte opfern müssen, ohne dass ein Einkommen auf ihr Konto floss, bereitete ihr jedoch Sorgen. Es wurde Zeit, sich weiter einzuschränken. Ein paar Stunden später winkte sie im wahrsten Sinne des Wortes dem Mietwagen hinterher, was sowohl Leo als auch den Abholer des Wagens sehr verlegen machte. Sie hatte den Wagen seit ihrer Ankunft hier jedoch kaum benutzt. Fahrten zum Supermarkt und zur Reinigung konnte sie mit dem Bus machen. Das würde allerdings noch warten müssen, da sie sich nicht um alles gleichzeitig kümmern konnte.

Der nächste Meilenstein kam in Gestalt zweier flacher Kartons und läutete das Ende der Übernachtungen im Zelt ein. Leo freute sich riesig über die Aussicht, wieder ein richtiges Bett zu haben, was Beth zu Tränen rührte. Nach einem aufregenden Tag, an dem sie die Betten zusammenschraubt hatten, verbrachte Beth den Abend im Pub beim Fleischfresser-Quiz, welches so genannt wurde, da der Schlachter des Ortes es sponserte und es ausschließlich Fleischpreise zu gewinnen gab. So was gibt es nur in den Cotswolds, dachte Beth, oder genauer gesagt: in Dumbleford. Leo und Denis waren in der Wohnung über dem Pub und sahen sich Dr. Who auf DVD an, sodass Beth ein wenig Zeit hatte. Es tat gut, mal nicht im Cottage zu sein und eine Pause einlegen zu können. Sie saß an der Bar, trank ein kleines Glas Wein und führte eine Unterhaltung mit Petra, was sich nicht ganz leicht gestaltete, da die Wirtin ständig zu den Gästen musste, die alle ihre Bestellungen vor dem Beginn des Quiz aufgaben.

Plötzlich tauchte Jack neben Beth auf. Sie spürte seine Gegenwart, bevor er auch nur ein Wort gesagt hatte. »Beth«, war alles, was er sagte, begleitet von einem kurzen Kopfnicken.

»Jack.« Sie imitierte das Kopfnicken, dann widmete sie sich wieder ihrem Drink. Dies war das Niveau ihrer Kommunikation seit dem Wochenend-Debakel mit Carly.

»Oh, gut, ihr zwei seid wieder Freunde«, sprudelte Petra los, während sie Jack ein Pint Guinness einschenkte. Jack und Beth wollten beide etwas sagen, besaßen aber anscheinend nicht den Mut, ihr zu widersprechen. »Machen Sie heute Abend beim Quiz mit, Beth?«, erkundigte Petra sich. Beth schüttelte den Kopf, während Jack mit den Münzen in seiner Hand klimperte und auf sein Bier wartete. Petra beugte sich verschwörerisch über den Tresen. »Sollten Sie aber.« Sie zwinkerte ihr langsam zu. Beth sah zu Jack, um seine Reaktion einzuschätzen. Sie hatte den ganzen Tag kaum mit jemandem gesprochen, und wenn sie ganz ehrlich war, hätte sie gar nichts dagegen, beim Quiz mitzumachen.

»Du sprichst in Rätseln, Petra. Was weißt du?«, fragte Jack und bezahlte sein Pint.

»Das darf ich nicht verraten, aber vertrau mir, du brauchst Beth heute Abend in deinem Team. Es sei denn, du möchtest eine weitere krachende Demütigung erleben wie letzte Woche.«

»Dann kommen Sie«, sagte Jack und entfernte sich von der Bar. Die Aufforderung ähnelte sehr dem Ton, in dem er mit Doris sprach. Oh, dass ich so hoch im Ansehen stehe bei ihm, dachte Beth grinsend. Sie gesellte sich zu den üblichen Teammitgliedern an deren Tisch, und alle stellten ihr dieselbe Frage, die jeder ihr ständig stellte: Haben Sie sich schon ein bisschen eingelebt im Dorf? Wie geht es mit dem Cottage voran? Beth hatte eine Reihe von Antworten auf beide Fragen parat, die sie auch jetzt wiederholte. Dann hob sie ihr Glas, zum Zeichen dafür, dass die Befragung beendet war.

Jack stieß leise und anhaltend den Atem aus, und Anspannung erfasste Beth. »Ich bin überrascht, dass Sie die Fensterrahmen noch nicht versiegelt haben, bevor das Wetter umschlägt.« Jack sprach in sein Pint. Sie hatte mit Kritik von ihm gerechnet, würde jedoch nicht darauf anspringen. Ihr war klar, dass sie mit Jack nicht befreundet sein würde, für eine Feindschaft fehlte ihr allerdings auch die Energie.

»Hm.« Sie dachte über seine Worte nach. »Ich weiß auch nicht, warum ich es noch nicht gemacht habe.« Jack schaute kurz in ihre Richtung und hob skeptisch eine Braue. »Wahrscheinlich, weil ich mich inzwischen allein um alles kümmere und ich es wichtiger fand, das Haus hygienisch sauber zu bekommen, damit Leo und ich uns keine tödliche bakterielle Krankheit einfangen. Oh, und ich war damit beschäftigt, die Küche einzurichten, damit wir tatsächlich etwas anderes essen können statt immer nur Grillfleisch und Folienkartoffeln aus der Mikrowelle.«

Alle am Tisch schauten schweigend in ihre Drinks.

»Brauchen Sie Hilfe?«, fragte Jack schließlich, und ein kleines Lächeln erschien auf seinen Lippen.

»Nein danke«, antwortete sie, noch ehe er den Satz beendet hatte.

Simon beugte sich vor. »Sagten Sie gerade, Sie richten Ihre Küche selbst ein? Ich bin nämlich Zimmermann von Beruf und helfe Ihnen gern. Natürlich nur, wenn Sie wollen.« Er schien eine Abfuhr, wie Jack sie bekommen hatte, tunlichst vermeiden zu wollen.

»Danke, Simon, das ist wirklich nett von Ihnen. Aber selbst mit Ihrer fachmännischen Hilfe wäre ich mit dem Einbau einer Küche hoffnungslos überfordert, deshalb lasse ich es machen.«

»Nein«, verkündete Jack, laut genug, dass Audrey beinah ihren Martini mit Limonade verschüttet hätte. »Verzeihung, ich meinte: Tun Sie das nicht. Das kostet Sie ein Vermögen, und es wird hastig und nur in Eile gemacht. Wenn Sie kein Problem damit haben, dass es ein bisschen länger dauert, könnten Simon und ich es abends und an den Wochenenden für Sie erledigen.« Er deutete auf Simon, während er sprach, und Simon nickte so eifrig, dass Beth fürchtete, er könnte sich den Nacken wehtun.

»Ich weiß nicht«, sagte sie und sah die beiden an. Simon schien begeistert zu sein von der Idee. Jack strahlte mal wieder seine schwer zu interpretierende Unnahbarkeit aus. »Was würde mich das denn kosten?«

Simon sprach zuerst. »Mir genügen als Bezahlung starker Tee und Kekse.« Er schenkte ihr ein freundliches und warmherziges Lächeln, das sie erwiderte. Dann sahen sie beide erwartungsvoll Jack an.

Er rieb sich das Kinn. »Hunde-Sitting.«

Beth stutzte. »Hunde-Sitting? Ich soll auf Doris aufpassen?«

»Genau. Ich bin immer seltener zu Hause, und es macht sie unglücklich, allein gelassen zu werden. Wenn Sie den ganzen Tag zu Hause sind, könnte sie bei Ihnen bleiben, und ihr könnt euch gegenseitig Gesellschaft leisten.«

»Ich weiß nicht«, sagte Beth. Ein riesiger Hund in ihrem kleinen Cottage schien ihr keine besonders gute Kombination zu sein. »Muss ich auch seine Haufen einsammeln?«

Jack lachte. »Nein, das erledigt sie vorher und sollte daher kein Problem sein. Im Notfall stellen Sie einen Eimer umgestülpt darüber, und ich sammle es später ein. Einverstanden?«

Beth wägte immer noch diesen Vorschlag ab, als der dicke Mann mit dem glänzenden Schädel das Mikrofon ergriff. »Willkommen zum Pub Quiz des Blutenden Bären. Runde eins: die Londoner U-Bahn. Seid ihr bereit? Erste Frage ...«

Beth schaute über die Schulter zu Petra, die beide Daumen hob und nicht gerade unauffällig zwinkerte.

Fergus schmollte. Es lief nicht allzu gut seit dem Baumhaus-Fiasko, denn er wusste nicht, was er falsch gemacht hatte, und Carly war einfach nicht in der Lage, es ihm zu erklären. Als sie Beth um Rat fragte, hatte die ihr vorgeschlagen, sie und Fergus sollten mehr miteinander reden. Ihre Wortwahl mochte ein bisschen unbedacht gewesen sein, aber im Kern hatte sie vollkommen recht. In letzter Zeit kommunizierten sie immer weniger, und Carly musste etwas unternehmen, bevor die Sache zwischen ihnen unwiederbringlich verloren war.

Tatsache war, dass sie sich voneinander entfernten, und Carly spürte es deutlich. Also würde sie jetzt ihr Bestes geben, um sich auf Fergus einzulassen und Interesse zu zeigen an den Dingen, die für ihn wichtig waren. Auf keinen Fall wollte sie, dass die Beziehung zerbrach; sie liebte ihn und wusste, dass es allein darauf ankam.

Carly bereitete Fergus sein vegetarisches Lieblingscurry zu, mit Naan-Brot, Papadam und Mango Chutney. Sie aßen schweigend, bis sie ihm ein Bier aufmachte und es ihm über den Tisch reichte.

»Danke«, sagte er.

»Fergus, ich wüsste gern ...« Carly hörte mit den Gebärden auf, da Fergus sein Bier mit geschlossenen Augen trank und sie gar nicht ansah. Sie wartete, bis er es abgestellt hatte, und winkte, damit sie seine Aufmerksamkeit bekam. »Fergus, ich wüsste gern etwas über deine Arbeit«, erklärte sie ihm in Zeichensprache.

»Warum?« Er wirkte nicht gerade erfreut.

»Es interessiert mich, und ich weiß gar nichts darüber.«

Gedankenverloren schob er seine Lippen vor. Er hatte volle Lippen, die sehr angenehm zu küssen waren. Carly war abgelenkt und bekam daher nicht mit, was er in Gebärden antwortete. Sie forderte ihn auf, es zu wiederholen, und er machte ein frustriertes Gesicht.

»Warum spielst du nicht ein paar Computerspiele mit mir, dann wirst du es verstehen.«

Genau davor hatte Carly sich am meisten gefürchtet. Sie verstand Computerspiele nicht. Ihrer Ansicht nach waren die nur für Kinder gedacht, außerdem sah sie keinen Sinn darin. Für sie war das alles eine einzige große Zeitverschwendung, doch würde sie ihre Vorurteile ihrer Beziehung zuliebe überwinden müssen. »Okay, ich räume nur noch schnell den Abendbrottisch ab. Such etwas Leichtes heraus, dann werde ich es probieren.«

Fergus grinste breit. Er war begeistert, dass Carly sein Spiel mit ihm spielen würde. Er ist so süß, dachte sie.

Eine Stunde später dachte sie das nicht mehr, sondern hatte Lust, ihn mit der Computermaus zu erschlagen. Ausführlich hatte er ihr Minecraft erklärt sowie die Myriaden von Kreaturen, die diese seltsame Welt bevölkerten. Dann war sie auf das Spiel losgelassen worden, wobei Fergus ihr über die Schulter Anweisungen gab. Inzwischen hatte sie genug davon, Gespenster, Creepers, Endermen und sonstige stupide Kreaturen zu jagen. Das war ihr viel zu stressig, und das Schlingern auf dem Bildschirm zu beobachten, erzeugte Übelkeit in ihrem Magen.

»Was meinst du damit, ich sei jetzt ein Blumentopf?«, signalisierte Carly schnell, um sofort wieder den Controller aufzunehmen.

Ein Teil der Verwirrung schien davon herzurühren, dass Fergus Carly nach seinem Empfinden eine klar verständliche, mündliche Einweisung gegeben hatte, während sie beide auf den Bildschirm starrten. Carlys Hände waren mit dem Game-Controller beschäftigt, weshalb jede Frage, die sie stellte, ungehört und unbeantwortet blieb.

»Nein, du musst dich wie ein Blumentopf verhalten, sonst entdeckt dich jemand und tötet dich.« Fergus streckte den Arm über ihre Schulter aus, tippte etwas auf der Tastatur, und ein neuer Bildschirm öffnete sich. »Hier, vergiss die Mini-Spiele. Versuchen wir noch einmal, etwas zu bauen.«

Carly ließ entsetzt den Controller fallen. Sie würde sich lieber die Augäpfel tätowieren lassen, als noch eine weitere Minute zu spielen. Da die vorangegangene Bau-Lektion ebenfalls ein einseitiges Schreien gewesen war, wusste Carly, dass sie dringend fortmusste, bevor sie etwas tat, das sie bereuen würde.

»Bier?«, signalisierte sie, und er antwortete per Zeichen »Bitte«, was ihr gestattete, in die Küche zu fliehen, wo sie ungehört eine Schimpftirade ausstoßen konnte.

13. Kapitel

Beth balancierte gerade Leos Turnzeug und eine Lunchbox in der einen Hand, während sie versuchte, mit der anderen die Haustür abzuschließen. »Warte«, sagte sie eine Spur zu energisch. Sie wollte nicht, dass Leo ohne sie losrannte. »Hattest du eigentlich schon bei Jack, ich meine Mr. Selby, Unterricht?«

»Nö«, antwortete Leo und fing an herumzuzappeln, als er Denis aus dem Seiteneingang des Pubs kommen sah.

Beth konnte nicht in Erfahrung bringen, weshalb Jack so beschäftigt war, wenn er nicht unterrichtete. Die Schule hatte nur eine Klasse, und nach allem, was sie wusste, war er der IT-Lehrer. Das passte irgendwie nicht zusammen. Auf dem Weg zur Schule schimpfte Petra über Brauerei-Lieferungen. Beth hörte nur zu und nickte an den richtigen Stellen.

Leo wurde von dem alten Eingang der Schule verschluckt, ohne dass er sich noch einmal zu seiner Mutter umgedreht hätte. Auf dem Rückweg sprachen die beiden Frauen über alleinerziehende Eltern.

»Ich weiß nicht, wie Sie es schaffen, auch noch den Pub zu führen«, sagte Beth, die Petra dafür wirklich bewunderte. Keine Frage, Beth war ohne Nick besser dran, aber sich um alles allein kümmern zu müssen, war definitiv kein Spaziergang.

Petra tat das Kompliment mit einem Schulterzucken ab. »Wie lange sind Sie schon allein mit Leo?«

»Seit er ein Baby war. Bis vor Kurzem hatte ich einen Freund, aber es funktionierte nicht. Wie ist es bei Ihnen?«

»Das Gleiche«, erwiderte Petra mit einem traurigen Lächeln.

»Leos Vater ist gestorben. Was ist mit Denis' Vater passiert?«

»Verschwunden«, sagte Petra und wedelte mit den Fingern. Beth lächelte über diese Geste, aber Petra nicht.

»Wie durch Zauberei?«

»Wie der Teufel«, erklärte Petra finster. Beth hätte gern noch mehr gefragt, aber sie hatten den Pub schon erreicht. Mit einem gezwungenen Lächeln und einem kurzen Winken war Petra auch schon verschwunden.

Beth dachte an ihre To-do-Liste für diesen Tag und entschied, dass Jack recht hatte und sie sich mit dem Außenanstrich befassen sollte, auch wenn sie gar keine Lust dazu hatte. Die Bäume auf der Dorfwiese fingen an, ihre Blätter zu verlieren, und obwohl es noch mild war und trocken, konnte niemand genau wissen, wie lange das noch so bleiben würde.

Als sie um die Weide herumging, entdeckte sie Jack. Er trug einen Anzug und schaute auf seine Uhr. Beth verlangsamte ihre Schritte, um ihn in Ruhe betrachten zu können. Es war nicht zu leugnen, dass Jack Selby ziemlich gut aussehend war. Er war ordentlicher frisiert als sonst, und sein Anzug betonte seine breiten Schultern und die schmale Taille. Der Anzug steht ihm wirklich gut, dachte sie und musste ein bisschen kichern. Doris saß neben ihm, schaute sich um und fragte sich vermutlich, was eigentlich los war.

»Guten Morgen und willkommen in der Hundetagesstätte«, sagte Beth und ging an ihnen vorbei, um die Tür aufzuschließen. Doris tappste hinein und fing an, überall herumzuschnüffeln.

»Hier sind ihr Napf und ihre Decke. Sie ist gefüttert, sie braucht nur Wasser. Sie ist auch schon gerannt, also wird sie wohl den ganzen Tag schlafen. Falls es Probleme geben sollte, rufen Sie mich an.« Das wird leicht, dachte Beth.

»Haben Sie einen anstrengenden Tag vor sich?«, erkundigte sie sich, doch kaum waren die Worte über ihre Lippen, krümmte sie sich innerlich zusammen. Sie hörte sich ja an wie ihre Mutter; wenn sie nicht aufpasste, würde sie als Nächstes noch fragen, ob er saubere Unterwäsche anhatte. Rasch vertrieb sie alle Gedanken an seine Unterwäsche aus ihrem Kopf.

Jack lächelte schief. »Nur das Übliche.« Er reichte ihr eine Visitenkarte. Sie las noch die Karte und hielt den Napf des Hundes in der Hand, als sie merkte, dass Jack schon gegangen war und Shirley vorbeikam, die Szene betrachtete und den Kopf schüttelte.

»Guten Morgen, Shirley.« Beth winkte ihr zu.

»Guten Morgen, verrückte Lady«, sagte Shirley und schlurfte mit ihrem Trolley an dem Cottage vorbei. Beth spürte einen Stoß gegen den Oberschenkel, als Doris an ihr vorbeirannte. Das heisere Bellen des Hundes erschreckte Beth und kostete sie wertvolle Sekunden, sodass sie das Halsband des Hundes nicht mehr erwischte. Doris sprang auf Shirley zu und ließ die alte Dame noch kleiner aussehen, als sie ohnehin schon war.

»Doris! Komm her! Sitz! Stopp! Halt!« Beth probierte es mit einer Reihe von Kommandos und lief dann dem bellenden Hund hinterher. Doris achtete gar nicht auf sie, sondern war vollauf damit beschäftigt, Shirley und ihren Trolley anzubellen.

»Blödes Vieh!«, schimpfte Shirley und fuchtelte wild mit den Armen, was den Hund veranlasste, zurückzuweichen und mit dem Schwanz wedelnd weiter zu bellen.

Das verschaffte Beth die Chance, Doris am Halsband zu packen und den widerstrebenden Hund ins Haus zu führen. »Tut mir leid!«, rief Beth über die Schulter. Shirley schüttelte den Kopf, murmelte etwas, tätschelte ihren Trolley und zog weiter.

Beth führte Doris hinein und schloss fest die Tür. Der Hund setzte seine Erkundung des Cottage fort, und Beth las noch einmal die Visitenkarte.

Jack Selby
IT Berater
Selby Systems

Sie war fasziniert. Machte er etwa Schwarzarbeit? Oder gab er mit einer kleinen Nebentätigkeit groß an? Sie drehte die Karte um, auf der Suche nach weiteren Hinweisen, aber das musste bis später warten, denn jetzt hörte sie Lärm von oben. Beth wollte die Treppe gerade hinaufgehen, als auf halbem Weg ihr Zelt im Türrahmen des Schlafzimmers erschien. Irgendwie war es Doris gelungen, ins Zelt hineinzukommen, und nun kam sie nicht mehr heraus. Es sah aus, als würde sie ein extravagantes Kleid präsentieren. Mehrmals versuchte sie vergeblich, durch die Tür zu kommen, doch das Gerüst des Zeltes ließ sie immer wieder zurückfedern. Der Hund winselte frustriert. Beth dachte, dass es vielleicht doch nicht so leicht werden würde, auf ihn aufzupassen.

Carly stand auf dem Kopfsteinpflaster in Covent Garden und wartete auf Fergus. Sie hatten ein Date. Beim Anblick der weißen und gelben Rosen, die auf sie zukamen, erschrak sie, entspannte sich jedoch gleich wieder, als sie sah, dass Fergus die Blumen trug.

»Ist alles in Ordnung mit dir?«, fragte er und gab ihr einen Kuss auf die Lippen.

»Ja. Für einen Moment dachte ich, du wärst Nick.«

»Hoppla. Ich habe dir Rosen mitgebracht, weil du die so gerne mochtest, die er dir gekauft hat.«

Sie musste zugeben, dass das ein netter Gedanke war, auch wenn er ursprünglich von Nick kam. »Dein Strauß ist größer als seiner.«

»Ich weiß.« Er grinste, dann überreichte er ihr den Strauß und gab ihr noch einen Kuss.

Das Date war Beths Idee gewesen, und Carly hoffte, dass es besser ausgehen würde als die Minecraft-Lektion. Carly und Beth hatten sich an einem Mittwochabend lange am Telefon unterhalten, und das hatte Carly gutgetan. Es gab nur wenige Leute, auf die sie hörte, aber Beth war eine von ihnen. Sie hatte ihr erklärt, dieser Heiratsantrag werde langsam zu einer Obsession, das müsse Carly erkennen. Das war nicht das, was sie hören wollte, doch sie wusste, dass ihre Freundin recht hatte.

In diesem Augenblick versuchte sie allerdings, diesen Gedanken zu verdrängen.

Fergus hatte einen Tisch in einem Restaurant bestellt, und obwohl Carly gesagt hatte, sie könnten das Essen vom Rechnungskonto bezahlen, in der Hoffnung, dass es ihn davon abhalten würde, sich für Fast Food zu entscheiden, war sie nun doch etwas angespannt, wo es hingehen würde. Er trug Hose und Pullover, keine Jogging- oder Freizeithose – das war schon mal ein sehr guter Anfang.

Eine Weile schlenderten sie durch Covent Garden, sahen sich Buden und kleine Läden an. Es war immer viel los dort, vor allem am frühen Abend, wenn die Kinobesucher dazukamen. Menschen saßen draußen und machten das Beste aus dem regenfreien milden Septemberwetter. Von irgendwoher drang Musik zu ihnen, doch bevor sie der Quelle nachgehen konnten, nahm Fergus Carlys Arm und führte sie weg. In gemächlichem Tempo gingen sie durch die Garrick Street, bis Fergus stehen blieb und die Tür zu einem kleinen Restaurant öffnete.

»Es ist neu«, flüsterte er, »aber ich habe online nur Gutes darüber gelesen.«

Anscheinend hatten eine ganze Menge anderer Leute auch Gutes darüber gehört, denn das Restaurant war brechend voll. Auf jeder verfügbaren Fläche stand ein Tisch, und um jeden Tisch stand die maximale Anzahl an Stühlen. Trotzdem zwängte die Bedienung sich mit Leichtigkeit überall durch.

Die Speisekarten wurden gebracht, und als sie merkte, dass Fergus taub war, fing die junge Kellnerin zu schreien an: »Können Sie mich jetzt hören?«

»Nein, ich bin immer noch taub«, setzte Fergus der verwirrten jungen Frau entgegen. »Ich kann Lippen lesen, aber es ist einfacher, wenn Sie nicht schreien.« Sie errötete und zählte die Empfehlungen des Tages weiter mit normaler Stimmlautstärke auf. Fergus hatte es schon lange aufgegeben, sich mit Leuten zu streiten, die meinten, ihn anzuschreien löse das Problem. Ihr mangelndes Einfühlungsvermögen war kein persönlicher Angriff.

Das Essen war unglaublich, und zum ersten Mal seit viel zu langer Zeit führten sie zwischen den einzelnen Gängen eine richtige Unterhaltung per Zeichensprache. Anfangs registrierte Carly noch die neugierigen Blicke der anderen Gäste, aber bald schon verloren sie das Interesse.

Fergus meinte, sie sollten in Irland Urlaub machen. Es gab dort Orte, die er ihr zeigen wollte, und Dinge aus seiner Geschichte, die sie sehen sollte. Während er von seiner Heimat erzählte, ließ er den Geruch der Torffeuer lebendig werden, den Lärm in den Bars und die Verrücktheit seiner Familie. Carly hatte seine Eltern mehrmals getroffen, wenn sie in London zu Besuch waren, und einmal sind sie auch nach Irland gefahren. Es war damals nur ein kurzer Aufenthalt gewesen, bei dem sie einem älteren Verwandten nach dem anderen vorgestellt worden war, um anschließend an der Hochzeit seines Cousins teilzunehmen. Bei diesem Ausflug hatte sie etliche von Fergus' Verwandten kennengelernt, außerdem den Spaß und die überwältigende Lautstärke auf einer irischen Hochzeit sowie die Wirkung von zu viel Guinness. Vom County Westmeath aber hatte sie leider kaum etwas gesehen.

Gegen Ende der Mahlzeit tranken sie Tee, bis eine der Kellnerinnen sich räusperte und sie feststellten, dass sie die einzigen noch verbliebenen Gäste im Restaurant waren.

Fergus nahm über den kleinen Tisch hinweg Carlys Hand. »Bist du glücklich, Carls?«

Sie musste nicht nachdenken. »Ja, das bin ich.« Die Dinge sahen schon besser aus, aber was wichtiger war: Sie fühlte sich besser. Natürlich war sie nicht so naiv, zu glauben, es sei alles wieder in bester Ordnung, aber sie bewegten sich definitiv in die richtige Richtung.

»Das ist gut, denn ich bin auch glücklich, so wie es läuft mit uns.«

Carly war sich nicht sicher, was das zu bedeuten hatte. Sie versuchte, ihr Lächeln beizubehalten, doch ihr Verstand lief jetzt auf Hochtouren. Versuchte er ihr etwas mitzuteilen? Sie wollte ihn fragen, aber er lächelte sie an, und sie wollte diesen glücklichen Moment nicht durch eine tiefgründige Diskussion oder, schlimmer noch, durch einen Streit zunichtemachen.

Die Rechnung kam, und Fergus bezahlte mit seiner Karte. Anschließend gingen sie Hand in Hand schweigend zur U-Bahn. Carly dachte über seine Worte nach, konnte sie jedoch nur dahin gehend interpretieren, dass Fergus keine Änderungen wollte. Sie vermutete, dass auch die Ehe dazugehörte, denn die würde definitiv eine Veränderung bedeuten.

»Warum hast du denn in dem Moment nichts gesagt?«, fragte Beth gereizt, während sie das Telefon zwischen Ohr und Schulter zu balancieren versuchte. »Das war die perfekte Gelegenheit, das Ehe-Thema zur Sprache zu bringen.«

Am anderen Ende der Leitung verzog Carly ihr Gesicht. »Ich weiß, aber da kam die Rechnung, und der Augenblick war vorbei. Eine solche Unterhaltung kann man später nicht mehr fortsetzen, das funktioniert einfach nicht.« Die ganze Nacht hatte sie darüber gegrübelt und fühlte sich wegen des unruhigen Schlafs entsprechend gerädert.

»Doch, das kann man. Wie wär's mit: ›Ich habe über das nachgedacht, was du im Restaurant gesagt hast, und …‹ Und dann fängst du eben wieder von dem Thema an.«

»Oh, das ist ziemlich clever«, räumte Carly ein. »Aber es war gestern, vielleicht erinnert er sich gar nicht mehr an das, was er gesagt hat.«

»Dann erinnerst du ihn daran. Mensch, du machst es manchmal aber auch schwierig, Carls.« Beth packte beim Telefonieren ihre Einkäufe aus dem Baumarkt aus.

Carly versuchte, ihre gemischten Gefühle zu analysieren. »Die Sache ist die, dass ich so oder so die Gelackmeierte bin. Denn wenn ich sage, dass ich heiraten will, und er sagt, dass er nicht will …«

»Dann weißt du wenigstens Bescheid … lass ihn fallen, lass ihn sofort fallen!«

»Was?« Carly war geschockt von Beths Schimpfen.

»Nicht du, sorry. Ich meinte Doris. Lass den Wischmopp fallen, Doris. Braver Hund. Tut mir leid, ich bin Hundesitterin.«

»Hundesitterin? Ich wusste nicht mal, dass du Hunde überhaupt magst«, meinte Carly.

»Da bin ich mir auch noch nicht so sicher. Das ist eine lange Geschichte. Wie dem auch sei, erzähl weiter.«

»Na ja, noch schlimmer wäre es, wenn Fergus sagt, er will mich heiraten, denn er sagt es dann vielleicht nur, weil ich davon angefangen habe und er sich gedrängt fühlte. Am allerschlimmsten wäre es, wenn er mir einen Antrag macht nach dem Motto: ›Was meinst du, wollen wir dann heiraten?‹, was ja überhaupt gar kein richtiger Heiratsantrag ist.« Carly blies die Wangen auf. Es war die reinste Zwickmühle, und das belastete sie sehr.

»Ich glaube, du wirst ihm erklären müssen, wie dein Traum-Antrag aussieht.«

»Wie soll ich das bitte schön anstellen, ohne leicht bescheuert und besessen dazustehen?« Sie konnte das nicht mit Fergus diskutieren, ohne innerlich zu brodeln und sich aufzuregen; sehr wahrscheinlich würde sie sogar weinen. Und sie konnte ihm doch nicht ihr Sammelalbum zeigen mit all den Artikeln, die sie über die Jahre zusammengetragen hatte. Er würde denken, dass sie schlicht verrückt war. Allmählich fragte sie sich das selbst.

»Ich fürchte, das weiß ich nicht«, gab Beth nach einer kurzen Pause zu. »Sorry, ich muss Schluss machen. Doris hat den Wäschekorb entdeckt. Bye, Carls … Lass meinen Slip fallen! Doris! Lass ihn fallen, sofort!«

Es klickte in der Leitung, ehe Carly sich verabschieden konnte. Sie wiegte das Telefon in der Hand. Erneut war da diese Unsicherheit, wohin sich ihre Beziehung entwickeln würde, und sie hatte keine Ahnung, was sie tun sollte. Also würde sie nur tief durchatmen und weitermachen wie bisher, in der Hoffnung, dass alles gut werden würde.

Beth gelang es schließlich, dem Hund ihren inzwischen vollgesabberten Slip zu entwenden und angewidert in den Wäschekorb zu werfen. »Böser Hund!« Doris schien genau zu wissen, was das bedeutete, denn sie knurrte, legte sich flach auf den Boden und schaute mit ihren großen dunklen Augen zu Beth auf.

»Fang nicht damit an«, ermahnte Beth den Hund, der prompt anfing, mit dem Schwanz zu wedeln. Beth hatte eine Idee. Sie legte Doris die Leine an und führte sie nach draußen. Doris schnüffelte im Vorgarten und verschwand unter der Weide, um dort ebenfalls herumzuschnuppern. Dann legte sie sich hin.

»Sehr gut«, sagte Beth und drückte einen Zeltpflock in den Boden, an dem sie die Leine befestigte. »Braves Mädchen. Bleib schön dort.«

Nun machte sie sich daran, die äußeren Fensterrahmen abzuschmirgeln. Ihr Plan schien aufzugehen, denn jedes Mal, wenn sie durch die jetzt gelb und spärlich belaubten Weidenzweige lugte, konnte sie Doris schlafen sehen. Nach einigen Stunden war Beth wegen der schmerzenden Schultern kaum noch in der Lage, den Kopf zu heben. Ihre Hände, besonders die Daumen, waren wund. Dabei hatte sie bisher erst anderthalb abgeschmirgelte Fensterrahmen vorzuweisen. Was sie hier tat, war harte Arbeit. Das war nichts für sie, mal abgesehen davon, dass sie es nicht gewohnt war. Sie sehnte sich nach einem klimatisierten Büro, während sie sich die Haare aus der verschwitzten Stirn strich. Oh, dieser Glamour, dachte sie.

Abgesehen von einer kurzen Kaffee- und Sandwichpause arbeitete sie ununterbrochen, bis es Zeit wurde, Leo von der Schule abzuholen. Sie beschloss, Doris mitzunehmen, weil es das kleinere Übel war, und der Hund ging zu ihrem Erstaunen sehr gehorsam an der Leine. Zum ersten Mal ließ Leo seine neuen Freunde stehen und rannte zu seiner Mutter. Nein, eigentlich rannte er zu Doris. Die zwei freuten sich riesig über das Wiedersehen.

»Darf ich die Leine halten, Mom?«, fragte Leo und war

sichtlich stolz, als Beth ihm die Leine gab. Es war ein seltsamer Anblick – der kleine Junge neben dem riesigen Hund, dessen Kopf Leo bis zur Brust reichte. Sie näherten sich der Bordsteinkante, und Doris setzte sich, was Leo veranlasste, ebenfalls stehen zu bleiben und nach links und rechts zu schauen, ob die Straße frei war. Offenbar brachte Doris ihm noch das ein oder andere zum Thema Verkehrssicherheit bei, dachte Beth und folgte den beiden.

Als Jack kam, um Doris abzuholen, begrüßte der Hund ihn aufgeregt, und Beth fand, es wäre ganz nett, wenigstens mal halb so viel Reaktion von Leo zu bekommen. »Wie ist es gelaufen?«, erkundigte Jack sich.

Beth überlegte kurz. »Na ja, sie ist etwas durchgedreht, als sie Shirley gesehen hat, und ich dachte schon, sie würde sie auffressen.« Jack schien unbeeindruckt zu sein von dieser dramatischen Schilderung.

»Es ist der Trolley, sie hasst dieses Ding.«

»Außerdem hat sie auf meinem Wischmopp herumgekaut, mein Zelt zerstört und … ein paar Kleidungsstücke, aber was soll's.«

»Das tut mir leid«, sagte Jack. »Dann war's das wohl mit dem Hundesitten.« Er nahm die Leine von Beth und befestigte sie an Doris' Halsband. Der Hund schaute voller Liebe zu seinem Herrchen auf.

»Nein«, erwiderte Beth und war von ihrer Antwort selbst überrascht. »Es ist okay, wirklich, sie kann wiederkommen. Wir mussten uns nur erst einmal gegenseitig ein bisschen auf den Zahn fühlen.«

Jack sah erstaunt aus, aber auch erfreut. »Sind Sie sicher?«

»Ja, kein Problem.« Beth hielt Jacks Visitenkarte hoch. »Kleiner Nebenerwerb zur Tätigkeit als IT-Lehrer?« Sie hatte einfach fragen müssen.

Jack lächelte. »Nein, genau andersherum. Zuerst kommt das Unternehmen, und nebenbei helfe ich mit Computerunterricht in der Schule.«

»Ein Vollzeit-Heiliger also.«
»Jup, das bin ich. Bis morgen dann. Komm, Doris.«
Im Vorbeigehen begutachtete Jack die grob geschmirgelten Fensterrahmen und grinste.

14. Kapitel

Beth wurde von einem schrecklichen Lärm direkt neben ihrem Kopf geweckt. Sie rechnete schon fast damit, einen maskierten Mörder über sich zu sehen, mit einer Kettensäge bewaffnet, wie in einer Szene aus einem Horrorfilm. Doch als sie die Augen aufschlug, war da niemand. Der grässliche Lärm jedoch ging weiter.

Leo kam ins Zimmer gerannt, sprang aufs Bett, zeigte in Richtung Fenster und begann zu winken, während er sagte. »Es ist Jack. Hallo!« Beth rieb sich die Augen, drehte sich im Bett auf die andere Seite und entdeckte Jacks grinsendes Gesicht hinter der Glasscheibe. Sofort war sie hellwach und zog die Decke bis zu ihren Ohren. Jack trug eine Schutzbrille und wedelte mit einem elektrischen Schleifgerät, ehe er sich damit wieder an das Abschleifen des Fensterrahmens machte.

Prompt bekam Beth Kopfschmerzen. Da sie noch nicht dazu gekommen war, sich einen neuen Pyjama zu kaufen, trug sie nur einen Slip zum Schlafen und wollte nicht aufstehen, ehe Jack vom Fenster weg war. Nach einer erstaunlich kurzen Zeitspanne stieg er dann doch die Leiter hinunter, um zum nächsten Fenster weiterzuziehen. Das verschaffte Beth die Chance, sich schnell anzuziehen und eine Schmerztablette zu schlucken.

Als Beth und Leo mit dem Frühstück fertig waren, arbeitete Jack hinten am Haus, und als sie zur Schule aufbrachen, packte er zusammen.

»Alles fertig«, verkündete er. Er war mit weißem Staub bedeckt, was Beth einen gewissen Eindruck davon gab, wie der ältere Jack einmal aussehen würde. Wie ein Silberfuchs vielleicht. Aber gar nicht schlecht, musste sie zugeben.

»Danke, das war wirklich nett von Ihnen. Ich meine das Abschleifen, nicht das Aufwecken.« Sie schenkte ihm ein freundliches Lächeln.

»Gern geschehen. Das ist das Mindeste, was ich tun konnte, nach der Sache mit dem Mopp und dem Zelt ...«

»Und Moms Slip!«, fügte Leo laut hinzu.

Beth errötete und scheuchte Leo voran. Hinter ihnen lachte Jack.

»Ich bringe Doris in ungefähr zwanzig Minuten. Passt das?«

»Perfekt«, rief Beth mit geröteten Wangen. Kinder und Haustiere, sie kannte die Warnungen, und sie schienen alle berechtigt zu sein.

Beth gelang es, die Fensterrahmen und die Haustür zu streichen, ehe das typische Oktoberwetter einsetzte und sie sich wieder mit Innenarbeiten beschäftigen musste. Sie hatte ein dezentes Salbeigrün ausgewählt. Sie bestellte die Küche nach den letzten Messungen von Simon, und ein paar Tage später wurde diese in zahllosen flachen Kartons geliefert, die nun in den unteren Räumen herumstanden. Beths Aufgabe bestand darin, sich jetzt dem Wohnzimmer zu widmen. Momentan verbrachte sie die Abende entweder im Pub, im Bett oder auf einem der harten Holzstühle, die Rhonda ihr gespendet hatte, nachdem sie für die Teestube zu schäbig geworden waren.

Beth bereitete im Wohnzimmer alles vor, was Doris aufmerksam zur Kenntnis nahm. Besonders interessant fand sie den Eimer mit warmem Wasser, aus dem sie schlabbernd ein paar Schlucke trank. Danach ließ sie sich in einer Ecke des Raumes nieder, von wo aus sie Beth zwischen ihren kurzen Schläfchen im Auge behalten konnte.

Mit einem großen Schwamm, den sie immer wieder ins warme Wasser tauchte, weichte Beth die Tapeten ein. Sie nahm sich zuerst eine Wand vor, und als sie zufrieden war mit dem Ergebnis, machte sie dort weiter, wo sie vorher mit einem Tapetenkratzer angefangen hatte zu arbeiten. Es schien eine Weile ganz gut zu laufen, und Lage um Lage der Tapete löste sich in kleinen Fetzen. Die freie Fläche war schließlich so groß wie ein Kopfkissenbezug, nur hatte sie dabei offenbar ein Muster aus Beige, Grün und Pink freigelegt. Sie berührte es mit ihren Fingern. Es handelte sich um Vinyltapete, die das warme Wasser nicht durchdringen konnte. Beth machte tapfer weiter.

Nach stundenlangem nutzlosen Kratzen trat Beth zurück und betrachtete die Wand. Abgesehen von einigen Kratzrillen hatte sie jetzt eine ganze Wand, die anscheinend mit einer Vinyltapete aus den 1940ern tapeziert war. Nicht gerade die hübscheste, die sie je gesehen hatte – von Blättern einer seltsamen Blume übersät –, aber damals vermutlich modern.

»Tut mir leid, Elsie, aber die muss verschwinden«, sagte sie laut, was Doris veranlasste, den Kopf zu heben.

Beth fand das Abkratzen der Tapete eigenartigerweise sehr beruhigend. Es verschaffte ihr die Gelegenheit, über ihre Beziehung zu Nick nachzudenken. Während sie arbeitete, sortierte sie sein Verhalten in Kategorien ein. Die Kontroll-Kategorie war deutlich umfangreicher als die Weil-er-mich-liebte-Kategorie. Sie wünschte, sie hätte nachgehakt, als er einmal erwähnte, es gebe Dinge in seiner Vergangenheit, auf die er nicht besonders stolz sei. Möglicherweise hätte ihre gemeinsame Zukunft ganz anders ausgesehen, wenn sie seine Vergangenheit verstanden hätte. Während sie darüber nachdachte, fiel ihr ein altes Sprichwort ein: Die Katze lässt das Mausen nicht ... Je mehr sie an der Wand herumkratzte, desto mehr veränderte sich ihr Bild von Nick. Wie hatte sie derartig viele Hinweise übersehen können?

Beth war gerade dabei, ein besonders widerspenstiges Stück Tapete zu attackieren. Durch die Arbeit am Cottage war sie inzwischen trainiert. Vermutlich war es fast vergleichbar mit den Work-outs in dem teuren Fitnessstudio, in das sie in London gelegentlich gegangen war.

Stunden vergingen, bis ein Klopfen an ihrer frisch gestrichenen Haustür sie zu einer Pause zwang.

Als Beth öffnete, marschierte ein ziemlich missmutig dreinblickender Leo herein. Petra und Denis blieben draußen stehen.

»Um Himmels willen, ich hab's vergessen!«, rief Beth erschrocken aus.

»Ist schon okay«, beruhigte Petra sie, während Denis nur die Augen verdrehte. »Ich dachte mir schon, was passiert war. Die Lehrerin kennt mich, und ich bin als einer Ihrer Kontakte aufgelistet, deshalb konnte ich ihn mit nach Hause nehmen.«

»Es tut mir schrecklich leid.« Beth schämte sich. »Ich habe Tapeten abgerissen und offenbar jedes Zeitgefühl verloren.« Sie konnte schlecht erwähnen, dass sie ihre vor Kurzem gescheiterte Beziehung zu analysieren versucht hatte.

»Es ist wirklich kein Problem. Ich habe mich ohnehin gefragt, ob wir uns nicht abwechseln wollen. Sie bringen die Jungs hin, und ich hole sie ab«, schlug Petra vor.

»Ja, das wäre großartig.«

»Okay. Dann sehen wir uns morgen«, sagte sie und rief Leo ein »Auf Wiedersehen« zu.

Beth war völlig entsetzt, dass sie vergessen hatte, ihren Sohn von der Schule abzuholen, und sie war Petra dankbar dafür, dass sie ihn mitgenommen hatte. In London hatte sie eine Tagesmutter fürs Hinbringen und Abholen von der Schule bezahlt und deshalb nie daran denken müssen. Allerdings war das keine Entschuldigung, und sie fühlte sich schlecht deswegen. Leo war im Wohnzimmer, wo er Doris drückte. Beth ging zu ihm und legte die Arme um beide – soweit Doris' enorme Größe das zuließ.

»Es tut mir wirklich leid, Leo. Das ist nicht zu entschuldigen. Ich habe es über die Arbeit hier vergessen. Verzeihst du mir?«

Leo schob die Unterlippe vor, und zwischen seinen Augenbrauen hatte sich eine tiefe Falte gebildet. Er erwiderte die Umarmung seiner Mutter, sagte jedoch nichts. Beth verstand die Botschaft klar und deutlich.

Es dauerte Tage, alle Tapeten Schicht für Schicht abzureißen, und die Wand darunter war eine enttäuschende Entdeckung. Der Putz war alt und rissig wie eine zerklüftete Klippenwand. Beth kochte sich einen Becher Tee, nahm einen der Küchenstühle mit, setzte sich und starrte eine Weile die Wand an. Doris saß neben ihr und schaute ebenfalls ins Nichts. Von Zeit zu Zeit legte der Hund den Kopf schief, als bewundere er ein großartiges Kunstwerk. »Ich weiß, der Putz sieht uneben aus wie das Gesicht eines Teenagers«, sagte Beth, und Doris seufzte entsprechend, ehe sie sich für ein Nickerchen bequem machte. Beth konnte sich einen Verputzer nicht leisten, aber wenn sie den Putz jetzt überstrich, würde es schrecklich aussehen. Es hätte nicht die geringste Ähnlichkeit mit den glatten weißen Wänden, die sie sich gewünscht hatte.

Beth beschloss, erst einmal über ihre begrenzten Möglichkeiten nachzudenken und die Wände so zu lassen, wie sie waren. In der Zwischenzeit würde sie sich Leos Zimmer vornehmen, besser gesagt das, was in Kürze sein Zimmer sein würde. Begeistert stellte sie fest, dass es dort nur drei Tapetenschichten gab und es daher relativ einfach war. Sie hatte diese Arbeit gerade beendet, als Petra Leo brachte.

Leo folgte seiner Mutter die Treppe hinauf nach oben. »Wir haben etwas über Raketen und Feuerwerk in der Schule gelernt«, berichtete Leo und hüpfte dabei von einem Bein aufs andere, während Doris um ihn herumlief. »Und auch über Sicherheit beim Feuerwerk.«

»Toll«, sagte Beth und kratzte an einem widerspenstigen Tapetenstück neben der Fußleiste.

»Auf der Dorfwiese wird ein großes Lagerfeuer gemacht, und es gibt einen Wettbewerb, wer die beste Guy-Fawkes-Puppe bastelt, und der Gewinner kommt oben aufs Feuer und wird verbrannt! Können wir eine Guy-Fawkes-Puppe basteln, Mum, bitte?«

»Ja, klar.« Beth freute sich, dass er sich für etwas begeisterte.

»Kann ich deine Hose benutzen?«, fragte er und rannte zu ihrem Zimmer, gefolgt von Doris.

»Nein!«

Beth bedauerte, dass der Mietwagen weg war. Es stimmte schon, sie hatte ihn nicht oft benutzt, aber in einem Dorf, in dem ein Bus so häufig verkehrte, wie Wasser sich in Wein verwandelte, erkannte sie rasch die Vorteile eines eigenen Wagens. Ein kurzer Ausflug nach Stow-on-the-Wold und ein Besuch der dortigen Secondhandläden würde ihnen wahrscheinlich ein Outfit für eine Puppe verschaffen. Aber ein Bus dorthin würde nicht vor morgen fahren, noch dazu zu einer Zeit, in der Leo in der Schule war.

Leo und Doris waren nun im Garten, und Beth wollte eigentlich ihren Tee trinken, der schon lange kalt geworden war. Als sie aus dem Fenster schaute, sah sie Ernie zusammengekauert unter der Weide sitzen. Sie überlegte, ob sie jemanden bitten sollte, sie zu fahren, und begann sofort, mit den Zähnen zu knirschen. Das war ihr unangenehm, und sie war nicht der Typ, der sich auf andere verließ. Nur hatte sie eben diesen kleinen Jungen, für den sie alles tun würde. Sie zählte ihre Optionen auf: Petra besaß ein blassrosa Moped. Beth wäre nicht versichert, wenn sie damit fahren würde, und Leo auf dem Rücksitz ebenso wenig. Das kam also nicht infrage. Simon hatte ein Auto, aber sie wusste nicht, wann er bei der Arbeit war und wann nicht, und sie wollte ihn nicht stören. Es sah also ganz danach aus, als würde sie Jack anrufen müssen, um gefahren zu werden.

Sie setzte Wasser auf und lud Ernie auf einen Tee ein. Er kam in die Küche, setzte sich auf den ehemaligen Teestubenstuhl Beth gegenüber und umfasste mit beiden Händen seinen Becher.

»Besuchen Sie die Geschäfte in Stow, Ernie?«, erkundigte sie sich. Er schüttelte den Kopf. »Ich muss nach Stow, aber ich habe keinen Wagen mehr.«

Ernies Blick war fest auf seinen Tee gerichtet, daher nahm sie an, dass er gar nicht richtig zuhörte.

»Ich brauche jemanden, der mich fährt. Aber nicht Jack«, schränkte sie ein und ahmte Ernie nach, indem sie ebenfalls auf ihren Becher starrte.

»Shirley hat ein Auto«, sagte Ernie, ohne aufzusehen.

»Shirley?«, wiederholte Beth. Ernie nickte. »Hat ein Auto?« Ernie sah auf und nickte erneut. »Shirley mit dem Trolley hat einen Wagen?« Ernie wirkte besorgt, als er jetzt zum dritten Mal nickte, diesmal viel langsamer. »Danke, Ernie. Das ist gut zu wissen.«

Er trank seinen Tee aus, bedankte sich bei Beth und ging nach draußen, wo er sich wieder unter die Weide setzte.

Als es an der Tür klopfte, amüsierte Beth sich immer noch über das, was sie von Ernie erfahren hatte. Allerdings bezweifelte sie, dass er das alles richtig verstanden hatte. Lächelnd öffnete sie die Tür, und ihr Lächeln verschwand, als sie Shirley vor sich stehen sah. Sie hatte keinen Trolley dabei und knetete ihre behandschuhten Hände.

»Ernie meint, Sie müssten dringend wohin gefahren werden«, erklärte Shirley und deutete zur Auffahrt. Beth entdeckte einen sehr glänzenden alten Wagen.

»So dringend ist es auch wieder nicht«, erwiderte Beth. Ihre Handflächen fingen an zu schwitzen.

»Wollen Sie nun irgendwohin gefahren werden oder nicht?«, fragte Shirley, als Doris neugierig auftauchte. Desinteressiert verschwand sie jedoch gleich wieder, ohne zu bellen, denn es gab ja keinen Trolley. Leo nahm Doris' Platz ein, und Beth fühlte seine kleine warme Hand in ihrer.

Beth holte tief Luft. »Okay, ja, bitte, eine Fahrt nach Stow wäre toll. Wenn Sie sich sicher sind?« Shirley war bereits auf dem Weg zu dem alten Wagen. Vielleicht wohnt sie darin, dachte Beth.

Sie nahm Doris an die Leine, zog Leo eine Jacke an und folgten dann Shirley zu dem glänzenden Wagen. Shirley zeigte ohne Worte auf den Hund. »Ich möchte sie nicht allein lassen, weil Jack gesagt hat, dass sie Blödsinn macht, wenn sie allein gelassen wird«, erklärte Beth und hoffte sehr, ein bedauerndes Gesicht hinzubekommen.

»Auf den Rücksitz«, sagte Shirley und zeigte auf Doris und dann auf Leo, der bereits mit seinem Sitz kämpfte.

Es war ein seltsames kleines Auto. Es hatte eine gewölbte Motorhaube, ähnlich einem VW-Käfer, und Holzleisten am Van-artigen Heck. Beth stieg auf der Beifahrerseite ein und war erleichtert, dass es einen Sicherheitsgurt gab, den sie auch sofort anlegte. Sie schaute zu Leo, und auch er war bereits angeschnallt. Doris saß neben ihm und nahm die gesamte restliche Rückbank ein, während sie aufgeregt schnupperte. Im Wagen roch es stark nach Essig. Beth suchte nach Anzeichen dafür, dass das Auto vielleicht einst eine fahrende Pommesbude gewesen war oder ob Shirley tatsächlich darin lebte, aber weder das eine noch das andere schien zuzutreffen. Stattdessen entdeckte sie im Heck Shirleys Trolley und hoffte inständig, dass Doris ihn nicht auch sah.

Shirley fummelte an der Lenkradsäule herum, und dann sprang das Fahrzeug tuckernd an. Sie umklammerte das immense dreispeichige Lenkrad. »Bereit?«, fragte sie, wobei ihre Augen funkelten wie die eines Rennfahrers.

»Äh, na ja ...« Doch es war zu spät, um es sich im letzten Augenblick noch anders zu überlegen, denn der kleine Wagen setzte sich bereits in Bewegung. Sie rollten von der gekiesten Einfahrt, weg von Willow Cottage, und ließen einen glücklich winkenden Ernie zurück.

Beth merkte, dass sie sich an ihren Sitz klammerte, und ließ mutig los.

Shirley war so klein, dass sie eher durch das Lenkrad hindurchsah als darüber hinweg. Wegen des vor Kurzem gefallenen Regens stand das Wasser der Furt, die über die Straße führte, noch recht hoch. Beth sah zu Shirley, dann wieder zur Furt. Die alte Dame fuhr nicht schnell, trotzdem sollte sie langsamer fahren. Ein paar Touristen waren in die Hocke gegangen, um die Enten zu füttern, als Shirleys kleines Auto mit etwa zwanzig Meilen pro Stunde auf das Wasser traf und eine wunderschöne Wasserwelle über die Leute schwappen ließ. Die Enten flogen erschrocken schnatternd auf. Shirley und Leo fingen an zu lachen, während sich Entsetzen in Beths Gesicht breitmachte.

»Was für ein Wagen ist das?«, fragte sie, aber mehr, um sich vom drohenden Tod abzulenken.

»Ein 1964er Morris Minor Traveller«, antwortete Shirley und strahlte Beth mit einem Lächeln voller falscher Zähne an. »Fantastisch, oder?«

Beth fielen einige Worte ein, mit denen sie diese Todesfalle, in der sie ihre letzten Momente erlebte, beschreiben würde. »Fantastisch« stand jedenfalls nicht auf der Liste. »Oh, doch, das ist schon ein ganz besonderes Auto«, sagte sie und nickte ermutigend, in der Hoffnung, dass Shirley den Blick dann wieder auf die Straße richten würde. Shirley schien glücklich zu sein über diese Antwort und schaute tatsächlich wieder nach vorn. Beth atmete auf und drehte sich um. Leo sah ganz entspannt aus und lächelte seine Mutter an. Doris hingegen plagten offenbar dunkle Vorahnungen, da sie zusammengekauert auf dem Sitz saß. Beth und der Hund tauschten besorgte Blicke aus.

Die gleiche harmlose Fahrt, die Beth im Mietwagen gemacht hatte, wurde in dem Morris Minor zu einer Rallyefahrt, da Shirley eine Abkürzung über mehrere Nebenstraßen kannte, die immer enger wurden. Als ihnen ein Traktor entgegenkam, schnappte Beth erschrocken nach Luft. Kleiner wurde das andere Fahrzeug dadurch natürlich nicht. Sie hörte die Hecke auf ihrer Seite gegen den Lack schrammen, aber irgendwie vermieden sie einen Zusammenstoß. Endlich gelangten sie wieder auf eine Straße von normaler Breite, die sie dankenswerterweise rasch zur A429 führte. Da wusste Beth zumindest, dass sie bald da sein würden.

Als sie nach Stow-on-the-Wold hineinfuhren, wandte Shirley erneut den Blick von der Straße und richtete ihn auf Beth. »Wohin wollen wir denn genau?«

»Secondhandläden, bitte.«

»Secondhandläden?«, wiederholte Shirley erstaunt und sah weiterhin Beth an, die wiederum verblüfft war, dass sie immer noch geradeaus fuhren und noch nicht mit irgendetwas zusammengestoßen waren.

Glücklicherweise meldete Leo sich zu Wort. »Ich will eine Puppe basteln, die oben auf das große Lagerfeuer auf der Dorfwiese soll.«

»Ah, jetzt verstehe ich!«, meinte Shirley, lenkte den Wagen unvermittelt quer über die Straße auf eine Reihe ordentlich geparkter Autos zu. Shirley machte Anstalten zu bremsen, was die Geschwindigkeit jedoch nicht nennenswert reduzierte. Beth kniff die Augen zu und malte sich bereits aus, wie die geparkten Autos alle durch einen Aufprall ziehharmonikaartig zusammengengedrückt wurden. Doch der Wagen kam ohne Crash zum Stehen, und vorsichtig öffnete Beth ein Auge.

»Da wären wir«, verkündete Shirley in völlig entspanntem Ton. »Wir treffen uns hier in dreißig Minuten wieder.« Shirley stieg aus, als sei alles in bester Ordnung. Beth nahm sich zusammen und hoffte, dass ihre Herzfrequenz sich bald wieder normalisierte. Sie stieg ebenfalls aus und sammelte Leo sowie eine verdrießlich dreinblickende Doris vom Rücksitz ein. Unterdessen machte Shirley die Heckklappe auf und holte ihren Trolley heraus. Beth gelang es gerade noch rechtzeitig, Doris wegzuführen, bevor der Hund seinen Feind erblickte.

Nach einem kurzen Spaziergang erreichten sie einen vollgestopften Secondhandladen. Sie ließen Doris draußen, die verloren durch die Glastür schaute. Ein Secondhandladen war eine ganz neue Erfahrung für Leo, der entsprechend über die bunte Auswahl an Klamotten staunte. Die erste Hose, die er sich aussuchte, war orange und erinnerte Beth an die Größe ihres Zeltes. Sie versuchte noch, Leo die Hose auszureden, indem sie ihm klarmachte, wie viel Platz darin noch wäre, da hatte er auch schon eine hellrote Cordhose durchschnittlicher Größe entdeckt, die ihn noch mehr begeisterte. Ein weißes Hemd mit langen spitzen Kragen-Enden und ein schwarzes Jackett vervollständigten das Ensemble. Leo war enttäuscht, dass es nicht dem eigentlichen Stil eines Guy Fawkes entsprach, aber Beth konnte ihn davon überzeugen, dass sie eine Puppe mit einem Pappmaschee-Kopf basteln würden. Zwar war sie sich noch gar nicht sicher, wie das funktionieren sollte, aber diesem Problem würde sie sich stellen, wenn es so weit war.

Beim Herumstöbern fand Beth außerdem einige Jeanslatzhosen in ihrer Größe, die für die Arbeit im Haus viel besser geeignet waren als ihre engen Jeans. Dann entdeckte sie die Hut-Abteilung und staunte wie ein Kind im Süßigkeitenladen über die sagenhafte Auswahl. Sie hatte schon immer eine Schwäche für Hüte gehabt; sie liebte Hüte und suchte sich lächelnd welche aus. Zuerst setzte sie ein dunkelblaues Barett auf und betrachtete sich im Spiegel – es stand ihr, doch ihr Lächeln erstarb, als ihr wieder einfiel, warum sie aufgehört hatte, Hüte zu tragen. Es gehörte zu den vielen Dingen, die Nick ihr ausgeredet hatte. Während sie nach weiteren Hüten und Mützen kramte, behielt sie das Barett in der Hand.

Beladen mit ihren Einkäufen kehrten sie zum Morris Minor zurück und trafen gleichzeitig mit Shirley am Wagen ein. Doris rastete aus beim Anblick des Trolleys und wollte sich darauf stürzen, sodass Beth sie kaum halten konnte.

Shirley verdrehte ganz ruhig die Augen, verstaute den Trolley im Heck des Wagens und ging zur Fahrertür. »Na dann, steigt ein.«

Zusammen mit einem sehr großen bellenden Hund in einem Auto zu sitzen war nicht lustig. Leo hielt sich fest die Ohren zu, während Beth vom Beifahrersitz aus an der Leine zerrte, da Doris sich über die Rückbank Richtung Heck gelehnt hatte und wie verrückt den nur wenige Zentimeter von ihr entfernten Trolley anbellte. Shirley schien sich an all dem nicht zu stören, sondern lenkte den Wagen in die Busspur, und die tückische Rückfahrt nach Dumbleford begann.

»Doris! Sei still!«, schrie Beth, konnte sich jedoch kaum gegen das Bellen des Hundes durchsetzen. Doris warf nur kurz einen Blick zurück, als bitte sie um Unterstützung. »Komm schon, Doris, sei ein braver Hund.« Beth versuchte vergeblich, den Hund zu besänftigen. Nach ohrenbetäubenden fünfzehn Minuten erreichten sie Dumbleford, jagten erneut durch die Furt und erzeugten noch einmal einen Mini-Tsunami, der die Enten ein weiteres Mal aufscheuchte.

Shirley fuhr um die Dorfwiese bis zu dem großen Haus im Tudorstil, das den Platz dominierte, und dann selbstbewusst auf das Grundstück, direkt in eine große offene Garage hinter dem Haus hinein. Als die Dunkelheit der Garage sie umfing, verstummte Doris für einen Moment, sodass Beth die Chance bekam, die Leine an die Handbremse zu haken, bevor sie ausstieg. Dann öffnete sie die hintere Tür, löste die Leine und konnte auf diese Weise Doris aus dem Wagen zerren. Sie wollte den Hund schnellstens so weit wie möglich wegbekommen von dem Trolley.

»Danke fürs Fahren, Shirley.«

»Gern geschehen«, erwiderte Shirley und ging zum Heck des Wagens. Beth zog Doris fort und drehte sich um. Leo sammelte Kastanien unter dem großen dazugehörigen Baum.

»Komm«, rief sie ihm zu und betrachtete den großen Garten und die Rückseite des Hauses, die genauso imposant war wie die Vorderseite. Beth wollte Shirley eine ganze Menge Fragen stellen, aber dies war nicht der richtige Zeitpunkt. Sie nahm sich vor, in Zukunft nicht mehr vorschnell über die Leute zu urteilen. Obwohl sie wusste, dass sie es wahrscheinlich trotzdem tun würde.

15. Kapitel

Carly schloss das Küchenfenster, es wurde langsam kühl in der Wohnung. »Es hört sich an, als hätten Beth und Leo Spaß am Lagerfeuer«, signalisierte sie per Zeichensprache. »Wollen wir auch irgendwo hingehen?«

»Nein danke«, erwiderte Fergus.

»Aber es gibt einige sehr schöne Veranstaltungen momentan in London. Letztes Jahr wurde ein Jahrmarkt im Wimbledon Park veranstaltet, und das Feuerwerk am Alexandra Palace soll spektakulär sein.«

»Zu viele Leute, zu viel Tumult«, meinte Fergus mit einem entschuldigenden Schulterzucken. Für kleinere Veranstaltungen reichte sein Selbstbewusstsein, je größer jedoch die Menschenmenge wurde, desto unwohler fühlte er sich. Das aufgeregte Treiben war oft zu viel für ihn und schien den Spaß stets sehr zu beeinträchtigen. In den vergangenen Jahren war er viel selbstbewusster geworden, da seine Zeichensprachen- und Lippenlesefähigkeiten sich verbessert hatten. Trotzdem gab es noch Dinge, vor denen er zurückschreckte.

Carly fühlte sich ein bisschen entmutigt; sie mochte Feuerwerk. Schon als Kind hatte sie das immer toll gefunden, und bis heute faszinierte es sie.

Fergus fummelte an seinem Telefon herum. »Nick hat mir heute eine Nachricht geschrieben.«

»Was hast du getan?«

»Sie gelöscht. Hast du auch eine bekommen?«

Carly nickte langsam. »Ja.«

»Und was hast du gemacht?«, fragte Fergus und legte den Kopf leicht schief, sodass seine dunklen Haare zur Seite fielen.

»Ich habe geantwortet, dass ich mich mit ihm auf einen Kaffee treffe.«

Fergus stutzte. »Warum? Er ist ein Arsch, der deine Freundin geschlagen hat.«

»Ich weiß, aber er tut mir leid.«

»Das sollte er nicht. Dafür gibt es keine Entschuldigung. Es gefällt mir nicht, dass du dich allein mit ihm treffen willst.«

Carly war es nicht gewohnt, von ihrem ansonsten tief entspannten Fergus derartige Kommentare zu hören. »Warum denn?«, fragte sie amüsiert. »Weil er ein gut aussehender Charmeur ist?«

»Nein, weil er Frauen schlägt. Ich werde dich begleiten, falls das für dich okay ist.«

Carly fühlte ein kleines Glühen in sich. Obwohl sie sich als unabhängige Frau betrachtete, hatte es doch eine starke Wirkung auf sie, wenn ein Mann sie beschützen wollte.

Sie dachte über seine Worte nach, doch anstatt auf seine indirekte Frage zu antworten, sagte sie: »Na gut. Wie dem auch sei, ich habe über das nachgedacht, worüber wir in dem Restaurant gesprochen haben.«

Fergus zog ein Gesicht. »Urlaub in Irland?«

Genau wie sie vermutet hatte – er hatte es vergessen. »Nein, über unser Glück.«

»Ich bin noch immer glücklich.« Er nahm sie in den Arm und drückte sie fest. Dann lockerte er die Umarmung und küsste sie zärtlich auf die Nasenspitze, was sie zum Lächeln brachte. »Ich liebe dich, Carly Wilson«, sagte er.

Da ihre Hände in der Umarmung gefangen waren, sprach sie: »Ich liebe dich auch.« Er grinste breit. »Ich weiß, du hast gesagt, du seist glücklich damit, wie es zwischen uns läuft. Aber ich habe mir Gedanken gemacht. Möchtest du nicht den nächsten Schritt gehen?« Sie merkte selbst, wie schnell sie redete.

Er schaute konzentriert auf ihre Lippen, was wohl bedeutete, dass er sie nicht verstanden hatte. Oder aber, er hatte sie verstanden, und dies war nun seine Reaktion. Die Stille machte sich breit. Verdammter Mist, dachte Carly. Zeit, das Thema zu wechseln.

Sie befreite ihre Hände. »Wollen wir uns einen Film ansehen?«
»Nein, es läuft Fußball.« Er sah noch immer verwirrt aus und sah weiter auf ihre Lippen, als enthielten sie die Antwort. Unbewusst befeuchtete Carly sich die Lippen, und der Bann war gebrochen. Fergus ließ sie los und machte es sich auf dem Sofa bequem. Carly ließ die Schultern hängen. Wie sollte es jetzt weitergehen?

Jack und Simon waren nun an den meisten Abenden Stammgäste in Beths Haus und arbeiteten an der Küche. Die einzelnen Küchenelemente schienen der leichte Teil zu sein und waren an wenigen Abenden zusammengebaut. Sie jedoch nach den exakten Vorstellungen von Jack und Simon anzubringen, war eine ganz andere Herausforderung. Beide hießen Beths Wahl der Schränke, Türen und Arbeitsflächen gut. Sie redete sich ein, das sei ihr egal, doch wenn die zwei nicht beeindruckt gewesen wären, hätte sie es wahrscheinlich doch persönlich genommen. Nachdem sie in London eine moderne Einbauküche aus Edelstahl und schwarzen Elementen zurückgelassen hatte, musste sie für das Cottage etwas finden, das zur Historie passte und zugleich modern war. Sie hatte sich für schlicht gefurchte Eichentüren in mattem Weiß entschieden, dazu Arbeitsflächen aus Eiche Natur – das war das Beste, was sie sich leisten konnte.

Es war ihr gelungen, die Spüle zu retten, und die Männer maßen und maßen noch einmal aus, bevor sie es wagten, ein Loch, das die Größe der Spüle besaß, in das längste Stück der Küchenarbeitsfläche zu sägen. Jacks Muskeln zeichneten sich unter seinem T-Shirt ab, als er die Arbeitsfläche kurz anhob und in einen besseren Winkel brachte. Beth war fasziniert, und als sie es merkte, wandte sie rasch den Blick ab. »Also ... ich muss jetzt noch jemanden ausstopfen«, erklärte sie, bewegte sich rasch Richtung Wohnzimmer und ließ Jack und Simon grinsend über ihren Teetassen zurück.

Leo hatte dem Pappmaschee-Kopf bereits den Hut aufgesetzt und ihm vor dem Zubettgehen den letzten Schliff gegeben. Jetzt trocknete alles auf der Fensterbank im Wohnzimmer. Er hatte hart an diesem Projekt gearbeitet und anscheinend viele Details über den Rebellen Guy Fawkes gelernt, dem zu Ehren seit dem sechzehnten Jahrhundert jedes Jahr die Bonfire Night im gesamten Vereinigten Königreich veranstaltet wird. Er hatte sich besonders für Guy Fawkes' Tod interessiert, der ihn jedoch nicht weiter zu gruseln schien – im Gegensatz zu Geistern. Allerdings erwischte Beth Leo dabei, wie er Ernie das Erhängen, Strecken und Vierteilen schilderte, was den armen Kerl völlig aus der Fassung brachte.

Die Damen des Landfrauenverbandes hatten jede Menge Stroh gespendet für alle, die eine Puppe bastelten. Beth stopfte es nun in die von ihr unten zugenähten Beine der roten Cordhose, was eine seltsam befriedigende Tätigkeit war. Die körperliche Arbeit am Cottage machte sie müde, aber es war eine ganz andere Art von Müdigkeit als die geistige Erschöpfung, die sie in London gekannt hatte. Wie bei den meisten Jobs auf diesem Level, hatte auch sie unter enormem Druck und Stress gestanden. Doch erst jetzt wurde ihr bewusst, wie sehr sie auch zu Hause unter Druck gestanden hatte. Nick hatte in einem schleichenden, aber unaufhaltsamen Prozess die Kontrolle über sämtliche Aspekte ihres Lebens übernommen. Sie beschäftigte sich nicht gern mit dem Thema, und noch weniger gern gestand sie sich ein, dass sie sich von seinem Charisma und seiner schwärmerischen Art hatte blenden lassen. Er hatte sie geliebt, daran hegte sie keinen Zweifel, nur hätte sie niemals ahnen können, wie sich das äußern würde. Wütend stopfte sie immer mehr Stroh in die Hose.

Als sie mit dem Ausstopfen fertig war und die Puppe zusammengenäht hatte, war sie hundemüde.

»Wollen Sie mal einen Blick drauf werfen?« Jack schaute um die Tür herum.

»Will ich?«, erwiderte Beth und ließ den kopflosen Körper

der Puppe auf dem Stuhl neben dem Fenster sitzen, um sich die Küche anzusehen.

»Wow! Das sieht ja wie eine Küche aus!« Natürlich hatte sie mitbekommen, dass die beiden Sachen aus dem Flur hereingetragen hatten, dennoch war sie überrascht, die weißen Schränke an den vorgesehenen Plätzen und die Arbeitsfläche eingepasst zu sehen. »Das ist klasse und sieht nach sehr professioneller Arbeit aus. Ich danke Ihnen beiden.« Simon überprüfte immer noch den Anschluss der Arbeitsplatte an die Wand, begann jedoch zu grinsen, als Beth das Lob aussprach.

»Die Waschmaschine schließen wir morgen an, okay?«, sagte Jack.

»Nein, da ist Bonfire Night. Ihr zwei müsst auch mal einen Abend freihaben!«

»Das ist schon in Ordnung«, meinte Jack. »Schließen Sie das Cottage nicht ab, dann komm ich schnell allein vorbei und mache das.«

Beths Gesichtsausdruck gab die Antwort darauf. Es lag gar nicht an den Leuten in diesem Dorf; mittlerweile hatte sie sich an sie und ihre schrullige Art gewöhnt. Es hatte vielmehr mit ihrer allgemeinen Angst zu tun, weshalb nichts sie davon überzeugen könnte, das Cottage unverschlossen zu lassen.

»Sie könnten die Waschmaschine anschließen und danach mit mir und Leo gemeinsam zum Lagerfeuer gehen. Ich spendiere Ihnen ein Hotdog«, schlug sie vor. Jack verzog sein Gesicht. »Kommen Sie auch, Simon. Von Petra weiß ich, dass es ein Bierzelt gibt.«

»Wenn Sie darauf bestehen, gern. Dann bis morgen.« Er klappte seine sehr ordentliche Werkzeugkiste zu und ging.

Jack rieb sich das Kinn. »Ich muss Doris vor dem Feuerwerk morgen nach Hause bringen, weil sie Angst davor hat. Sie können dann schon vorgehen.«

»Na klar. Möchten Sie noch Kaffee?«, fragte sie und schaltete den Wasserkocher ein.

Jack schaute auf seine Uhr. »Ja, mit Milch, keinen Zucker,

bitte.« Er setzte sich an den kleinen Tisch, und sie sahen einander verlegen an, bis das Wasser kochte und Beth die Getränke zubereitete.

Sie brachte die Becher an den Tisch und setzte sich.

»Danke«, sagte er und nahm den Becher von ihr entgegen. »Was werden Sie mit den Wänden hier machen?«

»Ich glaube, ich werde mich mal darin versuchen, den Teil über der Arbeitsfläche zu fliesen.«

Er nickte zustimmend. »Die Wände sind ziemlich eben, das dürfte kein Problem sein.«

Sie sahen einander über den Tisch hinweg an. Die Stille knisterte, und Beth spürte, wie ihre Körpertemperatur stieg. Vielleicht wäre ein Glas kalter Chardonnay die bessere Wahl gewesen?

»Wie geht es Ihrer Freundin? Carly, oder?«, erkundigte er sich und trank einen Schluck Kaffee.

»Oh, der geht's gut. Sie schämt sich immer noch ein bisschen, weil sie betrunken war, aber ansonsten geht es ihr gut.« Beth versuchte, sich etwas einfallen zu lassen, was sie ihn fragen konnte, aber da kam nichts.

Zum Glück beendete er das erneut einsetzende quälende Schweigen. »Sie und Petra scheinen sich gut zu verstehen.«

Beth nickte begeistert; über dieses Thema konnte sie plaudern. »Ja, sie ist reizend. Und es ist ganz nett, dass es hier eine weitere alleinerziehende Mum gibt. Sie versteht, wie es ist, wenn man allein zurechtkommen muss. Verstehen Sie mich nicht falsch, ich bin gern Single. Man hat bloß nie einen freien Tag und muss alles alleine machen, weil es niemand anderen gibt, mit dem man sich die Arbeit teilen könnte. Andererseits kann niemand einen im Stich lassen ...« Sie merkte selbst, dass es vermutlich keine gute Idee war weiterzuplappern, denn Jack hörte ihr mit zunehmender Verblüffung zu. Sie umfasste ihren Becher mit beiden Händen und trank einen Schluck, um mit dem Reden aufzuhören.

»Ja, das glaube ich«, bemerkte er und sah dabei aus, als versuche er immer noch, all das zu verarbeiten, was sie gerade gesagt hatte.

»Petra scheint sich hier gut eingelebt zu haben.«

»Hat sie, also besteht für Sie auch noch Hoffnung«, sagte Jack mit einem freundlichen Lächeln. Beth merkte, wie sie das Lächeln erwiderte. Ihre Blicke trafen sich, und Beth fiel es schwer wegzusehen.

Sie errötete und trank schnell ihren Kaffee aus, damit Jack ihre sich ändernde Gesichtsfarbe nicht bemerkte. Als sie sich wieder gefangen hatte, sagte sie: »Könnten Sie mir bitte bei etwas helfen?«

»Klar.« Er stand auf und folgte ihr in das spärlich möblierte Wohnzimmer. »Ich weiß, dass Sie kein Fall für die Wohlfahrt sind, aber wollen Sie ein paar Möbel haben?« Er schaute sich um.

Verwirrt betrachtete Beth den nahezu leeren Raum. Er war nicht groß, wirkte durch den leeren Kamin und den einsamen Sessel, auf dem momentan die Strohpuppe saß, aber viel größer.

»Nein danke. Es sind eher die Wände, die mir Sorgen bereiten. Die müssen entweder verputzt oder mit Gipsplatten versehen werden, stimmt das?« Sie lernte immer noch die Fachausdrücke.

Jack ging zur nächstgelegenen Wand, strich mit der Hand darüber und betrachtete sie eingehend. »Das sind solide Wände. Ich kann keine Feuchtigkeit entdecken.«

»Aber sehen Sie sich diesen Riss an«, sagte sie und ging zur gegenüberliegenden Wand, wo sie auf eine mäandernde Bruchstelle in dem alten Putz zeigte. Jack kam zu ihr. Jetzt stand er ganz nah an ihr dran. Behutsam fuhr er mit dem Finger über den Riss. Wie hypnotisiert beobachtete Beth den Weg seines Fingers.

»Das kann ich ausbessern. Sie können anschließend Grundierung auftragen und danach mit einer guten Latexfarbe überstreichen. Das wird nicht der perfekte Anstrich, aber es wird trotzdem gut aussehen.« Jack nahm seine Hand von der Wand.

Der Bann war gebrochen. »Es ist ein Haus mit Charakter, und dieser Charakter sollte durchschimmern.«

»Hm, ich werde darüber nachdenken. Und jetzt halten Sie den mal fest, dann versuche ich, ihn anzunähen.« Sie gab ihm den Kopf der Puppe.

Nach einigen Minuten bekam Beth Nackenschmerzen, weshalb sie sich mit den letzten Stichen beeilte. »Gut, ziehen Sie mal dran.« Sie wollte sichergehen, dass der Kopf dranbleiben würde.

Jack zog ordentlich daran, während Beth an den Beinen zog. Prompt riss der Kopf ab. Beth wollte schon klagen, als ein Gesicht am Fenster erschien und hysterisch zu schreien begann.

»Ernie!« Jack warf Beth den Kopf zu und rannte aus dem Cottage, dem alten Mann hinterher.

»Na toll«, murmelte Beth und schaute durchs Fenster.

Erneutes Schreien hinter ihr ließ sie zusammenfahren. Diesmal war es Leo, der angesichts der geisterhaften Erscheinung, sie hielt immer noch den Kopf unterm Arm, geschockt war. Es kommt auch immer alles auf einmal, dachte Beth und warf den Kopf beiseite, um ihren Sohn zu trösten.

Den ganzen nächsten Tag herrschte auf der Dorfwiese ein Gewimmel wie im Bienenstock, weil die Leute alle möglichen brennbaren Sachen für das große Lagerfeuer anschleppten. Die Landfrauen und deren Männer überwachten das Aufschichten der Sachen. Offenbar war das Errichten des Lagerfeuers am Tag vor der Bonfire Night mit einigen Risiken verbunden, die Rhonda Beth liebend gern aufzählte, während sie ihren Kaffee holte.

»Erstens das Wetter. Zweitens Igel im Winterschlaf. Und drittens die Idioten, die es zu früh anzünden. Alles schon da gewesen.« Maureen gab einen Laut von sich, den Beth als Zustimmung deutete, aber es hätten auch Blähungen sein können; schwer zu sagen.

»Haben Sie heute Abend eine Bude?«

»Oh ja, Würstchen im Schlafrock und Hotdogs, das läuft immer gut. Shirleys Glühweinstand auch«, schwärmte Rhonda.

»Kann ich mir vorstellen«, sagte Beth und dachte daran, was es kosten musste, das größte Haus im Dorf zu unterhalten.

»Ich wollte mit Ihnen übers Cottaging reden«, sagte Rhonda in plötzlich in ernstem Ton.

Beth runzelte erstaunt die Stirn. »Cottaging?«

»Ja«, bestätigte Rhonda mitfühlend.

Beth wollte etwas sagen, brachte jedoch keinen zusammenhängenden Satz zustande. Woher sollte Rhonda auch wissen, dass Cottaging in London der umgangssprachliche Ausdruck für gleichgeschlechtlichen Toilettensex war. Deshalb fragte sie nur: »Warum?«

Rhonda stutzte. »Ich dachte, Sie wüssten alles übers Cottaging. Soll ich es googeln?«

»Nein!«, antwortete Beth mit Nachdruck und blinzelte schnell mehrmals hintereinander bei der Vorstellung, was dabei herauskommen würde. Ihr fiel nur eine mögliche Erklärung für die Frage ein. »Sie meinen das Renovieren eines Cottages, richtig?«

»Ja«, bestätigte Rhonda.

»Das ist nicht Cottaging«, klärte Beth sie mit gedämpfter Stimme auf, als spreche sie mit einem Kind.

»Nein? Was ist Cottaging dann?« Rhonda schien verblüfft zu sein.

Beth brachte die lahme Ausrede vor, sie müsse schleunigst zurück ins Cottage, und stolperte fast über ihre eigenen Füße, bei dem Versuch, Rhondas Frage zu entkommen. Sie war froh, zu ihrem neuesten Fortgeschrittenenkurs zurückkehren zu können, bei dem heute das Fliesen der Küche zwischen Arbeitsplatte und Hängeschränken auf dem Programm stand. Bei ihrem letzten Besuch im Baumarkt hatte sie sich einige Anleitungen dazu mitgenommen, die sich als sehr nützlich erwiesen hatten. Das Problem war nur, dass ihr die Werkzeuge für diese kniffligen Aufgaben fehlten. Sie hatte beispielsweise nicht mal ansatzweise etwas, um die Fliesen zurechtzuschneiden. Nichts in Willow Cottage war je einfach und gerade.

Ein sehr aufgeregter Leo kam nach der Schule ins Haus gestürmt und wollte sofort auf die Dorfwiese, weil er das »riesige« Lagerfeuer gesehen hatte und es sich näher anschauen wollte.

»Tut mir leid. Zuerst Rechtschreibung. Dann musst du dich umziehen, denn Jack kommt herüber, damit wir alle zusammen hingehen können.«

Leos Miene veränderte sich. Er beobachtete seine Mutter genau. »Ist er dein neuer Freund?«

Beth spürte, wie sie sofort errötete. »Nein, um Himmels willen. Natürlich nicht. Wie kommst du bloß darauf? Nein. Definitiv nicht ... Nein.« Möglicherweise hatte sie mit der Antwort ein bisschen übertrieben, denn Leo ließ sie nicht aus den Augen. Sie fragte sich, was er wohl dachte, und wartete.

»Okay«, meinte er, verschwand im Wohnzimmer und tauchte mit der Strohpuppe wieder auf. »Der Kopf sitzt nicht richtig.« Leo hielt die Puppe aufrecht vor sich, um sie besser betrachten zu können. Sie war größer als er.

»Ja, ich weiß. Besser habe ich es nicht hinbekommen. Und ich fand, wenn er gehängt wird, könnte der Kopf ruhig ein bisschen schief sein.«

»Cool«, meinte Leo und war sofort wieder begeistert.

16. Kapitel

Jack klopfte pünktlich zur abgesprochenen Zeit an die Tür des Cottage und begann sofort, den Riss in der Wohnzimmerwand zuzuspachteln.

»Hat Ernie sich gestern Abend schnell erholen können?«, erkundigte Beth sich.

»Nein, es dauerte eine Weile, um ehrlich zu sein. Ich kam erst gegen Mitternacht weg.«

»Sie haben ihn nach Hause gebracht?«, fragte Beth.

»Ja, aber er blieb unruhig, deshalb habe ich ihm einen Kakao gemacht und mich dort um ein paar Sachen für ihn gekümmert.« Beth schaute ihn fragend an. »Na ja, Sie wissen schon, Kontoauszüge und Rechnungen, solche Sachen. Früher hat Wilf das für ihn gemacht, aber ...«

»Das ist nett von Ihnen«, sagte Beth und hatte das Gefühl, dass »nett« es nicht ganz traf.

»Wie Sie selbst bereits bemerken, ich bin hier der Allround-Heilige.« Er grinste schief und widmete sich wieder der Reparatur des Risses. Beth ging duschen und sich umziehen, und als sie zurückkam, summte die Waschmaschine leise an ihrem Platz in der Küche.

»Das ging schnell.«

»Es ist leicht, wenn man ein bisschen Übung darin hat. Das Fliesen haben Sie gut hinbekommen. Aber ich würde achtundvierzig Stunden warten mit dem Ausfugen.«

»Ich habe die kniffligen Stellen noch nicht fertig. Sie haben nicht zufällig einen Fliesenschneider?« Beth zuckte innerlich zusammen. Sie hasste es, um etwas zu bitten, aber sie wollte nicht zusätzliches Geld für ein Leihgerät ausgeben, und schon gar nicht wollte sie sich eines kaufen. Nach dieser Erfahrung hatte sie nicht vor, eine Karriere als Renovierungsexpertin zu starten.

»Nein, aber ich kenne jemanden, der eines besitzt.« Es erwies sich wirklich als nützlich, Jack zu kennen.

»Kennen Sie die Geschichte von Guy Fawkes?«, fragte Leo, doch ehe Jack antworten konnte, hatte Leo schon begonnen, ihm die Geschichte zu erzählen.

Kaum wurde es dunkel, geriet Leo in Panik. Wenn er auf der Fensterbank in Beths Zimmer stand, konnte er ein Stückchen Dorfwiese sehen, je nachdem, in welche Richtung der Wind die Weide bog. Dort hielt er Wache, für den Fall, dass das Lagerfeuer früher angezündet werden würde.

In den vergangenen Tagen war es merklich kühler geworden, deshalb wickelte Beth ihrem Sohn einen Schal um und zog ihm Handschuhe und eine dicke Jacke an. Er weigerte sich jedoch, seine Wollmütze aufzusetzen, obwohl sie sich ihre demonstrativ auf den Kopf zog. Es handelte sich um eine Beanie-Mütze, die sie sehr mochte. Sie hatte sie in dem Laden in Stow-on-the-Wold entdeckt; der Preis war nicht hoch gewesen, und der Stil passte zu ihr. Sie erinnerte sich an das letzte Mal, als sie eine Mütze getragen hatte, die ihr sehr gefiel. Nick hatte sie ausgelacht. Nach einem heftigen Streit deswegen hatte er sie mit der Küchenschere in kleine Stücke geschnitten. Das war übrigens eine ausgezeichnete Schere gewesen, fiel ihr jetzt ein, und sie wünschte, sie hätte sie nicht zurückgelassen.

Entgegen Leos schlimmsten Befürchtungen kamen sie rechtzeitig, um ihre Strohpuppe für den Wettbewerb anzumelden. Leo war fassungslos, als man ihn nach dem Namen der Puppe fragte. »Das ist Guy Fawkes natürlich!« Erst später verstanden sie die Frage, als weitere Puppen eintrafen, die verschiedene Politiker darstellen sollten. Auch eine sehr gute Cruella De Vil war darunter, komplett mit zweifarbiger Perücke, und ein Frankenstein, der offenbar aus einem Halloweenkostüm recycelt worden war. Beths Hoffnung auf Leos Sieg schwanden schnell dahin.

Sie schlenderten umher, und Beth lud Jack und Simon wie versprochen zu ein paar Hotdogs ein. Sie wusste nicht, mit wie vielen Menschen sie hier eigentlich gerechnet hatte, aber ganz sicher nicht mit einer solchen Menge. Der Pub-Parkplatz war mit einem Besetzt-Zeichen versehen, und Autos parkten an jeder verfügbaren Bordsteinkante.

Shirley tat ihren Dienst am Glühweinstand, natürlich mit dem Trolley, und möglicherweise hatte die alte Dame den Wein schon ein wenig zu ausgiebig getestet, denn sie schwankte gefährlich hin und her. Beth ließ Leo bei Jack und Doris, um Glühwein zu holen; sie wagten es nicht, Doris in Shirleys Nähe und vor allem die des Trolleys zu lassen.

»Mittens«, sagte Shirley gerade, kurz bevor sie sich langsam und graziös zu Beth umwandte.

»Mittens? Fäustlinge? Das sind Handschuhe, aber sie erfüllen ihren Zweck. Drei Glühwein, bitte.«

»Verrückte Lady«, murmelte Shirley mit übertriebenem Lächeln und füllte die Becher. Beth gab ihr das Geld und bahnte sich ihren Weg durch die Menge. Die anderen bestaunten das aufgetürmte Lagerfeuer und diskutierten lebhaft, ob es größer war als im vergangenen Jahr oder nicht. Die Ankunft des Glühweins beendete das Gespräch vorerst. Die Erwachsenen nahmen die Becher dankbar entgegen und wärmten sofort ihre Hände.

Eine Versammlung von Landfrauen gab die bevorstehende Verkündigung des Strohpuppen-Wettbewerbs bekannt, und die Menge kam näher. Leo stürmte nach vorn, wo er auf Denis traf. Beth entschuldigte sich und drängte sich zwischen den Menschen hindurch, um ihm zu folgen.

»Diese hier ist vom Dart-Team des Pubs. Ich habe mitgeholfen, sie zu basteln«, sagte Denis und zeigte auf den am dicksten ausgestopften Politiker. Leo zeigte auf seine. Die Lady, die die Gewinner des Kuchenwettbewerbs im Sommer ausgerufen hatte, trat vor. Sie trug die gleiche Lederhose wie damals, nur dass die jetzt ergänzt wurde durch eine extra lange Strickjacke und Pudelmütze.

»Die Ergebnisse des Dumbleford Guy Wettbewerbs lauten wie folgt ... Den dritten Platz belegt Cruella De Vil vom Dumbleford und Henbourne-on-the-Hill Bridge Club.« Die Menge applaudierte, und ein großer Gentleman trat vor und nahm die Rosette entgegen.

»Auf dem zweiten Platz haben wir Mrs. Asquith von den Dumbleford Landfra...«

»Schneller!«, rief Jack und schaute erstaunt hinter sich, als die Frau in der Lederhose böse in seine Richtung blickte. Eine Frau nahm rasch die Rosette entgegen und verschwand in der Menge.

»Und Trommelwirbel, bitte. Der Gewinner ist... Guy Fawkes von Leo Browne!« Ein strahlender Leo trat vor, um die Rosette für den ersten Platz und eine Packung Schokolade entgegenzunehmen, während die Menge applaudierte und Jack laut pfiff. Dann trat Leo zurück hinter die Sicherheitsabsperrung, und Beth nahm ihn fest in die Arme.

»Gut gemacht, Leo. Ich bin so stolz auf dich.« Sie musste sich auf die Innenseite ihrer Wange beißen, um keine Tränen zu vergießen.

»Danke, Mum. Du hast auch gewonnen«, sagte er und zeigte ihr kurz die Rosette, bevor er und Denis sie genauer betrachteten.

»Gut gemacht, Kumpel!« Jack und Leo klatschten sich ab. Jack sah zu Beth, und sie lächelte. Beth schaute zu Shirley, die beide Daumen hob, ehe sie erneut schwankte und seitlich in ihre Bude fiel. Die Landfrau in der Lederhose eilte ihr zu Hilfe und richtete Shirley wieder auf, die immer noch beide Daumen hochhielt. Beth lachte in sich hinein und erwiderte die Geste. Leos Puppe war die größte von allen; vielleicht nicht die beste, aber offenbar hatte sie starke Unterstützer im Dorf gefunden.

Sie sahen zu, wie die drei ausgewählten Puppen oben auf

dem Lagerfeuer an Stühle gebunden wurden, ähnlich einem olympischen Siegerpodest. Leos Puppe war ganz oben, die anderen etwas darunter. Die übrigen Puppen wurden kreisförmig unten um das aufgeschichtete Holz verteilt. Dann wurden die Leitern entfernt, und der große kahlköpfige Ansager vom wöchentlichen Pub Quiz im Blutenden Bären trat mit einer langen brennenden Fackel vor. Der Countdown begann, und die Spannung wuchs.

Leo und Denis schrien jede Zahl, und die Menge jubelte, als sie bei Null angekommen waren und das Feuer entzündet wurde. Die Menschenmenge stand in sicherem Abstand hinter einer Absperrung, doch als das Feuer aufloderte, setzte es eine große Hitze frei, sodass diejenigen in den vorderen Reihen, zu denen Beth und Leo gehörten, weiter zurückwichen.

»Wow, das ist vielleicht ein Feuer!«, sagte Beth und bewunderte den prasselnden Haufen aus angenehmerer Entfernung.

»Er brennt, er brennt!«, rief Leo. Beth sah, wie ihre ganze harte Arbeit von Flammen umgeben war und dann rasch im übrigen Feuer aufging. Sie atmete die nach Lagerfeuer riechende Luft ein und fühlte sich zurückversetzt in ihre Kindheit – die viel einfacher gewesen war als Leos. Unwillkürlich hatte sie ein schlechtes Gewissen wegen der fragwürdigen Entscheidungen, die sie und Leo in ein kleines Dorf verschlagen hatten, meilenweit weg von ihrem Zuhause und ständig auf der Hut.

Petra tauchte auf und gab Simon und Jack etwas in einem Plastikbecher. »Dark Winter, ein echtes Ale für den heutigen Abend«, erklärte sie, und die beiden nahmen die Becher dankbar entgegen. Kurz darauf kam sie mit Chips und Getränken für die Jungen wieder, außerdem mit zwei kleineren Bechern Wein für Beth und sich selbst.

»Danke«, sagte Beth. »Wie ist es gelaufen heute Abend?«

»Wirklich gut. Ich überlasse die Bar jetzt den Angestellten. Ich bin jetzt, wie heißt es bei euch? Hundmüde?«

»Hundemüde«, verbesserte Beth sie amüsiert, woraufhin sie mit ihren Bechern anstießen, was natürlich kein Klirren erzeugte.

»Ich verliere heute Abend eine Bardame. Es ist ihr letzter Abend, an dem sie für mich arbeitet. In ein paar Wochen fängt sie an zu studieren, und dann schafft sie den Job nicht mehr. Dann werden nur noch ich und Chloe da sein, und wenn viel Betrieb herrscht, reicht das einfach nicht.«

»Oh«, erwiderte Beth und genoss den Wein, der sie innerlich gleichzeitig kühlte und wärmte. Sie wusste nicht genau, ob dies Petras Art war, jemandem ein Jobangebot zu machen. Und falls ja, war sie sich nicht sicher, wie sie dazu stand. »Werden Sie sie ersetzen?«

»Unbedingt. Weihnachten ist nicht mehr weit weg, und im Dezember sind wir fast vollständig gebucht.«

Beth nickte und biss sich auf die Lippe. »Würden Sie in Betracht ziehen, mich zu nehmen?«, fragte sie. »Ich habe keine Erfahrung, aber ich bin bereit zu lernen.«

Jack meldete sich zu Wort. »Es gab eine Zeit, da haben Sie mal in der Teestube gearbeitet.« Er grinste breit. Petra machte ein verwirrtes Gesicht, deshalb schob Beth ihn scherzhaft zur Seite.

»Ignorieren Sie ihn.«

»Mache ich für gewöhnlich auch«, sagte Petra. »Der Job gehört Ihnen, wenn Sie ihn wollen.« Sie stießen erneut mit ihren Plastikbechern an. Beth war sich nicht sicher, worauf sie sich da eingelassen hatte, aber sie brauchte das Geld, und ein kleines Einkommen war besser als gar keines.

Beth und Jack standen nebeneinander und schauten zu, wie das große Feuer die Dorfwiese erhellte. Die leichte Brise genügte, um die Flammen hoch in den Nachthimmel auflodern zu lassen.

»Faszinierend, oder?«, meinte Jack und sah Beth für einen Moment an.

»Ja, das ist es. Feuer hat etwas Magisches. Ich liebe die Bonfire Night.«

»Ich auch. Ich fand sie immer schöner als Halloween. Meine Mutter machte jedes Mal Folienkartoffeln mit Butter und Käse, die wir draußen aßen. Wir aßen sie natürlich auch mal drinnen vom Teller, aber nie schmeckten sie so gut wie draußen am Feuer direkt aus der Folie.«

Beth lauschte ihm aufmerksam, während er zum ersten Mal etwas von sich erzählte. Sie hatte das Gefühl, sie sollte sich dafür erkenntlich zeigen. »Wir haben Würstchen gegessen, und mein Dad rannte ständig mit dem Teller raus und rief: ›Achtung! Knacker!‹, und das brachte mich immer zum Lachen«, erzählte sie.

Sie amüsierten sich beide und verfielen dann in angenehmes Schweigen. Vielleicht war es leichter, wenn alle um einen herum plauderten und Hintergrundlärm produzierten? Eine weitere Person drängte sich durch die Menge, wodurch Jack und Beth näher zueinander geschoben wurden, doch keiner von beiden machte Anstalten, dem anderen auszuweichen. Beth fühlte sich durch Jacks Nähe überraschend entspannt und sicher.

Als das Feuerwerk angekündigt wurde, entschuldigte Jack sich und brachte Doris nach Hause, kurz bevor es losging. Während sie von der Dorfwiese geführt wurde, schnappte der Hund noch so viele fallen gelassene Würstchen auf wie möglich. Beth schaute ihnen hinterher, bis sie merkte, dass Petra sie beobachtete. Erst da sah sie woanders hin und rückte nervös ihre Wollmütze zurecht. Es war wirklich albern, aber sie verspürte den Wunsch, sich intensiver mit Jack zu unterhalten, und war ein wenig niedergeschlagen, weil er schon so früh losmusste.

Es war ein klassisches Feuerwerk, begleitet von Ohs und Ahs aus der gut erzogenen Menge, die hinauf in den klaren kalten Himmel sah. Leo war glücklich, als Beth ihn umarmte, während sie das farbenfrohe Funkeln am tiefdunklen Himmel beobachteten. Beth fand, dass sich alles langsam zum Guten wendete.

Carly und Fergus saßen schweigend im Pub. Fergus scrollte durch die Musik auf seinem Smartphone und zeigte Carly hin und wieder ein bestimmtes Album oder einen Künstler. Sie wusste, wie sehr ihm die Musik fehlte, und sie konnte sich nur schwer vorstellen, wie es war, etwas zu verlieren, das einem so wichtig war. Die Tür ging auf, und Nick trat ein. Er sah aus, als wäre er einer Zeitschrift entsprungen; seine Haare saßen perfekt, seine Kleidung konnte modischer nicht sein. Ein freundliches, selbstsicheres Lächeln erschien auf seinem Gesicht, als er sie entdeckte. Er kam auf sie zu. Fergus stand auf und schüttelte ihm fest die Hand, wurde jedoch widerstrebend in eine kurze Männerumarmung gezogen.

»Es tut gut, dich wiederzusehen, Fergus.« Nick sprach in bewusst gleichmäßiger Geschwindigkeit und sah Fergus dabei an, damit ihm das Lippenlesen leichter fiel. Fergus nickte, doch seine versteinerte Miene war leicht zu deuten. Dann beugte Nick sich herunter, gab Carly einen sachten Kuss auf die Wange und flüsterte. »Ich bin sehr froh, dass du gekommen bist.«

Man einigte sich auf eine Getränkebestellung, und kurz darauf saßen sie an einem Tisch für vier, an dem ein Stuhl frei blieb. Carly betrachtete lieber den leeren Stuhl, als direkten Blickkontakt zu Nick herzustellen. Sie trank von ihrem Drink und wartete auf die unausweichliche, peinliche Unterhaltung.

»Danke, dass ihr gekommen seid. Ich bin euch für eure Unterstützung wirklich dankbar«, sagte Nick. Carly wollte es Fergus übersetzen, doch der antwortete bereits.

»Du hast unsere Unterstützung nicht.« Fergus' Ton war kalt. »Ich bin hier, weil du Carly leidgetan hast.« Sein Blick war fest auf Nick gerichtet.

Nicks Auge zuckte, ansonsten jedoch verbarg er seine Reaktion gut. »Fergus, ich weiß, wie das aussieht ...«

»Und ich weiß, wie es ist.« Fergus wandte sich an Carly und signalisierte ihr stumm: »Wir hätten nicht herkommen sollen.«

Carly sprach mit Nick, benutzte aber dennoch die Gebärdensprache, damit Fergus einbezogen blieb. »Nick, Fergus hat recht, wir können dir nicht helfen.«

»Das ist in Ordnung, wirklich. Ich verstehe, dass du zu deiner Freundin hältst. Das würde ich auch machen.« Nick klang niedergeschlagen und senkte den Blick auf seine Cola light.

Fergus starrte ihn nach wie vor feindselig an. »Sie hätte dich anzeigen sollen«, sagte er. Carly fühlte sich immer unbehaglicher. Fergus hatte recht, sie hätten nicht herkommen sollen. Es hatte ihr schon nicht gefallen, wie emotional er zu der Situation stand, doch jetzt sah sie, dass er Nick regelrecht hasste.

Nick sah auf, und sein Gesichtsausdruck hatte sich verändert; er wirkte nicht länger zurückgewiesen. »Sie kann mich immer noch anzeigen, wenn sie meint, dass es etwas anzuzeigen gibt. Aber sie hat es nicht getan.« Er zuckte kaum merklich mit den Schultern. Carly spürte die Spannung zwischen den beiden Männern. Sie wollte auf keinen Fall, dass es in aller Öffentlichkeit zu einer handfesten Rangelei kam.

»Wenn du nur ein bisschen Anstand hättest, würdest du sie in Ruhe lassen...«, begann Fergus.

Nick wollte ihn darauf hinweisen, dass er ja gar keine Ahnung habe, wo sie sich aufhalte, doch Fergus ließ ihn einfach nicht zu Wort kommen. »Dann würdest du aufhören, nach ihr zu suchen und dir stattdessen Hilfe suchen für dein Problem.«

Nick lachte und schüttelte den Kopf, während Fergus' Gesicht sich verfärbte. Carly beugte sich vor, für den Fall, dass sie eingreifen musste. »Na schön, Kumpel...«, begann Nick.

»Ich bin nicht dein Kumpel«, stellte Fergus klar und stand auf. Nick erhob sich automatisch zusammen mit ihm. Verdammt, dachte Carly, und stand ebenfalls auf, fühlte sich aber gleich beängstigend klein neben den beiden Männern. Nur der Tisch stand zwischen ihnen. Fergus besaß einen Größenvorteil, dafür war Nick muskulöser. Auch wenn Carly Fergus liebte, war ihr klar, wer von den beiden eine körperliche Auseinandersetzung gewinnen würde.

»Das war eine blöde Idee. Wir sollten gehen«, sagte Carly, und sie gingen zur Tür. Fergus hielt sie für Carly auf und Nick winkte, nun jedoch mit ernster Miene. Erst als sie auf die Straße trat, merkte sie, dass er nicht mehr hinter ihr war. Sie rannte sofort wieder hinein und sah Fergus, der sich vor dem wieder sitzenden Nick aufgebaut hatte und ihm ins Ohr sprach, während eine fest auf die Schulter gelegte Hand ihn auf seinem Platz hielt. Dann drehte er sich um und ging zu Carly, die noch an der Tür stand.

»Was hast du zu ihm gesagt?«, wollte sie wissen, doch Fergus schüttelte nur den Kopf und beschleunigte seine Schritte.

Es war Sonntag, deshalb nahmen Beth und Leo den Bus zum Baumarkt, wo sie Farbe, Pinsel und Schalen kauften, um das Wohnzimmer zu streichen. Die Sachen waren fast zu schwer, um sie mit dem Bus zu transportieren, doch mithilfe einiger freundlicher Mitreisender gelang es ihnen dann doch. Beth hatte sich gegen das strahlende Weiß entschieden, das sie eigentlich gewollt hatte, und stattdessen einen wärmeren Farbton gewählt. Das war immer noch neutral genug für denjenigen, der Willow Cottage am Ende kaufen würde, passte jedoch besser zum Alter des Hauses. Leo half, den Boden mit Zeitungen auszulegen, und dann machten sie sich an die Arbeit.

Der Sonntag verging mit Streichen, das selbst Leo Vergnügen bereitete. Gerade als er anfing, sich zu langweilen, tauchte Denis auf, und die zwei verschwanden mit Plastikdosen in den Händen, um hinter dem Pub-Garten nach restlichen Brombeeren zu suchen. Beth schaute sich um und beschloss, für heute Feierabend zu machen und die Arbeit am Wohnzimmer Montag zu beenden. Schließlich war Sonntag, und da hatte sie Lust auf ein anständiges Essen.

Trotz der späten Jahreszeit brachte Leo von der Brombeerlese noch einige Früchte mit, sodass Beth einen Apfel- und Brombeerkuchen daraus backen konnte. Es tat unheimlich gut, wieder zu kochen, und mit einer gewissen Zufriedenheit saßen sie in ihrer neuen Küche und genossen das selbst gekochte Essen.

Der Montag kam, und nach dem Schulweg hieß es zurück an die Malerarbeiten. Doris interessierte sich sehr für die Veränderungen, besonders für den Geruch im Wohnzimmer. Doch nachdem sie sich hingelegt hatte, konnte Beth den Anstrich zu Ende bringen.

Beth hatte die Musik laut aufgedreht, während sie auf der von Simon geborgten Trittleiter stand und die Decke ein zweites Mal überstrich. Sie schaute also nach oben, trug gut gelaunt mit der Rolle Farbe auf und merkte gar nicht, dass Doris wieder aufgestanden war und neugierig näher kam. Als der Hund seine großen Pfoten auf die Beth gegenüberliegende Sprosse stellte, wackelte die Leiter bedrohlich. Beth nahm augenblicklich die Arme herunter, um die Balance zu halten, doch dadurch schlug sie Doris aus Versehen mit der Farbrolle auf den Kopf.

»Verzeihung, Doris!«, rief sie, als der mit Farbe bekleckste Hund rasch zurückwich. Die nächsten zwanzig Minuten verbrachte sie damit, Doris zu sich zu locken, um ihr die Farbe vom Kopf zu waschen. Sie konnte den Hund unmöglich nach Hause schicken, wenn er wie ein Punk-Dachs aussah.

Die letzten Hunde-Leckerchen und zwei Scheiben Rest-Rindfleisch später hatte Doris einen nassen, aber farbfreien Kopf und einen wachsameren Ausdruck in den Augen.

»Verpetz mich nicht bei Jack«, flüsterte Beth Doris zu, die nur knurrte und sich im Flur für ein Nickerchen niederließ, wobei sie Beth mit einem Auge ständig beobachtete.

Die verbleibende Arbeit verlief ohne weitere Zwischenfälle, und am Ende des Tages begutachtete Beth ihr Werk. Sie war zufrieden mit sich und musste sich eingestehen, dass die Arbeit wirklich Spaß gemacht hatte. Vielleicht würde es gar nicht so anstrengend werden, das Cottage komplett zu streichen.

Sie schaute sich die fertig gestrichenen Wände an und erkannte jetzt erst, was Jack gemeint hatte. Allerdings bezweifelte sie stark, dass sie ihm das verraten würde. Die Wände sollten überhaupt nicht vollkommen glatt sein; ein Verputzen hätte dem Cottage etwas von seiner Geschichte genommen. Sie fühlten sich einigermaßen glatt an, wenn man mit der Hand darüberstrich, doch im Licht waren die kleinen Unebenheiten zu erkennen, und das gefiel Beth. Jetzt wurde es Zeit, das Cottage aussehen zu lassen, als wäre es bewohnt.

17. Kapitel

Je näher Beths erste Abendschicht im Blutenden Bären rückte, desto nervöser wurde sie. Sie sollte ein bisschen früher dort sein, damit Petra ihr alles erklären konnte, obwohl Beth gemeint hatte, ein ganzer Tag Einweisung sei vielleicht sinnvoller bei einer Anfängerin wie ihr. Petra jedoch war der Ansicht, es sei das Einfachste der Welt, ein Pint zu zapfen, sobald man den Bogen raushatte. Und die Kasse sei sowieso ein Kinderspiel. Beth blieb skeptisch.

Sie duschte, zog sich um, überprüfte, ob sie noch Farbe im Haar hatte, schminkte sich sehr dezent und begutachtete das Ergebnis, soweit das mit dem Taschenspiegel möglich war. Schwierig zu beurteilen. Dann steckte sie ihre Haare provisorisch zurück und bemerkte dabei mal wieder, dass sie dringend einen Schnitt brauchten. Seit sie London verlassen hatte, war sie nicht mehr beim Friseur gewesen. Leo freute sich darauf, den Abend irgendwo zu verbringen, wo es einen Fernseher gab, kostenlose Chips und kohlensäurehaltige Getränke.

Theoretisch war der Job ideal. Sicher, es war eine andere Welt im Vergleich zu ihrer Arbeit in der Stadt, aber es war immerhin eine neue Herausforderung und eine Chance, mehr Leute kennenzulernen. Einerseits hatte sie Lampenfieber, andererseits freute sie sich darauf. Ihr Leben war jetzt anders; sie war anders. Ich mag es, wieder Beth zu sein. Ich bin nicht mehr Elizabeth, und das war ich auch nie, dachte sie. Beth war definitiv nicht mehr die naive Frau, die Nicks Charme erlegen war. Sie war nicht mehr die Person, die er sich nach und nach zurechtgebogen hatte. Endlich war sie wieder die unabhängige Frau, die sie einst gewesen war, und dies war ihr nächster Schritt.

Der Pub wirkte ein wenig unheimlich ohne Gäste, und ihre Absätze hallten auf dem Holzfußboden nach. Das Echo wiederholte sich irgendwo in Beths Bauch. Wie dumm, nervös zu sein, fand sie, aber manchmal waren Nervosität und Ängste nicht rational nachvollziehbar und nur selten beherrschbar. Sie merkte, dass sie es brauchte, in irgendetwas wieder gut zu sein, was den Druck noch ein bisschen erhöhte.

Beth zog den Mantel aus und sah sich in der leeren Kneipe um. Eigentlich sah sie genauso aus, wie man sich einen Pub auf dem Land vorstellte: viele Balken, Nischen und Ecken, dazu ein großer, rußgeschwärzter Kamin. Petra tauchte auf, und ihr Lächeln vertrieb Beths Nervosität im Nu.

»Sie sind gekommen!«, sagte sie und steuerte ohne Umschweife die Bar an. »Fangen wir mit einem einfachen Pint an«, erklärte die Wirtin – und damit begann Beths Ausbildung. Wie erwartet, stellte sie sich beim Zapfen des ersten Pints nicht allzu geschickt an, auch nicht beim zweiten und dritten. Aber danach bekam sie allmählich ein Gefühl dafür – zum Nachteil ihrer nun biergetränkten Jeans. Aber das war in Ordnung, denn zu ihrer Überraschung machte es ihr Spaß.

Ihr erster Abend verlief ruhig, das half natürlich. Petra ging ihr zur Hand und war wie eine Vogelmutter, die über ihr flügge gewordenes Küken wachte. Während einiger entspannter Minuten fragte Beth sich gerade, warum es auf ihrer Seite des Tresens keinen Barhocker gab, als Petra aus der Küche kam und ihr eine Zitrone gab.

»Wenn gerade kein Gast zu bedienen ist, erledigen Sie alle anderen anfallenden Arbeiten: Zitronen schneiden für die Drinks, Chips nachfüllen, Gläser von den Tischen und dem Tresen einsammeln, den Geschirrspüler beladen, Gläser aus dem Geschirrspüler ausräumen, außerdem wischen und aufräumen.«

»Klar«, sagte Beth und machte sich daran, die Zitrone zu schneiden. Petra hatte recht, es gab immer etwas zu tun, und sobald sie einen kurzen Moment Ruhe hatte, erklärte sie Beth etwas Neues. Die echten Ales bereiteten Beth ein wenig Sorge, und sie nahm sich vor, diese als eine Art Hausaufgabe bis zum nächsten Mal zu lernen.

Als sich eine kurze Pause ergab, ergriff Beth die Chance, sich mit Petra zu unterhalten. »Mir war gar nicht klar, wie arbeitsintensiv es ist, die Küche und die Bar zu führen.«

Petra grinste. »Ich liebe es. Meine Küchenhilfen sind ausgezeichnet, also brauchen die mich eigentlich nicht. Ein junger eifriger Koch ist ein Geschenk des Himmels. Und das ...« Sie deutete mit einer Handbewegung auf den Tresen. »... ist alles, was ich kennengelernt habe, seit ich nach England gekommen bin.«

»Aber Sie sind nicht hergekommen, um in einer Bar zu arbeiten, oder?«

»Nein, ich wollte studieren.« Petra machte ein für sie untypisch ernstes Gesicht.

»Was ist passiert?«

Jetzt wurde Petras Miene düster, und Beth wollte sie schon trösten, ohne genau zu wissen, warum eigentlich. Dann schüttelte Petra den Kopf, und der ernste Moment verflog. »Ich bin nicht so schlau, wie ich gedacht habe«, erklärte sie mit einem gezwungenen Lachen.

»Aber Sie sind sehr gut darin, eine Bar zu leiten«, erwiderte Beth und meinte es aufrichtig. »Sie vergeuden hier Ihr Talent. Als Büroleiterin könnten Sie in London richtig Geld verdienen«, fügte sie mitfühlend hinzu.

Petra lachte und winkte ab. »Ich würde das Büro hassen. Hier habe ich meine Stammgäste und lerne ständig neue Leute kennen. Das bringt vielleicht nicht viel Geld, aber es reicht, und der Pub gehört mir ... na ja, von der riesigen Hypothek mal abgesehen!« Sie lachte wieder, ging ans andere Ende des Tresens, noch ehe die nächsten Gäste ganz eingetreten waren, und begrüßte sie herzlich.

Beth dachte eine Weile über die Unterhaltung nach. So angespannt wie bei dem Gespräch über das aufgegebene Studium hatte sie Petra noch nicht erlebt. Ein weiterer Gast betrat die Kneipe, und Beth schaltete wieder in den Effiziente-Bardamen-Modus um, und der Gedanke war vergessen.

Als sich nur noch fünf Gäste im Pub aufhielten, schickte Petra sie nach Hause.

»Das haben Sie gut gemacht heute Abend. Sehr gut«, lobte Petra.

»Danke«, sagte Beth und war lächerlich zufrieden mit sich. Ein müder Leo wankte ins Bild, und das erschöpfte Duo ging die paar Schritte zu Willow Cottage und fiel dann sofort in seine Betten.

An einem grauen frostigen Morgen ging Jack an dem Lieferwagen des Teppichverlegers vorbei, der vor Willow Cottage parkte. Die Haustür stand offen. Er machte Doris' Leine los, gab sie Beth, und Doris trottete glücklich ins Cottage.

»Vielleicht hätten Sie den Schornstein überprüfen und reinigen lassen sollen, bevor Sie den Teppich verlegen lassen«, rief Jack im Weggehen.

Beth blieb im Türrahmen stehen; sie konnte sein Gesicht nicht mehr sehen, aber sie wusste, dass er sehr selbstzufrieden aussah. Und er war auch schon zu weit weg, als dass sie irgendetwas darauf hätte erwidern können. Stattdessen streckte sie seinem Rücken die Zunge heraus. Das war zwar kindisch, zeigte jedoch sofort Wirkung, und sie fühlte sich besser. Dann schaute sie zu, wie der fast weiße Teppich aus dem Lieferwagen geladen wurde.

»Warten Sie!«, rief sie den zwei verdutzten Teppichverlegern zu und lief zu ihnen. »Es tut mir wirklich sehr leid, aber Sie können den Teppich heute nicht verlegen.«

Nach reichlichem Gemurre und zwei Bechern süßem Tee plus einer halben Packung Kekse nahmen die Teppichverleger den Teppich wieder mit, sodass Beth einen späteren Termin für die Verlegung vereinbaren konnte. Nach einigen hektischen Telefonaten hatte Beth einen Schornsteinfeger ausfindig gemacht, der noch an diesem Tag vorbeikommen konnte. Die

Auseinandersetzung mit den Teppichverlegern hatte ihr nicht gefallen, aber es war tatsächlich klüger, zuerst den Schornstein reinigen zu lassen. Deshalb war sie froh, diese potenzielle Krise vermieden zu haben. Nur warum musste Jack es immer besser wissen?

Beth summte den »Chim Cher-ee«-Song aus Mary Poppins immer wieder an diesem Tag, bis der Schornsteinfeger endlich eintraf und enttäuschenderweise nicht aussah wie Dick Van Dyke. Trotzdem musste sie sich zusammenreißen, um nicht weiterzusummen. Es handelte sich um einen älteren Gentleman, der alles über Schornsteine und Kamine wusste. Er machte sich gleich an die Arbeit, indem er den Schornstein außen und innen inspizierte.

Als er die Bürsten hereintrug, beschloss Beth, ihn in Ruhe arbeiten zu lassen. Nach einer Weile brachte sie ihm eine Tasse Tee und entdeckte geschockt die große Kiste voller Zweige und unidentifizierbarer rußiger Teile, die aus dem Schornstein entfernt worden waren.

»Vögel«, erklärte der Schornsteinfeger, »nisten gern in Schornsteinen. Ich habe eine Vogelhaube oben montiert, um das zu verhindern.«

»Großartig«, sagte Beth. Sie hatte keine Ahnung, was das war, aber wenn es dieses Zweig-Desaster verhinderte, war sie einverstanden.

»Hab das hier auch gefunden«, sagte er und gab Beth ein knistriges und angesengtes Stück Papier. »Ein Stück Geschichte.« Er grinste und fing an, seine Sachen einzupacken.

Vorsichtig faltete Beth das braun verfärbte Papier auseinander, und ihr Herz zog sich zusammen, als sie die unbeholfene Handschrift eines Kindes las.

Lieber Weihnachtsmann

Ernie und ich haben das ganze Jahr über versucht, Mami zuliebe brav zu sein.

Zu Weihnachten hätte ich gern das neue Rupert-Bär-Buch,

eine Packung Buntstifte, Soldaten und ein Paar Handschuhe.
Alles Liebe, Wilfred.
P.S.: Ernie möchte einen orangenen Schal und ein paar kleine Spielzeuge, falls du welche übrig hast.

Beth schaute zum Kamin. Es war erstaunlich, dass der Brief überlebt hatte.

»Hab ihn auf einem Mauervorsprung entdeckt«, erklärte der Schornsteinfeger, als erahne er ihre nächste Frage. »Süß, oder?«

»Und wie«, erwiderte Beth und schluckte ihre Gefühle herunter. Sie ging in die Küche, schlug ihr Lieblingskochbuch auf und legte den Brief hinein. Sie wusste nicht, was sie damit anfangen würde, sie wusste nur, dass sie ihn sicher aufbewahren musste.

Beth bezahlte die Rechnung, und der Schornsteinfeger händigte ihr eine Bescheinigung aus, in der stand, dass ihr Schornstein überprüft worden war und benutzt werden durfte.

Okay, dachte Beth, und jetzt zum neuen Termin mit den Teppichverlegern.

Fergus war nicht mehr ganz er selbst seit dem Treffen mit Nick in dem Pub, und Carly konnte den richtigen Moment nicht finden, ihm von ihrem Auftrag, beim Theater in Gebärdensprache zu übersetzen, zu erzählen. Der Vertrag war bereits unterschrieben und verschickt, da Carly es unbedingt machen wollte. Jetzt machte sie sich nur Sorgen darüber, wie er darauf reagieren würde. Sie waren seit drei Jahren zusammen und kaum eine Nacht getrennt gewesen, mit Ausnahme des Baumhausdebakels vor Kurzem. Und sie wusste, dass sie Fergus damit Probleme bereitet hatte. Er mochte es nicht, den Leuten seine Taubheit erklären zu müssen, denn die Hälfte fing daraufhin prompt an, ihn wie einen Idioten anzusprechen. Carly war stolz auf ihn, dass er es ohne große Schwierigkeiten nach Hause geschafft hatte, doch ihr war durchaus klar, dass das nicht leicht gewesen war. Sie musste es ihm irgendwann sagen und entschied, mehr als nervös, dass dies der richtige Zeitpunkt war, um es anzusprechen.

Fergus sah mürrisch aus, während er durch seine Musiksammlung auf seinem Smartphone scrollte, die er nicht mehr hören konnte.

»Ich habe ein tolles Jobangebot bekommen«, signalisierte Carly ihm. Fergus zuckte, zeigte jedoch kein sonderliches Interesse. Unbeirrt fuhr sie fort: »Ich soll ein Märchenstück für Kinder im Theater in Zeichensprache übersetzen.«

Fergus grinste listig. »Oh nein, sollst du nicht.«

»Sehr witzig. Ich rechne damit, dass ich noch viele solcher Aufträge bekomme. Es macht dir also nichts aus?«

»Warum sollte es?«

Die wichtigste Information hatte sie zurückgehalten. »Es ist in Gloucester. Es wird Proben und einige Aufführungen geben. Ich dachte, ich könnte vielleicht bei Beth übernachten.«

Prompt verschwand sein Grinsen. »Warum kannst du anschließend nicht heimkommen?«

»Kann ich, nur enden die Vorstellungen spät, und ich fände es ganz nett, bei Beth zu bleiben.«

»Du hast gesagt, das Cottage sei ein Drecksloch.«

Carly lachte. »Das war es auch, aber sie hat einiges daran gemacht, und inzwischen ist es bewohnbar.«

»Kann ich mitkommen?«

Carly fühlte sich, als würde sie einen Hundewelpen treten. »Was würdest du denn tun, während ich arbeite?« Fergus zuckte mit den Schultern. »Um ehrlich zu sein, dachte ich, es wäre mal ganz schön, Zeit mit Beth zu verbringen.«

»Okay.« Fergus machte ein trauriges Gesicht.

»Okay, ich kann fahren?«

Fergus runzelte die Stirn. »Ich würde dich nie von etwas abhalten, was du gerne machen möchtest. Auf keinen Fall will ich derjenige sein, der dich zurückhält.« Die Stimmung wurde ernst.

»Ich weiß. Ich habe den Vertrag ohnehin schon weggeschickt.«

»Warum fragst du dann noch?« Fergus' Gebärden wurden ruckartig. Das war ein Zeichen dafür, dass er gereizt war; wenn die Gebärden richtig ausladend wurden, musste man sich Sorgen machen.

»Ich wollte nur höflich sein«, signalisierte Carly. Fergus' Augenbrauen zuckten, und das irritierte Carly. »Ich bin kein Schmusetuch.«

»Bist du jetzt meine Betreuerin, oder was?«, sagte Fergus, und ehe Carly etwas erwidern konnte, war er schon aus dem Zimmer. Er nahm seinen Mantel und ging zur Wohnungstür. Ihm etwas hinterherzurufen hatte keinen Sinn, daher blieb ihr nichts anderes übrig, als ihm hinterherzusehen. Wenn man taub war, hatte man stets das letzte Wort oder zumindest das zuletzt gehörte.

Die Weide bot nun keinen Schutz mehr vor dem Wetter, da sie fast alle Blätter verloren hatte. Trotzdem hockte Ernie noch gerne unter dem Baum. Beth schaute aus dem gardinenlosen Fenster auf den von Frost überzogenen Baum. Er glitzerte in der Morgensonne und hatte etwas Magisches. Für Ernie war es noch zu früh. Es war für die meisten Leute noch zu früh, aber heute brachte Jack Doris eher vorbei als sonst. Beth beobachtete, wie er stehen blieb und die Schönheit des Baumes bewunderte, bevor er an die Tür klopfte.

Doris stürmte herein, kaum dass die Tür offen war; sie fühlte sich inzwischen sehr wohl in ihrem Ersatzzuhause und hatte sich gut eingelebt.

»Toll, oder?«, sagte Beth, da Jack über die Schulter einen weiteren Blick auf die frostigen Äste der Weide warf.

»Es ist der Raureif, der sie so aussehen lässt«, erklärte Jack, und Beth nickte höflich, obwohl sie keine Ahnung hatte, was Raureif war. »Wie dem auch sei, ich finde, jetzt ist die richtige Zeit, um die Äste zu schneiden.« Ein breites Grinsen erschien auf ihrem Gesicht, und erst da fiel ihr wieder ein, dass sie ja noch ihren pinkfarbenen Einhorn-Onesie trug.

»Es ist kalt, und der hier ist warm.« Verlegen zupfte sie an dem Einhorn-Horn an der Kapuze herum.

»Ich hab doch gar nichts gesagt«, meinte Jack und verkniff sich ein Lachen. »Ich finde ... es steht Ihnen.« Jetzt konnte er das Lachen nicht länger zurückhalten. Beth stimmte ein und tat, als wolle sie nach ihm schlagen.

»Ich nehme das mal als Kompliment«, sagte sie. Mit amüsierter Miene gab er ihr die Schleifmaschine.

»Voll aufgeladen«, erklärte er. »Für den gesamten Küchenfußboden reicht der Akku aber vielleicht trotzdem nicht.«

»Danke, dieses Einhorn hat einen anstrengenden Tag vor sich«, scherzte sie. »Bis später – und danke, Jack.« Beth hatte die Kosten für das Abschleifen der Böden recherchiert und einen Schock bekommen. Jacks Hand-Schleifmaschine war für diese Aufgabe eigentlich nicht gemacht, aber die Fläche des Küchenfußbodens war klein, besonders nach dem Einbau der Schränke. Außerdem gefiel Beth der rustikale Look, weshalb es völlig in Ordnung für sie war, wenn es nicht perfekt aussah.

Sie ging methodisch vor und brachte die nächsten Stunden damit zu, sich Stück für Stück durch die Küche zu arbeiten und dabei die uralten Dielenbretter abzuschleifen, die jahrelang unter Dreck und Schmutz verborgen gewesen waren. Aus ihrer knienden Position sah ihr Werk nahezu perfekt aus, weshalb sie nicht nur mit ihrer Arbeit zufrieden war, sondern auch oder besonders mit der finanziellen Ersparnis. Stundenlang die gleiche Position innezuhaben forderte jedoch so langsam ihren Tribut von Beths Rücken. Der war nun nicht mehr biegsam, sondern steif wie ein Brett. Sämtliche Sehnen in ihrem Nacken und ihren Schultern schmerzten. Irgendwann richtete sie sich auf und streckte ihren müden Körper.

Obwohl die obere Hälfte der Stalltür und das Fenster den ganzen Tag offen gewesen waren, schwebte nach wie vor so viel Staub in der Luft, dass es Beth vorkam, als hätte sie den Kopf in eine Wolke gesteckt. Die Atemschutzmaske, die Jack ihr im Sommer gegeben hatte, war nicht mehr richtig zu gebrauchen und hing an einem Gummiband um ihren Hals. Beth dehnte und drehte sich, um die verspannten Muskeln zu lockern, als ein Luftzug hereinwehte und der dadurch aufgewirbelte Staub sie zum Husten brachte.

Sie hielt sich den schmerzenden Rücken, den sie durch den Husten erst recht spürte.

»Sie sehen gut aus«, bemerkte Petra auf der anderen Seite der Stalltür.

Beth öffnete die untere Hälfte, und Petra wich zurück, da der Wind den Staub in ihre Richtung wirbelte.

»Sorry!«, entschuldigte Beth sich hustend und versuchte, den zögernden Leo ins Haus zu schieben. Petra hielt sich Mund und Nase zu und spähte in die Küche.

»Wow, das sieht schön aus, Beth.« Sie hatte recht, es sah wirklich schön aus. Die Jahre hatten dem Fußboden Patina und viel Charakter verliehen. Jetzt musste er nur noch gewachst werden, doch das musste bis zum Wochenende warten, wenn keine Doris da war und Leo im Pub spielte.

»Du siehst aus wie ein Geist«, bemerkte Leo grinsend, als er an seiner Mutter vorbeiging. »Denis übt Elfmeterschießen auf der Dorfwiese. Darf ich auch?«

»Aber erst ziehst du die Schuluniform aus«, erwiderte sie über die Schulter, und Leo rannte die Treppe hinauf.

»Sie sehen wirklich wie ein Geist aus«, stellte Petra belustigt fest.

»Danke, liebe Freundin.« Beth wuschelte sich durch die Haare und schickte damit noch mehr Staub in Petras Richtung.

»Ich erinnere mich daran, wie mein Vater das bei uns zu Hause gemacht hat«, erzählte Petra und wedelte eine Staubwolke weg. »Das ist harte Arbeit.«

»Sehen Sie Ihre Eltern noch oft?«, erkundigte Beth sich und klopfte sich dabei ab.

Petra schien regelrecht zu erstarren. Dann schüttelte sie den Kopf und entspannte sich wieder ein klein wenig. »Nein. Wir sprechen nicht mal mehr miteinander.«

»Oh, wie schade, besonders für Denis.«

»Ja, ist es.« Petra schaute zu Boden.

»Ich kann es mir gar nicht vorstellen, nicht mehr mit meiner Familie zu sprechen. Ich habe sie schon seit einer Weile nicht mehr gesehen, und das gefällt mir überhaupt nicht. Immerhin telefonieren wir.« Beth wartete, doch Petra schwieg, hielt den Blick gesenkt und wirkte sehr nachdenklich. »Kann man das nicht wieder in Ordnung bringen?«, fragte Beth zögernd und war sich sehr wohl der Tatsache bewusst, dass sie in Petras Gedanken eindrang.

Petra schien in die Wirklichkeit zurückzukehren und winkte ab. »Nein. Sie akzeptieren Denis nicht. Da ist nichts mehr zu kitten.«

Beth gab sich Mühe, ihr Entsetzen zu verbergen. Wie konnten Großeltern ihr Enkelkind nicht akzeptieren? Sie wusste nicht, was sie darauf erwidern sollte, daher umarmte sie Petra einfach.

Petra erwiderte die Umarmung, dann machte sie sich wieder frei. »Tja, ich mache mich mal lieber wieder auf den Weg«, sagte sie mit einem kurzen Stirnrunzeln und ging.

Beth sah sich um. Das Cottage machte schon einen viel besseren Eindruck, und in Petra hatte sie eine Freundin gefunden. Sogar mit Jack verstand sie sich inzwischen ganz gut. Allmählich begann es, besser für sie zu laufen.

18. Kapitel

Es war kurz vor Mitternacht, und Beth driftete gerade in den wohlverdienten Schlaf, als plötzlich ein Hämmern durch das kleine Häuschen hallte. Wer hämmert denn um diese Uhrzeit gegen die Tür? fragte sie sich. Sie stützte sich auf ihr Kissen und spähte aus dem Fenster in die Dunkelheit hinaus. Das brachte nichts, sie würde nach unten gehen müssen. Unten an der Treppe angekommen, sah sie, wie jemand den Türgriff bewegte, und erstarrte. Wer konnte das sein? Das Hämmern setzte wieder ein. Ihr fiel nur eine Person ein – Nick.

Leo rief von oben: »Was ist los, Mom?«

»Schsch. Nichts. Geh wieder ins Bett.« Sie klang angespannt und atmete beinah panisch. In ihrer Fantasie spielten sich verschiedene Szenarien ab, und keine endete gut. Langsam näherte sie sich der Tür, obwohl die Angst sie zurückzuhalten versuchte. Sie fragte sich, ob sie die Polizei rufen sollte, aber an eine Haustür zu hämmern war schließlich kein Verbrechen. Sie wünschte, sie hätte sich schon vorher einmal Gedanken über eine solche Situation gemacht. Vielleicht konnten sie und Leo aus dem Hintereingang des Cottage fliehen, ohne gesehen zu werden. Falls Nick sie gefunden hatte, wollte sie lieber nicht daran denken, was er mit ihnen anstellen würde. Trotz der Dunkelheit konnte sie draußen eine Gestalt erkennen. Sie ging näher heran, und plötzlich tauchte ein von der Glasscheibe verzerrtes Gesicht vor ihr auf. Erschrocken wich Beth zurück.

»Beth, ich bin's, Jack. Sie müssen mir einen großen Gefallen tun. Beth?«

Erleichterung überkam sie, unmittelbar gefolgt von Verärgerung. Sie machte die Tür auf, und Doris trottete herein.

»Wer hämmert denn gegen eine Tür und rüttelt am Türgriff?«, fuhr sie ihn scharf an.

Jack wirkte für einen Moment verwirrt. »Ich dachte, Sie haben möglicherweise nicht abgeschlossen. Es tut mir leid, aber es gibt einen Notfall, weshalb ich sofort zur Arbeit muss.«

Beth bedachte ihn mit einem spöttischen Grinsen. »Ein Notfall in der IT-Branche?« Ihre Verärgerung war vergessen, ihr Herzschlag hatte sich normalisiert.

»Ja.« Jack sah ziemlich besorgt aus. »Ich kann es nicht erklären, offizielle Geheimnisse und alles, aber glauben Sie mir, die Sache ist ernst. Können Sie Doris nehmen?« Er hielt ihr seinen Hausschlüssel hin.

Beths Lächeln erstarb. »Selbstverständlich. Sind Sie ein Spion?« Die Frage war heraus, ehe sie sich eines Besseren besinnen konnte.

Jack sah sie ernst an. »Ich habe keine Ahnung, wann ich zurück sein werde. Holen Sie, was Sie für Doris brauchen, von mir zu Hause. Ich werde Sie anrufen.« Er setzte seine Kapuze auf und joggte in die Dunkelheit.

»Na, so was!«, sagte Beth zu Doris und hörte Leo oben kichern. »Ab ins Bett!«, rief sie hinauf.

Es war nicht die beste Nacht. Doris lag tagsüber zufrieden auf einer Decke im Flur, aber nachts war ihr das anscheinend nicht bequem genug. Sie war vor der Schlafzimmertür auf und ab gegangen, und ihre Krallen hatten über den Boden gekratzt, bis Beth sie widerwillig hereingelassen hatte. Jetzt hatte sie es sich auf Beths Doppelbett ziemlich gemütlich gemacht.

Der eigentlich großzügige Platz im Bett war nun durch die sich darin ausbreitende Doris deutlich reduziert. Ohnehin schon ein großer Hund, schien sie liegend noch größer zu sein, und sie war absolut nicht zu bewegen, obwohl Beth alles versuchte. Doris schlief anscheinend tief und träumte dabei, denn sie zuckte und schnarchte abwechselnd, was einerseits ein komischer Anblick war, andererseits aber auch sehr nervenaufreibend. Allerdings musste sie zugeben, dass sie insgeheim froh war über die Wärme, die der Hund ausstrahlte, denn die Nächte waren bereits sehr kühl geworden. Das war aber auch schon das einzig Positive daran.

Auch ohne all die Auswirkungen, die Doris' Gegenwart zur Folge hatte, konnte Beth dank des Schreckgespenstes Nick schlecht schlafen. Sie hatte gleich angenommen, er sei derjenige an der Tür, und ihre Emotionen dabei machten sie wütend. Sie hatte geglaubt, die Angst überwunden zu haben, doch da hatte sie sich nur etwas vorgemacht. Nach wie vor hatte er sie im Griff, und daraus musste sie sich unbedingt befreien.

Als Beth endlich eingeschlafen war, fingen der Wecker zu piepen und Doris zu bellen an. Offenbar mochte der Hund es ebenso wenig, vom Wecker geweckt zu werden. Drei müde Gestalten trotteten hinunter in die Küche. Doris blickte hoffnungsvoll drein, als es Toast gab.

»Wir besorgen dir etwas auf dem Rückweg von der Schule«, versprach Beth dem Hund, dessen Nase sich Leos Teller näherte. Beth führte Doris sanft fort und kraulte ihr den Kopf, um sie abzulenken. Der Hund verfiel in einen tranceähnlichen Zustand, mit geschlossenen Augen und seitlich aus dem breiten Maul heraushängender Zunge. Sie war wirklich eine sabberige Kreatur.

»Ist Jack echt ein Spion?«, wollte Leo wissen, als er kurze Zeit später mit den innen steckenden Ärmeln seines Schuluniformmantels kämpfte. Seine Mutter zog die Ärmel heraus und half ihm in den Mantel.

»Nein! Sei nicht albern. Wir haben nur Witze gemacht.«

Leo rümpfte die Nase. Er dachte nach. »Schade«, meinte er schließlich. »Das wäre verdammt cool gewesen.«

Beth setzte ein neutrales Lächeln auf, hoffte sie zumindest, und dann verließen sie alle das Cottage.

Nachdem sie ihren Sohn zur Schule gebracht hatte, befand Beth sich jetzt in Jacks Haus. Die Küche war ein seltsamer Anblick. Sie sah aufgeräumt und sauber aus wie üblich, mit Ausnahme einer Mahlzeit auf dem Tisch und einem Glas Weißwein, ohne Flasche. Beth schnupperte. Sie hatte Jack im Pub stets nur Guinness trinken sehen – möglicherweise war dieses Doppelleben noch verwickelter, als sie es sich in ihrer wilden Fantasie bereits ausmalte. Bei dem Essen handelte es sich um eine Lasagne mit vier verschiedenen Gemüsesorten; sie runzelte die Stirn darüber.

Die Suche nach Futter für Doris erwies sich wider Erwarten als ganz einfache Sache. Sie fragte Doris, wo ihr Futter stand, und der Hund lief in die kleine Speisekammer und sprang aufgeregt um einen riesigen Sack herum.

»Ich hab ja schon davon gehört, dass Großpackungen billiger sind. Aber ernsthaft jetzt?«

Doris warf begeistert den Kopf hin und her. Beth fand ihren Futternapf und gab ein paar Handvoll hinein. Eine Menge, die Doris schon verschlungen zu haben schien, noch ehe der Napf den Boden berührte. Während der Hund den leeren Napf mit der Schnauze durch die Küche schob, machte Beth sich auf die Suche nach Ersatznäpfen und etwas, worin sie das Futter transportieren konnte – auf keinen Fall würde sie den gigantischen Sack über die Dorfwiese schleppen. Sie fand eine Frühstücksflockenpackung im Recycle-Müll, füllte sie mit Futter aus dem Sack auf und nahm sie zusammen mit einem Ersatznapf und Doris' Sitzsack mit. Falls Jack eine weitere Nacht weg sein sollte, wollte sie das Bett unter gar keinen Umständen erneut mit dem Hund teilen. Bevor sie aufbrach, wusch sie noch Doris' benutzten Napf ab, den Teller, das Geschirr und das Glas vom Tisch, damit es nicht länger aussah wie eine Cottage-Version des berühmten Geisterschiffs Mary Celeste.

Beths Telefon piepte, während sie sich mit einem großen Sitzsack durchs Dorf kämpfte, der ständig ihrem Griff zu entkommen versuchte, indem er seine Form änderte. Außerdem hatte sie eine Frühstücksflockenpackung mit Doris' Futter unterm Arm sowie die Hundeleine in der Hand, deren Träger zu allem Überfluss unablässig seine Schnauze in ebendiese

Packung voller Leckereien stecken wollte. Als sie am Lebensmittelladen vorbeikamen, schlurfte Shirley heraus, den Trolley vor sich herschiebend. Der Hund entdeckte ihn prompt, und kein noch so verlockendes Schütteln der Frühstücksflockenpackung voller Hundefutter konnte Doris von ihrem Erzfeind auf Rädern ablenken.

Doris entschied, dass der kürzeste Weg hinter Beths Rücken vorbeiführte, sodass Beth eine unelegante Drehung vollführte, während der Inhalt der Frühstücksflockenpackung zu Shirley flog und dem Sitzsack endlich doch noch die Flucht gelang.

Shirley sah alarmiert aus, als der massige Hund sich auf ihren Trolley stürzte.

»Mittens!«, rief sie.

»Verfluchtes Biest!«, schrie Beth, ließ Napf und Futterpackung fallen und stürzte Doris hinterher – erwischte sie jedoch nicht. Doris hatte unterdessen die Vorderpfoten auf den Trolley gelegt, der prompt losrollte, als würde der Hund ihn schieben, was aussah wie eine Varieté-Nummer. Je schneller der Trolley rollte, umso schneller wurde auch Doris.

»Halten Sie sie fest!«, schrie Shirley. »Sie hat meine Mittens da drin!«

»Mittens« war das englische Wort für Handschuhe – aber ein Paar Handschuhe war momentan Beths geringste Sorge, denn Doris und der Trolley bewegten sich auf einen geparkten Wagen zu. Beth nahm die Verfolgung dieses abtrünnigen Paares auf. Leute waren inzwischen stehen geblieben und lachten über die komische Szene, die sich vor ihren Augen abspielte. Doris, die noch immer auf zwei Beinen ging, war abgelenkt von den Futterstückchen, die auf dem Trolley gelandet waren, und als sie die letzten aufgefressen hatte, sprang sie vom Trolley herunter, gerade als Beth sie erreichte. Und der Trolley, nicht länger vom Hund geschoben, blieb Millimeter vor der Stoßstange des Wagens stehen.

Spontaner Applaus hallte über die Dorfwiese von den paar Einheimischen, die Zeugen des Ereignisses geworden waren.

Beth winkte ihnen zu. Sie war von dem kurzen Sprint außer Atem, Doris vor Aufregung. Immerhin bellt der Hund nicht, dachte Beth und hielt sie mit der einen Hand fest am Halsband, während sie den Trolley mit der anderen zog. Das war der Augenblick, in dem sie es fühlte. Sie sah es nicht, sondern spürte nur den stechenden Schmerz, als etwas Scharfes über ihre Knöchel kratzte. Als sie herunterschaute, sah sie, wie eine kleine weiße Pfote aus dem Trolleydeckel herausschoss und sie erneut zu kratzen versuchte.

Shirley tauchte an ihrer Seite auf. »Da ist eine Katze drin?«, fragte Beth verwirrt.

»Mittens!«, sagte Shirley und übernahm schnaufend den Trolley. Doris erinnerte sich, weshalb sie das Gefährt dermaßen hasste, und bellte der sich entfernenden Shirley hinterher. Beth schüttelte den Kopf und zog Doris zu der Stelle, an der sie den Sitzsack hatte fallen lassen.

»Lauter Irre in diesem Dorf«, murmelte sie, grinste jedoch dabei.

Sie war froh, endlich in ihrem Cottage zu sein, mit der leeren Frühstücksflockenpackung, einem zerbeulten Futternapf, einem schmutzigen Sitzsack und einer überdrehten Doris. Sie stellte den Wasserkocher an und hielt die zerkratzte Hand unter kaltes Wasser. Es war nur ein kleiner Kratzer, aber er brannte. Schließlich setzte sie sich mit einer Tasse Kaffee an den Tisch und sah ihre WhatsApp-Nachrichten durch.

Am Bahnhof, bin gleich bei dir, C

Beth starrte auf die Nachricht, überprüfte das Datum und schaute sich die vorangegangenen Nachrichten von Carly an.

»Mist!«, sagte sie laut. Heute war der Tag, an dem Carly kommen sollte, weil sie die Theaterprobe in Gloucester hatte. Wie aufs Stichwort klopfte es an der Haustür, und obwohl es sie doch etwas stresste, freute Beth sich auch, als sie die Tür öffnete.

Beth umarmte Carly, und sämtliche lieblosen Gedanken verschwanden. Ihre Freundin war für eine Übernachtung zu Besuch gekommen, und auch wenn es Beth anscheinend entfallen war, würde es ihr guttun. Doris war sehr interessiert an Carlys Rollkoffer, registrierte glücklicher- und überraschenderweise jedoch schnell, dass er keine Katze enthielt, und kehrte dann zu ihrer Decke zurück.

Ein paar Tassen Tee später plauderten Beth und Carly ganz wie in alten Zeiten. Obwohl die Themen dank Nick nicht die erbaulichsten waren, half es sehr, über diese Dinge zu sprechen.

Beth schilderte das Drama der vergangenen Nacht, und wie sie überzeugt davon gewesen war, dass Nick an die Tür hämmerte. Und sie erzählte von der darauf folgenden Enthüllung, dass Jack vermutlich den Official Secrets Act unterschrieben hatte, eine staatliche Geheimhaltungsvereinbarung.

»Ooh, der sieht echt gut aus, und dann hat er auch noch etwas Geheimnisvolles«, bemerkte Carly mit großen Augen. »Er ist genau der Richtige für dich.«

»Nein, ist er nicht. Ich hatte genug Geheimnisvolles, vielen Dank auch. Außerdem arbeitet er in der IT-Branche.«

»Ach, das ist doch offensichtlich nur Tarnung. Ich wette, der klettert just in diesem Augenblick einen Berg hinauf, um eine Schurkenbande zu infiltrieren, oder er besorgt lebenswichtige Informationen oder erschießt einen Bösewicht.«

Beth blinzelte mehrmals. »Du hast zu viele Filme gesehen. Ich wette, er sitzt vor einem Computerbildschirm und rettet die langweiligen E-Mails von irgendwem. Die Realität ist bedeutend fader als die Filme.«

»Klasse sieht er trotzdem aus.«

»Es überrascht mich, dass du dich daran überhaupt noch erinnern kannst.« Beth lachte bei der Erinnerung an die betrunkene Carly, die auf Jacks Sofa eingeschlafen war.

»So schlimm war ich doch gar nicht! Ich mochte sein schiefes Lächeln, das hatte was.« Carly seufzte.

Beth gefiel die Richtung, in die diese Unterhaltung lief, überhaupt nicht. Sie wechselte rasch das Thema. »Und wie geht es dem wundervollen süßen Fergus?«

Carly gab einen lauteren, allerdings deutlich weniger verträumten Seufzer von sich. »Zwischen uns geht alles den Bach runter.«

»Was ist passiert?«

»Nichts Gravierendes. Es ist keine einzelne große Sache, sondern viele kleinere Dinge. Wir ärgern uns gegenseitig. Ich spüre, wie er mir entgleitet, und das geht sehr schnell. Immer öfter geht er aus, sodass wir uns kaum noch sehen. Er vermeidet Blickkontakt, was jede Unterhaltung zwischen uns schwierig macht, ohne dass es gezwungen und sehr beabsichtigt wirkt.«

»Alle machen mal schwierige Zeiten durch, Carls. Mehr ist es bestimmt nicht.«

»Ich bin mir da nicht sicher«, sagte Carly mit trauriger Miene.

Carly und Doris freundeten sich an, während Beth ihr Bett bezog, da sie es sich mit Carly teilen musste. Sie kam mit dem Bettwäschebündel auf dem Arm die Treppe herunter und hoffte, Carly würde nicht dahinterkommen, dass Beth ihre heutige Ankunft vergessen hatte.

»Sie ist ein Schatz, nicht wahr?«, sagte Carly und streichelte dem Hund den Bauch, während der auf seinem schmutzigen Sitzsack lag. Doris sah aus, als befinde sie sich im Himmel.

»Wir gewöhnen uns aneinander«, meinte Beth und streichelte Doris im Vorbeigehen den Kopf.

»Ich sehe, du hast noch keinen Friseur gefunden«, stellte Carly fest, als sie zu Beth in die Küche kam, wo Beth die Spülmaschine einräumte.

»Mist, das ist echt schlimm, oder?«, erwiderte Beth mit einem halbherzigen Lachen.

»Nein, du siehst immer noch schön aus. Nur nicht mehr wie früher, perfekt frisiert und maniküriert.« Carly betrachtete ihre eigenen makellosen Nägel.

»Das brauche ich nicht mehr. Es passt irgendwie nicht mehr zu mir. Es war, als würde ich ein Kostüm tragen, früher.« Beth machte eine Pause, und Carly betrachtete sie genauer. »Dieses Kostüm gefällt mir besser«, sagte sie und deutete auf ihre Latzhose.

Carly schien nicht überzeugt zu sein und wechselte das Thema. »Das Cottage sieht schon viel, viel besser aus.«

»Du hast das Badezimmer noch nicht gesehen. Das ist nach wie vor der reinste Horror.«

»Aber die hier ist klasse«, meinte Carly und breitete ihre Arme in der kleinen Küche aus.

»Ja, die ist toll geworden. Jack und Simon haben gute Arbeit geleistet ...«

»Du hast den hübschen Jack hier drin schwitzen lassen?«

»Ja«, bestätigte Beth, ohne auf diese Anspielung einzugehen. »Er hat mit einem anderen Dorfbewohner zusammen meine Küche eingebaut, für Kekse und Hunde-Sitting.«

»Oh«, sagte Carly. »Die zwei sind aber kein Paar, oder? Jack und Simon?«

»Nein!«

»Gut. Das wäre auch schrecklich schade«, meinte Carly ganz ernst. »Jack ist also attraktiv, geheimnisvoll und handwerklich begabt. Das klingt ja immer besser.« Sie klatschte in die Hände.

»Komm bloß nicht auf irgendwelche Ideen. Ich habe vorerst mit Männern nichts mehr am Hut, nicht nur meinetwegen, sondern auch wegen Leo.«

»Versteh ich. Aber ich möchte, dass du glücklich bist.«

»Dafür brauche ich keinen Mann. Kannst du auf Doris aufpassen, während ich Hundefutter aus Jacks Haus hole?«

»Nein, ich komme mit. Ich werde mir doch die Gelegenheit nicht entgehen lassen, mich im Haus eines Spions mal umzuschauen. Oh, meinst du, er besitzt eine Waffe?«

Beth verdrehte die Augen. »Na, dann komm eben mit«, gab sie nach und führte Carly zur Tür.

19. Kapitel

In Jacks Haus füllte Beth die Frühstücksflockenpackung erneut mit Trockenfutter und wartete anschließend an der Tür, bereit zum Aufbruch.

»Carly, was treibst du? Er könnte versteckte Kameras installiert haben.« Beth lachte in sich hinein.

»Ach was. Glaubst du das?« Carly spähte die Treppe hinunter.

»Carls, du kannst hier nicht herumschnüffeln. Wenn er merkt, dass hier etwas angefasst wurde, wird er mich im Verdacht haben!« Es kam keine Antwort von oben. »Carly!« Noch immer keine Antwort. Beth stellte die Frühstücksflockenpackung ab und ging genervt nach oben.

Der kühle Minimalismus setzte sich im nächsten Stockwerk fort, doch wirkte es hier irgendwie heimeliger; vielleicht lag es an der Architektur der Cottages, mit seinen tiefen Decken und der traditionellen Einrichtung. Sie schaute im Vorbeigehen ins Badezimmer, das lang und schmal war. Jack war es gelungen, sowohl Duschkabine als auch Badewanne einzubauen, wie Beth anerkennend feststellte.

Sie fand Carly im Schlafzimmer. »Sieh mal. Keine Fotos«, flüsterte ihre Freundin.

»Na und?«

»Das ist doch eigenartig, oder? Hier drin findet sich nichts Persönliches. Nichts, was Aufschluss gibt über den Mann, der hier wohnt.«

»Kommen Sie, Miss Marple«, forderte Beth sie auf und bugsierte Carly zur Tür.

»Schau dir das an.« Carly nahm Beths Arm und führte sie ins Gästezimmer. Darin stand ein schlichter Tisch mit einem großen Computerbildschirm, einer Tastatur und zwei Laptops darauf. Es gab außerdem einen Crosstrainer, ein modernes Trainingsrad sowie eine Hantelbank. Carly zeigte auf eines nach dem anderen.

»Er arbeitet in der IT-Branche, und er hält sich fit. Und?«

Carly zeigte schweigend auf einen großen Einbauschrank, der die gegenüberliegende Wand dominierte.

»Nein«, sagte Beth. Sie ahnte, was Carlys vorhatte.

»Nur mal einen Blick hineinwerfen.«

»Ich gehe«, erklärte Beth mit wachsendem Unbehagen. Carly schlich zu dem Schrank und legte zögernd die Hand auf den Türgriff.

»Ahh!«, schrie Beth zum Spaß, und Carly wäre vor Schreck beinah umgefallen.

»Du verdammte Idiotin!«, prustete Carly und lachte nervös. Als sie sich ein wenig beruhigt hatte, machte sie den Schrank auf. Er war komplett leer. Es gab ein paar vollkommen unbenutzte Fächer. »Das ist ja seltsam«, meinte Carly und sah in die andere Schrankseite hinein, wo etliche Aktenkartons standen. Das war der Moment, in dem es Beth reichte und sie Carly mit mehr Nachdruck aus dem Zimmer und aus dem Cottage hinausdirigierte, bevor ihre Freundin mit ihrer amateurhaften Suche zu weit gehen konnte.

Der Nachmittag verflog in munterem Schwatzen. Bei einer Runde Top Trumps mit Leo vergaß Carly alles um sich herum, bis sie alle zum Blutenden Bären aufbrachen. Sie aßen im Pub zu Abend, da Beth nach wie vor nur zwei Stühle besaß. Anschließend suchten sie mit Beths Smartphone im Internet nach günstigen Möbeln, während sie ihren Wein tranken. Leider lag der halbrunde Couchtisch aus Vollholz, der Beth besonders gut gefiel, außerhalb ihres Budgets. Er würde warten müssen bis zum nächsten Haus, das sie renovierte. Ihr Plan war, die Möbel wiederzuverwenden, um jedes Haus für den Verkauf einzurichten. Deshalb brauchte sie aussagekräftige Einrichtungsgegenstände. Es ging darum, den Leuten einen Lifestyle zu verkaufen; ein kleines Stückchen des Lifestyles, den sie in London gehabt hatte.

Als Beth in den frühen Morgenstunden wach lag, dachte sie darüber nach, ob Doris vielleicht doch im Vergleich zu Carly die bessere Bettgenossin war. Doris war wenigstens die meiste Zeit auf ihrer Seite geblieben, auch wenn das Schnarchen und der Hundeatem ein bisschen viel gewesen waren. Carly jedoch rollte sich immer wieder zu Beth herüber, ganz egal, wie oft Beth sie zurückschob.

Am nächsten Morgen war Carly früh auf. Sie war gespannt auf die Begegnung mit den Schauspielern und den minderjährigen Berühmtheiten des Theaterstücks. Gegen neun wurde sie von einem Taxi abgeholt. Von Jack hatte Beth immer noch nichts gehört. Immerhin hatte sie seine Visitenkarte und fragte sich, ob sie ihn anrufen sollte. Aber sie wusste nicht, wo er war, was er machte und ob ihm Anrufe überhaupt gestattet waren. Sie hatte sich daran gewöhnt, ihn jeden Morgen zu sehen, wenn er Doris vorbeibrachte; er war ein Teil ihres neuen Tagesablaufs geworden, deshalb fühlte es sich komisch an, dass er plötzlich nicht mehr da war. Vermisste sie tatsächlich seine Neckereien? Fehlte ihr etwa, dass er immer da war, wenn es ein Problem zu lösen gab? Trotz ihrer Bemühungen, ihre Fantasie im Zaum zu halten, dachte sie an ihn. Er war hilfsbereit gewesen, nett sogar, aber eigentlich wusste sie nur sehr wenig über ihn. Konnte er ein Spion sein? Und wenn ja, wo war er jetzt?

Doris war nach einem strammen Spaziergang müde und jetzt für einige Stunden sicher in ihrer Hundebox in Jacks Haus, sodass Beth eine Mittagsschicht im Pub arbeiten konnte, was ihr gut gefiel. Sie musste mehr Essensbestellungen entgegennehmen, und es ging weniger um Drinks, außerdem waren die Gäste sehr freundlich. Nachdem sie schon einige Schichten gearbeitet hatte, konnte sie manchen Gesichtern Namen zuordnen. Und wenn sie jetzt ihr Cottage verließ, grüßten mehr und mehr Leute sie mit Namen.

Beth borgte sich einen Stuhl aus dem Pub, damit Carly, sie und Leo gemeinsam essen konnten. Sie beschloss, ihr Süßkartoffel-Kokosnuss-Curry zu kochen, während Carly und Leo ihr abwechselnd von ihrem Tag berichteten. Doris saß neben Beth und lehnte sich gegen ihr Bein, während sie die Süßkartoffeln vorbereitete.

»… und die Römer beherrschten unser Land für fast vierhundert Jahre! Die Römer haben auch hier in den Cotswolds gelebt. Ich und Denis machen eine Partnerarbeit und bauen ein römisches Fort!«

»Wow, die Römer waren cool«, schwärmte Carly.

»Die hatten Schlachtpläne, und ihre Armee war die beste«, fügte Leo hinzu und nickte dabei weise. »Sie haben auch neue Pflanzen hergebracht, die noch heute in diesem Land wachsen.«

Beth drehte sich um. »Welche?«

»Da war eine mit gelben Blüten, und eine, die nur grüne Blätter hatte. Ich geh mal nachsehen, ob wir welche davon im Garten haben.«

»Jacke!«, befahl Beth, was Leo zu einer Pirouette in der Küche veranlasste. Sekunden später stürmte er mit halb angezogener Jacke aus der Tür. Doris trottete ihm mit dem letzten noch heilen Fußball im Maul hinterher.

»Es gefällt ihm hier«, stellte Carly fest.

»Die Schule macht ihm eindeutig mehr Spaß. Die kleine Klasse hilft ihm, sich besser zu konzentrieren.«

»Das ist echt gut. Das Märchenstück ist übrigens urkomisch. Du musst mal vorbeikommen.«

»Erzähl mir davon.«

»Es ist die übliche typische Schneewittchen-Geschichte: hübsches Mädchen, gut aussehender Prinz, süße kleine Leute, viel singen und tanzen, mit modernen Gags für die Erwachsenen.«

»Und küsst der Prinz Schneewittchen, als er glaubt, sie sei tot? Die Stelle ist mir unheimlich, jetzt, wo ich erwachsen bin ...« Beth registrierte, dass Carly ihr gar nicht zuhörte. »Was ist los?«, fragte sie und schaute nach dem Reis.

»Ich habe nichts von Fergus gehört. Ich habe ihm immer wieder eine Nachricht geschickt heute, aber bis jetzt hat er noch nicht geantwortet.«

»Machst du dir Sorgen?«

»Nein, ich glaube, er schmollt.« Carly sah betrübt aus.

»Was wirst du hinsichtlich deiner Beziehung unternehmen?«

Carly sah auf den Boden. Beth folgte ihrem Blick. Sie mochte den frisch geölten Holzfußboden. Jedes Mal, wenn sie hinsah, entdeckte sie etwas Neues. Allerdings war das sicher nicht der Grund, weshalb Carly den Blick gesenkt hielt. »Ich weiß nicht«, sagte sie schließlich, und als sie aufschaute, liefen schon die Tränen.

Nach zwei Flaschen Wein kam Beth eine weitere Nacht, in der sie das Bett mit ihrer Freundin teilte, gar nicht so schlimm vor. Doch Doris war aus irgendeinem Grund unruhig. Sie hatte sich den ganzen Tag schon in Beths Nähe aufgehalten, und auch wenn Beth den Hund nicht für besonders helle hielt, vermisste er Jack doch offenbar sehr. Als Doris zum fünften Mal an der Schlafzimmertür kratzte, gab Beth schließlich nach und ließ sie herein. Sofort sprang Doris aufs Bett und legte mit trauriger Hundemiene den Kopf auf die Vorderpfoten. Beth versuchte, sie ein Stückchen weiter zum Fußende zu schieben, und begnügte sich dann damit, sich in dem verbleibenden Viertel Bett zusammenzurollen. Es würde eine lange Nacht werden.

Ein seltsames schnappendes Geräusch weckte Beth. Zuerst versuchte sie es zu ignorieren, doch sein Rhythmus verriet ihr, dass es sich nicht um ein lokales Wildtier handelte und sie der Sache nachgehen musste. Stöhnend stand sie aus dem überfüllten Bett auf, zog ihren Einhorn-Onesie an und verließ das Schlafzimmer. Sie kratzte sich am Kopf und schaute aus dem Wohnzimmerfenster. Man konnte nicht viel erkennen, aber irgendwer schien sich an der Weide zu schaffen zu machen. Sie ging in den Flur und machte herzhaft gähnend die Tür auf.

»Tut mir leid. Habe ich Sie geweckt?«, fragte ein sehr munterer Jack.

»Schsch«, machte Beth und zeigte zum Schlafzimmerfenster hinauf. »Die schlafen alle noch. Was treiben Sie denn da?«

»Ich stutze die Weide«, erklärte Jack, als sei es das Normalste der Welt. Beth musste die Schlafzimmertür offen gelassen haben, denn Doris stürzte aus dem Haus auf Jack zu, der, wie Beth auffiel, stark genug war, um dem Ansturm standzuhalten. Beth wäre rückwärts umgefallen, wie bei ihrer ersten Begegnung mit dem Hund vor einigen Monaten.

»Sie muss Ihre Stimme gehört haben«, sagte Beth überflüssigerweise; aber es war auch noch früh. Jack tobte und rang mit der begeisterten Doris.

»Kaffee?«, bot Beth an, schlurfte zurück ins Cottage und gähnte dabei ein weiteres Mal herzhaft.

Beim Kaffee schwiegen sie zunächst. Doris saß direkt vor Jack, das Kinn in seinem Schoß und voller Liebe zu ihm aufschauend.

»Es muss schön sein, so geliebt zu werden«, bemerkte sie und fragte sich sofort, warum sie das laut ausgesprochen hatte.

Jack lächelte sein schiefes Lächeln. »Ja, aber weiß sie es zu schätzen?«

Beth war ihm dankbar dafür, dass er ihre Bemerkung mit Humor nahm.

»Ich glaube, wir haben das Geheimnis gelöst, weshalb Doris Shirleys Trolley so sehr hasst.« Jack sah neugierig aus und neigte den Kopf erwartungsvoll zur Seite. »Shirley fährt darin ihre Katze spazieren, Mittens!«

»Mittens lebt noch?«

»Und wie!«, sagte Beth und zeigte ihm ihre zerkratzten Knöchel.

Jack prustete. »Das erklärt einiges. Kein Wunder, dass Doris jedes Mal ausflippt, sobald sie das Ding sieht.« Als sie ihren Namen hörte, hob Doris ihre Schlappohren, so weit es ihr möglich war, und Jack fuhr mit dem Ohrenkraulen fort.

»Darf ich davon ausgehen, dass, was immer bei der Arbeit derartig dringend war, inzwischen geklärt ist?« Sie musste einfach fragen.

»Ja. Alles geklärt«, antwortete er knapp.

Carly erschien plötzlich unten an der Treppe und kam in die Küche geeilt, wobei sie ihren Pullover herunterzog, um ihre Pyjamashorts zu verdecken. »Was machen Sie denn nun eigentlich genau?«

»IT-Berater«, sagte Jack ruhig, obwohl er ihrem Blick auswich und Doris' dunkle Schlappohren weiter kraulte.

»Wir dachten, das sei möglicherweise nur Ihre Tarnung«, gestand Carly und schaltete den Wasserkocher ein. »Sie wissen schon, damit die Leute Sie nicht für einen Spion halten.«

»Wir?«, wiederholte Beth. »Halte mich aus dieser kleinen Fantasie heraus.«

Jack lachte unbeschwert. »Ich bin kein Spion.«

Beth trank einen Schluck. »Das ist genau das, was ein Spion behaupten würde.«

Jack lächelte bedauernd. »Stimmt, aber ich bin keiner. Technisch betrachtet handelt es sich um Überwachung. Ich verfüge über spezielle Fähigkeiten, die von Zeit zu Zeit gefragt sind.«

Beth nickte, ohne recht zu wissen, weshalb. »Ich habe keine Ahnung, was das bedeutet.«

»Ich auch nicht«, gestand Carly, während sie sich eine Tasse Tee zubereitete.

Er hörte auf, Doris' Ohren zu kraulen, und schenkte den beiden Frauen seine ganze Aufmerksamkeit. »Das Verteidigungsministerium hat das größte eigene Computernetzwerk in Europa. Das System prüft über eine Million verdächtige Vorfälle alle vierundzwanzig Stunden. Jeden Tag gibt es Tausende Cyberattacken, und die werden Tag für Tag raffinierter. Hin und wieder kommt es zu haarigen Situationen, und dann stoße ich zum GCHQ-Team, um das Problem möglichst rasch zu entschärfen. Für die arbeite ich.«

Carly nickte jetzt ebenfalls. »Die Regierungskommunikationszentrale, kurz GCHQ für ›Government Communications Headquarters‹ – das ist in Cheltenham, ganz in der Nähe«, sagte sie. »Ich kann nicht sagen, woher ich das weiß. Ist es okay, dass ich das weiß?«

Jack lachte. »Ja, das ist okay, es ist kein Geheimnis.«

»Haben Sie mit echten James-Bond-Typen zu tun?«, wollte Carly wissen und lehnte sich neben Jack an die Wand, wobei ihr Pullover ein Stückchen hochrutschte.

Beth bemerkte, dass Jack bewusst wegschaute. »Nein, eigentlich nicht. Im wirklichen Leben säße James Bond auch hinter einem Schreibtisch, beladen mit Papierkram.«

»Aber was ist mit der Lizenz zum Töten?«, wollte Carly wissen.

Jack schüttelte den Kopf.

»Jetzt verderben Sie uns den ganzen Spaß!«

Carly und Doris kehrten in ihr jeweiliges Zuhause zurück, und eine gewisse Normalität stellte sich wieder ein. Einige Tage später wurden Beths Wohnzimmerteppich endlich verlegt und Innenjalousien für die Fenster montiert, da Beth Vorhänge hasste. Kurz darauf trafen die Möbel ein, die sie online bestellt hatte. Zwei schlichte dunkelviolette Sofas dominierten nun das Wohnzimmer. Einen Couchtisch besaß sie nach wie vor nicht, aber der war auch nicht zwingend notwendig. Vor einigen Wochen hatte sie einen verzierten Fotorahmen gekauft, sodass Elsies und Wilfs Foto einen stolzen Platz auf der Fensterbank bekommen konnte. Leo wollte unbedingt einen Fernseher, doch sie wollte das Geld, das sie im Pub verdiente, lieber für Weihnachten sparen. Aber würde Weihnachten ohne Fernseher ein richtiges Weihnachten sein? Das war ein zweischneidiges Schwert. Vorerst würde sie bei ihrem Plan bleiben und vielleicht beim Ausverkauf im Januar einen Fernseher kaufen können.

Während einer anstrengenden Mittagsschicht wurde Beth klar, dass flache Schuhe die Lösung waren. Sie wartete auf der anderen Seite des Tresens auf Petra, die ihren Lohn abzählte. Als sie ihre unbequemen Schuhe abstreifte und vor Erleichterung seufzte, kam Jack herein.

»Alles in Ordnung mit Ihnen?«

»Meine Füße bringen mich um. Die fressen zuerst meine Zehen auf und arbeiten sich dann langsam aufwärts.«

Er lachte. »Kann ich Ihnen einen Drink spendieren, oder ist das der letzte Ort, an dem Sie jetzt sein wollen?«

»Ein Drink wäre großartig. Orangensaft, bitte.«

Sie fanden einen Tisch und plauderten freundschaftlich miteinander.

»Wie geht es Ihren Füßen?«

»Wird schon besser, aber auf eine weitere Schicht heute Abend freuen die sich nicht. Da wird wohl auch wieder viel los sein, weil die Lichter des Weihnachtsbaumes eingeschaltet werden.«

»Ein jährliches Ereignis auf der Dorfwiese«, erklärte Jack. »Geht jemand mit Leo hin?«

»Ich kann nicht, und Petra arbeitet auch, deshalb werden Denis und Leo hier drinbleiben.«

»Ich könnte mit den beiden gehen, wenn Sie wollen«, bot Jack an.

»Danke. Die würden sich freuen.«

»Wie sehen Ihre Pläne für Weihnachten aus?«, erkundigte er sich und trank einen Schluck von seiner Cola light.

»Erst mal Geschenke, dann eine Mittagsschicht hier, gefolgt von einem späten Abendessen und zu viel Schokolade. Und bei Ihnen?«

»Darüber habe ich noch gar nicht nachgedacht, bis Sie das Einschalten der Weihnachtsbaumbeleuchtung erwähnten. Ich nehme an, ich werde wie die anderen Heimatlosen und Streuner hier stranden.«

»Was ist mit Ihren Eltern?«

Jack schien über die Antwort nachzudenken. Vielleicht dachte er auch darüber nach, ob er darauf überhaupt antworten sollte. »Es gab ohnehin immer nur meine Mom, und die ist mit diesem Kerl zusammen ... na ja, wir verstehen uns nicht. Ich werde Heiligabend vorbeischauen, und wir tauschen Geschenke aus, das war's.«

»Familien können heikel sein«, bestätigte Beth, und beide nickten gleichzeitig und tranken einen Schluck.

»Was ist mit Ihrer Mum und Ihrem Dad?«

Wie konnte sie ihm erzählen, dass sie den Kontakt vermied, damit Nick nicht auf ihre Spur kam? Sie entschied sich für eine zensierte Version der Wahrheit.

»Die sind Weihnachten verreist und genießen ihren Ruhestand, also werden wir sie später besuchen.«

»Was ist mit Leos Vater?«, erkundigte Jack sich so beiläufig wie nach Weihnachten.

Prompt beschleunigte sich Beths Puls, denn hierbei handelte es sich um einen Teil ihrer Vergangenheit, über den sie selten sprach. »Er ist nicht mehr bei uns. Er wurde getötet, bevor Leo zur Welt kam.«

»Getötet?«

»Er war Soldat. Mörserangriff.« Sie fand es irgendwie leichter zu erklären, indem sie sich an die Fakten hielt. Ihre Beziehung war tragisch beendet worden, aber nach fast sieben Jahren war sie darüber hinweg und behielt alles in liebevoller Erinnerungen.

Jack machte ein gequältes Gesicht. »Das tut mir sehr leid. Ich hätte nicht fragen sollen.«

»Das macht nichts. Ich meine, damals machte es schon eine Menge aus, aber man lebt ja sein Leben weiter. Ich hatte das Glück, mich auf Leo konzentrieren zu können.« Beth trank aus. »Ich mache mich besser auf den Weg. Danke für das Getränk.«

»Gern. Ich hole die Jungs kurz vor sechs hier ab.«

»Großartig. Danke, Jack. Die werden sich freuen.«

Es war fast Mitternacht, und Carly saß auf dem Sofa in der Wohnung, während sie jedes zittrige Ticken der Uhr beobachtete. Den ganzen Abend schon hatte sie sanft im eigenen Saft geschmort, aber jetzt war Fergus fast eine Stunde zu spät, und allmählich kochte sie. Die Wohnungstür klickte, und Carly stand auf, um ihn zur Rede zu stellen. Fergus versuchte, sich an der Tür festzuhalten, während er breit grinsend hereintaumelte. Er war betrunken.

»Carly!« Er schwankte gefährlich auf sie zu. »Carly Wilson. Ich liebe dich.« Er verlieh seinen Worten Nachdruck, indem er mit dem Zeigefinger vor ihrem Gesicht wedelte. Hätte sie sich nicht in ihre schlechte Laune hineingesteigert, wäre ihr vielleicht zum Lachen zumute gewesen. Er zog die Brauen zusammen und beugte sich vor. Er hatte eine mächtige Fahne. »Hast du mich verstanden? Ich liebe dich!«

Carly fing mit Gebärden an, doch Fergus machte die Augen zu. »Nicht lesen, nicht lesen«, skandierte er. »Wenn du mich abweist, will ich es gar nicht wissen.« Er öffnete ein Auge. Carly hatte aufgehört zu signalisieren und sah ihn lange und durchdringend an. Als sie die Hände hob, um erneut mit Gebärden zu beginnen, kniff er das eine Auge schnell wieder zu. Er sah kindlich und verletzlich aus, wie er schwankend vor ihr stand. Erneut grinsend machte er das Auge zögernd wieder auf. Carly fand das alles überhaupt nicht komisch. Eigentlich war es tatsächlich komisch, nur wollte sie eben wütend auf ihn sein, ohne recht zu wissen, warum.

»Komm schon, Carls. Wo ist der Spaß denn hin?«

Er hatte recht. Der Spaß war weg. Sie hatte nicht bemerkt, wie es passiert war, aber irgendwie war ihnen der Spaß abhandengekommen. Wann hatte Fergus angefangen, ohne sie auszugehen und sich zu betrinken? Wann hatte sie damit begonnen, auf die Uhr zu schauen und mit einer gewissen Genugtuung sein Zuspätkommen zur Kenntnis zu nehmen? So waren sie früher nicht gewesen, nur hatte sie keine Ahnung, wie alles wieder besser werden sollte. Das Schweigen wurde erdrückend, denn sie begriff, was alles auf dem Spiel stand.

»Ich weiß es nicht«, antwortete sie, und er las es von ihren Lippen.

Fergus hielt sich gerade und kam auf sie zu. Er nahm sie zärtlich in die Arme, und dann weinten sie beide leise, während er Carly wiegte. »Ich weiß es auch nicht, Carls. Ich wünschte, ich wüsste es.«

Nach einigen Minuten lösten sie sich voneinander und betrachteten das tränennasse Gesicht des anderen.

»Das ist verrückt«, sagte Fergus leise und fuhr sich durch die widerspenstigen Haare.

Carly nickte. Er hatte recht. »Setz dich, ich werde dir einen starken Kaffee kochen.«

Als sie zurückkam, war von Fergus nichts mehr zu sehen, aber sie hörte ein Geräusch aus dem Schrank, das nach einem wild grabenden Dachs klang.

»Gefunden!«, rief Fergus und tauchte mit einer Schachtel unter dem Arm wieder auf. Als er auf Carly zukam, sah sie, dass er mit er anderen Hand einen künstlichen Weihnachtsbaum hinter sich herzog.

Sie hob skeptisch eine Braue und stellte den Kaffee in sicherer Entfernung ab.

»Lass uns den Weihnachtsbaum schmücken«, schlug er begeistert vor. Carly stand da, beobachtete ihn und dachte an die früheren Jahre, in denen sie das getan hatten. In diesem Jahr würde keine fröhliche Erinnerung daraus werden. Sie sah zu, wie er den Baum aufstellte und ihn mit den Händen auf den Hüften stolz begutachtete, obwohl das wirklich eine leichte Sache war. »Komm schon, Carls, lass uns das zusammen machen«, sagte er und nahm ihre Hand.

20. Kapitel

Der Weihnachtsbaum auf der Dorfwiese leuchtete nun jeden Abend. Die bunten Lichter und der blinkende Stern auf der Spitze waren ein Anblick, der selbst den mürrischsten Weihnachtsgriesgram erweichen musste. Ernie hatte damit angefangen, regelmäßig mindestens dreißig Minuten davorzustehen, bis jemand ihn zum Aufwärmen auf eine Tasse Tee mitnahm. Jedes Mal, wenn Beth an dem Baum vorbeikam, spürte sie eine weihnachtliche Stimmung in sich, allerdings auch die übliche wachsende Befürchtung, noch nicht bereit dafür zu sein. Die paar Schichten im Pub brachten genug Geld für die täglichen Bedürfnisse ein, sodass von den schmelzenden Ersparnissen nur noch die Nebenkosten und die noch zu erledigende Arbeit am Cottage bezahlt werden mussten. Da Beth versehentlich ihre Heißklebepistole mitgenommen hatte, als sie Nick verließ, konnte sie nun wenigstens Weihnachtsgeschenke basteln. Sie war ohnehin schon immer der Ansicht gewesen, dass selbst gebastelte Geschenke schöner waren – was Nick völlig anders gesehen hatte. Die Weihnachtsmenüs im Pub brachten mehr Trinkgeld als erwartet; und Beth dachte darüber nach, dass nun vielleicht doch ein Fernseher drin war.

Als ihr Telefon klingelte, wurde sie aus ihren Gedanken gerissen. Es war Carly. »Fergus ist weg ...«

»Was?« Beth überlegte, was das bedeuten könnte.

»Ich war bei der Arbeit, als er mir eine Nachricht schrieb, seine Großmutter sei krank, weshalb er nach Irland reisen müsse.«

Beth war erleichtert, dass es sich offenbar nicht um eines der schlimmeren Szenarien handelte, die ihr im Kopf herumspukten.

»Dann wird er doch wieder zurückkommen, sobald es ihr besser geht.«

»Das glaube ich nicht. Er hat einiges von seinem Computerzeug aus dem Spielzimmer mitgenommen. Nicht alles, aber findest du es nicht seltsam, solche Sachen mitzunehmen, wenn man eine kranke Verwandte besucht?«

Beth verzog das Gesicht. »Ich weiß nicht.«

»Außerdem hat er seine Ukulele mitgenommen. Ich glaube, er hat mich verlassen, Beth.«

Und da waren auch schon die Worte, vor denen Beth sich gefürchtet hatte. »In dem Fall hätte er aber doch was gesagt. Was hat er denn sonst noch mitgenommen?«

»Ein paar Klamotten, einschließlich drei Pullover. Das ist ziemlich übertrieben, oder?«

»Nein, überhaupt nicht. Wenn ich nach Irland fahren würde, wäre ich froh über drei Pullover. Sehr klug, würde ich sagen. Du spielst doch schon wieder Miss Marple und machst dir zu viele Gedanken.«

»Neulich abends haben wir zusammen den Weihnachtsbaum aufgestellt. Wir hörten weihnachtliche Musik, und es war sehr schön. Eigentlich dachte ich, es sähe wieder besser aus zwischen uns. Und jetzt das ...« Carlys Stimme wurde mit jedem Wort immer leiser und Beth nahm an, dass sie mit den Tränen kämpfte.

»Ach komm. Wir reden hier über Fergus. Der ist einer von den Guten. Ich weiß, es war in letzter Zeit ein bisschen schwierig zwischen euch, aber er würde dir doch nicht vorlügen, seine Großmutter sei krank, oder?«

»Vermutlich nicht.« Carly schniefte.

»Wenn du Zweifel hast, ruf doch seine Familie an, übermittle deine Genesungswünsche und bitte sie, dir Bescheid zu geben, sobald er angekommen ist.«

»Das sieht aber doch so aus, als würde ich ihn kontrollieren.«

»Nein, tut es nicht. Es wird so aussehen, als wärst du besorgt. Okay?«

»Ja. Gute Idee. Danke, Beth.«

Beth dachte noch über Carlys Anruf nach, als sie einem großen Baum die Tür öffnete.

»Rockin' around the Christmas tree …«, sang Jack hinter den grünen Nadeln.

»Wird das eine Art, äh, Zweigstelle, Mr. Selby?«

»Sehr witzig. Kann ich reinkommen? Hier draußen ist es saukalt.« Er schob den Baum in den Flur hinein. Beth schaffte es nur knapp, zur Seite zu hüpfen.

»Der ist ja riesig! Falls Sie den von der Dorfwiese gestohlen haben, werden die Leute es merken, wissen Sie?« Sie grinste über ihren eigenen Scherz.

Jacks Gesicht tauchte hinter dem Baum auf. »Jemand, den ich kenne, verkaufte sie billig, deshalb habe ich zwei genommen.«

»Wer kauft sich denn einen Ersatz-Weihnachtsbaum?«

Vorsichtig lehnte er den Baum gegen die Wand. »Normalerweise habe ich einen fürs Wohnzimmer und einen im Wintergarten«, erklärte er mit einigem Stolz. »Aber in diesem Jahr dachte ich, dass Sie den zweiten vielleicht wollen. Und ehrlich gesagt hatte ich keine Lust, zwei zu schmücken.«

»Ah, da hätten wir dann die Wahrheit. Was schulde ich Ihnen?«

»Nichts. Es ist Ihr Weihnachtsgeschenk von Doris.«

»Wie könnte ich das ablehnen? Bitte richten Sie Doris meinen Dank aus.«

»Warten Sie«, sagte Jack, verschwand wieder nach draußen und kam zurück mit einem Gegenstand in der Hand. »Sie brauchen einen Tannenbaumhalter.«

»Sie denken auch an alles. Es ist ein schöner Baum, danke. Ein weiterer Punkt auf meiner Weihnachtsliste, den ich streichen kann. Aber Baumschmuck brauche ich noch.«

»Da habe ich mir schon was überlegt«, sagte Jack. »Heute Abend findet ein Weihnachtsmarkt statt, nicht weit von hier.

Vielleicht haben Sie und Leo ja Lust, den zu besuchen. Das wäre eine Gelegenheit, Weihnachtsbaumschmuck zu besorgen. Nur so eine Idee.« Er rieb sich die Hände und trat unbehaglich von einem Fuß auf den anderen.

»Ja, das wäre großartig. Unter einer Bedingung.«
»Welche?«
»Sie müssen mir beim Schmücken helfen«, erwiderte sie und zeigte auf den Baum.

»Abgemacht«, versprach er mit einem breiten Grinsen.

Die Kälte machte den Weihnachtsmarkt extra weihnachtlich, und dank Jacks Charme und seiner Fähigkeit zu feilschen erstanden sie zahlreiche glitzernde Dinge, die Beth mit ihrer Heißklebepistole auf schlichte Bilderrahmen kleben konnte. Weiterhin erstanden sie natürlich auch eine große Auswahl an Weihnachtsbaumschmuck. Dieser war selbst gebastelt, und einige Teile waren traditioneller als andere, aber jedes erhielt seinen passenden Platz am Baum. Als sie mit dem schmücken fertig waren, standen Leo, Jack und Beth vor dem Baum und bewunderten ihr Werk. Beth schaute allerdings skeptisch.

»Fehlt etwas?«, fragte Jack, als Leo ihn anstupste.

»Ja, wir haben die Spitze vergessen. Sie wissen schon, ein Engel oder ein Stern. Macht nichts, wir können einen basteln«, wandte Beth sich an Leo und Jack und sah von einem zum anderen. »Was ist los?« Sie kniff die Augen zusammen.

»Wir haben da was für dich«, erklärte Leo, dem es sichtlich Vergnügen bereitete, dass er und Jack ein Geheimnis teilten.

»Wir?« Beth sah Jack an.

Der schüttelte den Kopf. »Er hat es ausgesucht!«

»Aber er hat bezahlt!«, konterte Leo.

Beth stemmte die Hände in die Hüften, und ein kichernder Leo präsentierte ihr eine braune Papiertüte. Vorsichtig schaute sie hinein und holte ein Rentier aus Zweigen mit einer leuchtenden roten Nase heraus. Jack und Leo klatschten sich bereits ab und hielten sich die Seiten vor Lachen.

»Das ist ja wundervoll. Ich liebe es«, verkündete sie, was die beiden abrupt verstummen ließ. Sie stieg auf den Stuhl, den sie zum Schmücken des Baumes verwendet hatten, und platzierte das Rentier auf der Spitze. Ein kurzes Umlegen des Schalters bewirkte, dass die Nase des Rentiers blinkte. »Perfekt.«

Beth stieg wieder herunter und bestaunte mit den anderen beiden den Baum. Das hatten sie gut hinbekommen. Ein Klopfen am Fenster ließ sie alle zusammenfahren, sie entspannten sich jedoch gleich wieder, als sie Ernies Gesicht erkannten, der hineinspähte und mit einem breiten Grinsen auf den Baum zeigte.

»Was macht Ernie denn eigentlich an Weihnachten?«, erkundigte Beth sich und schaute durch das Fenster, als Ernie davonging.

»Hm, gute Frage. Früher hat er Weihnachten hier mit Wilf verbracht. In den letzten Jahren hat Petra ihm ein Weihnachtsessen aus dem Pub vorbeigebracht. Vielleicht kann ich ihn ja davon überzeugen, mit mir in den Pub zu gehen.«

Leo warf seiner Mutter einen flehenden Blick zu, sagte jedoch nichts.

»Wenn Sie nichts gegen ein spätes Abendessen haben, könnten Sie und Ernie auch gern hier bei uns essen«, bot Beth an und versuchte, es beiläufig klingen zu lassen. Doch aus irgendeinem Grund kam ihr diese Frage wie eine große Sache vor.

Jack kratzte sich am Kopf und kaute auf der Innenseite seiner Wange, was ein ungewohnter Anblick war. »Ernie würde das sicher gefallen.«

»Mir auch!«, rief Leo. »Doris ist doch auch eingeladen, oder, Mom?«

»Ja, Doris ist auch eingeladen.«

»Cool!«, meinte Leo und sah Jack erwartungsvoll an.

»Ja, dann okay. Danke, ich komme gern.« Er küsste Beth sacht auf die Wange. In diesem flüchtigen Moment roch sie sein Aftershave, spürte sein raues Kinn an ihrer Wange und fühlte, wie sich etwas in ihr regte.

Die nächsten Tage vergingen mit intensivem Heißklebepistolengebastel, Last-Minute-Shopping, Schulaufführungen, Schichten im Pub und spätabendlichem Geschenkeeinpacken. Carly rief jeden Abend an und brachte Beth auf den neuesten Stand der Fergus-Situation und des Gesundheitszustandes seiner Großmutter. Die alte Dame hatte einen Schlaganfall erlitten, begleitet von einigen anderen Komplikationen, deshalb sah es nicht allzu gut aus. Fergus hatte Carly berichtet, seine Taubheit mache ihm zu schaffen, da niemand in seiner Familie die Gebärdensprache beherrsche, bis auf seinen kleinen Bruder, der von einem Freund zwar nur ein bisschen irische Zeichensprache gelernt habe, aber immerhin. Das Problem bestand darin, dass sich die irische Zeichensprache von der englischen, die Fergus gelernt hatte, unterschied, und es sich deshalb als ein bisschen knifflig erwies. Sein Lippenlesen hatte sich verbessert, war aber nach wie vor nicht perfekt, weshalb er oft darum bitten musste, Dinge aufzuschreiben. Carly wusste, dass das für ihn stets die letzte Lösung war, weil er sich dabei wie ein Idiot vorkam, und das hasste er.

Das Gute schien zu sein, dass sie einander vermissten. Sie schrieben sich regelmäßig Nachrichten, was schon ein großer Fortschritt war. Entgegen Carlys Ängsten hatte er sie anscheinend nicht verlassen. Sie hatten sich außerdem für die vergangenen Monate entschuldigt und schmiedeten inzwischen Pläne für Weihnachten. Vielleicht stimmte es ja, und die Liebe wuchs mit der Entfernung?

Beth hatte bei den Telefonaten mit Carly beruhigende Laute von sich gegeben und gehofft, dass Fergus ihre Freundin tatsächlich so sehr vermisste, wie er behauptete. Als das Telefon am 23. Dezember klingelte, wusste Beth, wer das sein würde.

»Hey, Carly, fröhliche Vorweihnachten!«

»Dir auch. Was treibst du?«

»Innereien aus einem Truthahn entfernen«, antwortete sie, das Telefon zwischen Ohr und Schulter balancierend. »Und du?«

»Igitt!«, bemerkte Carly. »Ich habe gerade das letzte Geschenk unter den Baum gelegt und mir ein großes Glas Wein eingeschenkt.«

»Was gibt es Neues?«

»Im Krankenhaus heißt es nur, keine Veränderungen, also ist die Familie weiterhin alarmiert und hält Wache am Krankenbett. Fergus hat liebe Nachrichten geschickt. Ich glaube, er vermisst mich wirklich, und nicht nur als Übersetzerin für die britische Zeichensprache.«

»Das freut mich. Vermisst du ihn auch?«

»Mehr, als ich für möglich gehalten habe. Ich möchte, dass es wieder so ist wie vorher. Ich brauche keinen Heiratsantrag, aber ich brauche Fergus. Das weiß ich genau.«

»Großartig. Wie sieht es mit Weihnachten aus?«

Von Carlys Ende der Leitung kam ein tiefes Seufzen. »Er meint, er wird Weihnachten zu Hause sein, und wenn er sich von Kobolden dorthin bringen lassen muss. Aber ich bin mir nicht so sicher. Ich habe heute Abend mit seiner Mom gesprochen, während er im Krankenhaus war, und sie entschuldigte sich bei mir, dass er Weihnachten nicht zurück sein würde. Außerdem fragte sie mich, ob ich nicht zu ihnen fliegen will.«

»Und was wirst du tun?«

»Das weiß ich nicht. Ich weiß es wirklich nicht.«

»Morgen ist Heiligabend, Carls, also geht dir allmählich die Zeit aus.«

»Ich weiß, aber ich will Weihnachten nicht im Kreis seiner Familie verbringen. Ich will aber auch nicht allein sein. Ich will, dass wir zwei hier sind.«

»Dann hoffe mal lieber darauf, dass diese Kobolde schnell sind!«

Der Weihnachtstag hatte das letzte Wort gehabt, und Beth und Leo wachten in einem schneeweißen Dorf auf, in dem es immer weiter unaufhörlich schneite. Leo war ganz aus dem Häuschen und verbrauchte drei Hosen durch seine Begeisterung für Schneeengel und Schneemänner im Garten. Beth beobachtete ihn und Denis durchs Fenster, wie sie sich gegenseitig mit Schneebällen jagten. Auf einmal flogen Schneebälle aus der Weide, die jetzt eine von glitzerndem Weiß überzogene Schönheit war. Für einen Moment standen die Jungen verblüfft da, bis sie Ernies grinsendes Gesicht zwischen den gefrorenen hängenden Zweigen entdeckten. Er spähte hervor, um zu sehen, ob seine Wurfgeschosse ihr Ziel getroffen hatten. Die Begeisterung der Jungen steigerte sich noch mehr, und es folgte eine richtige Schneeballschlacht. Als ein Schneeball gegen die Wohnzimmerscheibe klatschte, beschloss Beth, dem Ganzen ein Ende zu machen; andernfalls würde es nur eine Frage der Zeit sein, bis jemand sich wehtat. Und sie wollte vorweihnachtliche Verletzungen nach Möglichkeit gern vermeiden.

»Okay, die Schneeballschlacht ist vorbei. Wenn ihr jetzt reinkommt, gibt es heißen Kakao«, rief sie und wich einem Schneeball aus, der nun den Türrahmen traf und über ihrem Kopf zerplatzte. Winzige Schneekrümel regneten auf sie nieder. Leo, Denis und Ernie stürmten kichernd ins Haus.

Beth war sehr stolz auf sich, dass sie im Kamin ein echtes Feuer hatte anfachen können, denn es verlieh dem Wohnzimmer eine lebendige Atmosphäre und erzeugte überdies auch noch reichlich Wärme. Die Jungen plapperten über ihre Weihnachtswünsche, während Beth die Sorge zu ignorieren versuchte, Leo könnte von seinen Geschenken in diesem Jahr enttäuscht sein. Denn zum vergangenen Jahr war das kein Vergleich. Ein Klopfen an der Tür riss sie aus ihren Grübeleien. Etwas ließ sie kurz zögern, bevor sie ging, um die Tür zu öffnen.

21. Kapitel

Beth machte die Tür auf. Vor ihr stand ein breit lächelnder Mann mit einem Klemmbrett in der Hand, und sie entspannte sich sofort wieder. Andererseits konnte sie gut auf jemanden verzichten, der ihr an Heiligabend etwas zu verkaufen versuchte.

»Miss Browne?«, fragte er.

»Ja?«, bestätigte Beth und wartete nur darauf, was er ihr andrehen würde.

»Unterschreiben Sie hier, bitte«, sagte der Mann und gab ihr das Klemmbrett. Dann drehte er sich um und ging davon. Erst da sah Beth den großen Lieferwagen, der neben den Überresten ihres Gartenzaunes parkte. Sie hatte doch gar nichts bestellt, was also konnte das sein? Sie überflog die Unterlagen auf dem Klemmbrett, und ein Wort sprang ihr ins Auge, während im selben Moment ein Karton aus dem Lieferwagen gehoben wurde und die Gesichter hinter dem Fenster die Verpackung identifizierten. »FERNSEHER!«

Beth geriet in Panik. Das musste ein Missverständnis sein, und es war schlimm genug, dass Leo Weihnachten ohne Fernseher verbringen würde. Noch übler würde es jedoch werden, wenn man ihm mit einem vor der Nase herumwedelte, der gleich wieder verschwinden würde, noch dazu an Heiligabend. Kurz entschlossen ging sie hinaus in den Schnee, um mit dem Lieferanten zu sprechen.

»Es tut mir wirklich leid, aber da muss ein Missverständnis vorliegen. Wir haben keinen Fernseher bestellt. Der ist nicht für uns.«

Der Mann blieb stehen, sein Ende des Kartons in den Händen, und legte den Kopf schief, um einen Blick auf das Klemmbrett in Beths Hand werfen zu können. »Sind Sie denn nicht Miss Browne?«

»Doch, schon, aber ...«

»Dann liefern wir den hier aus«, erklärte er voller Überzeugung. »Los, komm«, forderte er seinen Kollegen auf, der aussah, als sei er nahe dran, den riesigen Karton fallen zu lassen. Schon ein wenig mit Schnee bedeckt, sahen die beiden immerhin weihnachtlich aus. Als sie das Paket in den Flur trugen, war von drinnen lauter Jubel zu hören, und Beths Mut sank.

Sie hörte draußen einen Wagen hinter dem Van halten, war jedoch zu beschäftigt mit der Lektüre des Lieferscheins, auf der Suche nach einer Nummer, die sie anrufen konnte.

»Hallooo?«, rief eine vertraute Stimme.

Beth drehte sich überrascht um. »Carly?« Was war hier los?

»Ooh, der war schneller als ich hier. Das ist guter Service. Ich habe ihn erst gestern Abend bestellt. Musste ich extra für zahlen.«

Beth zeigte mit dem Klemmbrett von Carly zu den beiden Lieferanten, die das Haus schon wieder verließen. Carly nahm ihr das Clipboard ab, unterschrieb und gab es den vorbeigehenden Lieferanten zurück.

»Frohe Weihnachten«, riefen alle im Chor, und Carly und ihr Rollkoffer setzten ihren Weg ins Cottage fort, während Beth dem Taxi und dem Lieferwagen hinterherschaute, die langsam aus der verschneiten Auffahrt rollten.

Schließlich riss Beth sich zusammen und ging ebenfalls ins Haus. Ernie saß auf einem der Sofas und drückte seinen leeren Becher an sich. Er grinste von einem Ohr zum anderen, als Denis und Leo den Karton aufrissen. Carly war im Flur, wo sie Schuhe und Mantel auszog.

»Was ist los?«, fragte Beth und schloss kurz die Augen, während sie aus all diesen verwirrenden Dingen schlau zu werden versuchte.

»Alle Flüge nach und aus Irland sind gestrichen wegen des Schnees. Ich habe kaum etwas zu Essen besorgt, weil ich keine

Ahnung hatte, also dachte ich, ich überrasche dich mit einem Weihnachtsbesuch«, erklärte Carly strahlend. »Überraschung!«, fügte sie verspätet hinzu.

»Und?« Beth zeigte auf das Kartonmassaker, das auf dem neuen Wohnzimmerteppich stattfand.

»Wenn du glaubst, ich verbringe Weihnachten hier ohne Fernseher, hast du dich sehr geirrt.« Sie gab Beth einen Kuss. »Fröhliche Weihnachten. Das ist dein Geschenk für dieses Jahr und die nächsten Trilliarden Jahre dazu!«

»Aber ich dachte, Fergus wollte Weihnachten zu Hause sein, komme, was wolle?«, wandte Beth ein. Doch Carly hörte schon gar nicht mehr zu – sie half den Jungen bereits beim Anschließen des Fernsehers.

Der Weihnachtsmorgen war ein Durcheinander aus Gemüse-Zubereitung und Geschenkpapier, da Leo seine Geschenke auspackte, während Beth herauszufinden versuchte, was man einer unerwartet zu Besuch aufgetauchten Vegetarierin als Weihnachtsessen vorsetzen konnte. Beth war sehr froh darüber, dass Leo seine Geschenke gefielen, besonders das gigantische Lego-Set. Es war das größte, das sie sich hatte leisten können, und es war ein Riesenerfolg. Er schien sich sogar über seine neuen Jeans und Pullover zu freuen, die sie ihm gekauft hatte. Mal davon abgesehen, dass er diese auch wirklich gebraucht hatte, ergaben sie außerdem noch zusätzliche Geschenke zum Auspacken. Carly wurde offiziell in den Stand der besten Patentante aller Zeiten erhoben, da der Fernseher nicht alles war; sie hatte Leo zusätzlich ein Tablet gekauft, das jetzt im Schlafzimmer lud.

Ernie tauchte am Vormittag auf, und Leo hielt ihm ein Geschenk unter die Nase, kaum dass er eingetreten war. Man hatte sich darauf geeinigt, dass die Erwachsenen ihre Geschenke erst am Nachmittag aufmachen würden, doch Ernie bildete die Ausnahme dieser Regel und durfte seines schon jetzt auspacken. Er saß mit dem sorgfältig eingepackten Geschenk auf den Knien eine Weile da, ehe er Leos Drängen nachgab, es doch endlich aufzumachen. Vorsichtig hob er die Ecken und wickelte das Papier behutsam ab. Sobald Leo erkannte, um was es sich handelte, verlor er das Interesse und kehrte zu seinen neuen Spielsachen zurück.

Ernie war von seinem Geschenk offenbar fasziniert, und als er schließlich aufsah, hatte er Tränen in den Augen. Beth war zutiefst gerührt.

»Gefällt es dir, Ernie?«

Er nickte und schluckte hart. »Ich hab meinen eigenen Schal verloren«, sagte er.

»Jetzt hast du einen neuen«, sagte Beth und musste selbst gegen die Tränen ankämpfen. Ernie wickelte sich seinen hellorangenen Schal um den Hals und strich die Enden glatt. Dann saß er mit dem Schal gekleidet da und trank eine Tasse Tee, während er Leo beim Spielen beobachtete.

Carly blieb auf Distanz zu Ernie, und Beth merkte, dass sie sich in seiner Gegenwart nicht wohlfühlte. Beth musste zugeben, dass auch sie anfangs auf der Hut gewesen war in seiner Nähe. Und plötzlich wurde ihr klar, wie viel sich verändert hatte, seit dem Tag, an dem er sie von Willow Cottage fortgejagt hatte.

Beth kam nach unten, nachdem sie sich für ihre Schicht im Pub umgezogen hatte. Sie schlüpfte gerade in ihre flachen Schuhe, als Carly aus dem Wohnzimmer geschlichen kam.

»Du willst mich doch nicht ernsthaft mit dem und Leo hier allein lassen?«, flüsterte sie.

»Falls du Ernie meinst, der ist in Ordnung. Er spricht nicht viel, dafür ist er ein guter Zuhörer. Du wirst ihn lieben«, versprach Beth mit tadelndem Unterton.

»Beth!« Carly klang gereizt. »Er ist ein seltsamer alter Mann, der glaubt, er lebe unter einem Baum. Da könnte alles Mögliche passieren. Man liest das doch dauernd in den Zeitungen!« Sie nickte mit großen Augen.

»Hör mal, Miss Marple, du hast von Ernie absolut nichts zu

befürchten. Gib ihm Tee, und er ist zufrieden. Sollte der Tee jedoch alle sein, pass auf, dass er sich nicht in der Nähe des Schürhakens befindet«, warnte Beth sie und verkniff sich ein Grinsen, während sie in ihren Mantel schlüpfte. Carly streckte ihr die Zunge heraus.

»Tschüss, Leo, tschüss, Ernie. Bis später.« Sie zog Handschuhe an und setzte ihre Mütze auf. »Carly, hör auf, dir Sorgen zu machen. Ich bin in ein paar Stunden wieder da. Und vergiss nicht, den Truthahn jede Stunde zu beträufeln«, erinnerte Beth ihre Freundin im Weggehen.

»Aber ich bin eine sensible Vegetarierin!«, protestierte Carly gegen die schon geschlossene Tür.

Im Pub lief es wie geschmiert am ersten Weihnachtstag. Sämtliche Essensbestellungen waren Wochen im Voraus gemacht worden, sodass die Mahlzeiten jetzt absolut pünktlich auf den Tisch kamen. Beth kam sogar dazu, an einem Knallbonbon zu ziehen und sich ein Glas Champagner zu gönnen, also handelte es sich nicht gerade um die härteste Schicht, die sie je gearbeitet hatte. Alle hatten sich feierlich gekleidet, und der Pub war erfüllt von Lachen und Geplauder sowie dem Gesang von einer Weihnachts-CD. Bei den meisten Gästen handelte es sich um ältere Dorfbewohner, einschließlich Shirley. Aber es gab auch einige Tische, an denen Touristen saßen, die sich den Luxus gönnten, nicht selbst das Weihnachtsessen kochen zu müssen.

Beth zählte nicht mehr mit, wie viele Flaschen Champagner sie ausschenkte, aber alle waren fröhlich, und es gab reichlich Trinkgeld. Als Shirley vorschlug, die Weihnachtsansprache der Queen im Fernsehen anzuschauen, und verlangte, dass alle für die Nationalhymne aufstanden, bedeutete Petra Beth mit einem Kopfnicken, dass sie gehen konnte. Beth machte sich mit einem Doggybag vom Koch, zwei Flaschen Wein von Petra und Shirleys Vortrag von »God Save the Queen« auf den Heimweg.

Beth schrieb Jack eine Nachricht, damit er wusste, dass sie entkommen war, und er und Doris trafen ein, als sie noch den Schnee von ihren Gummistiefeln klopfte.

»Frohe Weihnachten, Beth«, begrüßte Jack sie und gab ihr einen sanften Kuss auf die Wange, der sie ein wenig überraschte und erröten ließ.

»Ihnen auch«, erwiderte sie. Sie sahen einander für eine Sekunde tief in die Augen, bevor Doris hochsprang und Beth beinah umwarf. »Oh, und dir natürlich auch, Doris!« Sie begrüßte den Hund ausgiebig, als Jack ihn hereinbrachte. Er zog ein kleines Handtuch hervor, mit dem er den Schnee von Doris wischte und ihre Pfoten trocknete.

»Wow, ich bin beeindruckt. Ich hoffe, Sie sind genauso stubenrein«, neckte Beth ihn.

»Ich kann doch nicht riskieren, Ihren neuen Teppich zu ruinieren«, meinte Jack. »Und ob ich nun stubenrein bin oder nicht, da werden Sie abwarten müssen.« In seinen Augen lag ein Funkeln, und sie war sich nicht ganz sicher, ob da auch ein Zwinkern gewesen war. Sie hätte sich eine Wiederholung gewünscht, doch er hatte seine Stiefel bereits ausgezogen und war mit zwei weiteren Flaschen sowie einer großen Tüte auf dem Weg in die Küche. Doris stürmte in das kleine Wohnzimmer, wobei sie die Situation dort völlig falsch einschätzte. Es waren viel mehr Leuten darin, als sie erwartet hatte, und das halb aufgebaute Lego-Set und der große Baum waren ebenfalls nicht das, was sie sich vorgestellt hatte. Prompt krachte sie in praktisch alles und jeden hinein.

»Doris!«, schrie Leo, als der Hund über seine Lego-Bauanleitung trampelte und dann bei den Geschenken unter dem Weihnachtsbaum ausrutschte.

»Ah!«, rief Carly, als Doris über sie und das Sofa stieg. Ernie gelang es, seinen Tee in Sicherheit zu bringen, ohne ihn zu verschütten. Doch für den Weihnachtsbaum war Doris' Wucht einfach zu viel – langsam kippte er in den Raum hinein, glücklicherweise ohne jemanden zu treffen.

Beth überschaute das Ausmaß der Verwüstung. Jack eilte zu ihr, während Doris sie nur erstaunt ansah, als wollte sie fragen: »Wow, wer hat denn dieses Chaos angerichtet?«

»Aus dieser Perspektive sieht sie noch größer aus. Man könnte sie bestimmt satteln«, bemerkte Carly, die erst gar nicht zu bemerken schien, dass sie sich zu Ernie herüberlehnte. Und als sie es bemerkte, richtete sie sich rasch wieder auf. »Warte, ich helfe dir beim Baum.«

»Nein, schon gut. Ich stelle ihn wieder auf«, erklärte Jack.

Doris setzte sich neben Beth und schaute zu, wie Jack den Baum wieder herrichtete. Der Hund sah Beth verloren an. »Ich weiß, das hast du nicht mit Absicht gemacht«, sagte Beth und kraulte ihr den Kopf, den Doris an ihr Bein legte.

Nachdem in der Küche alles unter Kontrolle war und im Wohnzimmer wieder Ordnung herrschte, verteilte Beth Getränke an alle und brachte einen Toast aus: »Auf die Freunde und die Familie, wo auch immer sie gerade sein mögen.« Alle nickten und stießen mit ihren Gläsern an. Sogar Ernie hatte ein kleines Glas Champagner; er sah nicht beeindruckt aus, als er davon kostete. Immerhin hob er es dem Foto von Elsie und Wilf entgegen.

»Geschenke!«, verkündete Beth, worauf Leo zu den Geschenken stürzte, die dank ihrer Begegnung mit Doris jetzt ein bisschen derangiert aussahen. Leo las die Namensschilder vor und verteilte. Jack hatte ebenfalls einige Geschenke dabei, was ein wildes Durcheinander von allgemeinem Geschenkeauspacken zur Folge hatte. Prompt fing Doris an zu bellen, die ganz aufgeregt war wegen des Lärms und besonders wegen des ballförmigen Geschenks, das Leo vor sie auf den Boden legte.

Leo bekam ein ähnlich geformtes Geschenk von Jack, und es enthielt, wenig überraschend, einen neuen Fußball.

»Weil sie doch dauernd deine anderen Bälle kaputt beißt«, erklärte Jack.

»Danke!«, rief Leo und umarmte Jack spontan, der daraufhin ein wenig verlegen wurde und gerührt aussah. Leo half

Doris beim Auspacken ihres Geschenks, bei dem es sich um einen großen roten Ball handelte.

»Der ist unzerstörbar«, sagte Beth, und Jack nickte anerkennend.

»Na ja, wenn jemand das widerlegen kann, dann Doris«, bemerkte er. Leo zog in Windeseile Jacke, Mütze und Stiefel an und nahm Doris mit nach draußen, um ihr neues Spielzeug zu testen.

Beth wickelte vorsichtig ihr Geschenk von Jack aus. Es war ein Hausschild aus Schiefer, auf dem »Willow Cottage« stand.

»Es ist wundervoll, danke«, sagte sie und meinte es aufrichtig. Und für einen Moment sahen sie sich in die Augen.

Jack war verblüfft über den Leinwanddruck eines Fotos, das Beth von Doris vor der Weide geschossen hatte. »Wow, Sie haben mir gar nicht erzählt, dass Sie das gemacht haben«, bemerkte er mit einem breiten Lächeln.

»Ha, das wäre ja wohl auch keine Überraschung gewesen«, argumentierte Beth und war zufrieden über seine Reaktion. Sie beobachtete ihn dabei, wie er es betrachtete. Carly verzog das Gesicht, als sie einen Internetführer für Dummies von Beth auspackte, freute sich jedoch sehr über den von Beth selbst gestalteten funkelnden Bilderrahmen. Ernie war erstaunt, ein weiteres Geschenk zu erhalten, und wieder ganz gerührt, da es sich um eine kleinere Version des Fotos von Elsie und Wilf handelte, ebenfalls in einem selbst gestalteten funkelnden Rahmen. Er zeigte auf sein Foto und zu dem auf der Fensterbank und schien keine Worte zu finden. Beth umarmte ihn kurz, was er unbeholfen erwiderte.

»Was hast du von Fergus bekommen?«, erkundigte Beth sich bei Carly.

Ihre Freundin verschwand, um in ihrer Handtasche zu wühlen, und Beth folgte ihr. Carly nahm eine goldene Box heraus und trug sie in die Küche, wo Beth ihr beim Öffnen dieser Box zuschaute. Beth fühlte, wie sich ihr Puls beschleunigte, als der Deckel abgenommen wurde. Carly entnahm der Box ein Stück

Papier und schüttelte sie, um zu sehen, ob noch etwas darin war. Dann las sie die handschriftliche Nachricht vor.

»Frohe Weihnachten, Carls. Embankment Pier,
elf Uhr vormittags. Ich liebe dich. Fergus. xx.«

Beth sah über Carlys Schulter, um die Nachricht selbst zu lesen. »War das heute um elf Uhr?«

»Ich nehme es an, aber er war nicht dort. Er saß ja in Irland fest, also hatte es gar keinen Sinn, dorthin zu fahren.« Sie faltete die Nachricht zusammen und legte sie zurück in die Box.

»Was, glaubst du, war das Geschenk?«, fragte Beth. Ihr fiel nichts ein, was sich in der Nähe der Embankment Pier befand, mal abgesehen von der Themse.

Carly zuckte die Schultern und schaute zur Decke, während sie nachdachte. »Ich habe keine Ahnung. Am ersten Weihnachtstag hat nichts auf außer ein paar Restaurants. Ich wette, es ging um ein Weihnachtsessen irgendwo in der Gegend. Ja, das wird es gewesen sein.«

»Oh Mann.« Beth legte den Arm um Carly. »Mach dir nichts draus. Du kannst stattdessen meine Küchensklavin sein.«

22. Kapitel

Das Weihnachtsessen fand an einem von Simon ausgeliehenen Tapeziertisch statt. Unter einer Tischdecke der Teestube verborgen, war das gute Stück stabiler, als sie angenommen hatten. Die Stühle waren eine Leihgabe von Jack, und Beth hatte zusätzlich noch zwei große Servierschüsseln aus dem Pub geliehen. Alles in allem spielte es eigentlich keine Rolle, woher was kam, die Hauptsache war, dass es funktionierte. Es gab reichlich zu essen für jedermann, und alle genossen es. Stolz trugen sie ihre Papierhüte, die sie aus den Knallbonbons gezogen hatten, auf ihren Köpfen. Als alle ihre Puddingschalen von sich schoben, sahen sie satt und zufrieden aus, genau wie es an Weihnachten auch sein soll. Leo wollte unbedingt einen Film auf dem neuen XXL-Fernseher schauen und verschwand rasch.

Ernie stand auf, und alle Augen folgten ihm. »Danke«, sagte er, deutete auf seinen Teller und streichelte danach liebevoll seinen Schal.

»Gern geschehen, Ernie«, versicherte Beth ihm, während er sich daranmachte, seine Jacke anzuziehen. Jack sprang auf und zeigte auf ihn, um anzudeuten, dass er ihn hinausbringen wollte. Im Flur sprach Jack mit Ernie, und die zwei schüttelten sich sehr förmlich die Hände, ehe Ernie in den wirbelnden Schnee hinaustrat. Jack kehrte zu den anderen Erwachsenen zurück, holte unterwegs noch mehr Wein aus dem Kühlschrank und schenkte allen nach.

»Haben Sie diesmal Ihren Freund endgültig verlassen, Carly?«, erkundigte sich Jack, worauf Beth ihm einen strengen Blick zuwarf.

»Er besucht eine kranke Verwandte in Irland.«

»Das tut mir leid«, meinte Jack und schenkte auch Carly nach.

»Um ehrlich zu sein, wir brauchten auch ein wenig Abstand«, gab Carly zu. »Zeit zum Nachdenken.«

»Klingt für mich, als würden Sie Selbsthilfebücher lesen.«

Carlys Miene verdüsterte sich. »Hab ich vielleicht auch«, räumte sie ein. »Ach, verdammt, er verbringt seine gesamte Zeit mit diesem blöden Computerspiel und redet mit Nerds darüber. Das bestimmt sein Leben.«

»Welches Spiel denn?«, erkundigte Jack sich neugierig.

»Minecraft.«

»Ah, gut.« Jack nickte anerkennend.

»Spielen Sie das etwa auch?«, wollte Beth wissen und musste grinsen bei der Vorstellung, wie Jack Computerspiele für Kinder spielte.

»Ja, aber nicht ernsthaft. Hin und wieder versuche ich mich darin. Es ist ziemlich komplex mit seinen verschiedenen Servern, Dimensionen, Welten, dem Mining und Crafting.«

»Stimmt!«, sagte Carly. »Siehst du, habe ich dir doch gesagt.« Sie wandte sich an Beth. »Wie soll ich denn bitte schön Unterhaltungen über Zombieschweinezüchter in der Unterwelt führen? Das ergibt doch keinen Sinn. Ich meine, wer trägt schon ein T-Shirt mit der Aufschrift I'm The Ghast Blaster?«

»Die waren dieses Jahr Weihnachten ein großer Verkaufsschlager. Aber mir gefällt dies am besten.« Mit einem schiefen Lächeln zog Jack seinen Weihnachtspullover hoch und offenbarte ein blaues T-Shirt darunter, das zwei Augen und einen großen rechteckigen Mund mit weißen Zähnen zeigte.

»Squid!«, rief Carly aus und zeigte alarmiert darauf.

»iBallistic Squid, um genau zu sein«, korrigierte Jack. »Das ist ein Minecraft-YouTuber, genau wie Ghast Blaster, nur dass niemand weiß, wer der Ghast Blaster ist. Es ist ein großes Geheimnis.«

Beth sah ihn perplex an. »Es ging durch die sozialen Medien, haben Sie davon nichts mitbekommen?«, fragte Jack. Beth und Carly schüttelten die Köpfe.

Jack wirkte bestürzt und fing an, auf seinem iPhone herumzutippen. »Hier, passen Sie auf. Das ist eines seiner Videos. Er spielt Minecraft und gibt Insidertipps auf YouTube. Im Gegensatz zu den meisten YouTubern sieht man aber sein Gesicht nicht, weshalb sich überall auf der Welt die Menschen in seine Stimme verliebt haben.«

Er gab Carly das Handy. Beth schaute ihr über die Schulter. Auf dem Display erschien das Spiel, in dem ein kleines Pixelmännchen eine Spitzhacke schwang. Die Stimme des Youtubers war aus dem Handy zu hören – langsam und in einem melodischen Singsang. »Ich suche nach Ressourcen in der Unterwelt, besonders Ghast-Tränen ...«

»Fergus!«, kreischten Carly und Beth gleichzeitig.

Die Enthüllung, dass Fergus eine Internet-Sensation war, beherrschte die Gespräche des Weihnachtstages: beim Wein, beim Abräumen des Tisches, beim Abwaschen, dem Fernsehprogramm und beim späten Brandy vor dem Kamin. Während der ganzen Zeit hatte Carly vergeblich versucht, eine Antwort von Fergus zu bekommen. Die letzte Nachricht, die sie Heiligabend erhalten hatte, lautete:

ICH WERDE dich am 1sten Weihnachtstag sehen. Hoffe dir gefällt dein Geschenk F x

Schließlich rief Carly seine Mutter in Irland an, und am häufigen Blinzeln und Kopfschütteln konnten Jack und Beth ablesen, dass die Dinge nicht zum Besten standen. Nachdem das Telefonat beendet war, kam Carly zurück ins Wohnzimmer und ließ sich aufs Sofa fallen. Jack reichte ihr das frisch nachgefüllte Brandyglas.

»Er war auf der letzten Fähre gestern Nacht. Die legte in Liverpool an. Heute fahren keine Züge, deshalb weiß sie nicht, wie er von dort nach London kommen wollte. Er hat sein

Handy-Ladegerät in Irland vergessen, also wird sein Akku inzwischen leer sein.«

»Verdammt«, sagte Beth. »Er wusste aber, dass du hierherkommen würdest, oder?«

Carly schüttelte den Kopf. Beth und Jack sahen sie verwirrt an. »Ich dachte, wenn ich ihm erzähle, dass ich hierher fahre, würde er mich versuchen zu überreden, in der Wohnung zu bleiben, für den Fall, dass er doch zurückkommt. Was er nicht geschafft hätte, ich wäre also an Weihnachten ganz allein dort gewesen.«

»Und dann hat er es doch geschafft«, stellte Jack fest, was ihm einen bösen Blick von Carly einbrachte.

»Das wissen wir nicht«, konterte sie. »Er könnte immer noch in Liverpool sein.«

»Er ist ein berühmter YouTuber, daher nehme ich an, er ist ziemlich reich. Der wird schon einen Weg finden, um von Liverpool nach London zu gelangen«, argumentierte Jack, trank einen Schluck Brandy und atmete die Alkoholdämpfe langsam aus.

»Reich?« Carly lachte. »Das bezweifle ich. Er mag ja berühmt sein im Internet, aber er verdient kein Geld.«

Jack schien da skeptisch. »Er hat über sieben Millionen Follower und eine eigene App. Jedes Mal, wenn jemand sich einen Clip auf YouTube ansieht oder die App aktualisiert, verdient er Geld. Ich glaube, Sie werden noch feststellen, dass er mehr verdient, als Sie und ich es jemals werden.«

Das verblüffte Schweigen wurde lediglich unterbrochen vom lauten Knacken des letzten Holzscheits im Feuer, als es zusammenbrach und in die rote Glut zu Boden fiel.

»Oh«, meinte Carly, sprang auf und fing an, in ihrer Handtasche zu kramen. Mit einem Umschlag in der Hand kam sie zurück. »Das hier ist mir gerade wieder eingefallen. Der lag in unserem Briefkasten. Ich glaube, es ist eine Weihnachtskarte.«

Beth betrachtete den jetzt auf ihrem Schoß liegenden neutralen weißen Umschlag. Die Handschrift erkannte sie sofort.

Es war Nicks. Jack und Carly unterhielten sich darüber, wie viel Geld genau Fergus möglicherweise verdiente, daher schob Beth den Umschlag zwischen die Sofapolster. Sie würde sich ein anderes Mal damit befassen.

Jack und Doris standen auf und streckten sich, als Carly verkündete, es sei bereits fünf nach zwölf und damit offiziell der zweite Weihnachtstag angebrochen. Beth machte sich in der Küche zu schaffen. Sie wusste nicht genau, warum eigentlich, aber sie hatte seit dem Mittagessen einiges getrunken und wollte sich nicht lächerlich machen, falls Jack sie wieder auf die Wange küssen würde. Als hätte er ihre Gedanken gehört, kam er auch schon in die Küche, begleitet von Doris.
»Froher zweiter Weihnachtstag!«, sagte er und umarmte Beth. Er drückte sie ein bisschen länger, als sie erwartet hätte. Auch er hatte ein bisschen getrunken. Schließlich löste er sich von ihr, hielt jedoch weiterhin ihre Arme fest, vermutlich um selbst das Gleichgewicht nicht zu verlieren. »Danke für einen herrlichen Tag, wir haben ihn genossen.« Er deutete auf Doris, und sie hob ihren müden Kopf wie zur Bestätigung.
»Gut, das freut mich sehr. Passen Sie auf sich auf, es wird glatt sein draußen«, warnte Beth ihn und wollte sich abwenden. Doch Jack hielt nach wie vor ihre Arme fest, weshalb sie sich instinktiv zu befreien versuchte. Da sie beinah rückwärts gestolpert wäre, fing Jack sie auf. Ihr Herz raste, und sie empfand jenes Unbehagen, wie bei den zahlreichen Gelegenheiten, an denen Nick sie einen Tick zu lange festgehalten hatte, um ihr zu zeigen, dass er das Kommando hatte. Beth wusste, dass Jack nicht Nick war, trotzdem war die körperliche Reaktion dieselbe. Jetzt waren ihre Gesichter einander unangenehm nah, und Beths Puls raste aus mehreren Gründen. Als sie in Jacks Augen sah, war es nicht Furcht, was sie fühlte, sondern Anziehung.
»Ist alles in Ordnung?«, erkundigte Jack sich leise, den Blick auf ihre Lippen gerichtet.

Beth holte tief Luft. »Ja, sorry. Zu viel Alkohol. Ich glaube, wir sollten uns alle ausschlafen.« Sie brachte ein Lächeln zustande und tätschelte sanft seinen Arm.

Jack stutzte und ließ ihren Arm los. »Okay.« Er wirkte nicht überzeugt, gab ihr jedoch einen flüchtigen Kuss auf die Wange und ging. Vorher flüsterte er der bereits auf dem Sofa eingenickten Carly einen Abschiedsgruß zu.

Beth war sich nicht sicher, was da eben gerade zwischen ihr und Jack passiert war, doch sie wusste genau, dass es nicht weitergehen konnte.

Beth kehrte ins Wohnzimmer zurück und wollte Carly wecken, als deren Handy summte und sie prompt aufwachte. Es war eine Nachricht von Fergus:

Dann nehme ich an, du hast mich verlassen. F x

»Mist«, sagte Carly.

Beth ließ Carly allein, die sich hektisch mit Fergus Nachrichten schrieb, und ging ins Bett. Sie hörte Carly nicht heraufkommen. Um sechs am nächsten Morgen spürte Beth einen Po in ihrem Rücken. Irgendwann musste ihre Freundin also auch zu Bett gegangen sein. Beth lag so lange still, wie sie konnte, dann brauchte sie Kaffee und ging barfuß in die Küche. Draußen war alles noch ruhig und dunkel. Es hatte aufgehört zu schneien, doch die Welt war immer noch mit einer dicken Schicht weißer Flocken bedeckt.

Sie dachte an den gestrigen Tag, der ihr viel mehr Spaß gemacht hatte, als sie je für möglich gehalten hätte. Leo hatte sich über seine Geschenke gefreut, und der Fernseher war ein entscheidender Faktor dafür gewesen, wie sehr ihm Weihnachten gefallen hatte. Es war schön für sie und Leo gewesen, Weihnachten mit Carly verbringen zu können, und es hatte ihr auch gefallen, Ernie und Jack hier zu haben. In ihren Gedanken verweilte sie einen Augenblick bei Jack; es war angenehm, mit ihm zusammen zu sein, und ganz unmerklich waren er und Doris ein Teil ihres Lebens geworden.

Sie wärmte sich die Hände an ihrem Becher. Jack hatte etwas an sich, das sie anzog. Das war allerdings kein gutes Timing momentan. Sie hatte gerade eine von häuslicher Gewalt geprägte Beziehung hinter sich und nicht vor, auf Dauer in Dumbleford zu bleiben. Also musste sie Jack auf Distanz halten.

Eine gähnende Carly, die sich plumpsend auf einen der Stühle sinken ließ, sodass dieser geräuschvoll über den Küchenfußboden schrammte, unterbrach Beths Gedanken. Wir fügen der Patina ihre ganz eigenen Schrammen hinzu, dachte Beth.

»Wie läuft es zwischen dir und Fergus?« Beth knackte mit den Schultern, während sie die Frage stellte.

Carly zog einen Schmollmund. »Ganz okay.«

»Ihr seid also noch zusammen?«

Jetzt erst lächelte Carly. »Ja, in der Hinsicht haben wir alles geklärt. Wir waren beide blöd, aber das neue Jahr ist nur noch ein paar Tage entfernt, und es wird unser Jahr.«

»Das ist wunderbar, ich freue mich für euch beide«, sagte Beth und umarmte ihre Freundin. »Was ist mit dem verpassten Treffen am Embankment Pier gestern?«

»Er meinte, ich solle mir deswegen keine Gedanken machen. Das können wir ein andermal nachholen.«

»Das ist doch schon mal eine Erleichterung.«

Carly nickte. »Fergus ist ein Schatz. Zum Glück versteht er, warum ich Hals über Kopf hierher gefahren bin.«

»Wie lautet jetzt der Plan?«, wollte Beth wissen.

»Ich brauche Tee, und dann fahre ich zurück nach London.«

»Aber heute fahren keine Züge«, erinnerte Beth sie.

»Ich weiß. Fergus schickt mir ein Taxi. Es hat sich herausgestellt, dass Jack recht hatte. Fergus ist reich.«

»Im Ernst?«

»Jap. Hat er letzte Nacht bei unserem Marathon-Nachrichtenaustausch zugegeben. Da er wusste, dass ich mich für das

Spiel nicht interessiere, hat er es nie erwähnt. Diesmal werde ich dafür sorgen, dass es funktioniert zwischen uns, Beth. Keine Träume von Heiratsanträgen und Hochzeiten mehr. Ich werde mich ganz darauf konzentrieren, dass er und ich glücklich werden, so wie es ist.« Und Carly sah dabei aus, als meine sie das auch so.

So viel dazu, Jack Selby auf Distanz zu halten, dachte Beth, als er Silvester beiläufig den Arm um ihre Taille legte. Genau genommen war das an diesem Abend schon mehrmals vorgekommen. Sie hatten den ganzen Abend in dem überfüllten Pub zusammen verbracht. Sicher, sie hatte gearbeitet, aber Petra war eine großartige Chefin, sodass Beth und die anderen Angestellten immer wieder Pausen machen konnten. Petra hatte die Bar sogar vorübergehend geschlossen, damit alle die Chance bekamen, den Countdown bis Mitternacht herunterzuzählen. Leo und Denis kamen gerade noch rechtzeitig hereingestürmt, um bei ihren Müttern zu sein. Knapp vor dem Ende des Countdowns quetschte sich Leo zwischen Jack und Beth.

»... eins, null! Frohes neues Jahr!«

Beth hob Leo hoch und gab ihm einen Kuss. Er war stets die erste Person, die sie Silvester um Mitternacht küsste. Selbst als er noch ein Baby war und tief und fest geschlafen hatte, bekam er den ersten Kuss des neuen Jahres von ihr. Leo löste sich rasch aus ihrer Umarmung, und schon waren er und Denis von Neuem verschwunden. Als Nächste war Petra mit einer herzlichen Umarmung und einem Kuss für Beth und Jack an der Reihe, gefolgt von ihrem theatralischen Zwinkern.

Jack bugsierte Beth sanft in eine Ecke. Der Lärm um sie herum schien gedämpft zu sein, als Jack sprach. »Da wären wir also. Ein ganz neues Jahr.«

»Ich frage mich, was es bereithält«, sagte Beth und sah ihm dabei in die Augen. Sie bewunderte seine Augenfarbe; ein blasses Graublau und äußerst faszinierend aus der Nähe. Jack nahm Beths Hand. Sie folgte seinem Blick, und beide beobachteten, wie ihre Finger sich miteinander verschränkten. Als Beth wieder aufsah, lächelte er. Er sah wirklich gut aus, vor allem, wenn er lächelte. Sie spürte, wie ihr Puls sich beschleunigte. Trotz all ihrer Vorbehalte wollte sie ihn jetzt, in diesem Moment, küssen. Es war Silvester, sie war vollkommen nüchtern, und sie wollte geküsst werden.

Jack betrachtete sie intensiv. »Frohes neues Jahr, Beth.« Er beugte sich ein wenig vor und küsste sie zärtlich auf die Lippen. Der Lärm im Pub war plötzlich durch das dumpfe Rauschen ihres Blutes in den Ohren ersetzt worden, während sie mit jeder Faser ihres Körpers auf diesen Kuss konzentriert war. Aus vielen Gründen hatte sie dagegen angekämpft, doch in diesem Moment fühlte es sich absolut richtig an. Beths Augen waren geschlossen, sie kniff sie zu, wie ein Kind, das eine Überraschung erwartete. Und dies war eine Überraschung. Sein entschlossener, aber sanfter Kuss sandte sinnliche Schauer durch ihren Körper. Sie entspannte sich, was sich sehr natürlich anfühlte. Und sie überlegte, wie sie dafür sorgen konnte, dass mehr aus diesem Kuss wurde, ohne wie ein Luder dazustehen. Doch jemand tippte ihr auf die Schulter, und damit endete dieser Moment.

»Sorry«, meinte Petra. »Die Bar öffnet wieder.«

Jack verdrehte enttäuscht die Augen, und Beth verschwand seufzend. Was war da gerade passiert zwischen ihnen? Es gab einen nachmitternächtlichen Ansturm, sodass die Angestellten hinter dem Tresen alle Hände voll zu tun hatten. Als der Ansturm schließlich vorbei war, winkte Petra Beth nach hinten, und Beth folgte ihr.

Petra holte tief Luft und breitete die Hände aus. »Es geht mich nichts an, aber ich habe das Gefühl, ich sollte dir etwas sagen.« Irgendwie war ihr Akzent stärker als sonst. Beth war ein bisschen perplex von dem seltsamen Beginn dieser Unterhaltung. »Ich sehe es eben nicht gern, wenn jemand sitzen gelassen oder verletzt wird, okay?«

»Na klar«, erwiderte Beth und wünschte, Petra würde zur Sache kommen.

»Jack hat keine gute Vergangenheit. Wussten Sie das?«
»Nein«, antwortete Beth.

»Dann steht es mir nicht zu, Details zu erzählen. Das ist Jacks Sache. Ich sage nur, dass häusliche Gewalt etwas Schreckliches ist. Er bekommt sein Leben wieder auf die Reihe, aber es war ein großes Thema in seiner Vergangenheit ... verstehen Sie, was ich Ihnen zu sagen versuche?«

Beth fühlte sich elend und musste schlucken. »Klar und deutlich.«

»Ich will nicht, dass Menschen, die mir am Herzen liegen, verletzt werden.«

»Natürlich nicht.« Beth versuchte zu lächeln, doch es gelang ihr nicht.

»Alles in Ordnung? Ich habe nichts Falsches gesagt?«

»Nein, Sie haben genau das Richtige gesagt. Danke, Petra, ich weiß das sehr zu schätzen.«

Petra wirkte überrascht und gleichzeitig erleichtert. »Oh, dann ist es ja gut. Puh. Ich habe mir schon Sorgen gemacht. Tja, dann heißt es wieder zurück an die Arbeit.« Petra verschwand, und Beth brauchte einen Moment, um sich zu sammeln; ihre Hände zitterten. Irgendwie musste sie die nächste Stunde überstehen, dann erst konnte sie sich in ihr Cottage zurückziehen. Bis dahin musste sie Haltung bewahren.

Beth stürzte sich in die Arbeit, sauste an den anderen Mitarbeitern vorbei, um Gäste zu bedienen, sammelte leere Gläser ein, schnitt unzählige Zitronen – alles war besser, als mit Jack sprechen zu müssen. Der verbrachte seine Zeit damit, Guinness zu trinken und zu lachen; wann immer er zu Beth schaute, hatte er diesen Ausdruck in den Augen. Es war ein täuschend sanfter Ausdruck, bei dem sie noch vor einer Stunde glatt dahingeschmolzen wäre. Jetzt hatte er jedoch die gegenteilige Wirkung. Ein stählerner Kern wuchs in ihr. Wie hatte sie nur ein zweites Mal derartig naiv sein können? Sie war wütend auf sich selbst, nicht wachsamer gewesen zu sein.

Als Petra ihr sagte, sie könne Feierabend machen für heute,

schnappte Beth ihren widerwilligen Sohn und verschwand durch den Hintereingang. Beth schluckte den Kloß in ihrem Hals herunter und kämpfte gegen die aufsteigenden Tränen. Sie konnte Jack jetzt nicht gegenübertreten, und sie hatte keine Ahnung, wann sie dazu jemals wieder imstande sein würde.

23. Kapitel

Leo war wieder ganz der Alte, den Blick auf das Tablet geheftet mit dem lärmenden Fernseher im Hintergrund. In seiner Welt war alles in Ordnung. Beth brachte ihm einen Saft, den sie auf die Fensterbank stellte.

»Das ist für dich, Mum«, sagte er, als er den weißen Umschlag an der einen Seite des Sofas zwischen den Polstern hervorzog. Beths Magen drehte sich um. Sie nahm den Umschlag von ihm entgegen, ging in die Küche und machte die Tür zu. Dann setzte sie sich und tastete mit dem Daumen den Umschlag ab; sie konnte fühlen, dass sich eine Karte darin befand. An der Handschrift hatte sie bereits erkannt, dass der Brief von Nick kam; vielleicht handelte es sich bloß um eine harmlose Weihnachtskarte. Die konnte sie zerreißen, ohne hineinzusehen, und anschließend ins Feuer werfen, sobald Leo im Bett war. Das war ein verlockender Gedanke, die Karte verbrennen zu sehen. Aber hielt sie es aus, nicht zu wissen, was drin stand?

Sie beantwortete sich diese Frage selbst, indem sie den Umschlag aufriss. Tatsächlich befand sich eine Weihnachtskarte darin, schlicht und elegant. Sie hielt sie in den Händen, die, wie sie feststellte, ganz leicht zitterten. Sie klappte die Karte auf, und etwas segelte zu Boden. Sie ließ es vorerst liegen und las, was in der Karte geschrieben stand.

Liebste Elizabeth, liebster Leo,
wo auch immer euch diese Karte erreichen wird, seid ihr hoffentlich sicher und gut aufgehoben. In Liebe,
Nick

Beth las die Karte erneut. Es schien keine versteckte Botschaft oder gar Drohung zu geben, vor allem aber auch keinen Hinweis darauf, dass er ihnen auf der Spur war. Sie beugte sich herunter und hob auf, was aus der Karte herausgeflattert war. Es handelte sich um einen Zeitungsartikel, den sie erst einmal hin und her drehte, um herauszufinden, welche Seite relevant war. Dann entdeckte sie es.

SOCIAL MEDIA – VERMISSTE FINDEN

Rasch überflog sie den kurzen Artikel, der ihr sofort Übelkeit verursachte. Besonders ein Satz stach für sie heraus: »Die sozialen Medien sind ein nützliches Werkzeug für Familien und die Polizei bei der Suche nach Vermissten geworden.« Es folgten verschiedene Beispiele, wie sogar Prominente geholfen hatten, indem sie Artikel teilten und Fotos per Twitter weiterverbreiteten. Langsam und entschlossen zerknüllte Beth den Zeitungsartikel, bis er ein kleiner harter Ball in ihrer Hand war. Neben all dem Abscheu empfand sie eine unangenehme Genugtuung, weil sie Nick gut genug eingeschätzt hatte, um dieser scheinbar harmlosen Weihnachtskarte zu misstrauen.

Sie erinnerte sich, wie sie die Tatsache verdrängt hatte, dass Nick ihre Post öffnete. Alles blieb stets im Umschlag, sodass es aussah, als habe er die Post nur sorgfältig für sie geöffnet, weil sie doch immer die Umschläge aufriss und sich einmal einen Papierschnitt dabei zugezogen hatte. Sie hatte das für eine harmlose, rücksichtsvolle Geste gehalten, damals. Bis ihr auffiel, dass Unterlagen fehlten: die Einladungen zu gesellschaftlichen Anlässen, Bankkarten und gelegentlich ein persönlicher Brief. Ihr wurde klar, dass Nick ihre Post las, als er sie danach fragte, weshalb sie bestimmte Läden besucht hatte, oder weil er von der Verlobungsparty einer Freundin wusste, die weggezogen war.

Der Zeitungsausschnitt war eine klare Drohung, das wusste sie, doch statt Furcht empfand sie Wut. Es machte sie zornig, dass er glaubte, er habe nach wie vor Kontrolle über sie. Beth stand auf, faltete die Karte grob zusammen und schob sie in die Jeanstasche. Es klopfte an der Tür, und da sie wusste, dass Leo sich nicht rühren würde, ging sie selbst. Der ratlose Gesichtsausdruck ihres Gegenübers, als sie die Tür aufmachte, änderte nichts an ihrer versteinerten Miene.

»Hey«, sagte Jack. »Ich hab Sie nirgends mehr gesehen, also dachte ich, ich schaue mal nach, ob alles in Ordnung ist.« Er lächelte. Beth nicht. Sämtliche Emotionen, die der Zeitungsausschnitt geweckt hatte, erwachten von Neuem. Sie schwieg. »Ist alles in Ordnung?«, erkundigte Jack sich und hob eine Braue.

Beth schluckte. Wie hatte sie auf einen weiteren Charmeur hereinfallen können? War sie dermaßen blöd? Sie betrachtete sein Gesicht für einen Moment. Da waren keine Hinweise. Er sah ganz normal aus. Er wirkte sogar ganz locker und sah entspannt aus – und sie war wie eine Idiotin darauf hereingefallen. Wie hätte sie denn auch wissen sollen, dass er ein weiterer Misshandler war? Er sah sie unverwandt an, und sie wusste, dass sie etwas sagen musste. Da Leo nebenan war, musste sie vorsichtig sein. »Ja, bestens, danke. War sonst noch was?« Ihr Ton war brüsk, ihre Miene blieb düster.

»Äh, sind Sie sicher, dass alles in Ordnung ist? Mit Leo auch?« Jack versuchte, an Beth vorbeizuspähen, weshalb sie instinktiv einen Schritt nach vorn machte, um ihm den Blick in den Flur zu versperren. Jack wich misstrauisch zurück. »Mit Ihnen stimmt was nicht. Was ist los? Verraten Sie es mir.«

»Nichts ist los, außerdem geht Sie das gar nichts an.« Beth machte die Tür zu. Sie schloss die Augen und atmete tief ein. Jack auszuschließen war das, was sie tun musste. Warum fühlte sie sich deswegen dann so mies?

»Beth!« Jack hämmerte gegen die Tür. »Beth, was ist denn los? Ich mache mir Sorgen.«

Leo kam in den Flur, das Tablet in der Hand. »Ist das Jack?«, fragte er, während Jack draußen rief. Beth nickte und lehnte sich gegen die Tür, als wolle sie Leo schützen. »Warum kann er nicht reinkommen?«

»Weil ... weil ....« Beth wollte das nicht erklären müssen. »Wir haben uns verkracht und sind jetzt keine Freunde mehr. Du weißt ja, dass so etwas manchmal passiert.«

Leo nickte verständnisvoll. »Warum habt ihr euch verkracht?«

»Ach, das war nichts Ernstes. Möchtest du eine heiße Schokolade?«

Leo grinste und folgte seiner Mutter in die Küche, während Jack weiter gegen die Tür hämmerte. Irgendwann gab er es auf und ging, sodass Beth und Leo in Ruhe ihre Getränke genießen konnten. Beth dachte nach. Sie hatte keine Beziehung mit Jack angefangen, deshalb sollte es theoretisch ganz leicht sein, sowohl ihn aus ihrem als auch sie aus seinem Leben herauszuhalten. Das Problem mit Theorien war nur, dass sie sehr oft widerlegt wurden. Sie mochte Jack im Grunde, doch nun durfte sie ihn nicht mehr mögen, und in der Wirklichkeit war das schwieriger, als in den sozialen Medien einfach nur nicht zu »liken«. Sie musste ihre Gefühle für ihn auf Null stellen. Er war jetzt Sperrgebiet für sie – was jedoch nichts daran änderte, dass sie deswegen traurig war. Sie musste sich zusammennehmen. Sie sollte nicht traurig sein, sondern erleichtert darüber, was ihr nun erspart blieb. Aber vielleicht würde es noch eine Weile dauern, bis sich dieses Gefühl einstellte.

Und dann war da noch Doris. Ab morgen sollte sie wieder Hundesitterin sein. Sie hasste es, eine Abmachung nicht einzuhalten, und was immer Jack in der Vergangenheit getan haben mochte, bei ihrer Küche hatte er gute Arbeit geleistet. Doch im Gegensatz zu Simon, der mit ein paar Packungen Keksen und einer unbegrenzten Menge Tee während der Arbeit zufrieden gewesen war, gab es für die Hundesitting-Vereinbarung kein Enddatum. Beth war selbst überrascht, wie sehr sie sich daran gewöhnt hatte, Doris bei sich im Haus zu haben. Sie mochte ihre Gesellschaft sogar. Leo betrachtete sich schon als eine Art

Mitbesitzer des Hundes. Sobald er aus der Schule kam, schlang er ihr die Arme um den Hals und benutzte sie spontan als Spielkameradin, wenn Denis nicht da war. Aber egal, wie sehr sie und Leo den Hund schon ins Herz geschlossen hatten, sie wusste, was sie tun musste.

Sie setzte sich und starrte auf ihren fünften Versuch, Jack eine Nachricht zu schreiben. Sie wünschte, sie müsste das nicht tun, und das machte es noch viel schwerer. Seufzend las sie den Text ein letztes Mal.

Jack,
es tut mir schrecklich leid, aber ich kann nicht länger auf Doris aufpassen. Leo und ich haben sie wirklich gern bei uns gehabt, aber da ich die nächste Phase zur Vorbereitung des Verkaufs von Willow Cottage beginne, wird es mir nicht mehr möglich sein, mich weiter um sie zu kümmern. Entschuldige.
Beth

Beth schob die, wie sie hoffte, wohlformulierte und höfliche Nachricht so leise wie möglich durch den Briefschlitz in Jacks Haustür. Sie hatte sich bereits auf der Türschwelle umgedreht, als sie schnelle Schritte, gefolgt von dem Öffnen der Tür, hinter sich hörte.

»Beth, reden Sie mit mir. Was ist los?« sie konnte Jacks sanfte Stimme förmlich in ihrem Rücken spüren. Leute wie er wussten, wann sie ihren Charme einsetzen mussten und wann Druck angebracht war.

Diesmal hatte Beth ihre Erwiderung durchdacht. »Es tut mir leid, aber ich muss den Flur jetzt renovieren, und das bedeutet, Türen und Fenster zu öffnen. Ich möchte es nicht riskieren, dass Doris wegläuft. Es sollte doch ohnehin kein dauerhaftes Arrangement sein, oder?«

Jack deutete ein Kopfschütteln an. »Sie machen bei diesem Wetter alle Türen auf?«

Beth schaute sich um, als bemerke sie erst jetzt, dass Januar war. Der Schnee war fast verschwunden, übrig geblieben waren nur schmutzige Eisklumpen hier und dort. »Ich muss los. Bis Ostern will ich das Cottage wieder auf dem Markt haben.« Ihr war klar, dass das viel zu optimistisch war, aber sie setzte sich gern Ziele. Außerdem sollte Jack begreifen, dass sie keine geeignete Kandidatin für ihn war, da sie bald wegziehen würde. Abstand würde den Schaden, den er bereits angerichtet hatte, vielleicht vergessen lassen. Sie hatte tatsächlich schon angefangen, ihm zu vertrauen. Und das schmerzte am meisten.

»Oh«, sagte er, zog sein Handy aus der Tasche und begann, hastig darauf herumzutippen. »Haben Sie davon schon gehört?«

Beth wollte nicht in irgendwelches Geplauder verwickelt werden. »Ich muss jetzt wirklich los ...«

»Dieser Typ hat am ersten Weihnachtstag ein Boot gemietet, um die Themse hinaufzusegeln und die Tower Bridge zu öffnen.« Er redete schnell und schaute zwischen Beth und seinem Smartphone hin und her. »Er wollte ihr einen Heiratsantrag machen, aber sie tauchte nicht auf. Meinen Sie, es könnte sich um Fergus und Carly handeln?« Jack hielt ihr das Telefon unter die Nase.

Beth wich überrascht zurück, schob das Handy mit Nachdruck beiseite und versuchte, ihren rasenden Puls unter Kontrolle zu bekommen. Er wollte sie nicht schlagen, trotzdem ließ diese kurze Bewegung sämtliche Alarmglocken in ihr schrillen.

»Das bezweifle ich.« Sie wandte sich wieder zum Gehen.

Jack rieb sich das Kinn, und auf seinem Gesicht spiegelte sich seine Verwirrung wider. »Habe ich Sie irgendwie verärgert? Falls ja, dann bitte ich um Entschuldigung ...«

Sie drehte sich um und betrachtete kurz sein Gesicht. Er sah tatsächlich aus, als tue es ihm leid, aber das war alles Teil der Scharade. Wie oft hatte sie Nick den gekränkten Helden spielen sehen. Petra hatte gesagt, in Jacks Vergangenheit sei häusliche Gewalt vorgekommen – sie könnte ihm eine Chance geben, vielleicht hatte er sich ja wirklich geändert. Aber ein solches Risiko durfte sie nicht eingehen. Sie spürte ein eigenartiges Gefühl des Verlustes, obwohl da ja gar nichts Richtiges gewesen war.

»Es ist einfach so, dass ich mich im neuen Jahr auf neue Dinge konzentrieren muss. Ich muss nach vorne schauen. Leben Sie wohl, Jack.« Tränen brannten ihr in den Augen, deshalb musste sie sich rasch abwenden.

Später an diesem Tag war Beth froh, dass sie nichts mehr von Jack gehört hatte. Dennoch musste sie beim nächsten Mal auf dem Weg zu Leos Schule zu seinem Cottage schauen. Sie fragte sich, ob Doris in ihrer Hundebox war oder ob Jack jemand anderen gefunden hatte, der auf sie aufpasste. Leo und Denis rannten in die Schule, sodass Beth auf dem Heimweg ihren Gedanken überlassen war. Ein weiterer Blick zu Jacks Haus ergab nichts Neues. Seufzend betrat sie kurz danach Willow Cottage. Ich muss jetzt dringend ein paar Dinge am Cottage erledigen, dachte sie.

Carly tippte Fergus auf den Arm. Sie saßen hinten im alten Mini seines Dads. Fergus hockte da wie zusammengefaltet und stieß sich jedes Mal, wenn sie durch ein Schlagloch fuhren, den Kopf am Wagendach. Er sah sie an. Ein Vorteil, einen tauben Partner zu haben, bestand darin, dass man statt zu flüstern einfach nur die Lippen bewegen konnte, von denen er dann las. Allerdings war er nicht der beste Lippenleser, und bei Fremden war es besonders schwierig, doch Carly verstand er zum Glück immer.

»Was zum Geier ist los?«, formte sie mit den Lippen. Fergus prustete, und sein Dad schaute in den Rückspiegel.

Fergus signalisierte ihr: »Wir besuchen Granny.«

»Ich dachte mir doch, dass dein Dad das gesagt hat. Aber sie ist tot?!«

Fergus prustete erneut, und Carly stieß ihm in die Rippen.

»Ist mit deinem Mann dahinten alles okay?«, erkundigte sich Mr. Dooley mit dickem irischem Akzent.

»Uns geht es bestens, danke, Mr. Dooley«, erwiderte Carly, während sie Fergus signalisierte, er solle mit dem Prusten aufhören.

»Ah, du musst mich jetzt Cormac nennen«, erinnerte Mr. Dooley sie.

»Okay«, antwortete Carly und las Fergus' Gebärde: »... es ist Tradition, dass jeder einige Zeit mit den Verstorbenen verbringt ...«

Carly machte große Augen; das genügte als Reaktion. Fergus tätschelte ihren Schenkel, nahm ihre Hand in seine und drückte sie sanft. Carly versuchte, sich zu entspannen.

»Cormac?«, fragte sie zögernd, um ihn ja nicht allzu sehr vom wilden Umkurven der Schlaglöcher abzulenken.

»Ja, meine Liebe.«

»Gibt es einen Kranz von der Familie, oder müssen wir unseren eigenen kaufen? Wir waren uns nicht sicher.«

»Nein, nein, darüber brauchst du dir keine Gedanken zu machen. Granny wünschte keine Blumen am Grab, wegen ihrer Pollenallergie«, erklärte Cormac ganz ernst im Rückspiegel.

»Oh, ich verstehe.« Carly versuchte, nicht in völlig unpassendes hysterisches Lachen auszubrechen.

Sie erreichten Grannys Haus und schälten sich aus dem winzigen Auto.

»Ich bin in einer Stunde wieder da«, erklärte Cormac und schaute auf seine Uhr.

»Eine Stunde?«, wiederholte Carly, einen Tick lauter als beabsichtigt. Vermutlich würde sie hier nirgendwo einen schwarzen Chai-Tee bekommen.

»Möchtest du mehr Zeit mit Granny verbringen?«, fragte Cormac Fergus.

Zum Glück schüttelte Fergus den Kopf. »Eine Stunde ist gut, Dad. Danke.« Er legte den Arm um die ängstlich dreinblickende Carly und führte sie hinein. In dem kleinen Reihenhaus war es dunkel und still. Sie betraten das Wohnzimmer, das durch schwere Vorhänge abgedunkelt war. Als Carlys Augen sich an das schwache Licht zahlloser Kerzen gewöhnt hatten, erkannte sie den offenen Sarg. Dann wurde die Tür hinter ihnen geschlossen.

Eine plötzliche Bewegung überraschte Carly, sodass sie einen Aufschrei unterdrücken musste.

»Ahh, Fergus, gut, dich zu sehen. Nur schrecklich unter diesen Umständen, aber deine Granny hätte sich gefreut, dass du's geschafft hast«, sagte ein kleiner Mann, der sich von einem Stuhl neben dem Sarg erhob und Fergus umarmte. Dann wich der Mann zurück und musterte Carlys Freund. »Du siehst gut aus. Das pisswarme englische Bier bekommt dir wohl.« Er lachte schallend.

»Die haben dort auch Guinness, Onkel Padraig.«

Carly war beeindruckt; Fergus Lippenlesen war besser, als sie geglaubt hatte, denn sie konnte das Genuschel des Mannes mit dem starken irischen Akzent kaum verstehen.

»Du erinnerst dich an Carly?«

»Du bist immer noch eine Schönheit. Passt er gut auf dich auf?«, fragte Padraig und drückte sie fest an sich. Carly entschied sich für jede Menge Nicken und Grinsen, in der Hoffnung, dass das als Antwort genügte. Er wandte sich wieder an Fergus. »Du musst einen Ring auf ihren Finger kriegen«, erklärte er und wedelte mit ihrer linken Hand, sodass sie sich wie eine Marionettenpuppe vorkam.

Onkel Padraig ließ sie los, und mit einem Arm um Fergus' Schultern bugsierte er ihn für ein vertrauliches Gespräch in die Ecke. Carly sah, wie Fergus seinen Onkel wieder behutsam vor sich positionierte, damit er von seinen Lippen lesen und ihn gegebenenfalls bitten konnte, etwas zu wiederholen.

Carly wollte nicht den Eindruck erwecken, als lausche sie, deshalb wandte sie sich ab und erlebte die nächste böse Überraschung, als sie feststellte, wie nah sie dem offenen Sarg war. Für einen kurzen Moment sog sie die Luft scharf durch ihre Zähne, fing sich aber gleich wieder.

Granny trug ein schlichtes Kleid mit Strickjacke und sah aus, als würde sie schlafen. Als Carly ihre Füße sah, musste sie sich ein Lachen verkneifen. Granny trug ziemlich schicke stiefelettenartige Hausschuhe. Sie musste wirklich gegen ein Kichern ankämpfen, das herauswollte. Am liebsten hätte sie Fergus herübergezerrt, aber der war nach wie vor in eine gedämpfte Unterhaltung vertieft. Die Männer klopften sich gegenseitig auf den Rücken, und dann kamen sie zu ihr an den Sarg.

»Ahh, jetzt schläft sie friedlich. Gott segne sie«, sagte Padraig und legte seine Arme um Fergus und Carly. »Würdest du mir einen Gefallen tun und übersetzen«, wandte er sich an Carly.

»Natürlich.« Sie sah ihn an, aber Padraig fummelte an seinem Handy herum.

»Warte ... einen Moment.« Er scrollte durch seine Daten.

Fergus nahm Carlys Finger in seine Hand und hielt sie ganz sacht, und als sie ihn anschaute, lächelte er. Sie drückte seine Hand. Es war ein seltsamer Ort für einen solchen Moment, aber es war ein Moment. Sie hätten überall sein können, nur sie beide, die Nähe des anderen auf genau diese Weise spürend.

»Ich bin so froh, dass du hier bist«, flüsterte Fergus.

»Ich auch«, signalisierte Carly mit der freien Hand. Fergus drückte ihre Finger, und Carly fühlte etwas tief in sich. Dies war es, was sie wollte; sie wollte diese Nähe zwischen ihnen spüren, die sie allmählich bereits verloren geglaubt hatte. Fergus sah Granny an, und Carly tat es ihm gleich.

Plötzlich hallte Grannys Stimme durch den spärlich möblierten Raum. »Könnt ihr mich hören?«, fragte sie. Carly klammerte sich an Fergus' Hand, und er sah Carly mit entspanntem Lächeln an, denn er konnte Granny nicht hören. Carly schaute sie erneut an. »Jetzt, wo ihr hier seid, wollte ich ein paar Worte sagen ...« Grannys Lippen bewegten sich definitiv nicht, und Carly war sich sicher, dass sie nie Bauchrednerin gewesen war.

»Willst du ihm nicht verraten, was sie sagt?« Onkel Padraig sah leicht irritiert aus und wedelte mit seinem Handy. Carly machte den Mund auf und wieder zu, denn sie war ein wenig benommen. Ein Nicken bekam sie trotzdem zustande. Padraig verdrehte die Augen. »Dann spiele ich es noch mal ab«, erklärte er und fummelte erneut an seinem Handy herum. Carly atmete erleichtert auf und tippte Fergus auf den Arm, damit sie ihm per Zeichensprache übersetzen konnte.

Zum Glück handelte es sich um eine kurze Nachricht, die Granny vor Monaten aufgenommen hatte, bei ihrer Geburtstagsfeier. Sie erzählte, was für ein gutes Leben sie gehabt habe, und wie stolz sie auf ihre Familie sei. Sie schloss mit einem eigenartigen Satz: »... und denkt stets daran: Es ist leicht, die Kartoffel zu halbieren, wenn Liebe da ist.« Carly merkte, wie sie die Stirn runzelte, konnte es jedoch nicht verhindern. Wovon redete die Frau?

Fergus fing an zu lachen, und Padraig stimmte ein. »Ich überlasse euch jetzt euren Gebeten«, sagte Padraig auf einmal vollkommen ernst. Er klopfte Fergus auf die Schulter und verließ den Raum. Fergus stand eine Weile mit gebeugtem Haupt und geschlossenen Augen da, und Carly folgte seinem Beispiel, bis ihr nichts mehr einfiel, wofür sie beten konnte. Sie warf erneut einen Blick auf Granny in ihren Stiefeletten-Hausschuhen und musste lächeln. Vielleicht ging es darum? Bei den Iren wusste man nie, sie waren immer gut für einen Spaß.

Die Iren scheinen jedenfalls eine gute Einstellung zum Tod zu haben, dachte Carly. Die Beerdigung zog sich hin und war eine traurige Angelegenheit, wie das bei Beerdigungen häufig der Fall ist. Es gab viele Tränen und Gejammer, was Carly zuerst erstaunte, bis Cormac seine Hand auf ihren Arm legte und ihr einiges über irische Traditionen erläuterte. Sobald das vorüber war, wurde Grannys Leben gefeiert, all die Dinge, die sie getan und erreicht hatte. Zwar hatte sie nicht die abenteuerlichste und erfolgreichste Existenz geführt, doch waren alle voll des Lobes für sie als Mutter, Großmutter, Freundin und Nachbarin, und für alle, die sie am besten kannten, zählte allein das.

Carly gelang es, Fergus von einem wilden Trinkspiel wegzulocken.

»Es ist laut hier drinnen. Ist alles in Ordnung mit dir?«

Er zuckte mit den Schultern. »Sind alles Leute aus der Familie, die wissen von meiner Taubheit und dass sich dadurch nichts daran ändert, wer ich bin.«

»Es ist aber trotzdem laut«, sagte Carly.

»Schon, aber es macht mir ja nichts aus.« Er legte ihr den Arm um die Schultern, zog sie an sich und küsste sie auf den Kopf.

»Ich habe gesehen, wie du dich vorhin mit dieser Lady in dem blauen Kleid per Zeichensprache unterhalten hast. Das war doch ganz schön.«

»Nein, war es nicht.« Fergus lachte. »Mary ist so etwas wie Mams Cousine dritten Grades, und sie hat vor Jahren die Gebärdensprache gelernt, als ihr Esel taub wurde.«

»Wie bitte?« Carly musste lachen.

»Na ja, und jetzt glaubt sie, sie beherrsche die Zeichensprache ein bisschen. Ich habe eher den Eindruck, sie denkt sich die Hälfte der Zeichen nur aus. Also hat sie sich entweder mit ihrem Nachbarn oder ihrem Esel per Zeichensprache unterhalten, und ich stelle mir lieber vor, es war der Nachbar!«

Als ihr Lachen sich allmählich beruhigte, fiel Carly ein, dass sie etwas fragen wollte. »Was meinte Granny mit dem Halbieren der Kartoffel?« Das hatte sie schon die ganze Zeit beschäftigt.

»Es ist leicht, die Kartoffel zu halbieren, wenn Liebe da ist«, wiederholte Fergus den Spruch. »Ein altes irisches Sprichwort ...« Carly begann zu kichern. »Wirklich! Und es bedeutet, dass wenn man von Liebe umgeben ist, es leichter ist zu teilen, auch wenn man nur ganz wenig hat.«

Carly hörte auf zu kichern. »Das ist wirklich süß.«

»Finde ich auch«, meinte er und küsste sie sanft.

Die Lady im blauen Kleid näherte sich und erklärte per Zeichen, es gebe »Hühnchenkuchen«, falls sie welchen wollten.

Fergus prustete, während Carly zurücksignalisierte, dass sie gern etwas von dem »Zitronenkuchen« probieren würden. Die beiden Zeichen für »Zitrone« und »Huhn« waren für Anfänger leicht zu verwechseln.

24. Kapitel

Petra merkte während Beths Mittagsschicht offenbar, dass Beth mit Jack geredet haben musste. Als es Zeit war zu gehen und Beth den Reißverschluss ihrer Jacke zuzog, kam Petra zu ihr. »Ist wirklich alles in Ordnung? Ich mache mir ein bisschen Sorgen«, gestand sie.

»Mir geht's gut, ehrlich.«

»Gut. Dann werde ich nicht mehr fragen. Was ist das nächste Projekt am Cottage?«

»Oh, die Inneneinrichtung hauptsächlich, aber irgendwann muss ich mir auch die Treppe vornehmen. Da fehlen einige Streben, und diese Handwerkerleistungen sind teuer, deshalb weiß ich noch nicht so genau, wie ich da vorgehen werde. Aber mir wird schon etwas einfallen.«

»Wie wäre es mit der Abendschule? Am College gibt es Kurse. Ich könnte Leo nehmen, und Sie leihen sich mein Moped. Sie müssen nur einen Kurs finden, in dem Sie diese handwerklichen Fähigkeiten lernen können. Was halten Sie davon?«

Beth musste darüber lächeln, wie schnell Petra ihr Problem zu lösen schien. »Okay, ich werde mich mal darum kümmern.«

»Ja, machen Sie das.« Petra drückte freundschaftlich ihren Arm. Beth war unwillkürlich gerührt über diese Unterstützung. Es tat gut, jemanden aus dem Ort zur Freundin zu haben, die einem Vorschläge machte, wie Beth ihre Ziele am besten verwirklichen konnte. Und das hatte trotz allem etwas Beruhigendes.

Zurück im Cottage, bei einer wohlverdienten Tasse Tee, suchte Beth per Smartphone nach Tischlerkursen. Als der Tee ausgetrunken war, hatte sie einen Holzdrechselkurs in der Gegend gefunden, der einmal pro Woche stattfand und für Anfänger geeignet war. Es bestand sogar die Möglichkeit, dass sie für eine Bezuschussung infrage kam. Beth beschloss, Petra auf dem Weg die Jungs von der Schule abzuholen, zu begleiten. Sie wollte zur Sicherheit noch einmal nachfragen, ob sie das mit dem pinkfarbenen Moped wirklich ernst gemeint hatte. Beth war seit dem Studium nicht mehr gefahren, aber ihr Motorradführerschein war noch gültig. Petra hatte gesagt, sie erkundige sich nach den Kosten für die Versicherung.

Die beiden Frauen plauderten, als sie an Jacks Cottage vorbeikamen. Sie hörten Doris' klagendes Jaulen und Bellen, und Beth bekam Schuldgefühle. Leo stieß seine Mutter überraschend in die Rippen. »Das ist deine Schuld! Sie ist in einem Käfig eingesperrt! Du hast sie traurig gemacht, und ich hasse dich!«, schrie er und rannte davon. Petra sah mitfühlend aus, aber Beth blieb keine Zeit für eine Erwiderung, da Leo mit voller Geschwindigkeit auf die Straße zurannte. Zum Glück blieb er an der Bordsteinkante stehen, sodass Beth ihn einholen und mit ihm zusammen die Straße überqueren konnte.

»Leo, wir schubsen niemanden, egal wie wütend wir sind.«

»Ist mir egal!«, schrie er und rannte erneut weg, diesmal über die Dorfwiese Richtung Cottage. Beth rieb sich die Seite. Sein Hieb war ganz schön kraftvoll gewesen, aber das war es nicht, was schmerzte, sondern die Tatsache, dass er ein derartiges Verhalten für akzeptabel hielt. Eine weitere Sache, für die sie Nick verachtete. Es tat ihr weh, Leo so gekränkt zu erleben; er und Doris waren unglückliche Opfer ihres Banns gegen Jack. Natürlich wusste sie, dass sie das Richtige tat; sie musste Leo schützen. Aber das hinderte sie nicht daran, sich schuldig zu fühlen – sie war momentan die Ursache seiner Traurigkeit, und ebenfalls der von Doris.

Zwischen den Zankereien mit Leo schaffte sie es, bei der Abendschule anzurufen und sich für den Holzdrechselkurs anzumelden. Das war eine gute Abwechslung an einem ansonsten schrecklichen Abend, an dem Leo seine Mutter wütend ignorierte, während sie ihm wiederholt erklärte, wie wichtig es war, andere Menschen zu respektieren.

Das Frühstück verlief frostig, und Leo saß mit finsterer Miene über seinem Porridge. Beth fragte sich besorgt, was er wohl aus der Zeit mit Nick noch übernommen hatte.

Auch der Gang zur Schule verlief nicht viel besser, und Leo schien es eilig zu haben, von seiner Mutter wegzukommen. Denis musste rennen, um mit ihm mitzuhalten. Die zwei waren bereits durchs Schultor, bevor sie sich verabschieden konnte, und sie wusste, dass es heute ganz bestimmt keinen Blick zurück von Leo geben würde. Sie schaute ihm hinterher, bis er das Gebäude betreten hatte und sah, wie Jack ihn an der Tür begrüßte. Leo warf sich Jack in die Arme, und Jack ließ es geschehen, obwohl er sich ein wenig unbehaglich dabei zu fühlen schien. Beth vergaß jegliche Vernunft und stürmte über den Asphalt.

»Weg von meinem Sohn!«, zischte sie, um keine Szene zu machen, während sie versuchte, den schluchzenden Leo von Jack wegzuzerren.

Jack hob kapitulierend beide Hände. »Er ist ganz außer sich, dabei habe ich gar nichts gemacht.«

»Ihr habt euch verkracht, und jetzt ist Doris traurig!«, rief Leo und sah die beiden Erwachsenen abwechselnd an. Er wischte sich die Tränen mit dem Jackenärmel ab.

»Haben wir uns verkracht?«, fragte Jack.

»Spielt doch keine Rolle«, erwiderte Beth und ging vor Leo in die Hocke. »Doris geht es gut, nicht wahr, Jack?« Ihre Miene signalisierte ihm, er solle den Jungen mit der richtigen Antwort beruhigen.

»Äh, oh, klar. Du weißt doch, wie sie ist, Leo. Die meiste Zeit schläft sie.«

»Aber gestern haben wir sie jaulen gehört«, berichtete Leo und schob die Unterlippe vor, was Beth an die Zeit erinnerte, als er noch ein Kleinkind war.

»Nun, gestern war ich auch den ganzen Tag unterwegs. Aber

mittags gehe ich immer mit ihr Gassi. Möchtest du mal mitkommen?«

»Ja!«, rief Leo, dessen Miene sich sofort aufhellte, während seine Mutter ihre Ängste und ihren Zorn zu beherrschen versuchte.

»Nein, Leo, tut mir leid. Du musst mittags auf dem Schulgelände bleiben. Stimmt doch, oder, Jack?« Ihr Blick, der diese Frage begleitete, sagte alles.

»Ach ja, ich Dummkopf. Nein, du kannst nicht mit, aber ich werde dir erzählen, wie es ihr geht. Und ich verspreche dir, es wird ihr gut gehen. Einverstanden?«

Leo nickte betrübt, befreite sich aus dem Griff seiner Mutter und ging schmollend in die Schule, seinen Rucksack hinter sich herziehend. Die Erwachsenen schauten ihm hinterher, und Beth litt mit ihrem Sohn. Als er außer Sichtweite war, fuhr Jack sich durch die Haare und meinte mit einem schiefen Lächeln: »Das war knifflig. Aber ich ...«

»Wie kommen Sie eigentlich dazu, mein Kind zu umarmen und anschließend einzuladen, das Schulgelände zu verlassen?« Beth war dermaßen aufgebracht, dass sie Mühe hatte, sich zu beherrschen. Es schnürte ihr die Kehle zu, doch auf keinen Fall wollte sie hier anfangen zu weinen. Dummerweise war die Mischung aus unterdrückter Wut und Unglück ein explosiver Cocktail. Wie hatte sich alles so plötzlich von wunderbar in albtraumhaft verwandeln können?

»Wow! Nun mal langsam. So war das nicht, das wissen Sie genau.«

»Halten Sie sich von meinem Kind fern, oder ich werde Sie anzeigen, Jack. Ich bin nicht der Schwächling, für den Sie mich halten.«

Jack stand völlig perplex am Eingang. Sie drehte sich um und marschierte davon, während die Welt hinter heißen Tränen verschwamm.

Es folgte für Beth ein schrecklicher Tag. Wieder und wieder dachte sie über die Szene vor der Schule nach und über die Worte, die zwischen ihr und Jack gefallen waren. Sie fragte sich, ob sie mit dem Direktor sprechen sollte. Schließlich kam sie zu dem Schluss, dass Jack jetzt einen verantwortungsvollen Job machte, was auch immer in der Vergangenheit gewesen sein mochte. Was er für die Schule tat, war von unschätzbarem Wert. Stattdessen wollte sie ihm klar zu verstehen geben, dass sie es vom höchsten Punkt im Dorf herunterschreien würde – was dann wohl das Pub-Schild des Blutenden Bären wäre –, sollte sie das Gefühl haben, Leo werde in irgendeiner Form bedroht.

Am Nachmittag war sie heilfroh, den schmollenden Leo im Pub lassen zu können. Sie setzte sich Petras Helm auf und floh zu ihrem ersten Abendkurs. Dafür nahm sie eine der zerbrochenen Streben des Treppengeländers mit, um eine Vorlage zu haben, und verstaute sie in ihrer Jacke. Beth erinnerte sich an den schnellsten Weg und wusste, dass es selbst auf einem alten Moped höchstens fünfundzwanzig Minuten dauern würde, um zum Zentrum für Erwachsenenbildung zu gelangen, wo der Kurs stattfinden sollte.

Den Großteil der Strecke fiel Januarregen, und Beth fühlte sich sehr verwundbar, als ein großer Lastwagen sie überholte, mit sehr wenig Platz zwischen ihr und seinen donnernden Reifen. Als sie das Zentrum erreichte, leitete ein kleines Schild sie zum Parkplatz, wo es eine ausgewiesene Abstellfläche für Mopeds und Motorräder gab. Sie parkte das kleine pinkfarbene Moped zwischen zwei großen Motorrädern, schloss es ab und lief zu den Stufen, die zum Eingang hinaufführten, der Schutz vor dem Regen bot. Ein Blick auf die Uhr ergab, dass sie Zeit gutgemacht hatte und jetzt ein bisschen zu früh da war.

Beth wollte gerade den Helm abnehmen, als eine bekannte Gestalt auf sie zukam. Ihr Herz pochte. Sie ballte unwillkürlich die Fäuste und umklammerte die Strebe. Warum hatte Jack sie hierher verfolgt? Hastig versuchte sie, den Verschluss zu öffnen, um endlich den Helm abzunehmen. Da erst bemerkte die, dass Jack zwar auf sie zukam, aber an ihr vorbeischaute. Er ging in das Gebäude, ohne sie eines Blickes zu würdigen. Beth stand einen Moment reglos da und stellte fest, dass der Helmverschluss eigentlich ganz leicht zu öffnen war, wenn sie nicht in Panik war.

Mit dem Helm auf dem Kopf folgte sie Jack hinein, achtete jedoch darauf, Abstand zu halten. Im Vorbeigehen nahm sie sich eine Broschüre vom Ständer, damit sie so tun konnte, als lese sie, falls er sich doch umdrehte. Er ging um eine Ecke und lief eine Treppe hinauf, indem er stets zwei Stufen auf einmal nahm. Oben angekommen, konnte Beth ihn nicht mehr sehen, und ihr Helmvisier war nun fast vollständig beschlagen. Sie sah den Flur entlang und fragte sich, ob sie ihm weiter hinterherspionieren sollte. Neugierig war sie schon.

»Ehrlich, Sie haben mich erschreckt!«, quietschte eine ältere Frau in einer glänzenden Bluse. Sie spähte durch das getönte Visier. »Ist alles in Ordnung mit Ihnen?« Sie sprach sehr langsam, als sei Beth geistig zurückgeblieben. Noch einmal schaute Beth den Flur entlang, um sicherzugehen, dass Jack nirgends zu sehen war. Erst dann nahm sie den Helm ab.

»Ja, sorry. Ich wollte Sie nicht erschrecken. Ich bin jemandem gefolgt ...«

Die Frau musterte sie, und Beth fühlte sich durchschaut.

»Ich dachte, die besuchen vielleicht denselben Kurs wie ich. Welche Kurse finden hier oben statt? IT?«, erkundigte sie sich. Es war sehr wahrscheinlich, dass Jack einen Kurs gab, statt einen zu besuchen.

»Oh, auf dieser Etage finden keine Kurse statt, hier treffen sich nur Gruppen. In welchen Kurs wollen Sie denn?«

Mist, dachte Beth. »Holzdrechseln.«

Die Frau wirkte verblüfft. »Dann müssen Sie in den Werkraum draußen. Kommen Sie mit.«

»Muss ich mich nicht irgendwo anmelden?« Beth schaute ein letztes Mal den Flur hinunter, ehe die Frau den Arm ausstreckte, um sie nach unten zu geleiten. Beth ließ die Schultern hängen und trottete ihr hinterher. Ihre Jacke hinterließ eine Tropfenspur.

Der Werkraum war sehr aufgeräumt. Auf der einen Seite des Raumes gab es eine Reihe niedriger Bänke, auf der anderen sechs Arbeitsplätze. Zu jedem Arbeitsplatz gehörte eine Werkzeugwand mit säuberlich aufgereihten Werkzeugen. Zwei Männer saßen bereits auf der vorderen Bank, also setzte Beth sich auf die Bank dahinter. Sie hörten auf zu reden und lächelten sie freundlich an. Beth stellte sich gerade vor, als jemand hereinmarschierte und einen Luftzug erzeugte. Diese beeindruckende Gestalt erinnerte sie an eine rothaarige und weniger bärtige Version des Hagrid aus »Harry Potter«. Er baute sich vor dem Kurs auf und klatschte erstaunlich laut in die Hände. Beth wollte am liebsten selbst klatschen, um herauszufinden, ob sie es auch nur annähernd in derselben Lautstärke hinbekam. Stattdessen setzte sie sich lieber auf ihre Hände, um nicht in Versuchung zu geraten.

»Hallo, hallo, willkommen, willkommen. Neue Gesichter und alte Bekannte«, brüllte er und winkte zwei weiteren Männern zu, die hinter ihr hereinkamen. Er war ein Bär von einem Mann mit dazu passender Stimme. Trotz seiner Größe und seines Stimmvolumens mochte Beth Tollek, der erzählte, er stamme aus Norwegen, habe sich jedoch während des Studiums in Bath verliebt und sei deshalb geblieben, allerdings mit gebrochenem Herzen. Beth lauschte der romantischen Geschichte und merkte, dass niemand außer ihr auch nur annähernd so begeistert zuhörte, weshalb sie gleich wieder etwas mehr Haltung annahm.

Wie sie schon vermutet hatte, war sie die einzige Frau in der Gruppe von fünf Männern. Ihr Sitznachbar war ein Mann in den Fünfzigern namens Ray, er trug einen selbst gestrickten Pullover und machte sich viele Notizen. Die erste Hälfte des Unterrichts verging damit, dass Tollek eine kurze Geschichte des Holzdrechselns referierte. Er erzählte, dass er einer langen Ahnenreihe norwegischer Holzhandwerker entstammte, was seine Qualifikationen erklärte. Des Weiteren erläuterte er den Lehrplan, wobei er großes Gewicht auf die Sicherheit sowie die Einhaltung der Werkraum-Regeln legte. Beth schaute sehnsüchtig zu den Maschinen. Sie wollte endlich loslegen.

»Genug von mir. Gönnen wir uns eine Kaffeepause, plaudern ein bisschen, und dann machen wir uns mit der Drechselbank vertraut«, verkündete Tollek mit einem weiteren Händeklatschen, das, da war Beth sicher, einen milden Fall von Tinnitus auslöste. Ray wieselte um die Bank herum, um zu den anderen Männern zu stoßen, während Beth allen wie ein verlorenes Schaf in die Mensa folgte.

Sie kramte gerade in ihrer Handtasche, auf der Suche nach Kleingeld, als sie Jacks Stimme hörte. Sie zwang sich, ruhig zu bleiben und den Kopf unten zu halten. Langsam drehte sie sich um und sah ihn den Pausenbereich zusammen mit einem jungen Mann verlassen. Die beiden blieben vor der Herrentoilette stehen und unterhielten sich, und als der junge Mann die Toilette betrat, ging Jack Richtung Treppe davon.

Beth nahm einen Bon aus der Handtasche und machte sich bereit. Als der junge Mann wieder herauskam, ging sie auf ihn zu.

»Hi, sorry. Der Mann, mit dem Sie eben zusammen waren, hat etwas verloren.« Sie wedelte mit dem Bon vor ihm, und er war einen Moment abgelenkt wie eine Katze von einer Feder. »In welchem Kurs ist der?« Sie wollte unbedingt herausfinden, was Jack hier machte. Es ging sie nichts an, aber die Neugier siegte einfach.

Der Mann streckte die Hand aus. »Ich werde es ihm geben, wenn Sie wollen.«

Das war das Naheliegendste, natürlich, darüber hatte sie nicht nachgedacht.

»Oh, okay«, sie gab ihm den Bon. »Ist Ihr Kurs gut? Ich überlege nämlich zu wechseln.«

Er betrachtete sie jetzt sehr skeptisch, während er den Zettel in die Tasche schob. »Es ist kein Kurs. Ich muss los, sonst komme ich zu spät.«

»Oh, klar. Viel Spaß«, sagte Beth und kam sich komplett blöd vor. Schüttelte er den Kopf beim Hinaufgehen der Treppe? Verdenken konnte sie es ihm nicht. Sie kehrte in den Pausenbereich zurück, holte sich einen Tee aus dem Automaten und las, was es alles auf dem Informationsständer gab. Ihr fiel eine Broschüre über sämtliche Kurse ins Auge, und sie ging damit an einen der Tische. Zu jedem Kurs gab es darin Informationen über Raum und Stockwerk. Die Männer aus ihrem Kurs standen auf und gingen. Sie schaute auf ihre Uhr: Es wurde Zeit. Eine Frau wischte die Tische ab, und Beth näherte sich ihr.

»Entschuldigen Sie bitte. Wissen Sie zufällig, welche Gruppen sich heute im ersten Stock treffen?« Es war ein vager Versuch.

»Äh, heute ist Dienstag, oder?«, fragte die Frau, und Beth bestätigte es. »Stricken und plaudern – nee, der ist ja auf Donnerstag verlegt worden. Hilfe bei Dyslexie für Erwachsene und Hilfe bei häuslicher Gewalt«, zählte sie auf und fuhr mit dem Wischen fort.

Beth stand nachdenklich da. Entweder litt Jack an Dyslexie, oder etwas Finsteres ging in ihm vor, sodass er eine Selbsthilfegruppe für häusliche Gewalt brauchte. Beth begab sich zurück zu ihrem Kurs, setzte sich auf ihre Bank und versuchte, Tollek zuzuhören. Doch ihre Gedanken wanderten immer wieder zu dem zurück, was sie vorhin erfahren hatte. Es löste ein Gefühl des Unbehagens in ihr aus.

Nach einer ausgiebigen Diskussion über Werkzeuge und die Möglichkeiten, diese zu schärfen, sowie einer kurzen Auffrischung des Themas Gesundheit und Sicherheit begaben sich alle auf die Maschinenseite des Raumes. Tollek erklärte ihnen die grundsätzliche Funktion der Drechselbank, setzte sich eine Schutzmaske auf und begann eine Vorführung. Für eine Weile vergaß Beth Jack und schaute aufmerksam zu, wie Tollek ein Stück Holz abrundete. Die Maschine schnurrte, während er gekonnt den Holzmeißel über das Stück führte. Holzspäne kringelten sich und Beth roch den besonderen Duft von frisch geschnittenem Holz. Sie beobachtete, wie er einen Einschnitt vornahm, um eine bestimmte Art von Rille zu erzeugen. Die Bedeutung des Schärfens der Werkzeuge wurde so noch einmal besonders hervorgehoben. Beth war fasziniert.

Als die Kursteilnehmer es selbst probieren sollten, musste sie sich bremsen, um nicht aufgeregt zu einer der Drechselbänke zu stürmen. Tollek kam nacheinander zu jedem, prüfte, ob das Stück Holz gesichert war, und ließ sie beginnen. Begeistert senkte Beth den Meißel auf die Werkstückauflage und spürte, als der Kontakt mit dem Holz entstand. Sie fühlte genau, welche Bewegungen den Ton des Maschinensurrens veränderten.

»Arbeiten Sie ruhig und gleichmäßig!«, ermahnte Tollek sie. »Guter Anfang, Beth.«

Bei der Arbeit an dem Holzstück drifteten ihre Gedanken wieder zu Jack. Ihre Neugier war geweckt, deshalb wollte sie mehr in Erfahrung bringen. Er besuchte entweder die Dyslexie-Gruppe oder die Häusliche-Gewalt-Gruppe; und Beth hoffte sehr, dass es die erste war, auch wenn sie bisher keinerlei Anzeichen für Dyslexie bei ihm hatte feststellen können. Aber nur, weil ihr nichts aufgefallen war, bedeutete das nicht, dass er keine Rechtschreib- und oder Leseschwäche hatte. Ja, das musste es sein. Ihr Fuß rutschte vom Motorpedal, und die Drechselmaschine kam zum Stillstand. Beth hatte die Konzentration verloren.

Tollek war sofort bei ihr und half ihr beim Neustart. Diesmal starrte sie das Stück Holz förmlich an, um konzentriert zu bleiben. Ein paar Sekunden später schweiften ihre Gedanken erneut ab. Wenn es die Gruppe war, in der es um häusliche Gewalt ging, warum besuchte er sie dann? Hielt er Ausschau nach seinem nächsten Opfer? Sie erschauerte und verdrängte diese Vorstellung sofort. Sicher war niemand so krank, und schon gar nicht Jack. Allerdings war ihr auch bewusst, dass jemand nicht unbedingt ein guter Mensch sein musste, nur weil er attraktiv war. Vielleicht ging es in der Gruppe um geläuterte ehemalige Gewalttäter. Doch welche Art von Unterstützung brauchte man da wohl?

Tollek schlug vor, die Arbeit zu beenden und sich die Werkstücke anzusehen. Beth war so zufrieden, dass sie sich am liebsten selbst auf die Schulter geklopft hätte. Trotz ihrer abschweifenden Gedanken hatte sie etwas geschaffen, das tatsächlich ganz gut aussah.

Als es an der Zeit war zu gehen, hatte sie schon Visionen davon, wie sie jede Spindel an ihrem Treppengeländer ersetzte und anschließend ihr eigenes Holzdrechsel-Unternehmen gründete. Jeder war motiviert durch diese Erfahrung, und alle plauderten miteinander. Die Geschlechterschranken waren aufgehoben – sie waren eine einzige glückliche Gruppe von Holzdrechsel-Novizen.

Nachdem Beth zum Abschied gewinkt hatte und sich auf den Weg zum Parkplatzbereich für Motorräder machte, entdeckte sie dort Jack. Er telefonierte und betrachtete das pinkfarbene Moped. Was hatte er vor?

25. Kapitel

Beth umklammerte ihren Helm, straffte die Schultern und ging zu Jack.

»Gibt es ein Problem?«, erkundigte sie sich.

»Ah, ignoriere diese Nachricht, Petra. Beth ist gerade aufgetaucht. Damit hat sich das Rätsel wohl gelöst. Bye.« Er beendete das Gespräch und sah sie entschuldigend an. »Tut mir leid, ich habe das Moped erkannt und gedacht, jemand hätte es gestohlen, denn ich wusste, dass Petra arbeitet. Ich nehme an, Sie haben es sich geliehen.«

»Ich habe es jedenfalls nicht gestohlen, falls Sie das annehmen!«

Jacks Miene war gequält. »Das habe ich nicht gedacht.« Er setzte ein Lächeln auf. »Sie besuchen einen Abendkurs?«

»Ja, Holzdrechseln.« Sie beobachtete seine Reaktion genau.

»Wow, das erfordert ganz schön viel Geschick.«

»Und Sie?«

Er schaute zu Boden. »Nur ein Meeting, nichts, was so viel Spaß macht wie Holzdrechseln. Tja, ich mache mich dann mal lieber auf den Weg.«

Beth nahm ihren Mut zusammen. »Sie leiden also an Dyslexie?«

Jack blieb stehen, dann drehte er sich langsam zu ihr um. Er sah sehr nachdenklich aus. »Äh, nein. Wieso?«

»Dann heißt das, Sie waren in der Selbsthilfegruppe ›Häusliche Gewalt‹.« Beth trat auf ihn zu; sie wusste selbst nicht genau, warum, aber sie hatte das Gefühl, als liefe es auf eine Konfrontation zwischen ihnen hinaus. Seine Miene veränderte sich innerhalb weniger Augenblicke.

»Verdammt, Sherlock, sind Sie gut!« Er versuchte, es mit einem Lachen abzutun.

Ihr Puls beschleunigte sich. Ihre schlimmste Befürchtung schien sich zu bewahrheiten. Sie suchte in seiner Miene nach einem Hinweis darauf, wie er sich fühlte, durchschaut worden zu sein.

»Sie streiten es also nicht ab?«, fragte sie. Er zuckte mit den Schultern und schob die Hände in die Hosentaschen. »Hilft es denn?« Sie wollte hören, wie er sich rechtfertigte.

»Wir treffen uns bloß und reden. Das ist eigentlich alles.«

Beth merkte, dass sie ihn finster anstarrte. Er wirkte ein wenig zappelig, ansonsten jedoch ruhig. »Sie sind also da, zusammen mit vielen Leute, die misshandelt wurden?« Sie fühlte Übelkeit in sich aufsteigen.

Jack schien sich zunehmend unbehaglich zu fühlen. »Wir sollten das wirklich nicht hier draußen besprechen.« Er schaute sich verstohlen um.

»Wo denn am besten?«, fragte sie und verkniff es sich, das nächste Polizeirevier vorzuschlagen.

»Am Kaffeeautomaten?« Er deutete zum Gebäude. Beth sah auf ihre Uhr. Fünf Minuten konnte sie erübrigen, schließlich war es wichtig.

Sie gingen in die leere Mensa, wo Beth sich an einen Tisch setzte, während Jack die Getränke holte. Beths Verstand summte zusammen mit dem Automaten. Sie sah, dass der Feuermeldeknopf ganz in der Nähe war, und zog einen eigenartigen Trost daraus. Sollte Jack auf sie losgehen, was durchaus möglich sein konnte, wenn er sich auf diese Weise in die Enge gedrängt fühlte, dann konnte sie schnell Hilfe rufen.

Jack stellte die Getränke ab und setzte sich. »Was möchten Sie wissen?«

Beth befeuchtete sich nervös die Lippen. Es war, als stünde sie Nick gegenüber, nur dass er es nicht war. Doch all die Fragen, die sie Nick stellen wollte, schwirrten ihr im Kopf herum. Und die damit verbundenen unwillkommenen Emotionen machten sich ebenfalls bemerkbar.

»Warum? Warum sind Sie hier?«

Jack blies die Wangen auf und stieß ruhig die Luft aus. »Weil es manchmal schwierig ist, über gewisse Dinge hinwegzukommen.« Seine traurige Miene passte irgendwie nicht zu seinen Worten.

»Bereuen Sie es?«

Jack kniff die Augen zusammen. »Wie meinen Sie das?«

Beth stutzte; irgendetwas stimmte hier nicht. »Ich verstehe nicht ganz. Sie lassen diese Opfer häuslicher Gewalt zusammenkommen, und dann was?« Beths Stimme bebte, und als sie ihren Becher an die Lippen hob, merkte sie, dass ihre Hand zitterte.

Jack zog eine Broschüre aus der Gesäßtasche und reichte sie Beth. »Vielleicht erklärt dies es besser, als ich es kann. Ich habe die Gruppe vor einiger Zeit zusammengestellt. Wir sind eher eine Minderheit.« Er zeigte auf die Überschrift, die lautete: »Selbsthilfegruppe für männliche Opfer häuslicher Gewalt.«

Beth hielt den Blick gesenkt. Ihre Wangen glühten, während ihr Verstand all die vorschnellen Vermutungen zu entwirren versuchte, zu denen sie gelangt war. Sie fing an, mit den Zähnen zu knirschen, hörte aber gleich wieder auf damit; es war das erste Mal seit einer ganzen Weile, dass sie in diese alte Gewohnheit zurückgefallen war. »Ich glaube, ich muss mich bei Ihnen entschuldigen für die vergangenen Wochen. Es tut mir leid.« Sie sah ihm ins Gesicht und fühlte sich schrecklich, denn sie hatte falsche Schlüsse über ihn gezogen. Sie war eine Idiotin.

Jack lächelte. Dann erstarb das Lächeln. »Sie wussten es vor heute Abend?«

»Nein, nicht genau. Ich hatte gehört, dass Sie in einer von häuslicher Gewalt geprägten Beziehung gewesen sind. Aber wenn man von einem Mann hört im Zusammenhang mit häuslicher Gewalt ...« Beth gingen die Worte aus, und sie schaute auf die Broschüre, die sie nach wie vor fest in ihrer Hand hielt.

Jack beendete den Satz für sie. »Sie haben angenommen, ich sei der Misshandler?«

Beth schüttelte den Kopf, aber sie konnte nicht lügen, denn genau das hatte sie gedacht. Genau so hatte sie Petras Warnung interpretiert. »Ich habe die falschen Schlüsse gezogen über Sie. Es tut mir wirklich leid.« Warum gab es keine stärkere Formulierung als »tut mir leid« für Momente wie diesen?

»Sie hielten mich für fähig, häusliche Gewalt auszuüben?« Seine Miene wurde starr, seine Hände zuckten.

»Ich habe nicht nachgedacht …« Sie fühlte sich elend.

»Aber Sie haben gern akzeptiert, ich sei derjenige gewesen, der jemand anderen verprügelt hat. Na vielen Dank, Beth. Es ist gut zu wissen, was Sie wirklich von mir denken.« Noch ehe sie darauf etwas erwidern konnte, war er schon aufgestanden und auf dem Weg nach draußen.

»Jack, es tut mir leid!«, rief sie ihm hinterher, als ein kicherndes Teenagerpärchen durch die Doppeltür nach draußen trat. Sie setzte sich den Helm auf, um ihre Verlegenheit zu verbergen, und marschierte zu ihrem Moped. Wie hatte sie sich so irren können?

»Und was hast du dann gemacht?«, wollte Carly wissen, nachdem Beth ihr den vergangenen Abend geschildert hatte.

»Ich bin auf das Moped gestiegen. Ich konnte ihm ja schlecht hinterherrennen und ihn fragen, ob wir uns vielleicht über unsere Erfahrungen austauschen wollen.« Beth wechselte das Telefon in die andere Hand, da ihre Handfläche bereits schwitzte – Carly und sie telefonierten nun schon ziemlich lange. Wieder und wieder war sie die ganze Geschichte durchgegangen, doch wie sie es auch betrachtete, es blieb ein von ihr ganz allein angerichtetes Desaster. Hätte sie Petra Fragen gestellt, hätte all das wohl vermieden werden können.

»Ihr hättet euch gegenseitig eure Geschichte erzählen können. Er hätte dich wenigstens verstanden«, sagte Carly. »Ooh, es hätte eure große Gemeinsamkeit sein können.«

»Mir fallen eine Million bessere Dinge ein, die man gemeinsam haben kann, außer Erfahrungen mit häuslicher Gewalt!« Die Ironie der Geschichte entging Beth nicht.

»Okay, sorry. Was ich nicht verstehe, ist, warum Petra dich vor ihm gewarnt hat.«

»Das ist eine gute Frage, die ich hoffentlich nachher bei der Arbeit beantwortet bekomme. Na ja, wie läuft es denn zwischen dir und Fergus, jetzt, wo ihr wieder zu Hause seid?«

»Ganz gut. Die Reise nach Irland galt zwar der Beerdigung seiner Granny, aber mal rauszukommen hat uns geholfen. Wir sind glücklich, und es läuft ganz gut.«

Klingt nach Shirleys altem Auto, dachte Beth lächelnd. »Und dass es ganz gut läuft reicht dir?«

»Ja. Ich lebe im Hier und Jetzt, nicht in irgendeiner Fantasie.«

»Ich bin stolz auf dich, Carly. Ich glaube, das ist eine gesunde Einstellung.«

»Muss ich Schlafsäcke mitbringen, wenn ich für das Theaterstück am Wochenende komme?«

»Nein, das geht schon. Du und Fergus, ihr könnt mein Bett haben, und ich werde auf dem Sofa schlafen. Das kriegen wir schon hin.«

»Ich freue mich auf die Zeichensprachenübersetzung beim Märchenspiel, vor allem, weil Fergus diesmal mitkommt.«

Es war schön, zu hören, dass die Beziehung der beiden sich stabilisiert hatte und sie über die Schwierigkeiten offenbar hinweg waren. Was Beth von ihrer eigenen Beziehung nicht behaupten konnte. Die zwei bedeuteten ihr viel, und sie schienen wirklich gut zusammenzupassen, wenn sie sich nicht gerade gegenseitig das Leben schwer machten. Sie mussten eben lernen, das zu vermeiden.

Beth trat hinaus in den eiskalten Regen und ging die paar Schritte zum Pub. Unterwegs stieß sie mit Shirley zusammen, die ihren mit einer Plastikhaube bedeckten Kopf gesenkt hielt, um sich vor dem Wetter zu schützen.

»Hi, Shirley. Hallo, Mittens«, begrüßte Beth sie und versuchte, in den Trolley zu spähen.

»Sie ist taub!«, erklärte Shirley und schüttelte den Kopf, als wäre Beth plemplem.

»Na ja, wenigstens hat sie es trocken da drin«, sagte Beth, während es stärker anfing zu regnen. »Ich gehe lieber weiter.« Sie rannte zum Eingang des Pubs, wo sie vor dem Regen Schutz fand. Im Pub war es ruhig, Wind und Regen hielten die Gäste und Stammgäste fern. Als niemand in der Nähe war und Petra aufhörte, Gläser zu polieren, sah Beth ihre Chance gekommen.

»Petra, erinnern Sie sich an Silvester, als Sie mich wegen Jacks Vergangenheit gewarnt haben? Ich glaube, ich habe das ganz falsch verstanden. Können Sie mir das bitte noch einmal erklären?«

Petra seufzte. »Ich möchte nichts Unpassendes sagen.«

Dafür ist es ein bisschen zu spät, dachte Beth. »Was genau meinten Sie?«

Petra schaute sich hoffnungsvoll um, aber es gab keine Gäste zur Ablenkung, weshalb sie sich dann doch wieder Beth zuwandte. »Ihr seid beide meine Freunde. Ich mag euch beide. Ich konnte sehen, dass ihr euch näherkommt, und ich weiß, wie sehr Jack in der Vergangenheit verletzt worden ist. Und Sie haben ständig davon geredet, dass Sie wieder weggehen werden. Dass Sie nicht bleiben können. Ich wollte nicht, dass er wieder verletzt wird von jemandem, der ihm viel bedeutet.« Sie zog ein Gesicht, mit dem sie aussah wie ein Schimpanse, der eine Orange isst. Beth nahm an, dass das mitfühlend gemeint war.

»Als Sie sagten, er habe Erfahrung mit häuslicher Gewalt, meinten Sie nicht damit, dass er jemanden geschlagen hat, oder?«

Petra wirkte geschockt, und sie hob erschrocken die Hand an den Mund. »Nein, nicht Jack. Natürlich nicht. Seine Freundin hatte Probleme.« Sie tippte sich gegen die Stirn. »Sie warf mit Sachen nach ihm, und sie ...« Petra verstummte. »Ich habe schon zu viel gesagt. Das sollte ich nicht. Aber nein, er war derjenige, der verletzt wurde, nicht andersherum. Haben Sie das etwa geglaubt?« Als Beth nickte, fragte Petra: »Haben Sie das Jack gegenüber erwähnt?«

»Nicht direkt, aber ... ich habe es angedeutet.« Beth zuckte bei dem Gedanken innerlich immer noch zusammen.

»Und jetzt?«

»Ich bin mir nicht ganz sicher. Allerdings haben Sie recht, was meine Pläne betrifft, irgendwann wieder fortzugehen. Also danke für den Hinweis. Eine Beziehung ist nicht das, was ich momentan brauche.«

Petra zuckte mit den Schultern. »Ach, wie schade. Ihr hättet ein nettes Paar ergeben.« Zwinkernd ging sie an ihr vorbei, um einen einsamen nassen Gast zu bedienen.

Die Tür des Pubs ging ein weiteres Mal auf, und mit einem kalten Luftzug kam Jack herein. Er trug einen schweren Mantel und hatte wegen des Regens den Kragen hochgeschlagen. Beth erstarrte. Tausend unausgesprochene Worte lagen in ihrem Blick, als sie sich ansahen. Jack stand einen Moment da, dann schaute er zu Boden, drehte sich um und ging. Beth merkte, dass Petra sie beobachtete, und sie zuckte mit den Schultern. Sie hatte ihre Entscheidung getroffen, sich nicht mit ihm einzulassen, auch wenn diese Entscheidung auf falschen Informationen basierte. Richtig war sie trotzdem. Aber das hieß nicht, dass sie es nicht bedauerte.

Das Cottage kam ihr kleiner vor, seit Fergus da war. Vielleicht lag es daran, dass er jedes Mal den Kopf einziehen musste, wenn er von einem Raum in den anderen ging. Carly und er waren Beths erste planmäßige Gäste, und sie war zufrieden mit ihren Bemühungen, das Haus wohnlich zu machen. Willow Cottage bedeutete nach wie vor viel Arbeit. Die großen Projekte waren jedoch abgeschlossen, mit Ausnahme des desaströsen Badezimmers und dem Flur und dem Esszimmer und dem Garten ... na ja, vielleicht doch noch nicht alle großen Projekte, dachte sie. Da hing außerdem auch noch ein dickes Fragezeichen über dem Heizungskessel, der nicht mehr ganz rundzulaufen schien und nur funktionierte, wenn er Lust dazu hatte. Die anderen Aufgaben, die an Willow Cottage noch erledigt werden mussten, waren zwar zeitaufwendig, aber nicht sehr kostspielig. Außerdem konnte sie diese selbst in Angriff nehmen, wenn sie sich darauf konzentrierte. Der Garten würde warten müssen bis zum nächsten Frühjahr, aber drinnen gab es bis dahin genug zu tun. Etwa die Hälfte war inzwischen immerhin geschafft, oder?

Willow Cottage sah von außen sehr viel besser aus, seit die rankenden Pflanzen entfernt und die Fensterrahmen gestrichen worden waren. Der ungepflegten Vorgarten, der morsche Zaun und die fehlende Gartenpforte passten nun nicht mehr so richtig dazu. Die Weide sah ein bisschen seltsam aus, nachdem sie gestutzt worden war, aber im Frühling würde alles wieder nachwachsen. Das Gleiche galt für ihre Haare, die sie sich in Stow endlich hatte schneiden lassen. Sie hatte sich gegen eine Tönung entschieden, denn das wäre ein Luxus gewesen, den sie sich nicht leisten konnte. Abgesehen davon gefiel ihr der natürliche goldene Farbton wieder.

Der hintere Garten befand sich in einem ähnlich schlechten Zustand wie der vordere: Kahle Stellen mitten auf dem Rasen ließen auf Leos Leidenschaft zum Fußball schließen. Ein seltsam gebuddeltes Loch war wohl Doris' Verdienst gewesen. Die Vegetation schien sich hier selbst zu regulieren, und obwohl sie einen dichten Wuchs hatte, war der Rasen frei geblieben.

Nach den Begrüßungsfreundlichkeiten und Ahs und Ohs über das Cottage drehte sich die Unterhaltung um Leo.

»Er entwickelt sich gut. Er hat Freunde hier gefunden, und es gibt noch eine weitere alleinerziehende Mutter ...«

»Petra vom Blutenden Bären«, sagte Carly, während sie in Zeichensprache übersetzte.

»Der blutige Bär?«, fragte Fergus prustend, die Gebärden absichtlich missdeutend.

»Das ist der Pub, der heißt ›Zum Blutenden Bären‹«, erklärte Beth. »Petras Sohn Denis und Leo verstehen sich gut, das hat ihm bei der Eingewöhnung geholfen.« Sie gab unfreiwillig einen Seufzer von sich. »Er liebt Doris sehr, Jacks Hund, aber da ich nicht mehr auf ihn aufpasse, vermisst Leo ihn. Ich gebe es nur ungern zu, aber ich glaube, er vermisst Jack auch.« Sie hatte Leo nicht erzählt, was passiert war. Letztendlich war es das Richtige gewesen, denn sonst hätte sie erklären müssen, dass alles nur ein Missverständnis gewesen war. Das änderte jedoch immer noch nichts daran, dass Doris und Jack ohnehin aus ihrem Leben verschwunden wären. Beth strich sich die Haare aus dem Gesicht und dachte voller Schuldgefühle über die Situation nach.

»Ich kann bestimmt noch eine Karte bekommen, wenn du Jack fragen möchtest, ob er heute Nachmittag Lust hat mitzukommen.«

Beth winkte ab. »Ich fürchte, nicht einmal das Märchenspiel wird ihm seinen Sinn für Humor zurückbringen.«

»Oh doch, das glaube ich schon«, erwiderte Fergus, der im Türrahmen stand und die beiden beobachtete. »Es scheint dir wichtig zu sein, was dieser Typ denkt.«

Beth zuckte unverbindlich mit den Schultern. »Er war nett zu mir, und ich wünschte, ich hätte ihn nicht verärgert.«

Fergus kam näher und setzte sich. »So was kann man wieder hinbekommen.«

Beth lehnte sich zurück. »Es hat bloß nicht viel Sinn, da ich keine Beziehung will und ohnehin nicht auf Dauer in Dumbleford bleiben werde.«

Fergus nickte verständnisvoll. Carly entschuldigte sich und ging nach oben zur Toilette. Fergus fing an, etwas in Zeichensprache zu signalisieren.

»Ich bin nicht so gut darin, aber ich habe gehört, wie die Toilettentür abgeschlossen wurde. Sie kann dich also nicht hören, falls du dir deswegen Sorgen machst«, erklärte Beth und signalisierte: »Hab Toilettentür gehört, Carly weg.«

Fergus legte den Kopf schief. »Siehst du, du beherrscht sie besser, als du zugibst.«

Beth grinste und signalisierte: »Frau. Ungeheuer von Loch Ness. Rollerskates. Sonnenuntergang. Biskuit. Ich liebe dich.«

Fergus starrte sie an. »Wie bitte?«

»Das sind meine Lieblingszeichen.« Sie grinste. »Und das ist auch schon fast mein ganzes Repertoire!«

Fergus schüttelte den Kopf. »Uns bleibt nicht viel Zeit, bis sie zurückkommt. Ich brauche deine Hilfe, und es ist streng geheim. Kein Wort zu Carly, okay?«

Beth lehnte sich nach vorn. »Kein Wort.« Sie deutete mit einer Geste an, dass ihre Lippen versiegelt waren, und sah ihn erwartungsvoll an.

»Gut. Also, seit einer ganzen Weile plane ich schon ...«, begann er, doch dann wurde oben die Toilettentür wieder geöffnet, und Beth bedeutete Fergus, dass er still sein sollte. Das musste die kürzeste Pipipause aller Zeiten gewesen sein, allerdings konnte sie es Carly kaum verdenken, dass sie so schnell wie möglich dieses beklemmende Badezimmer wieder verlassen wollte.

Die erste Hälfte des Theaterstücks erwies sich als sehr unterhaltsam, mit viel Publikumsbeteiligung und Doppeldeutigkeiten. Es war süß, zu sehen, wie Fergus die meiste Zeit Carly ansah und nur hin und wieder einen Blick auf die Bühne warf. Er kannte eindeutig die Geschichte von Schneewittchen, das konnte also kaum der Grund dafür sein, weshalb er unentwegt zu Carly schaute. Leo war begeistert von seinem ersten Theaterbesuch, besonders davon, dass man aus vollem Halse schreien durfte, sobald die Bösen auf die Bühne kamen.

Als der Vorhang zur Pause fiel, lief Fergus mit Leo zur Schlange vor dem Eisverkauf. Beth sah gerade ihre Handynachrichten durch, als Carly zu ihr stieß und sich auf Fergus' Platz fallen ließ.

»Gut gemacht, das war brillant!«, lobte Beth sie, während sie darauf wartete, dass ihre Nachrichten auf dem Display erschienen.

»Du weißt doch gar nicht, was ich übersetzt habe. Es könnte totaler Blödsinn gewesen sein!«

»Ein paar Zeichen kenne ich.« Sie hatte vor einigen Jahren einen Crashkurs von Carly bekommen und ein bisschen dazugelernt, seit Carly und Fergus zusammen waren. Auf jeden Fall reichte es für die nötige Verständigung.

»Du beherrschst es besser, als du glaubst«, sagte Carly.

»Kann sein. Aber da Fergus an den richtigen Stellen gelacht hat, musst du es wohl ganz gut gemacht haben.« Carly stupste sie freundschaftlich an. Beth erschrak, als sie eine Nachricht von Jack las.

»Was ist denn los?«, wollte Carly wissen und schaute auf das Handy.

»Nick«, war alles, was Beth herausbrachte. Ihr Mund war plötzlich ganz trocken. Verzweifelt suchte sie die Menge nach Fergus ab und entdeckte ihn; er kam gerade mit kleinen Eisbechern in den Händen zurück.

»Ist ihm etwas passiert?«, fragte Carly, und ihr besorgter Ton lenkte Beth für einen Moment ab.

»Leider nein«, blaffte sie und wünschte, er wäre unter einen Bus oder Zug oder irgendein anderes riesiges Fahrzeug geraten.

»Fergus!«, rief Beth vergeblich; er schaute sich um und wartete darauf, dass ein paar Leute ihm aus dem Weg gingen. Leo sah auf, und sofort war Beth verlegen. Auf keinen Fall wollte sie ihren Sohn beunruhigen.

Sie stand auf und winkte die beiden zu sich, aber Fergus schaute zu Carly, die ihm im selben Moment mittels Gebärden signalisierte, schnell zu ihnen zu kommen. Fergus zwängte sich zwischen den sich langsamer fortbewegenden anderen Leuten hindurch, um zu seinem Platz zu gelangen.

Mittlerweile sah er angemessen besorgt aus. »Was ist los?«, erkundigte er sich, während Leo sich neben seine Mutter setzte. Beth antwortete nicht, sondern tauschte die Eisbecher gegen ihr Handy ein und ließ Fergus die Nachricht von Jack lesen. Als er wieder aufschaute, fragte sie: »Kannst du für mich mal auf Twitter nachsehen?« Er nickte und zog sein Telefon aus der Tasche.

Innerhalb von Sekunden offenbarte sich das ganze Ausmaß des Horrors, den Nick angerichtet hatte. Sie konnte die vielen Nachrichten gar nicht zählen, während Leos Foto immer wieder vorbeisauste.

»Vermisste Person?«, sagte Carly, worauf Beth ihr einen warnenden Blick zuwarf, damit Leo nichts mitbekam. Carly signalisierte ihr mit einem Nicken, dass sie verstanden hatte. »Warum sollte er das tun?«

Carly bekam Beths ganzen Zorn ab. »Weil er ein verlogener, manipulierender Bast...« Sie milderte Leo zuliebe ihre Ausdrucksweise. »... Mann ist, der uns um jeden Preis aufspüren will.«

26. Kapitel

Carly legte Beth die Hand auf den Arm und sah zu Fergus. Beth bebte vor Verwirrung. Ihr Kopf hämmerte. Sie fühlte sich von allen Anwesenden im Theater beobachtet und konnte keinen klaren Gedanken mehr fassen. Leo war mit seinem Eis beschäftigt und bekam von dem Drama, das sich neben ihm abspielte, glücklicherweise nichts mit. In Beths Gedanken herrschte ein Durcheinander aus Furcht und Fragen. Wie lange würde es wohl dauern, bis jemand aus dem Dorf sich meldete und ihr Aufenthaltsort bekannt wurde? Wie viel Zeit blieb ihr noch, bis Nick wieder in ihr Leben trat?

Beth sah von Carly zu Fergus. »Was mache ich denn jetzt?« Sie war ganz blass geworden und benommen vor Angst.

»Geh zur Polizei«, riet Fergus ihr. »Zeig Nick an für das, was er getan hat, und erklär ihnen, was er jetzt treibt. Ich werde mal online herausfinden, inwiefern die sozialen Medien uns helfen können.«

Bei der Erwähnung von Nicks Namen horchte Leo auf. »Ist alles in Ordnung mit dir, Mom?«, erkundigte er sich mit seinem Plastiklöffel in der Hand.

»Ja, alles in Ordnung. Nichts, worüber du dir Sorgen machen müsstest«, versicherte Beth ihm und versuchte, ein entsprechend beruhigendes Gesicht zu machen. Leo schien das zu genügen und beschäftigte sich erneut mit seinem Eisbecher.

Während Fergus wie wild auf seinem Handy herumtippte, wandte Beth sich an Carly. »Wie kann ich ihn nach all diesen Monaten anzeigen? Die werden mir nicht glauben.«

Carly nahm ihre Hand. »Es spielt keine Rolle, wie lange es her ist. Ein Verbrechen bleibt ein Verbrechen. Ruf die Polizei an.«

Beth ging im Theaterfoyer auf und ab, nachdem sie mehrmals per Telefon durchgestellt worden war und man ihr schließlich gesagt hatte, jemand würde sie zurückrufen. Sie machte sich immer weniger Hoffnung, von der Polizei irgendeine Unterstützung zu erhalten. Doch nach zwanzig Minuten meldete sich eine Polizeibeamtin, die sie beruhigte und ihr versicherte, dass die Polizei in London mit Nick wegen des Vorfalls sprechen würde. Man würde ihn außerdem auffordern, die Vermisstensuche aus den sozialen Medien herauszunehmen. Die Beamtin nannte Beth ihre Nummer und versprach, jemand würde mit ihr Kontakt aufnehmen und sich um den Fall kümmern. Beth kritzelte alles auf die Rückseite eines alten Kassenzettels und bedankte sich. Damit endete das Telefonat. Es gab nichts, was Beth noch tun konnte, und das erzeugte ein verzweifeltes Gefühl der Hilflosigkeit.

Trotz der Heizung im Theaterfoyer fröstelte sie. Sie hörte das Lachen aus dem Publikum und wusste, dass Leos ebenfalls dabei war. Bei Carly und Fergus war er sicher aufgehoben, und sie war froh darüber, dass er von den Vorgängen bisher nichts mitbekommen hatte. Sie sah hinaus in den dunklen Abendhimmel, der irgendwie in sie hineinsickerte. Sie atmete tief ein. Wenn Nick einen Kampf wollte, würde er den bekommen, denn sie würde alles tun, um Leo zu beschützen.

Zurück in Willow Cottage war die Stimmung im Keller. Die drei Erwachsenen hatten sich alle Mühe gegeben, die Sache von Leo fernzuhalten. Jetzt lag er im Bett, und sie konnten die Situation bei geschlossener Wohnzimmertür in aller Ruhe besprechen. Die gute Neuigkeit war, sofern es denn eine gab, dass Nick seine Vermisstensuche lediglich in den sozialen Medien gepostet, Leo jedoch nicht auf offiziellem Weg bei der Polizei als vermisst gemeldet hatte. Das hieß, dass auch keine der offiziellen Websites für vermisste Personen diese Suche unterstützen würde.

Fergus' schnelle Überlegung, diesen Verstoß Twitter zu melden, machte es möglich, Nicks Account zu löschen, sodass die ursprüngliche Nachricht verschwand. Die Retweets und kopierten Daten verbreiteten sich jedoch, weil ahnungslose Leute glaubten, sie beteiligten sich an der Suche nach einem vermissten Kind, indem sie Leos Foto und Nicks herzerweichendes Flehen teilten.

Ein Klopfen an der Tür ließ Beth und Carly vor Schreck zusammenfahren. Fergus sah alarmiert aus über die Reaktion der beiden Frauen.

»Tür«, signalisierte Carly, und Fergus stand auf.

Er öffnete einem verdutzt dreinblickenden Jack schwungvoll die Tür, der nach einem Blick auf den Fremden laut rief: »Beth! Beth! Ist alles in Ordnung bei Ihnen?«

»Hey, beruhigen Sie sich«, sagte Fergus, dessen melodischer Akzent ein wenig harscher klang als üblich. Hinter ihm erschien Beth.

»Jack, es ist alles in Ordnung. Das ist Fergus«, erklärte sie und berührte Fergus' Arm, damit er wusste, dass sie da war.

Jack verdrehte die Augen himmelwärts. »Verdammt, Sie haben mir einen Schrecken eingejagt.« Er wischte sich mit der Hand über den Mund.

Fergus musterte ihn skeptisch, da er Jacks Worte nicht von dessen Lippen lesen konnte, sagte jedoch nichts. Über Jacks Schulter hinweg sah Beth einige Leute aus dem Pub kommen und hielt im schwachen Licht der Außenbeleuchtung Ausschau nach Nick.

»Tja, das ist peinlich. Ich gehe lieber«, sagte Jack und zeigte mit dem Daumen über die Schulter.

»Tut mir leid«, meinte Beth und richtete ihre Aufmerksamkeit wieder auf ihn.

»Ich wollte nur mal nach Ihnen und Leo schauen.« Wegen der dramatischen Entwicklung hatte Beth ganz vergessen, auf Jacks Nachricht zu reagieren, in der er sie darauf aufmerksam gemacht hatte, was im Internet kursierte. Sie fühlte sich mies.

»Ja, danke, es geht uns gut«, versicherte Beth ihm, während Fergus im selben Moment ebenfalls anfing zu sprechen.

»Es geht ihnen gut, wir bleiben über Nacht.« Die beiden Stimmen vermischten sich.

Jack kniff die Augen zusammen, als spüre er, dass hier etwas nicht stimmte. Fergus zeigte keinerlei Anzeichen von Bedauern, wie es üblich gewesen wäre, wenn man jemandem ins Wort fiel.

»Kommen Sie rein, es ist kalt«, bot Beth Jack an.

Jack trat ein und sah Beth an, als suche er in ihrem Gesicht nach einer Antwort. Sie schloss die Tür und bemerkte seinen fragenden Blick; endlich war der Groschen gefallen. »Oh, Fergus ist taub.« Sie tippte Fergus auf den Arm, damit er sie ansah, und signalisierte: »Er wusste nicht, dass du verrückt bist.«

»Verrückt?«, wiederholte er lachend.

»Ich sagte ›taub‹!«

»Nicht ganz«, erwiderte Fergus und zeigte ihr den Unterschied zwischen den beiden Zeichen.

»Hallo«, signalisierte Jack. »Das ist auch schon alles, was ich kann, fürchte ich.«

»Sie sind jetzt schon besser als Beth«, entgegnete Fergus, und dann schüttelten die beiden Männer sich die Hand. Beth und Fergus gingen in die Küche, Jack ins Wohnzimmer. Carly sprang auf und umarmte ihn.

»Hallo, wie geht es …«, begann Carly, ehe Jack ihr das Wort abschnitt.

»Das ist also der Ghast Blaster?«, flüsterte Jack mit kindlicher Begeisterung.

»Anscheinend«, meinte Carly, für die diese Enthüllung inzwischen nichts Neues mehr war. »Deshalb brauchen Sie doch nicht zu flüstern.«

»Oh, klar. Stimmt. Ich glaube, ich war kurz vor Ehrfurcht erstarrt.«

Carly wirkte augenblicklich gelangweilt und ließ sich wieder aufs Sofa plumpsen. Jack blieb im Türrahmen stehen und wartete auf die Rückkehr der Internet-Berühmtheit.

Als Beth und Fergus mit Tee und Kaffee zurückkamen,

machten alle es sich vor dem Kamin bequem, in dem frisches Holz knisternd im Feuer brannte. Nach einer Weile des Schweigens meldete Jack sich zu Wort.

»Wer hat die Vermisstenmeldung über Leo gepostet?«

Die anderen tauschten beunruhigte Blicke. Beth seufzte; es war an ihr, das zu erklären. »Das war Nick, mein Exfreund. Ich habe ihn verlassen und bin hierher gezogen.«

Jack nickte ermutigend, doch Beth erzählte nicht mehr. »Dann haben Sie diesem Nick also nicht gesagt, wohin Sie ziehen werden?«, fragte Jack.

»Nein, denn wir wollten ja weg von ihm«, erklärte Beth mit leiser Stimme. Ihr Unbehagen war nicht zu übersehen.

»Ich mochte ihn nie«, sagte Fergus, und alle Augen richteten sich auf ihn. »Was?« Er zuckte mit den Schultern. »Nennt es meine taube Superpower, wenn ihr wollt, aber ich wurde nie warm mit ihm.« Er deutete mit seinem ziemlich vollen Becher auf Beth, sodass die Flüssigkeit herausschwappte. »Du warst immer angespannt in seiner Nähe. Das konnte ich sehen und spüren. Und er sorgte auf irgendeine Weise stets dafür, dass es nach seiner Nase lief.«

Beth dachte über Fergus' Worte nach. »Offenbar hast du damals mehr wahrgenommen als ich«, räumte sie ein. »Wie dem auch sei, die Polizei kümmert sich jetzt um diese falsche Vermisstensuche. Wir können nur noch hoffen, dass niemand sich meldet und unseren Aufenthaltsort verrät.«

»Wenigstens haben wir nicht Sommer«, meinte Jack. »Um diese Jahreszeit halten sich nur wenige Touristen hier auf«, erklärte er zu Fergus und Carly gewandt, die alles in Zeichensprache übersetzte.

»Was wäre denn eigentlich so schlimm daran, wenn er Sie fände?«, wollte Jack wissen und trank einen Schluck aus seinem Becher.

»Tut mir leid, aber mir ist nicht danach, darüber zu sprechen«, erklärte Beth leicht gereizt.

»Nein, mir tut es leid. Ich wollte nicht neugierig sein.« Jack lächelte kurz, und dann schauten alle angestrengt auf ihre Becher.

Beths Handy klingelte, und als sie sah, wer anrief, stand sie schnell auf. »Verdammt, meine Eltern!« Sie meldete sich und lief in die Küche. Die anderen blieben mit dem Knistern des Feuers zurück.

»Die Küche haben Sie gut hinbekommen«, lobte Fergus Jack.

»Danke. Mir machen solche Sachen auch Spaß. Dieser Exfreund von Beth, ist der gefährlich?«

Carly warf Fergus einen warnenden Blick zu, den er geflissentlich ignorierte.

»Ja, ist er. Die übelste Sorte. Nach außen charmant, in Wahrheit aber zutiefst verkommen.«

»Aha«, meinte Jack und schaute nachdenklich ins Feuer, wo die Flammen das Holz umspielten. »Gut zu wissen.«

Nach einigen Minuten tauchte Beth wieder auf und blieb im Türrahmen stehen. Sie gähnte schlecht geschauspielert, als Carly und Jack zu ihr hinsahen. Fergus schaute ins Feuer. »Ich glaube, ich gehe ins Bett«, verkündete sie und warf Jack einen Blick zu, mit dem sie ihm zu signalisieren hoffte, er möge bitte gehen. Nach einer kurzen Verzögerung stand er auf.

»Tja, dann mache ich mich mal besser wieder auf den Weg. Wenn Sie irgendetwas brauchen, wissen Sie ja, wo Sie mich finden.« Jack gab Carly einen kurzen Kuss auf die Wange, schüttelte Fergus die Hand und trat dann zu Beth in den Flur.

An der Haustür drehte er sich noch einmal um, und da erst merkte sie, dass sie ziemlich dicht hinter ihm war. Sie hob die Hände, als wollte sie verhindern, mit ihm zusammenzustoßen, und er nahm sie sanft in seine. Sofort beschleunigte sich ihr Puls, und sie musste sich zusammennehmen, um sich nicht loszumachen.

»Hören Sie, Beth, können wir ...« Doch sie schüttelte bereits den Kopf.

»Nein, Jack. Verzeihen Sie das Durcheinander, aber die

Wahrheit ist, dass ich schon bald wieder wegziehen muss und deshalb ...«

Jack nickte. »Okay. Wir können trotzdem Freunde sein. Freunde, die gegenseitig aufeinander aufpassen, oder?«

Beth schluckte, ihre Kehle fühlte sich wie zugeschnürt an. »Ja«, antwortete sie, aber es klang eher nach einem Krächzen. Er ließ ihre Hände los und ging. Die Haustür fiel mit einem Klick hinter ihm zu, und Beth seufzte.

»Ich brauche einen Drink!«, verkündete sie und warf sich auf das Sofa.

Carly musterte sie. »Ich dachte, du wolltest ins Bett?«

»Nein, das habe ich nur gesagt, damit Jack geht.« Sie fühlte sich schrecklich, das zuzugeben, doch es stimmte nun einmal. »Nach diesem Missverständnis über das Thema häusliche Gewalt gibt es diese Befangenheit zwischen uns.«

»Das war ja nicht seine Schuld«, erinnerte Carly sie. »Du hast die falschen Schlüsse gezogen.«

»Ich weiß.« Beth schloss die Augen vor Verlegenheit und Bedauern. »Ich muss mein Gehirn irgendwie umprogrammieren, denn ich empfinde nach wie vor Unbehagen in seiner Gegenwart. Ich habe ihn anscheinend unter ›gefährlich‹ abgespeichert, und jetzt kann ich ihn nicht einfach als ...« Sie suchte nach dem richtigen Wort.

»Ungefährlich abspeichern«, schlug Carly vor.

»Genau.«

Fergus sah Carly an, da er offenbar ihre letzten Worte nicht von ihren Lippen hatte lesen können. »Schwierig zu übersetzen«, sagte sie, und er lächelte.

Carly verabschiedete sich schließlich zur Nacht, und als Beth ihr folgen wollte, hielt Fergus sie am Arm fest, bevor sie vom Sofa aufstehen konnte.

»Ist sie weg?«, fragte er und machte die Wohnzimmertür zu.

»Ja, sie ist gegangen.«

»Ich brauche Hilfe bei etwas«, erklärte er. Sein Gesicht leuchtete im Schein der ersterbenden Glut des Feuers.

»Was immer es ist.«

»Kannst du uns über Ostern besuchen kommen?« Er sah sie erwartungsvoll an.

Beth holte tief Luft. »Ich weiß nicht. Nach dem, was heute passiert ist, glaube ich nicht, dass das eine gute Idee ist.«

Fergus ließ den Kopf hängen. »Ich weiß, das ist ganz schön viel verlangt, aber ich habe Weihnachten schon versucht, mir etwas einfallen zu lassen. Das ging in die Hose, und jetzt glaube ich, es könnte mit einer Komplizin besser funktionieren.«

»Komplizin?« Beth setzte sich auf. Was hatte er denn vor?

»Ich werde Carly einen Heiratsantrag machen«, erklärte er mit einem breiten Grinsen.

»Oh. Mein. Gott!«, sagte Beth und schlug die Hände vor den Mund.

Fergus zog ihre Hände weg. »Gute Idee oder schlechte?«

»Die beste Idee überhaupt! Ich freue mich so für euch.« Beth warf sich im seine Umarmung. »Oh«, rief sie und hielt sich gleich den Mund wieder zu, merkte dann aber, wie blöd das für jemanden war, der von den Lippen zu lesen versuchte. »Sorry. Warst du das mit dem Boot und der Tower Bridge an Weihnachten?«

Jetzt machte er ein erschrockenes Gesicht. »Ja, das war ich! Weiß Carly etwa davon?«

Beth wedelte mit der Hand, damit er leiser sprach. »Nein, das glaube ich nicht. Ich habe jedenfalls nichts gesagt. Aber Jack hat eins und eins zusammengezählt.«

»Kluger Bursche. Ich habe vor einer Weile gesehen, wie Carly mit dir telefoniert hat. Da sprach sie davon, wie sehr sie sich wünsche, dass die Welt nur ein einziges Mal für sie aufhöre, sich zu drehen. Ich kann die Welt nicht anhalten, aber ich konnte einen kleinen Teil Londons anhalten, als die Brücke oben war.«

»Das ist perfekt. Wirst du das noch einmal probieren?« Bei dem Gedanken an Carlys Reaktion blickte Beth ganz verträumt.

»Nein, das ist es ja gerade. Ich musste etliche Gefallen einfordern, um das Boot benutzen zu dürfen und die Brücke zu öffnen. Das kann ich nicht noch mal machen. Hast du vielleicht eine Idee, wie ich einen kleinen Teil der Welt anhalten kann?«

»Hm«, meinte Beth und dachte fieberhaft nach. »Überlass das nur mir.«

»Wirst du nach London kommen, damit ich auch sichergehen kann, dass es dort stattfindet – was immer wir uns ausdenken werden?«

»Selbstverständlich«, versprach Beth, bereits ein wenig nervös bei der Vorstellung, innerhalb eines Fünf-Meilen-Radius zu sein, in dem sich Nick ebenfalls aufhielt. Aber sie würde es für ihre beste Freundin tun. Was sonst sollte sie also antworten?

27. Kapitel

Der Februar brachte Kälte, und der Himmel blieb trüb und grau. Leo war fast so lange draußen gewesen wie im Sommer, da er wie besessen die Vögel fütterte. Selbst gemachte Meisenknödel und Futterstellen aus alten Plastikflaschen, in die er Holzlöffel gesteckt hatte, hingen überall und wurden genau beobachtet. Es gab sogar ein Igelhäuschen, obwohl der einzige Hinweis darauf, was die alte Holzkiste und der Erdhaufen zu bedeuten hatten, in einem Schild bestand, auf das Leo »Igelhaus« geschrieben hatte.

Der hintere Garten wirkte jetzt durch das blattlose Buschwerk weniger einschüchternd. Stattdessen glitzerten die Zweige im Frost wie zu Weihnachten. Man konnte leichter erkennen, welche Pflanzen es gab und wie viel geschnitten werden musste. Einer Rose mit einem Stiel, der dick war wie ein Stamm, rückte Beth eines Morgens mit der Bügelsäge zu Leibe. Im Nu hatte sie eine ganze Ecke des Gartens freigelegt. Beth verbrachte ihre Zeit nach wie vor mit jeder Art von Arbeit, die am Cottage erledigt werden musste. Nach dem Schreck mit der Vermisstensuche in den sozialen Medien hatten sich die Dinge etwas beruhigt. Aber diese Sache beschäftigte sie nach wie vor.

Die Polizei hatte Beth aufgesucht und eine Aussage von ihr aufgenommen. Daraufhin waren die meisten geposteten Fotos von Leo verschwunden. Fergus hatte unter seinem Pseudonym The Ghast Blaster vor den Gefahren gewarnt, Dinge in den sozialen Medien zu verbreiten, deren Wahrheitsgehalt man nicht kannte. Ehe er sich versah, führte er eine Internet-Sicherheitskampagne an. Die Kältewelle hielt sowohl Shirley als auch Ernie drinnen, und Beth hatte weniger Schichten im Pub, weil weniger los war.

Es war noch früh, als Beth in die eiskalte Küche kam. Sie überprüfte den Heizkörper: kalt. Sie setzte ihre geblümte Mütze auf, blies die Wangen auf und schaute nach der Heizung. Beth hatte keine Ahnung, wonach sie suchen sollte, aber die Heizung war alt und kämpfte schon seit einer Weile ums Überleben. Offenbar hatte sie jetzt den Geist aufgegeben. Das war kein guter Zeitpunkt angesichts der arktischen Temperaturen draußen, und es war auch nicht der richtige Zeitpunkt für hohe Ausgaben. Sie brachte einen mürrischen Leo zur Schule und ging gleich anschließend zum Pub.

Petra war überrascht. »Du arbeitest heute nicht.«

»Nein, ich brauche Hilfe«, erwiderte Beth und zog die Mütze von ihren elektrisierenden Haaren, die in alle Richtungen standen. »Der Heizungskessel hat den Geist aufgegeben. Ich nehme nicht an, dass du jemanden kennst, der mir einen neuen einbaut, ohne dass es mich Hunderte Euro kostet?«

Petra überlegte einen Moment und schaltete im Vorbeigehen die Kaffeemaschine ein. »Ich werde uns mal einen Kaffee kochen, um unsere Gehirnzellen aufzuwärmen. Vielleicht hilft das beim Nachdenken.«

»Ja, gute Idee.« Beth zog sich einen Barhocker heran und rieb sich die Hände.

»Weißt du, was? Möglicherweise kenne ich tatsächlich jemanden.«

»Ja?«

»Da Leos Foto überall im Internet verbreitet war, habe ich alle neuen Gesichter, die hereinkamen, befragt, für den Fall, dass sie nichts Gutes im Schilde führen. Einer von denen war ein Klempner im Ruhestand. Den werde ich mal versuchen aufzuspüren.«

»Danke, dass du die Leute unter die Lupe genommen hast. Der Pub gehört zu den ersten Anlaufstellen, bei denen man sich umhört.« Es war beruhigend, Petra auf ihrer Seite zu haben.

Die Wirtin nickte. »Wenn das Geschäft im Sommer brummt, werde ich nicht mehr alle befragen können. Aber im Augenblick bin ich wie eine Polizistin!« Sie lachte über ihren eigenen Scherz. »Kaffee!«, verkündete sie und klapperte mit den Tassen, während die Maschine zum Leben erwachte.

An diesem Abend wurde das Cottage angenehm warm, und Beth zählte Zwanzig-Pfund-Noten in die Hand eines sehr kleinen Walisers. Petra hatte einige Anrufe getätigt und schließlich jemanden aufgespürt, der Heizungskessel sanierte. Für eine Flasche Brandy und Bargeld auf die Hand hatte Beth nun wieder eine Heizung, die funktionierte. Sie war zufrieden mit sich, das ohne Jacks Hilfe hinbekommen zu haben. Seit dem peinlichen Abend mit Carly und Fergus war er nicht mehr im Cottage gewesen. Allerdings hatte sie ihn regelmäßig im Dorf und am College gesehen. Sie wusste, es war blöd, doch konnte sie ihm nach wie vor kaum in die Augen sehen, und das lag nicht allein an dem Missverständnis. Was Petra darüber gesagt hatte, dass Beth und Jack sich näherkamen, Beth aber doch bald weggehe, hatte sie nachdenklich gemacht. Sie wollte ihre Gefühle ebenso schützen wie seine. Es stimmte, sie war ihm nähergekommen. Sie schienen sich gut zu verstehen, und unbeschwerte Beziehungen wie diese waren selten. Sie mussten wieder dorthin kommen, wo sie gewesen waren, als sie sich einfach nur gut verstanden hatten, ohne emotionale Verwicklungen. Beth wusste nicht, ob das überhaupt möglich war, aber sie wollte es versuchen.

Ende Februar schloss Beth aufgeregt das Moped vor der Abendschule ab und lief beinah hüpfend in den Kurs. Heute durfte sich jeder eine bestimmte Sache aussuchen, die er an der Drechselbank machen wollte, und Beth würde eine Kopie der Strebe anfertigen, die dann hoffentlich zu den anderen am Treppengeländer im Cottage passte.

Tollek half ihr und passte auf, als sie das Holzstück sicher in der Maschine befestigte, die Umdrehungszahl einstellte und ihren sorgfältig ausgesuchten Meißel auf die Werkstückauflage legte. Mit dem Messschieber hatte sie das Holzstück vermessen und die Stellen markiert, an denen sie arbeiten musste. Sie holte tief Luft und fing an.

Kurz vor der Pause war Beth so frustriert, dass sie irgendetwas hätte zertrümmern können. Wochenlang hatte sie sich auf diesen Moment vorbereitet und war ermutigt durch das, was sie bis jetzt erreicht hatte. Doch es schien, als sei die Herstellung einer Strebe nach einem bestimmten Muster etwas ganz anderes und viel schwieriger, als wenn man freie Hand hatte.

Zwei Stück hatte sie beinah fertig gehabt, aber jedes Mal bei der letzten Verzierung beging sie einen Fehler, und die Strebe war ruiniert. Wäre Tollek nicht so geduldig und ruhig gewesen, hätte sie die Strebe möglicherweise quer durch den Raum geschleudert. Sie trottete hinter den anderen her in den Pausenraum. Alle hatten ihr Mitgefühl geäußert, schienen jedoch ihre eigenen Werkstücke erfolgreich hinbekommen zu haben. Beth erinnerte sich daran, dass es für die anderen ein Hobby war oder die Chance, eine neue Fähigkeit zu erlernen, damit sie im Ruhestand ihrer Frau nicht ständig im Weg waren. Für Beth hingegen handelte es sich um richtige Arbeit, denn sie musste diese Spindeln selbst herstellen, sonst würde das Treppengeländer nicht fertig werden. So einfach war das.

Sie drückte die Taste für die heiße Schokolade am Getränkeautomaten, denn sie brauchte eine extra Zuckerdosis, und schaute zu, wie die braune Flüssigkeit in den Plastikbecher schäumte.

»Hallo«, sagte eine Stimme hinter ihr.

Beth warf einen kurzen Blick über die Schulter, wusste aber längst, wer es war. »Hallo, Jack«, war alles, was sie herausbrachte. Sie nahm ihr Getränk und ging, um sich einen Platz fern der anderen zu suchen. Sie war mies gelaunt, und es war besser, wenn sie das nicht an jemand anderem ausließ. Selbst der Anblick eines lächelnden Jack konnte ihre Stimmung nicht aufhellen, obwohl es schon ganz guttat, dass er sie angesprochen hatte. Es ging doch bloß um eine Spindel, sagte sie sich. Um zwei, genau genommen, und was sie brauchte, war Übung; niemand war auf Anhieb richtig gut, man musste daran arbeiten. Beth trank einen Schluck von der heißen Schokolade. Die war weder heiß noch deutete allzu viel darauf hin, dass sie je auch nur eine Kakaobohne gesehen hatte. Beth blies die Wangen auf und stieß frustriert die Luft aus.

»Wow, Sie klingen ja genervt. Darf ich mich zu Ihnen setzen?«, fragte Jack und nahm bereits Platz.

»Ich bin mir nicht sicher, ob Sie das wirklich wollen. Meine schlechte Laune könnte anstecken sein.«

»Ich nehme das Risiko in Kauf«, erwiderte er mit einem kurzen Lächeln. »Was ist denn los?«

»Ich bin eine scheiß Holzdrechslerin.«

Jack machte ein verblüfftes Gesicht; es kam selten vor, dass Beth fluchte. »Ich nehme an, es gibt keine Sorte namens Scheißholz, oder?«

Sie sah auf. Er wollte sie auf den Arm nehmen. »Nee, gibt's nicht.« Sie starrte wieder auf ihr Getränk.

»Dann sind Sie einfach scheiße, was?« Er legte den Kopf schief.

Sie lächelte. »Total. Die Streben für das Treppengeländer in Willow Cottage sind super schwierig, und ich mache sie dauernd kaputt.«

»Ach, Sie bekommen den Bogen schon noch heraus.«

»Oh, Jack. Ich krieg's nicht hin, und ich muss schnell ziemlich gut sein. Neulich ist eine weitere Strebe am Geländer gebrochen.« Ihre Stimme nahm wieder diesen verdrießlichen Ton an.

»Könnten Sie nicht um zusätzliche Unterrichtsstunden bitten?«

»Das Geld ist ein bisschen knapp.« Sie zog die Unterlippe zwischen die Zähne, da es ihr unangenehm war, diese Tatsache ihm gegenüber zuzugeben.

Er machte ein verständnisvolles Gesicht. »Könnten Sie weniger komplizierte Spindeln für das ganze Treppengeländer anfertigen?«

»Das wäre eine Möglichkeit, aber es würde auch viel Arbeit machen und mehr Holz erfordern.« Sie sah ihn hoffnungsvoll an, denn er schien nach weiteren Vorschlägen zu suchen und ihr bei der Lösung ihres Problems helfen zu wollen.

»Oder Sie setzen abwechselnd verzierte und schlichte ein? Oder tauschen sie durch und setzen die schlichten auf dem Treppenabsatz ein, wo es niemandem auffallen wird.«

»Das könnte funktionieren«, räumte Beth ein. Es entstand eine Pause, in der sie sich intensiv ansahen. Beth spürte etwas tief in ihrem Innern und hob rasch ihren Becher, um sich abzulenken. Sie stießen mit ihren Plastikbechern an. Jetzt fühlte sich das Schweigen zwischen ihnen nicht mehr unangenehm an.

»Ich habe heute Morgen Mittens gesehen«, sagte Jack, und ein Grinsen erschien auf seinem Gesicht.

»Im Trolley oder außerhalb?«

»Auf der Fensterbank in Shirleys Haus. Ist mir bisher gar nicht aufgefallen, aber die Fellmusterung dieser Katze ist ganz ungewöhnlich. Ich habe ein Foto gemacht.«

Beth tat interessiert, als Jack das Foto auf seinem Handy fand und ihr zeigte. »Erinnert Sie das an jemanden?«

Beth betrachtete das Foto der überwiegend weißen Katze mit einem schwarzen Fleck auf dem Kopf über einem der Ohren, der sie an ein schief sitzendes Barett erinnerte. Als sie einen weiteren schwarzen Fleck unter Mittens' Nase entdeckte, musste sie lachen.

»Hitler! Sie sieht aus wie Hitler!«

Jack stimmte in ihr Lachen ein. »Ich weiß! Es gibt sogar eine Website mit Katzen, die aussehen wie Hitler. Ich erwäge, Mittens' Foto dort zu posten.«

»Sie könnte die nächste Internet-Sensation sein«, meinte Beth.

»Ich muss zurück«, sagte Jack, leerte seinen Becher und stand auf.

»Danke«, sagte Beth, denn nach dem Gespräch mit ihm fühlte sie sich schon viel besser. Er war ein guter Mensch, und es war lächerlich, dass sie je daran gezweifelt hatte.

»Gern geschehen«, sagte er und ging davon.

Beth kehrte mit neuer Begeisterung und einem Plan in ihren Kurs zurück. Tollek stand an ihrer Drechselbank. Sie setzte ihre Schutzbrille auf und ging zu ihm.

Tollek schaute auf. »Das Design ist wunderschön. Früher viktorianischer Stil, glaube ich, aber kompliziert.«

»Genau das habe ich auch gerade zu einem Freund gesagt.« Beth merkte, wie sie errötete, während sie diese Worte aussprach. Es war schön, Jack wieder einen Freund nennen zu können.

»Aber man kann es schaffen«, versicherte Tollek ihr und nahm zwei perfekte Streben in seine großen Hände.

Um ein Haar wäre Beth auf und ab gehüpft. »Die sind klasse!«

»Danke. Stellen Sie sich hinter mich, dann werde ich Ihnen zeigen, wie ich das Holz bearbeite. Anschließend probieren Sie es, einverstanden?«

»Absolut!« Beth war aufgeregt. Sie brauchte nur noch neun Spindeln, dann war sie fertig!

An diesem Abend ging Beth mit einem breiten Grinsen zu Bett. Es war jenes alberne Grinsen, das sie stets im Gesicht gehabt hatte, bis Nick sie darauf aufmerksam machte, dass es viel kultivierter sei, beim Lächeln keine Zähne zu zeigen. Sie prustete verächtlich über Nicks Meinung und versuchte zu schlafen, trotz der Kopfschmerzen, die vermutlich auf zu viel Aufregung zurückzuführen waren.

»Kneifen und boxen!«, rief Leo, als er auf das Bett seiner Mutter sprang und ihren nackten Arm attackierte.

»Au!«

Er kicherte und rannte nach unten. »Oh, wow, diese Stöcker sind cool!«

»Neeiiin!«, schrie Beth und hüpfte auf einem Bein, während sie versuchte, ihren Onesie und die Hausschuhe gleichzeitig anzuziehen. Sie stürmte die Treppe nach unten, wo Leo eine der Streben wie ein Laserschwert aus Star Wars schwang. »Die sind zerbrechlich, bitte leg sie hin. Ich habe Ewigkeiten gebraucht, um die zu machen.«

»Du hast die gemacht?« Er hielt die Spindel dicht vor sein Gesicht und betrachtete sie genauer. »Das ist echt cool.«

»Ja. Ja, das stimmt«, räumte Beth stolz ein.

Das Wetter draußen war, als hätte die Natur endlich gemerkt, dass der März begonnen hatte und es langsam wärmer werden sollte. Der Wind war nicht mehr ganz so kalt, dafür regnete es leider. Das war nicht gerade ideal, da Beth eigentlich die verbliebenen Streben, das Geländer sowie die Balustrade abschleifen wollte. Die Farbschichten von den Treppenstufen hatte sie bereits erfolgreich abgetragen. Obwohl sie Handschuhe trug, wurden ihre Finger beim Schmirgeln der zerbrechlichen Streben rasch wund, da sie ständig die gleichen Bewegungen machte. Außerdem setzte der Staub ihr zu.

Sie überlegte gerade, ob sie eine Pause machen sollte, als Fergus' Gesicht auf ihrem Display auftauchte. FaceTime war eine großartige Methode der Kommunikation – wenn man nicht gerade mit Staub bedeckt war.

Fergus lachte. »Du bist gealtert, seit ich dich zuletzt gesehen habe!«

Beth schüttelte die Haare, aus denen weißer Staub rieselte. »Ach, du kannst mir gestohlen bleiben!«, erwiderte sie scherzhaft.

»Sorry, das habe ich nicht mitbekommen. Du weißt ja, dass ich Schimpfwörter nicht von den Lippen lesen kann«, log er.

»Was willst du, du Armleuchter?«, signalisierte sie, während sie die Worte gleichzeitig aussprach.

»Das ist schon besser«, entgegnete er mit einem Grinsen. »Wir haben fast schon Karfreitag. Du kommst doch, oder?«

»Ja, ich habe meine Zugfahrkarte, und Leo freut sich schon auf die Übernachtung im Pub.« Das war ihr Kompromiss gewesen, da sie es einfach nicht riskieren konnte, ihn mit nach London zu nehmen. In Dumbleford hatten sie jede Begegnung mit Nick vermeiden können und sie waren von den Konsequenzen seiner falschen Online-Vermisstensuche verschont geblieben. Doch in London würde Beth keine ruhige Minute haben, wenn Leo bei ihr war. Sie ließ ihn ungern zurück, aber sie hatte das Gefühl, dass Dumbleford noch der sicherste Ort für ihn war.

Ein bisschen Märzsonne hatte die Kinder zum Fußballspielen auf die Dorfwiese hinausgelockt. Die Osterglocken und Krokusse versuchten die Fehlschüsse irgendwie zu überstehen. Die Bäume blühten und verliehen dem Dorf einen sanften pinkfarbenen Farbton. Beth liebte den Frühling. Sie rechnete jedoch nie wirklich mit Sonne, umso mehr freute sie sich dann, wenn ihre Strahlen tatsächlich einmal herauskamen. Bis jetzt hatte es hauptsächlich geregnet, doch heute brach die Sonne durch die zerfaserten Wolken, sodass sich alles lebendig anfühlte, wie gerade aus dem Winterschlaf erwacht.

Beth saß auf einer Holzbank, sah den Jungen beim Fußballspielen zu und las ein Buch, während sie ihre Kopfschmerzen zu ignorieren versuchte. Sie atmete tief ein; die Luft war rein und duftete leicht nach frischem Tau. Die ersten Anzeichen des Frühlings stimmten Beth optimistisch, machten sie jedoch auch ein wenig besorgt, weil noch so viel am Cottage zu tun war. Der Wechsel der Jahreszeit brachte zum Glück neuen Schwung, und in Gedanken aktualisierte sie bereits ihre To-do-Liste, während sie Leo herumrennen sah.

»Mir ist heiß, Mum«, beklagte er sich und warf seine verdrehte Jacke auf die Bank neben sie. Beth konnte ihn nicht länger allein mit Denis draußen spielen lassen; sie musste dabei sein oder wissen, dass irgendjemand ihres Vertrauens in der Nähe war. Nick und seine bösen Spielchen dominierten nach wie vor ihre Gedanken, so gern sie diese Dinge auch verdrängt hätte.

Jetzt wurde sie allerdings abgelenkt, da Doris sie ansprang und ihre nassen Pfoten plötzlich überall waren. Beth versuchte, ihr Buch in Sicherheit zu bringen.

»Doris, du Riesenbrocken«, rief sie lachend, als der Hund neben sie auf die Bank sprang, sich auf Leos Jacke legte und den

Kopf auf Beths Schoß bettete. Dabei hob sie sehr unelegant ein Bein, damit Beth ihr den Bauch kraulen konnte.

Jack sprintete über die Wiese und kam vor Beth zum Stehen. »Sorry«, keuchte er. Er muss ziemlich fit sein, dachte Beth, da er nach ein paar tiefen Atemzügen schon wieder ganz normal atmete. »Doris, geh da runter!«, befahl er und wedelte mit der Hand. Äußerst widerstrebend sprang der Hund daraufhin von der Bank und legte sich zu Beths Füßen.

»Au, ist die schwer«, bemerkte Beth. Jack griff nach dem Halsband des Hundes, doch Beth berührte seinen Arm. »Nein, lassen Sie sie ruhig. Ist schon in Ordnung.« Sie empfand Schuldgefühle gegenüber dem Hund, der noch verwirrter durch die ganze Situation gewesen sein musste als Leo. »Schöner Tag«, fügte sie hinzu und schämte sich gleich – wie blöd klang das?

Jack hob eine Braue. »Ja, stimmt. Haben Sie etwas dagegen, wenn ich mich setze?« Er deutete auf die Bank.

»Nein, natürlich nicht, aber achten Sie auf die großen nassen Pfotenabdrücke.« Sie raffte Leos Jacke zusammen, damit Platz war.

Sie saßen schweigend nebeneinander und beobachteten, wie Leo und Denis dem Ball nachjagten. »Wie läuft es so?«, erkundigte Jack sich, und in seiner Stimme schwang eine gewisse Anspannung mit.

»Ganz gut, danke. Ein bisschen Kopfweh, aber ... meinten Sie eigentlich mich oder das Cottage?«

»Alles.« Jack lächelte schief.

»Ja, ich denke, es geht in allen Bereichen voran.«

»Gut.« Erneut schwiegen sie eine Weile.

»Oh«, begann Beth dann, »Sie hatten übrigens recht mit diesem Tower-Bridge-Heiratsantrag an Weihnachten. Das war tatsächlich Fergus.«

»Wusste ich's doch.« Jack machte ein selbstzufriedenes Gesicht. »Wow, der Kerl hat Stil.«

»Ja, aber er hat einen noch besseren Plan B für seinen Antrag«, erklärte Beth und veränderte ihre Sitzposition, damit sie ihn besser ansehen konnte.

»Den hat er Ihnen verraten?« Jack wirkte überrascht.

»Ich habe ihm dabei geholfen und werde nächstes Wochenende nach London fahren, um dafür zu sorgen, dass auch alles nach Plan verläuft.« Ihre Tonlage veränderte sich, und sie sah zu Leo. »Es wird komisch sein, sich nach der langen Zeit wieder in London aufzuhalten.«

»Vermissen Sie es?«

Es entstand eine Pause, bevor Beth antwortete: »Anfangs habe ich es schon vermisst, jetzt aber nicht mehr so sehr.« In letzter Zeit hatte sie gar nicht mehr daran gedacht. Für einen Moment schien sie in Gedanken dorthin abzudriften. »Na ja, es ist nur für zwei Nächte, und Leo bleibt bei Petra. Da gibt es dann Pizza für die Kinder und Spielzeugpistolenkämpfe, also brauche ich mir wohl keine Sorgen zu machen.« Sie sah Jack wieder an.

»Ganz überzeugt sehen Sie nicht aus«, stellte er fest.

Beth ließ die Schultern hängen. »Ich fürchte mich davor«, gestand sie. »Ich wage es nicht, Leo mitzunehmen. Aber gar nicht hinzufahren kommt auch nicht infrage, nachdem was aus dem Weihnachts-Heiratsantrag geworden ist.« Sie schilderte ihre Zwickmühle in gehetztem Ton.

Zögernd legte Jack die Hand auf ihren Unterarm. »Soll ich Ihnen einen Kaffee holen?« Sie fühlte etwas, als er sie berührte, und was immer das war, es ließ ihre Wangen glühen. Es war ein angenehmes Gefühl.

»Ja, das wäre nett. Danke.«

Kurz darauf tauchte Jack mit zwei Kaffee aus der Teestube wieder auf. »Mir gefällt Ihre Mütze«, bemerkte er und setzte sich wieder.

»Danke. Es ist ein weiterer Fund aus dem Secondhandladen.« Instinktiv rückte sie die graue Lokführerschirmmütze zurecht.

»Wenn Sie möchten, kann ich während Ihrer Abwesenheit

ein Auge auf Leo haben. Er und Denis können mit mir und Doris spazieren gehen.« Der Hund hob kurz seinen Kopf, ehe er ihn wieder auf Beths Füße sinken ließ. »Wenn das Wetter schön ist, könnte ich ein Elfmeterschießen auf der Dorfwiese organisieren ...«

»Danke, Jack, aber ...«

»Nein, ich möchte es gern. Und Sie müssen für Carly da sein, damit ihre Träume in Erfüllung gehen.«

Beth lächelte. »Tja, wenn Sie es so formulieren, kann ich wohl kaum ablehnen.«

28. Kapitel

Beth kam sich vor wie ein Kind, als die automatische Ansage im Zug die Station Paddington ankündigte. Sie spürte eine Mischung aus Aufregung und Beklemmung. Die meisten Eltern sehnten sich nach einer Auszeit von ihren Kindern, doch sie und Leo standen sich sehr nahe. Das war immer so gewesen, und seit Nick und seinen Tricks ist ihr Verhältnis nur noch stärker geworden.

Beth stand schon im Gang und richtete ihren merlotfarbenen Filzhut, als der Zug endlich zum Stehen kam. Sie stieg mit ihrer Tasche in der Hand aus und machte sich auf den Weg zur U-Bahn. Nichts hatte sich geändert an der Hammersmith & City Line oder der Northern Line. Die Züge sahen noch genauso aus und rochen auch wie früher. Die Ansage »Vorsicht an der Bahnsteigkante« war auch noch dieselbe. Das Vertraute hätte ermutigend sein sollen, war es aber nicht. Jedes Mal, wenn der Zug in eine Station einfuhr, hielt Beth unwillkürlich Ausschau nach Nick. Sie sagte sich, dass es immer unwahrscheinlicher würde, ihm zufällig zu begegnen, je weiter sie sich von Paddington entfernte. Doch ihr Unbehagen wuchs trotzdem. Es gab keinen Grund, weshalb er mit der U-Bahn fahren sollte, und die Chancen, dass er sich auch noch im gleichen Waggon befand wie sie, tendierten gegen null. Trotzdem änderte das nichts an ihrer Sorge und dem Kribbeln auf der Haut.

Beth rannte beinah aus der U-Bahn-Station Kentish Town. Ihr Herz raste, und die Furcht lastete schwer auf ihr. Was hatte sie sich bloß dabei gedacht, nach London zu kommen? Und was genau würde sie eigentlich tun, falls sie Nick gegenüberstünde? Sie musste tief Luft holen. Er war ein übler Kerl, aber – soweit sie wusste – kein Mörder oder Psychopath –, also sollte sie sich allmählich zusammenreißen und wieder beruhigen. Leo war in Sicherheit. Ihre Fantasie spielte verrückt, das war alles. Sie atmete erneut tief durch und ging ruhigen Schrittes zu Carlys und Fergus' Wohnung.

Ja, aber was würde sie denn nun tun, sollte sie Nick begegnen? Je mehr sie darüber nachdachte, desto wütender wurde sie. Das viele Analysieren in den vergangenen Monaten hatte ihr reichlich Gründe dafür geliefert, Nick zu verachten. Er hatte sie manipuliert und die ganze Zeit kontrolliert. Vom ganz unverhohlenen »Nein, das kannst du nicht« bis zum subtileren »Schätzchen, lieber nicht«. Sie hasste ihn und hätte ihn liebend gern in die Themse geschubst, in der Hoffnung, dass er in dem Fluss genug Keime schluckte, die eine kleine Nation hätten auslöschen können. Aber sie hasste sich auch selbst dafür, dass sie das alles nicht früher bemerkt und stattdessen ihre nagenden, leisen Zweifel verdrängt hatte. Dafür, dass sie geglaubt hatte, alles würde gut werden am Ende, weil er sie doch liebe.

Beth merkte, dass sie schwer atmete, und trat aus dem Menschenstrom heraus, um sich erneut zu beruhigen. Das musste aufhören. Sie wollte nicht länger nervös sein und sich ständig Sorgen machen. Sollte sie ihm zufällig begegnen, würde sie ihm die Stirn bieten; dann würde sie die Polizei rufen und – so schnell sie konnte – wegrennen. Im Stillen beglückwünschte sie sich selbst. Das war ein Plan. Sie fühlte sich gleich besser. Erhobenen Hauptes bog sie um die Ecke und näherte sich Carlys Wohngebäude. Inzwischen hatte sich auch ihre Atmung wieder normalisiert.

Nach den Begrüßungsumarmungen meinte Fergus: »Danke, dass du gekommen bist.« Dazu zwinkerte er verschmitzt. Den Nachmittag verbrachten sie in einem Pub in der Nähe, denn der sintflutartige Regen hielt sie drinnen. Sie unterhielten sich über Gott und die Welt, wobei Carly übersetzte, sobald es nötig wurde. Beth bemerkte, wie aufmerksam Fergus war – hier und da eine Geste, eine Berührung oder an den richtigen Stellen ein ermutigendes Lächeln. Er verhielt sich reizend und war sichtlich vernarrt in Carly. Beth musste lächeln. Morgen um diese Zeit, dachte sie, wird Carly der glücklichste Mensch auf diesem Planeten sein.

Als Carly zur Toilette ging, reichte Fergus Beth eine Notiz.

»Oh, das ist ja wie in einem Spionagethriller«, sagte sie und las den Zettel, so schnell sie konnte.

Trafalgar Square. 4th Plinth. 13:00 Uhr – keine Sekunde früher oder später.

»Das ist präzise«, bemerkte Beth, faltete den Zettel zusammen und ließ ihn im Innenfach ihrer Handtasche verschwinden, wo nicht einmal sie selbst ihn je wiederfinden würde, geschweige denn jemand anderes.

»Die Firma, die alles organisiert hat, fängt um eins an, ob wir da sind oder nicht«, erklärte Fergus mit ernster Miene.

»Verstanden«, sagte Beth und fühlte sich ein wenig unter Druck gesetzt. Aber es waren nur ein paar Haltestellen mit der U-Bahn, also würde es kein Problem für sie sein, pünktlich dort einzutreffen.

Fergus gewann seine übliche Unbeschwertheit zurück, und Beth verspürte den Drang, sich umzudrehen, weil Carly jeden Moment wieder da sein musste.

»Willst du heute Abend auch zu dem Konzert, zu dem Fergus geht?«, fragte Carly, noch bevor sie sich gesetzt hatte.

»Konzert?«, wiederholte Beth.

»The Headless Rodents«, erklärte Fergus. »Die sind echt gut. Jedes Mal, wenn ich sie sehe, haben sie einen neuen Leadsänger. Aber sie spielen gut, Coversongs hauptsächlich, aber auch eigene Sachen.«

»Wir reden hier über eine Band, richtig?«, vergewisserte Beth sich verwirrt.

»Ja«, antwortete Carly. »Und nein, er kann sie nicht hören.«

»Könnte ein Segen sein, dem Namen nach zu urteilen.« Beth grinste, und Fergus streckte ihr die Zunge heraus.

»Ihr wisst beide, wie sehr mir die Musik fehlt. Diese Atmosphäre bei einem Konzert erinnert mich daran, wie es war und wie es sich anfühlte. Ich mag die Vibrationen.« Die beiden Frauen kicherten.

»Ihr seid verdorben, alle beide«, sagte Fergus und schüttelte in gespielter Missbilligung den Kopf.

Karfreitag erwachten Beth und Carly mit einem leichten Weinkater, weshalb Paracetamol, viel Wasser und Mamma Mia! auf DVD angesagt waren. Fergus verließ das Haus gegen 10:30 Uhr unter dem Vorwand, sich mit Freunden zum Lunch zu treffen. Er und Beth tauschten lebhafte Blicke, bevor er ging. Nachdem Carly geduscht und sich umgezogen hatte, fand Beth, es sei Zeit zum Aufbruch.

»Sollen wir die U-Bahn nach Covent Garden nehmen und unterwegs etwas essen?«, fragte Beth so beiläufig, dass sie von sich selbst beeindruckt war.

»U-Bahn-Streik«, erwiderte Carly ebenso beiläufig. »Essen wir im Deli um die Ecke, da gibt es diese tollen ...«

»Nein!« Die Entschiedenheit in ihrer Stimme erschreckte Beth selbst ein bisschen. Carly sah verdutzt aus. »Ich meine, London hat mir so sehr gefehlt, und ich habe mich darauf gefreut, draußen zu sitzen.« Beth schaute aus dem Fenster und registrierte den aus einem dunkelgrauen Himmel fallenden Regen. »Oder drinnen in Covent Garden. Wollen wir ein Taxi nehmen?«

»Am Karfreitag während eines U-Bahn-Streiks?« Carly verzog das Gesicht.

Beth fluchte im Stillen. »Wir könnten zu Fuß gehen«, schlug sie vor, obwohl sie wusste, dass das ein alberner Vorschlag war.

»Wir werden wie ersoffene Ratten aussehen, wenn wir da ankommen!«

Beth sah zur Küchenuhr mit dem roten Gehäuse; zu Fuß würde es schätzungsweise eine Stunde dauern. Das war zu schaffen, nur musste sie jetzt noch den Ansporn finden, der Carly dazu bringen würde, sich hinaus in den strömenden Regen zu begeben.

»Die Nadel der Kleopatra!«, rief Beth aus, worauf Carly sie misstrauisch musterte. »Leo hat im Unterricht die Ägypter durchgenommen, und er wollte, dass ich ein Foto von der Nadel Kleopatras mache«, erklärte sie und holte ihr Handy hervor, um ihre Worte zu unterstreichen.

»Im Britischen Museum gibt es bessere Sachen …«

»Nein, es muss aber dieser Obelisk sein. Anschließend können wir in Covent Garden zu Mittag essen … nachdem wir das Foto gemacht haben.« Beth schnappte sich ihren Hut aus schwarzem Krokodillederimitat, der ideal war, um den Regen abzuhalten.

»Schön, dich wieder mit Hüten zu sehen«, bemerkte Carly und hakte sich bei ihrer Freundin unter. »Die stehen dir.«

»Danke«, sagte Beth und stellte sich innerlich schon auf den Weg ein.

Zum fünften Mal innerhalb ebenso vieler Minuten schaute sie heimlich auf ihre Uhr. Endlich schien alles wieder nach Plan zu laufen. Die erste Meile bestimmte Beth das Tempo und stellte fest, dass Carly misstrauisch wurde. Außerdem kamen sie viel zu schnell voran und liefen Gefahr, eine Stunde am Trafalgar Square überbrücken zu müssen. In Chinatown besorgten sie sich etwas zu essen, und da plapperte Carly davon, ob sie zurückgehen und diese Schuhe kaufen sollte, die sie vor einer halben Stunde gesehen hatte. Beth hörte gar nicht richtig zu, deshalb hoffte sie, an den richtigen Stellen automatisch Ja oder Nein zu sagen. Als sie an der National Portrait Gallery vorbeikamen, ließ die Anspannung allmählich nach. Mittlerweile befanden sie sich ganz in der Nähe des Trafalgar Square. Nur noch wenige Schritte, und Beth konnte sich wirklich entspannen.

»Oh, warte mal«, sagte Carly und blieb unvermittelt stehen. »Ich glaube, wir hätten einen besseren Weg nach Covent Garden gehen können.«

»Was?«, war alles, was Beth herausbrachte; ihr Mund war plötzlich ganz trocken.

»Ja, lass uns diesen Weg gehen.« Carly bog nach rechts ab, ging ein Stück und drehte sich um, weil Beth mit großen Augen dastand, als hätte sie gerade eine unerwartete Injektion erhalten. »Alles in Ordnung mit dir?«

Beth blinzelte. Sie musste ihren Verstand wieder in Gang bringen. »Ehrlich gesagt, nein. Ich fühle mich nicht gut.«

»Oje. Komm, wir suchen dir einen Platz, wo du dich hinsetzen und eine Tasse Tee trinken kannst«, sagte Carly und ging weiter.

»Nein!«, rief Beth, was Carly veranlasste, sich mit besorgter Miene erneut umzudrehen.

»Es ist nicht so schlimm. Ich glaube, ich muss nur meine Füße ein wenig im Springbrunnen am Trafalgar Square kühlen.« Das war zwar nicht der allerbeste Plan, der ihr je eingefallen war, aber nach diesem stressigen Vormittag kam ihr einfach nichts anderes in den Sinn.

»Ist das dein Ernst?«, fragte Carly belustigt.

»Absolut! Komm«, forderte Beth sie auf und ging in Richtung Trafalgar Square, in der Hoffnung, dass Carly ihr folgte. Sie traute sich nicht zurückzublicken, bis sie den Platz erreichte und die Nelson-Statue sowie die Löwen sehen konnte. Carly trabte ihr hinterher, um sie einzuholen.

»Ist wirklich alles in Ordnung mit dir? Du benimmst dich komisch.«

»Alles okay. Ich will mir den vierten Sockel ansehen.« Der Fourth Plinth am Trafalgar Square hatte eine lange Geschichte – fast hundertfünfzig Jahre lang war dieser Sockel ohne Statue geblieben. Doch vor einigen Jahren hatte man ein Projekt begonnen, bei dem zeitgenössische Kunstwerke für jeweils einige Monate dort gezeigt wurden.

»Okay«, meinte Carly und folgte Beth, die schon auf dem Weg zum Fourth Plinth war. Sie blieb nah davor stehen und betrachtete demonstrativ die Kunstinstallation. In Wahrheit hielt sie Ausschau nach Fergus oder ob auch wirklich alles vorbereitet war. Aber alles, was sie erkennen konnte, waren die vielen umherlaufenden Touristen, von denen einige auf die Löwen kletterten und Fotos schossen.

Carly war genervt. Beth schaute auf ihre Uhr; noch drei Minuten. Das würden die längsten drei Minuten ihres Lebens werden. »Gefällt es dir?«, fragte sie.

Carly musterte das Kunstobjekt auf dem Sockel. »Ist ganz nett.«

»Eigentlich sollte da eine Statue von König William stehen. Ich habe vergessen, der wie vielte William. Aber ihnen ging das Geld aus«, berichtete Beth und wünschte, sie hätte bei ihrem ersten Besuch hier besser aufgepasst. Nur einmal war sie danach noch für diese seltsame Silvesterfeier hergekommen, hatte dabei jedoch keinem der Sockel Aufmerksamkeit geschenkt.

»Hm«, meinte Carly gelangweilt. »Na los, gehen wir.« Sie wandte sich ab und wollte in die Richtung zurück, aus der sie gekommen waren. Beths Herz schlug schneller. Sie war so nah dran.

»Nein, warte. Lassen wir die Füße im Springbrunnen baumeln«, schlug sie vor, ging an dem Sockel vorbei und die Stufen hinunter. Wenn Carly ihr folgen würde, wäre sie zumindest fast an der richtigen Stelle. Beth kickte die Schuhe fort und rollte die enge Jeans hoch, so weit sie konnte.

Carly starrte sie an. »Man wird dich verhaften«, warnte sie und suchte schon den Platz ab.

»Ach was. Machst du mit?« Beth stieg auf den Rand und von dort ins eiskalte Wasser. Sie schnappte nach Luft, setzte aber ein leicht verunglücktes Lächeln auf. Ein letzter Blick auf die Uhr. Jetzt waren sie pünktlich. Jetzt sollte es passieren ... oder jetzt ... oder jetzt ...

Beth drehte sich langsam um und sah zum Trafalgar Square, während ihre Zehen gefühllos wurden. Dort trieben sich immer noch viele Leute herum, aber kein Fergus. Sie spürte, wie ihr der Schweiß auf die Stirn und die Oberlippe trat. Im Gegensatz zu ihren Füßen überhitzte ihr Kopf gerade. Das war nicht gut.

»Beth?«

»Ich glaube, mir ist ein bisschen schwindelig«, flüsterte sie, und das war nicht gelogen. Sie setzte sich auf den Rand des Springbrunnens, die Füße nach wie vor im kalten Wasser, nahm ihre Flasche Wasser heraus und trank einen großen Schluck. Damit habe ich weitere zwei Sekunden herumgebracht, dachte sie verzweifelt. Carly sah sie eindringlich an.

»Du siehst nicht gut aus. Vielleicht sollten wir in die Wohnung zurückkehren?« Beth schaute an ihr vorbei, was Carly veranlasste, sich umzudrehen und ebenfalls in die Richtung zu sehen. »Was ist denn nur los? Du benimmst dich wirklich komisch.«

»Ich glaube, es liegt an der Hitze. Wenn ich eine Weile hier sitzen bleibe, wird es mir sicher besser gehen.« Sie hörte sich allmählich an wie Shirley. Ehe sie sich versah, würde sie eine taube Katze in einem Trolley herumschieben und Sherry trinken. Hm, aber das Alter in Dumbleford hatte seine Vorteile.

»Äh, welche Hitze?«, wollte Carly wissen. »Die meiste Zeit heute Vormittag hat es geregnet, und deine Füße werden gerade blau vor Kälte.«

Sie betrachteten Beths Füße, als eine Chipstüte vorbeitrieb.

»Jetzt regnet es aber nicht mehr«, stellte Beth fest. »Und so schlimm ist es nicht, wenn man sich erst mal dran gewöhnt hat.« Sie wackelte mit den Zehen und blickte verstohlen auf ihre Uhr. Zwei Minuten über die Zeit. Fergus hatte gesagt, er werde absolut pünktlich sein, da für Fehler kein Spielraum bleibe. Wie lange konnte Beth ihre Freundin noch auf dem Trafalgar Square halten?

Jack vertrieb sich die Zeit, indem er um die Dorfwiese joggte. Er war seit fast einer Stunde draußen und wollte die letzten paar Minuten nutzen. Er joggte zum Pub und runzelte die Stirn, als ein silberner BMW auf den schon vollen Parkplatz fuhr und zwei andere Wagen blockierte. Am Osterwochenende herrschte stets Hochbetrieb in Dumbleford. Alle schienen sich plötzlich daran zu erinnern, wo die hübschen Dörfer lagen, und dann machten sie sich massenhaft auf den Weg. Im Vorbeijoggen schüttelte er den Kopf über den großen dunkelhaarigen Mann, der aus dem BMW stieg: Sonnenbrille, gebügeltes weißes Hemd und Chinos – die Uniform der Londoner.

Im Pub war viel los, sogar für Feiertagsverhältnisse. Die Angestellten hatten alle Hände voll zu tun, und Petra hatte gerade die Bar verlassen, um ein paar Minuten in der Küche auszuhelfen. Der große Fremde stand am Ende des Tresens und sah mit der Andeutung eines Lächelns zu Chloe. Er war sehr attraktiv und trug keinen Ehering.

Chloe bahnte sich einen Weg zu ihm. »Was kann ich Ihnen bringen?«

»Mineralwasser mit Zitrone, bitte.«

Im Nu hatte Chloe ihm das Getränk serviert und tippte den Preis ein.

»Danke. Eine Freundin ist vor Kurzem in die Gegend hier gezogen, und ich hatte gehofft, sie überraschen zu können«, sagte er.

»Das ist eine nette Idee«, erwiderte Chloe und bewunderte sein elegantes Outfit sowie sein gutes Aussehen, obwohl er zu alt für sie war.

Er schenkte ihr ein bescheidenes Lächeln. »Ihr Name ist Elizabeth. Kennen Sie sie?«

Chloe überlegte einen Moment und versuchte, den Pensionär zu ignorieren, der mit seinen Fingern auf der Theke trommelte. »Tut mir leid, eine Elizabeth kenne ich nicht.«

»Na ja, trotzdem danke«, sagte er und trank einen Schluck, bevor er aufstand und das Glas mit nach draußen nahm.

Im Flur war Getrampel zu hören, begleitet von Gekicher, als Denis uns Leo sich über die Chips hermachten. Das Kichern endete abrupt, und es gab eine gedämpfte Diskussion, dann erschien Denis hinter dem Tresen, als würde er geschoben. Er musterte lustlos den Hinterkopf des dunkelhaarigen Mannes, als der die Tür des Pubs hinter sich zumachte. Denis hielt den

Blick auf die Tür gerichtet, während er zu seiner Mutter ging und sie am Kleid zupfte.

»Einen Moment, Denis«, bat sie ihn mit einer Geste ihrer Hand. Er stand schweigend neben ihr und behielt die Tür im Auge. »Ja, was gibt es denn? Ich habe zu tun.« Denis bedeutete seiner Mutter, sich zu ihm herunterzubeugen, und flüsterte ihr etwas ins Ohr. Erschrocken schaute sie daraufhin zur Tür. »Okay, Denis, ihr zwei geht nach oben, ich komme in fünf Minuten nach.«

Sie bediente einen weiteren Gast, dann informierte sie Chloe, dass sie eine kurze Pause mache. Sie bemühte sich, nach außen hin ruhig zu bleiben.

Petra lief die Treppe nach oben und schloss die Türen hinter sich. Sie eilte ins Wohnzimmer, doch von den Jungen war keine Spur, abgesehen von ein paar Legosteinen auf dem Fußboden. »Denis? Jungs?« Ein Kopf tauchte hinter dem Sofa auf. Denis und Leo hatten sich offenbar versteckt. »Kommt heraus, es ist sicher. Das verspreche ich euch.«

Leo hatte Mühe, seine Schluchzer zu unterdrücken, während Denis gleichermaßen verlegen und besorgt wirkte. Petra nahm Leos Hände in ihre. »Denis hat mir erzählt, wen du im Pub gesehen zu haben glaubst. Bist du dir sicher, dass er es ist?«, fragte sie mit sanfter Stimme.

Er nickte und schniefte. »Das ist eindeutig Nick.«

Petra versuchte, sich nicht anmerken zu lassen, wie alarmiert sie war. »Hat er dich gesehen?« Leo schüttelte den Kopf, und sie sandte im Stillen ein Dankgebet zum Himmel. »Na schön, das kriegen wir schon hin. Mach dir bitte keine Sorgen.« Sie drückte Leo, dann nahm sie ihr Telefon.

29. Kapitel

Es war ein kurzer, aufgeregter Anruf von Petra, und nachdem er aufgelegt hatte, joggte Jack über die Dorfwiese. Heimlich schoss er mit dem Handy ein Foto vom silbernen BMW und löste dann den Alarm aus, indem er mit dem Ellbogen gegen den Außenspiegel stieß. Mit wenigen Schritten hatte Jack sich hinter dem Stamm der Weide versteckt, wo er abwartete und das Auto beobachtete.

Nick sprang von der Picknickbank auf und lief zu dem Wagen. Er stellte den Alarm aus und schaute sich auf dem Parkplatz um. Gut geraten, dachte Jack. Nick untersuchte den Wagen, schaute auf seine Uhr, stieg ein und fuhr davon. Sein nicht ausgetrunkenes Glas ließ er auf dem Tisch zurück.

»Die Luft ist rein, Petra. Er ist weg«, sagte er in sein Handy, bevor er eine Reihe weiterer Anrufe tätigte.

Beth rieb sich die Augen und sah auf ihr Handy. Es gab keine Nachrichten und kein Zeichen von Fergus weit und breit. Sie plätscherte mit den Füßen im Springbrunnen; es war gar nicht schlecht, sobald man den Kälteschock erst einmal überstanden hatte. Carly stand über ihr und blickte besorgt drein. »Meinst du vielleicht, du hast eine Art Nervenzusammenbruch erlitten?«

Beth lächelte schwach. Möglicherweise hatte Carly recht, nur war der Grund ein anderer als der, den Carly vermutete. Plötzlich registrierte Beth etwas aus dem Augenwinkel. Knapp zehn Meter entfernt rollte jemand eine große schwarze Kiste heran. Solange sich in der keine Katze befindet, die Hitler ähnlich sieht, könnten wir ins Geschäft kommen, dachte Beth.

Carly legte die Hände auf die Hüften. »So warm ist es doch gar nicht, außerdem trägst du schon den ganzen Vormittag eine Mütze, deshalb bezweifle ich, dass du einen Hitzschlag hattest«, überlegte Carly laut. Hinter ihr setzte Musik ein, und Beth empfand grenzenlose Erleichterung. Carly sah nach wie vor Beth an, doch als Beth aufstand und an ihr vorbei zum Platz schaute, drehte sie sich um.

Eine junge Frau stand einige Schritte vor der Kiste, die »Moves Like Jagger« von Maroon 5 spielte, und bewegte sich zum Rhythmus der Musik. Kaum hatte sie zu tanzen begonnen, stießen zwei weitere Frauen zu ihr und tanzten synchron mit. Alle paar Sekunden kamen weitere Tänzerinnen dazu. Zwei Männer gesellten sich zu Carly und Beth und verfolgten die Darbietung ebenfalls.

»Pass auf deine Handtasche auf«, warnte Carly.

»Okay«, sagte Beth und fing an mitzuklatschen. Der nächste Song war »Call Me Maybe« von Carly Rae Jepsen, und die beiden Männer rannten los und tanzten nach einem Rückwärtssalto mit.

»Wow!«, rief Beth. Inzwischen tanzten fast dreißig Leute.

»Ist das eine von diesen Flash-Versammlungen?«, fragte Carly, während Beth zur Musik tanzte und dabei Wasser verspritzte.

»Flashmob!«, half Beth ihr und fragte sich wieder einmal, wie Carly so lange im einundzwanzigsten Jahrhundert hatte überleben können, ohne internetsüchtig zu werden.

»Genau«, sagte Carly. »Die sind sehr gut.«

»Ja, sind sie.« Beth war mittlerweile ganz aufgeregt. »Schau weiter hin!«, forderte sie ihre Freundin auf und zeigte auf die Darbietung, denn sie wollte auf keinen Fall, dass Carly den entscheidenden Moment verpasste.

Die Tänzer fingen an, freier und unkoordinierter zu tanzen, wobei sie die Menge zurückdrängten, um mehr Platz zu haben.

»Ich glaube, es ist zu Ende«, bemerkte Carly.

»Das glaube ich nicht«, erwiderte Beth.

Der nächste Song war »Uptown Funk« von Mark Ronson, zu dem die Hälfte der inzwischen zahlreich gewordenen Menschenmenge mittanzte, wodurch sich die Tanzgruppe prompt auf über hundert Leute vergrößerte.

Carly staunte. »Woher kennen die alle die Tanzschritte?«

Beth konnte nicht mehr antworten und klatschte nur noch mit. Alle auf dem Trafalgar Square tanzten entweder oder verfolgten gebannt das Spektakel.

»Wir haben vielleicht ein Glück, dass wir genau zur richtigen Zeit hier sind«, meinte Carly und sah wenigstens beeindruckt aus und als würde sie es genießen.

Dem Himmel sei Dank, dachte Beth.

Auf einmal bewegten die Tänzerinnen sich rückwärts und bildeten eine dichte Gruppe, während der nächste Song begann und »Marry You« von Bruno Mars aus dem Lautsprecher dröhnte. Beth hörte auf zu klatschen und beobachtete Carly. Es gefiel ihr, dass Carly absolut keine Ahnung hatte. Sie bewegte sich ein wenig zur Musik und schien so gebannt zu sein, dass sie zuerst gar nicht registrierte, wer da auf sie zukam, als die Tänzer plötzlich ein Spalier bildeten.

Tänzelnd kam ein großer Mann mit zwei riesigen Blumensträußen aus farbenfrohen Gerbera auf sie zu. Die Tänzerinnen standen jetzt still und signalisierten alle per Zeichensprache den Text des Songs, während sie sich nach wie vor zur Musik in den Hüften wiegten ...

> Cause it's a beautiful night,
> We're looking for something dumb to do.
> Hey baby,
> I think I wanna marry you.

Die Blumensträuße teilten sich, und Fergus stand grinsend vor Carly. Ihr Gesicht war unbezahlbar. Innerhalb weniger Sekunden spiegelten sich unzählige Emotionen darauf wider: Überraschung, Schockiertheit, Begeisterung und schließlich totale

Überwältigung, als Fergus auf ein Knie vor ihr niedersank. Prompt fing sie an zu weinen und gab dicke, herzzerreißende Schluchzer von sich.

»Carly Wilson. Ich habe versucht, diesen kleinen Zipfel der Welt heute für dich anzuhalten. Ich liebe dich so sehr. Willst du meine Frau werden und für immer mit mir zusammen sein?« Er öffnete ein kleines tiffanyblaues Schmuckkästchen, und der Diamantring funkelte in genau dem richtigen Moment in der Sonne.

Carly weinte hemmungslos, und Beth reichte ihr zufrieden eine Handvoll Taschentücher aus ihrer Handtasche. »Ja«, stammelte Carly und warf sich Fergus in die Arme. Die Musik wechselte zu »Happy« von Pharrell Williams, und die Tänzerinnen schwenkten Schilder, auf denen Sie hat JA gesagt! stand. Fergus hob Carly hoch und wirbelte sie wieder und wieder herum. Beth feierte auf ihre Art, indem sie nach allen Seiten Wasser verspritzte und mit ihrer Mütze wedelte. Die beiden Tänzer von vorhin kickten ihre Schuhe fort und gesellten sich zu ihr in den Springbrunnen. Fergus ließ Carly herunter und sah überwältigt aus von dem ganzen Ereignis, während Tänzerinnen und Publikum sich um das Paar versammelten, um den beiden zu gratulieren, die in der bunten Menge regelrecht verschwanden.

Als der Andrang endlich nachließ, entdeckte Carly ihre Freundin Beth mit den beiden Tänzern nass bis auf die Haut im Springbrunnen. Sie fing an zu lachen, und Fergus ging mit ihr zu der kleinen Gruppe.

»Herzlichen Glückwunsch!«, rief Beth und machte die zwei mit ihrer unbeholfenen Umarmung nass.

»Dann galt das alles mir?«, fragte Carly, immer noch ganz verblüfft.

»Ja«, bestätigte Fergus mit stolzer Miene.

Carly zeigte mit dem Finger auf Beth. »Du!« Sie gab ihr scherzhaft einen Klaps auf den Arm. »Dachte ich mir doch, dass da was nicht stimmt mit dir!«

»Da hattest du wohl recht. Ich musste dafür sorgen, dass du zur richtigen Zeit am richtigen Ort bist!«

»Das war echt der Hammer!«, sagte Carly, während Fergus den Tänzerinnen und Organisatoren dankte. Dann gingen alle auseinander. »Ich bin verlobt!«, rief Carly, und die beiden Freundinnen kreischten aus vollem Hals. Fergus signalisierte: »Ihr kreischt, oder? Da bin ich froh, dass ich taub bin«, aber niemand achtete auf ihn.

Als das Kreischen sich zu gelegentlichen komischen Freudenquietschern gewandelt hatte und sie, zurück in der Wohnung, eine Flasche Champagner geöffnet und Beth sich abgetrocknet und aufgewärmt hatte, schauten sie sich das ganze Spektakel noch einmal auf Fergus' Computer an.

»Sieh dir nur mein Gesicht an!«, sagte Carly kopfschüttelnd. »Ich kann kaum fassen, was passiert ist.«

»Wer hat eigentlich gefilmt?«, fragte Beth, während sie sich zum dritten Mal die Szene anschaute und an ihrem Champagner nippte.

»Alle möglichen Leute, es ist überall auf YouTube«, erklärte Fergus mit breitem Grinsen. »Aber diese Version ist von dem Typen von der Flashmob-Firma. Es gehörte zum Auftrag.«

»Ich war begeistert«, schwärmte Carly und wurde prompt wieder weinerlich. »Das war der beste Heiratsantrag aller Zeiten ...« Sie konnte nicht mehr weitersprechen und ließ sich schniefend auf Fergus' Schoß sinken, der einen Arm um sie legte und mit der anderen Hand Beth High-Five gab.

»Ihr beide habt ein paar Stunden Zeit, um euch noch hübscher zu machen, während ich mich zurückziehe. Danach müssen wir zu einer Verlobungsfeier.«

Carly richtete sich von Fergus' Schoß auf. »Ich habe das Gefühl, du hörst gar nicht mehr auf.«

»Auf gar keinen Fall. Ich werde jetzt duschen und mir mein neues Shirt und eine gute Hose anziehen«, sagte er stolz. »Und dann treffe ich mich mit Ryan und Budgie in einer Bar.«

»Freunde aus dem ›Club der Tauben‹«, erklärte Carly Beth.

Beth nickte und zog Carly auf die Füße. »Komm, legen wir los, es gibt viel zu tun!«

Carly prustete nur verächtlich, folgte ihr aber trotzdem. Als sie zurückschaute, lag ein sanfter Ausdruck auf Fergus' Gesicht, und er hielt die rechte Hand hoch, deren Mittel- und Ringfinger auf der Handfläche lagen, während die anderen zwei Finger und der Daumen sichtbar waren.

»Ich liebe dich auch«, erwiderte Carly.

Beth und Carly saßen in Bademänteln und mit Handtuchturbanen auf den Köpfen auf dem Sofa und waren darauf konzentriert, sich gegenseitig die Nägel zu lackieren.

»Ich kann es immer noch nicht fassen«, gestand Carly und wackelte mit den Fingern ihrer linken Hand. Durch die abrupte Bewegung kleckerte Beth mit dem Nagellack.

»Carls! Halt still!«

»Sag mir, dass du das Fergus nicht vorgeschlagen hast.« Ihr Gesicht war ernst.

Beth legte den Kopf schief. »Sei nicht albern. Der hat das schon eine ganze Weile geplant. Er brauchte nur Hilfe dabei, dich zur richtigen Zeit an den richtigen Ort zu bekommen. Ansonsten ist das alles sein Werk. Er will dich wirklich heiraten.« Carly entspannte sich sichtlich wieder. »Der Himmel weiß, warum«, murmelte Beth grinsend, und Carly stieß sie an. Dann wurde sie nachdenklich.

»Du musst es mir nicht erzählen, aber ich nehme an, an dem Abend, als du Nick verlassen hast, hat er dich nicht zum ersten Mal geschlagen. Ich wünschte nur, du hättest mit mir geredet. Das ist alles.« Sie streichelte Beths Arm.

Diese Bemerkung traf Beth völlig unvorbereitet. Langsam atmete sie ein. »Nein, es war das erste und einzige Mal, dass er mich geschlagen hat.«

»Wirklich?«

»Ja.« Sie seufzte schwer. »Es war fast eine Erleichterung, als er es tat. Wie die Bestätigung, dass er tatsächlich der Mensch ist, für den ich ihn insgeheim gehalten habe – hinter dieser charmanten Fassade, die er die meiste Zeit über zeigte.«

»Ich dachte nur, weil du meintest, er habe dich schon eine Weile misshandelt ...« Carly betrachtete sie mitfühlend.

»Es gab eine Zeit, da dachte ich auch, wenn jemand misshandelt wird, geschehe das nur körperlich. Aber ich habe schmerzhaft erfahren müssen, dass es ganz verschiedene Formen der Misshandlung gibt.« Carly drückte ihre Hand. »Bei Nick ging es in erster Linie um Kontrolle. Dazu musste er zunächst meine Freunde aus meinem Leben drängen, mir mein Selbstbewusstsein nehmen und alles entfernen, was nicht in seine Vorstellung davon, wie ich sein sollte, passte. Zum Beispiel, dass ich mich Beth nannte und Hüte trug.« Sie klopfte auf den Filzhut neben ihr auf dem Sofa.

Carly sah immer noch verwirrt aus. »Hat er dich angeschrien? Dich beschimpft? Solche Sachen?«

»Eigentlich nicht. Ich weiß, es ist schwer zu verstehen, Carly, und ich habe lange gebraucht, um das Puzzle zusammenzusetzen und die Wahrheit zu erkennen. All die vielen Male, an denen er mich darum bat, nicht auszugehen, ging es um Kontrolle. Wenn er meine Freunde heruntermachte, mir ihre Nachrichten nicht ausrichtete oder ihre E-Mails löschte, ging es darum, mich den anderen zu entfremden. Als er mir neue Kleidung kaufte und meine Lieblingssachen in die Altkleidersammlung gab, geschah das nicht, um mir etwas Gutes zu tun, sondern um noch mehr Kontrolle über mich zu erlangen. Schmollte er oder sah er traurig aus, ging es nur darum, dass ich mich so verhielt, wie er es wollte. Dass er Leo in einer Privatschule untergebracht hatte, ihn für lauter Nachmittagsaktivitäten angemeldet und ihn von jemandem bringen und abholen ließ, diente nicht dazu, mir mehr Zeit zu verschaffen. Nein, er wollte mich und Leo trennen. Schließlich wollte er Leo auf ein Internat schicken, aber ich weigerte mich, was einen heftigen Streit zur Folge hatte. Nie zuvor habe ich jemanden derart zornig erlebt. Damals glaubte ich bereits, er wolle mich schlagen, doch er tat es nicht. Wochenlang verhielt er sich unerträglich, aber in diesem Punkt setzte ich mich durch – ich hätte es nicht ertragen, Leo wegzuschicken. Danach wurde es immer schlimmer, als wollte er mich für meine Entscheidung, dass Leo bei uns blieb, büßen lassen. Ich glaube, er sah in Leo einen Konkurrenten um meine Zeit und Zuneigung.«

»Das ist ja lächerlich!«

»Für Nick war es das nicht. Sein Verhalten wurde immer übler, er kritisierte alles, allerdings sehr subtil und versteckt: Es gab gemeine Bemerkungen, tadelnde Laute, missbilligende Blicke. Er mäkelte ständig an Leo herum und provozierte ihn, sodass dem Jungen gar nichts anderes übrig blieb, als sich zu wehren. Nick sprach ernsthaft davon, mit Leo zu einem Psychologen zu gehen, da er überzeugt war, dass etwas mit ihm nicht stimmte.«

»Das war mir alles nicht klar.« Tränen schimmerten in Carlys Augen.

»Ich habe es auch sehr lange nicht durchschaut. Ich habe es immer darauf geschoben, dass er überhütend sei, aber das war es nicht. Sein Verhalten ist nicht normal, sein Bedürfnis nach Kontrolle ist unnatürlich und bisweilen geradezu beängstigend. Er musste mich nur auf eine bestimmte Weise ansehen, und alles zog sich in mir zusammen. Ich fing an, alles, was ich sagte oder tat, genau abzuwägen, um ihn nicht wütend zu machen. Ständig machte ich mir wegen alberner Kleinigkeiten Sorgen und fürchtete mich, ein Gespräch zu beginnen, um ihn nur nicht auf die Palme zu bringen.« Beth zwang sich kurz zu einem Lächeln. »Ja, er hat mich nur einmal geschlagen, aber er verletzte mich jeden Tag. Als er mich schlug, bestätigte er damit nur, was ich seit Monaten empfunden hatte. Es war für mich der entscheidende Anstoß, mich mit Leo zusammen so weit wie möglich von ihm abzusetzen.«

Carly schlang die Arme um Beth und schluchzte. Beth fühlte, wie ihr die Tränen über die Wangen liefen, trotzdem empfand sie Erleichterung darüber, all diese Ängste, die sie so lange gequält hatten, endlich in Worte zu fassen.

Carly löste sich wieder von Beth, wischte sich die Augen und blinzelte mehrmals. »Du warst so tapfer.«

»Nein, ich war dumm, meinen Instinkten zu misstrauen. Alle Anzeichen waren ja da, doch ich habe sie einfach ignoriert, weil er mich liebte. Das Traurige daran ist nur, dass eine solche Liebe einem nichts als Schmerzen zufügt.«

»Ich wünschte, du hättest mit mir über deine Sorgen gesprochen. Ich hätte es verstanden.« Carly wischte sich die Tränen unter dem rechten Auge fort.

»Ich wünschte auch, ich hätte es getan.« Beth stand auf. »Aber jetzt müssen wir dich von einem verheulten Wrack in eine glamouröse Verlobte verwandeln. Das könnte eine Weile in Anspruch nehmen.« Sie grinste, da Carly einen Schmollmund zog.

Während Carly ein letztes Mal ihre Frisur kontrollierte, rief Beth kurz bei Petra an. »Hey, wie läuft es?«

»Hallo, Beth. Uns allen geht es gut hier. Und wie ist es bei euch gelaufen?«

Beth war sich nicht sicher, ob sie Anspannung aus Petras Stimme heraushörte oder ob es einfach daran lag, dass manche Leute nicht entspannt waren beim Telefonieren. Beth schob es beiseite, berichtete von dem Heiratsantrag und verwies auf Youtube.

»Das klingt toll.«

»Das war es auch. Ich freue mich riesig für die beiden. Danke noch mal, dass du dich um Leo kümmerst. Ist er in der Nähe?«

»Ja, klar. Bleib dran. Leeooo!« Beth hielt das Handy vom Ohr weg, als Petra rief.

Es folgte eine Pause und gedämpfte Laute, als das Telefon weitergereicht wurde. »Hallo, Mum«, meldete Leo sich, und sofort stiegen Emotionen in Beth auf.

»Hi, Kumpel. Benimmst du dich gut?«

»Hm«, meinte Leo gelangweilt.

»Was hast du gerade gemacht?«

»Ach, nichts.«

»Leo, ein bisschen mehr Information, bitte.«

Leo seufzte ins Telefon. »Wir sind mit Doris Gassi gegangen und haben Fußball gespielt und uns Star Wars auf DVD angeschaut. Morgen fährt Jack mit mir und Denis zu einer Kletterwand.« Jetzt klang er schon begeisterter.

»Dann warst du also auch mit Jack zusammen?« Bei der Erwähnung seines Namens sah sie ihn vor sich, und plötzlich wollte sie ihm von dem Spektakel am Trafalgar Square erzählen.

»Ja, der war den ganzen Tag hier, und er bleibt auch heute Nacht bei uns. Ich muss Schluss machen. Jack bestellt Pizza, und ich will Pepper…«

»Hi«, meldete sich Petra wieder. »Tut mir leid, die Verlockung des Essens war zu stark. Aber es geht ihm gut. Bitte mach dir keine Sorgen.«

»Tue ich nicht«, versicherte Beth ihr, obwohl sie den Anflug von Besorgnis verspürte, ohne recht zu wissen, warum eigentlich.

»Das ist gut. Amüsier dich, und dann sehen wir dich morgen wieder.«

»Danke, Petra.« Beth atmete tief ein, nachdem das Telefonat beendet war. Alles war in Ordnung. Leo klang gut, und es gab keinen Grund zur Beunruhigung. Warum hatte sie also dieses seltsame Gefühl, dass da doch etwas war, was ihr Sorgen bereiten sollte? Beth verdrängte dieses leise Unbehagen. Dies war Carlys Abend, und die konnte eine paranoide Mum, die alles verdarb, nicht gebrauchen.

»Komm endlich!«, rief Carly. »Das Taxi ist in einer Minute hier!«

Offenbar war es Tradition für den frisch Verlobten, den ganzen Abend für Drinks zu sorgen, weshalb Fergus sich in einer absurd vollen Kneipe wiederfand. Der lange schmale Raum war gerammelt voll, und sie mussten bis in den hinteren Bereich gehen, um einen Platz zum Stehen zu finden. Fergus hatte schon zwei Pints getrunken, also war dies das absolut letzte, denn nachher im Restaurant würde es noch Champagner geben, und er wollte auf seiner eigenen Verlobungsfeier nicht betrunken sein. Er stand geduldig am Tresen, während die Leute sich um ihn drängelten. Er war ein weiteres Mal froh darüber, groß zu sein, denn es brachte den Vorteil mit sich, dass man bemerkt und somit bedient wurde. Der gehetzte Barmann sah Fergus an.

»Ein Pint Guinness, ein Pint Halbdunkles und eine Cola, bitte«, rief Fergus laut, in der Hoffnung, das Stimmengewirr um ihn herum zu übertönen. Ein gut gebauter Mann fing an, seinem Ärger darüber, erneut von der Bedienung übersehen worden zu sein, lauthals Luft zu verschaffen. Der Barmann kümmerte sich um Fergus' Bestellung, und Fergus hob die Hand als entschuldigende Geste für den gedrungenen Kerl ein Stück weiter.

Schließlich bezahlte Fergus und trug seine Getränke vorsichtig durch die Menge. Es ging nur langsam voran, und er musste immer wieder stehen bleiben. Eine Frau vor ihm telefonierte und schien seine höfliche Bitte, ihn vorbeizulassen, nicht zu hören. Er hatte keine Hand frei, um ihr auf die Schulter zu klopfen, deshalb stand er nur da und wartete. Fergus hörte die weniger höfliche Bitte des kompakten Mannes hinter ihm nicht, der zwei Bierflaschen trug.

»Ich sagte, kann ich wohl mal vorbei, verdammte Scheiße!«, wiederholte er laut. Da keine Reaktion erfolgte, stieß er Fergus gegen den Rücken. Fergus drehte sich um und deutete zur Erklärung lächelnd mit dem Kopf auf die telefonierende Frau.

»Geh aus dem Weg, Armleuchter!«, schrie der Mann, und die Leute um Fergus herum fingen an zu schauen. Fergus reagierte nicht, sondern beobachtete die Frau, von deren Lippen er ihren Teil einer interessanten Unterhaltung las. Gebannt verfolgte er eine Diskussion über Online-Pornografie, die diese eher prüde und elegant gekleidete Frau in den Dreißigern am Telefon führte.

»Dies ist deine letzte Warnung, Arschloch. Verpiss dich!«, brüllte der Mann und schubste Fergus.

Fergus drehte sich um und sah, dass der Mann sprach.

»Was ist los mit dir, Mann? Bist du taub oder was?«

»Ja«, erwiderte Fergus mit einem Lächeln. »Das bin ich.« Er drehte sich wieder zu der Frau um, um die zunehmend faszinierende Unterhaltung weiter zu verfolgen.

Dann verspürte er den plötzlichen Schlag auf den Kopf, zunächst ohne den Schmerz wahrzunehmen. Er fühlte die Nässe, als der Inhalt der zerborstenen Bierflasche sich über seinen Kopf ergoss. Der gedrungene Mann ließ die Reste der kaputten Flasche fallen, als zwei Männer ihn packten und wegschleiften. Fergus bemerkte den entsetzten Ausdruck im Gesicht der Frau vor ihm, die schreiend zurückwich. Erst da nahm er den Schmerz wahr, doch da fiel er bereits nach vorn. Mein neues Hemd ist im Eimer, und ich werde mein Guinness verschütten, dachte er noch, während seine Knie nachgaben und alles um ihn herum schwarz wurde.

30. Kapitel

Als das Taxi vorfuhr, klingelte Carlys Handy. Auf dem Display erschien Ryans Nummer. Beth wollte gerade in das Taxi steigen, doch Carly hielt sie zurück. Sie hätte den Anruf ignoriert, nur wusste sie gleich, dass etwas nicht stimmte, denn genau wie Fergus war Ryan taub, und eine taube Person würde niemals anrufen.

»Hallo?«

»Hi, spricht da Carly?«, erkundigte sich eine fremde freundliche Stimme. Die Hintergrundgeräusche waren laut, aber sie wusste gleich, dass sie nicht mit Ryan sprach. Doch irgendwer telefonierte offensichtlich mit seinem Handy.

»Ja, wer ist denn da?«

»Mein Name ist Charlie, und ich bin Sanitäter. Ist jemand bei Ihnen, Carly?«

»Um Himmels willen, was ist passiert?«, wollte Carly wissen und fühlte sich auf einmal elend. Beth sah besorgt aus.

»Ist jemand bei Ihnen?«, wiederholte Charlie seine Frage.

»Verdammt, ja, es ist jemand hier. Sagen Sie mir, was passiert ist!«

»Fergus Dooley hatte einen Unfall, und wir bringen ihn jetzt ins Krankenhaus.«

»Was für einen Unfall?«, fragte Carly.

»Shit«, flüsterte Beth erschrocken, als ihr dämmerte, was am anderen Ende gesagt wurde.

»Er war in einen Kampf verwickelt und ...«

»Ein Kampf?«, unterbrach Carly ihn. »Nie und nimmer würde Fergus in einen Kampf verwickelt werden, und wenn sein Leben davon abhinge.«

Der Sanitäter schwieg verdächtig.

»Tut mir leid. Wie schlimm ist es?«, erkundigte Carly sich benommen, während sich Furcht in ihr ausbreitete und sie erschauern ließ.

»Er ist bewusstlos. Hören Sie, normalerweise würde ich das nicht tun, aber seine Freunde sind taub, und jemand musste Sie informieren. Deshalb habe ich mir das Handy von einem geliehen.«

»Fergus ist auch taub«, erklärte Carly; ihre Stimme war fast nur noch ein Flüstern.

»Das ist gut zu wissen. Wir bringen ihn ins University College Hospital. Wenn Sie dort sind, wird man Ihnen mehr sagen können. Okay?«

»Ja, danke. Bye.« Carly beendete das Telefonat mit weichen Knien. Beth hielt instinktiv ihren Arm fest, als sie schwankte.

Carly beugte sich durch das offene Fenster des wartenden Taxis. »University College Hospital, bitte so schnell Sie können.«

Carly lief auf dem Linoleumfußboden hin und her, so gut das auf High Heels ging, während Beth zusammengesunken auf einem der Plastikstühle saß. Kurz vor eins wurde ihnen mitgeteilt, dass sie Fergus operieren würden, und jetzt, fünf Stunden später, warteten sie immer noch auf Neuigkeiten. Mittlerweile hatte Beth alles aus dem Getränkeautomaten probiert, mit Ausnahme der Hühnersuppe. Sie hatte jemanden damit gesehen, und es erinnerte sehr an heißes, blubberndes Erbrochenes. Sie schaute auf die Uhr; es war noch ein bisschen früh, um Petra anzurufen, doch würde sie sie bald informieren müssen, da Beth den Elf-Uhr-noch-was-Zug von Paddington wohl kaum erwischen würde. Sie konnte Carly nicht allein lassen, ehe nicht klar war, ob Fergus sich wieder erholen würde. Und das musste er, denn alles andere war undenkbar.

Ungeduldig griff sie nach ihrem Handy und rief in der Wohnung über dem Pub an. »Äh, hallo«, meldete sich eine sehr verschlafene Männerstimme.

Beths Brauen schossen in die Höhe. Petra war für sie ein unbeschriebenes Blatt, aber sie bekam gleich ein ungutes Gefühl angesichts der Tatsache, dass Petra lockere Männerbekanntschaften pflegte, während Leo in der Nähe war.

»Hallo, ist Petra da?« Sie war versucht hinzuzufügen: »Das ist die dunkelhaarige Schönheit, die neben Ihnen liegt – nur für den Fall, dass Sie ihren Namen nicht mitbekommen haben.«

»Beth, ich bin's, Jack«, kam die schon deutlichere Erwiderung. Beth kam es vor, als würde sie wegdriften, und musste sich zusammennehmen. Was zur Hölle ging da vor? Vielleicht war das schon die ganze Zeit gelaufen? Was auch erklären würde, weshalb Petra sie vor Jack gewarnt hatte. »Beth, sind Sie noch da?«

»Ja, sorry. Hören Sie, ich werde mich verspäten. Fergus hat einen Schlag mit einer Flasche auf den Kopf bekommen, vergangene Nacht in einer Bar. Er wird derzeit operiert.« Sie merkte, wie sachlich und beinah kühl das klang, aber derartig ernste Dinge behutsam zu übermitteln war ohnehin schwer. »Ich kann hier nicht weg, bevor ich nicht weiß, wie es ihm geht.«

»Das ist ja schrecklich. Wird er denn wieder gesund?«, erkundigte Jack sich zögernd.

»Das weiß niemand. Er hat viel Blut verloren«, berichtete Beth und musste sich gleich wieder zusammenreißen, da die Emotionen in ihr aufstiegen. »Geht es Leo gut?«

»Machen Sie sich wegen Leo keine Sorgen, dem geht es gut hier bei uns. Kümmern Sie sich um Carly und halten Sie uns auf dem Laufenden, ja?«

»Okay, danke«, sagte Beth, doch alles, was sie denken konnte, war: »uns«. Er benutzte das Wort »uns«, wenn er von sich und Petra sprach, und plötzlich schien es ihr ein sehr bedeutungsvolles Wort zu sein.

Nachdem sie das Gespräch beendet hatte, reichte Carly ihr einen Plastikbecher. Beth betrachtete den Inhalt. »Spielen wir jetzt ›Rate mal, was uns der Getränkeautomat diesmal beschert hat‹?«

»Es sollte eigentlich Tee sein«, meinte Carly. »Allerdings schmeckt er anders als jeder Tee, den ich jemals zuvor probiert habe.« Sie tranken beide einen Schluck und verzogen das Gesicht. Was immer es war, es hatte die Farbe von Strumpfhosen alter Damen, und es war lauwarm und schäumte.

Sie setzten sich und warfen einander beruhigende Blicke zu. Der Gesprächsstoff war ihnen schon vor Stunden ausgegangen. Als sie Fergus sahen, bewusstlos, seine blutige Kleidung … es war ein Schock gewesen. Doch die Ärzte und Krankenschwestern hatten sie beruhigt, während man Fergus zu einer Reihe von Tests brachte. Die anfängliche Panik wurde ersetzt durch praktische Aktivität, da Beth das Restaurant anrufen musste, in dem die Verlobungsparty stattfinden sollte, damit die Gäste über die Situation informiert wurden. Es war ein Segen, dass es sich nur um einen kleinen Freundeskreis handelte, und dass gar keine Familienangehörigen eingeladen waren. Fergus fand nämlich, es sei besser, es ihnen von Angesicht zu Angesicht zu erzählen. Außerdem hatte er nicht gewollt, dass sie es vor Carly erfuhren.

Carly war gezwungen, Fergus' Eltern anzurufen, um ihnen zu berichten, was passiert war, und sie über die Operation in Kenntnis zu setzen. Carly wusste nicht viel, nur dass er reichlich Blut verloren und es weitere Blutungen gegeben hatte, die Druck auf das Gehirn ausübten, der irgendwie abgemildert werden musste. Aus dem Mund des Arztes klang das sehr einfach, nur befand Fergus sich schon eine ganze Weile im Operationssaal. Sie hatten außerdem sehr wenige Informationen darüber erhalten, was in der Bar vorgefallen war, da die beiden Freunde von Fergus nichts mitbekommen hatten. Sie waren erst dazugekommen, als es schon passiert war, und nun hielt Carly sie mit Handynachrichten auf dem Laufenden.

Der Türöffner klickte, die Tür ging automatisch auf, und ein nicht lächelnder Arzt kam herein. Carly ergriff Beths Hand und verschüttete dabei ihr Getränk, doch das kümmerte Beth nicht.

Falls sie einen abschließenden Bericht des Doktors erwartet hatten, wurden sie enttäuscht. Er erläuterte detailliert, was sie gemacht hatten, und Carly wurde mit jeder Sekunde blasser; sie war in solchen Dingen äußerst empfindlich. Man hatte bei Fergus eine Kraniotomie vorgenommen, was, wie der Arzt erklärte, die chirurgische Öffnung des Schädels war, um das Hämatom zu entfernen. Er glaubte, die Operation sei erfolgreich verlaufen, aber ob das stimme, müsse sich erst noch zeigen.

»Er wird noch eine Weile auf der Wachstation verbringen, aber sobald er sein Bewusstsein wiedererlangt hat, verlegen wir ihn, dann können Sie ihn sehen. Noch Fragen?«, sagte er.

»Definitiv kein bleibender Gehirnschaden?«, fragte Carly.

»Beim MRT waren keine Auffälligkeiten zu beobachten, bis auf das Hämatom, das wir ja entfernt haben. Jetzt müssen wir darauf warten, dass sich das Gehirn beruhigt. Eine Krankenschwester wird Ihnen Bescheid geben, wenn er aufgewacht ist.«

»Danke, Doktor«, sagte Carly, und er verschwand.

Die automatischen Türen schlossen sich mit einem Klick, und Carly brach in Tränen aus. Beth nahm sie in den Arm. »Er wird wieder gesund«, flüsterte sie in Carlys Haare.

»Ich weiß ... deshalb weine ich ja«, erwiderte sie schluchzend und gab ein ersticktes Lachen von sich.

»Du verrücktes Huhn«, sagte Beth und musste selbst gegen die Tränen ankämpfen. Die Erleichterung hielt sie beide in der nächsten Stunde aufrecht, doch als eine mürrische Krankenschwester hereinkam, wussten sie, dass etwas nicht stimmte.

»Miss Wilson?«, erkundigte sich die Schwester und setzte sich Beth und Carly gegenüber. »Wir haben vor, Fergus aus der Wachstation zu verlegen.«

»Dann ist er also wach?«, fragte Carly.

Die Schwester schüttelte den Kopf. »Seine Werte sehen stabil aus, trotzdem hat er das Bewusstsein noch nicht wiedererlangt.«

»Warum nicht?«, wollte Beth wissen.

»Das ist schwer zu beurteilen bei einem Hirntrauma. Nach

der Narkose braucht das Gehirn manchmal ein wenig länger, um sich zu erholen.«

»Sollte ich mir Sorgen machen? Das tue ich nämlich«, gestand Carly.

»Manche Menschen brauchen länger für die Genesung. Er wird jetzt auf die Intensivstation verlegt, wo er genauer überwacht wird und Sie sich zu ihm setzen können.«

Carly warf Beth einen flüchtigen Blick zu, und Beth hoffte, dass sie ein beruhigendes Lächeln zustande gebracht hatte.

»Befindet er sich im Koma?«, wollte Carly wissen.

»Er braucht einfach seine Zeit, um sich zu erholen«, erklärte die Krankenschwester, und Beth hatte das Gefühl, dass sie ihre Worte sehr sorgfältig wählte. Sie legte Carly die Hand auf die Schulter und führte sie aus dem Raum. »Kommen Sie, setzen Sie sich zu ihm in der Intensivstation und reden Sie mit ihm. Es hilft den Patienten, wenn sie die Stimmen ihrer Angehörigen hören; oft nehmen sie sie wahr, auch wenn sie nicht bei Bewusstsein sind ...«

Stille Tränen liefen Carly übers Gesicht, und Beth ergriff ihre Hand. Beide sagten gleichzeitig: »Er ist taub.«

Auf der Intensivstation war es ruhig. Carly hob Fergus' Hand vom weißen Laken und arrangierte sanft seine Finger, indem sie den Ring- und Mittelfinger auf die Handfläche drückte, um das Zeichen für »Ich liebe dich« zu bilden. Sie zog ihren Plastikstuhl näher ans Bett. Die Stuhlbeine schrammten über den Boden, und das Geräusch zerriss die Stille in diesem kleinen Krankenhausbereich. Fergus' Herzmonitor piepte beruhigend, während das Beatmungsgerät des Mannes gegenüber in einem anderen Tempo pumpte. Sie beobachtete, wie Fergus' Brust sich hob und senkte. Er atmete selbstständig, ein gutes Zeichen. Wären die Schläuche und Kabel nicht gewesen, man hätte glauben können, er schlafe.

Carly atmete tief ein und sah zur Uhr. Es war Stunden her, seit sie einen Becher gefärbtes Wasser aus der Maschine gehabt hatte, die unpassenderweise die Bezeichnung »Heiße-

Getränke-Automat« trug. Die Getränke daraus schmeckten nach nichts außer nach verbranntem Kaffeeweißer, hinterließen jedoch einen scharfen, metallischen Nachgeschmack, der für Stunden anhielt. Inzwischen hätte sie getötet für eine echte Tasse Tee.

Erneut nahm sie Fergus' Hand in ihre, strich seine Finger glatt und wiederholte dann das Arrangement seiner Finger. Im Herzen wusste sie, dass er ihre Anwesenheit spürte; seine durch die Taubheit geschärften übrigen Sinne würden sie wahrnehmen, dachte sie. Die Tür ging fast lautlos auf, und Beth kam herein. Sie sah erfrischt aus nach der Dusche und in neuer Kleidung, aber ihre Augen verrieten die Müdigkeit.

»Komm, ich löse dich ab«, sagte sie und gab Carly die Wohnungsschlüssel.

Carly schüttelte den Kopf. »Ich kann ihn nicht allein lassen.«

»Carls, sieh dich an. Er wird Angst kriegen, wenn er aufwacht und dich so sieht. Dein Make-up ist verlaufen, und deine Frisur ist völlig im Eimer. Als deine Freundin sage ich dir, dass du beschissen aussiehst.«

Das hatte den gewünschten Effekt und entlockte Carly ein Grinsen. »Halt mit der Wahrheit bloß nicht hinterm Berg.«

»Der Doktor meint, er ist außer Gefahr. Er braucht nur seine Zeit, um sich zu erholen. Geh und mach dich frisch, ich bleibe so lange bei ihm. Ich verspreche dir, ich werde nicht mal zur Toilette gehen. Notfalls lasse ich mir einen Katheter legen.«

Carly musste lachen. »Okay, aber sollte er nur mit dem Augenlid zucken, rufst du mich an, verstanden?«

»Absolut.« Beth salutierte im Scherz.

Carly stand auf. »Oh, und ich habe ...« Sie hob Fergus' Hand sanft hoch, um Beth zu zeigen, wie sie seine Finger zu einem Zeichen bewegt hatte.

»Sehr gut. Mal schauen, wie viele Schimpfwörter ich mit seinen Fingern signalisieren kann«, erklärte Beth und setzte sich auf den frei gewordenen Stuhl.

Wieder musste Carly trotz allem lachen. Vielleicht war das

nur ein Ventil, denn so lustig war es nun auch wieder nicht. Als Beth anfing, das Wort »Furz« mit Fergus' Fingern zu bilden, wandte sie sich zum Gehen. Sie drückte den Türöffner und wartete, bis die Türen sich langsam geöffnet hatten. Dann warf sie einen letzten Blick zurück und ging.

Obwohl sie wie ein losgelassener Ballon durch die Wohnung fegte, hatte Carly das Gefühl, zu lange fort gewesen zu sein. Die Erleichterung darüber, Fergus und Beth exakt so wieder anzutreffen, wie sie die beiden verlassen hatte, brachte sie beinah wieder zum Weinen. Beth hatte recht gehabt, nach der Dusche und in frischer Kleidung fühlte sie sich tatsächlich besser. Sie hatte auch ein paar Sachen von zu Hause für Fergus mitgebracht, einfach weil es sie hoffnungsvoll stimmte.

Beth umarmte Carly kurz, ehe sie sich auf einen anderen Stuhl setzte, damit Carly wieder ihren alten Platz einnehmen konnte. Beide seufzten synchron. Dies alles würde auf ein Geduldspiel hinauslaufen.

Fergus' Eltern konnte man zanken hören, lange bevor die Türen aufgingen und sie in die Intensivstation gerauscht kamen. Carly war froh, zumindest knapp vorher über den Besuch informiert worden zu sein. Sie zog den Verlobungsring vom Finger und steckte ihn in die Jeanstasche, bevor sie Cormac und Rosemary abfing und zu Fergus' Bett führte. Bis auf seinen Kopf, die Schultern und die blasse Brust war er mit einer weißen Decke zugedeckt.

»Du liebe Zeit, was haben die mit meinem Jungen gemacht?« Rosemary versuchte, Fergus zu umarmen, und löste damit prompt einen Alarm aus, da eines der Kabel für die Monitore dabei abriss. Im Nu tauchte eine Krankenschwester auf und stellte den Alarm aus.

Cormac begrüßte Carly, indem er den Arm um sie legte. »Wie kommst du damit zurecht?«

»Es ging mir schon besser. Aber sonst bin ich okay«, antwortete Carly.

»Sie ist erschöpft«, meldete Beth sich zu Wort.

»Cormac und Rosemary, dies ist meine Freundin Beth, sie war die ganze Zeit mit mir hier«, erklärte Carly, wobei ihre Stimme ein wenig brach. Beth drückte ihre Hand.

»Freut mich, Sie beide kennenzulernen. Ich werde frische Luft schnappen und nachher wiederkommen.« Beth ging, damit Carly die zwei auf den neuesten Stand bringen konnte, während Beth sich einen richtigen Coffeeshop suchen wollte, in dem es anständigen Kaffee zum Mitnehmen gab.

»Er ist stark, und du weißt, er wird wieder gesund werden«, sagte Cormac. Rosemary hielt Fergus' Hand fest in ihrer und sprach mit ihrem Sohn. Cormac nahm sie in den Arm, und sie sank schluchzend an seine Schulter. »Ach, komm schon, du ruinierst dir dein Make-up ja völlig. Vergiss nicht, er ist ein Dooley, er schläft gerne, dafür sind wir berühmt.« Cormac klang entspannt und gefasst, doch auf seinem Gesicht zeichnete sich der Schmerz ab. Carly fühlte mit den beiden. Es war seltsam tröstlich, dass jemand genauso litt wie man selbst, weil ihnen der gleiche Mensch etwas bedeutete. Besser machte es die ganze Sache allerdings nicht. Es befeuerte die Gefühle, die Carly seit Stunden unter Kontrolle zu halten versuchte.

Cormac lächelte schief. »Ich hab noch einen Arm frei, falls du auch weinen möchtest«, bot er ihr an; seine Stimme war die tiefere Version der seines Sohnes. Carly spürte, wie etwas in ihr nachgab, als sie sich von Cormac in den Arm nehmen ließ. »Ja, wir sitzen jetzt alle im gleichen Boot, so sieht's aus. Und wir sind alle für den Jungen da.« Er hielt die Frauen im Arm, während er seinen Sohn betrachtete, der bis auf den langsamen Rhythmus seiner Atmung regungslos dalag. »Wir sind alle hier für den Jungen«, wiederholte er, und seine Augen füllten sich mit Tränen.

Als Beth mit vier heißen Getränken in Markenqualität zurückkam, sah sie gleich, dass Tränen vergossen worden waren, was ihrer Ansicht nach nur gut sein konnte, da Carly schon viel zu lange tapfer gewesen war.

Beth hatte eine Auswahl verschiedener Kaffeesorten mitgebracht, in der Hoffnung, dass für jeden etwas dabei war. Cormac und Rosemary tranken jeder einen Schluck, während Beth sich einen Stuhl neben Carlys heranzog und deren freie Hand drückte.

»Du musst zurück zu Leo«, sagte Carly, ohne den Blick von Fergus abzuwenden.

»Ich weiß, und jetzt, wo du Gesellschaft hast, fällt es mir ein bisschen leichter, dich zu verlassen. Aber eine kleine Weile werde ich noch bleiben.« Beth merkte, wie die Emotionen in ihr aufstiegen, und musste schlucken. Dann saßen alle schweigend da und schauten Fergus beim Atmen zu. Seine Brust hob und senkte sich in gleichmäßigem Tempo. Seine Mutter tätschelte unentwegt seine Hand, als wollte sie ihn aus tiefstem Schlaf wecken, nur dass Fergus nicht reagierte.

31. Kapitel

Der bleigraue Himmel hing tief, als der Zug in den Bahnhof einfuhr. Leo rannte über den Bahnsteig auf Beth zu, und seine Begrüßung wärmte ihr Herz. Jack lächelte verlegen. Beths Kopf war voller Bilder von ihm und Petra, die sie zu verdrängen versuchte. Sie sollte sich für die beiden freuen, doch im Augenblick hatte sie damit zu kämpfen.

Sie saß in Jacks Wagen und beobachtete, wie der Regen am Fenster auf der Beifahrerseite im Wind verlief. Manche Tropfen flogen davon, andere vermischten sich miteinander und bildeten einen schnellen Strom. Sie zitterten, sobald das Auto durch ein Schlagloch fuhr, und das erinnerte sie an Fergus' Herzmonitor. Beth war nicht nach reden zumute, deshalb passte es, dass Leo unbedingt berichten wollte, was er alles gemacht hatte und welche Pläne er und Denis für die restlichen Osterferien noch hatten. Es tat gut, Leo fröhlich zu erleben, und sie versuchte, sich auf das, was er erzählte, zu konzentrieren, während Jack sie nach Hause fuhr.

»... und wir durften Darts spielen im Pub, bevor er aufmachte, und ich hab jedes Mal die Scheibe getroffen. Denis meint, wenn ich größer bin, kann ich im Darts-Team mitspielen. Jack lässt Doris eine Weile bei uns schlafen, weil es sicherer ist, und im Dorf wird ein Ostereiersuchen veranstaltet ...«

Beth wandte sich an Jack. »Warum brauchen wir Doris für unsere Sicherheit?«

»Nick war im Pub«, sagte Leo. »Darf ich bei der Ostereiersuche mitmachen, Mum?«

Beth wusste, dass das stimmte, als sie Jacks Miene sah. »Nick war dort?«, fragte sie mit schwacher Stimme.

»Er kam gestern in den Pub und behauptete, auf der Suche

nach einer Freundin zu sein. Leo hat ihn gesehen, aber er Leo nicht. Er verschwand genauso schlau wie vorher«, berichtete Jack.

Beth wurde ganz heiß. »Woher wissen Sie, dass er Leo nicht gesehen hat?«

»Hat er nicht, Mum. Ich habe hinter den Chipskartons im Flur gespielt.«

»Nick sprach mit Chloe und erkundigte sich, ob sie jemanden namens Elizabeth kenne. Da sie die Verbindung nicht herstellte, ist er möglicherweise von dieser Spur schon wieder abgekommen«, sagte Jack. »Ich dachte, mit Doris im Haus fühlen Sie sich vielleicht sicherer ...«

Beth schaute wieder auf die Straße. »Warum hat Petra mir nichts erzählt?«

»Wir haben darüber gesprochen und fanden, Sie könnten ohnehin nichts tun. Leo war nicht in Gefahr, da schien es das Beste zu sein, auf Ihre Rückkehr zu warten.«

Beth sah ihn spöttisch an. »Nicht in Gefahr? Sie haben ja keine Ahnung. Sie hätten diese Entscheidung nicht treffen dürfen, Jack. Es stand Ihnen nicht zu. Sie hätten mich anrufen sollen.« Sie war wütend, konnte es jedoch nicht herauslassen, weil Leo mit im Auto saß. Auf keinen Fall sollte er merken, wie viel Angst sie hatte. In ihrem Kopf herrschte Durcheinander. Dumbleford war nicht mehr sicher, nur war das Cottage noch nicht für den Verkauf bereit.

»Er ist nicht wieder aufgetaucht. Hätte er geglaubt, dass Sie da sind, wäre er doch zurückgekommen«, gab Jack zu bedenken.

»Lassen Sie uns das nicht jetzt diskutieren«, bat Beth ihn und deutete in Leos Richtung. Jack presste die Lippen zusammen und nickte.

Während der restlichen Fahrt herrschte angespanntes Schweigen. Als sie die Furt ins Dorf überquerten, quakten die Enten verärgert. Jack hielt vor Willow Cottage, und alle stiegen aus. Er nahm die Taschen aus dem Kofferraum, doch Beth wollte sich nicht helfen lassen und trug das Gepäck selbst zum Cottage.

»Danke«, sagte sie. Sie ließ Leo ins Haus und stoppte Jack, der ihnen hineinfolgen wollte. »Ich muss ein paar Sachen packen, deshalb ...«

»Packen?« Jack fuhr sich durch die Haare. »Sie können nicht ständig davonlaufen, Beth.«

Sie ärgerte sich über seine Arroganz und seine Thesen, die er aufgestellt hatte. »Ich kann tun und lassen, was immer ich will, und ich werde genau das tun, was ich für das Richtige für mein Kind halte!«

»Äh, Muuuum!«, rief Leo, und Beth und Jack stürmten ins Haus. Nach ein paar Schritten in der Küche wateten sie durch Wasser; Beth hob Leo instinktiv auf den Arm, während sie sich in dem Raum nach Anzeichen für einen Einbruch umschaute.

»Sie sind überflutet«, meinte Jack. »Sorry, das sehen Sie ja selbst.«

»Überflutet?« Beth stand in einer riesigen Pfütze, deren Wasser sanft über ihre Ballerinas schwappte. Sie schluckte hart. Konnte denn dieses Wochenende noch schlimmer werden?

»Das ist der Bach. Wenn es so viel regnet wie in den vergangenen Wochen, tritt er über die Ufer, und so was wie hier passiert.«

»Das ist normal?« Mit Entsetzen registrierte sie, dass ihr schöner Fußboden ruiniert war und die Schränke höchstwahrscheinlich auch. Ihre Stimmung sank noch weiter.

»Nein, eigentlich nicht. Alle zehn Jahre vielleicht.« Jack zuckte mit den Schultern und fügte hinzu: »Sie können Ihre Versicherung von meinem Haus anrufen.« Er nahm ihr Leo ab und ging voran aus dem Cottage. Beth fühlte sich beraubt; sie hatte so hart gearbeitet, und jetzt war ein großer Teil dessen, was sie erreicht hatte, wieder zunichtegemacht worden.

Dank der Tatsache, dass Nick sie aufgespürt hatte, das Cottage überflutet und ein Großteil ihrer harten Arbeit völlig umsonst gewesen war, bekam sie prompt Kopfschmerzen. Als sie an der Wohnzimmertür vorbeikam, brachte sie es nicht über sich, einen Blick hineinzuwerfen und zu sehen, was aus dem Teppich geworden war. Niedergeschlagen trottete sie mit nassen Schuhen zurück zu Jacks Wagen.

Auf der kurzen Fahrt um die Dorfwiese zu Jacks Cottage schaute sie auf ihr Handy. Von Carly gab es noch keine Nachricht, was bedeutete, dass Fergus' Zustand unverändert war. Der Karfreitag hatte bisher nichts Gutes gebracht, und der Samstag verhieß auch nicht viel besser zu werden. Kackfreitag und Mistsamstag wären passendere Namen. Jack hielt ihr die Wagentür auf.

»Immerhin hat es aufgehört zu regnen«, stellte er fest, doch Beth fand seine Heiterkeit völlig fehl am Platz.

»Ein bisschen zu spät, um meine Küche noch zu retten«, bemerkte sie.

Leo drückte ihre Hand, und dadurch fühlte sie sich schon ein kleines bisschen besser. Doch kaum entdeckte er Doris, ließ er sie auch schon wieder los. Jack befreite sie aus ihrem Hundekäfig, damit sie mit Leo zusammen durch den Garten toben konnte, als hätten die zwei sich Ewigkeiten nicht gesehen.

»Wie geht es Fergus?«, erkundigte Jack sich; seine graublauen Augen sahen irgendwie grauer aus.

Beth zuckte mit den Schultern und schüttelte gleichzeitig den Kopf. »Medizinisch scheint alles in Ordnung zu sein, aber er kommt nicht wieder zu Bewusstsein. Anscheinend braucht das Gehirn manchmal eine gewisse Zeit, um sich von einer solchen Erschütterung zu erholen.«

»Und wie geht es Carly?«

Beth wiederholte das Schulterzucken und Kopfschütteln. »Erst schwebte sie auf Wolke sieben, dann landete sie hart auf dem Hintern. Fergus' Eltern scheinen ganz nett zu sein, daher hat sie wenigstens Unterstützung.«

Jack legte Beth tröstend die Hand auf den Arm. »Kaffee?«, fragte er.

»Gin Tonic wäre besser.«

Jack sah für einen Moment besorgt aus, bis er den Anflug von Sarkasmus bemerkte. »Ich könnte Shirley fragen, ob sie was im Trolley hat. Ich habe keinen Alkohol im Haus.«

Beth sah sich in der Küche um, als wollte sie das überprüfen. Es stimmte, es gab nicht einmal ein Weinregal. »Aber Sie trinken Alkohol, das habe ich gesehen.«

»Ja, aber meine Freundin, meine Exfreundin«, korrigierte er sich, »hatte ein Alkoholproblem.«

»Ah, deshalb ... Ich verzichte lieber auf alles aus Shirleys Trolley. Wer weiß, was Mittens damit angestellt hat.«

»Dann also Kaffee.«

Der Anruf bei der Versicherungsgesellschaft erwies sich als überraschend hilfreich. Die Versicherung benötigte Fotos, und nach den Feiertagen würde ein Gutachter kommen. Es klang jedenfalls danach, als würden sie den Wasserschaden übernehmen und sogar Maschinen für die Trocknung des Cottage bereitstellen.

Beth ließ Leo bei Jack und ging mit ihrem Handy zurück zum Cottage, um Fotos von der Küche zu machen. Es gab ein Rascheln in der Weide, als sie sich dem Haus näherte, und sofort war sie auf der Hut. Doch es war nur Ernie, der mit einem Lächeln im Gesicht hervorkam.

»Hallo, Ernie, wie geht es dir?« Ernie grinste und ruckte als Antwort mit dem Kopf. Irgendwie war es schön, ihn wieder unter dem Baum zu wissen; sie hatte ihn während des kalten Wetters vermisst. Er folgte ihr zur Tür.

»Tut mir leid, Ernie, aber es hat eine Überschwemmung gegeben, also solltest du lieber nicht mit hereinkommen, sonst kriegst du nasse Füße.«

»Bach über die Ufer«, sagte Ernie; Beth war sich nicht sicher, ob das eine Frage oder eine Feststellung war.

»Ja, der Bach ist über die Ufer getreten und hat die Küche überflutet. Ich muss Fotos machen, damit alles repariert werden kann.« Sie konnte den Seufzer nicht verhindern, den sie hinterherschickte.

Sie ging durch das Cottage, und Ernie folgte ihr trotz der Warnung. Sie machte Fotos aus allen möglichen Perspektiven, wobei Ernie sie von der Tür aus beobachtete.

»Kommt hoch!«, rief Ernie und verlieh diesem Ausruf Nachdruck, indem er mit dem Mittelfinger in die Luft stach. Er war sich der Bedeutung dieser Geste nicht bewusst, und Beth musste trotz ihrer momentanen Lage leise vor sich hin lachen.

»Da bin ich ganz deiner Meinung, Ernie. Der Fußboden muss wohl raus.« Sie sagte das eher zu sich selbst als zu Ernie.

»Lass sie«, sagte Ernie eindringlich.

»Wen denn?« Sofort dachte sie an Jack.

»Bretter.« Ernie deutete auf die Pfütze.

»Die Bodenbretter?« Beth spähte durch das trübe Wasser, in dem die Bretter nur gerade erkennbar waren. Sie spürte unter ihren Füßen, dass sie sich bogen.

»Eichendielen. Lass sie, sagt Wilf.« Ernie runzelte angestrengt die Stirn in dem Bemühen, sich ihr verständlich zu machen. Beth watete zu ihm.

»Das ist schon früher passiert, nicht wahr?«, fragte sie, worauf Ernie energisch nickte. »Und Wilf hat die Bretter einfach in Ruhe gelassen?« Ernie nickte so heftig, dass Beth befürchtete, er könnte sich den Hals verrenken. »Na schön, wenn wir das Wasser schöpfen und die Bretter in Ruhe lassen, werden sie wieder so, wie sie waren?« Beth war mehr als skeptisch. »Tja, das probiere ich liebend gern aus, Ernie.« Sie schob ihn aus dem Cottage hinaus und ging zurück, um sich den Schaden im Wohnzimmer anzusehen.

Beth machte die Tür sehr langsam auf und spähte vorsichtig hinein. Sie hatte keine Ahnung, wieso, aber es machte die Sache erträglicher. Dabei war ihre Sorge ganz unbegründet, da das Wohnzimmer noch genauso aussah, wie sie es verlassen hatte. Sie blieb mit den nassen Schuhen im Flur und ging in die Hocke, um den Teppich zu untersuchen – er war trocken. Die kleine Stufe, die aus der Küche hinaufführte, hatte den Unterschied gemacht und die übrigen Räume des Untergeschosses vor dem

Wasser gerettet. Sie war erleichtert. Mit der Küche würde sie fertigwerden. Es würde einige Wochen Unannehmlichkeiten bedeuten, aber nun musste sie unten wenigstens nicht alles renovieren. Sie machte die Wohnzimmertür wieder zu und blieb einen Moment im Flur stehen. Das Licht veränderte sich, als sich draußen vor dem Türglas etwas bewegte. Sie legte die Hand auf den Türriegel, und ein kaltes Gefühl überlief sie.

Carly wurde zunehmend frustriert wegen Rosemary, die an Fergus' Bett saß und ihm aus der Zeitung vorlas. Cormac beobachtete sie verstohlen.

»Ich bin mal unterwegs, mir einen Becher Tee besorgen«, verkündete er und stupste Carly an. Sie sah ihn an, und er gab ihr unbeholfen ein Zeichen mit den Augen.

»Oh, ich komme mit ... wenn du magst?«, sagte Carly ein wenig holprig, als lese sie von einem ihr unbekannten Manuskript ab.

Sie verließen die Intensivstation und gingen den nüchternen Flur entlang, auf dem die Wände aussahen wie der Fußboden.

»Sieh mal, unsere Rosemary muss etwas tun«, erklärte Cormac. »Sie kann nicht einfach still dasitzen und unseren Jungen in diesem Zustand ansehen.«

Carlys Schultern sackten nach unten. »Ich weiß, und ich verstehe das auch, wirklich. Aber es ist so sinnlos, mit ihm zu reden.«

»Ach, das weiß man doch gar nicht«, argumentierte Cormac und zückte seine Brieftasche, als sie den Coffeeshop erreichten.

»Cormac, er ist taub. Selbst wenn er wach wäre, würde er ihre Worte nicht hören können. Seine Bewusstlosigkeit wird das nicht gebessert haben.«

»Stimmt, aber wir sind Menschen, wir besitzen einen sechsten Sinn. Vielleicht spürt er irgendwie ihre Anwesenheit.« Carly wollte etwas erwidern, doch er stoppte sie, indem er den Kopf neigte. »Und selbst wenn das nicht zutrifft, hilft es doch Rosemary.«

»Inwiefern?« Carly hörte zwar zu, überflog aber die Getränkeliste, die sie inzwischen auswendig kannte.

»Er ist unser Jüngster, der Kleine, und als seine Mutter kann sie nicht die ganze Zeit tatenlos herumsitzen.«

Carly sah ihn an. »Es gibt aber doch nichts zu tun.« Die Müdigkeit und emotionale Erschöpfung setzten ihr zu und nahmen ihr die Kraft für eine Auseinandersetzung.

»Nein, Carly, man kann immer etwas tun.«

Carlys Kopf fühlte sich an, als sei er ans Stromnetz angeschlossen, während sie mit ihrem Heißgetränk zurückging. Sie hatte sich über Cormac geärgert. Sie wusste nicht, ob es seine Absicht gewesen war, doch es befeuerte ihre grauen Zellen. Denn während sie im Stillen gegen Cormacs Optimismus und Rosemarys sinnlose Bemühungen protestierte, grübelte sie gleichzeitig darüber, was sie tun könnte. Gab es da etwas, was sie oder das Krankenhaus übersehen hatten?

Als sie um die Ecke kamen, hatte Fergus' Arzt gerade den Knopf für das automatische Öffnen der Tür gedrückt und begrüßte sie freundlich.

»Entschuldigen Sie, Doktor, haben Sie einen Moment?«, fragte Cormac.

»Selbstverständlich«, antwortete der und bat sie beide in ein kleines Büro.

»Ich bringe das schnell weg und bin in einem Minütchen wieder da«, erklärte Cormac und marschierte mit Rosemarys Tee davon. Als er zurückkam, diskutierten Carly und der Arzt gerade halbherzig über das Wetter. Cormac setzte sich und legte seinen Tablet-Computer auf den Schoß.

»Danke, Doktor, wir warten gespannt auf Neuigkeiten. Seit wir hier sind, scheint sich überhaupt nichts geändert zu haben«, meinte er.

»Nun, sein Zustand ist tatsächlich unverändert«, bestätigte der Doktor, doch als er Cormacs hoffnungsvollen Blick bemerkte, fügte er hinzu: »Seine Werte sind jedoch ermutigend.«

»Ich verstehe. Tja, ich habe mich im Internet umgeschaut«, erklärte Cormac und hielt wie zum Beweis sein Tablet hoch. »Dort heißt es, dass Patienten für gewöhnlich innerhalb von vierundzwanzig Stunden wieder zu sich kommen. Warum ist unser Junge bis jetzt nicht aufgewacht?«

»Das ist schwer zu sagen. Jeder Patient ist anders, und jede Kopfverletzung hat unterschiedliche Auswirkungen«, erläuterte der Arzt.

»Was können wir alle sonst noch tun, um ihm zu helfen? Gibt es etwas, wodurch Sie sein Aufwachen beschleunigen könnten?«, wollte Cormac wissen und klappte seine Tablethülle zu.

»Unglücklicherweise gibt es keine Behandlung, um einen Patienten aus dem Koma zu holen. Ebenso wenig lässt sich anhand irgendeines Testverfahrens vorhersagen, wann er wieder zu sich kommen wird«, erklärte der Doktor.

»Koma?«, wiederholte Carly perplex.

»Ja, er ist komatös, und wir überwachen ihn.«

»Seit wann ist er komatös statt bewusstlos oder nicht bei Bewusstsein?«, hakte Carly hastig nach.

Cormac drückte ihre Hand. »Was wir wissen wollen, ist, wann hat sich sein Zustand verschlechtert?«

»Sein Zustand hat sich nicht verschlechtert. Er ist stabil. Es ist lediglich eine Kategorisierung seiner Ansprechbarkeit«, erklärte der Doktor. »Ich wollte Sie nicht beunruhigen.«

»Das haben Sie aber«, sagte Cormac, und er klang gereizt, trotz des sanften Akzents.

Als sie das Büro verließen, flüsterte er Carly zu: »Kein Wort zu Rosemary.«

»Okay«, sagte Carly und dachte, dass Fergus entgegen der Versicherung des Doktors einen Schritt zurück gemacht hatte. Sie lächelten Rosemary beide übertrieben an, als sie wieder am Bett Platz nahmen.

Rosemary hielt mitten im Absatz über Rugby inne. »Was hat der Arzt gesagt?«

»Keine Veränderung«, antwortete Carly und sah Beistand suchend über ihre Schulter zu Cormac.

»Er macht sich großartig. Einfach großartig«, bestätigte er, und Rosemary lächelte, ehe sie ihre Brille zurechtrückte und nach der Zeile suchte, bei der sie stehen geblieben war.

Cormac öffnete sein Tablet und fing an, mit seinen Wurstfingern etwas zu tippen.

»Könnte ich mir das mal für einen Moment ausborgen?«, fragte Carly. Sie wusste sehr wenig über Computer und das Internet, fand jedoch, dass dies genau der richtige Zeitpunkt war zu lernen.

32. Kapitel

Beth wusste, dass sich jemand auf der anderen Seite der Haustür befand. Ihr Herz schlug schneller, als das Adrenalin durch ihre Adern rauschte. Sie schlich zum Wohnzimmer und spähte durch den Türspalt. Leider war der Winkel ungünstig, weshalb sie nur einen Teil des Raumes überblicken konnte. Wenn sie das Zimmer betreten hätte, wäre sie von außen durchs Fenster sofort zu sehen gewesen.

Also schlich sie nach oben in ihr Schlafzimmer. Ihr Kopf fing an zu hämmern. Sie stand hinter den gerafften Vorhängen und sah hinunter in den Vorgarten. Da war ein schwacher Schatten zu erkennen, was bedeutete, dass sie es sich nicht eingebildet hatte. Jemand befand sich vor ihrer Haustür, hatte jedoch nicht angeklopft. Hieß das, dieser Jemand hatte sie ins Haus gehen sehen und wartete nun darauf, dass sie wieder herauskam? Oder wartete er darauf, dass sie die Tür aufmachte, um hineinzustürmen?

Beth zog ihr Handy aus der Tasche und schnappte erschrocken nach Luft, als es ihr beinahe aus der Hand gerutscht wäre. Rasch tippte sie eine Nachricht an Jack.

> Glaube, da ist jemand vor dem Cottage. Kann nicht raus.

Ihr Daumen schwebte über der Senden-Taste. Was hatte es für einen Sinn, diese Nachricht zu verschicken? Abgesehen davon, dass es sie bestenfalls wie ein Angsthase dastehen ließ und schlimmstenfalls wie eine Bekloppte – was erwartete sie von Jack? Er konnte ja schlecht einfach herüberlaufen, weil er Leo bei sich hatte. Und wenn Nick derjenige vor der Tür war, wollte Beth auf keinen Fall, dass Leo ihm begegnete. Sie löschte die

Nachricht und hielt erneut Ausschau nach dem Schatten. Er war verschwunden.

Beth schlich aus dem Schlafzimmer und über den Treppenabsatz in Leos Zimmer. Die nackten Wände erinnerten sie daran, dass sie endlich auch sein Zimmer einrichten musste. Ein vorsichtiger Blick aus dem Fenster ergab, dass es keinerlei Anzeichen für die Anwesenheit irgendeiner Person im hinteren Garten gab. Die Pferde grasten friedlich, was ein sicheres Zeichen dafür war, dass sich dort niemand aufhielt, denn sonst wären sie neugierig geworden und hätten auf Futter gehofft.

Sie atmete tief durch und nahm sich zusammen. Es war bestimmt alles nur Einbildung gewesen. Ihre Schläfen pochten, und Übelkeit breitete sich in ihr aus. Leise lief sie die Treppe hinunter und ins Wohnzimmer, um ganz sicherzugehen, dass niemand vor dem Haus war. Dann ging sie zur Haustür, legte den Riegel zurück und öffnete sie ein Stück, wobei sie auf der Innenseite den Fuß davor stellte, für den Fall, dass sie sie schnell wieder zuwerfen musste. Dazu bestand aber kein Anlass. Niemand war zu sehen. Sie trat nach draußen und schaute sich gründlich um. Nein, es war entweder ihre überspannte Fantasie gewesen oder Ernie.

Beth blieb auch auf ihrem Weg über die Dorfwiese auf der Hut, obwohl sie sich allmählich blöd vorkam.

»Ich dachte schon, Sie hätten sich verlaufen«, scherzte Jack, als sie hereinkam.

Gedankenverloren sah sie ihn an. Sollte sie eine Ausrede benutzen oder ehrlich zu ihm sein? Das Problem mit der Aufrichtigkeit war, dass man selbst leicht als Idiot dastand. »Das erzähle ich Ihnen später.« Sie rieb sich die Stirn. »Haben Sie Tabletten?«

»Kopfschmerzen?«

»Ich glaube, es ist sogar Migräne. Ich hatte das zwar noch nie, aber die Schmerzen sind ziemlich heftig.« Beth schluckte mit einem Glas Wasser zwei von den Tabletten aus der Packung, die Jack ihr gab.

»Fühlen Sie sich krank? Ist Ihnen schwindelig? Tanzen Lichtpunkte vor Ihren Augen?«

»Mir ist nur ein bisschen übel, das ist alles«, erwiderte Beth.

»Trinken Sie das«, sagte Jack und gab ihr ein weiteres Glas Wasser. »Möchten Sie sich oben eine Weile hinlegen?«

»Ach, ich weiß nicht ...«

»Na los. Leo und ich gehen mit Doris Gassi, und anschließend können die beiden in Ihrem Garten spielen, während ich die Sockelleisten von den Schränken abmontiere, damit sie nicht noch mehr einweichen. Und wenn Sie aufwachen, könnten wir uns gemeinsam einen Film ansehen und Essen bestellen.«

»Juhu!«, kam es aus dem Garten.

»Das Gehör dieses Kindes ist phänomenal«, bemerkte Jack. »Na kommen Sie, die Pause wird Ihnen guttun. Ich bringe Ihnen nachher Kaffee hoch«, versprach er und scheuchte sie bereits sanft zur Treppe.

»Danke, Jack. Das ist wirklich nett.«

»So bin ich«, erwiderte er mit einem schiefen Grinsen.

Jetzt, wo er vergeben war, sah er noch süßer aus. Sein Lächeln war charmant, und zusammen mit seinem guten Aussehen sowie seiner Fürsorglichkeit ergab er ein sehr gutes Exemplar der männlichen Spezies. Oh, wow, dachte Beth, er ist wirklich eine gute Partie, noch dazu aus den richtigen Gründen.

»Beth ...« Jemand flüsterte ihren Namen und brachte sie damit zum Lächeln. Sie träumte davon, in einer Hängematte zu schlafen, und die Stimme wurde lauter und wieder schwächer, während sie hin und her schwang. »Beth, hier ist der Kaffee.«

Sie öffnete die Augen und sah einen breit lächelnden Jack vor sich. »Hallo.«

»Hallo. Wie geht es dem Kopf?«

Sie schloss die Augen wieder und überprüfte es. »Besser jetzt.«

»Und die Übelkeit?«

»Verschwunden.«

»Haben Sie Lust auf chinesisches Essen? Das hat Leo sich gewünscht. Er hat sich ungefähr acht verschiedene Gerichte ausgesucht.«

»Solange er Chicken Chow Mein auf der Liste hat, bin ich einverstanden.«

»Ich auch«, sagte Jack und ließ sie mit dem Kaffee allein.

Sie saßen inmitten der Reste des chinesischen Essens, und auch die Flasche Wein neigte sich dem Ende. Leo hatte es sich mit Jacks Hilfe und dessen Schlafsack schon im Gästezimmer bequem gemacht. Doris war ihm kurz darauf gefolgt und hatte sich neben ihn gelegt, in der Hoffnung, zur Abwechslung einmal oben schlafen zu dürfen. Im Fernsehen lief ein Film, doch keiner von beiden schaute richtig hin.

»Machen Sie sich wegen Ihrer Küche keine Sorgen. Die ist leicht wieder hinzukriegen«, meinte Jack.

»Ich habe mich heute an die Beschreibung in der Auktionsbroschüre erinnert. Damals dachte ich, es handele sich um einen Druckfehler, weil es hieß, durch das Grundstück fließe ein Bach. Aber das war kein Scherz, oder?«

Jack lachte herzhaft. »Ich dachte, der Bach sei die Grenze, aber ich schätze, er fließt durch Ihr Land ... und ein bisschen auch unter dem Cottage durch!«

»Haha«, meinte Beth. »Ernie denkt, dass das gar nicht selten passiert.«

»Wenn man sich umhört, geschieht das nicht sehr oft. Vor acht Jahren etwa das letzte Mal.«

»Das ist gut, denn beim nächsten Mal werde ich nicht mehr da sein«, sagte Beth belustigt.

Jack lachte nicht; in seinem Gesicht zuckte ein Wangenmuskel. »Was hat Sie vorhin so lange beim Cottage aufgehalten?« Er verteilte den restlichen Wein auf ihre Gläser.

»Nicht lachen!«, warnte Beth, worauf Jack sich offenbar gleich ein Grinsen verkneifen musste. »Es ist wirklich albern, aber ich dachte, da ist jemand vor der Tür. Deshalb musste ich erst durchs ganze Haus schleichen und aus allen Fenstern spähen, bevor ich mich getraut habe, die Tür zu öffnen.« Jetzt grinste sie über ihre eigene Blödheit, doch Jacks Lächeln erstarb.

»Warum glaubten Sie, dass da jemand war?«

»Ich hatte das Gefühl. Es war wirklich schrecklich. Als ich an der Tür war, glaubte ich eine Lichtveränderung zu bemerken durch das Glas in der Tür. Aber da die Sonne hineinschien, ist das schwer zu sagen. Es könnte auch eine Wolke gewesen sein.« Sie trank einen Schluck Wein und versuchte gelassen zu wirken.

»Aber Sie dachten, es sei Nick?«

Beth nickte. »Ich weiß, das klingt verrückt.«

»Warum haben Sie solche Angst vor ihm?« Jack beobachtete sie genau.

»Weil er gedroht hat, falls ich ihn verlasse, findet er mich und bringt mich um.«

Jack wirkte geschockt. »Glauben Sie, er ist dazu fähig ...«

»Nein! Der redet nur. Er ist manipulativ und ein Lügner, aber ich bezweifle, dass er zu einem Mord fähig wäre.«

»Trotzdem ist es eine ziemlich üble Drohung.«

»Er ist ja auch ein übler Kerl.« Erneut trank sie einen Schluck Wein. »Kein wundervoller Typ, so wie Sie.« Als ihr klar wurde, dass sie das laut ausgesprochen hatte, kam sie sich wie eine Idiotin vor. Jack sah sie seltsam an, und sie spürte, wie sie errötete.

»Sie sind auch wundervoll, Beth«, sagte er mit rauer Stimme und legte zögernd seine Hand auf ihre. Sie richtete ihren Blick darauf, während ihr Herz anfing zu hämmern wegen des unerwarteten Kontaktes.

Sie zog ihre Hand zurück. Jack war jetzt mit Petra zusammen, dieses Schiff war also abgesegelt. »Ich sollte ins Bett gehen. Allein«, fügte sie hinzu.

Jack grinste. »Okay. Nehmen Sie sich vor plündernden Hunden in Acht.«

»Klar, mach ich.« Sie zeigte mit dem Finger auf ihn; er grinste immer noch. »Gute Nacht«, sagte sie mit Bestimmtheit und machte sich auf den Weg zur Treppe.

»Gute Nacht, Beth«, erwiderte er und schaute ihr hinterher.

Rosemary war eingenickt, hielt die zerknüllte Zeitung in den Armen und war gegen Fergus' Bett gesackt. Cormac las eine Zeitschrift über Fotografie, die er in einem der Wartebereiche gefunden hatte. Carlys Handy vibrierte erneut, als eine weitere Nachricht hereinkam. Sie ignorierte sie, da sie während der vergangenen Stunde am Tablet geklebt hatte. So viel zum Internet – sie hatte dort keine nützlichen Hinweise darüber gefunden, wie man taube Menschen aus dem Koma holte, oder wie auch immer der Doktor es genannt hatte. Stattdessen hatte sie sich zu Genüge mit Katzenvideos ablenken können. Sie war kurz davor gewesen, die Suche aufzugeben und das Tablet dem schon unruhig wirkenden Cormac zurückzugeben, als ihr seine Worte wieder einfielen und sie von Neuem motivierten: »Man kann immer etwas tun.« Zwar hatte der Arzt ihnen versichert, es werde alles getan, doch sie wollte selbst etwas unternehmen. Was genau, wusste sie nicht, als sie die Suche startete mithilfe von Cormacs Tablet-Computer. Doch dann klickte sie einen Link an und glaubte, vielleicht eine ganz kleine Chance gefunden zu haben. Carly schaute auf den Bildschirm und versuchte, sämtliche Einzelheiten aufzunehmen.

Sie kramte in ihrer Handtasche und hätte sie beinah fallen lassen, als sie einen kleinen Notizblock und einen Kugelschreiber herausnahm. Dann schrieb sie in hastiger Kritzelschrift die Informationen vom Bildschirm ab und gab anschließend Cormac sein Tablet zurück.

»Was hast du vor?«, wollte er mit einem gewitzten Funkeln in den Augen wissen.

»Es ist eine sehr vage Chance«, antwortete Carly. »Ich gehe mal nach draußen und telefoniere ein bisschen herum.« Sie beugte sich vor und gab Fergus einen Kuss, wobei sie darauf achtete, nicht gegen irgendwelche Kabel zu stoßen. Sie nahm seine Hand und signalisierte »Bin gleich wieder da« und ließ seine Finger im »Ich liebe dich«-Zeichen.

Die ersten Nummern, die sie anrief, konnten ihr entweder nicht weiterhelfen, oder es meldeten sich nur Anrufbeantworter, bei denen sie Nachrichten hinterließ, allerdings ohne große Hoffnung auf einen Rückruf. Es war schließlich immer noch das Osterwochenende. Die Idee war ohnehin weit hergeholt, ungefähr vom Mars, dachte sie und musste über diesen Gedanken grinsen. Das Lächeln erstarb, als sie die Seite ihres Notizblocks umblätterte und feststellen musste, dass sie die letzte Nummer auf ihrem Zettel schon angerufen hatte. Sie blätterte die Seiten durch; jede Nummer war abgehakt oder mit einem Kreuz versehen. Das war's, alle Versuche waren ins Leere gelaufen.

Sie ging die paar Schritte zum Wartebereich, wo sie sich auf einen der Plastikstühle fallen ließ und auf ihr Handy schaute. Es gab ein paar Nachrichten von Beth, alle aufmunternd, ohne Erkundigung zum Stand der Dinge, da sie wusste, dass Carly in einem solchen Fall sofort Kontakt zu ihr aufnehmen würde. Sie sandte ihr eine kurze »Keine Veränderung«-Nachricht und legte Notizblock sowie Handy anschließend auf den freien Plastikstuhl neben ihr. Carly streckte sich ausgiebig. Ihr Nacken tat weh von der über das Tablet gebeugten Haltung.

Sie machte die Augen zu und versuchte nachzudenken. Gleichzeitig versuchte sie, sich nicht das Gehirn darüber zu zermartern, was es wirklich bedeutete, dass Fergus komatös war. War es dasselbe wie ein Koma? Sie war sich da nicht sicher und wollte lieber nicht an all die Leute denken, die Monate oder Jahre im Koma verbracht hatten oder einfach nie wieder aufgewacht waren. Ihr Grübeln wurde unterbrochen vom Vibrieren des Handys, das auf dem Notizblock lag. Schnell nahm sie den Anruf an.

Tatsächlich handelte es sich um einen der Rückrufe, auf die sie gehofft hatte. Die kurze Unterhaltung gestaltete sich einfacher, als sie geglaubt hatte. Nachdem sie ihre Situation erläutert hatte, bot der Mann am Telefon ihr an, sich mit ihr in zwanzig Minuten an der U-Bahn-Station zu treffen. Carly beendete das Gespräch im wiederhergestellten Glauben an die Freundlichkeit fremder Menschen.

Dreißig Minuten später rauschte sie wieder in die Intensivstation und umklammerte eine kleine Plastiktüte. Cormac stand auf, als sie hereinkam. »Ich hole mir Tee. Möchtest du einen von diesen Schickimicki-Bechern, die du für gewöhnlich trinkst?«

»Warte einen Moment, ich habe da möglicherweise etwas«, bat Carly ihn. »Es ist nur eine vage Hoffnung, aber einen Versuch wert.«

Rosemary wachte auf, als Carly sich an Fergus zu schaffen machte. »Was ist denn los?« Sie sah zu Cormac.

»Alles in Ordnung, Rosie. Wir probieren nur etwas aus für unseren Jungen«, erklärte er, und dann schauten sie beide zu, wie Carly mit einem kleinen weißen Gerät hantierte, das sie auf Fergus' Brust platzierte und dessen Kabel anschließend in sein iPhone stöpselte. Carly schaute für einen Moment auf das Display, bis sie das Music-Icon gefunden hatte, klickte es an und wählte eine von Fergus' Playlists. Sie wusste, dass es die noch gab, weil er oft von seiner Liebe zur Musik sprach und den Playlists, die er für alle möglichen Gelegenheiten angelegt hatte. Für diese Situation hatte er natürlich keine, deshalb entschied sie sich für »Beste Songs« und drückte auf Play.

Sie konnte nichts hören, was gut war, denn keiner der Patienten auf der Intensivstation wäre von lauter Musik um diese Tageszeit begeistert gewesen. Carly legte die Hand auf das Gerät, um zu überprüfen, ob es funktionierte, und fühlte die sanfte Vibration. Sie setzte sich, beobachtet von Rosemary und Cormac.

»Wirst du uns erklären, was diese Pipibox ist?«

»Es handelt sich um einen vibrierenden Lautsprecher«, erklärte Carly stolz. »Wenn es mit etwas Hohlem verbunden wäre, könnte man es hören, aber da Fergus, äh ...«

»Dicht ist?«, half Cormac ihr amüsiert.

»Genau. Der Sound besteht aus Vibrationen, und hoffentlich solchen, die er wiedererkennt. Es ist bloß eine sehr vage Hoffnung ...«, räumte Carly ein.

»Aber es ist wenigstens etwas«, bemerkte Cormac und tätschelte mit glänzenden Augen ihre Hand.

33. Kapitel

Als die Morgendämmerung am Ostermontag einsetzte, wurde Beth von einem aufgeregten Camper geweckt, der wie eine riesige Raupe in Jacks Schlafsack gehüllt auf ihr Bett sprang. »Uff, Leo!«, stöhnte sie, als er sich über ihre Blase rollte; es gab angenehmere Methoden, geweckt zu werden. Sie streckte die Hand nach dem Nachtschränkchen aus, um auf ihr Handy zu schauen, ob es Nachrichten von Carly gab. Aber da waren keine.

»Heute suchen wir Ostereier!«, verkündete die Raupe, öffnete ihren Reißverschluss und hüpfte über Beth hinweg, ehe sie aus dem Schlafzimmer stürmte. Unten war das Geräusch klappernder Becher zu hören, gefolgt vom Tapsen großer Pfoten auf der Treppe. Im nächsten Moment kam Doris herein und sprang auf Beth.

»Ernsthaft jetzt?«, sagte sie, als Doris verzweifelt ihre Liebe zu zeigen versuchte, indem sie alle Teile abschleckte, die Beth unvorsichtigerweise nicht zugedeckt hatte.

»Doris, aus!«, befahl Jack, und Doris sprang vom Bett und lief aus dem Zimmer. »Kaffee?«, fragte er und stellte einen Becher auf das Nachtschränkchen. »Was macht der Kopf?«

»Die Migräne ist längst verschwunden. Danke für den Kaffee.«

»Ich meinte eigentlich nach dem Wein gestern Abend, aber es ist so oder so gut zu hören. Leo hilft mir beim Pfannkuchenbacken, deshalb sind Sie vermutlich am sichersten hier oben aufgehoben, bis wir sie servieren. Einverstanden?«

»Okay«, stimmte Beth zu und nahm ihren Becher in beide Hände. Sie dachte daran, wie glücklich sie sich schätzen konnte, einen Freund wie Jack zu haben. Und dann dachte sie, wie viel glücklicher Petra war, einen Partner wie ihn zu haben. Er konnte sich allerdings auch glücklich schätzen, denn Petra war eine liebenswerte Person und offenbar sehr verständnisvoll, wenn es ihr nichts ausmachte, dass eine andere Frau über Nacht bei ihm blieb.

Nach den Pfannkuchen räumten sie und Jack die Küche auf und gesellten sich anschließend zu der Menge auf der Dorfwiese. Eine große Fläche war für die Ostereiersuche mit Seilen eingezäunt. Zwischen den Pfosten schaukelten Ostereier-Wimpel munter im Wind. Leo lief gleich zu Denis, und die zwei setzten ihre Namen auf die Liste der Teilnehmer. Während die Jungen ihre Teilnahmegebühr bezahlten, kam Petra zu Beth und Jack.

»Was machen die Kopfschmerzen?«, erkundigte Petra sich.

»Besser, danke.«

»Und das Cottage?«

»Frag nicht! Nach der Ostereiersuche werde ich einen weiteren Versuch unternehmen, es sauber zu machen.«

»Es gibt nachher Drinks im Pub. Das ist Tradition«, meinte Petra und bemerkte Beths gequälte Miene. »Aber wenn du aufräumen willst, kümmere ich mich um Leo.«

»Ich gehe nach der Ostereiersuche in den Pub«, meldete Jack sich zu Wort. »Es ist also jemand für ihn da.«

»Danke, Leute, das wäre toll.« Beth registrierte die Blicke zwischen Jack und Petra, konnte sie jedoch nicht richtig deuten. Die ihr inzwischen von den Landfrauen bekannte Ansagerin in Lederhosen stand auf einer provisorischen Bühne aus hastig aufeinandergestapelten Paletten und nahm das Mikrofon in die Hand.

»Willkommen zur Dumbleford-Ostereiersuche. Dankenswerterweise ist das Wetter jetzt etwas trockener, aber um ganz sicherzugehen, zeige ich es noch mal: Die hier sucht ihr.« Sie hielt zwei farbige Plastikeier hoch. »Bis maximal fünf davon können bei meiner Kollegin Shirley dort drüben eingetauscht werden.« Shirley und ihr Trolley waren hinter einem Tisch positioniert, auf dem Ostereier höher als bis zu Shirleys Kopftuch aufgestapelt waren. »Die Farbe des Eis bestimmt auch dessen Größe. Shirley wird euch dann das richtige aushändigen.« Aus der Schar aufgeregter Kinder war freudiges Gemurmel zu hören. »Drei, zwei, eins, los! Frohe Ostern!«, rief die Frau und brachte damit das Mikrofon zum Kreischen. Das Wimpelband wurde durchschnitten, und die Kinder rannten auf die zuvor abgesperrte Fläche. Wegen des hohen Grases waren die Eier nicht so leicht zu finden, wie man vielleicht hätte meinen können. Beth lachte über das unkoordinierte Hin und Her der Kinder auf der Wiese.

»Ich würde mich ja immer wieder aufrichten und schauen, wo ich gerade bin, damit ich weiß, wo ich gesucht habe«, sagte Beth.

»Nee, ich würde es genauso machen wie die zwei«, bemerkte Jack, der Leo und Denis beobachtete, wie sie willkürlich mal in diese, mal in die andere Richtung rannten und sich bückten, ob an der Stelle nun ein Ei versteckt war oder nicht.

»Dem Himmel sei Dank für Waschmaschinen«, sagte Petra, als Denis sich mit einem breiten Grinsen aufrichtete, ein gelbes Ei in der Hand und grünen und braunen Streifen vorn auf der Kleidung.

Leo war Fünfter in der Schlange, um seine fünf farbigen Eier gegen Schokoladeneier einzutauschen. Die Landfrauen-Dame ging Shirley inzwischen zur Hand. Leo verließ den Tisch mit einem großen Ei, drei verschiedenen in mundgerechter Größe sowie einer Tüte Mini-Schokoeier. Beth machte ein Foto, als er auf sie zukam; es war ein Bild reinen Glücks. »Hast du gesehen, Mum? Hast du gesehen, ich hatte nur das rote Ei mehr als dieser Junge und hab dafür das große gekriegt.« Er hielt es stolz hoch. »Das ist für dich!«, erklärte er und gab ihr das Ei.

Beth hatte Mühe, nicht zu weinen. Sie wollte keine peinliche Mum sein, doch das war gar nicht so einfach, wenn man mit einer solchen spontanen Zuneigungsbekundung konfrontiert wurde. »Das ist sehr lieb, Leo. Wollen wir es uns teilen?«

»Okay«, stimmte Leo schnell zu. »Ich pass bis dahin darauf auf.« Er nahm es wieder an sich, und Denis tauchte aus der Menge aus, ebenfalls mit einem Armvoll Schokoladeneier.

Gemeinsam gingen sie alle über die Dorfwiese zurück. Petra, Jack und die Kinder verschwanden im Pub. Beth winkte ihnen hinterher und ging die kurze Strecke bis zu ihrem Cottage, um die Küche in Angriff zu nehmen. Beim Hereinkommen musste sie über einen Stapel Briefe steigen. Sie hob ihn auf und ging durch den Flur, um ihre einst perfekte Küche zu begutachten. Überraschenderweise war das Wasser zurückgegangen, und sehr nasse, schlammige und verbogene Fußbodenbretter waren zurückgeblieben. Es sah nicht anders aus, als sie erwartet hatte, trotzdem machte es sie wütend. Die Durchsicht der Post ergab einen Stapel Rechnungen und einen mit Werbepost sowie erneuten Kopfschmerzen.

Beth holte alle Sachen heraus, die sie zum Reinigen der Küche benötigen würde, und ihre Kopfschmerzen verschlimmerten sich noch ein bisschen mehr. Sie füllte ein Glas mit Wasser und nahm ein paar Schmerztabletten aus einem der Küchenschränke. Als sie beim Verlassen der Küche über die niedrige Stufe stolperte, fluchte sie. Sie fühlte sich auf einmal so müde und auch ein wenig elend, wenn sie ehrlich war – vielleicht fühlte man sich bei Migräne so? In der Ruhe des Wohnzimmers schluckte sie zwei Tabletten und spülte sie mit Wasser herunter. Dann stellte sie Glas und Tablettenpackung auf die Fensterbank und machte es sich auf dem Sofa mit den Kissen für ein kleines Nickerchen bequem. Durch Schlaf war die Migräne schon einmal verschwunden, warum nicht jetzt auch? Obwohl ihr Kopf pochte, war sie schnell eingeschlafen.

Jack schaute zu, wie Leo die paar Schritte vom Pub zu Willow Cottage ging und wegen der jetzt voll erblühten Weide außer Sicht verschwand. Die pelzigen kleinen Weidenkätzchen verliehen dem Baum einen wattig-weißen Farbton. Jack wusste, dass Beth im Cottage war und er Leo somit sicher übergeben hatte. Er ging wieder in den Pub zurück.

»Na komm schon, was ist los?«, wollte Petra wissen, als er sich auf seinen Barhocker setzte.

»Was meinst du?«

»Das, was dich bedrückt. Ich merke, dass da was ist.«

Jack machte den Rücken gerade. »Ich weiß nicht ... doch, ich weiß es. Es ist Beth.«

»Moment«, sagte Petra und ging, um einen Gast zu bedienen. Jack schaute zu, wie sie die lange Essens- und Getränkebestellung entgegennahm. Nach ein paar Minuten war sie zurück.

»Du machst dir Sorgen wegen Beth. Das ist nicht überraschend«, sagte Petra, während sie eine Zitrone in Scheiben schnitt. »Sie steht im Augenblick neben sich. Sie hat zu viel um die Ohren, und das verursacht ihr Kopfschmerzen.«

Jack dachte darüber nach. »Stimmt, sie hat häufig Kopfschmerzen in letzter Zeit.«

»Das liegt am Stress«, bemerkte Petra und wedelte mit dem kleinen Messer. »Wir beide haben nie Kopfschmerzen, weil wir keinen Stress haben und oft an der frischen Luft sind. Beth ist ständig im Cottage und arbeitet dort viel zu viel.«

»Ja«, bestätigte Jack nachdenklich. »Ich hatte aber auch letztens Kopfschmerzen.« Er überlegte, wann das gewesen war, denn Petra hatte natürlich recht, es kam äußerst selten vor. »Und zwar als ich die Sockelleisten der Schränke in Beths Küche abnahm.« Er sprang vom Barhocker und rannte zur Tür.

»Was ist denn los?«, rief Petra ihm hinterher.

»Der verdammte Heizkessel!«, schrie er und stürmte aus dem Pub. Er rannte um die Autos auf dem Parkplatz, sprang durch die Weide und lief zum Cottage. Zum Glück war Ernie nicht da, sonst hätte er den Schreck seines Lebens bekommen. Jack probierte, ob die Tür offen war, und hämmerte dagegen, nachdem er festgestellt hatte, dass sie verschlossen war. »Beth! Leo!«

Er lief zur Seite des Hauses, spähte durchs Wohnzimmerfenster und erschrak. Beth lag auf dem Sofa und sah blass und ohnmächtig aus.

»Beth! Beth!«, rief er und klopfte gegen die Scheibe. Keine Reaktion.

34. Kapitel

Es war noch früh, und auf der Intensivstation des Krankenhauses herrschte friedvolle Stille. Cormac und Rosemary sahen weniger müde aus, nachdem sie die Nacht in einem nahe gelegenen Hotel verbracht hatten. Doch sie waren still und ihre Stimmung gedrückt. Rosemary hatte ein Taschenbuch dabei und fing an zu lesen, während Cormac in der Zeitung blätterte. Carly saß an Fergus' Seite und ging seine Musiklisten durch; die ganze Nacht lang hatte sie seine Musik über den vibrierenden Lautsprecher gespielt. Sein Zustand war unverändert. Kein Zucken einer Wimper oder eines Fingers – nichts.

Carly gähnte herzhaft, sie war erschöpft. Früher oder später würde sie akzeptieren müssen, dass sie um richtigen Schlaf daheim in ihrem eigenen Bett nicht herumkam. Niemand hatte etwas gesagt, aber ihr dämmerte allmählich, dass dies erst Tag drei von möglicherweise sehr vielen Tagen an seinem Bett war. Sie wollte nicht daran denken, aber sie musste sich langsam damit auseinandersetzen. Alles hatte sich so plötzlich geändert – was eine der glücklichsten Zeiten ihres Lebens hatte werden sollen, wurde zu einem Albtraum. Es war nach wie vor unklar, weshalb irgendein Depp Fergus eine Flasche auf den Kopf gehauen hatte, und Carly fragte sich, ob der Kerl eine Vorstellung davon hatte, wie viele Leben durch seine Handlung nicht mehr waren wie zuvor.

Vielleicht lag es an der Müdigkeit, aber sie fühlte sich ganz benommen, wie in Luftpolsterfolie gewickelt. Es kam ihr alles unwirklich vor, aber jedes Mal, wenn sie dachte, das kann nicht wahr sein, erinnerte das Piepen der Maschinen sie daran, dass es doch Realität war. Es machte ihr schreckliche Angst, den Mann, den sie liebte, leblos daliegen zu sehen. Wie lange würden sie dieses Wartespiel spielen müssen? Die Stunden, in denen sie Fergus, bleich und reaktionslos, betrachtet hatte, rückten alles wieder in die richtige Perspektive. Sie wollte nur noch ihren unverwüstlichen Fergus zurückhaben, dann würde alles wieder gut werden. Carly wischte sich eine Träne fort; sie hatte gar nicht gemerkt, dass sie angefangen hatte zu weinen. Sie bemerkte, dass der Mann mittleren Alters aus dem Bett gegenüber in der Nacht verschwunden sein musste. Weil es ihm besser ging, redete sie sich ein. An die Alternative zu denken, konnte sie nicht ertragen.

Carly betrachtete die Fotos auf Fergus' Handy; ganz besonders gefielen ihr all die verrückten Selfies, die sie zusammen gemacht hatten. Auf jedem Foto sahen sie glücklich aus, sogar auf denen, die traurige Clownsgesichter zeigten. Fergus sah hier in diesem Krankenhausbett liegend ganz anders aus. Es war, als würde sie einen anderen Menschen betrachten. Sie konnte nicht erklären, was es war, vielleicht das fehlende Lächeln oder das übermütige Funkeln in seinen Augen. Aber es fehlte definitiv etwas an diesem reglosen Mann vor ihr.

Carly musste sich irgendwie ablenken, deshalb drückte sie das Musik-Icon. Mittlerweile konnte sie schon ganz gut mit dem iPhone umgehen und scrollte mit dem Daumen wie eine Expertin durch die Playlisten. Plötzlich fiel ihr etwas ins Auge, und sie scrollte zurück.

»Fergus, du stiller Teilhaber«, murmelte sie, wählte das Album aus und drückte auf Play. Sie legte die Hand auf das kleine Gerät, das sie gekauft hatte, um zu überprüfen, ob es auf seiner Brust vibrierte. Dann nahm sie seine Hand und signalisierte ihm, was gespielt wurde. Es dauerte eine Weile, bis sie die Fingerzeichen alle gemacht hatte. »Album Mamma Mia, erster Song, ›Honey, Honey‹.«

Sie musste kichern. Vermutlich war das auf eine Mischung aus Furcht und Albernheit zurückzuführen, jedenfalls packte das Kichern sie. Cormac raschelte mit seiner Zeitung, und Rosemary legte das Lesezeichen an die aktuelle Stelle in ihrem Buch, ehe sie es sinken ließ.

»Was ist denn?«, fragte sie und wirkte trotz ihrer Lachfalten besorgt.

Carly winkte ab und versuchte, ihr Kichern abzustellen. »Fergus und ich mögen nicht die gleiche Musik, aber ich habe Abba in seiner Musiksammlung gefunden, und die spiele ich ihm jetzt vor.«

»Meinst du, der Vibrator funktioniert?«, fragte Rosemary ganz unschuldig. Cormac hustete, und Carly fing wieder an zu kichern. »Was denn?«

»Das Ding ist ein Vibrationslautsprecher«, erklärte Cormac und verdrehte die Augen. »Kein Vibrator!«

»Ist doch das Gleiche!«, protestierte Rosemary.

»Nein, nein, ist es nicht!«, sagte Carly lachend.

»Dummie«, brummte Cormac und widmete sich wieder seiner Zeitung.

»Meinst du, es funktioniert?«, fragte Rosemary erneut, da sie den Witz immer noch nicht begriffen hatte.

Carly nahm sich zusammen. »Ich habe ehrlich keine Ahnung. Ich hoffe es, denn wenn er zu sich kommt, wäre es cool, wenn er wieder Vergnügen an der Musik haben könnte. Die hat ihm sehr gefehlt.« Eine leise innere Stimme ersetzte das Wort »wenn« durch das Wort »falls«. Sie schluckte, um ihre Emotionen zu beherrschen. So durfte sie nicht denken, sie musste positiv bleiben.

»Er liebte seine Musik schon, als er noch ein kleiner Junge war. Ich dachte immer, die Kopfhörer seien an seinem Kopf festgeklebt.« Rosemary lachte bei der Erinnerung in sich hinein. »Er mochte diesen Song von den Cheeky Girls.«

Cormac warf ihnen über den Rand seiner Zeitung einen vielsagenden Blick zu und schüttelte lachend den Kopf. Carly drückte fieberhaft Icons, um herauszufinden, wie man neue Musik herunterlud.

»Das ist brillant, Rosemary. Was mochte er sonst noch?«

Carly und Rosemary stellten eine bunte Playlist von Songs aus Fergus' Jugend zusammen. Es machte Spaß, doch als sie zum zweiten Mal lief und es immer noch keine Reaktion von Fergus gab, ließ die anfängliche Begeisterung rasch nach. Carly schaute auf dem Display nach, was gerade lief, und signalisierte mit seiner Hand: »›Sound of the Underground‹ von Girls Aloud.«

Ohne Vorwarnung schloss sich Fergus' Hand um ihre. Carly schnappte erschrocken nach Luft und sah ihn an, doch sein Gesicht blieb regungslos. Sie hielt ihre hochsprudelnde Begeisterung im Zaum, um seinen Eltern nicht zu viel Hoffnung zu machen. Aber dies war ein gutes Zeichen. Es musste so sein. Stumme Tränen liefen ihr über die Wangen, und sie wagte kaum, seine Eltern darauf aufmerksam zu machen, aus Angst, es könnte den Zauber beenden. Sie wedelte mit der linken Hand, und Rosemary sah von ihrem Buch auf.

Die Worte auszusprechen fiel ihr schwer. »Er hält meine Hand«, sagte Carly, überwältigt von ihren Gefühlen. Sie ließ ihren Tränen freien Lauf.

Es dauerte einen Moment, bis die zwei begriffen. »Heilige Maria, Muttergottes!«, rief Rosemary aus und stürmte an Cormac vorbei zu Fergus' Bett. Cormac folgte ihr, und alle starrten auf Fergus' blasse Hand, die Carlys hielt. Cormac wischte sich eine Träne ab und legte die Arme um die beiden Frauen. »Der Bursche hat sich schon immer gern Zeit gelassen. Schon immer«, sagte Cormac und drückte Carlys Schulter.

»Schwester!«, rief Cormac. »Ich glaube, wir haben weitere Lebenszeichen, die Sie sich mal ansehen sollten!«

Die Krankenschwester kam hereingeeilt, und sie schilderten ihr aufgeregt, was Fergus getan hatte. Die Schwester nahm Fergus' Hand aus Carlys, und Carly hätte ihr am liebsten eine gelangt.

»He! Müssen Sie das tun?«, fragte sie und stand auf. Sie war kein gewalttätiger Mensch, doch als der Kontakt unvermittelt unterbrochen wurde, erwachte etwas Primitives in ihr.

»Beruhig dich, sie macht doch nur ihren Job«, beschwichtigte Cormac und signalisierte Carly sanft, sich wieder hinzusetzen.

Die Krankenschwester wirkte unbeeindruckt; wahrscheinlich war sie regelmäßig Schlimmerem ausgesetzt. »Ich muss ein paar Dinge überprüfen, okay?«, fragte sie, fuhr jedoch ohnehin fort mit dem, was sie tat. Sie absolvierte die übliche Routine und machte sich Notizen. Carly setzte sich wieder und nahm Fergus' Hand in ihre. Sie drückte sie, doch es erfolgte keine Reaktion. Sie wartete einen Moment, dann drückte sie sie erneut.

»Er greift nicht mehr zu«, beklagte sie sich und sah verzweifelt von der Krankenschwester zu Cormac und Rosemary.

»Könnte ein Krampf gewesen sein«, erklärte die Krankenschwester und sah dabei mitfühlend aus.

»Nein«, widersprach Carly entschieden. »Nein, er hat meine Hand für vielleicht eine halbe Minute gehalten.« Frische Tränen stiegen in ihr auf. Sie sucht die unterstützenden Blicke von Fergus' Mutter, die ebenfalls kurz nickte.

»Na schön«, meinte die Schwester freundlich. »Dann hoffen wir mal, dass er das wieder tut.«

Jack hämmerte gegen die Eingangstür von Willow Cottage. »Leo! Mach die Tür auf!«, rief er, doch es folgte keine Reaktion. Er ging wieder zurück zum Wohnzimmerfenster.

»Beth!«, rief er und schlug mehrmals mit der flachen Hand gegen die Scheibe. Sie rührte sich nicht, lag weiterhin reglos auf dem Sofa. Ihm kam ein Gedanke, bei dem ihm eiskalt wurde vor Angst – vielleicht war es schon zu spät. Er zog sein Handy aus der Tasche, wählte den Notruf und rannte zur Rückseite des Hauses, um zu sehen, ob er hier hineinkäme. Jack zog an der Stalltür und probierte es an den Fenstern, aber alles war sicher verschlossen.

Die Notrufzentrale meldete sich, und Jack bat um einen Krankenwagen. Er schilderte seinen Verdacht, Beth habe eine Kohlenmonoxidvergiftung erlitten, und nannte die Adresse.

Die Zentrale stellte Fragen, doch Jack steckte sein Handy einfach wieder ein. Er musste ins Haus gelangen, und zwar schnell. Er zog sein T-Shirt aus, wickelte es um den Ellbogen und schlug mit einer schnellen Bewegung eine der kleinen quadratischen Glasscheiben des Küchenfensters ein. Rasch wischte er mit dem T-Shirt die Glasreste weg, warf es auf den Boden, griff durch das Fenster und entriegelte es von innen.

Dann öffnete er es, stieg auf die Fensterbank und war im nächsten Moment auf der Arbeitsfläche. »Leo!«, rief er laut, bekam jedoch keine Antwort. Wo steckte der Junge? War Beth noch in der Lage gewesen, ihn ins Haus zu lassen? Und wenn nicht, wohin war er gegangen und wo hielt er sich jetzt auf?

Jack musste sich zunächst auf Beth konzentrieren. Sie hatte absolute Priorität. Wenn er recht hatte mit seiner Vermutung bezüglich des Heizkessels und der Kohlenmonoxidvergiftung, lief ihm rasend schnell die Zeit davon. Sein Herz pumpte, und ohne nachzudenken holte er tief Luft. Sofort machte sich ein stechender Kopfschmerz in der Schläfe bemerkbar. Er ignorierte ihn, sprang aus der geduckten Haltung auf der Arbeitsfläche herunter auf die feuchten, gebogenen Dielenbretter und eilte aus der Küche ins Wohnzimmer.

»Beth!« Er sank auf die Knie und tätschelte sanft ihre Wange. Sie reagierte nicht. Er presste die Finger an ihren Hals und prüfte ihren Puls. Sie lebte. Er war unendlich erleichtert, wusste aber, dass sie noch nicht außer Gefahr war. Er hob sie auf die Arme und trug sie zur Haustür, wo er mit dem Schloss kämpfte, das er wegen der Last, die er trug, nicht sehen konnte. Jack fühlte sich benommen, als schwebe er, doch es war kein angenehmes Gefühl. Er schüttelte den Kopf, was die Benommenheit und die einsetzende Übelkeit prompt verstärkte. Er hob Beth höher auf seine Arme und neigte sich zur Seite, um sich mit dem Schloss beschäftigen zu können. Sein Kopf hämmerte. Er bekam den Schlüssel zu fassen und drehte ihn unbeholfen um. Dann griff er nach der Türklinke, doch vor seinen Augen begann bereits alles zu verschwimmen, weshalb er sie beim ersten Versuch verfehlte und in die Luft griff. Er probierte es erneut und bekam sie zu fassen. Endlich konnte er die Tür öffnen. Sein Kopf fühlte sich schwer an, und seine Knie drohten nachzugeben. Schwankend trat er aus dem Cottage und vollführte im Fall eine Drehung, damit Beth auf ihm landen würde und der Aufprall für sie abgefedert wurde. Er spürte kaum, wie er hart auf dem Pfad landete, und dann wurde auch schon alles schwarz. Sein letzter Gedanke galt Leo.

Da war etwas auf seinem Gesicht, und Jack schob es weg. Er fühlte den kühlen Steinpfad unter seinem nackten Rücken, doch unter seinem Kopf lag etwas Weiches, wie ein Kissen. Er hatte keine Ahnung, was vor sich ging, und seine Erinnerung war lückenhaft.

»He, Kumpel, das brauchen Sie. Es ist Sauerstoff«, erklärte der Sanitäter und setzte ihm die Maske wieder auf. Jack öffnete die Augen und versuchte, klar zu sehen; dazu waren einige Anläufe nötig. »Ich bin Clark«, sagte der gewöhnlich aussehende Sanitäter, und Jack schaffte es, eine Braue zu heben.

»Ja, ich weiß, meine Eltern besaßen Sinn für Humor. Aber der echte Superman heute waren Sie …«

Jetzt kam die Erinnerung zurück. »Geht es ihr gut?«, fragte Jack. Sein Hals war trocken, die Worte kaum mehr als ein Krächzen. Er versuchte, den Kopf zu heben, doch das Hämmern wurde gleich heftiger.

»Sie ist auf dem Weg ins Krankenhaus, noch nicht bei Bewusstsein, aber sie wird behandelt. Das haben Sie gut gemacht, Kumpel. Und jetzt müssen Sie ein paarmal tief einatmen. Wir spülen das Kohlenmonoxid mit Sauerstoff aus Ihrem Kreislauf.«

Jack befolgte die Anweisungen und atmete tief den Sauerstoff ein. Er schaute sich um und entdeckte einen weiteren Sanitäter, der neben ihm eine Trage vorbereitete. Dahinter sah Jack einen Polizeiwagen und einen Feuerwehrwagen vor dem Pub stehen. Ein Polizist hielt die Gaffer zurück.

»Tief einatmen, so ist es gut«, lobte Clark. »Wir bringen Sie gleich ins Krankenhaus, wo man Sie gründlich untersuchen wird.«

Jack machte einen weiteren tiefen Atemzug und fühlte, wie er sich allmählich erholte. Die pochenden Kopfschmerzen waren noch da, doch sein Verstand fing wieder an zu arbeiten. »Leo!«, rief er unter der Maske und setzte sich mühsam auf.

»He, Sie sollen ruhig liegen! He!«, ermahnte Clark ihn, als Jack sich die Maske herunterriss.

»Leo ist weg, er ist sechs Jahre alt und könnte ebenfalls im Haus sein«, erklärte Jack, erschrocken zum Haus deutend.

Clark versuchte, ihm die Sauerstoffmaske wieder aufzusetzen. »Nein, da drin ist keiner mehr. Wir haben die Feuerwehr alarmiert, die waren drin und haben alles durchsucht. In dem Haus ist niemand mehr.«

»Dann ist er verschwunden«, sagte Jack und unternahm einen vergeblichen Versuch aufzustehen.

»Mal langsam, Mister. Sie gehen nirgendwohin«, stellte Clark klar, umfasste Jacks nackten Arm und brachte Jack wieder in eine liegende Position. »Überlassen Sie das der Polizei«, fügte er hinzu und winkte die Polizisten herüber.

Ein sehr ernst dreinblickender Officer notierte sich alles, was Jack ihm berichtete. Jack gab ihm sein Handy und dirigierte ihn zu dem Foto von Nicks silbernem BMW.

»Vielleicht hat der Mann gar nichts damit zu tun, aber für den Fall, dass doch …«, sagte Jack. Er hatte keine Ahnung, wo Nick sich aufhielt; wahrscheinlich war er längst zurück in London. Aber riskieren durfte man auch nichts. Leo war verschwunden und Nick somit der Hauptverdächtige.

35. Kapitel

Auf den Krankenhausfluren herrschte wieder reger Verkehr durch die kommenden und gehenden Besucher. Rosemary und Carly warteten in der Schlange der Kantine. Keine von beiden hatte Hunger, doch sie wussten, dass sie etwas essen mussten. Cormac hatte beschlossen, das Mittagessen ausfallen zu lassen, weil er vor noch nicht allzu langer Zeit einen großen Muffin und einen Kaffee gehabt hatte. Deshalb schickte er die Frauen allein los. Carly kannte Rosemary gar nicht so gut. Fergus' Eltern flogen jedes Jahr ein paarmal nach London, aber es waren stets kurze Besuche, bei denen Carly hauptsächlich als Übersetzerin fungierte. Das machte ihr nichts aus, ihr war klar, dass die Besuche Fergus galten. Aber dadurch hatte sie sich noch nicht oft mit seinen Eltern unterhalten. Auch während der Wache an Fergus' Bett hatten sie nicht viel geredet – das Gespräch über Musik hatte schon den Großteil der Kommunikation ausgemacht.

Rosemary schaute auf Carlys Suppenschale, die auf dem Tablett rasch kalt wurde. »Bist du immer noch Vegetarierin?«, fragte sie, offenbar um Konversation bemüht.

»Jap, immer noch ein Veggie.«

»Hier gibt's keine große Auswahl, was?« Rosemary stupste gegen Päckchen mit wenig verlockend aussehenden Sandwiches.

Sie zahlten ihr Essen und fanden einen frisch abgewischten Tisch.

»Wie lange werdet ihr bleiben?«, erkundigte Carly sich. »Ich glaube, Cormac muss morgen wieder arbeiten, oder?«

»Stimmt. Aber ich kann Fergus hier nicht allein lassen.« Rosemary kämpfte mit der Sandwichpackung. Carly streckte die

Hand aus, und Rosemary reichte ihr das Stück Plastik. Carly machte die Packung auf und gab sie zurück. »Danke.«

Sie aßen schweigend. Die Suppe war noch warm und schmeckte überraschend gut. Carly fiel ein, dass sie nichts Vernünftiges mehr gegessen hatte, seit sie und Beth durch Chinatown gegangen waren, was ihr jetzt eine Ewigkeit her zu sein schien. Ein Ereignis wie dieses warf alle gewohnten Dinge über den Haufen; man aß und trank mehr aus Notwendigkeit, und das zu allen möglichen Zeiten, Tag oder Nacht; Stunden vergingen, und Zeit verlor jede Bedeutung. Carly befürchtete, dass etwas passieren könnte, gut oder schlecht, während sie nicht an Fergus' Bett war. Diese Angst war inzwischen so stark geworden, dass sie gar nicht mehr wegwollte von dort. Zwischen den Toilettenpausen lagen Stunden, aus Furcht, etwas könnte während ihrer Abwesenheit geschehen.

Rosemary legte den Rest ihres Sandwiches wieder in die Packung. »Würde es dir etwas ausmachen, wenn ich bei dir bleibe, wenn Cormac nach Hause fliegt?«, fragte sie, und Carly hielt mit dem Suppenlöffel auf halbem Weg zum Mund inne. »Ich möchte nicht gerne allein in irgendeinem Hotel wohnen.«

»Nein, natürlich macht es mir nichts aus«, versicherte Carly ihr, nachdem sie sich rasch wieder gefangen hatte. »Dann habe ich auch Gesellschaft.« Was konnte sie sonst sagen?

»Macht es dir wirklich nichts aus?«

Carly dachte an ihre Wohnung. Sie hatte kaum etwas wahrgenommen, als sie dort gewesen war, um sich umzuziehen. Aber sie wusste, dass es eine Schlafcouch gab, auf der Beth übernachtet hatte. Im Schlafzimmer herrschte Chaos; sie hatte ihre Kleidungsstücke aufs Bett geworfen, auf dem schon die Sachen lagen, die sie bei der Auswahl der Garderobe für die Verlobungsparty dort abgelegt hatte. Und im Kühlschrank gab es definitiv keine Milch mehr. Rosemary wartete auf eine Antwort.

»Nein, wirklich nicht. Aber dir möglicherweise. Es sieht ein bisschen aus wie auf der Müllhalde, weil ...« Sie wollte ihr plötzlich von der Verlobung erzählen, denn wenn sie es jetzt nicht tat, wann würde der richtige Zeitpunkt kommen? Instinktiv griff sie hinunter zu ihrer Hosentasche, um zu überprüfen, ob der Ring noch da war, und fühlte die Umrisse unter dem Jeansstoff.

»Ach, das macht nichts. Ich räume ganz gerne auf, damit könnte ich dir wenigstens helfen«, meinte Rosemary und legte ihre Hand auf Carlys. »Wir könnten einen Plan machen, sodass ständig jemand bei Fergus ist.«

Carly rang mit sich. Fergus hatte seinen Eltern von Angesicht zu Angesicht von der Verlobung erzählen wollen. Aber wann würde das sein? Sie dachte an Beth. Sie wusste genau, was ihre Freundin in diesem Moment sagen würde. Sie würde ihr raten abzuwarten. Und sie hätte recht damit, denn dies war einfach nicht der richtige Zeitpunkt. Die Freude über die Verlobung wäre gedämpft durch Fergus' Unfähigkeit, es mit ihnen gemeinsam zu feiern. Ja, sie würde warten müssen. Sie drehte den Ring in der Hosentasche, ließ ihn dort und legte die Hand wieder auf den Tisch.

Als sie auf die Intensivstation zurückkehrten, tat Cormac so, als sei er nicht gerade erst aufgewacht. Carly bemerkte, dass die Vorhänge um ein anderes Bett zugezogen waren, in dem seit der vergangenen Nacht ein Motorradfahrer im Teenageralter lag. Sie hörte das gedämpfte Schluchzen seiner Familienangehörigen und befürchtete das Schlimmste. Die Vorstellung, dass es jeden Moment auch sie treffen konnte, kam ihr mit voller Wucht zu Bewusstsein.

Rosemary nahm ihren Platz neben Fergus wieder ein, und Carly stand vollkommen reglos da und starrte die zugezogenen Vorhänge an. »Alles in Ordnung mit dir?«, erkundigte Cormac sich besorgt.

»Nein. Wir müssen mehr tun können. Wir können nicht einfach nur hier sitzen und darauf warten, dass er …« Ihr war absolut klar, dass es zwei Varianten gab, diesen Satz zu beenden.

»Du hast selbst gesagt, man kann immer etwas tun!« Sie zeigte mit dem Finger auf Cormac, obwohl sie wusste, dass er nicht die Ursache ihrer Frustration war. Sie sollten nicht darüber diskutieren müssen, wo Rosemary bleiben würde oder dass Carly ihre Wohnung noch rasch aufräumen müsste, damit Fergus' Mutter sie nicht für schlampig hielt. Sie sollten eine Hochzeit planen, über die Gästeliste und den Sitzplan diskutieren statt darüber, wer wann an Fergus' Bett saß, für den Fall, dass er aufwachte oder … Carly war so wütend, wie sie es noch nie vorher gewesen war, mit Ausnahme in jener Situation, als Fergus mit den Wohnungsschlüsseln herumgespielt und es fertiggebracht hatte, sie in den Gulli fallen zu lassen. Sie wollte Fergus zurückhaben, und sie wollte ihn jetzt zurückhaben.

»Gibt es denn etwas, was du tun möchtest?«, fragte Cormac sanft.

»Ja, ich will etwas tun! Verdammt!« Sie war müde und unendlich frustriert. Sie ging auf ihre Seite des Krankenhausbettes und dachte, dass sie und Rosemary wie Statuen aussehen mussten oder, schlimmer, wie zwei groteske Bewacher.

Sie nahm das iPhone und scrollte zu Fergus' Teenager-Playlist, die sie zusammengestellt hatten, wählte »The Ketchup Song« und drückte auf Play. Sie nahm Fergus' schlaffe Finger in ihre und übersetzte den Titel für ihn. Dann drückte sie seine Hand, doch er reagierte nicht. Sie drückte fester und gab sich Mühe, nicht in Tränen auszubrechen.

Cormac beobachtete sie, ging zu ihr und vor ihr in die Hocke. »Du bist ein wundervolles Mädchen, Carly«, sagte er und sah dabei aufrichtig aus. »Du hast den alten Fergus zurückgebracht.« Er sprach langsam und melodisch, während Carlys Blick auf Fergus gerichtet blieb. »Nach der Krankheit war er nicht mehr derselbe. Der Verlust seines Gehörs hat ihn schwer mitgenommen. Um die Wahrheit zu sagen, es war ein Schock für ihn. Verlor seinen Job und sein Selbstwertgefühl. Es ist schrecklich, mit ansehen zu müssen, wenn das mit dem eigenen Kind passiert.« Cormac schüttelte den Kopf, als erinnere er sich genau daran. »Und dann kamst du mit deiner Tritt-in-den-Hintern-Einstellung, und plötzlich war er entschlossen, die Gebärdensprache zu lernen, um sich mit dir unterhalten zu können.«

Carly sah Cormac an, der noch immer vor ihr hockte. »Hat er das gesagt?«, fragte sie, fasziniert von dieser Version der Geschichte, die sie inzwischen so gut kannte.

»Hat er. Du hast ihm seine Motivation zurückgegeben, jawohl. Eine bessere Freundin für unseren Jungen hätten wir uns nicht wünschen können.« Cormac breitete die Arme aus, und Carly ließ sich von ihm umarmen. Eigentlich wollte sie nicht weinen, aber sie schien ihre Tränen nicht mehr richtig unter Kontrolle zu haben; momentan flossen und versiegten sie mit jedem neuen Aufwallen und Abebben der Emotionen.

Eine angestrengte Stimme vom Bett ließ die beiden auseinanderfahren. »Verlobte. Sie ist meine Verlobte.«

Jack saß auf der hinteren Stufe des Krankenwagens, als Rhonda sich an der Polizei vorbeidrängte und zu ihm lief.

»Ein Gast kam herein und berichtete, hier sei ein Krankenwagen, ein Feuerwehrwagen und die Polizei.« Sie wedelte mit den Armen und verfehlte dabei Jacks Kopf nur knapp. »Was ist denn bloß passiert?«, wollte sie wissen und sah zum Vorgarten, ehe sie Jacks nackten Oberkörper musterte. Jack wollte die Sauerstoffmaske abnehmen, doch Clark hob mahnend den Zeigefinger, deshalb ließ er sie an ihrem Platz.

»Es war der Heizungskessel, er muss defekt sein und hat Beth vergiftet«, berichtete er. Rhonda schlug sich die Hand vor den Mund und schaute wieder zum Cottage. »Sie wurde ins Krankenhaus gebracht. Petra ist mitgefahren. Es heißt, sie wird wieder gesund.« Jack warf einen Blick auf Clark, der das als Stichwort nahm, sich in die Unterhaltung einzuschalten.

»Der hier ist ein echter Held. Hat ihr das Leben gerettet und dabei sein eigenes riskiert. Nichts für ungut, aber das war natürlich nicht so schlau.« Er reichte Jack ein Klemmbrett mit

Formular. »Hier, das müssen Sie unterschreiben, wenn ich Sie wirklich nicht ins Krankenhaus bringen soll.« Jack kritzelte unten auf das Formular etwas hin, was seiner Unterschrift ähnelte.

»Wenn er der Meinung ist, du solltest ins Krankenhaus, dann solltest du auch!«, erklärte Rhonda und stemmte die Hände in die Hüften.

»Leo ist verschwunden«, sagte Jack, und Angst schwang in seiner Stimme mit.

Rhonda sah aus, als hätte man sie geohrfeigt. »Bist du dir sicher?«

»Er war bei mir im Pub und wollte sein großes Osterei nach Hause in Sicherheit bringen. Ich hätte ihn zur Tür bringen sollen, statt ihm nur vom Pub aus hinterherzuschauen, denn nachdem er an der Weide vorbei war, konnte ich ihn nicht mehr sehen. Ich bin davon ausgegangen ...«

»Es ist nicht deine Schuld«, unterbrach Rhonda ihn, und ihr Blick wanderte zwischen seinem Gesicht und seinem muskulösen Oberkörper hin und her.

»Und ob es meine Schuld ist«, sagte Jack und stand auf, musste sich jedoch am Krankenwagen festhalten, bis er ganz sicher auf den Beinen war.

»Gehen Sie morgen zu Ihrem Hausarzt und lassen Sie einen Bluttest machen, um Ihren Carboxyhämoglobin-Wert zu messen«, ordnete Clark an. »Nehmen Sie das hier mit.« Er riss den Durchschlag des Formulars ab und gab ihn Jack.

Der salutierte, nahm die Sauerstoffmaske ab und tauschte sie gegen den Durchschlag ein.

»Was soll ich tun?«, fragte Rhonda.

»Wir müssen das Dorf absuchen.«

»Ich kann ein paar Leute dafür zusammentrommeln.«

»Großartig. Falls Leo hier ist, müssen wir ihn schnell finden, denn sobald Beth wieder hier ist, wird er die erste Person sein, die sie sehen will.«

»Falls er hier ist?« Rhonda legte die Stirn in so tiefe Falten, dass sie damit glatt älter aussah.

Jack wollte ihr nichts von seiner Vermutung erzählen, aber da Rhondas Miene zu Entsetzen wechselte, schien er das auch gar nicht mehr zu müssen. Dunkle Gedanken beherrschten ihn. Vermutlich lag es am Kohlenmonoxid, doch er sah Beth immer noch auf dem Sofa liegen und erinnerte sich an das grässliche Gefühl der Angst, es könnte zu spät sein, um sie zu retten. Jetzt lautete die Frage: War es zu spät, um Leo zu retten?

Jack spritzte sich Wasser ins Gesicht. Er war müde und dreckig. Sein Körper schmerzte, und sein Kopf pochte nach wie vor. Er hatte es Rhonda überlassen, bei den letzten Häusern an der Dorfwiese nach Leo zu fragen und in den Vorgärten nach ihm Ausschau zu halten, während er sich ein T-Shirt besorgte. Anscheinend hatte der Anblick seines nackten Oberkörpers einige Frauen sprachlos gemacht, und Rhonda lenkte es definitiv ab.

Doris war begeistert, ihn zu sehen, und schob hoffnungsvoll ihren Futternapf quer durch die Küche. Jack lief nach oben, um sich ein sauberes T-Shirt zu holen, und Doris folgte ihm. Sie bog in das Gästezimmer ab, wo er sie seltsame Grunzlaute machen hörte. Er zog sich das Oberteil an und sah nach, was mit Doris los war. Sie wälzte sich auf dem Schlafsack, die Beine in die Luft gereckt.

Jack lächelte. »Na komm, Doris. Riecht der nach Leo?« Doris stand auf und trottete an ihm vorbei die Treppe hinunter. Jack schaute auf den Schlafsack – und hatte eine Idee. Nachdem er Doris den Schlafsack volle zwei Minuten lang vor die Nase gehalten, ihr ein Leckerchen und etliche Male dazu »Leo« gesagt hatte, fühlte er sich bereit für den Versuch. Er nahm den Hund an die Leine, und gemeinsam machten sie sich auf die Suche nach dem Jungen.

Mittlerweile hatte die Polizei sich stärker eingeschaltet, und ein weiterer Streifenwagen parkte an der Dorfwiese. Leo war seit fast einer Stunde verschwunden, und seit er den Pub verlassen hatte, hatte niemand ihn gesehen. Jack tadelte sich im Stillen dafür, nicht noch ein paar Minuten länger gewartet zu haben.

Hätte er dann gesehen, dass Leo nicht ins Haus kam? Hätte er Beth dann früher gefunden? Wie auch immer er es drehte, Leo wäre in Sicherheit, hätte er ihn nicht aus den Augen gelassen. Jetzt quälten ihn Schuldgefühle.

Für einen kurzen Moment sah er Beth lachend vor sich, doch dieses Bild schwand sofort wieder, und erneut sah er sie reglos auf dem Sofa liegen. Sein Herz zog sich zusammen bei der Vorstellung, dass sie im Krankenhaus lag. Der Gedanke, sie zu verlieren, machte ihm große Angst, und er versuchte, die Bilder aus seinem Kopf loszuwerden. Er musste jetzt strukturiert vorgehen und konnte nicht an zwei Orten gleichzeitig sein.

Um sich aktuelle Informationen einzuholen, machte er sich auf den Weg Richtung Teestube. Wenn jemand irgendetwas Neues wusste, dann waren es Rhonda und Maureen. Die Türglocke verkündete seine Anwesenheit. »Irgendwelche Neuigkeiten?«, erkundigte er sich.

Rhonda schüttelte den Kopf, während sie ein Tablett mit Tassen und Untertassen belud und Maureen eine volle Teekanne geräuschvoll abstellte. »Nichts«, antwortete Rhonda und musterte sein sauberes T-Shirt. »Es gibt zwei Gruppen, die rings um die Dorfwiese alles abgesucht haben und jetzt den Radius erweitern.« Rhonda klang, als gebe sie einen Bericht aus »Aktenzeichen XY ... ungelöst« wieder.

»Eine Gruppe hat sich Richtung Henbourne auf den Weg gemacht«, berichtete Maureen, deren übliche Schroffheit deutlich abgeschwächt war.

»Die anderen erweitern ihre Haus-zu-Haus-Befragung«, ergänzte Rhonda. »Wir werden für alle Tee kochen, sobald sie zurück sind.«

Doris zerrte an der Leine und wollte hinein, da der Kuchenduft sie magisch anzog. »Ausgezeichnet. Danke, Ladies.« Er zog Doris zurück und machte sich auf den Weg zum Cottage. Vor der Weide blieb er stehen und teilte die Zweige, um hineinzusehen. Doch keine Spur von Ernie. Wenn er es sich recht überlegte, hatte er Ernie schon den ganzen Tag nicht gesehen.

Er befahl Doris, sich zu setzen, und da er eine Leckerei in der Hand hielt, gehorchte sie sofort.

»Leo. Doris, such Leo.« Er gab ihr das Leckerchen, das sie umgehend verschlang. Sie wedelte mit dem Schwanz. Jack richtete sich auf. »Such Leo«, wiederholte er und kam sich wie ein Idiot vor. Rasch warf er einen Blick über die Schulter, ob sich auch niemand in Hörweite befand. Doris sah nicht wie ein Suchhund aus, aber er musste es probieren. Sie blickte ihn hoffnungsvoll an, blieb aber sitzen und hob eine Pfote. »Das nützt dir nichts. Los, komm.« Sie liefen am Pub vorbei und dann zum Bach hinunter. Zwei Gruppen Erwachsener saßen im Gras, während ein paar Kinder ins Wasser liefen und andere die Enten fütterten.

»Haben Sie heute einen kleinen Jungen hier gesehen? Sechs Jahre alt, dunkle Haare?«, rief er ihnen zu. Alle schüttelten die Köpfe. Er ging über die kleine Fußgängerbrücke aus dem Dorf hinaus. Er wollte seine übliche Joggingrunde gehen, da er zum Joggen momentan nicht die nötige Ausdauer besaß.

36. Kapitel

Beth ballte eine Faust und zerrte an dem Laken, auf dem sie lag. Leo befand sich auf einem Förderband, das ihn von ihr weg und hin zu Nick transportierte, der auf der anderen Seite des Canyons stand – die Arme vor der Brust verschränkt, ein überhebliches Grinsen im Gesicht. Sie spürte, wie ihr etwas in die Nase gesteckt wurde und versuchte, es beiseitezuschieben, doch irgendwer dirigierte ihre Hand sachte weg von ihrem Gesicht. Sie schlug die Augen auf und konnte für einen Moment außer weißem Licht nichts anderes sehen, was ihren Kopfschmerz jedoch nur noch verstärkte. Sie blinzelte mehrmals hintereinander und suchte die fremde Umgebung ab. Nichts hier war ihr vertraut. Sie war verwirrt und verspürte immer noch ein unangenehme Gefühl in der Nase. Jemand hielt ihre Hand weiterhin unten.

»Können Sie mich hören?«, fragte eine sanfte Stimme zu ihrer Linken. Beth drehte den Kopf, versuchte, sich zu konzentrieren und die in ihr aufsteigende Angst zu beherrschen.

»Ich bin Hilfskrankenschwester, und Sie befinden sich im Krankenhaus«, erklärte die Stimme.

Beth runzelte skeptisch die Stirn und versuchte weiterhin, sich auf die junge Person ganz in Blau zu konzentrieren, die zu ihrer Linken saß. Die Verwirrung schlug in Panik um. Erneut wollte sie an ihre Nase fassen und wurde von der warmen Hand der Schwesternhelferin daran gehindert.

»Das ist Sauerstoff«, erklärte sie. »Das hilft Ihnen. Es wird Ihnen bald wieder gut gehen. Ihre Freundin ist gleich wieder da. Ich werde der zuständigen Krankenschwester sagen, dass Sie wach sind.«

Beth versuchte, schlau aus dem zu werden, was hier vorging. Träumte sie vielleicht noch? Ihre Gedanken kamen ihr zäh und klebrig vor wie ein Marshmallow. Sie fühlte sich elend und wollte schlafen, aber natürlich wollte sie auch endlich erfahren, was hier eigentlich los war. Sie schloss die Augen wieder, bis das Geräusch von jemandem, der den Stuhl neben ihrem Bett bewegte, zu hören war. Sie machte ein Auge auf und sah Petras Hintern vor ihrem Gesicht. Petra war dabei, ihre Tasche und ihre Jacke vom Sitz zu nehmen.

»Dovraga!« Petra hielt ihren Pappbecher fest und fluchte auf Kroatisch. »Du bist wach! Ich bin seit einer Ewigkeit hier und gehe nur mal schnell zur Toilette, und dann das.« Sie bewegte den Becher hin und her. »Oh, aber es ist sehr gut, dass du aufgewacht bist, auch wenn ich nicht dabei war.« Sie gab Beth einen Kuss auf die Wange, ehe sie sich setzte. »Wie fühlst du dich?«

»Matschig«, antwortete Beth und berührte die unangenehmen Schläuche in ihren Nasenlöchern. Sie versuchte zu schlucken, doch ihr Mund und ihre Kehle waren zu trocken. »Leo?« Er war stets der Erste, an den sie dachte, selbst wenn in ihrem Kopf ein Durcheinander herrschte.

»Dem geht es gut«, antwortete Petra scharf und fing an, Beths Bettdecke zurechtzuzupfen.

»Was ist denn eigentlich los? Warum bin ich hier?« Beth schaute sich erneut um, wurde aber immer noch nicht schlau aus der Situation – sie konnte sich nicht einmal daran erinnern, wie sie hierhergekommen war.

»Aus deiner Heizung ist Gas ausgetreten. Dadurch wurdest du sehr krank und ohnmächtig.«

Beth starrte Petra an, während ihr Verstand diese Information verarbeitete.

»Die Heizung?«, wiederholte Beth. Ihr Kopf schmerzte, und ihr Gehirn arbeitete sehr langsam. Nichts ergab Sinn.

»Jack hat dich herausgeholt. Ich bin im Krankenwagen mit dir gefahren.«

»Krankenwagen? Ich erinnere mich an nichts.« Es war beängstigend, dass etwas so Ernstes passiert war und sie überhaupt keine Erinnerung daran hatte.

»Tut mir leid. Ich fürchte, der Installateur war nicht besonders gut. Jack kam drauf und rannte aus dem Pub, und ich wunderte mich noch ...«

»Wo ist Jack?«, wollte Beth wissen und hielt in der Krankenstation nach ihm Ausschau. Es herrschte geschäftiges Treiben, das Kommen und Gehen der vielen Leute, begleitet vom Stimmengewirr, fiel ihr erst jetzt richtig auf.

»Das weiß ich nicht«, gestand Petra, trank einen Schluck aus dem Pappbecher und wich auf diese Weise ihrem Blick aus. Beth hörte jedoch die Anspannung aus ihrer Stimme heraus. »Noch im Cottage, glaube ich.«

»Petra, du bist eine schlechte Lügnerin.« Beth sprach langsam. »Was ist los?«

Sie verzog das Gesicht. »Die Sanitäter mussten sich ebenfalls um Jack kümmern, als ich mich zu dir in den Krankenwagen quetschte.« Petras Miene verriet tiefe Besorgnis.

»Sanitäter?« Warum konnte sie sich an nichts davon erinnern? Der Versuch verstärkte das Pochen in ihrem Kopf nur.

»Er lag auf dem Boden, war aber nicht bewusstlos«, berichtete Petra.

»Warum? Was hatte er denn? Was ist passiert?« Es machte Beth unruhig und ungeduldig, dass sie Petra alles aus der Nase ziehen musste.

»Als er dich gerettet hat, wurde er ebenfalls vergiftet durch das Gas«, sagte Petra und schloss die Augen.

Beth ahnte den Ernst der Situation, doch ohne Erinnerung war es schwierig zu verstehen, was genau geschehen war. Als würde man mitten in einem Krimi den Fernseher einschalten. Eines wurde ihr allerdings plötzlich sehr klar.

»Wer kümmert sich um Leo?«

Carly wirbelte herum, um sicherzugehen, dass sie sich das nicht nur eingebildet hatte. Fergus blinzelte langsam, ein Lächeln auf den Lippen.

»Oh mein Gott, du bist wach!« Carly vergaß die Kabel und

schlang die Arme um ihn, wodurch sie prompt einen Alarm auslöste. Zwei Krankenschwestern kamen angelaufen.

»Uff«, sagte Fergus. »Vorsicht.«

Rosemary umklammerte seinen Arm und weinte stille Tränen, während ihre Lippen sich zu einem lautlosen Gebet formten.

Cormac stand auf, beugte sich über Fergus und nahm dessen Hand in seine Hände. »Du hast dir ganz schön Zeit gelassen, mein Sohn.«

Carly ging aus dem Weg, während die Krankenschwestern die Kabel wieder anschlossen und Fergus' Werte überprüften. Fergus selbst schien von den Tränen und der Aufmerksamkeit verwirrt zu sein.

»Hallo, Fergus. Ich bin Krankenschwester, und Sie befinden sich im University College Hospital. Können Sie sich daran erinnern, was mit Ihnen passiert ist?« Fergus beobachtete die Lippen der Schwester, während sie sprach.

»Ich habe mich verlobt?« Er sah glücklich, aber immer noch verwirrt aus.

»Deliriert der Junge?«, fragte Cormac die ältere der beiden Schwestern, während sie die auf den Geräten angezeigten Werte notierte. Sie bedachte Cormac mit einem strengen Blick.

»Fergus ist taub, soll ich übersetzen?«, wollte Carly wissen, und mit ihrer Hilfe stellte die Schwester Fergus ein paar einfache Fragen. Aufgrund seiner Antworten kreuzte sie schwungvoll Kästchen an.

»Er braucht Ruhe«, wandte sich die Schwester an Cormac. »Vielleicht kommen Sie später wieder?«

»Ist das Ihr Ernst? Ich sitze hier schon so lange, dass mein Hintern gefühllos geworden ist, und jetzt, wo mein Sohn endlich wach ist, soll ich gehen?« Cormac lachte zwischen den Worten, doch die Schwester schien das gar nicht lustig zu finden.

»Du hast uns allen eine Heidenangst eingejagt, du großer Dummkopf«, signalisierte Carly, und Fergus grinste.

»Ich habe keine Ahnung, was passiert ist, aber ich fühle mich, als hätte ich eine dicke Tüte geraucht«, sagte er benommen.

»Richte ihm aus, dass seine Mutter hier ist!«, bat Cormac und deutete ernst auf Rosemary, die immer noch an Fergus' Seite betete.

»Ich weiß, dass sie hier ist. Hi, Mum, geht es dir gut?« Er drehte den Kopf – so weit es ging – nach rechts, damit er sie sehen konnte.

Rosemary lächelte und tätschelte seine Hand, während frische Tränen über ihre Wangen liefen. »Ja, jetzt geht es mir gut, mein Sohn.«

»Verrät mir jemand, weshalb ich hier bin, oder ist das einer dieser schrägen Träume, in denen ich plötzlich nackt bin und ...« Er hob die Decke an und grinste. »Und ich bin nahackt«, verkündete er mit einer Singsangstimme.

Carly fing an, ihm hektisch Zeichen zu machen. »Es ist kein Traum. Du wurdest in einer Bar mit einer Flasche angegriffen, als du mit Budgie und Ryan unterwegs warst. Du warst drei Tage lang bewusstlos.«

»Was?« Das Grinsen auf seinem Gesicht erstarb allmählich, als er die Mienen seiner Eltern sah. Er sah wieder zu Carly, deren Augen immer noch rot waren vom Weinen, und nahm ihre Hand. »Im Ernst?«

Sie nickte. »Wir dachten, du stirbst.« Es war das erste Mal, dass sie es laut aussprach; die Worte schienen noch mehr Emotionen freizusetzen, denn sie schluchzte.

»He, schon gut«, meinte Fergus und lächelte ermunternd. »Sieh nur, ich bin okay.«

»Du bekommst ein starkes Schmerzmittel intravenös verabreicht, und wenn die Wirkung nachlässt, wirst du die Dinge anders sehen«, prophezeite Carly ihm. Sie beschloss, die Neuigkeit von der Operation noch ein wenig aufzuschieben, da er von der bisherigen Informationsflut schon verblüfft genug zu sein schien.

»Welcher Tag ist heute?«, erkundigte er sich vorsichtig.

»Ostermontag«, antwortete Cormac und ging um das Bett herum, um neben Rosemary zu stehen. »Das wird deinem Messias-Komplex nichts anhaben.« Er stand jetzt hinter seiner Frau und hatte ihr die Hände auf die Schultern gelegt.

»Ostermontag«, wiederholte Fergus.

»Hör mal, vielleicht hat die Krankenschwester recht, und wir sollten dir eine Weile Ruhe gönnen«, schlug Carly vor.

Cormac nickte zustimmend. »Sie hat recht. Wir sind auch alle ziemlich kaputt. Wir besuchen dich später wieder.« Er und Rosemary gaben ihm nacheinander einen Kuss auf die Stirn. »Sollen wir draußen auf dich warten?«, wandte Cormac sich an Carly, und sie nickte. Sie und Fergus schauten zu, wie Cormac und Rosemary Hand in Hand das Zimmer verließen.

Fergus betrachtete Carly, deren Gesicht gerötet war vom Weinen. Dann schaute er auf ihre linke Hand und rieb mit dem Daumen über ihren ringlosen Finger und runzelte dabei die Stirn. Offenbar versuchte er sich einen Reim zu machen auf das, was passiert war.

Sie berührte zärtlich sein Kinn, damit er aufsah und von ihren Lippen lesen konnte; sie war auf einmal zu erschöpft, um in Gebärdensprache mit ihm zu kommunizieren. »Der Ring ist sicher aufgehoben in meiner Hosentasche. Ich wollte nicht, dass deine Eltern es erfahren, während du ...« Sie beendete den Satz nicht.

»Dann habe ich mir nicht eingebildet, dass du Ja gesagt hast?«

Bei der Erinnerung an die Szenen am Trafalgar Square musste sie lächeln. »Nein, das hast du dir nicht eingebildet.«

Er zog sie an sich und küsste sie. »Dem Himmel sei Dank. Mein Kopf ist matschig.«

»Das ist auch kein Wunder, du hast schließlich einiges durchgemacht.«

»Und das Komischste daran ist: Mir gehen ständig diese Songs durch den Kopf«, gestand Fergus verwirrt.

»Ach ja?« Carly stand auf und verbarg ihre Belustigung. »Was denn für Songs?«

Fergus lachte in sich hinein. »Echt blöde Songs.«

»Sehr merkwürdig. Ich gehe mal lieber, deine Mum und dein Dad warten. Ich liebe dich.«

»Ich liebe dich auch«, erwiderte Fergus.

Carly verließ die Intensivstation, die Hand zum Ich-liebe-dich-Zeichen erhoben, und Fergus schaute ihr amüsiert hinterher. Dann nahm er das unbekannte Gerät auf seinem Bett in die Hand. Er drehte es, spürte die Vibrationen und folgte dem Kabel zu seinem iPhone.

»Was um alles in der Welt ist das?«, sagte er zu sich selbst. Auf dem Display seines Handys sah er, dass es »We Are the Cheeky Girls« spielte, auf Repeat. »Verdammt! Wollten die mir damit den Rest geben?«

Jack versuchte, nicht in Panik zu geraten, nachdem er und die zwei freiwilligen Suchtrupps Leo im ganzen Dorf nicht hatten finden können. Doris war so gut wie nutzlos gewesen, schien den langen Spaziergang jedoch genossen zu haben. Jetzt lief sie neben ihm und versuchte, mit seinem Tempo Schritt zu halten. Er zermarterte sich das Hirn auf der Suche nach einem Einfall, einem Hinweis, wo Leo stecken könnte, doch jeder Gedanke wurde überlagert von der Furcht, dass Leo sich gar nicht mehr in Dumbleford aufhielt. Er blieb für einen Moment stehen und füllte seine Lungen mit Luft. Er musste nachdenken. Wen hatte er noch nicht gefragt? Jack marschierte in einem noch zügigeren Tempo weiter, was für Doris überraschend kam, sodass sie an der Leine hinterhergezerrt wurde. Jack war unterwegs zu Ernie, denn der war die einzige Person, die er den ganzen Tag noch nicht gesehen hatte. Ernie hatte an der Ostereiersuche nicht teilgenommen, war nicht unter der Weide gewesen, als das Drama sich abspielte, und auch bei der Suche nach Leo hatte niemand ihn gesehen.

Die kurze Strecke kam ihm viel länger vor als üblich, denn

wegen der Nachwirkungen der Kohlenmonoxidvergiftung tat ihm bei diesem schnellen Gang alles weh. Einige Minuten später war er vor Ernies Haus, rief durch den Briefschlitz und hämmerte gegen die Tür. Nichts regte sich – anscheinend war Ernie ebenfalls verschwunden. Jack ging zu den Nachbarn hinüber und klopfte dort. Die Tür wurde rasch geöffnet.

»Hallo, Jack, komm doch rein und trink eine Tasse Tee.«

»Tut mir leid, Audrey, das geht leider nicht. Ich bin auf der Suche nach Ernie. Hast du ihn heute gesehen?«

Audrey sah kurz enttäuscht aus, überlegte dann aber. »Ich habe gesehen, wie er um zehn herum wegging. Nein, es muss vor zehn gewesen sein, weil anschließend die Nachrichten im Radio kamen ...«

»Danke, Audrey«, sagte Jack und zerrte die neugierige Doris fort. An der Ecke von Ernies Straße blieb er stehen, um zu Atem zu kommen, als sei er völlig untrainiert. Das Kohlenmonoxid forderte seinen Tribut; er konnte nur hoffen, dass die Nachwirkungen bald schwächer wurden. Dann dachte er an Beth, und das spornte ihn von Neuem an. Er musste Leo finden, doch aus irgendeinem Grund hatte er das Gefühl, ein paar Antworten zu bekommen, wenn er Ernie finden würde. Dafür musste er wie Ernie denken, was ihn in leise Verzweiflung trieb, denn wer wusste schon, wie Ernie dachte? Er verstand zwar die meisten Sachen, nur mit der Kommunikation tat er sich schwer, besonders seit Wilfs Tod. Wilf ist die Lösung, dachte Jack. Wohin wären Ernie und Wilf gegangen, wenn sie Ärger hätten? Er hatte keine Ahnung, aber er kannte jemanden, der diese Frage vielleicht beantworten konnte.

»Hör mit dem verdammten Gehämmere auf!«, rief Shirley, ehe sie die Tür aufmachte. »Ach, du bist's. Was gibt's denn?« Sie stand vor Jack, eine schlaffe Katze unter dem Arm. Jack betrachtete Mittens und geriet in leise Panik – noch schnüffelte Doris an der Türschwelle. Jack zeigte nachdrücklich auf den Hund, dann auf Mittens, die den großen Hund längst bemerkt hatte und eine Art Rückenschwimmen in der Luft vollführte.

»Mach die Tür zu«, bat Jack leise.

»Warum denn? Sei nicht albern, die kommen schon klar«, beruhigte Shirley ihn, doch Mittens war bereits über ihre Schulter hinweg geflohen. Die ruckartige Bewegung und ein weißes Etwas, das in Doris' Blickfeld landete, lösten den Dritten Weltkrieg aus. Doris stürmte in Shirleys Haus, und Jack musste die Leine loslassen, weil er sonst Shirley umgeworfen hätte. Diese schüttelte den Kopf. »Na ja, komm lieber rein«, forderte sie ihn widerstrebend auf.

Jack hatte keine Zeit für so etwas, es gab schon genug Unruhe in seinem Leben. Noch immer hatte er keine Neuigkeiten über Beths Gesundheitszustand. Er machte sich mehr Sorgen um sie, als er sich eingestehen wollte. Zudem traute er sich nicht, Petra anzurufen, denn deren erste Frage würde lauten: »Wo ist Leo?« Er fühlte sich elend, und das hatte weniger mit der Vergiftung durch Kohlenmonoxid zu tun als vielmehr mit der zunehmenden Befürchtung, Leo könnte entführt worden sein. Welchen Schmerz das für Beth bedeuten würde, wollte er sich lieber nicht ausmalen. Sie würde ihm nie verzeihen.

Jack schoss an Shirley vorbei, und sie machte die Tür hinter ihm zu, während Mittens über den gebohnerten Parkettfußboden schlitterte. Sie hob die Katze auf die Arme, und das Tier krallte sich panisch in ihrer Strickjacke fest. Der Schwanz der Katze hatte jetzt die Farbe und Größe einer gebleichten Toilettenbürste. Doris blieb vor den beiden stehen und bellte aufgeregt.

»Hör auf«, befahl die zierliche Shirley, beugte sich ein Stück herunter und legte Doris den Zeigefinger auf die feuchte Hundenase. Doris hörte auf zu bellen und fing an, den Finger abzulecken, ohne die Katze aus den Augen zu lassen, die ihr jetzt sehr nah war. Jack hielt den Hund am Halsband fest. »Nein!«, sagte Shirley mit Bestimmtheit. »Die zwei müssen das unter sich und ohne uns klären.«

Jack hielt das für keine gute Idee. »Hat man das nicht auch über Deutschland und Polen gesagt? Und sieh dir an, was dabei herausgekommen ist!« Er fuhr sich durch die Haare. Shirley bedachte ihn mit einem tadelnden Blick. »Ich habe es eilig.« Jack schaute auf seine Uhr und wünschte sofort, er hätte sich nicht daran erinnert, wie lange Leo schon verschwunden war und dass es bald dunkel werden würde.

Shirley ignorierte ihn und trug Mittens in die Küche; Doris trottete ihnen schweigend hinterher. Jack stand ratlos im Flur. So kam er nicht weiter, und gleichzeitig verging kostbare Zeit. Die Verrücktheit Dumblefords, von der Beth immer sprach, war hier deutlich zu spüren.

Die Küchentür ging wieder auf. Shirley kam heraus und machte die Tür vorsichtig hinter sich zu. Jack musterte sie von oben bis unten, doch ihr schien nichts zu fehlen – sie hatte keine Kratzer und keine Bisswunden.

»Mach dir wegen den beiden keine Sorgen. Weshalb hast du es eilig?«

»Ach ja«, sagte Jack und ordnete seine Gedanken neu. »Wilf und Ernie – gab es einen bestimmten Ort, an dem sie sich gerne aufhielten? Wo sie vielleicht schon als Kinder gespielt haben?«

Shirley starrte ihn an, als hätte er den Verstand verloren. »Warum?«

»Leo und Ernie sind verschwunden.«

Shirley trommelte mit den Fingern auf ihren Lippen herum, während sie nachdachte. »Sie spielten auf der Farm, das haben wir früher alle gemacht.« Ein Lächeln machte Shirleys Züge sanfter, und ihr Blick verlor sich über Jacks rechter Schulter.

»Die Bramble Hill Farm?«, hakte Jack nach und überlegte sich schon den kürzesten Weg dorthin.

»Ja, wir hatten da eine Menge Spaß, ich und die Jungs.« Zu Jacks Erstaunen kicherte Shirley mädchenhaft.

»Noch anderswo?«

Shirley schob die Unterlippe vor. »Hm, auf der Dorfwiese

natürlich, auf der Farm, wie gesagt, und auf allen Feldern und Weiden ringsherum.«

Jack war entmutigt. Das ganze Dorf war von Feldern und Weiden umgeben, die konnte er unmöglich alle vor Einbruch der Dunkelheit absuchen. Trotzdem stürzte er schon zur Tür. Ihm kam noch eine Idee. »Gab es in der Nähe einen Unterschlupf? Irgendeinen Ort der Zuflucht?«

»Die Pillbox«, antwortete Shirley ohne zu zögern.

»Die Pillbox?«

»Ja, auf dem Bramble Hill, nicht weit vom Farmhaus. Nach dem Krieg haben wir uns da drin versteckt, sogar noch als Teenager!« Erneut kicherte Shirley.

»Dieses alte Betonding auf dem Hügel?«

»Das nennt man Pillbox, es ist ein kleiner Betonbunker aus dem Zweiten Weltkrieg. Was bringt man euch eigentlich heutzutage in der Schule bei?«

Jack verzichtete auf den Hinweis, dass er schon seit geraumer Zeit nicht mehr die Schule besuchte. Stattdessen umarmte er sie unbeholfen und hoffte inständig, dass sie ihm die Lösung für diesen Albtraum geliefert hatte. Shirley kicherte immer noch vor sich hin, als Jack zur Tür hinausstürmte.

»Hey, was ist mit deinem Hund?«, rief sie ihm hinterher, doch es war zu spät, Jack war schon fort.

37. Kapitel

Jack nahm irgendwoher die Energie, um zur Farm zu rennen. Sein Herz raste, und seine Lungen brannten, doch er konnte nur daran denken, Leo endlich wiederzufinden. Sein Handy vibrierte in seiner Tasche, aber er ignorierte es. Der Weg bergauf zur Farm machte seinen Oberschenkeln zu schaffen, und plötzlich verstand er, was ihm der Sanitäter Clark über die Auswirkungen einer zu hohen Kohlenmonoxidkonzentration im Blut versucht hatte zu erklären. Als das Farmhaus endlich in Sicht kam, atmete er tief durch den Mund ein. Noch ein paar Schritte, und er konnte die graue Pillbox aus Beton sehen, zur Hälfte in der Erde versteckt und von Gras überwuchert. Jack hatte das stets für einen dilettantischen Versuch der Tarnung gehalten. Er kletterte über den Zaun und lief über die Weide.

»Leo! Ernie! Leo! Ernie!«, rief er außer Atem. Er rannte zu dem kleinen Betonbunker und spähte in das dunkle Loch an der Vorderseite. »Leo?« Keine Antwort.

»Leo, ich bin's, Jack. Ich bin allein. Alles ist gut, du brauchst keine Angst zu haben.« Er ging um die Pillbox herum und fand den offenen Eingang. Drinnen war es stockfinster. Jack zog sein Handy aus der Tasche und versuchte die Tatsache zu ignorieren, dass er einen Anruf von Petra verpasst hatte. Er schaltete die Taschenlampe ein und leuchtete in die Dunkelheit. Die Wand war nach hinten hin abgerundet wie in einem Schneckenhaus, was ihm ermöglichte, um die Biegung zu leuchten. Es war ein unheimlicher, feuchter Ort, der überdies einen beißenden Geruch verströmte. Es war höchst unwahrscheinlich, dass Leo sich hier versteckte. Was könnte einen Sechsjährigen dazu bringen, hier Unterschlupf zu suchen. Jacks Schritte hallten von den Wänden wider, als er in einen kleinen Raum gelangte.

Er leuchtete und erschrak fast zu Tode, als der Lichtstrahl auf Ernie fiel.

»Verdammt, Ernie!«, sagte er vorwurfsvoll und mit pochendem Herzen. Ernie stand vor einer Bank und hatte die Hand erhoben, um sich vor dem blendenden Licht zu schützen. »Ernie, Leo ist verschwunden – weißt du, wo er steckt?«

»Beth wachte nicht auf«, erklärte Ernie, der noch immer seine Augen vor dem Licht zu schützen versuchte.

»Ich weiß, aber das ist okay, sie ist im Krankenhaus. Ernie, wo ist …«

»Mum ist im Krankenhaus?«, meldete sich eine leise Stimme, und Leo trat hinter Ernie vor.

»Dem Himmel sei Dank!« Jack hob den Jungen auf die Arme. »Sie wird wieder gesund, Kumpel. Komm, verschwinden wir von hier.« Jack leuchtete mit seinem Handy den Weg hinaus aus der Pillbox. »Du auch, Ernie!«, rief Jack über die Schulter. Draußen angekommen, ließ er Leo herunter; er wollte ihn umarmen, doch Leo machte ein finsteres Gesicht.

»Alles in Ordnung?«

Leo nickte, sah jedoch aus, als würde er gegen aufsteigende Tränen ankämpfen.

»Ernie, komm!«, rief Jack.

»Mann war da«, rief Ernie zurück.

Jack stutzte. »Was denn für ein Mann?«

Leo zuckte mit den Schultern. Ernie schlurfte aus dem Eingang, und sein Blick huschte hin und her über die Weide.

»Mann war da«, wiederholte er und knetete aufgebracht seine Hände.

»Welcher Mann?«

»In der Nähe vom Pub.«

»Wie sah er aus?«, fragte Jack mit sanfter Stimme.

Ernie schüttelte heftig den Kopf. »Schwarze Haare. Fremder. Hat über mich gelacht.« Ernie nahm ganz kurz Blickkontakt zu Jack auf, dann ließ er wie erschöpft den Kopf hängen.

»Ist schon gut, Ernie. Mach dir keine Sorgen, da ist jetzt kein Mann mehr. Wir müssen Leo zu Beth zurückbringen.«

»Fremder hat nach Eliz-a-beth gesucht«, berichtete Ernie, wobei er Mühe hatte, den Namen richtig auszusprechen.

Jack klopfte ihm auf den Rücken. »Danke, dass du auf Leo aufgepasst hast. Das hast du großartig gemacht. Jetzt bringen wir euch beide mal nach Hause.« Ernie war aufgewühlt, doch er nahm Jacks Hand und ging mit ihm über die Weide.

Jack und Leo brachten Ernie nach Hause. Der verabschiedete sich nicht, sondern schloss einfach die Tür auf und verschwand im Haus.

»Leo, alle haben sich deinetwegen Sorgen gemacht. Wir haben überall nach dir gesucht. Was ist denn passiert, nachdem du den Pub verlassen hast?«

»Tut mir leid.« Leo wirkte geknickt. Er hatte offensichtlich keine Ahnung von dem Drama, das sich abgespielt hatte. »Ich bin zum Cottage gegangen und hab an die Tür geklopft, aber Mom hat nicht aufgemacht. Sie lag auf dem Sofa. Ernie versteckte sich hinten im Garten und kam angerannt. Er schrie irgendwas wegen einem Fremden.«

»Hast du diesen Fremden gesehen?«, wollte Jack wissen.

»Nee. Aber Ernie war richtig in Panik, und das hat mir auch Angst gemacht. Ernie meinte, wir müssten verschwinden, und brachte mich zu diesem dunklen Raum.«

»Was habt ihr die ganze Zeit dort gemacht?«

»Wir haben mein großes Osterei gegessen, und ich habe Ernie von den Römern erzählt. Es war unheimlich im Dunkeln, aber ich hatte keine Angst.« Er schob trotzig das Kinn vor.

»Natürlich nicht«, sagte Jack und drückte voller Zuneigung seine Schulter.

»Fahren wir jetzt ins Krankenhaus zu Mum?«, wollte Leo wissen.

»Das kann ich dir noch nicht beantworten.« Jack fiel der Anruf wieder ein, der ihm auf der Suche nach Leo entgangen war. Er nahm sein Handy aus der Tasche und rief Petra zurück. Nach einem kurzen Gespräch wurde er an Beth weitergereicht.

Jack legte die Hand auf sein Telefon und wandte sich an den besorgt dreinblickenden Jungen. »Deine Mum weiß nichts davon, dass du verschwunden warst, okay?«

»Wirst du es ihr sagen?« Leo kniff die Augen zusammen. Jack schüttelte den Kopf und gab ihm das Handy.

Nachdem Leo mit seiner Mutter geplaudert hatte und sichtlich besserer Stimmung war, reichte er Jack das Telefon zurück. Jack fühlte, wie Leos Hand sich in seine schlängelte, und lächelte.

»Ich bin Ihnen zu Dank verpflichtet«, sagte Beth; ihre Stimme klang schwächer als üblich. Jack freute sich jedoch, sie zu hören.

»Ach, das war doch nichts.«

»Nicht so bescheiden. Sie haben mir das Leben gerettet und …« Sie musste sich räuspern. »Danke.«

»Sehr gern geschehen«, erwiderte er, während er ihren ernsten Ton imitierte. »Aber Sie wissen ja, ich bin der Allround-Heilige«, fügte er amüsiert hinzu.

»Werden Sie mir einen Vortrag halten wegen des runderneuerten Heizkessels?«

»Nicht jetzt, aber das kommt noch«, versprach er. »Wir hätten Sie verlieren können.« Unwillkürlich drückte er bei diesen Worten Leos Hand.

»Dank Ihnen geht es mir gut. Ist mit Leo alles in Ordnung?«

»Ja, bestens.« Er schaute auf den Jungen herunter, der zu ihm aufsah. »Machen Sie sich seinetwegen keine Sorgen, den lasse ich nicht aus den Augen.«

»Ich bin Ihnen sehr dankbar, Jack. Sind Sie wohlauf? Ich habe mir Sorgen gemacht, weil Petra meinte, Sie seien bewusstlos gewesen, als sie aufbrach.«

»Sie hat übertrieben. Es geht mir gut …«

Leo zog an seiner Hand und zeigte auf eine freudig erregt aussehende Rhonda, die ihnen vor der Teestube zuwinkte. »Ich muss Schluss machen. Konzentrieren Sie sich auf Ihre Genesung und machen Sie sich keine Sorgen. Versprochen?«

»Versprochen«, sagte Beth und klang dabei sehr emotional.

Sie verabschiedeten sich, und Jack setzte seinen Weg über die Dorfwiese fort. Rhonda umarmte ihn und den Jungen sehr fest, und Leo wischte sich anschließend den nassen Kuss mit dem Ärmel von der Wange. Jack gab Rhonda Geld für den Tee, der an die Suchtrupps und die Polizei ausgeschenkt worden war; alle wirkten sehr erleichtert, dass das Drama ein Ende gefunden hatte. Jack versprach, später zur Kuchenfeier wiederzukommen, obwohl Leo bettelte, doch jetzt schon Kuchen zu essen.

Jack war unendlich froh, Leo sicher und wohlbehalten wiedergefunden zu haben; die Gefühle, die er empfunden hatte, als der Junge verschwunden war, stellten eine ganz neue Erfahrung für ihn da. Einmal hatte er an einem Strand Doris aus den Augen verloren, doch das kam nicht annähernd an das Entsetzen der Vorstellung heran, Leo könnte entführt worden sein. Er wünschte, er wüsste mit Sicherheit, wer der Fremde gewesen war, der Ernie eine solche Angst eingejagt hatte, dass der sich in die Pillbox flüchtete. Aber möglicherweise würde Jack das nie erfahren. Vorerst würde er sich um Leo kümmern und darauf freuen, Beth gesund und munter wiederzusehen.

Leo schlug den Weg zu Jacks Haus ein.

»Zuerst müssen wir Doris abholen.«

»Warum? Wo ist sie denn?«, erkundigte Leo sich, während er seine Schritte beschleunigte, um mit Jack mithalten zu können.

»Sie hat eine Verabredung zum Spielen, aber du wirst nie und nimmer darauf kommen, mit wem.« Jack grinste, und zusammen gingen sie über die Dorfwiese zu Shirleys Haus.

Leo betrachtete die riesige Tür. »Es gibt keine Türklingel.«

»Doch, die gibt es.« Jack hob Leo hoch, um ihm die Eisenstange mit dem Griff neben der Tür zu zeigen. »Zieh daran.«

Leo tat, worum man ihn gebeten hatte, und war entzückt vom Glockengeläut aus dem Innern des Hauses.

Shirley machte die Tür auf, und ein Lächeln erschien auf ihrem Gesicht, als sie Leo sah. Dann wandte sie sich an Jack. »Du hast den Hund vergessen.« Sie ließ die zwei in die große Eingangshalle eintreten. »Die beiden haben es sich gemütlich gemacht«, berichtete Shirley, während Leo und Jack ihr folgten.

Shirley öffnete die Tür zu einem kleinen holzgetäfelten Raum, in dem ein echtes Feuer in einem verzierten Kamin prasselte. Auf dem aufwendig gemusterten Teppich vor dem Feuer lagen Doris und Mittens Rücken an Rücken. Jack und Leo standen da und starrten die beiden Tiere an. Sie hoben die Köpfe, machten jedoch keinerlei Anstalten, sich zu rühren.

»Ich habe keine Ahnung, wie du das gemacht hast«, sagte Jack zu Shirley. »Aber du bist erstaunlich.«

»Wie wir alle mussten sie einfach lernen, ein wenig tolerant zu sein«, erklärte Shirley weise. »Und ich stelle fest, dass schon die kleinste Menge Pastete Wunder wirkt.« Sie setzte sich geräuschvoll in einen großen ledernen Ohrensessel. »Ihr findet selbst hinaus, nicht wahr?« Sie nahm sich ein gebundenes Buch und fing an zu lesen.

»Eine Frage, Shirley. Erinnert Mittens dich an jemanden?«, wollte Jack wissen.

Shirley sah zu ihrer Katze. »An wen zum Beispiel?«

»An einen bestimmten Diktator mit einem komischen Oberlippenbart.«

»Oh ja, ich weiß, wen du meinst. Aber ich wusste gar nicht, dass du meine Schwester Miriam kennst.« Sie lächelte schlau und widmete sich wieder ihrem Buch. Jack schüttelte verwirrt den Kopf.

»Komm, Doris«, sagte Leo. Der Hund gähnte und streckte sich, dann stand er auf und schnupperte an Mittens, fast so, als wollte er ihr ein Abschiedsküsschen geben. Jack hielt den Atem an, aber Mittens machte nur wieder die Augen zu und schlief weiter.

»Du musst dich mal beruhigen, sonst bekomme ich wieder Kopfschmerzen«, erklärte Beth nur halb im Scherz, während sie gegen eine sehr aufgewühlte Carly anzureden versuchte.

»Ich rufe eigentlich an, um dir mitzuteilen, dass Fergus aufgewacht ist, doch an deinem Telefon meldet sich eine Frau aus der Teestube und berichtet, du seist mit einem Krankenwagen ins Krankenhaus gebracht worden. Die letzten zwei Stunden habe ich herauszufinden versucht, ob du tot oder lebendig bist ...« Carly musste Luft holen.

»Ich lebe.«

»Weiß ich.« Jetzt klang Carlys Stimme tränenerstickt. »Aber für einen Moment glaubte ich das nicht. Da dachte ich, ich hätte Fergus zurückbekommen, nur um dich zu verlieren.«

Beth gab ein entsprechendes Schluchzen von sich. Sie wusste genau, wie sie sich gefühlt hätte, wäre die Situation umgekehrt gewesen. »Tut mir leid, dass du Angst um mich hattest. Aber mir geht es gut, ehrlich.«

»Ich weiß nicht, was ich ohne dich machen würde, Beth«, sagte Carly, gefolgt von einem lauten Schniefen; ihre Stimme klang zart und mädchenhaft.

»Und ich wüsste nicht, was ich ohne dich machen solle, und jetzt bringst du mich auch zum Weinen, was keine große Hilfe ist. Allerdings soll es gut für die Haut sein.«

»Du blöde Ziege.« Carly vergoss weitere Tränen.

»Ich bin so froh wegen Fergus. Das sind wirklich gute Neuigkeiten.«

»Er liegt noch im Krankenhaus, sonst säße ich längst im nächsten Zug, das weißt du, oder?«

»Natürlich, und das ist lieb von dir, aber die halten mich nur noch zur Beobachtung hier. Morgen komme ich nach Hause.«

»Okay, aber ins Cottage kannst du nicht zurück, das ist gefährlich.«

»Anscheinend kümmert Jack sich gerade darum. Er hat sogar einen Notdienst aufgetan, der heute meinen Heizkessel austauscht. Er war wirklich nett.«

»Die Frau aus der Teestube meinte, er hat wie ein Superheld sein Leben riskiert, um deines zu retten. Mal ernsthaft, was muss der arme Kerl denn noch alles machen, damit du ihn küsst?«

Beth lachte. »Er ist wirklich erstaunlich, aber ich fürchte, in dieser Hinsicht habe ich meine Chance verpasst. Er ist jetzt mit Petra zusammen und ...«

»Diese glückliche Kuh!«, meinte Carly mitfühlend.

»Mein Kopf fängt wieder an zu pochen ...«

»Schon gut, den Wink habe ich verstanden. Ruf mich an, wenn du kannst. Ich liebe dich, Beth.«

»Ich weiß, und ich liebe dich auch.«

Beth beendete das Gespräch mit einem Lächeln auf dem Gesicht. Arme Carly, die musste einen regelrechten Schock erlitten haben. Beth konnte sich vorstellen, wie dramatisch Rhonda diese ganze Episode geschildert haben musste; vermutlich war Carly an die am wenigsten geeignete Person dafür geraten.

Beth schloss die Augen und versuchte, sich daran zu erinnern, was genau eigentlich passiert war. Aber sie wusste nur noch, dass sie bei Jack gewesen war, und das Nächste, woran sie sich erinnerte, war Petras Hintern an ihrem Bett. Dazwischen fehlte alles, was schon für sich genommen beängstigend war. Außerdem musste sie sich mit der Tatsache auseinandersetzen, dass sie hätte ums Leben kommen können. Sobald jemand sie darauf ansprach, wies sie ihn darauf hin, dass sie ja noch lebe. In Wahrheit aber hatte sie das nur Jack zu verdanken.

Denis und Leo beobachteten vom Wagen, wie Jack und Petra Beth dabei halfen, das Cottage aufzuschließen. Petra umfasste ihren Arm, während Jack sie zu führen versuchte.

»Hört auf damit!«, maulte Beth, aber nicht wirklich verärgert, denn es war schön zu sehen, wie viel sie den beiden bedeutete. »Ehrlich, mir geht es gut, dank euch beiden.« Bei diesen Worten sah sie Jack an, dessen Brauen ein klein wenig hüpften, ehe er den Blick abwandte.

»Ich werde dich bemuttern, bis ich sicher sein kann, dass es dir besser geht«, versprach Petra und schob sie ins Cottage.

»Ich komme nachher zur Arbeit«, erklärte Beth.

»Auf keinen Fall!« Petra stemmte die Hände in die Hüften, um ihren Worten Nachdruck zu verleihen.

»Ich glaube auch nicht, dass das klug wäre«, bemerkte Jack und nahm damit die etwas weniger konfrontative Haltung ein.

»Die im Krankenhaus haben gesagt, ich bin gesund. Keine bleibenden Schäden. Es gibt also keinen Grund, weshalb ich nicht eine Schicht arbeiten sollte. Kann ich nicht wenigstens vorbeikommen und mal schauen, wie es läuft?«

Petra schnaubte. »Morgen. Jetzt mache ich dir erst mal Tee. Die Briten haben in einem Punkt recht – Tee hilft immer.« Damit verschwand Petra in der Küche und ließ Jack und Beth allein, die sich verlegen gegenüberstanden. Sie lächelten sich an und wandten den Blick gleich wieder ab.

»Noch mal danke, Jack. Es war wirklich mutig von Ihnen, hier hereinzukommen, obwohl Sie die Gefahr kannten.«

Jack tat es mit einem Schulterzucken ab. »Das hätte doch jeder gemacht.«

»Vielleicht, trotzdem bin ich Ihnen sehr dankbar.« Sie beugte sich vor und zögerte kurz, bevor sie ihm einen Kuss auf die Wange gab. Prompt errötete er und wich einen kleinen Schritt zurück.

»Tja«, meinte er und rieb sich das Kinn. »Ich zeige Ihnen später, wie die neue Heizung funktioniert. Außerdem gibt es drei Kohlenmonoxidmelder: einen in der Küche, einen im Flur und einen auf dem Treppenabsatz.« Er zeigte über seinen Kopf, und Beth entdeckte neben dem Rauchmelder eine kleine weiße Box an der Decke. »Der gibt einen lauten Piepton von sich, sobald zu viel Kohlenmonoxid in der Luft ist. Das Cottage ist frei von dem Zeug, Sie sind also sicher.« Er holte Luft und blies die Wangen auf.

»Großartig, danke«, sagte Beth und hatte das Gefühl, irgendetwas fehle, kam aber nicht darauf, was es war. »Sie müssen mir die Rechnung für den neuen Heizkessel noch zukommen lassen.«

»Ja, die bringe ich vorbei.« Er schlug mit den Händen seitlich gegen seine Oberschenkel. »Gut, ich bin dann weg. Rufen Sie an, falls Sie irgendetwas benötigen.«

Petra kam aus der Küche mit einem großen Becher Tee, den sie Beth gab. »Wie er schon sagte, melde dich, falls du etwas brauchst.«

»Mach ich«, versicherte Beth ihr, obwohl die zwei nicht überzeugt wirkten. »Mach ich wirklich! Geht jetzt.« Sie scheuchte die beiden aus dem Cottage.

Petra und Jack gingen zum Ende des Gartens, wo die Überbleibsel der alten Gartenpforte immer noch auf einem kleinen Stapel lagen.

Petra verzog ihr Gesicht. »Was?«, fragte Jack.

»Mir gefällt nicht, dass wir Beth nichts von Leos Verschwinden erzählt haben«, gestand sie.

»Ich weiß, aber das wäre nur eine zusätzliche Sorge gewesen, die sie momentan nicht gebrauchen kann. Und schließlich haben wir ihn doch sicher und wohlbehalten wiedergefunden.«

»Trotzdem«, meinte Petra.

»Wenn Leo es ihr erzählen will, ist das seine Sache«, sagte Jack.

»Der geheimnisvolle Mann, den Ernie gesehen hat, beunruhigt mich.«

»Mich auch, aber wir wissen nicht, ob es Nick war. Es könnte ebenso gut nur ein Tourist gewesen sein.« Jack machte allerdings ein skeptisches Gesicht. »Ich wünschte, sie würde auf mich hören und eine Weile bei mir bleiben.« Er sah kurz zum Cottage.

»Ich weiß. Ich habe ihr auch angeboten, dass sie mit Leo im Pub bleiben kann, aber das will sie nicht. Sie ist eben eine unabhängige Frau, was soll's?«

»Behalte sie im Auge und halte gleichzeitig Ausschau nach diesem Nick.«

»Ich weiß leider nicht, wie der aussieht, aber sollte mir jemand verdächtig vorkommen, rufe ich dich gleich an«, versprach Petra.

»Hier ist der Wagenschlüssel«, sagte er und gab ihn ihr. »Ich wünsche dir und den Jungs viel Spaß im Wildpark.«

»Danke, Jack, den werden wir haben.« Sie drückte Jacks Arm, und er sah sie erstaunt an. »Du trainierst noch, wie ich sehe«, stellte sie mit einem frechen Grinsen fest und drückte seinen Bizeps gleich noch einmal.

»Finger weg!« Jack schlug ihre Hand scherzhaft weg. »Komm her.« Er umarmte sie kurz. »Danke für ... na ja, für alles.«

Petra gab ihm einen Kuss auf die Wange und rieb anschließend den Lippenstift weg, den sie hinterlassen hatte. »Ist mir stets ein Vergnügen.«

»Ich mache mich auf den Weg zur Arbeit. Amüsiert euch.« Sie winkten einander zu und gingen ihrer Wege.

Aus dem Schatten des Wohnzimmers beobachtete Beth die beiden und spürte Eifersucht angesichts der Vertrautheit zwischen ihnen.

38. Kapitel

Nach einem Bad mit besonders viel Schaum, um die hässliche avocadofarbene Wanne nicht sehen zu müssen, und einem Nickerchen in ihrem eigenen Bett fühlte Beth sich fast wieder wie ein richtiger Mensch. Sie lag auf dem Sofa und erstellte eine neue Liste. Es war praktisch kein Geld mehr übrig, und sie hatte nach wie vor einiges zu tun, bevor sie das Cottage zum Verkauf anbieten konnte. Sie würde sich anstrengen müssen, wenn es bald fertig und wieder auf dem Markt sein sollte. Während sie über ihre Optionen grübelte, klingelte ihr Mobiltelefon. Auf dem Display wurde eine Nummer angezeigt, die sie nicht kannte, was sie sofort beunruhigte. Trotzdem nahm sie den Anruf entgegen, lauschte jedoch nur.

»Hallo? Beth, bist du da?«

Sie war erleichtert, als sie die vertraute Stimme hörte. »He, Carls, was hat es mit dieser seltsamen Nummer auf sich?«

»Ich habe mir ein neues iPhone gekauft, und du brauchst gar nicht zu lachen. Ich fand es an der Zeit, mich mal auf den neuesten Stand der Technik zu bringen.«

»Gute Idee, ich bin beeindruckt. Wie läuft es bei dir?«

»Uns geht es gut. Fergus wurde auf die normale Station verlegt, und man ist sehr zufrieden mit seinen Fortschritten. Aber wie fühlst du dich?«

»Das sind ja fabelhafte Neuigkeiten von Fergus. Mir geht es wieder gut, nachdem ich aus dem Krankenhaus heraus bin.«

»Du wolltest mich anrufen, sobald du zu Hause bist. Hat das Heizungsleck dein Erinnerungsvermögen beeinträchtigt?«, wollte Carly wissen, klang jedoch ehrlich besorgt.

»Nein«, erwiderte Beth amüsiert. »Ich bin noch nicht lange wieder hier. Ich hätte dich bald angerufen, bestimmt.«

»Du befindest dich nicht in dieser Todesfalle von einem Cottage, oder?«, fragte Carly alarmiert.

»Doch, ich bin im Cottage, aber es ist nicht länger eine Todesfalle, wie du es liebevoll nennst. Die Heizung wurde ausgetauscht, und dank Jack wimmelt es jetzt hier von Kohlenmonoxidmeldern. Es ist wirklich ziemlich sicher alles.«

»Ich wünschte, ich wäre da, damit ich mich um dich kümmern kann.«

»Niemand muss sich um mich kümmern, ehrlich …«

»Vielleicht könnte der entzückende Jack dich gesund pflegen. Ich wette, er hat ausgezeichnete Krankenbettmanieren.«

»Du bist verdorben! Mir fehlt nichts, und wie ich bereits erwähnte, ist Jack tabu, also stell deine Suche nach dem Märchenprinzen ein.«

»Na schön.« Carly seufzte. »Aber ich möchte trotzdem schnell zu dir, sobald Fergus sich ganz erholt hat.«

»Na klar, das wäre toll. Du wirst das Dorf um diese Jahreszeit lieben. Überall blühen jetzt wie verrückt die Krokusse!«

»Es ist tatsächlich ein hübsches Dorf, und es wäre ein hervorragender Ort für eine Hochzeit«, überlegte Carly laut.

»Ja, stimmt. Zwischen Dumbleford und dem Nachbarort gibt es eine hübsche kleine Kirche, die im Sommer für Hochzeiten sehr beliebt ist.«

»Heiraten dort auch Fremde?«

»Fremde?« Beth lachte. »Ich hoffe nicht. Aber falls du damit Leute meinst, die nicht aus dem Dorf stammen, lautet die Antwort: ja. Petra hat mir erzählt, dass sie schon bei einigen Feiern den Partyservice gemacht hat. Heutzutage scheinen die Menschen ja überall zu heiraten, wo es ihnen gerade gefällt.«

»Ooh«, hauchte Carly. »Vielleicht schlage ich Fergus Dumbleford vor. Wäre das nicht fantastisch? Eine Hochzeit in Dumbleford!«

Beth verzog das Gesicht und war froh, dass sie nur telefonierten. »Für Fergus' Familie wäre das eine weite Reise, und für alle anderen, bis auf mich, auch.«

»Ja, vermutlich.« Carly klang schon weniger euphorisch.

»Wenn du dir schon über geeignete Orte Gedanken machst, hast du wohl auch bereits einen Termin für die Hochzeit?«

»Eigentlich nicht. Wir sind uns einig, dass wir im Sommer heiraten wollen. Aber Fergus meint, nächstes Jahr ist zu knapp, um alles zu organisieren.«

»Aber ihr hättet über ein Jahr Zeit!«

»Ich weiß, aber unser Fergus macht gar nichts in Eile.«

Am nächsten Morgen gähnte Beth herzhaft, als sie die Haustür öffnete und Doris hereinließ, gefolgt von einem strahlenden Jack.

»Sie sind früh dran«, stellte Beth fest, ihre Manieren vergessend.

»Ich wünsche Ihnen auch einen guten Morgen! Ich dachte, ich bringe Leo heute zur Schule, dann können Sie sich wieder hinlegen oder was Einhörner wie Sie so tun zur Entspannung.« Er deutete grinsend auf ihr Onesie, der ihn stets aufs Neue zu amüsieren schien.

Beth verkniff sich ein weiteres herzhaftes Gähnen. »Das ist ja nett von Ihnen, aber wir kommen zurecht. Ich wollte mich gerade anziehen.«

»Ach Mum! Kann Jack mich nicht zur Abwechslung mal bringen? Bitte!«, kam es aus der Küche, während gleichzeitig ein Löffel in eine leere Frühstücksschale geworfen wurde.

Jack wartete auf ihre Reaktion. Leo erschien im Flur, und prompt sahen zwei Augenpaare sie flehend an.

»Okay, okay, meinetwegen.« Sie hob kapitulierend die Hände, während Jack und Leo sich abklatschten.

»Hattet ihr Spaß gestern im Wildpark?«, erkundigte Jack sich bei Leo.

»Ja, das war klasse! Wir haben ein Kamel furzen hören!« Der Junge kicherte.

»Ausgezeichnet«, meinte Jack prustend. »Gab es noch etwas Gutes, oder war der Kamelfurz der Höhepunkt?«

»Wir haben Zebras gesehen, die Yoga gemacht haben.«

»Im Ernst?«, fragte Beth.

»Das hat Petra behauptet, aber ich glaube eher, die hatten Sex.«

»Na schön, Zeit für die Schule«, rief Beth, um dieses Gespräch rasch zu beenden.

»Ich muss mir noch die Zähne putzen und mich anziehen«, erwiderte Leo und rannte schon die Treppe hoch.

»Nicht hetzen«, rief Jack, ehe er seine Aufmerksamkeit wieder auf Beth richtete. »Klingt, als hätten wir einen lustigen Nachmittag verpasst.« Jack hörte überhaupt nicht mehr auf zu grinsen.

»Ich dachte eigentlich, in einem malerischen Dorf wie diesem würde mir das kulturelle Angebot Londons fehlen, aber das trifft nicht zu.« Sie mussten beide lachen. »Ist es okay für Sie, auf dem Rückweg Denis mitzunehmen? Das mache ich sonst eigentlich immer.«

»Klar, kein Problem. Gönnen Sie sich einen entspannten Tag.«

»Na gut, das werde ich. Danke«, fügte sie hinzu, und ihr Blick glitt über sein Gesicht. Sie hatten ein freundschaftliches Verhältnis entwickelt, und sie war dankbar dafür. Dennoch war jenes Gefühl nicht zu leugnen, dass sie die Chance auf etwas ganz Besonderes mit ihm verpasst hatte.

Im Lauf der nächsten Wochen kehrten Beth und Carly allmählich zur Normalität zurück. Beth arbeitete wieder im Pub und verbrachte ihre rare Freizeit damit, die Farbe von den Türen mithilfe eines geliehenen Gasbrenners zu entfernen. Jack und Petra hatten viel geholfen, und einmal war Jack sogar mit einer Tüte Lebensmittel aufgetaucht, um Beth die Fahrt mit dem Bus zum Supermarkt zu ersparen.

Fergus war nach Hause zurückgekehrt und hatte sich, bis auf den Verlust einer Menge Haare, vollständig erholt. Der Unfall hatte Carly und ihn noch näher zusammengebracht. Winzige Flaumbündel waren auf dem Teich erschienen und immer wieder unter den Fittichen ihrer Eltern verschwunden – die ersten Entenküken symbolisierten das neue Leben im Dorf und kündeten den herannahenden Sommer an. Alles schien wieder an seinem Platz zu sein, und der gewohnte Lebensrhythmus war wiederhergestellt.

Während Beth am Schultor wartete, lachte sie über einen weiteren Autokorrektur-Patzer von Carly, die nach wie vor Mühe hatte, mit ihrem neuen Handy zurechtzukommen. Offenbar hatte sie gebacken und transportierte jetzt Muffins in ihrer neuen Unterhose – Beth vermutete, dass es sich um eine Brotdose statt um Unterwäsche handelte.

Sie kicherte immer noch vor sich hin, als Leo vor ihr auftauchte. »Ja... Mr. Selby möchte dich sprechen«, eröffnete er ihr und nahm Doris' Leine, ehe er seine Unterhaltung mit Denis fortsetzte, darüber, welches Tier am lautesten furzte.

Beth schaute auf und entdeckte einen schick gekleideten Jack, der ihr zuwinkte, während er simultan Kinder in die Richtung ihrer wartenden Eltern schickte. Beth ging zu ihm, als das letzte Kind die Stufen hinunterlief.

»Hi«, begrüßte sie ihn, seltsam verlegen, wo seine ganze Aufmerksamkeit nun ihr galt. In dieser eleganten Kleidung sah er fantastisch aus. Was war das nur mit einem Mann in einem guten Anzug? Vielleicht lag es auch nur an Jack.

»Hi. Ich habe Sie seit einigen Tagen nicht mehr gesehen, deshalb wollte ich einfach mal ... na ja, Hallo sagen.« Jack schob die Hände in die Hosentaschen.

»Hallo«, sagte Beth, immer noch unsicher, und behielt Leo, Denis und Doris im Auge.

»Was haben Sie so getrieben?«

»Oh, ich habe mich durch meine nie enden wollende Liste der Dinge, die noch am Cottage zu machen sind, gearbeitet.«

Jack nickte ermutigend, während sie sprach. »Woran arbeiten Sie momentan?«

»An den Türen vor allem. Ich bin mir sicher, dass die meisten Häuser nicht so viele haben wie Willow Cottage.«

»Brauchen Sie Hilfe?«

»Danke, Jack, aber ich weiß ja, dass Sie viel zu tun haben.«

»Ich bin hier fertig«, erklärte er und deutete über die Schulter zur Schule. »Das Gute am Job einer Aushilfskraft ist, dass mir all die zusätzliche Arbeit eines Vollzeitlehrers erspart bleibt. Ich könnte noch in dieser Stunde bei Ihnen sein.«

»Großartig, aber dann müssen Sie auch zum Abendessen bleiben – meine Art, Danke zu sagen. Es gibt nur Pasta, was vermutlich nicht das beste Dankeschön ist ...« Sie merkte, dass sie plapperte. »Wie dem auch sei, bleiben Sie zum Abendessen, falls Ihnen das keine Probleme bereitet.«

Jack lächelte schief. »Keine Probleme. Das wäre toll. Bis gleich.«

Beth schaute ihm hinterher, als er im Gebäude verschwand.

»Komm endlich, Mum!«, rief Leo, der inzwischen neben Doris auf dem Boden saß. Beth eilte zu ihm und spürte eine gewisse Vorfreude, dass Jack vorbeikommen würde.

Wie versprochen tauchte Jack etwa dreißig Minuten später in einer mit Farbe bekleckstem Jogginghose und engem weißen T-Shirt auf. Er machte sich sofort daran, mit dem Gasbrenner die Farbe von der Badezimmertür zu entfernen. Weil sie nur einen Gasbrenner hatten, der ohnehin Jack gehörte, versuchte Beth, die Farbreste von ihrer Schlafzimmertür zu entfernen. Hin und wieder schaute sie zu Jack und bewunderte das Spiel seiner Muskeln, wenn er behutsam die geschmolzene Farbe von der Tür abzog. Vielleicht hatte sie ihn zu oft angestarrt, denn plötzlich sah er sie an, und sie wandte sich schnell ab.

»Alles in Ordnung?«, erkundigte er sich.

»Oh ja, doch, mir geht's gut. Danke ... dass Sie sich erkundigt haben.« Sie verstand nicht, warum sie plötzlich wie eine Radioansagerin aus den Vierzigerjahren klang.

»Muuum, ich kann meine Hausaufgaben nicht, die sind zu schwer!«, schrie Leo aus der Küche.

»Welches Fach?«, rief Beth zurück.

»Maaaathe!«, rief Leo und schaffte es, seine ganze Verzweiflung in das lang gezogene Wort zu legen.

Beth ließ die Schultern hängen. Leo bei den Hausaufgaben zu helfen würde unweigerlich in einen Streit münden, denn erstens hatte sie keine Lust, und zweitens bot jeder kleine Rückschritt ihm einen Grund, alles hinzuwerfen.

»Ich könnte ihm helfen«, bot Jack an. Beth verzog ihr Gesicht. Es hätte ihr sehr gefallen, wenn Jack das übernähme, aber er half ihr bereits bei den Türen. Als könnte er ihre Gedanken lesen, sagte er: »Es macht mir nichts aus. Ich mag Mathe, und ich mag Leo.«

Beth musste lächeln. »Ich nutze Sie ganz schön aus.«

Er stellte den Gasbrenner aus und reichte ihn ihr. »Überhaupt nicht – schön wär's!«, erwiderte er und lief nach unten. Beth sah ihm perplex hinterher. Flirtete er mit ihr? Oder deutete er damit an, dass Petra ihn nicht genug benutzte? Möglicherweise interpretierte sie auch zu viel in eine harmlose Bemerkung hinein. Sie tippte auf Letzteres und machte dort weiter, wo Jack mit der Badezimmertür aufgehört hatte.

Von unten aus der Küche hörte sie Gekicher, und das wärmte ihr Herz. Jack und Leo verstanden sich gut. Es tat dem Jungen gut, ein starkes männliches Vorbild zu haben. Beth war klar, dass er Jack vermissen würde, wenn das Cottage endlich verkauft wäre und sie weiterzogen. Bei dem Gedanken daran, wie sehr sie Jack vermissen würde, musste sie schlucken.

»Ich bin schwanger!«, rief Carly noch aus dem Badezimmer, kam dann herausgestürmt und hielt schwungvoll das weiße Teststäbchen hoch. Sie lief schnurstracks in Fergus' Spielzimmer.

»He!«, rief er und unterbrach sein Spiel. »Was ist los?«

Carly hörte auf, vor ihm herumzuhüpfen, und versuchte, ernst zu bleiben. Sie betrachtete Fergus; abgesehen von der Stelle, an der die Haare nachwachsen mussten und dem daraus resultierenden kurzen Haarschnitt, konnte man ihm nicht mehr ansehen, was passiert war. Er saß im T-Shirt und Jogginghose am Computer und sah gesund und munter aus, wenn auch ein bisschen nach Faulpelz. Sie liebte ihn trotzdem.

Carly wollte das Stäbchen in die Tasche stecken, um die Hände für die Gebärden frei zu haben. Dann fiel ihr jedoch ein, dass sie gerade erst darauf gepinkelt hatte, und legte es daher vorsichtig hinter sich auf Fergus' Schreibtisch.

Carly wedelte mit den Händen wie ein Dirigent vor seinem Orchester, was Fergus sichtlich belustigte. »Ist das ein Pantomimerätsel?«, fragte er. »Darin bin ich sehr gut.«

»Dabei schummelst du jedes Mal!«

»Es ist doch nicht meine Schuld, dass die Leute die Begriffe mit den Lippen formen, während sie sie darzustellen versuchen.« Er versuchte, ein unschuldiges Gesicht zu machen.

»Wie dem auch sei«, begann sie und konzentrierte sich jetzt auf die Genauigkeit ihrer Gebärden. »Ich habe wichtige Neuigkeiten ...« Sie machte eine dramatische Pause. »Ich habe einen Test gemacht und ...«

»Gehst aufs Gymnasium?«, neckte er sie.

»Fergus!«, meinte sie tadelnd, und er signalisierte: »Sorry.«

»Du wirst Vater!«

Fergus machte ein verwirrtes Gesicht. »Ich werde ein Unartiger?«

Carly stutzte. Sie hätte schwören können, dass sie die richtigen Zeichen gemacht hatte, aber sie formulierte es dennoch anders. »Nein, ich bin schwanger«, signalisierte sie und formte es sicherheitshalber gleichzeitig mit den Lippen. Allerdings starrte Fergus auf ihre Hand, mit der sie sich über den Bauch strich, während sie »schwanger« signalisierte.

»Du hast Bauchweh?«

Carlys Frustration nahm zu. »Nein, wir bekommen ein Baby!« Sie wiederholte das Zeichen für »Baby« und wiegte einen imaginären Säugling auf den Armen – das konnte doch niemand falsch deuten.

»Ich weiß«, erwiderte er ruhig. »Ich habe das Teststäbchen gesehen, als du hereingekommen bist. Ich bin taub, nicht blind!« Er grinste, und sie boxte ihn gegen die Schulter. »Es war aber echt witzig, es dich auf vierzig verschiedene Arten darstellen zu sehen.«

»Du Blödmann!«

Er zog sie auf seinen Schoß. »Das ist unglaublich. Ich bin überglücklich.« Er schmiegte sein Gesicht an ihren Hals.

»Ich auch. Aaah! Wir werden Eltern!« Carly fing wieder an zu hüpfen, was den Stuhl bedenklich ins Schwanken brachte.

»Aaah!« Fergus machte ihr Hüpfen nach. »Könntest du dein Pinkelstäbchen von meinem Schreibtisch nehmen?«, bat er und drückte sie an sich.

Carly lachte, aber dann hielt sie erschrocken inne. »Oh verdammt! Das ist überhaupt nicht gut.«

»Was ist los?«

»Meine Oma wird erfahren, dass wir vor der Ehe Sex hatten!«

Fergus musste laut lachen.

39. Kapitel

»Anfang Juni?«, rief Beth in ihr Handy, lauter als beabsichtigt. »Ihr heiratet in vier Wochen?«

»Ich weiß!«, erwiderte Carly.

»Warum tut ihr euch diesen Stress an? Wozu die große Eile?« In Wahrheit war Beth schon ganz aufgeregt bei dieser Aussicht.

»Ich will einfach keine fette Braut sein«, entgegnete Carly ganz ruhig.

Es entstand eine Pause, in der Beth schaltete und dann loskreischte. »Ach du Schande! Du bist schwanger!«

Carly und Beth quietschten abwechselnd vor Begeisterung, ehe sie zu einer normalen Lautstärke zurückfanden. »Ich kann nicht glauben, dass es passiert ist, und Fergus ist genauso glücklich wie ich!«

»Das sind die besten Neuigkeiten aller Zeiten. Ich freue mich riesig für euch. Ihr werdet ganz tolle Eltern sein.« Beth tropfte eine Freudenträne vom Kinn. »Du hast mich zum Weinen gebracht.«

»Du Softie.«

»In der wie vielten Woche bist du?« Beth blinzelte, um die Tränen zu stoppen.

»In der vierten, und rechne nicht zurück, das ist aufdringlich«, meinte Carly.

»Zu spät! Du kleines Luder – Fergus muss gerade erst aus dem Krankenhaus entlassen worden sein!«

»Du bist genauso schlimm wie er. Er behauptet, ich hätte seinen geschwächten Zustand ausgenutzt.«

Sie lachten beide. »Ich freue mich so für dich, Carls.« Beth wusste, wie wichtig ihr Kinder und eine Familie waren, und es machte Beth glücklich, dass die Wünsche ihrer Freundin in Erfüllung gingen.

»Danke. Jetzt heißt es mit Volldampf eine Hochzeit im schönen Dumbleford am ersten Wochenende im Juni vorbereiten.«

»Dumbleford? Du spinnst ja! Wie willst du denn eine Hochzeit in vier Wochen an einem Ort organisieren, der hundert Meilen weit weg ist?«, argumentierte Beth, obwohl sie sich die Antwort schon selbst geben konnte.

»Na, mit deiner Hilfe«, rief Carly aufgeregt. »Das meiste werde ich per Telefon oder Internet erledigen.«

»Internet? Du?«

»Ich werde immer besser mit meinem neuen Handy, nur dass manchmal etwas völlig anderes dabei herauskommt als das, was ich eintippe.«

»Autokorrektur«, schlug Beth vor, doch ihre Freundin hörte gar nicht zu.

»... außerdem wird Fergus mir helfen.«

»Trotzdem ist da unfassbar viel zu organisieren«, gab Beth zu bedenken und fragte sich, wie viel von dem Wahnsinn bei ihr landen würde. Sie wollte natürlich gern helfen, aber ihr vorrangiges Ziel lautete, Willow Cottage in den nächsten Wochen fertig zu bekommen, nicht eine Hochzeit zu planen. Sie wollte das Haus allerspätestens Ende Juni zum Verkauf anbieten, in der Hoffnung, in den Sommerferien umziehen zu können, damit Leo zu Beginn des neuen Schuljahres im September auf eine neue Schule gehen konnte. Ihr war bewusst, dass es viele Unwägbarkeiten gab und dieser Plan möglicherweise, wahrscheinlich sogar, nicht einzuhalten war. Aber es war wenigstens ein Ziel.

»Wirst du mir helfen?« Carlys Stimme klang ein bisschen zaghaft und Mitleid heischend.

»Selbstverständlich!«, antwortete Beth. »Wir werden die beste Hochzeit aller Zeiten feiern. Wie sieht unser Budget aus?« Die Idee, das Geld von jemand anderem auszugeben, gefiel ihr auf Anhieb.

»Wie wir wollen, innerhalb gewisser Grenzen natürlich«, sagte Carly und gab gleich wieder ein begeistertes Quietschen von sich. »Fergus hat mir seine Kontoauszüge gezeigt, und er scheffelt enorm viel Geld!«

»Ausgezeichnet!«, sagte Beth und rieb sich metaphorisch die Hände.

»Es bedeutet außerdem, dass wir uns ein Haus kaufen können. Wir brauchen mehr Platz und einen Garten, wenn das Baby kommt. Aber zuerst konzentrieren wir uns auf die Hochzeit.«

»Okay, du erstellst eine Liste der Dinge, die du willst, und wir sehen mal, was wir tun können. Dir ist schon klar, dass du Kompromisse eingehen musst, oder?« Beth war nicht gerne die Stimme der Vernunft, aber sie hielt es für besser, die Erwartungen von Anfang an zu kontrollieren.

»Keine Sorge, ich hab's kapiert. Das Wichtigste ist, dass ich Fergus Dooley heirate und ein Baby von ihm bekomme. Von mir aus können wir in einer Hütte heiraten.«

»So viel Kompromissbereitschaft höre ich gerne. Eine Hütte kann ich ganz bestimmt organisieren.«

Beth machte die Haustür auf, und Jack stand mit einer Flasche Wein und einer Schachtel Maltesers-Schokobonbons da. »Abendessen?«, fragte er, während Doris unaufgefordert ins Haus trottete.

Beth lächelte; hinter ihr lag ein anstrengender Tag, an dem sie den Flur für den Anstrich vorbereitet hatte, mit dem Ergebnis, dass es aussah wie vorher, bis auf die Schleifspuren an den Fußleisten.

»Warten Sie mal«, bat sie, obwohl sie wirklich keine Spielverderberin sein wollte. »Weiß Petra, dass Sie hier sind?« Auf keinen Fall wollte sie ihre Freundin verärgern.

Jack wirkte erstaunt und amüsiert zugleich. »Nein, warum?«
»Meinen Sie nicht, Sie sollten das klären?«
»Und wieder: nein. Warum?« Jack sah noch belustigter aus.

Beth ließ die Schultern hängen. »Es wäre mir nicht recht, wenn sie einen falschen Eindruck von unserer Freundschaft bekäme.«

»Ach ja?« Er hob skeptisch eine Braue.

»Ja. Ich mag Petra und möchte keinen Krach mit ihr riskieren, falls sie auf falsche Gedanken kommt.«

»Klar«, meinte er langsam. »Und was wären falsche Gedanken?«

»Dass wir einander mögen ... na ja, so eben ...« Beth fühlte, wie sie errötete, und verfluchte ihre mütterlichen Gene für diese Eigenschaft.

»Wie denn?« Jacks Mundwinkel zuckte.

Beth strich sich die Haare aus dem Gesicht und hielt für einen Moment den Atem an, während sie überlegte, wie sie antworten konnte, ohne sich in noch größere Schwierigkeiten zu bringen. »Mehr, als Freunde sich mögen.« Sie war ganz zufrieden mit dieser doch ziemlich diplomatischen Antwort.

»Und das wäre ein Problem, weil ...?«

Beth sah ihn bestürzt an. Schlug er ihr gerade eine Affäre vor? Ihr Kopf war voller Fragen, der Bauch voller Schmetterlinge. »Weil es moralisch falsch wäre und ich Petra nicht hintergehen würde, so gern ich es vielleicht ... oder vielleicht auch nicht ... möchte. Ich kann das einfach nicht. Ich würde das nicht tun. Ich würde mich schrecklich fühlen.« Sie zeigte jetzt auf ihn und hatte keine Ahnung, wie sie ihren Monolog beenden sollte. »Und noch schlimmer wäre es, wenn ihr zwei euch trennt.«

»Trennen?«, wiederholte Jack und lehnte sich gegen den Türrahmen.

»Ja«, sagte Beth und holte tief Luft.

»Ich und Petra?«

»Ja.«

Er grinste spöttisch. »Petra ist nicht meine Freundin.«

Beth war verwirrt. »Aber Sie sind über Nacht ... und sie berührt Sie ... oft.« Sie dachte laut. »Ihr seid nicht zusammen?«

»Nö.« Jack schüttelte den Kopf. »Waren wir mal, sehr kurz, vor Ewigkeiten. Es knisterte nicht richtig, verstehen Sie?«

»Ja. Klar. Okay.« Sie musste diese Information erst einmal verarbeiten.

»Kann ich jetzt bitte reinkommen?«

Beth blinzelte, als sei sie aus einer Trance erwacht. »Natürlich, Entschuldigung.« Sie gab den Weg frei und kam sich wie ein Trottel vor; tatsächlich glühten inzwischen ihre Ohren vor Verlegenheit. Allerdings verspürte sie auch eine gewisse Erleichterung. »Das sieht nach einem Abendessen nach meinem Geschmack aus«, bemerkte sie und versuchte sich abzulenken, indem die ihm den Wein und die Schokobonbons abnahm. Vor wenigen Monaten noch hätte sie im Stillen den Kalorien- und Zuckergehalt berechnet.

»Diese ganze Petra-Sache tut mir leid. Ich habe gesehen, dass ihr euch nahesteht, und nahm daher an ... hätte ich wahrscheinlich nicht tun sollen«, fuhr Beth fort, während Jack seine Kapuzenjacke aufhängte und anschließend im Türrahmen zur Küche stehen blieb.

»Ist schon okay. Wir stehen uns wirklich nahe. Es war nicht einfach für sie, Denis allein großzuziehen. Es ist hart, eine alleinerziehende Mutter zu sein.«

»Wem sagen Sie das. Aber es muss noch härter sein, wenn man in einem anderen Land und weit weg von der Familie und Freunden ist.«

»Ja«, meinte Jack. »Sie kam hierher, um zu studieren. Sie war jung und naiv, was einen im Ausland verletzlich macht. Und prompt tat jemand ihr sehr weh ...« Jack hielt kurz inne. »Petra musste einiges erdulden, aber sie ist eine Kämpferin, und das mag ich besonders an ihr.«

»Ich auch«, pflichtete Beth ihm bei und kippte die Schokobonbons in eine gemusterte Schale, die sie Jack gab. Sie hatte den Eindruck, dass sich noch viel mehr hinter Petras Geschichte verbarg, aber sie wollte nicht zu neugierig erscheinen.

Sie nahm zwei Weingläser, und Jack folgte ihr ins Wohnzimmer. »Übrigens habe ich Carly Ihre Telefonnummer gegeben, ich hoffe, das geht in Ordnung.« Beth gab Doris ein Hundeleckerchen, das sie mit einem Bissen verschlang, ehe sie sich vor dem Sofa niederließ, sodass Beth über sie hinübersteigen musste, um sich zu setzen.

»Ich weiß, sie hat mich schon angerufen«, erwiderte Jack. »Was hat es denn mit dieser Hochgeschwindigkeitshochzeitsplanung auf sich? Und warum hier?«

»Das ist mir auch nicht ganz klar, mal abgesehen davon, dass sie schwanger ist.« Beth schenkte den Wein ein.

»Ah, das erklärt es. Tolle Neuigkeiten. Auf Baby Ghast Blaster!« Er hob sein Glas. »Warum die Trauung in Dumbleford stattfinden soll, ist mir aber immer noch schleierhaft.«

»Sobald sie sich etwas in den Kopf gesetzt hat, ist sie nicht mehr davon abzubringen.«

»Mir wurden die Autos zugeteilt, die Organisation des Festzeltes und die Ankündigung der Lesungen in der Kirche, aber ich bekomme wenigstens eine Einladung zur Hochzeit«, erklärte er und trank langsam einen Schluck.

»Da sind Sie aber gut weggekommen. Vielleicht gebe ich noch ein paar von meinen Aufgaben an Sie ab!«

»He, ich muss auch noch ein Unternehmen führen.«

»Und ich muss ein Cottage fertig renovieren«, konterte Beth und stellte ihr Glas auf die Fensterbank.

Jacks Unbeschwertheit schien zu verschwinden. Er tätschelte Doris' Flanke, doch sie regte sich nicht. »Wie sehen Ihre Pläne aus, sobald das Cottage fertig ist?«, erkundigte er sich, hielt den Blick jedoch auf Doris gerichtet.

»Es zum Verkauf anbieten, hoffen, dass ich mein Geld wieder herausbekomme plus einen kleinen Gewinn. Beim zweiten Mal wird es hoffentlich leichter.«

»Wird das hier in der Gegend sein?« Jetzt sah er in ihre Richtung. »Es gibt nämlich Gerüchte, dass das alte Torhaus verkauft werden soll. Einst gehörte es zum Herrenhaus …«

Beth ahnte seine Absicht und unterbrach ihn. »Das wäre wohl nicht klug. Nachdem Nick hier herumgeschnüffelt hat, bin ich ständig auf der Hut. Außerdem hatte ich ohnehin vor, weiterzuziehen.«

»Was glauben Sie, wie oft Sie das machen können?« Er sah aus, als fühle er sich unbehaglich.

»So oft es nötig ist.« Sie nahm ihr Weinglas und trank einen Schluck. »Guter Wein, danke.«

Er nickte. »Irgendwann müssen Sie sich dem stellen, wovor Sie davonlaufen.«

»Ich bin auf der Flucht, das ist etwas anderes. Wie in dem Film ›Gesprengte Ketten‹.« Sie war darauf bedacht, die zunehmend ernste Stimmung wieder aufzulockern.

Jack schüttelte den Kopf. »Besser, man stellt sich den Dingen. Früher oder später holt es einen ja doch ein. Das gelingt unseren Dämonen immer.«

»Dann werde ich mich ihnen stellen, wenn es so weit ist.« Beth wurde diese Befragung zunehmend unangenehm. »Wow, es muss doch noch etwas anderes geben, worüber wir sprechen können.«

Jack schwieg.

»Was ist denn mit Ihnen, Jack? Was bedrückt Sie?«

Nach langem Zögern antwortete er, während er Doris ruhig weiter streichelte: »Rebecca.«

Beth stutzte. »Das Buch?«

»Nein, meine Exfreundin. Sie war Alkoholikerin …« Er atmete langsam und ganz leicht erschauernd ein.

»Oh«, sagte Beth, ein wenig verblüfft von dem Themenwechsel. Jack erzählte selten persönliche Dinge.

Er lächelte sie kurz an und richtete seine Aufmerksamkeit dann wieder auf Doris. »Ich wusste es nicht, als wir zusammenkamen, aber wie sich herausstellte, kämpfte sie schon seit Jahren mit der Sucht, ohne dass irgendwer davon wusste … Aber irgendwann erkennt man es. Sie betrank sich und geriet in Wut.« Er atmete erneut tief ein und lehnte sich auf dem Sofa zurück, den Blick zur Decke gerichtet. »Sie schlug um sich, und ich war derjenige, gegen den ihr Zorn sich richtete.«

Beth berührte sanft seinen Unterarm. »Das tut mir leid, Jack. Es muss eine schreckliche Zeit für Sie gewesen sein.«

»Ich konnte nicht verstehen, weshalb sie das tat. Aber dann wird einem klar, dass nur die Sucht daran schuld ist. Es ist eine Krankheit.« Er schloss die Augen; offenbar fiel es ihm schwer, seine Geschichte zu erzählen. Beth empfand aufrichtiges Mitgefühl.

»Sie müssen mir das nicht erzählen«, sagte sie.

»Ich will es aber. Niemand weiß, wie das ist, wenn man es nicht selbst durchgemacht hat. Es sind nicht nur die körperlichen Narben, von denen ich genügend habe, sondern die seelischen Verletzungen, die mir zu schaffen machen.« Er tippte sich an die Schläfe. »Ich fühlte mich schwach, weil ich die Schläge wieder und wieder einstecken musste. Aber was hätte ich tun sollen? Zurückschlagen konnte ich nicht, obwohl sie das manchmal wollte.« Er zog sein T-Shirt hoch, und Beth fragte sich für einen Moment, was er vorhatte, bis sie die Narbe sah. Ein Fleck verschrumpelter roter Haut, eine Form, die ihr bekannt vorkam.

Beth streckte die Hand aus, um die Stelle zu berühren, hielt dann aber inne, wenige Zentimeter davor.

»Ich fragte sie, ob ich ihr beim Bügeln helfen könne.« Jack lachte bitter, und Beth begriff, woher sie diese Form kannte.

»Sie hat Sie mit dem Bügeleisen verbrannt?«

»Ja, das war wohl das Schlimmste, was sie mit mir gemacht hat, und es brachte das Fass zum Überlaufen. Vorher hatte es häufig gebrochene Rippen gegeben, eine gebrochene Nase und ein gebrochenes Handgelenk. Ein paar Zähne habe ich auch verloren, und meine Lippe war aufgeplatzt, nachdem sie mich mit einem Stuhl attackiert hatte.«

»Ein Stuhl!?« Beth war entsetzt.

»Komischerweise kam ich mit den körperlichen Misshandlungen besser zurecht als mit den verbalen Angriffen, den

Herabwürdigungen und den ständigen Vorwürfen. Ich fühlte mich nutzlos, weil ich ihr nicht helfen konnte, und ich fühlte mich wertlos.« Er ließ den Kopf hängen, und Beth fühlte erneut mit ihm.

»Es war nicht Ihre Schuld«, versicherte sie ihm mit sanfter Stimme.

»Ich weiß.« Er sah sie an. »Aber nach einer Weile schleicht es sich ins Unterbewusstsein, egal, für wie stark man sich hält, und dann fängt man an, es zu glauben. Man fängt an, sich selbst die Schuld zu geben. Auch nach der Trennung wurde ich das nicht los. Deshalb habe ich diese Selbsthilfegruppe gegründet. Ich dachte, es gibt doch bestimmt noch andere arme Schweine wie mich, und trauriger Weise behielt ich recht damit.«

»Wie lange ist das her?«

»Fast zwei Jahre. Ich vermisse sie immer noch. Ganz schön verdreht, oder?« Beth schüttelte den Kopf, obwohl sie das eigentlich genauso sah. Er gab einen bitteren Laut von sich. »Und wissen Sie, was? Ihre Seite des Kleiderschranks ist nach wie vor leer, exakt so, wie sie ihn zurückgelassen hat. Ich habe das Zimmer gewechselt, aber ich schaffe es immer noch nicht, Sachen auf ihre Kleiderschrankseite zu hängen.«

Beth erinnerte sich an den leeren Schrank in seinem Haus, in den Carly hineingeschaut hatte. »Warten Sie darauf, dass sie zurückkommt?«

»Sie kommt nicht zurück, und es wäre für keinen von uns beiden das Richtige, wenn sie es täte.« Er seufzte. »Es ist blöd, ich muss wirklich Sachen auf der Seite des Schrankes unterbringen.«

»Da stimme ich Ihnen zu. Stauraum ist kostbar, Sie sollten den nutzen«, riet sie ihm, ließ seinen Arm los und tätschelte ihn stattdessen.

Jack lachte. »Weise Worte.«

»Ich weiß.« Beth leerte ihr Weinglas und nahm gleich die Flasche, um nachzuschenken; sie brauchte noch einen Drink, nachdem Jack sich ihr anvertraut hatte. Nur zu gut wusste sie, was er durchgemacht hatte.

Er trank aus seinem frisch aufgefüllten Glas. »Was ist Ihre Geschichte? Ist es etwas Ähnliches?«

Sie hatte befürchtet, dass die Unterhaltung darauf hinauslief. Ein Ich-zeig-dir-meins-du-zeigst-mir-deins-Moment.

»Ich fühle mich ein bisschen wie eine Hochstaplerin, nachdem Sie mir das alles erzählt haben. Nick hat mich nur ein einziges Mal geschlagen. Gegangen bin ich jedoch, weil er kurz davor stand, Leo zu schlagen.«

Jack wirkte schockiert. »Das wusste ich nicht. Das erklärt jedenfalls Leos Angst.«

Beth legte den Kopf schief. »Als Nick im Pub auftauchte?«

Jetzt machte er einen leicht nervösen Eindruck. »Ja, genau.«

»Der letzte Tag in London, das war der Höhepunkt, wenn Sie so wollen. Unsere ganze Beziehung war darauf hinausgelaufen. Es war eine ganze Serie winziger Zweifel, die zusammenkamen wie Wassertropfen, die sich schließlich zu einem Fluss verbinden. Natürlich habe ich es da noch nicht erkannt. Wenn ich heute zurückblicke, komme ich mir wie eine Idiotin vor.« Sie lachte humorlos. »Er kontrollierte alles, aber er tat es auf eine Weise, dass ich mich wie etwas Besonderes fühlte. Das hört sich irrwitzig an, oder?« Es war ihr unendlich peinlich, sich Jack anzuvertrauen. Andererseits stellte sie sich dem, was sie durchgemacht hatte, indem sie laut aussprach, worüber sie wieder und wieder gegrübelt hatte. Nicht einmal Carly hatte sie sämtliche Details erzählt, weil erst die Trennung von Nick es ihr ermöglicht hatte, diese Dinge zu verarbeiten.

»Nein, das ist nicht irrwitzig. Es ist eine komplizierte Angelegenheit, wenn jemand, den man liebt, einen verletzt, mit Absicht oder ohne.«

»Das ist es ja gerade«, sagte Beth lebhaft. »Ich glaube wirklich, Nick wollte mir nicht wehtun. Er ist einfach so. Er muss Kontrolle ausüben, und wenn etwas sich nicht kontrollieren lässt, wird er sauer. Mann! Damals fühlte ich mich schlecht, weil ich ihn wütend gemacht hatte. Und jetzt bin ich fassungslos, dass ich mir die Schuld für sein Verhalten gegeben habe.«

»Hier«, meinte Jack und hielt ihr ein Kissen hin. »Boxen Sie es, dann fühlen Sie sich besser.«

»Gewalt ist keine Lösung.« Beth nahm das Kissen und schlug es ihm scherzhaft auf den Kopf.

»Wie sieht Leo das alles?«

»Ihm fiel es zuerst auf. Ich bin eine schlechte Mutter ...«

»Jetzt werden Sie albern. Sie sind eine großartige Mum!«

»Nein, ich war viel zu sehr mit meiner Karriere beschäftigt. Durch den Job konnte ich mir Babysitter und eine Tagesmutter leisten. Aber in Wahrheit brachte meine Arbeit uns auseinander. Genau das wollte Nick – er wollte mich nicht mit Leo teilen und hat auch nie eine Beziehung zu ihm aufzubauen versucht. Einmal sagte er sogar, er habe nicht vor, Leos Vater zu ersetzen, und ich hielt das auch noch für galant!« Sie lachte über ihre Naivität. »Dabei hat er nur unverblümt gesagt, wie es ist. Er schob Leo auf eine Privatschule ab, mit langen Schultagen, zusätzlichem Unterricht und Aktivitäten nach Schulschluss, und ich habe mich darauf eingelassen. Ich dachte, es ginge darum, Leo die bestmögliche Schulbildung zukommen zu lassen, ihm neue Chancen und Erfahrungen zu ermöglichen. In Wahrheit wollte Nick uns nur auseinanderbringen.«

Jetzt war Jack es, der die Hand tröstend ausstreckte. Ganz sanft legte er seine Hand auf Beths und schloss seine Finger um ihre. Sie sah ihn an und lächelte über diese Geste. »Das Traurige daran ist, dass ich tief in mir seine Motive bereits erahnt hatte, aber nicht entsprechend handeln konnte. Ich war selbstsüchtig, weil ich einen attraktiven Mann hatte, der mir das Gefühl gab, die außergewöhnlichste Frau der Welt zu sein. Wie oberflächlich ist das?«

»Aber letztlich haben Sie es durchschaut. Und was Leo angeht, glaube ich nicht, dass er bleibende Schäden davongetragen hat.«

»Das hoffe ich mal.« Beth streckte die Beine aus und berührte Doris dabei mit einem Zeh. Der Hund streckte sich und furzte laut. Jack und Beth fingen an zu kichern, und die düstere Stimmung verflog.

40. Kapitel

An einem regnerischen Mittwoch versuchten Beth und Rhonda, in der Teestube mithilfe von je drei Tassen Kaffee das Catering für die Hochzeit zu organisieren. Vorangegangen war eine harte Verhandlung mit Rhonda, die sich als allwissend betrachtete, wenn es darum ging, welches Essen auf ein Büfett gehörte. Beth musste ihr erst einmal klarmachen, was an der Küche der Achtziger nicht stimmte.

»Pasteten sind also noch ein Vielleicht«, sagte Rhonda und schaute auf ihre Liste.

»Nein! Keine Pasteten«, erklärte Beth und versuchte, noch einen Rest Geduld aufzubringen. Es hatte einen kurzen Moment gegeben, da wollte sie Carly einfach sagen, es werde eine Retro-Hochzeit mit einem echten Achtziger-Büfett; das wäre jedenfalls viel leichter gewesen.

»Irgendeine bestimmte Geschmacksrichtung bei den Chips?«, fragte Rhonda. Die Chips und Nüsse waren ein Kompromiss, den Beth eingegangen war.

»Eine Mischung, du wählst aus«, erwiderte sie, trank ihren Kaffee aus und hatte das Gefühl, einen der größeren Punkte auf der Hochzeitsvorbereitungsliste abgearbeitet zu haben. Sie stand auf und wollte gehen. »Sag mir Bescheid, falls du Probleme haben solltest, irgendetwas zu bekommen, ja?«

»Das wird schon klappen, im Cash & Carry kriegt man eigentlich alles«, meinte Rhonda, und Beth schaute sie bestürzt an. »Haha, war nur ein Scherz!« Rhonda amüsierte sich köstlich.

»Sehr witzig.« Beth rieb sich die Stirn.

»Hast du immer noch Beschwerden nach der Kohlenmonoxidvergiftung?« Rhonda beugte sich vor in der Erwartung, Neuigkeiten über alle möglichen aktuellen Gesundheitsprobleme zu bekommen.

Beth war sich im Klaren darüber, dass dies das aufregendste Ereignis in der Geschichte Dumblefords werden würde, seit es im Reichsgrundbuch Englands, dem Domesday Book, mit »vier Dorfbewohnern und zwei Heimstätten« erwähnt worden war. »Nein, ich bin wieder vollständig gesund, danke.«

Rhonda schüttelte den Kopf. »Jack war toll an dem Tag. Wie im Film riskierte er sein Leben, um dich zu retten, und mobilisierte alle, obwohl er selbst auch vergiftet war.« Während sie sprach, legte sie ihre Hand mit gespreizten Fingern auf ihre Brust, als sage sie einen Schwur auf.

»Ja, das hat er gut gemacht«, pflichtete Beth ihr bei. »Ich mag gar nicht dran denken, was aus mir geworden wäre. Tja, dann gehe ich jetzt besser.«

»Und aus Leo natürlich. Dem hätte auch sonst was zugestoßen sein können, nachdem er weggelaufen ist. Jack hat das toll hingekriegt, er brachte praktisch das ganze Dorf auf Trab für die Suche nach dem Jungen.« Rhonda klang entsprechend dramatisch. »Wie geht es Leo überhaupt?«

Langsam setzte Beth sich wieder.

Nick verlangsamte sein Tempo und behielt Carly weiter im Blick, die ihn auf der anderen Straßenseite nicht bemerkte. Sie sprach in ihr Mobiltelefon; er war nicht nah genug, um verstehen zu können, was sie sagte, aber sie strahlte vor Glück, und er konnte erkennen, dass sie etwas an ihrer linken Hand bewunderte. Möglicherweise trug sie einen Verlobungsring.

Nick verfolgte sie nicht, sie ging nur zufällig in die gleiche Richtung wie er. Er hielt sich nur selten in diesem Teil der Stadt auf, doch er mochte den Delikatessenladen in Kentish Town und wollte dort ein paar Sachen besorgen. Dabei hatte er überlegt, dass er Carly oder Fergus hier begegnen könnte, was ihn jedoch nach dem letzten Treffen mit den beiden nicht gerade optimistisch stimmte. Aber er interessierte sich für die Entwicklung ihrer Beziehung. Eine Verlobung vor Kurzem würde eine Verlobungsfeier bedeuten. Möglicherweise würde Elizabeth dafür nach London kommen. Carly bog um eine Ecke, deshalb musste er die Straße überqueren und dem Verkehr ausweichen, um sie nicht aus den Augen zu verlieren.

Na schön, jetzt musste er wohl einräumen, dass er sie doch verfolgte – der Deli lag nämlich in der anderen Richtung. Es waren nicht viele Leute unterwegs, daher musste er Abstand halten, um von ihr nicht entdeckt zu werden. Als Carly die Straße überquerte und einen Blick über die Schulter warf, glaubte er schon, aufgeflogen zu sein. Doch sie lachte, als sie den gegenüberliegenden Gehsteig erreichte, und zeigte keinerlei Reaktion, die darauf schließen ließ, dass sie ihn gesehen hatte. Er schaute sich um und war sich ziemlich sicher, dass Carly unterwegs war zu ihrem Friseur. Nick folgte ihr jetzt in langsamerem Tempo. Wenn sie tatsächlich zu ihrem Friseur ging, würde sie eine Ewigkeit dort sein.

Nick liebäugelte mit der Idee, auf Carly zu warten und sie auf einen Kaffee einzuladen, aber er fürchtete, dass sie ablehnen würde. Und in Anbetracht der Warnung, die Fergus zum Abschied damals ausgesprochen hatte, wäre das höchstwahrscheinlich ohnehin sinnlos. Er bog um die Ecke und konnte den Friseurladen sehen, in dem Carly einen der Mitarbeiter umarmte. Er lehnte sich gegen die Wand und beobachtete sie eine Weile, während seine Gedanken zum Deli wanderten und was er kaufen würde, sobald er erst einmal dort wäre.

Carly übergab etwas, und der Mitarbeiter des Friseursalons ließ sich Zeit, um es durchzulesen. Plötzlich fing er an, zusammen mit Carly, auf und ab zu hüpfen. Aus dieser Entfernung sah es aus, wie ein Kinderprogramm im Fernsehen; Elizabeths Freunde waren alle noch sehr jung. Vermutlich waren sie tatsächlich wegen einer Verlobungsparty aus dem Häuschen. Nicks Interesse erwachte von Neuem, und er beobachtete die beiden genauer. Eine weitere Umarmung, gefolgt von zweimal Kussmund, dann ging Carly zur Tür.

Nick verschwand hinter der Ecke und betrat den erstbesten Laden – ein Buchgeschäft. Er begab sich in den hinteren Bereich und tat, als studiere er die Regale.

»Kann ich Ihnen helfen?«, fragte ein junger Mann Ende zwanzig.

»Äh, ja. Haben Sie etwas für einen renitenten sechsjährigen Jungen?« Nick war froh, dass der Angestellte die Sicht durch das Schaufenster auf ihn verdeckte. Über dessen Schulter sah er Carly kurze Zeit später draußen vorbeigehen.

Er verließ den Buchladen wieder und ging zu dem Friseur. Durch die Scheibe konnte er sehen, dass es sich bei dem, was Carly dort abgegeben hatte, um irgendeine Einladung handelte, die jetzt an der Pinnwand hinter dem Empfangstresen hing. Er ging in den Laden und schenkte der Rezeptionistin ein flüchtiges Lächeln.

»Hi, meine Partnerin Elizabeth Thurlow-Browne ist hier Kundin, und ich möchte ihr die Produkte als Geschenk kaufen, die sie immer benutzt. Nur ist sie momentan auf Geschäftsreise und hat alle mitgenommen. Können Sie mir vielleicht verraten, welche Produkte das sind?«, fragte er. Die junge Frau plapperte gleich los, was für eine nette Idee das doch sei, während er sich in eine bessere Position brachte, um einen Blick auf die Einladung zu werfen. Es handelte sich um eine Hochzeitseinladung. Er richtete seine Aufmerksamkeit kurz wieder auf die plappernde Frau.

»Geld spielt keine Rolle, ich möchte nur die richtigen Sachen kaufen. Ihr Frauen seid ja sehr eigen, was Haarpflegeprodukte angeht.« Er lachte verschwörerisch, und die Frau tippte begeistert auf ihrer Computertastatur los. Während sie damit beschäftigt war, ihm eine Liste auszudrucken, lehnte er sich über den Tresen, um in die Karte hineinsehen zu können.

Carly Wilson und Fergus Dooley
würden sich geehrt fühlen,
Danny & Greg

> um 13:30 Uhr am Samstag, den 3. Juni,
> in der St. Botolph's Church, Dumbleford,
> als Gäste begrüßen zu dürfen.

Fast hätte er gegrinst, aber die Vorstellung, in dieses Dorf zurückkehren zu müssen, erfüllte ihn mit Unbehagen. Es lag für seinen Geschmack viel zu nahe an Cheltenham. Nick widmete sich wieder der unentwegt redenden Frau.

»Die Liste ist großartig, danke. Ich werde sie mit nach Hause nehmen, sie mir gründlich ansehen und mich dann wieder bei Ihnen melden, falls das okay ist.« Er nahm ihr die Liste dankbar aus der Hand.

»Natürlich. Auf Wiedersehen«, erwiderte die junge Frau und sah Nick hinterher, der vor sich hin lächelnd den Laden verließ.

Beth hatte die Tür von Willow Cottage schon geöffnet und war hinausgetreten, ehe Jack anklopfen konnte.

»Hallo, ich wollte gerade …«, begann Jack.

Beth schubste ihn zurück.

»Was ist denn los?«

»Wann hatten Sie vor, mir zu erzählen, dass Leo weggelaufen war?«

Jack presste die Lippen zusammen; dies war der Moment, den er gefürchtet hatte. »Er ist eigentlich nicht weggelaufen, sondern war mit Ernie zusammen …«

»Rhonda hat geplaudert, und Leo hat mir die weitaus weniger dramatische Version der Ereignisse geschildert. Er meinte, er habe Angst gehabt, weil Ernie einen Mann gesehen hatte, dessen Beschreibung nach Nick klang. War es Nick?«

Jack zuckte mit den Schultern. »Das weiß ich nicht.« Er wischte sich mit der Hand über den Mund. »Beth, es tut mir wirklich leid, aber ich wollte Sie zu dem Zeitpunkt auf keinen Fall beunruhigen, weil Sie im Krankenhaus lagen und wegen der Heizung und allem.«

»Er ist mein Sohn. Es gibt keine Entschuldigung dafür, es mir zu verschweigen, wenn er verschwunden ist!«

»Fairerweise sollten wir nicht unerwähnt lassen, dass Sie anfangs bewusstlos waren, also technisch gesehen ...«

Jack erkannte seinen Fehler, als er sah, wie Beths Wangen sich dunkelrot färbten. »Sie hatten kein Recht, mir das so lange zu verheimlichen!«

Jack hob kapitulierend die Hände. »Sie haben ja recht, das war unverzeihlich. Es tut mir aufrichtig leid. Aber zu meiner Verteidigung muss ich anführen, dass es Leo gut ging. Er war weder verletzt noch entführt worden.«

Beth erstarrte. »Oh mein Gott. Sie dachten, Nick hätte ihn entführt. Sie haben wirklich geglaubt, er sei entführt worden, nicht wahr?«

Jack wusste nicht, wie er sich in diese Situation gebracht hatte, und noch weniger, wie er Beth verständlich machen konnte, dass Leo unterm Strich doch nichts passiert war.

»Ehrlich?« Er versuchte, Zeit zum Nachdenken zu gewinnen.

»Ehrlich«, erwiderte Beth, die Hände herausfordernd in die Seiten gestemmt.

Jack holte tief Luft. »Mir gingen alle möglichen Szenarien durch den Kopf an diesem Nachmittag. Und ja, dass irgendwer, am wahrscheinlichsten Nick, ihn entführt haben könnte, war für mich eine mögliche Erklärung«, gestand er und fuhr trotz Beths düsterer Miene fort: »Aber das hier ist Dumbleford, und hier geschieht nichts Schreckliches. Mit Ausnahme der Modenschau der Landfrauen.« Er lachte über seinen eigenen Scherz, fing sich jedoch gleich wieder, da Beth keine Miene verzog. »Wir leben hier in dieser sicheren kleinen Seifenblase.« Mit den Händen deutete er diese Blase an.

»Und eines Tages taucht ein Bösewicht hier auf und lässt diese Blase platzen.« Beth nahm Doris' Leine von Jack und führte sie zum Haus. Sie wollte die Tür zumachen, doch Jack legte die Hand dagegen.

»Ich habe wirklich nur versucht, das zu tun, was ich für das Beste hielt.« Er sah sie reuevoll an. Beth zögerte, dann nickte sie kurz und machte die Tür zu.

Beth stellte fest, dass sie mit doppelter Geschwindigkeit streichen konnte, wenn sie wütend über etwas war und gleichzeitig eine Frist einzuhalten hatte. Inzwischen war sie beim Makler gewesen, und sie hatten sich darauf geeinigt, dass dieser in drei Wochen vorbeikommen und Fotos machen würde. Bis dahin musste sie das Cottage weitgehend fertig haben. Was nicht fertig war, würden sie einfach nicht fotografieren. Die Bilder würden auf der Website des Maklers erscheinen, vor dem Haus würde ein Schild aufgestellt werden, und damit wäre es zum Verkauf angeboten. Beth hatte die Renovierungsarbeiten an Willow Cottage fast abgeschlossen und sollte eigentlich froh sein, das war jedoch schwierig, da ihre gesamte emotionale Energie für Leos Flucht draufging. Es war ein Schock gewesen, es von Rhonda zu erfahren, und sie fand nach wie vor, dass Jack es nicht für sich hätte behalten dürfen. Leo zu verlieren war ihr schlimmster Albtraum. Dass er sicher aufwuchs war alles, was wirklich zählte, das sagte sie sich immer wieder.

Sie versuchte, sich gedanklich mit der Einrichtung des Cottage zu beschäftigen; sie hatte einen hellen, warmen Farbton für den Flur, das Treppenhaus und den Treppenabsatz ausgewählt. Nun herrschte eine saubere, frische und einladende Atmosphäre. Das war es, was ihr gefallen hatte – nicht in erster Linie der Farbton, sondern der Name, »Pointing«, denn der erinnerte sie daran, wie wenig sie gewusst hatte, als sie dieses Projekt begann und wie viel sie inzwischen gelernt hatte. Jetzt kniete sie am Boden und strich den unteren Teil der Wand. Immer wieder fielen ihre Haare ihr ins Gesicht. Sie legte den Pinsel hin und schob die Strähnen unter die Baseballkappe, die sie mit dem Schirm nach hinten gedreht trug.

Doris kam herangetrottet, setzte sich neben Beth und lehnte sich gegen ihre Schulter. Beth knuddelte sie. Sie wusste nicht, ob der Hund es spürte, aber Beth war bereits ein wenig traurig, weil sie Dumbleford verlassen musste. Nie hätte sie gedacht, dass sie so empfinden würde, doch die Leute und das Dorf und selbst dieser riesige, sich überall hinlümmelnde Hund war ihr inzwischen ans Herz gewachsen. Auch wenn sie es am liebsten geleugnet hätte, sie wusste, dass der Abschied schwer werden würde. Aber was blieb ihr anderes übrig?

Endlich machte sie eine Pause und bereitete sich in der Küche ein Sandwich zu. Nachdem sie Jack das Geld für die neue Heizung zurückgegeben hatte, war ihr buchstäblich nichts mehr geblieben. Der Teilzeitjob im Pub reichte kaum für den Lebensunterhalt. Zum Glück hatte sie kein Problem mehr mit einem Sandwich aus Resten wie Schinken, Erdnussbutter und Jalapeños. Sie setzte sich an den kleinen Tisch und betrachtete den Fußboden, während sie aß. Ernie hatte recht gehabt, was die Eichendielen betraf. Mittlerweile sahen sie, nachdem sie getrocknet waren, fast wieder aus wie vorher.

Beth befasste sich mit ihren To-do-Listen. Die eine trug die Überschrift »Letzter Schliff für Willow Cottage«, die zweite: »Carlys Hochzeit«. Beide Listen bestanden aus vielen Punkten, und ein Blick auf den Kalender verriet ihr, dass die Zeit allmählich knapp wurde. Ihr musste ein besserer Plan einfallen als der aktuelle, der darin bestand, einfach irgendwie weiterzuwursteln. Sie ging ins Wohnzimmer, um sich einen Stift zu holen und ein paar Optionen niederzuschreiben. Als sie zurückkam, lag Doris unter dem Tisch, mit einem schuldbewussten Ausdruck in den großen Augen. Beths Sandwich war verschwunden.

Beth hatte so lange telefoniert, dass sie glaubte, ihre Ohren müssten schrumpelig geworden sein, wie Finger vom zu langen Baden.

»... und zusätzlich zu diesem Kuchendesaster kann ich in einem Umkreis von fünfzig Meilen keinen Floristen finden, der Zeit hat, da anscheinend jeder in den Cotswolds an diesem Wochenende heiratet!«

Als Carly eine Pause machte, um Luft zu holen, sah Beth ihre Chance. »Ich hatte da eine Idee. Hör erst mal zu, bevor du sie verwirfst, denn sie ist vielleicht gar nicht so schlecht, wie sie sich zuerst anhören wird.«

»Wow, das macht mich ja neugierig«, spottete Carly.

»Die Landfrauen.«

»Die Landfrauen? Geht's noch? Meine Oma ist bei denen! Lauter Dauerwellen und Getratsche über matschige Kuchenböden!«

»Ist das etwa zuhören, bevor man etwas verwirft?«, ermahnte Beth sie in schulmeisterlichem Ton, wozu sie zugegebenermaßen oft neigte.

»Nein«, räumte Carly ein und klang wie ein mürrischer Teenager.

»Aha. Petra ist Mitglied der Landfrauen hier …«

»Petra!«

»Ähem!« Beth artikulierte ihre Verärgerung über diese neuerliche Unterbrechung mit einem demonstrativen Räuspern.

»Sorry«, sagte Carly.

»Ja, Petra ist Mitglied. Der örtliche Verband wurde vor nicht allzu langer Zeit neu formiert durch die Zusammenlegung zweier Landfrauengruppen aus mehreren Dörfern und kleinen Ortschaften.« Carly stöhnte am anderen Ende, doch Beth ignorierte sie. »Da sind wirklich alle Altersgruppen vertreten: Schulmütter, Berufstätige, Rentner. Und was sie alle eint, abgesehen von ihrer Begeisterung für den Landfrauenverband, ist ihre Vorliebe für Wein und Kuchen.« Beth war zufrieden mit dieser Zusammenfassung. Sie hatte Petra einmal begleitet und wäre noch öfter hingegangen, nur konnte sie sich momentan nicht einmal den halben Preis eines Babysitters leisten.

»Okay, aber wie genau hilft mir das weiter?«

»Zu den Landfrauen gehören sehr viele Frauen mit sehr vielen unterschiedlichen Fähigkeiten und Kontakten zu Unternehmen aus der Gegend. Ich weiß zum Beispiel, dass Petra viel für die anderen tut, und habe mir überlegt, ob wir uns da nicht irgendwie einklinken können. Ich bin mir sicher, die kriegen mindestens einen tollen Biskuitkuchen hin«, sagte Beth lachend.

»Verdammt! Ich will mehr als nur einen Biskuitkuchen mit matschigem Boden für meine Hochzeit!« Immerhin lachte Carly auch.

»Soll ich also die Landfrauen mal fragen?«

»Wir haben nichts zu verlieren«, meinte Carly. »Frag auch mal, ob irgendeine von denen Blumenarrangements macht.«

»Gute Idee!«

Chloe, Petras Kellnerin, hatte eine Schwester, eine sehr verantwortungsbewusste Sechzehnjährige, auch wenn Beth das für eine äußerst unwahrscheinliche Kombination hielt. Trotzdem hatte man Beth davon überzeugt, Leo und Denis in der Obhut dieses Mädchens zu lassen, für kostenlose Limonade und Chips und mit der strikten Anweisung, sofort anzurufen, falls es irgendwelche Probleme gab. Jack hatte angeboten, mit den Jungen zu klettern, doch Beth war immer noch nicht gut auf ihn zu sprechen und bisher nicht bereit, ihren Stolz zu überwinden.

Da Beth die Hilfe der Landfrauen brauchte, musste sie wenigstens bei einer ihrer Versammlungen erscheinen und sie persönlich um diese Gefallen bitten. Sie trug eine Jacke, ein weiterer Fund aus einem Secondhandladen, an dem sie ziemlich hing, außerdem eine brombeerfarbene Tellermütze, obwohl es Mai war und es langsam anfing, warm zu werden.

Sie gingen den Hügel hinauf zum Gemeindesaal, der zwischen Dumbleford und Henbourne-on-the-Hill lag, und zum ersten Mal konnte Beth sich die Kirche richtig ansehen. Sie war sehr schön, aus gleichmäßigen Cotswold-Steinen, mit einem quadratischen Turm, auf dem ein ungewöhnliches Giebeldach thronte. Bisher war Beth die Kirche nie so recht aufgefallen, doch jetzt war sie gespannt darauf, einen Blick hineinzuwerfen.

»Komm schon!«, drängte Petra und stapfte auf den Gemeindesaal zu, der ein Stück weiter weg lag, und bei dem es sich eher um ein schlichtes modernes Gebäude handelte. Als sie die Türen öffneten, schlug Beth der Lärm entgegen – ein Gewirr hoher Stimmen. Sie folgte Petra hinein, bezahlte ihren Eintritt als Petras Gast und kaufte pflichtschuldig ein Lotterielos, ohne zu wissen, was es zu gewinnen gab. Sie wollte sich auch gar nicht danach erkundigen. Petra ging zur Durchreiche, hinter der in der Küche Weingläser aufgereiht waren. Die hellen Lichter wurden kurz verdunkelt, als Maureen auf der anderen Seite der Durchreiche erschien. Beth betrachtete ihre Miene und rechnete fast mit einem Knurren.

»Zwei Gläser Weißwein, bitte«, sagte sie und reichte ihr einen Geldschein.

Maureen schenkte die Getränke aus, gab das Wechselgeld heraus und zeigte auf ein Tablett mit klebrigen Brownies. »Bedient euch«, forderte sie die beiden auf und schien dabei zu lächeln. Ganz sicher konnte man sich bei Maureen allerdings nicht sein. Vorsichtshalber lächelte Beth zurück, nahm sich zwei Brownies und gab sie Petra, da sie nun die Weingläser trug.

Überall im Saal gab es Sitzplätze. Sie fanden zwei freie Stühle und nahmen Platz. Die Brownies verschwanden rasch, und nach einem ordentlichen Schluck Wein funktionierten Beths Geschmacksknospen auch wieder normal. Sie wollte schon fragen: »Und was kommt jetzt?«, als eine Frau in den Dreißigern mit dunklen kurzen Haaren aufstand und in die Hände klatschte. Der Lärmpegel sank, sodass sie zu reden beginnen konnte.

»Guten Abend, Ladys, zur heutigen Landfrauenversammlung, auf der wir Salsa lernen …«

Beth hatte keine Ahnung, was danach noch gesagt wurde, da sie in Panik geriet. Eigentlich war sie hier, um Hilfe wegen des Kuchens und der Blumen für die Hochzeit zu erbitten. Was ging hier vor?

Trotz ihrer Proteste wurde Beth buchstäblich in eine Salsa-Lektion geschleudert, und eine Stunde verging wie im Flug. Sie war bei ihrem zweiten Glas Wein und lachte mit einigen Frauen in ihrem Alter, als Petra ihr auf die Schulter klopfte. Beth folgte ihr nach vorne in den Saal.

»Ladys, dies ist meine Freundin Beth. Sie ist neu in Dumbleford und bei den Landfrauen, aber sie lernt schnell«, verkündete Petra, während sie auf das Weinglas deutete, was einen kleinen Jubel auslöste. »Sie hilft bei der Organisation der Hochzeit ihrer Freundin, die hier in der St. Botolph's Church stattfinden soll, und sie braucht unsere Hilfe.« Petra trat zurück und bedeutete Beth fortzufahren.

Beth räusperte sich. »Danke, ihr alle. Es handelt sich um meine Freundin Carly, die am ersten Samstag im Juni heiratet, also schon in drei Wochen. Und: Überraschung, Überraschung, wir bekommen alle wichtigen Sachen nicht organisiert, weil alles bereits ausgebucht ist. Bei meiner verzweifelten Suche nach Leuten für die Blumen, die Kirche und Tischdeko, einer Torte und ... Moment.« Sie zog eine zusammengefaltete Liste aus ihrer Jeanstasche. »Stühle und Tische für das Festzelt, einen Fotografen, Schmetterlinge – sie will welche fliegen lassen, wenn sie aus der Kirche kommt, eine Band ... nee, darüber braucht ihr euch keine Gedanken zu machen«, sagte Beth, da ihr einfiel, dass das zu den Dingen gehörte, die sie hintanstellen sollte. Aber die Landfrauen plapperten schon wild drauflos. »Wie dem auch sei, falls uns irgendjemand mit all dem, was man üblicherweise bei einer Hochzeit braucht, helfen kann, lasst es mich bitte wissen. Oh, und selbstverständlich wird das glückliche Brautpaar euch dafür bezahlen.« Diese letzte Information schien den Lärmpegel wieder deutlich zu erhöhen. Beth trank einen Schluck Wein und wartete.

Wie erhofft kamen die Frauen auf sie zu, stellten sich vor, und es endete damit, dass Beth ihre Handynummer auf mehrere Servietten schrieb. Als es Zeit war zu gehen, war sie sehr zufrieden mit sich und gab ihr leeres Weinglas mit einem Lächeln an Maureen zurück. »Ich werde den Kuchen machen«, erklärte die. Das klang eher nach einer Aussage, statt nach einem Angebot.

Selbst nach all den Monaten hier war Beth immer wieder erstaunt über Maureens schroffen Ton. »Das wäre toll, Maureen. Danke. Da gab es noch eine andere Frau, Barbara, glaube ich, die meinte, sie könne den Kuchen verzieren, sei aber keine so gute Bäckerin. Meinst du, ihr zwei könntet euch zusammentun?«

Maureen zuckte mit den Schultern und trug das Weinglas zur Spüle. Beth war sich nicht sicher, ob das ein Ja war, wollte aber lieber nicht weiter fragen.

41. Kapitel

Gerade noch hatte Beth Fußleisten lackiert, jetzt hielt ein älterer Mann ihr Fotos von einem nahezu kahlen Papagei unter die Nase.

»Und hier ist eines, wo er auf seinem Käfig sitzt ... und das ist das neue Straßenschild, das sie aufgestellt haben. Ist das unscharf? Könnte auch an meinen Augen liegen, ich warte auf eine Operation wegen meines grauen Stars ...«

Beth versuchte vergeblich, ein Gähnen zu unterdrücken. »Haben Sie schon mal eine Hochzeit fotografiert?«, fragte sie und nickte dabei hoffnungsvoll.

Der alte Mann ahmte ihr Kopfnicken nach. »Ja, ich habe im letzten Sommer bei der Hochzeit meines Enkels ein paar Schnappschüsse gemacht.«

»Großartig. Haben Sie davon noch welche?« Beth gab sich wirklich Mühe, ein wenig Begeisterung aufzubringen.

»Hab den Film noch gar nicht entwickelt, weil er nicht voll war. Könnte Ihnen aber die Bilder vorbeibringen, sobald ich sie habe, wenn Sie wollen.« Film!? Wer benutzte denn so etwas noch? Beth befürchtete, dass der Mann das Zeitliche segnen würde, ehe er seinen Kamerafilm vollbekäme.

Dies würde ein Nein werden, es war nicht einmal ein »Vielleicht, wenn alle Stricke reißen«, und Beth war nicht gut in solchen Dingen. »Danke, dass Sie vorbeigekommen sind und mir Ihre Fotos gezeigt haben«, sagte sie, und der alte Mann nahm Haltung an, was es ihr noch schwerer machte, ihm eine Absage zu erteilen. »Die waren wirklich reizend und sehr interessant, aber ich glaube, wir brauchen jemanden mit einer Digitalkamera, denn meine Freundin lebt in London, und sie wird die Fotos per E-Mail zugeschickt bekommen wollen. Tut mir echt leid.«

»Das ist in Ordnung, Schätzchen. Es war jedenfalls nett, zu sehen, was Sie aus Wilfs altem Haus gemacht haben. Ich hätte es wohl abgerissen, aber Sie haben wirklich hart gearbeitet, und es sieht großartig aus.«

Beth war überrascht davon, wie viel diese freundlichen Worte ihr bedeuteten. Sie hatte in der Tat hart gearbeitet, und es war schön, von jemandem Lob zu erhalten, der Wilf noch gekannt hatte. »Danke, es war viel zu tun«, sagte sie, während sie ihn zur Tür brachte.

»Ja, doch Sie haben sich hier ein behagliches Zuhause geschaffen, und das ist etwas, worauf Sie stolz sein können. Tschüss.« Und damit schlurfte er hinaus in die Maisonne.

Zwei Wochen vor Carlys Hochzeit war Beths Wohnzimmer rappelvoll mit Hochzeitshelfern, die sich bei ihr eingefunden hatten. Sie legte ihr Mobiltelefon auf die Sofalehne, und alle rutschten auf ihren Plätzen nach vorn. »Kannst du mich hören, Carly?«

»Laut und deutlich«, kam die Antwort aus dem sorgfältig ausbalancierten Telefon.

»Großartig. Es darf immer nur eine zurzeit reden, denn sie wird uns nicht verstehen, wenn wir alle durcheinanderreden. Okay?«, wandte Beth sich an die Damen, und alle nickten, zum Zeichen dafür, dass sie verstanden hatte – was Carly am anderen Ende der Leitung jedoch nicht weiterhalf.

»Na schön, also meine Neuigkeiten von hier sind, dass ich wohl ein Brautjungfernkleid für dich gefunden habe, Beth«, sagte Carly, gefolgt von einem kurzen Jubelschrei. »Ich werde dir ein Foto schicken, sobald ich herausgefunden habe, wie das geht.«

»Klasse.« Beth fragte sich, wie sie es vor der Hochzeit anprobieren sollte, und setzte das auf die bereits sehr lange Liste auf ihrem Schoß. »Maureen und Barbara, lasst mal hören, was es Neues von der Hochzeitstorte gibt«, forderte sie die beiden auf.

»Ist noch zu früh für einen Biskuitkuchen«, sagte Maureen.

»Ich habe die ganze Woche Rosenblüten gemacht«, erklärte Barbara, klatschte in die Hände und ließ sie dann in dieser Haltung, als würde sie beten. »Ich habe herausgefunden, wie man Gerberas macht. Das läuft gerade richtig gut!« Barbara sah begeistert aus; Maureen verdrehte die Augen und schnaubte spöttisch. Beth nickte den beiden ermutigend zu.

»Jack, wie steht's mit dir?«

Er formte mit den Fingern ein Spitzdach. Beth registrierte die Anspannung in seinen Schultern. »Ich kann kein großes Festzelt organisieren. Ich habe es überall versucht, aber es ist keines verfügbar ...« Aus dem Telefon war ein Schreckenslaut zu hören, was Beth daran erinnerte, dass Carly immer noch in der Leitung war. »Also habe ich mit diesem Typen gesprochen, den ich kenne, der Zelte und Jurten für Festivals verleiht; für dieses ›Glamping‹ genannte Luxuscamping und solche Gelegenheiten. Er ist an diesem Wochenende für ein Festival gebucht, aber die haben abgesagt, weil sie im Vorverkauf nicht genug Zelte losgeworden sind.« Jack bemerkte die glänzenden Augen um sich herum und das stumme Telefon. »Na ja, ich dachte mir, wir könnten einige Zelte irgendwie miteinander verbinden. Was hältst du davon?« Ein wenig verspätet zeigte er aufs Telefon, und die Blicke der anderen richteten sich darauf.

»Gibt es denn gar keine andere Möglichkeit?«, fragte Carly beinah wimmernd.

»Ich finde, das könnte cool sein, mal etwas völlig anderes«, argumentierte Beth und sah zu Jack, der daraufhin nickte. »Bekommen wir Wimpel-Girlanden und Lichterketten hin?«, fragte Beth.

»Ich kann die Wimpel-Girlanden machen. Mit einer Nähmaschine sind die leicht gemacht, und ich bewahre immer Reste auf«, meldete eine der Ladys sich zu Wort, und ein ganzer Chor rief: »Ich auch!«

Aus dem Telefon kam mit zaghafter Stimme: »Ich mag Wimpel und Lichterketten.«

»Ach, das kriegen wir ganz toll hin, Carly. Vertraust du mir?« Jack sprach nach vorn gebeugt direkt ins Telefon.

»Okay«, sagte die zaghafte Stimme.

»Sehr gut. Mein zweiter Punkt waren die Wagen ... und, äh, darum kümmere ich mich noch«, versicherte er Carly, formte für Beth aber mit den Lippen: »Nicht gut. Wir reden später.« Beth sandte ihm einen Blick zurück, mit dem sie ihm zu signalisieren hoffte, dass sie nur widerwillig mit ihm sprechen würde. Ihr war klar, dass sie ihn schon viel zu lange dafür bestrafte, dass er ihr nichts von Leos Verschwinden erzählt hatte. Doch es schien vernünftig zu sein, Jack auf Distanz zu halten, zumal sie schon bald aus Dumbleford wegziehen würde und Jack eine potenzielle Komplikation darstellte, auf die sie gut verzichten konnte.

Eine der Damen auf dem Sofa sah von ihrem Handy auf. »Die Kunsthandwerk-Gruppe der Landfrauen bastelt die Wimpel. Die machen kilometerlange Girlanden aus Resten, bis wir Stopp sagen«, verkündete sie und sah sehr zufrieden mit sich aus.

»Reste!?«, sagte eine schrille Stimme aus dem Mobiltelefon auf der Sofalehne.

Chloe stand auf. »Ich muss wieder in den Pub, aber mein Freund kümmert sich um das Video. Er leiht sich vom College eine topmoderne Kamera.« Sie deutete in Petras Richtung. »Er wird eine GoPro haben, mit der er aus verschiedenen coolen Winkeln filmen und später das Video schneiden kann.«

»GoPro?«, kam es perplex aus dem Handy. »Das ist eine Hochzeit, kein Extremsport!«

»Wenn man sie in vier Wochen organisieren muss, schon«, konterte Beth gelassen. »Na schön, nächster Punkt ...« Sie schaute auf ihre Liste und wandte sich dann den vier Frauen auf dem Sofa zu. »Sally, Kath, Donna, Julia und die Blumen.«

Überall schienen Blumen zu sein, da die vier Damen ihre eigene Vorstellung von Sträußen und Kirchenblumen hatten. Nichts davon passte allerdings besonders gut zu Carlys

Wunsch, der »schlicht, hübsch und duftend« gelautet hatte. An diesem Punkt schien Ernie das Interesse zu verlieren und ging, und Beth nahm sich vor, etwas zu finden, woran er sich beteiligen konnte.

Als Nächstes kamen Rhonda und Petra an die Reihe, die sich um die Getränke und das Essen kümmerten.

»Wenn wir Zelte haben, wie wäre es dann mit einem Pfadfinderthema, Hotdogs, Würstchen, Chipolatas und solchen Sachen?«, schlug Rhonda aufgeregt vor und erntete dafür zustimmendes Gemurmel.

»Himmel, nein!«, sagte Carly. »Wir sind Vegetarier!«

»Oh«, meinte Rhonda, sofort entmutigt. »Nicht mal kleine vegetarische Cocktailwürstchen?«

»Nein!« Carly befand sich offenbar nah am Handy, denn die Antwort kam als Schrei heraus, der alle zusammenzucken ließ. Sie klang, als befinde sie sich jetzt in vollem Brautzilla-Modus.

Beth nahm das Handy und schaltete die Mithörfunktion aus. »Bleib dran«, sagte sie und verließ den Raum. Das unzufriedene Geschnatter hinter ihr nahm prompt zu.

»Carls, komm schon, diese Leute tun dir einen riesigen Gefallen ...«

»Ich will nicht, dass irgendwer mir einen Gefallen tut. Ich will die perfekte Hochzeit, na ja, so perfekt es innerhalb von vier Wochen möglich ist. Ich mache doch echt schon Kompromisse«, erklärte Carly jetzt wieder vernünftiger. »Wiederverwendete Festivalzelte, Stoffreste für die Wimpelgirlanden und ein GoPro-Video«, fügte sie hinzu, um ihre Argumentation zu untermauern. Jemand klopfte an die Tür, und Beth begab sich in die Richtung, während sie weiter mit Carly am Telefon sprach.

»Ich weiß«, sagte Beth, »aber es wird trotzdem perfekt sein. Vielleicht musst du einfach mal ein bisschen deine Vorstellungskraft bemühen.«

Sie machte Ernie die Tür auf. »Shirley hat eine Kamera und einen Wagen«, verkündete er laut, und Beth musste daraufhin das Handy vom Ohr weghalten, weil Carly ein frustriertes Kreischen von sich gab.

Beth hatte Leo gerade zum Pub gebracht, um ihren Abendkurs zu besuchen, als Jack sie auf dem Weg zum Moped abfing. »Hey, Beth. Soll ich dich zum College mitnehmen?«

»Nein danke«, erwiderte sie höflich, aber nicht allzu freundlich.

»Ach komm. Ich wollte mit dir über die Hochzeit sprechen, und ich muss auch zum College ...« Beth drehte sich zu ihm um. Er trug eine dunkle enge Jeans, dazu ein schwarzes T-Shirt. Außerdem hatte er sich rasiert, was eine Abwechslung war zu seinem üblichen Dreitagebart, der ihr eigentlich sehr gut gefiel. »Es ist auch nicht gut für die Umwelt, wenn zwei Fahrzeuge den gleichen Weg zurücklegen.« Er verzog den Mund zu seinem schiefen Lächeln. Beth musste automatisch grinsen, bremste sich jedoch gleich wieder. Was hatte Jack nur an sich, dass sie lächeln wollte?

»Du hast recht«, räumte sie ein. »Aber ich hasse, dass du recht hast«, fügte sie hinzu und ging an ihm vorbei zu seinem am Rand der Dorfwiese geparkten Wagen. Der Wind hatte die Blüten der Bäume auf das Wagendach segeln lassen, als hätte bereits eine Hochzeit stattgefunden.

Beth gefiel es, dass die Tage länger wurden. Sie beobachtete die Enten auf dem Bach, während Jack den Wagen aufschloss. In den ersten Minuten fuhren sie schweigend, und zum ersten Mal wurde Beth bewusst, wie nah man jemandem in einem Auto war und wie gut Jack duftete. Es war eine Mischung aus frisch geduschtem Mann und Aftershave, und der Duft löste ein eigenartiges Gefühl in ihrem Bauch aus. Sie lachte in sich hinein.

»Was?«, fragte er.

»Ich habe vorhin eine Nachricht von Carly bekommen. Sie kämpft mit der Autokorrekturfunktion.«

»War es ein Kracher?«

»Total. Sie mag den Duft von Fergus' neuer ›Wasser-Toilette‹ nicht, das er sich für die Hochzeit gekauft hat, und sein ›Schritt‹ passt nicht zu seiner Krawatte!« Bei den letzten Worten prustete Beth, und Jack fing auch an zu lachen. Sie nahm sich ein Pfefferminz, um sich von Jacks Nähe abzulenken. »Auch einen?« Sie hielt ihm die Packung unter die Nase.

»Könntest du bitte eins für mich herausholen?«

»Klar.« Beth wickelte ein Bonbon aus und wollte es Jack geben. Doch statt die Hand hinzuhalten, machte er den Mund auf. Beth durchfuhr ein elektrisierendes Gefühl. Er wollte, dass sie ihm das Bonbon in den Mund schob, was ihr plötzlich wie etwas sehr Intimes vorkam. Sei nicht blöd, tadelte sie sich, es handelt sich doch bloß um ein Bonbon, und hastig schob sie es zwischen seine geteilten Lippen.

»Au!«, beschwerte er sich. »Du hast meinen Zahn getroffen!« Er lachte.

»Sorry.« Beth fühlte sich wie ein unbeholfener Teenager.

»Hochzeitswagen.«

»Genau. Was hast du da erreichen können?«, fragte Beth, froh über die Unterhaltung.

»Wir haben keine.«

»Jack! Uns rennt die Zeit davon. Die Hochzeit findet in acht Tagen statt.«

»Ich habe mir überlegt, dass ich meinen Wagen mit einem Band schmücken und Fergus zusammen mit seinem Trauzeugen zur Kirche fahren kann. Wie hieß dieser Trauzeuge noch gleich?«

»Budgie«, antwortete Beth und wartete auf die Pointe, die jedoch nicht kam.

»Und wie wäre es für die Braut mit einem typischen englischen Oldtimer?«

»Woher?«, wollte Beth misstrauisch wissen.

Jack grinste breit. »Shirleys Morris Minor!«

»Auf keinen Fall! Carly wird mich umbringen!«

»Nein, wird sie nicht. Denk mal drüber nach. Es handelt sich um einen wunderschönen gepflegten Oldtimer.« Er sah Beth an, die das Gesicht verzog, zum Zeichen dafür, dass sie alles andere als überzeugt war. »Versuch ihn dir mal ohne Shirley am Steuer vorzustellen.«

Prompt schwand Beths Furcht ein wenig. »Wer wird ihn denn fahren?«

»Simon hat gesagt, er macht es, und ich habe bei eBay eine Chauffeursmütze für drei Pfund gefunden.« Jack sah sehr zufrieden mit sich aus und schaute erneut kurz zu Beth. Etwas in seinen Augen weckte in ihr den Wunsch, ihn zu küssen.

Reiß dich mal zusammen, ermahnte sie sich im Stillen.

»Na schön, was die billige Mütze angeht, bin ich mir noch nicht sicher, aber wenn Simon fährt, sollten wir wenigstens heil ankommen. Und du hast recht, es ist tatsächlich ein schicker kleiner Wagen, auch wenn er nach Essig riecht«, räumte sie ein und öffnete ihr Fenster, um die kühle Luft hereinzulassen.

»Ist das ein Ja?«, fragte Jack, dessen Gesicht rasiert irgendwie jünger aussah.

»Organisier das mal, aber ich werde es Carly nicht verraten. Wir werden es ihr zeigen, wenn sie hier ist. Denn ich glaube, sobald sie es sieht, wird sie begeistert sein.« Jetzt lächelte Beth, sie konnte es nicht länger unterdrücken. Sie war glücklicher, wenn sie mit Jack zusammen war. Er hatte etwas an sich, das sie innerlich zum Leuchten brachte.

»Brillant. Können wir uns dann über Toiletten unterhalten?«, fragte er, und der Moment endete.

Sie waren vor dem College und diskutierten immer noch, wo die zu den Zelten gehörenden mobilen Toilettenkabinen stehen sollten, als Tollek ankam. Sie unterbrachen ihr Gespräch. »Guten Abend, Beth. Hallo, ich bin Tollek«, stellte er sich Jack vor und gab ihm die Hand.

»Ich bin Jack. Ich habe Sie in der Mensa gesehen, und Beth hat mir Ihre Spindeln gezeigt. Die sind klasse geworden.«

Beth unterdrückte den albernen Impuls zu kichern, aber

es klang wirklich ein wenig beschönigend. »Das Lob gebührt nicht mir. Sie ist ein echtes Naturtalent. Ich bin bloß der Lehrer«, sagte Tollek.

»Oh, bevor ich es vergesse – gibt es hier auch Fotokurse?«, erkundigte Beth sich, da ihr gerade eingefallen war, dass es hier einen geeigneten Hochzeitsfotografen geben könnte.

»Nein, es gibt Tageskurse für Fotografie. Allerdings bin ich begeisterter Fotograf und beantworte gern Ihre Fragen«, bot Tollek mit ahnungslosem Lächeln an.

Beth und Jack tauschten einen Blick und wandten sich dann mit begeisterten Mienen wieder an Tollek, der jetzt nervös wirkte.

Eine Woche später öffnete Beth einer grüngesichtigen Carly die Tür, die an ihr vorbei nach oben ins Badezimmer stürmte, während Fergus drei große Koffer und zwei Kleidersäcke hereinschleppte.

»Morgenübelkeit, die den ganzen Tag andauert«, erklärte er und deutete zur Treppe. »Wie dem auch sei, hallo, fabelhafte Hochzeitsplanerin und Brautjungfer. Wie geht es dir?«

»Ein bisschen gestresst, aber sonst ganz gut. Schön zu sehen, dass es dir besser geht.« Beth umarmte ihn. Die Erinnerung daran, wie er erst vor einigen Wochen als blasse Gestalt im Krankenhausbett gelegen hatte, war noch sehr lebendig. »Da habt ihr aber eine ganze Menge Gepäck!«

»Hochzeit«, sagte er und zeigte auf die Kleidersäcke. »Flitterwochen.« Er deutete auf die beiden größten Koffer. »Und Zeug für die nächsten Tage.« Er zeigte auf den letzten Koffer.

Beth spähte an ihm vorbei. »Ich dachte, dein Trauzeuge wollte dich begleiten?«

»Budgie ist schon im Bed & Breakfast. Er hatte Nachtschicht und war deshalb erledigt. Für das Probedinner ist er aber wieder fit.«

Beth hielt inne, als sie die Tür zumachen wollte, denn draußen fuhr der Makler vor. Er stieg aus und winkte.

»Ist es okay, wenn ich das Schild aufstelle?«, rief er.

Beth schluckte. Er war gestern schon hier gewesen und hatte Fotos gemacht; seiner Meinung nach würde das alte Badezimmer den Preis drücken, aber daran konnte sie jetzt auch nichts ändern. Und nun pflanzte er also das Zu-verkaufen-Schild vor das Haus. Plötzlich war Willow Cottage zu verlassen sehr real geworden.

»Das Cottage sieht fantastisch aus«, bemerkte Fergus hinter ihr. »Gibt es einen Geist? Das wäre ein super Verkaufsargument.«

Beth schloss die Haustür.

»Danke, und nein, es gibt definitiv keinen Geist.« Sie hörten oben die Toilettenspülung, und Carly erschien wie ein Geist auf dem Treppenabsatz. Sie war weit entfernt vom Inbegriff einer strahlenden Braut. »Du siehst ...«, begann Beth, und Carly sah sie herausfordernd an. »... beschissen aus«, beendete Beth den Satz und brachte ihre Freundin damit zum Lachen.

»So fühle ich mich auch«, gestand sie, als die beiden sich umarmten. »Warum stehen die Zelte noch nicht auf der Dorfwiese? Werden die Blumen welken, wenn sie heute schon arrangiert werden? Und wie sieht's mit den Wagen aus?«

»He, mal langsam!«, protestierte Beth. »Erst mal gibt es Champagner und Holunderblütenbrause, dann unterhalten wir uns über die Hochzeit. Es ist alles unter Kontrolle, also entspann dich bitte und genieße es.«

»Jetzt ist es ohnehin zu spät«, meinte Fergus mit seinem üblichen gelassenen Schulterzucken, und ehe Carly wieder loslegen konnte, drückte er sie an sich. In seinen Armen wurde sie gleich sichtbar lockerer. Beth beobachtete die beiden – das war es, was sie wollte. Jemanden, der den ganzen Stress von ihr nahm, die Dinge in die richtige Perspektive rückte und einen ganz oben auf der Liste hatte. Sie stieß einen Seufzer aus und versuchte, Jacks Bild zu verdrängen, das prompt vor ihrem geistigen Auge aufgetaucht war.

Sie stießen an, und Carly betrachtete ihre Holunderblütenbrause mit resigniertem Stirnrunzeln, als Jack am Fenster erschien. Fergus sprang auf und lief los, um ihn an der Tür wie einen alten Freund zu begrüßen. Es folgte eine Menge gegenseitiger männlicher Ehrerweisung, bevor Jack hereinkam.

»Könntest du bitte noch ein Glas für Jack holen?«, fragte Fergus und hob die Champagnerflasche an.

»Hey, Carly, du siehst ... gut aus«, log Jack. Carly und Beth tauschten Blicke, bis Beth sich umdrehte, um für Jack ein Glas zu organisieren. »Ich muss mich nur kurz mit Beth wegen morgen unterhalten«, sagte Jack und setzte sich aufs Sofa.

»Gibt es ein Problem?«, wollte Carly sofort nervös wissen.

»Nein! Himmel, nein. Alles ist in bester Ordnung.« Sein Blick huschte umher, und er nahm sich das nächstbeste Kissen, um es kräftig aufzuschütteln.

Beth kam zurück und beobachtete zusammen mit den anderen, wie Jack das Kissen verlegen wieder aufs Sofa legte. Er nahm das ihm angebotene Champagnerglas, und Beth schenkte ihm ein, während sie mit den Lippen die Worte formte: »Was ist los?« Jacks Kopf ruckte. Beth bekam ein ungutes Gefühl.

»Alles Gute zum Vorabend der Hochzeit«, sagte Jack und formte mit den Lippen in Beths Richtung das Wort »Kuchenkrieg«. Sie schüttelte vehement den Kopf, da Fergus ihnen zuschaute, was bedeutete, dass er ebenfalls von den Lippen las.

»Weswegen wolltest du Beth sprechen?«, erkundigte Fergus sich und trank amüsiert einen Schluck Champagner.

»Ah ...« Jack zögerte und schaute zwischen den beiden besorgt dreinschauenden Frauen hin und her. »Na ja, die Sache ist ...« Sein Gesichtsausdruck veränderte sich, da ihm offenbar ein Einfall kam. Beth hielt gebannt den Atem an und hoffte inständig, dass er zu diesem Zeitpunkt kein Desaster laut aussprach. »Beth und ich wollten euch nur darüber informieren, dass das mit dem Hochzeitswagen geklärt ist. Es soll eine Art ...« Er trat näher zu Beth, sodass sein Arm ihren streifte, was sie sanft erschauern ließ. »Es soll eine Art Hochzeitsgeschenk von uns sein.«

»Wie reizend«, sagte Carly, nahm Fergus' Hand und drückte sie fest.

»Und weil es ein Geschenk ist, kriegst du es erst morgen zu sehen«, erklärte Jack und trank einen willkommenen Schluck Champagner.

»Es ist eine Überraschung«, sagte Beth und bedeutete Jack, dass sie sich draußen unterhalten sollten.

»Das ist wirklich klasse von euch«, meinte Fergus, gab Beth einen Kuss und schüttelte Jack die Hand. Beth war jedoch beunruhigt, da er nach wie vor diesen amüsierten Gesichtsausdruck hatte.

»Jack, kannst du bitte mal mitkommen und dir meine Hintertür ansehen? Die klemmt ein bisschen«, log Beth, umfasste seinen Ellbogen und führte Jack aus dem Wohnzimmer, durch das Haus und in den hinteren Garten. Als sie draußen waren, machte sie die einwandfrei funktionierende Stalltür hinter sich zu.

»Forme keine Worte mit den Lippen in der Gegenwart von Fergus«, sagte Beth. »Er kann Lippenlesen. Sagtest du ›Kuchenkrieg‹?« Sie versuchte, leise zu sprechen, was angesichts des Adrenalins schwierig war.

»Ich komme direkt aus der Teestube«, bestätigte er. »Maureen und Barbara zanken sich darüber, wie die Torte verziert werden soll.«

»Aha.« Beth war froh, zu hören, dass es immerhin schon einen Kuchen gab. »Brauchen die mich, um eine Entscheidung zu treffen?«

»Barbara hat die Blumen aus Glasur gemacht und will obendrauf Gerberas haben, während Maureen meint, sie sollen herunterhängen. Barbara möchte unten um die Torte herum Rosen, aber Maureen hasst Rosen und will nicht, dass die den Kuchen verderben, für dessen Zubereitung sie Stunden gebraucht hat.« Beth sah gelangweilt aus und wedelte mit der Hand, damit er sich beeilte, während sie gleichzeitig in die Küche spähte, um herauszufinden, ob irgendwer ihnen gefolgt war. »Na ja, Barbara hat Maureen beinah eine Rose ins Nasenloch gestopft, woraufhin Maureen die Rose auf den Boden warf und zertrampelte. Barbara hat geweint.«

Jack verzog das Gesicht bei der Erinnerung, und Beth sog scharf die Luft ein. »Du hast recht, das ist ein Kuchenkrieg«, sagte sie mit leiser Stimme.

»Ich weiß. Als ich ging, tröstete Rhonda Barbara, und Maureen trank einen großen Espresso. Was machen wir nun?«, fragte er mit einem besorgten Blick.

»Du bleibst hier und redest über Minecraft mit Fergus und über Zelte mit Carly. Ich schleiche mich davon und kläre die Sache. Einverstanden?«

»Einverstanden«, antwortete Jack, als Beth sich bereits dem Seiteneingang zugewandt hatte. Im letzten Moment ergriff er ihre Hand, und sie hielt inne.

Beth sah ihn an; er hatte seine Finger um ihre Fingerspitzen gelegt – sie hielten beinah Händchen.

»Danke, Beth. Du bist toll.«

Ihr Puls beschleunigte sich, und ihr wurde auf einmal sehr warm. »Danke. Du bist auch nicht schlecht.« Sie lächelte, und er lachte leise. Er ließ ihre Hand aus seiner gleiten, und Beth machte sich an der Hauswand des Cottage entlang auf den Weg zur Teestube – glücklich wie lange nicht mehr.

42. Kapitel

Nachdem der Kuchenkrieg sich beruhigt hatte und zu einem kalten Krieg aus bösen Blicken geworden war, kehrte Beth zufrieden zum Cottage zurück. Sie hatten sich letztendlich auf eine wunderschön verzierte Torte mit herabhängenden Gerberas und sonderbar aussehenden Rosenblüten um den Boden herum geeinigt.

»Das ist mein Stichwort zu gehen«, erklärte Jack und schüttelte Fergus die Hand. An der Tür legte er zu ihrer Überraschung den Arm um Beth. »Wie ist es gelaufen?«, flüsterte er in ihre Haare.

»Bestens, alles geklärt. Und hier?«

»Großartig«, sagte Jack, gab ihr einen Kuss auf die Wange und ließ sie los. »Wir sehen uns später bei der Probe.« Sie machte die Tür für ihn auf, und er wandte sich ihr noch einmal zu, indem er die Hände wie zum Gebet zusammenlegte und mit den Lippen »danke« formte. Grinsend schloss Beth die Tür.

»Mist! Mist! Und noch mal Mist!«, schrie Carly von oben, und Beth rannte die Treppe hinauf, um zu sehen, was los war. Fergus folgte ihr, er hatte offenbar gespürt, dass etwas nicht stimmte, als Beth losstürmte. Carly saß auf dem Bett mit tränenüberströmtem Gesicht, ein Paar Schuhe auf dem Schoß.

»Was ist denn passiert?«, erkundigte Beth sich und setzte sich neben sie. »Oh, ich sehe schon.« Sie betrachtete die einst sehr hübschen Wildlederschuhe mit der Seidenschleife. »Welcher Farbton ist das eigentlich genau?« Sie zeigte auf den blauen Nagellack, der seitlich auf den einen und auf die Spitze des anderen gekleckert war. Er hatte die vormals elfenbeinfarbenen Schuhe in eine scheußlich aussehende zweifarbige Angelegenheit verwandelt.

»Frisky Freeze«, antwortete Carly schniefend, und Beth reichte ihr ein Kosmetiktuch aus der Schachtel neben ihr.

»Wenigstens glitzert er«, bemerkte Fergus im Türrahmen.

»Verschwinde! Es bringt Pech, wenn der Bräutigam etwas vor der Hochzeit sieht!«, rief Carly und fing gleich wieder an zu weinen.

»Sorry«, signalisierte Beth ihm. Fergus zuckte mit den Schultern und ging.

»Es ist nicht seine Schuld«, erklärte Beth und nahm Carly die Schuhe ab.

»Nein, aber ...« Sie schniefte erneut. »Jetzt sind sie ruiniert, und ich habe keine mehr. Die hatten genau die richtige Höhe für das Kleid, und ich habe sie seit zwei Wochen eingetragen.«

»Jap, die sind definitiv hin. Da wir nichts zu verlieren haben, darf ich mal etwas ausprobieren?«, fragte Beth und betrachtete den am schlimmsten bekleckerten Schuh eingehend.

Carly winkte resigniert ab, schniefte und antwortete widerstrebend: »Okay.«

Kurz bevor alle zur Kirchenprobe aufbrechen wollten, kam Beth aus der Küche.

Carly beendete gerade ein Telefongespräch. »Das war mein Onkel. Er, meine Tante und Cousinen sowie meine Oma sind alle gut in Tewkesbury untergebracht und freuen sich auf morgen. Sie haben gesehen, wie zwei Kleinbusse eintrafen und Weinkartons ausgeladen wurden – die Dooleys sind also auch angekommen.«

»Sehr gut. Willst du sehen, was ich gemacht habe?«, fragte Beth und präsentierte Carly die Brautschuhe auf einem Teetablett. »Nicht anfassen, denn die sind noch nicht trocken. Wie findest du sie?«

Carly starrte die Schuhe an, die jetzt spiralförmig mit Pailletten und Strass verziert waren. Beide Pumps sahen absolut identisch aus. »Wie hast du das hinbekommen?«

»Ich habe den Nagellack größtenteils mit Nagellackentferner beseitigt, aber es blieben natürlich Flecken, also habe ich mit der Heißklebepistole und dem Glitzerzeug vom Weihnachtsgeschenkebasteln gearbeitet.« Wenn man nicht danach suchte, konnte man keine Spuren des dämonischen Nagellacks mehr erkennen. Und selbst dann fiel es nicht weiter auf.

»Und?«, fragte Beth erwartungsvoll, da Carly die Schuhe immer noch inspizierte.

»Ich liebe sie, und ich liebe dich. Du bist absolut brillant«, sagte sie und fing schon wieder an zu weinen. Beth vermutete, dass ihr die Babyhormone zu schaffen machten.

»Ausgezeichnet, eine weitere Krise ist bewältigt. Und jetzt lass uns zur Probe fahren«, erklärte Beth und zog ihre Schuhe an.

»Was meinst du mit ›eine weitere Krise‹?«, wollte Carly wissen, und ihr Gesicht verzerrte sich.

»Oh, gar nichts! Los, komm!«

Abgesehen davon, dass Carly zweimal aufgrund ihrer den ganzen Tag andauernden Morgenübelkeit verschwinden musste, lief die Probe ganz gut. Leo langweilte sich schnell bei seiner Aufgabe als Ringträger. Blieb zu hoffen, dass es morgen besser lief, wenn er still stehen musste, das Ringkissen nicht loslassen oder sich nicht ständig am Kopf kratzen durfte. Die Kirchenlieder waren abgesprochen, und Carly hatte Beth in einem Crashkurs beigebracht, den Text von »Amazing Grace« in Gebärdensprache zu übersetzen, was eine echte Herausforderung darstellte. Trotzdem würde Beth es für Fergus' gehörlose Freunde versuchen, die zur Hochzeit erscheinen wollten.

Shirley beaufsichtigte in der Kirche die Blumenarrangements, die wie bei einem Stafettenlauf im Minutentakt von den Damen des Landfrauenverbandes gebracht wurden. Zuvor hatte Shirley sich Carly wie der plumpeste Spion des Westens genähert, sich nach allen Seiten umgesehen und lautstark hervorgebracht: »Sind Sie schwanger?«

Carly machte ein empörtes Wie-kommen-Sie-bloß-darauf-Gesicht, während Fergus mit seiner typischen Gelassenheit antwortete: »Yup, ist eine Zwangsehe!« Wofür er prompt Carlys Ellbogen in die Rippen gestoßen bekam. Kichernd war Shirley zu ihren Blumenarrangements zurückgekehrt.

Als sie die Kirche verließen, duftete alles nach Freesien und Levkojen, und hübsche Blumensträußchen, keiner wie der andere, waren mit elfenbeinfarbenem Seidenband zusammengebunden und an die Außenseiten der Kirchenbänke gehängt worden. Vor der Kirche befanden sich zwei große, üppige Blumenarrangements. Es sah wundervoll aus und duftete auch ebenso herrlich. Carly schien glücklich zu sein, abgesehen von dem Augenblick, als sie sich von Fergus verabschieden musste, der die Nacht im Blutenden Bären verbringen würde und sich riesig auf die improvisierte Junggesellenparty freute, die Jack zusammen mit Simon, Budgie und Petra organisiert hatte.

Die letzte Besucherin des Tages war Shirley, die Apfelessig brachte, mit der Anweisung für Carly, einen Teelöffel voll in ein halbes Pint Wasser zu geben und dieses Gebräu anschließend zu trinken. Carly beschloss, es zu versuchen, da sie inzwischen bereit war, alles zu versuchen, damit die Übelkeit aufhörte, die ihren Hochzeitstag in ein Brechfest zu verwandeln drohte.

Für Beth gab es nun nichts mehr zu tun, außer sich schlafen zu legen. Carly hatte Fergus eine letzte Nachricht geschickt, dass sie ihn sehr »lebe« und ihn bald »wiedermähe« – Beth fragte sich, ob ihre Freundin jemals mit dem neuen Smartphone zurechtkommen würde.

Carly lag bereits im Bett und schlief friedlich, als Beth auf Zehenspitzen durch das Cottage schlich. Als sie das Licht auf dem Treppenabsatz ausschaltete, um in ihr Schlafzimmer zu gehen, schwebte vor ihr plötzlich eine kopflose Frau in Weiß. Beth stieß einen Schrei aus, der lauter war, als sie es sich selbst zugetraut hätte. Entsetzt tastete sie nach dem Lichtschalter. In diesem Moment schossen ihr die vielen Male durch den Kopf, bei denen Leo sie nach einem Geist gefragt hatte. Noch mitten im Schrei dämmerte es ihr.

Eine erschrocken aussehende Carly tauchte auf dem Treppenabsatz auf; ihr Gesicht war beinah so weiß wie ihr Hochzeitskleid, das prachtvoll am Türrahmen hing. Die beiden Frauen starrten es an.

»Ups!«, sagte Beth und kam sich ziemlich blöd vor. »Ist doch kein Geist. Sorry. Nacht, Nacht.« Und damit huschte sie in ihr Schlafzimmer und ließ Carlys Stöhnen hinter sich.

Der Hochzeitstag brach in einem perfekten Dumbleford-Stil an, mit einer friedlichen Morgendämmerung und den ersten Sonnenstrahlen, die sanft durch die Jalousien fielen. Beth gähnte und streckte sich. Sie rollte auf die Seite und spähte aus dem Fenster. Es war noch früh, doch die Dachziegel reflektierten bereits das Sonnenlicht, und auch das taufeuchte Gras funkelte märchenhaft. Der Himmel war strahlend blau, die weißen Wolkenschlieren wie hingemalt. So vertraut war sie mit dem Blick aus Leos Zimmer nicht – die Felder sahen alle unterschiedlich aus, weil auf jedem etwas anderes wuchs. Die braunen, sorgfältig bestellten Felder boten der Saat das perfekte Zuhause, um sich zu entfalten. Das sonnige Gelb des Rapses und die unterschiedlichen Wiesen der sich bis in die Ferne erstreckenden Hügel, besetzt mit Schafen und Lämmern, entlockten ihr ein Lächeln. Es würde ein wunderschöner Tag werden.

Beth blinzelte. Sie musste noch nicht aufstehen. Eine schwangere Braut im Haus zu haben bedeutete wenigstens, dass keine der Frauen mit einem Kater aufwachte. Petra war ein Schatz gewesen und hatte Leo bei sich übernachten lassen, damit kein Durcheinander in Willow Cottage entstand. So konnte Beth in Leos Zimmer schlafen und Carly in Beths Zimmer, denn das war geschmückt, und es gab keine Stolperstufe auf dem Weg zum Badezimmer. Beth hatte wegen der vielen Dinge, die ihr durch den Kopf gingen, nicht gut geschlafen – als müssten all diese Dinge ein letztes Mal von ihr geprüft werden. Jetzt wurde sie endgültig geweckt, da eine Nachricht auf ihrem Handy einging. Sie war von Petra.

Jungs haben Mäuse

Beth stutzte und grinste. Petras Englisch war ausgezeichnet, aber ganz gelegentlich bekam sie Sachen ein wenig durcheinander, und man merkte, dass es nicht ihre Muttersprache war. Eine zweite Nachricht kam:

Verdammte Autokorrektur. LÄUSE die Jungs haben LÄUSE!

Beth schoss hoch und rief Petra an. Das Telefon in der einen Hand, kratzte sie sich auch schon am Kopf. Petra meldete sich sofort. »Läuse?«, fragte Beth, auf eine Begrüßung verzichtend.
»Ja, ich dachte erst, die erzählen Blödsinn, aber ich habe nachgeschaut, und auf den Köpfen der beiden tummeln sich tatsächlich die Läuse. Ich habe sie mit Olivenöl getränkt ...«
»Olivenöl?« Beth hatte keine Ahnung, worauf das hinauslief.
»Dadurch können die Läuse nicht mehr atmen, und sobald sie tot sind, kämme ich sie heraus. Aber ich habe auch welche und mich gefragt, was mit dir ist.«
Beth hatte gar nicht gemerkt, dass sie sich schon wieder am Kopf kratzte. »Mist, ich könnte auch welche haben. Der Friseur wird in ein paar Stunden hier sein. Der flippt aus!«
»Komm rüber, dann lausen wir uns gegenseitig«, schlug Petra vor. Beth wünschte, sie hätte eine bessere Idee um sieben Uhr morgens, aber ihr fiel keine ein. »Gib mir fünf Minuten.« Sie machte sich ernsthaft Sorgen, Danny der Friseur könnte bei ihr oder Carly Nissen finden, denn sie kannte Geschichten über ihn, dass er mitten beim Haareschneiden abgebrochen hatte und sich weigerte weiterzumachen, als er einmal auf dem Kopf einer Kundin Läuse entdeckt hatte. Und das war das Letzte, was sie heute gebrauchen konnten.

Nachdem sie für Carly eine Nachricht hinterlassen hatte, saß Beth einige Minuten später auf dem Fußboden in Petras Badezimmer, den Kopf nach hinten über die Badewanne gelegt, die Haare von Olivenöl triefend. Denis und Leo hatten ihre Behandlung bereits hinter sich und saßen mit ihren olivenölgetränkten Köpfen unter Duschkappen im Wohnzimmer.

Petra saß neben Beth und summte vor sich hin. »Warum bist du so gut gelaunt?«, wollte Beth wissen.

»Weiß ich auch nicht genau.« Petra drehte die Augen in ihre Richtung, ohne den Kopf zu bewegen. »Es ist ein wunderschöner Morgen, im Dorf wird eine Hochzeit stattfinden und eine Party auf der Dorfwiese. Und mein Junge ist trotz Nissen glücklich.«

»Du bist witzig«, sagte Beth. Petra verstand es, die Dinge ins rechte Licht zu rücken. »Nicht jeder hat eine solche Mutter-Sohn-Bindung.«

»Wir sind unangreifbar. Was auch immer sich uns in den Weg stellt, wir können dagegen ankämpfen, weil wir einander haben. Denis bescherte mir den größten Herzschmerz und die größte Freude.« Petra musste schlucken.

»Herzschmerz?«, hakte Beth zögernd nach, ohne den Kopf zu bewegen – und Blickkontakt hätte die Intensität dieses Augenblicks zerstört.

Petra stieß die Luft zwischen den Zähnen aus, was ein leises Pfeifen erzeugte. »Vielleicht erkläre ich dir das eines Tages, doch der heutige Tag gehört dem Glück und der Liebe...«

Beth verstand und wollte die Stimmung wieder aufheitern. »Und den Nissen! Wie lange müssen wir so bleiben?«

»Müssen wir gar nicht, wir können uns Duschhauben aufsetzen. Nur leckt es dann ein bisschen. Die Nissen sind jedenfalls in einigen Stunden tot.«

»Stunden? Wir haben keine Stunden!« Beth geriet in Panik.

»Beruhige dich. Wir haben einen Metallkamm, mit dem wir die meisten Läuse herauskämmen können. Nächste Woche wiederholen wir das, weil die Nymphen bis dahin geschlüpft sind«, erklärte Petra ganz sachlich.

»Das ist eklig«, sagte Beth. »Wer will eine verlauste Brautjungfer?«

Petra setzte sich auf und steckte ihre Haare unter eine der Duschhauben, die die Übernachtungsgäste des Pubs zusammen mit einem Shampoo erhielten. »Na komm, entlausen wir dich zuerst, verlauste Brautjungfer.«

Nachdem ihre Haare gründlich ausgekämmt und der Kamminhalt genauestens untersucht worden war, kam Beth zu dem Schluss, dass sie tatsächlich Glück gehabt hatte. Trotzdem, Vorsicht war besser als Nachsicht. Danach hatte sie das Gleiche bei Petra gemacht und sich dann ihre Haare gleich dreimal gewaschen, bis sie sich wieder einigermaßen normal anfühlten – jetzt sogar seidig weich; vielleicht würde sie in Zukunft regelmäßig Olivenöl zur Schönheitspflege benutzen – nicht, dass sie die noch groß betrieb.

Seit sie London verlassen hatte, ließ sie sich nicht mehr pflegen, da es in der Gegend keine Schönheitssalons gab und ihr außerdem das Geld für derartige Behandlungen fehlte. Doch nun merkte sie, dass sie sich danach besser fühlte, ein bisschen wie früher, und das war gut.

Sie ließen die Jungen allein, die ganz zufrieden waren unter ihren Duschhauben, weil sie sich komisch damit fanden. Je länger das Öl auf ihren Köpfen blieb, umso wahrscheinlicher erstickten alle Läuse. Jack sollte Leo und Denis vom Pub abholen und mit ihnen sowie Fergus und Budgie zur Kirche fahren, damit Beth sich darauf konzentrieren konnte, die Braut fertig zu machen.

Als sie den Pub verließ, bot sich Beth ein wunderschöner Anblick. Die Sonne stand jetzt höher am Himmel, die Wolken waren fast vollständig verschwunden und hatten lediglich hübsche spinnwebenartige Fäden hinterlassen. Die grüne Dorfwiese, umgeben von den letzten blühenden Bäumen, sah malerisch aus, und sogar die Kastanie zeigte ihre konischen

Blüten. Das Aufregendste war jedoch, dass der Zeltverleih eingetroffen war, dessen große Lieferwagen an der Straße parkten. Das erste Zelt wurde bereits aufgebaut. Es sah ganz anders aus, als Beth es sich vorgestellt hatte – nämlich wie die grünen Leinwandzelte in den Zeltlagern ihrer Jugend. Diese hier waren etwas völlig anderes. Das aufgerichtete Zelt hatte die Farbe von nassem Mörtel und die Form eines gigantischen Tipis, inklusive oben aus der Spitze heraus ragender Holzstreben. Innerhalb von Minuten stand es, und das nächste wurde bereits auf dem Gras ausgerollt.

Sie entdeckte Jack, der beim Abladen der Stühle half. Er drehte sich zu ihr um und sah sie direkt an, was ihr eine Gänsehaut bescherte. Sie winkte kurz, und er nickte, da er beide Hände voll hatte. Beth ging zurück zum Cottage, ein wenig beschwingter als zuvor, nachdem sie Jack gesehen hatte. Im Stillen ermahnte sie sich, dass sie über diese alberne Verliebtheit hinwegkommen würde, sobald sie Dumbleford verlassen hatte. Bis dahin war es harmlos genug, also würde sie es genießen, natürlich aus sicherer Distanz.

Erfreut entdeckte sie den Wagen von Danny, dem Friseur, vor Willow Cottage. Doch diese Freude wurde gleich wieder gedämpft durch den Anblick des Zu-verkaufen-Schildes im Vorgarten, denn es erinnerte sie daran, dass sie schon bald wegziehen würde. Vorausgesetzt, jemand kaufte das Haus. Montag wollten es sich gleich zwei Leute ansehen, was ein ermutigender Anfang war – zumindest hatte der Makler es so bezeichnet.

Im Cottage herrschte Trubel, und sie wurde von Danny überschwänglich begrüßt. »Beth! Wie entzückend, dich wiederzusehen!«, rief er und griff sich gleich ein paar Strähnen ihres Haars. Sie erstarrte. Hatte er eine Laus entdeckt? »Die sind lang geworden. Pfui, pfui, kaputte Spitzen. Ach du liebe Zeit, ist das deine echte Haarfarbe?« Beth nickte und wollte seltsamerweise ebenfalls hinschauen, obwohl sie ihre eigene Haarfarbe doch kannte. »Warum haben wir die früher immer gefärbt? Das sieht toll aus. Dafür, dass du dich hier in dieser Wildnis durchschlägst, sind sie in gar nicht so schlechtem Zustand.« Er wedelte dramatisch mit dem anderen Arm.

Beth stieß einen leisen Seufzer der Erleichterung aus, da sie den Läusetest bestanden hatte.

43. Kapitel

Die nächsten Stunden vergingen wie im Flug, während Beth Unmengen an Tee für alle kochte und Carlys nervöser Onkel, der sie zum Altar führen sollte, jetzt wie ein Tier im Käfig im Flur auf und ab pilgerte. Carly war ein wenig unwohl gewesen beim Aufwachen, doch Shirleys Apfelessig-Kur schien die Morgenübelkeit zu bannen. Insgesamt schien es allen gut zu gehen.

Carly räusperte sich, als sie oben an der Treppe auftauchte. Sie sah hinreißend aus. Ihr Brautkleid war exakt so, wie Beth es erwartet hatte. Es war ein schlichtes elfenbeinfarbenes Kleid mit Spitzenbesatz, vorn knielang und hinten elegant mit kurzer Schleppe auslaufend. Danny hatte bei Carlys dunklen, gesund glänzenden Haaren hervorragende Arbeit geleistet – sie waren zu einem hübschen Dutt zusammengesteckt.

Das Make-up hatte Carly selbst gemacht und sich für einen natürlichen Look entschieden, der sehr gut zu ihr passte und ihre natürliche Schönheit unterstrich. Ihr Onkel wischte sich eine Träne aus dem Auge, und Beth reichte ihm ein Taschentuch. Er putzte sich geräuschvoll die Nase.

»Du siehst toll aus«, sagte Beth, als Carly am Fuß der Treppe angelangt war. Sie leuchtete förmlich, doch ihre Miene war nachdenklich.

»Ehrlich gesagt, ich muss wohl noch mal pinkeln. Hilfst du mir?« Sie drehte sich um und ging die Treppe wieder hinauf.

Als alle wieder unten versammelt waren, nahm Beth ihre Blumen und strich ihr Kleid glatt. Sie war ganz zufrieden mit ihrem schlichten trägerlosen, bodenlangen Brautjungfernkleid in Hellblau. Außerdem saß es wie angegossen.

Draußen ertönte eine altmodische Autohupe und brachte Beth in Gang.

»Vergiss nicht, abzuschließen und den Schlüssel mitzubringen. Der Wagen ist in fünf Minuten wieder da und holt dich ab.« Nervös zupfte sie an Carlys Kleid herum.

»Kein Problem. Mir geht's gut, ehrlich. Mir ist nicht übel, und ich werde gleich den besten Mann der Welt heiraten«, sagte Carly, und ihre Stimme brach.

»Nein, nicht weinen, du ruinierst doch dein Make-up.«

»Die verdammten Hormone!«, klagte Carly schniefend. »Geh!« Sie scheuchte Beth weg.

Beth ging zur Tür. »Versprichst du mir, nicht nach dem Wagen zu schauen, bis er zurückkommt?«

»Ich verspreche es.« Carly nahm ihren Brautstrauß. »Und jetzt geh, sonst komme ich deinetwegen mehr als angemessen zu spät!«

Beth hob beide Daumen und huschte zur Tür hinaus, als gerade Chloes Freund mit der Videokamera auftauchte. Sie scheuchte ihn hinein. Wenigstens würde sie auf diese Weise Carlys Reaktion auf Shirleys Auto sehen können. Beth hoffte inständig, dass Carly den Wagen mochte. Und falls nicht, war es nur ein kurzer Fußweg zur Kirche.

Shirleys kleiner Wagen sah fantastisch aus. Simon hatte ihn poliert und eine breite elfenbeinfarbene Schleife um die Motorhaube gebunden. Julia von den Landfrauen hatte innen eine Blumengirlande aufgehängt, die durch die vielen Fenster gut sichtbar war. Es war das perfekte kleine Hochzeitsauto, ein bisschen sonderbar vielleicht, aber doch süß. Das Beste aber war, dass es nicht mehr nach Essig roch, mit dem Shirley es immer putzte, da Simon die Polster mit einem moderneren Putzmittel gereinigt hatte. Als Beth einstieg, bemerkte sie noch einen schwachen Essigduft, der jedoch weitgehend von den Blumen überlagert wurde.

Während sie an der Dorfwiese entlangfuhren, bestaunte Beth die im Halbkreis aufgebauten Zelte, von denen das größte in der Mitte stand und flankiert wurde von den kleineren. Alle waren mit hübschen Girlanden geschmückt. Die Hälfte der

Dorfwiese war mit bunten Girlanden abgesperrt, die in der sanften, milden Brise flatterten.

Nahe der Kirche parkten ein paar Autos, aber viel mehr Menschen waren zu Fuß unterwegs. Das halbe Dorf war erschienen und fast alle Landfrauen, außerdem noch eine Menge Leute, die Beth nicht kannte, vermutlich Fergus' Familie. Nachdem im Dorfladen gestern das Konfetti ausverkauft war, wurden daraufhin dort unternehmerisch schlau kleine Reissäckchen angeboten, dessen Haltbarkeitsdatum zweifelsohne abgelaufen war.

Leo kam angerannt, das Ringkissen an sich gedrückt, als Simon die Tür aufmachte, um Beth aussteigen zu lassen. »Ich hab das Zu-verkaufen-Schild gesehen. Ich will aber nicht umziehen. Wann kriege ich die Ringe?« Leo hüpfte aufgeregt vor Beth auf und ab, doch in seinen Augen lag ein melancholischer Ausdruck.

Sie gab ihm einen Kuss und beschloss, sich auf die hochzeitsrelevanten Fragen zu konzentrieren. »Du bekommst die Ringe erst im letzten Augenblick«, erklärte Beth, da sie nach wie vor befürchtete, sie könnten verloren gehen auf dem Weg vom Eingang der Kirche bis zum Altar.

Unerwarteter Applaus brandete auf, als Beth aus dem Wagen stieg, was sie prompt erröten ließ.

»Bring mal lieber die Meute rein. Bin gleich wieder da«, sagte Simon und tippte sich an die Mütze. Beth war froh, sich für die etwas teurere Chauffeursmütze entschieden zu haben, denn sie stand ihm sehr gut. Er sah damit richtig authentisch aus.

Beth und Leo gingen vom Wagen weg, und Fergus kam mit Budgie auf sie zu. Budgie futterte Chipsringe, ließ die Packung aber anstandshalber in der Tasche verschwinden und wischte sich die Krümel von den Händen, bevor er Beth begrüßte.

»Bist du bereit für die Ringe, Großer?«, fragte Fergus Leo und hielt ihm die Faust hin, damit Leo mit seiner dagegenstieß. Doch der Junge hielt weiter das Ringkissen umklammert.

»Yeah!«, rief Leo. Budgie nahm ihn auf die Seite, und dann begannen sie, die Ringe mit den Bändern ans Kissen zu binden, während Fergus Beth seinen unzähligen Verwandten vorstellte, an deren Namen sie sich schon in zwanzig Sekunden nicht mehr würde erinnern können. »... und das ist mein Dad Cormac.«

»Na, was für ein Anblick«, bemerkte Cormac und küsste Beth die Hand. Sie deutete das als Kompliment.

Ein lautes Bellen weckte ihre Aufmerksamkeit, und sie entdeckte Doris, die mit einem Blumenhalsband geschmückt war und neben Ernie hertrottete, bis ihr etwas ins Auge fiel und sie losrannte. Der arme Ernie lief hinterher, als wäre er derjenige, der an der Leine geführt wurde.

»... Fergus hat mir erzählt, dass Sie alles organisiert haben. Gibt's denn auch genug Guinness?«, erkundigte Cormac sich grinsend, obwohl seine Augen verrieten, dass ihm diese Frage durchaus wichtig war.

»Ja«, versicherte Beth ihm und versuchte, die rennende Doris im Blick zu behalten. »Es gibt reichlich von dem schwarzen Zeug. Die Pub-Wirtin hat den Vorrat extra aufgestockt.« Doch ein kleiner Tumult nahe der Kirche lenkte sie ab. Budgie kam mit seinen Händen in Gebärdensprache wild gestikulierend auf sie zu. Jack war dicht hinter ihm.

Sie hatte Jack seit dem Morgen nicht mehr gesehen, als er beim Aufbau der Zelte geholfen hatte. Jetzt sah er bemerkenswert anders aus. Er trug einen schwarzen Anzug, den sie noch nicht kannte. Mit seinen dunklen Haaren und der Andeutung eines Lächelns sah er so gut aus, dass sie ihn anstarrte – sie wollte es nicht, tat es aber trotzdem. Sie verspürte den plötzlichen Wunsch, ihm seine perfekte Frisur zu zerwuscheln. Ihr Herz schlug schneller.

Beth begriff, dass Budgie ihr etwas mitzuteilen versuchte, was wegen der vielen Zeichensprachenflüche dazwischen nicht leicht zu verstehen war. Sie gab ihren Blumenstrauß Jack und unterhielt sich mit Budgie – so gut es ging – via Gebärdensprache. Immerhin beruhigte er sich angesichts ihrer eingerosteten Fähigkeiten, was seine Zeichen verständlicher machte.

»Du hast die Ringe verloren«, sagte Beth laut, froh, die Mitteilung entziffert zu haben. »Verdammt! Du hast die Ringe verloren?«

Offenbar war Doris auf der Jagd nach einem kleinen Kaninchen gegen Budgie und Leo gerannt, sodass sie die Ringe irgendwo ins lange Gras hatten fallen lassen.

Sie wandte sich an Jack, der mit dem Strauß dastand und verwirrt aussah. »Ruf Simon an und sag ihm, er soll langsam machen. Er kann Carly um die Dorfwiese fahren, dann können die Leute ihr ein paarmal zuwinken. Hauptsache, sie steigt hier nicht eher aus, bis wir die Ringe wiedergefunden haben!«

»Geht klar«, erwiderte Jack und warf ihr den Blumenstrauß wieder zu, als fiele ihm erst jetzt auf, dass er ihn in der Hand hielt. Er zog sein Handy aus der Tasche und wählte.

»Kann ich mit Denis spielen? Und den anderen Kindern?«, fragte Leo während er noch immer das leere Ringkissen fest in der Hand hielt.

»Äh, nein, erst musst du mithelfen, die Ringe zu finden!«

Dummerweise musste Beth rasch feststellen, dass es immer schwieriger wurde, etwas zu finden, je mehr Leute auf einer kleinen Fläche herumtrampelten. Mit Jacks Hilfe trieb sie die Leute in die Kirche, und dann machten sie und Jack sich ein letztes Mal auf die Suche, während aus dem Innern der Kirche Orgelmusik nach draußen drang. Er befand sich in gebückter Haltung neben ihr, und sie atmete den Duft seines würzigen Aftershaves ein, was die Konzentration auf die Suche erschwerte.

»Verdammt noch mal, wie konnten die denn einfach verschwinden?«, fragte Beth und durchkämmte mit ihren Händen hastig das Gras. »Ah, da!«, rief sie und griff gleichzeitig mit Jack nach einem glänzenden Stück Metall. Er war etwas langsamer, sodass seine Hand auf ihrer landete. Beide erstarrten. Beth spürte den glatten, kalten Ring, aber auch Jacks warme Hand auf ihrer, die er nicht wegnahm. Langsam drehte sie den Kopf und sah ihn an. Jack befeuchtete sich die Lippen, als wollte er etwas sehr Bedeutsames sagen. Für einen Moment schien die Zeit stillzustehen.

»Beep, beep!«, ertönte die Hupe des Morris Minor, als Simon vor dem Friedhofstor hielt. Jack zog die Hand zurück und lächelte kurz.

»Wenigstens haben wir einen Ring gefunden.«

»Ich werde noch einige Minuten weitersuchen«, versprach Jack.

Beth richtete sich auf, den Ring fest in der Hand, und ging pochenden Herzens zu Carly und ihrem Onkel. Beth kam ihrer Pflicht nach, das Kleid der Braut zu richten, und als sie über die Schulter schaute, sah sie, wie Jack Doris an der Kirchenmauer anband, wo sie sich missmutig hinlegte. Er eilte vor den Brautleuten in die Kirche. Carly strahlte, und Beth freute sich so sehr für sie. Allerdings ging ihr diese kurze Begegnung mit Jack nicht aus dem Kopf, und sie war abgelenkt von dem Ring in ihrer Hand.

Als Carly sich bei ihrem Onkel unterhakte, versuchte Beth sich zu entspannen, und ihr Herzschlag normalisierte sich wieder. Alles würde gut werden. Sie gingen im Rhythmus der traditionellen Musik den Mittelgang hinunter, und als sie vorne ankamen, legte Beth den einzelnen Ring auf das Kissen, das Leo weiterhin pflichtbewusst hielt. Er sah grinsend zu seiner Mutter auf, und Beth empfand Liebe und Stolz für ihren Sohn. Sie sah zu Jack und deutete auf das Kissen, doch er schüttelte nur kurz den Kopf. Na ja, dachte Beth, ein Ring war besser als gar keiner; im Augenblick konnten sie nichts tun, und sie hoffte nur, dass das später zu einer Anekdote werden würde, über die sie alle lachten. Sie atmete tief durch, lauschte konzentriert dem Pfarrer und genoss den Gottesdienst.

Doch mittendrin wurde das schwierig, da Doris draußen angefangen hatte zu bellen und sich nicht mehr zu beruhigen schien. Beth warf Jack einen tadelnden Blick zu, der mit dem Blatt Papier in seiner Hand wedelte und sie damit daran erinnerte, dass er gleich eine Lesung ankündigen musste und deshalb nicht zum Hund konnte. Doris hörte nicht auf zu bellen, was trotz der geschlossenen schweren Kirchentüren gut zu hören war. Beth suchte die Bankreihen ab nach jemandem, der helfen könnte. Ihr Blick fiel auf Ernie, und sie deutete mit dem Kopf Richtung Kirchentür. Ernie winkte ihr zu, entschuldigte sich bei seinen Sitznachbarn auf der Kirchenbank und machte sich erhobenen Hauptes auf den Weg, die ihm zugewiesene Aufgabe zu erledigen. Beth lächelte zufrieden, als die Türen mit einem Klicken zufielen und Doris prompt das Bellen einstellte.

Der Pfarrer verkündete, das nächste Lied sei »Amazing Grace«, und Beth und Budgie drehten sich zur Gemeinde um und übersetzten den Text für die gehörlosen Gäste in Gebärdensprache. Alle lächelten, einige lachten sogar, doch jeder war glücklich, und das allein zählt heute, dachte Beth.

44. Kapitel

Draußen sprang Doris ihre neue Gesellschaft vor Freude an. »Dummer Hund«, meinte Ernie und kraulte sie hinter den Ohren. Als Ernie sich wieder aufrichtete, spürte er, dass jemand ihn beobachtete. Er drehte sich um und schaute den steilen Weg entlang. Ein großer dunkelhaariger Mann kam auf die Kirche zu. Hinter sich hörte Ernie den Pfarrer sprechen, und als der Mann Ernie und die Kirchentüren erreichte, fragte der Pfarrer gerade: »… wenn jemand einen Hinderungsgrund kennt, weshalb diese zwei Menschen nicht in den heiligen Bund der Ehe treten können …«

Als der Mann versuchte, Ernie zur Seite zu schieben, richtete sich dieser zu seiner vollen Körpergröße auf und blieb standhaft. Dann erkannte er den Fremden; er war ihm schon einmal begegnet, und das war nicht gut ausgegangen.

»Nein!«, sagte Ernie entschieden und hielt dem Mann die Handfläche vors Gesicht. Doris fing wieder an zu bellen, dieses Mal war es ein wütendes Bellen, nicht wie zuvor um Aufmerksamkeit zu erlangen.

»Gehen Sie aus dem Weg!«

Ernie wollte etwas sagen, aber es kam nichts heraus. Er schloss die Augen und schluckte. »V-versuchen Sie's doch«, sagte er entschlossen.

»Ich habe keine Zeit für so etwas«, erklärte der arrogante Fremde, packte Ernie an den Schultern und versuchte, ihn grob zur Seite zu schubsen. Aber Ernie rührte sich nicht vom Fleck und stand da wie ein Fels in der Brandung. Während der Mann ein verwirrtes Gesicht machte, holte Ernie aus und schlug ihm mit aller Kraft aufs Kinn.

Doris' unablässiges Bellen war zu viel gewesen für Jack, deshalb trat er genau in diesem Moment nach draußen und wurde Zeuge des Fausthiebs. Rasch schloss er die Türen hinter sich.

»Was ist hier los?«, fragte er Ernie, der sich die rechte Faust hielt. Dann wandte Jack sich an den Fremden und erkannte ihn sogleich. »Nick?«

Nick wirkte perplex, fing sich aber gleich wieder und betrachtete das Blut, das von seiner aufgeplatzten Lippe tropfte. »Dieser Schwachkopf gehört eingesperrt!«, rief er und versuchte, an Jack vorbeizukommen.

Ernie machte einen Schritt nach vorn und stand nun Schulter an Schulter mit Jack. »Nicht Hochzeit stoppen«, erklärte Ernie mit harter Miene.

»Seien Sie nicht dämlich. Ich bin ein Freund und hier, um ...«

»Nein, sind Sie nicht«, unterbrach Jack ihn. »Man betrachtet Sie nicht länger als Freund. Ich denke, Sie sollten gehen.«

Nick stand einen Moment da, verdrehte die Augen und tupfte sich die Lippe mit einem Taschentuch. Ernie bog die Schultern zurück und hob die Faust, was Nick ein paar Schritte rückwärts taumeln ließ, wobei er weiter seine Lippe behandelte.

In der Kirche brandete spontaner Applaus auf, und Ernie seufzte vor Erleichterung. Jack klopfte ihm freundschaftlich auf den Rücken. »Das hast du gut gemacht, Ernie«, lobte er ihn, und Ernie pumpte sich vor Stolz auf.

»Junior Boxchampion neunzehnhundertfünfundachtzig«, erklärte Ernie und hielt seine Fäuste in Boxerhaltung hoch.

Nur wenige Minuten darauf schwangen die großen Kirchentüren auf. Jack beobachtete das Ganze hinter dem Friedhofstor. Er hatte Nick dazu überreden können, dort zu warten, damit er nicht der Erste war, den die Brautleute beim Verlassen der Kirche sahen. Ernie saß auf einer Mauer in der Nähe mit Doris, die seine Aufmerksamkeit genoss.

Braut und Bräutigam kamen zuerst nach draußen, gefolgt von dem jungen Kameramann sowie Tollek, der zur Seite auswich, während die Frischvermählten sich auf den Eingangsstufen küssten. Die Gäste strömten hinter ihnen aus der Kirche, und endlich konnte Jack Beth sehen. Nick hatte sie ebenfalls entdeckt und bewegte sich vorwärts.

»Hier geblieben! Die müssen Fotos machen, und ich will nicht ...« Während er sprach, sah er, wie Beth nach jemandem Ausschau hielt und ihre Miene sich aufhellte, als sie Blickkontakt zu Jack herstellte. Doch ihr Lächeln erstarb, als sie erkannte, wer neben ihm stand. »Verdammt«, murmelte Jack.

Beth hob ihr Kleid und kam mit wütendem Gesicht auf sie zu.

»Was zur Hölle machst du hier?«, fuhr sie Nick an. »Und was ist mit deinem Gesicht passiert?« Sie warf Jack einen vorwurfsvollen Blick zu. Jack hob kapitulierend die Hände.

»Damit habe ich nichts zu tun.«

»Irgendein Schwachkopf hat mich angegriffen«, beklagte Nick sich.

Beth wandte sich erneut an Jack, um eine Erklärung zu bekommen. »Das war ich wirklich nicht«, beteuerte er mit charmantem Grinsen, was an Beths Miene jedoch nichts änderte. »Ernie«, erklärte Jack jetzt ernster. »Er meint Ernie.«

»Ist mit Ernie alles okay?«, erkundigte sie sich, und Jack zeigte dorthin, wo Ernie mit Doris saß. Wie aufs Stichwort winkte Ernie fröhlich. Beth drehte sich langsam wieder zu Nick um. »Ernie ist kein Schwachkopf, er ist ein Freund von mir.«

Nick verzog das Gesicht, hörte jedoch sofort wieder auf damit, als er Beths Reaktion bemerkte. »Warum bist du überhaupt hier?«, wollte sie wissen.

»Ich musste mit dir sprechen, Elizabeth. Ich vermisse dich so sehr. Das ist alles ein Missverständnis. Ich liebe dich, was willst du mehr hören?« Nicks Worte klangen wie eingeübt.

Beth gab einen verächtlichen Laut von sich. »Du bist echt unglaublich.« Nick wirkte ehrlich überrascht von ihrer Reaktion. »Das hier ist Carlys Hochzeit, und du ...« Sie zeigte mit dem Finger auf ihn. »... wirst sie nicht verderben!«

»Nein, natürlich nicht. Wir müssen die Dinge zwischen uns klären. Lass uns reden. Um mehr bitte ich dich nicht. Ja?« Nick legte den Kopf ein wenig schief.

Beth biss sich auf die Unterlippe, und Jack bemerkte das Zucken eines Wangenmuskels bei Nick – sogar das sah arrogant aus bei diesem Typen. »Na schön. Wenn wir mit den Fotos fertig sind, begebe ich mich vor allen anderen zur Dorfwiese. Und ich werde dir exakt fünf Minuten geben. Danach erwarte ich, dass du gehst. Verstanden?«

Nick bejahte, doch seine Miene verriet eine gewisse Zufriedenheit. Jack verspürte den Wunsch, ihm eins auf die Nase zu geben, doch das Gefühl verschwand rasch wieder.

»Kannst du Nick zur Dorfwiese bringen und von der Hochzeitsfeier fernhalten?«, bat sie Jack.

»Klar«, antwortete er und klopfte dem anderen mannhaft auf die Schulter. Nick schüttelte ihn ab, und die beiden gingen davon.

Tollek arbeitete so gründlich, sodass Beth ständig Budgie fragte, wie spät es sei. Und jedes Mal fügte er nur eine weitere Minute zu der kurz davor erfragten Zeit hinzu. Ob das stimmte, vermochte sie nicht zu sagen. Sie hatte das Gefühl, die milde Form einer Panikattacke zu erleiden; ihre Atmung war beschleunigt, sie verspürte ein flaues Gefühl im Magen, und sie konnte nur noch daran denken, dass sie Nick dazu bewegen musste, zu verschwinden, ehe Leo ihn sah.

»Was ist los?«, fragte Carly mit einem strahlenden Lächeln für die Kamera, die Tollek gerade wieder einstellte.

»Oh, gar nichts«, erwiderte Beth, ebenfalls unbeirrt lächelnd. »Sieh dich nur an, Mrs. Dooley!«

»Ich weiß!«, sagte Carly und wedelte mit der Hand, auf deren Ringfinger ein Chipsring steckte. Budgies improvisierter Trauring hatte für große Heiterkeit gesorgt. Um ein Haar hätte sie beim Wedeln mit der Hand Fergus' Nase erwischt.

»Halt mal still, Carls. Ist es schon Zeit für Guinness und

die Torte?«, wollte er wissen.

»Nein, erst brauchen wir noch viel mehr Fotos von meinem attraktiven Ehemann!«, erwiderte Carly und sprang fast hoch, um ihn zu küssen.

»Gut gesungen, übrigens«, meinte Fergus amüsiert, während er Budgie irgendetwas signalisierte, worauf die beiden sich schlapp lachten.

»Ignoriere sie. Ich werde es dir später erklären«, sagte Carly, umfasste Fergus' Arm und zog ihren Bräutigam näher zu sich heran.

Leo und Denis standen vor Beth und kratzten sich immer noch ab und zu am Kopf. Beth beugte sich herunter und hielt Ausschau nach irgendetwas Läuseähnlichem. »Jungs, die sind alle weg. Haltet eure Hände in den Hosentaschen.« Sie strich ein Büschel von Leos zerwühltem Haar glatt, während sie den Impuls unterdrückte, sich ebenfalls am Kopf zu kratzen.

»Leo, ich muss mal eben los und schauen, ob alles für die Feier bereit ist. Du bleibst schön bei Denis und Fergus. Versprochen?«

»O-kay, Mum«, antwortete er, ohne sich umzudrehen.

»Genau, bitte alle lächeln«, forderte Tollek sie auf, und alle warfen sich in Pose, während er fotografierte. Als er eine Pause einlegte, um die bisherigen Bilder zu prüfen, ging Beth zu ihm.

»Tollek, brauchen Sie mich noch? Ich muss nämlich eben etwas klären.«

»Äh, klar, natürlich. Carly hat mir erzählt, Sie wären eine wunder…«

»Großartig, danke«, sagte Beth und ging zum Friedhofstor, mit dem Anflug eines schlechten Gewissens, weil sie dem armen Tollek das Wort abgeschnitten hatte. Aber sie musste Nick loswerden. Sie beschleunigte ihre Schritte und war froh, dass sie flache Schuhe trug – das war ein entscheidender Vorteil, wenn man es eilig hatte. Sie staunte darüber, wie sehr sie sich seit ihrer letzten Begegnung mit Nick verändert hatte. Jetzt hatte sie keine Angst mehr vor ihm. Zornig war sie nach wie vor, aber nicht verängstigt. Sie hatte wieder die Kontrolle über ihr Leben, und das fühlte sich gut an.

Beth ging an der Teestube vorbei, und die Dorfwiese mit den wundervollen, ineinander übergehenden Zelten in verschiedenen Formen und Farben kam in Sicht. Die Szenerie wurde in sanftes Sonnenlicht getaucht. Der einzige Schatten war Nick, der auf einer der Bänke vor den Zelten saß, während Jack um ihn herumzumarschieren schien. Beth hob ihr Kleid, damit es nicht durch das Gras schleifte, und ging auf die beiden zu. Beide schauten auf, als sie sich ihnen näherte.

»Ich darf ihn nicht anfassen«, sagte Jack und wedelte mit einem Stück Baumwollstoff und einer Flasche Antiseptikum. Nicks Lippe war inzwischen geschwollen, violett verfärbt und blutverkrustet.

»Gib her.« Beth kniete sich vor Nick, und Jack gab ihr den Lappen und das Antiseptikum.

»Du bist wunderschön«, sagte Nick sanft und wollte Beths Wange berühren. Sie wich ihm aus und funkelte ihn wütend an. Langsam ließ er die Hand wieder sinken.

»Du hast fünf Minuten«, erklärte Beth und sah zu Jack, der immer noch hinter ihm stand. »Schaust du bitte auf die Uhr?«

»Aber gern«, antwortete Jack, schob den Ärmel hoch und sah demonstrativ auf seine Uhr.

Nick fing erneut an. »Es ist alles ein Missver...«

»Lass mich dich gleich an dieser Stelle unterbrechen. Du standest kurz davor, Leo zu schlagen, und mich hast du tatsächlich geschlagen. Das steht außer Frage. Aber das war nur die eine Sache. Der Tropfen, der das Fass zum Überlaufen brachte, wenn du so willst. In den vergangenen Jahren hast du uns mehr und mehr isoliert und kontrolliert. Dadurch fühlte ich mich immer kleiner, und ich wurde zu jemandem, der ich nicht sein wollte.«

Wieder zuckte ein Wangenmuskel ganz leicht in Nicks Gesicht. »Es tut mir aufrichtig leid, Elizabeth. Ich habe das alles nicht gewollt. Ich liebe dich so sehr. Komm zurück zu mir, dann wird alles anders, das verspreche ich dir.«

Beth betupfte seine Lippe mit dem Antiseptikum, und er zuckte zusammen. »Nick, du brauchst Hilfe. Du hast ein Problem. Bei jemandem, der immerzu Kontrolle haben muss und andere misshandelt, stimmt etwas ganz und gar nicht. Du musst dir Hilfe suchen.«

Nick sah aus, als wollte er gleich loslachen. Beth hielt mit dem Tupfen inne und hob die Brauen, in Erwartung einer völlig unangemessenen Reaktion. Doch stattdessen nickte er ernst. »Okay, ich werde mich darum kümmern. Kommst du jetzt zu mir zurück?«

Beth schüttelte den Kopf. »Nein, Nick, das werde ich nicht. Es ist aus zwischen uns, und es gibt nichts, was du tun könntest, damit ich wieder eine Beziehung mit dir haben möchte.«

Jetzt änderte sich Nicks Gesichtsausdruck; er beugte sich zu Beths Ohr herunter und knurrte: »Ich könnte dir und Leo das Leben sehr unangenehm machen.«

Beth erschauerte. Dies war der Moment, in dem sie ihre Emotionen fest im Griff haben musste. Sie stellte sich buchstäblich ihren Ängsten und atmete tief ein. Dann sah sie Nick in die Augen.

»Ja, ich nehme an, das könntest du wohl. Ändern würde es trotzdem nichts. Du hast die Kontrolle über mich verloren. Ich habe keine Angst mehr vor dir.« Beth legte den Kopf schief. »Es gab eine Zeit, da hätte ich alles getan, um es dir recht zu machen. Aber das will ich nicht mehr. Also, mach, was du willst.« Keiner von beiden blinzelte. Beth spürte Nicks Wut. »Ich bin hier fertig«, sagte sie, knüllte die blutgetränkte Baumwolle in ihrer Faust zusammen und richtete sich auf. Nick stand ebenfalls auf und überragte sie.

»Vier Minuten sind um«, verkündete Jack, doch seine Stimme wurde von einem Geräusch übertönt.

Alle drehten sich um, als das Klirren zerberstender Gläser zu hören war. Petra stand einige Schritte entfernt auf dem Gehsteig, die Hände vor sich, als hielte sie nach wie vor ein Tablett, das aber jetzt zu ihren Füßen lag. Ihr Gesicht war aschfahl, ihre Augen vor Entsetzen geweitet. Beth sah von Petra zu Nick. Nick starrte Petra an, zeigte jedoch keinerlei Anzeichen eines Wiedererkennens. Im Gegensatz zur geschockten Petra.

»Was ist hier los?«, wollte Beth wissen, während Jack zu Petra ging.

»Keine Ahnung«, meinte Nick mit einem Schulterzucken und wandte sich wieder an Beth.

»Nicholas«, brachte Petra mit zittriger Stimme heraus und zeigte auf ihn. »Nicholas!«, wiederholte sie, diesmal lauter. Jack war bei ihr und legte ihr den Arm um die Taille, um sie zu stützen.

Nick drehte sich langsam wieder zu Petra um, und diesmal erschrak er. Jack hielt Petra immer noch, sein Blick war allerdings auf Nick gerichtet.

»Ist er es?«, fragte er leise. Petra schluckte hart und nickte mehrmals hintereinander.

»Definitiv«, bestätigte sie mit noch unsicherer Stimme. Jack nahm sein Handy aus der Tasche und wählte eine Nummer.

Fröhliches Stimmengewirr hinter ihnen deutete darauf hin, dass sich die Hochzeitsgesellschaft der Dorfwiese näherte. Nick drehte sich um und erkannte, dass alle ihn ansahen.

»Noch mal: Was ist hier los?«, fragte Beth ihn, während Fergus auf die Gruppe zulief. Nick antwortete nicht, sondern marschierte an Fergus und Beth vorbei zu seinem Wagen. Jack löste sich von Petra und näherte sich Nicks BMW. Als Nick nur noch wenige Schritte von seinem Wagen entfernt war, drückte er die Schlüsseltaste, und Beth sah, dass Jack ebenfalls mit etwas auf Nicks Wagen zielte, das wie die Fernbedienung eines Kinderspielzeugs aussah.

Nick zog am Türgriff, doch die Tür ließ sich nicht öffnen. Erneut drückte er auf den Schlüssel, aber nichts geschah. Jack schob die kleine Fernbedienung wieder in seine Tasche und sprach in sein Mobiltelefon. Was hatte das alles zu bedeuten?

fragte Beth sich. Fergus beobachtete Jack genau, und ihr wurde klar, dass er von seinen Lippen las.

Sie tippte Fergus auf den Arm, damit er wusste, dass sie etwas sagen wollte. »Fergus, was sagt er?« Sie zeigte auf Jack.

Fergus übersetzte: »IC1, männlich, circa eins achtzig, dunkle Haare, Ende zwanzig. Ja, richtig ... gesucht im Zusammenhang mit einer Vergewaltigung in Cheltenham ... August zweitausendundacht ... Name des Opfers ...« Fergus verstummte, und sein Blick ging zu Petra, die nun, wo Jack sie nicht mehr stützte, schwankte.

»Um Himmels willen!«, rief Beth und rannte zu ihr.

45. Kapitel

Als die Polizei eintraf, lief Jack ihnen entgegen. Er hatte eine anonyme Festnahme durchgegeben, weswegen er einfach die hintere Tür des Polizeiwagens öffnete und Nick hineinschob. Er unterhielt sich kurz mit den Officers vor dem Wagen, dann fuhren sie davon. Für eine doch recht dramatische Angelegenheit wurde es sehr diskret gehandhabt. Beth stand vor dem Hauptzelt in Tipi-Form und schaute dem Polizeiwagen nach, bis der verschwunden war. Inzwischen war die gesamte Hochzeitsgesellschaft aus der Kirche eingetrudelt und nahm den Champagner entgegen, den Chloe auf einem Tablett anbot. Jack nahm sich zwei Gläser und gab eines weiter Beth.

»Jetzt kann die Feier richtig beginnen«, sagte er.

»Geht es Petra gut?«, erkundigte sie sich.

»Nicht besonders ... Es war ein enormer Schock. Aber es ist jemand bei ihr, und sie melden sich, falls wir gebraucht werden. Sie ist hart im Nehmen und wird das überstehen.« Jack bot Beth den Arm. »Komm, du musst mit Budgie tanzen, und das würde ich gern sehen.«

»Der lacht ständig über mich«, sagte Beth skeptisch und hakte sich bei Jack unter.

Die miteinander verbundenen Zelte boten viel Platz. An einem Ende des Halbmondes befand sich die Bar, und am anderen ein Bereich mit gemusterten Teppichen und weichen Stoffwürfeln zum Sitzen; ein hin und her schwingendes Schild darüber wies dieses Areal als »Chill-out Zone« aus. In einer sicheren Ecke außerhalb der Chill-out Zone waren alte Kisten aufgestapelt, die durch den neuen Anstrich mit Pastellfarben regelrecht entstellt wurden. Sie sollten das präsentieren, was nur als Meisterwerk bezeichnet werden konnte: die Torte. Sie war vier Stufen hoch und mit Kaskaden aus pinkfarbenen und orangefarbenen Gerberas verziert. Jede Stufe war unten von einer Kette aus Rosenknospen umschlungen. Wenn Maureen den Boden nur halb so gut hinbekommen hatte wie Barbara die Blumen, wartete eine absolute Köstlichkeit auf die Gäste.

Im Hauptbereich standen große runde Tische mit schlichten weißen Klappstühlen, von denen jeder mit einer elfenbeinfarbenen Organza-Schleife geschmückt war. In der Mitte eines jeden Tisches lag eine Tafel, und jeder Tisch trug den Namen eines berühmten Filmpaares. Beth musste grinsen, als sie die Namen las: Scarlett und Rhett, Baby und Johnny, Han Solo und Prinzessin Leia, Carrie und Mr. Big waren nur einige.

Über den Gästen funkelten Lichterketten und Girlanden aus kleinen Sträußchen duftender Freesien – alles in allem war es unglaublich. Beth merkte, dass Jack sie beobachtete.

»Wie findest du die Zelte?«, wollte er wissen. Beth sah zur ausgelassenen Braut, die mit einer schon leicht angesäuselt wirkenden Shirley die Chill-out Zone testete.

»Ich bin total begeistert«, sagte Beth und stieß mit ihm an.

»Können wir reden? Ich habe das Zu-verkaufen-Schild vor Willow Cottage gesehen, und bevor du irgendwelche übereilten Entscheidungen triffst, sollst du …«

»Ladys and Gentlemen und Mitglieder des Dooley-Clans«, verkündete Cormac mit erhobener Stimme, begleitet von belustigten Zwischenrufen. »Das Hochzeitsbüfett ist eröffnet!«

»Verzeihung, was?« Beth suchte in Jacks Blick nach einem Hinweis darauf, wie der Satz hatte enden sollen, doch er wurde bereits von Rhonda weggezogen.

Nach viel zu viel Essen, möglicherweise zu viel Champagner und viel Gelächter bei den Reden, gehörte Beth zu den wenigen, die anschließend nach draußen gegangen waren. Sie nippte an ihrem fast leeren Champagnerglas, betrachtete die funkelnden Lichterketten und die hell erleuchteten Zelte unter dem schwarzen Nachthimmel. Sie dachte an Budgies Rede; er hatte sie in Gebärdensprache gehalten. Fergus hatte alles übersetzt, und zwar ergreifend und komisch zugleich, was eine beachtliche Leistung war. Beth hatte herausgefunden, dass Budgie deshalb dauernd über sie lachte, weil sie beim Song »Amazing Grace« anstatt »… I was blind but now I see …« übersetzt hatte: »… I was pissed …«, was tatsächlich leicht passieren konnte, aber wenigstens ganz lustig war. Außerdem lernte dadurch jeder im Zelt ein bisschen Zeichensprache und konnte auf diese Weise den Fehler nachmachen.

Beth spürte, dass jemand hinter ihr stand. Sie wusste, dass es Jack war, ohne sich umzudrehen.

»Eine Frage wegen vorhin. Was hast du mit Nicks Wagen angestellt?« Sie betrachtete nach wie vor die faszinierenden Lichterketten.

»Ich habe die Frequenz seiner Infrarotfernbedienung gestört. Mit einem einfachen Gerät, das ein Freund beim GCHQ mir gegeben hat. Das trage ich immer an meinem Schlüsselbund, falls ich es mal brauche. Aber ich habe eine Frage an dich. Wer sind Zack und Paula?«, wollte Jack wissen. Sein warmer Atem streifte ihren Nacken und ließ sie am ganzen Körper erschauern.

Sie drehte sich zu ihm um und sah, wie nah er bei ihr stand. »Ich bin entsetzt, dass du das nicht weißt.« Beth wich ein kleines Stück zurück, um ein wenig Abstand von ihm zu bekommen. Der Duft seines Aftershaves machte sie ganz verrückt.

»Ich weiß, dass die zwei ein Paar aus einem romantischen Film sein müssen …«

Beth schüttelte scherzhaft den Kopf über ihn. »Das sind die Helden aus ›Ein Offizier und Gentleman‹.«

»Aha.« Jack sah nicht aus, als klingele da wirklich etwas.

»Richard Gere und Debra Winger?«, half sie ihm auf die Sprünge. »Es ist ein großartiger Film über gewöhnliche Leute, die ihrer Vergangenheit entfliehen und gegen alle Widerstände ihre Träume verwirklichen und am Ende die wahre Liebe finden.« Sie merkte, dass sie plapperte. »Das Ende ist perfekt.« Sie trank aus ihrem leeren Glas und war froh über die Dunkelheit, da sie mit Sicherheit rot wurde.

»Hm, nie gesehen«, gestand Jack und trank einen Schluck aus seinem noch vollen Guinnessglas.

»Dann müssen wir das bald mal ändern.« Er sah sie mit einem intensiven Ausdruck in den Augen an; konnte er etwa trotz des schwachen Lichts sehen, wie sie errötete?

»Bevor du wegziehst?« Seine Stimme klang belegt.

Beth schluckte und wünschte, sie hätte noch etwas zu trinken im Glas. »Ach ja, was das angeht ...« Sie dachte sofort konkret und wusste, dass das gefährlich war, besonders nach dem Genuss von Alkohol. Aber manchmal musste man etwas riskieren. »Ich nehme an, Nick geht für eine Weile ins Gefängnis ...« Sie machte einen kleinen Schritt auf Jack zu.

Auf seinem Gesicht erschien die Andeutung eines Lächelns. »Er wird bis zur Verhandlung in Untersuchungshaft bleiben. Vielleicht kommt er auf Kaution frei, wird sich aber bestimmt von Dumbleford fernhalten müssen, weil Petra hier lebt.«

»Damit wird Dumbleford plötzlich zum sichersten Ort für mich und Leo.«

Jack machte ebenfalls zögernd einen Schritt auf sie zu; jetzt berührten sie einander fast. »Heißt das, du bleibst?«, flüsterte er.

»Er war der Grund, weshalb ich fortwollte ...« Beth hob den Kopf, und ihr Puls beschleunigte sich.

»Gibt es denn etwas, weswegen du bleiben würdest?« Jacks Stimme klang sehr sinnlich und sexy.

»Möglicherweise«, erwiderte sie neckend, während Jacks Lippen sich verlockend den ihren näherten.

»Ich könnte dir so was geben ...« Jack schien den Satz zu überdenken, um Zweideutigkeiten zu vermeiden. »Einen guten Grund geben, um zu bleiben, meine ich.«

Ihre Lippen trafen sich ganz sachte; Beth sog scharf die Luft ein.

»Wie könnte ich da widerstehen?« Sie schloss die Augen und wartete auf den Kuss.

»Halt das mal.« Er drückte ihr das überschwappende Pint in die Hand; um ein Haar hätte sie damit ihr Kleid bekleckert. Das war nicht das Ende dieses Moments, das sie sich erhofft hatte. Jack rannte über die Dorfwiese und sprang dabei über eine Girlande.

Carly gesellte sich zu Beth und gähnte herzhaft. »Wo ist der denn hin?«

»Ich habe keine Ahnung«, gestand Beth und fühlte sich auf dem falschen Fuß erwischt. »Aber wie geht es Ihnen, Mrs. Dooley?«

»Könnte. Nicht. Glücklicher. Sein.« Carly machte einen Kussmund, weil sie Beth wegen der Gläser, die sie hielt, nicht umarmen konnte. »Vielen Dank; das war der schönste Tag meines Lebens.«

»Wirklich? Trotz des Morris Minor und den selbst gebastelten Girlanden?«

»Gerade deswegen. Ich fand alles toll. Es hat meine kühnsten Träume übertroffen.«

Beth war ein wenig zu Tränen gerührt, nahm sich jedoch zusammen. »Da bin ich echt froh! Und ich freue mich riesig für dich, Carls.« Carly spähte in die Dunkelheit, aus der eine schwankende Gestalt auftauchte.

»Ich glaube, ich bin der einzige nüchterne Mensch hier«, bemerkte sie, als Jack mit einem Zu-verkaufen-Schild über der Schulter über die Absperrgirlande stieg. Er warf es Beth vor die Füße und fing an, darauf herumzuspringen. Ein paar Männer von der Hochzeitsgesellschaft kamen taumelnd aus den Tipis und machten mit, was sehr komisch aussah.

»Plemplem«, sagte Beth lachend. »Völlig plemplem.« Während die anderen weiter das Schild demolierten, löste Jack sich aus der Gruppe. »Sollte ich mich bei dir bedanken?«, fragte sie kichernd.

»Sag einfach, dass du bleibst.« Jack beugte sich zögernd vor und küsste sie diesmal richtig.

Am nächsten Morgen wurde Beth von Leos und Denis' Gekicher geweckt – und einem Kater, der jedoch erstaunlich mild war. Denis war über Nacht geblieben, damit Petra die Geschehnisse verarbeiten konnte. Sie hatte noch einen langen Weg vor sich, aber zum Glück auch Freunde, die sie unterstützten.

Beth erinnerte sich vage an ein Taxi, das Carly und Fergus abgeholt hatte. Sie schaute auf den Wecker – in ein paar Stunden würden die beiden in einem Flugzeug auf dem Weg in die Karibik sitzen. Überraschenderweise beneidete Beth sie nicht. Stattdessen dachte sie an Jacks Kuss; dieser Teil des Abends war glasklar. Sie konnte sich an jeden Augenblick deutlich erinnern. Sie schloss die Augen und summte glücklich vor sich hin.

Draußen waren Stimmen zu hören. Beth streckte sich und schaute aus dem Fenster. Wenn die Weide nicht gegen das Cottage geweht wurde, konnte sie gerade eben die Dorfwiese sehen. Die großen Lieferwagen waren da, und die Tipis wurden abgebaut. Heute war es windiger, doch nie hatte Dumbleford bezaubernder ausgesehen. Beth beschloss, den Jungen Frühstück zu machen und dann beim Abbau der Zelte zu helfen.

Die Jungen tobten mit dem Ball über die Dorfwiese, und Doris gesellte sich schnell dazu. Beth hielt nach Jack Ausschau und entdeckte ihn im größten Tipi. Er sah in ihre Richtung, und sie empfand so etwas wie ein Glücksgefühl in ihrem Innern. Entweder das – oder sie hatte zu viel Kaffee getrunken. Als sie bei ihm war, umarmte er sie fest, und zum ersten Mal seit sehr langer Zeit entspannte sie sich in der Umarmung eines anderen Menschen.

»Guten Morgen«, begrüßte Jack sie und gab ihr einen flüchtigen Kuss. Dann betrachtete er ihr Gesicht, ehe er seine Lippen für einen längeren Kuss auf ihre presste.

»Pause! Kuchen kommt!«, rief Shirley, da Maureen bedenklich von einer Seite zur anderen schwankend die restlichen beiden Stufen der Torte aus dem Zelt trug.

»Die Torte war fantastisch, Maureen«, lobte Beth sie, worauf

Maureen unvermittelt stehen blieb. Für einen Moment fürchtete Beth, der Kuchen könnte fallen, doch Maureen hielt ihn sicher fest. Sie drehte den Kopf in Beths Richtung, und Beth hielt den Atem an.

Dann entblößte Maureen ihre Zähne und lächelte beinah. »Danke«, sagte sie. Beth atmete erleichtert auf, während Maureen mit dem Kuchen davonging. Mittlerweile hatte Beth sich an die spleenige Art der meisten Menschen in Dumbleford gewöhnt, doch Maureen blieb ihr weiterhin ein Rätsel.

Jack nahm ihre Hand und führte Beth ins Zelt. »Alles in Ordnung?«

Beth konnte gar nicht aufhören zu grinsen. »Ja, alles ist bestens in Ordnung.«

»Und du bleibst wirklich in Dumbleford? Hast deine Meinung nicht geändert?« Er sah ängstlich aus, wofür sie ihn noch ein bisschen mehr liebte.

»Ich bleibe definitiv in Dumbleford.« Es tat richtig gut, das laut auszusprechen.

Jack hielt ihre Hände in seinen. »Großartig. Denn ich denke an eine ernste Beziehung mit jemandem, der nicht eine Million Meilen weit weg ist.« In seinen Augen lag ein Funkeln.

»Tatsächlich? Mit wem denn? Shirley?« Beth verzog keine Miene.

Jack spielte mit. »Ganz genau. Ich hoffe, du verstehst das.«

»Shirley!«, rief Beth. »Jack denkt daran, eine ...« Aber sie kam nicht dazu, den Satz zu beenden, da Jack sie in seinen Arm nahm und küsste.

»Verrückte Lady!«, bemerkte Shirley, die kopfschüttelnd vorbeiging und dabei Girlanden aufrollte.

Beth und Jack lachten, wurden jedoch gleich wieder ernst, während sie sich in die Augen schauten. Beth fragte sich gerade, womit sie so viel Glück verdient hatte, als der Wirbelwind Doris angerannt kam und sie ansprang. Beth und Jack gingen beide zu Boden und streichelten den Hund, der aufgeregt um sie herumsprang und versuchte, Beths Gesicht abzulecken.

»Ich liebe dich«, sagte Beth zu Doris.

»Ich liebe dich auch«, erwiderte Jack, wirkte allerdings auf einmal unsicher, als ihm dämmerte, was er gesagt hatte. Ein Fußball flog ins Zelt, und Doris rannte los. Beth und Jack sahen einander perplex an.

Diesmal errötete Jack.

»Ich liebe dich auch«, sagte Beth, nahm seine Hand und zog ihn an sich, um ihn zärtlich zu küssen.

Beth bat Shirley, ein Auge auf die Jungen zu haben, während sie und Jack nach Petra schauten.

Petra wollte gerade den Pub aufmachen. »Geht's dir wirklich besser?«, erkundigte Beth sich besorgt.

»Ja, ehrlich. Das hatte ich mir lange gewünscht – dass Nicholas gefunden und verhaftet wird. Ich kannte seinen vollen Namen nicht, deshalb konnte er leicht verschwinden. Ich dachte, er sei mit dem, was er getan hat, davongekommen. Ihn gestern nach all den Jahren zu sehen, war ein Schock. Doch jetzt habe ich das Gefühl, als sei eine schwere Last von mir genommen worden.« Ein kurzes Lächeln huschte über ihr Gesicht.

»Du musst nicht so tapfer sein«, sagte Beth und drückte sie.

»Gestern Abend war ich das auch nicht. Um ehrlich zu sein, ging es mir gar nicht gut, und ich rief meine Mutter an. Das war ein schwieriges Gespräch; sie hat nie verstanden, warum ich das Baby bekommen habe. Sie betrachtete es als sein Baby, aber es war auch meines. Gestern Abend redeten wir, ohne uns anzuschreien, was ja schon mal ein Anfang ist. Wer weiß, was sich daraus noch Gutes entwickelt.«

»Du hast sicher recht.« Beth hoffte es sehr für Petra.

»Außerdem habe ich ein neues Wort gelernt. Ich glaube, Nicholas ist das, was man ein Scheißwiesel nennt?«

Beth prustete. »Das kannte ich auch noch nicht. Passt aber perfekt!«

Rasch wurden sie wieder ernst. »Denis weiß es nicht.« Petra wirkte auf einmal sehr traurig.

»Natürlich.« Beth konnte nur ahnen, was Petra durchgemacht hatte, doch jetzt hatte sie zumindest Beistand. »Wenn du jemanden zum Reden brauchst, bin ich jederzeit für dich da, Tag oder Nacht«, erklärte Beth und drückte sie noch einmal. Einen Moment lang hielten die beiden Frauen sich in den Armen.

»Danke. Das ist lieb von dir. Und die Polizei war auch sehr gut.«

»Tollek ist auch ganz in der Nähe, falls du noch etwas brauchst«, sagte Jack und nahm sich ein Stück Schokolade.

»He, Hübscher, iss mein Geschenk nicht auf!« Petra nahm Jack die Pralinenschachtel aus der Hand, die Beth ihr geschenkt hatte. »Ich habe gehört, das Zu-verkaufen-Schild vor deinem Haus ist verschwunden?«, wandte sie sich an Beth und sah angesichts des Themenwechsels gleich wieder fröhlicher aus.

»Stimmt«, bestätigte Beth. »Irgendwer hat es letzte Nacht gestohlen. Die Kriminalitätsrate hier ist sprunghaft angestiegen, daher weiß ich gar nicht, ob ich bleiben will.«

»Mach keine Scherze übers Wegziehen«, beschwerte Jack sich. »Das ist fies.« Er versuchte, Beth zu kitzeln. Lachend jagten die zwei sich um den Tresen.

Petra sah den beiden stolz wie eine Henne zu. »Kinder, geht und lasst mich in Ruhe«, rief sie und warf Jack eine Tüte Chios zu, die er geschickt auffing. »Raus!«

»Pass gut auf dich auf«, rief Jack ihr zu und schob Beth aus dem Pub.

»Mach ich.« Petra zwinkerte.

Beth und Jack stolperten aus dem Pub und sahen, wie Ernie unter der Weide nebenan verschwand. Beth trat näher ans Haus und betrachtete Willow Cottage genauer. Die Weide war immer noch riesig, trotz Jacks Bemühungen, sie zu stutzen. Doch alles andere hatte sich seit ihrer Ankunft vor vielen Monaten völlig verändert. Beth musste an die harte Arbeit denken, die nötig gewesen war, um es in ein Zuhause zu verwandeln. Ihr wurde klar, wie sehr sie das Haus liebte, selbst mit diesem schrecklichen Badezimmer.

Jack stand hinter ihr, legte ihr die Arme um die Taille und schmiegte das Gesicht an ihren Nacken. »Gehst du nach Hause?«

»Ja«, antwortete Beth lächelnd. »Ich glaube schon.«

Epilog

Sechs Wochen später

»Mum, wach auf! Wach auf! Ich habe Geburtstag!«, rief Leo und hüpfte vor Beths Bett auf und ab.

»Ahhh«, stöhnte sie und sah blinzelnd zum Wecker. »Es ist zwanzig nach sechs!«

»Ich weiß, wir haben Zeit, meine Geschenke vor der Schule auszupacken!« Er hörte auf zu hüpfen und streckte erwartungsvoll die Hände aus.

Es war schwer, grantig zu bleiben, wenn er so strahlte. »Zuerst brauche ich einen Kaffee, dann gibt es Geschenke. Einverstanden?«

»Okay«, gab er nach und lief die Treppe hinunter.

Beth quälte sich aus dem Bett. Die Sonne schien durch das Küchenfenster – es würde ein weiterer herrlicher Julitag werden.

Beth schickte Jack eine Nachricht. Für gewöhnlich war er um halb sieben auf, um zu joggen, und wenn sie Glück hatte, würde er vielleicht zum Frühstück zu ihnen stoßen. Ein paar Minuten später kündigte das Geräusch großer kratzender Pfoten an der Tür Doris und Jack an. Lächelnd öffnete Beth die Tür. Jack trug Laufshorts und ein eng sitzendes Shirt, das sie ihm nur zu gern vom Leib gerissen hätte. Doch das Elterndasein hinderte sie oft an derartiger Spontaneität.

»Guten Morgen. Hast du nicht Lust, mit uns zu joggen?«

»Haha!« Beth ließ die beiden eintreten.

»Jack!«, rief Leo und warf sich in seine Arme. Die zwei standen sich binnen kürzester Zeit sehr nahe, und es wärmte Beth stets aufs Neue das Herz, die beiden zusammen zu sehen.

»Herzlichen Glückwunsch zum Geburtstag, Kumpel. Hier, bitte.« Jack übergab Leo ein weiches Päckchen.

»Klamotten?«, fragte Leo, dessen Miene seine Gedanken verriet.

»Wirst du gleich sehen«, erwiderte Jack und legte den Arm um Beths Taille.

»Danke«, fügte Leo ein bisschen verspätet hinzu und riss das Papier ab. »Oh wow! Es ist das neueste Fußballtrikot von England!« Leo sah begeistert aus und lief sofort aus dem Zimmer, wobei er sich auf dem Weg schon den Pyjama auszog.

»Kaffee?«, fragte Beth mit einem herzhaften Gähnen und ging zum Wasserkocher.

»Nein, nur Wasser, danke. Wir wollen gleich joggen.« Er kraulte den Kopf des Hundes, und sie schmiegte sich an sein Bein. »Beth, ich wollte dich wegen etwas sprechen.« Die Worte klangen eingeübt, und das gefiel ihr nicht. Langsam drehte sie sich um und gab ihm das Wasser.

»Hört sich ernst an«, sagte sie und versuchte vergeblich, ein Lächeln hinzubekommen. Alles war so gut gelaufen. Seit Carlys Hochzeit hatten sie sich täglich gesehen, und bis zu diesem Augenblick hatte sie geglaubt, ihre Beziehung entwickle sich.

»Es ist in gewisser Weise auch ernst.« Er rieb sich das Kinn. »Ich glaube, wir müssen über Doris reden.«

Beth runzelte die Stirn; sie hatte keine Ahnung, worauf dieses Gespräch hinauslief. »Stimmt etwas nicht?«

Jack tätschelte die Flanke des Hundes, der sich auf den Rücken warf, die Beine in die Luft streckte, in Erwartung, dass ihm gleich der Bauch gekrault würde. »Na ja, ich fürchte, es verwirrt sie, ständig zwischen meinem und deinem Haus hin- und herzupendeln. Ich glaube, es wäre besser für sie, wenn sie wüsste, wohin sie gehört. Andererseits mache ich mir natürlich auch Gedanken, es könnte zu schnell gehen für sie.«

Beth registrierte ein Zucken seines Mundwinkels und entspannte sich sofort. »Oh, ich möchte auf keinen Fall, dass Doris durcheinander ist.«

»Nein, ich auch nicht.« Er ergriff Beths Hand. »Wenn man nicht nur an sich selbst denken muss, ist das eine große Entscheidung. Ich will sie nicht verwirren oder irgendetwas übereilen …« Er machte eine Pause und sah jetzt wirklich ernst aus. »Ich möchte ungern, dass sie glaubt, es sei für immer, und dann ist es das doch nicht.« Er schluckte, und sein Adamsapfel hüpfte.

»Nur um sicherzugehen – du glaubst, wir sollten zusammenziehen?«

Jack nickte. »Du bist ziemlich schlau. Einer von vielen Gründen, warum ich … nein, warum wir dich lieben.«

»Das kommt mir tatsächlich wie ein großer Schritt vor.« Beth spürte die Aufregung in ihr.

»Ist es auch. Sind wir bereit dafür?« Er sah ihr unverwandt in die Augen.

Da musste sie nicht allzu lange nachdenken; nichts hatte sich je so richtig angefühlt, wie mit Jack zusammen zu sein. »Ja, ich glaube, wir sind bereit dafür.«

Er umarmte sie fest und küsste sie dann leidenschaftlich. »Sie hat Ja gesagt!«, rief er über die Schulter. Leo kam hereingestürmt und reckte triumphierend die Faust.

»Siehst du, hab ich dir doch gesagt«, meinte er und klatschte Jack ab, bevor er sich vor Doris kniete, ihr den Bauch rieb und die neue Lage erklärte. »Tja, Doris, wir werden eine richtige Familie, und das bedeutet, du brauchst keine Angst zu haben, jemals wieder umziehen zu müssen.«

Beth wischte sich die Tränen ab, die jetzt liefen.

»Er hat gesagt, das sei es, was er sich zum Geburtstag am meisten wünscht«, gestand Jack. »Und ich wollte auch nichts lieber als das.« Beth schlang ihm die Arme um den Hals und küsste ihn.

»Igitt! Wenn ihr euch weiter so küsst, brauchen Doris und ich vielleicht ein eigenes Haus!«, verkündete Leo grinsend, ehe er in eine Familienumarmung gezogen wurde.

– ENDE –

Informationen zu unserem Verlagsprogramm, Anmeldung zum Newsletter und vieles mehr finden Sie unter:

www.harpercollins.de